DROEMER

Von Kate Atkinson sind bereits folgende Titel erschienen:
Familienalbum
Ein Sommernachtsspiel
Die vierte Schwester
Liebesdienste
Lebenslügen
Das vergessene Kind
Die Unvollendete

Über die Autorin:
Kate Atkinson wurde bereits für ihren ersten Roman »Familienalbum« mit dem renommierten Whitbread Book of the Year Award ausgezeichnet. Mittlerweile stehen ihre Bücher regelmäßig auf den internationalen Bestsellerlisten. Für »Das vergessene Kind«, den vierten Band in der Reihe um den Privatermittler Jackson Brodie, erhielt sie den Deutschen Krimi Preis 2012 und für ihre Romane »Die Unvollendete« sowie »Glorreiche Zeiten« den Costa Novel Award 2013 bzw. 2015. Kate Atkinson lebt in Edinburgh und gilt als eine der wichtigsten britischen Autorinnen der Gegenwart.

Kate Atkinson

Glorreiche Zeiten

Roman

Aus dem Englischen von
Anette Grube

DROEMER

Die englische Originalausgabe erschien 2015 unter dem Titel
»A God in Ruins« bei Doubleday, London.

Besuchen Sie uns im Internet:
www.droemer.de

FSC
www.fsc.org
MIX
Papier aus verantwortungsvollen Quellen
FSC® C083411

Vollständige Taschenbuchausgabe Dezember 2016
Droemer Taschenbuch

Ein Imprint der Verlagsgruppe
Droemer Knaur GmbH & Co. KG, München

Covergestaltung: NETWORK! Werbeagentur GmbH
Coverabbildungen: gettyimages / kyoshino;
Peter Hatter / Trevillion Images
Satz: Adobe InDesign im Verlag
Druck und Bindung: CPI books GmbH, Leck
ISBN 978-3-426-30459-4

2 4 5 3 1

»Der Mensch ist ein Gott in Trümmern. Wenn die Menschen unschuldig sind, wird das Leben länger währen und so sanft in die Unsterblichkeit übergehen, wie wir aus unseren Träumen erwachen.«

Ralph Waldo Emerson, *Die Natur*

»Der Zweck der Kunst besteht darin, die Wahrheit einer Sache *aufzuzeigen,* nicht die Wahrheit zu *sein.*«

Sylvie Beresford Todd

Einmal kam (der heilige Georg) in eine Stadt namens Salem. In ihrer Nähe lebte ein Drache, der jeden Tag mit einem durch das Los bestimmten Menschen gefüttert werden musste.

An dem Tag, als der heilige Georg kam, war das Los auf Cleolinda, die Tochter des Königs, gefallen. Der heilige Georg beschloss, dass sie nicht sterben sollte, und so zog er los und griff den Drachen an, der in einem nahen Sumpf lebte, und tötete ihn.

Wenn er sich einer Schwierigkeit oder Gefahr gegenübersah, so unüberwindlich sie auch schien – sogar in Gestalt eines Drachen –, wich er ihr nicht aus oder fürchtete sich, sondern ging sie mit der ganzen Kraft an, die er und sein Pferd aufbringen konnten. Obwohl er für diesen Kampf nur ungenügend ausgerüstet war, da er nur eine Lanze hatte, griff er an, gab er sein Bestes und überwand schließlich die Schwierigkeit, der sich zu stellen kein anderer gewagt hatte.

Auf genau diese Weise sollte sich ein Pfadfinder einer Schwierigkeit oder Gefahr stellen, gleichgültig, wie groß oder furchteinflößend sie ihm auch erscheinen mag oder wie schlecht ausgerüstet er für den Kampf auch ist.

Robert Baden-Powell, *Pfadfinder*

Für Reuben

30. März 1944

Der letzte Einsatz

Naseby

Er ging bis zu der Hecke, die das Ende des Flugfelds markierte.

Die Grenzen abschreiten. Die Männer nannten es seinen »täglichen Spaziergang« und sorgten sich, wenn er ihn nicht machte. Sie waren abergläubisch. Jeder war abergläubisch.

Jenseits der Hecke waren nackte Felder, letzten Herbst umgepflügt. Er rechnete nicht damit, die Alchemie des Frühlings zu erleben, zu sehen, wie sich die dumpfe braune Erde hellgrün und dann blassgold verfärbte. Ein Mensch konnte sein Leben in eingebrachten Ernten messen. Er hatte genug gesehen.

Der Stützpunkt war von flachem Ackerland umgeben. Der Bauernhof stand breit und unerschütterlich auf der linken Seite. Nachts leuchtete ein rotes Licht auf dem Dach, damit sie nicht hineinkrachten. Wenn sie beim Anflug darüber hinwegflogen, wussten sie, dass sie über die Landebahn hinausgeschossen waren und in Schwierigkeiten steckten.

Er sah die Bauerstochter im Hof, die die Gänse fütterte. Versteckte sich da nicht irgendwo ein Kindervers? Nein, er dachte an die Bauersfrau, oder? – die den Mäusen mit einem Tranchiermesser die Schwänze abschnitt. Ein schreckliches Bild. Arme Mäuse, hatte er als Junge gedacht. Dachte er auch jetzt noch als Mann. Kinderverse waren grausam.

Er kannte die Bauerstochter nicht, ebenso wenig wusste er ihren Namen, aber er mochte sie sehr, sehr gern. Sie winkte ihnen immer nach. Manchmal stellte sich ihr Vater dazu, ein- oder zweimal ihre Mutter, aber die Anwesenheit des Mädchens im Hof war eine Konstante beim Start von jedem Luftangriff.

Jetzt entdeckte sie ihn und winkte. Statt ebenfalls zu winken, salutierte er. Er glaubte, es würde ihr gefallen. Aus der Entfernung war er natürlich nur ein Mann in Uniform. Sie hatte keine Ahnung, wer er war. Teddy war nur einer von vielen.

Er pfiff nach dem Hund.

1925

Alouette

Schau!«, sagte er. »Da – eine Lerche. Eine Feldlerche.« Er blickte zu ihr hinauf und sah, dass sie in die falsche Richtung schaute. »Nein, da drüben«, sagte er und deutete. Es war vollkommen hoffnungslos.

»Oh«, sagte sie endlich. »Da, ich *sehe* sie! Wie seltsam – was macht sie da?«

»Sie schwebt, und dann wird sie wahrscheinlich wieder höher steigen.« Die Feldlerche schwebte auf der transzendenten Melodie ihres Lieds. Der zittrige Flug des Vogels und die Schönheit seines Gezwitschers ließen eine unerwartet tiefe Empfindung in ihm aufwallen. »Kannst du es hören?«

Seine Tante hielt sich auf theatralische Weise die Hand ans Ohr. Sie war hier so fehl am Platz wie ein Pfau mit ihrem komischen Hut, rot wie ein Briefkasten und geschmückt mit zwei langen Schwanzfedern eines Fasans, die bei der geringsten Bewegung ihres Kopfes erbebten. Es hätte ihn nicht gewundert, wenn jemand auf sie geschossen hätte. *Schön wär's,* dachte er. Teddy waren barbarische Gedanken erlaubt – er erlaubte sie sich –, solange er sie nicht aussprach. (»Gute Manieren«, mahnte seine Mutter, »sind die Rüstung, die man jeden Morgen neu anlegen muss.«)

»Was hören?«, fragte seine Tante schließlich.

»Das *Lied*«, sagte er und übte sich in Geduld. »Das Lied der Lerche. Jetzt hört man es nicht mehr«, fügte er hinzu, als sie weiterhin demonstrativ horchte.

»Vielleicht fängt es wieder an.«
»Nein. Wird es nicht, kann es nicht, sie ist weg. Fortgeflogen.« Er hob und senkte die Arme, um es ihr zu zeigen. Trotz der Federn auf ihrem Hut wusste sie nichts über Vögel. Oder andere Tiere. Sie hatte nicht einmal eine Katze. Trixie, sein Lurcher, der sich gerade begeistert durch den ausgetrockneten Graben neben der Straße schnüffelte, war ihr gleichgültig. Trixie war Teddys treueste Gefährtin und als Welpe zu ihnen gekommen, als sie noch so klein gewesen war, dass sie sich durch die Eingangstür im Puppenhaus seiner Schwestern hatte zwängen können.
Er fragte sich, ob er seine Tante erziehen sollte. Waren sie deswegen hier? »Die Lerche ist bekannt für ihren Gesang«, sagte er instruktiv. »Er ist wunderschön.« Es war natürlich unmöglich, Schönheit zu lehren. Sie *existierte* einfach. Man war entweder davon gerührt oder nicht. Seine Schwestern, Pamela und Ursula, waren es. Sein älterer Bruder Maurice war es nicht. Sein Bruder Jimmy war zu jung für Schönheit, sein Vater möglicherweise zu alt. Sein Vater, Hugh, hatte eine Schallplattenaufnahme von *The Lark Ascending,* die sie manchmal an verregneten Sonntagnachmittagen hörten. Es war schön, aber nicht so schön wie die Lerche selbst. »Der Zweck der Kunst«, sagte, ja dozierte seine Mutter Sylvie, »ist es, die Wahrheit einer Sache *aufzuzeigen,* nicht die Wahrheit zu *sein.*« Ihr Vater, Teddys lange verstorbener Großvater, war ein berühmter Maler gewesen, und dieses verwandtschaftliche Verhältnis verlieh seiner Mutter Autorität in Sachen Kunst. Und auch in Sachen Schönheit, nahm Teddy an. Alle diese Dinge – KUNST, WAHRHEIT, SCHÖNHEIT – wurden mit Großbuchstaben geschrieben, wenn seine Mutter darüber sprach.
»Wenn die Feldlerche sehr hoch fliegt«, fuhr er ohne große Hoffnung fort, »heißt das, dass das Wetter schön ist.«
»Also, man braucht keinen Vogel, um zu wissen, ob das Wetter

gut ist oder nicht, man schaut sich einfach um«, sagte Izzie. »Und heute Nachmittag ist es herrlich. Ich liebe die Sonne«, fügte sie hinzu, schloss die Augen und hob das geschminkte Gesicht gen Himmel.

Wer tat das nicht?, fragte sich Teddy. Seine Großmutter vielleicht, die ihr Leben in einem düsteren Wohnzimmer in Hampstead verbrachte. Dicke Stores aus Baumwolle waren beständig zugezogen, damit kein Licht ins Haus drang. Oder vielleicht damit die Dunkelheit nicht entkommen konnte.

Der »ritterliche Kodex«, den er auswendig gelernt hatte aus *Pfadfinder,* einem Buch, an das er sich in Zeiten der Unsicherheit oft ratsuchend wandte, auch jetzt noch, nachdem er sich selbst aus der Bewegung verbannt hatte, verlangte vom Jugendlichen, so ausgebildet zu werden, »dass er die anstrengendsten und unangenehmsten Aufgaben frohgemut und voller Anstand ausführt«. Er nahm an, dass Izzie zu unterhalten dazugehörte. Es war jedenfalls anstrengend.

Er schirmte die Augen mit der Hand gegen die Sonne ab und hielt Ausschau nach der Lerche. Sie tauchte nicht wieder auf, und er musste sich mit den Luftmanövern der Schwalben zufriedengeben. Er dachte an Ikarus und fragte sich, wie er von der Erde aus wohl ausgesehen hatte. Ziemlich groß vermutlich. Aber Ikarus war ein Mythos, oder? Nach den Sommerferien würde Teddy ins Internat kommen, und er musste wirklich damit anfangen, sich an die Tatsachen zu halten. »Du wirst ein Stoiker sein müssen, altes Haus«, riet sein Vater. »Es wird eine harte Prüfung werden, darum geht es vermutlich. Du lehnst dich am besten nicht weit aus dem Fenster«, fügte er hinzu. »Tauch nicht unter und lass dich nicht einfach treiben, plantsche irgendwo in der Mitte rum.«

»Alle Männer der Familie« waren in diese Schule gegangen, behauptete seine Hampstead-Großmutter (seine einzige Großmutter, Sylvies Mutter war vor langer Zeit gestorben), als wäre es ein Gesetz, das in uralter Zeit in Stein gemeißelt worden war. Teddy nahm an, dass auch sein Sohn dorthin würde gehen müssen, wiewohl dieser Junge in einer Zukunft existierte, die er sich jetzt noch nicht einmal annäherungsweise vorstellen konnte. Das musste er auch nicht, denn in dieser Zukunft hatte er keine Söhne, nur eine Tochter, Viola, was er bedauern würde, auch wenn er nie davon sprechen sollte, schon gar nicht mit Viola, die wortreich beleidigt wäre.

Teddy erschrak, als Izzie plötzlich anfing zu singen und – noch erschreckender – zu tanzen. *»Alouette, gentille Alouette.«* Er konnte noch kein nennenswertes Französisch und glaubte, dass sie nicht *»gentille«* sang, sondern »schontie«, eine Wortschöpfung, die ihm gut gefiel. »Kennst du das Lied?«, fragte sie.

»Nein.«

»Es stammt aus dem Krieg. Die französischen Soldaten haben es gesungen.« Der flüchtige Schatten von etwas – Traurigkeit vielleicht – zog über ihr Gesicht, doch dann sagte sie hämisch: »Der Text ist wirklich schauderhaft. Es geht nur darum, die arme Schwalbe zu rupfen. Ihre Augen und Federn und Beine und so weiter.«

In dem unvorstellbaren, aber unvermeidlichen Krieg, der kommen sollte – Teddys Krieg – war *Alouette* der Name der Staffel 425 der französischen Kanadier. Im Februar 1944, nicht lange vor seinem letzten Flug, musste Teddy auf ihrem Stützpunkt Tholthorpe notlanden, mit zwei brennenden Motoren, angeschossen, als sie über den Ärmelkanal geflogen waren. Die Québecer gaben seiner Besatzung Brandy, hartes Zeug, für das sie dennoch dankbar waren. Auf ihrem Staffelabzeichen befand sich über dem Motto *Je te plumerai* eine Schwalbe, und er hatte an diesen Tag mit Izzie gedacht. Es war eine Erinnerung, die jemand anderem zu gehören schien.

Izzie drehte eine Pirouette. »Es war die Nachtigall und nicht die Lerche!«, sagte sie und lachte.

War das, fragte er sich, was sein Vater meinte, wenn er sagte, Izzie wäre »lächerlich labil«?

»Wie bitte?«

»Es war die Nachtigall und nicht die Lerche«, sagte Izzie. »*Romeo und Julia*. Hast du es nicht gelesen?« Einen überraschenden Augenblick lang klang sie wie seine Mutter. »Aber ich habe natürlich nur einen Witz gemacht. Weil sie nicht mehr da ist. Die Lerche, meine ich. Forrtgeflogen. Forrt«, sagte sie in einem albernen Cockney. »Ich habe Lerchen gegessen«, fuhr sie leichthin fort. »In Italien. Da sind sie eine Delikatesse. Natürlich ist an einer Lerche nicht viel dran. Kaum mehr als ein Bissen.«

Teddy schauderte. Die Vorstellung, diesen vortrefflichen kleinen Vogel vom Himmel zu holen, seinen außergewöhnlichen Gesang mitten im Flug zu beenden, war abscheulich für ihn. Viele, viele Jahre später, zu Beginn der siebziger Jahre, entdeckte Viola Emily Dickinson in einem Amerikanistikseminar, das sie belegen musste. In ihrer kritzligen wilden Handschrift schrieb sie den ersten Vers eines Gedichts ab, von dem sie glaubte, dass es ihrem Vater gefallen würde (zu faul, das ganze kurze Gedicht abzuschreiben). »Spalte die Lerche – dann siehst du die Töne – Knolle um Knolle, in Silber gerollt.« Er war überrascht, dass sie überhaupt an ihn gedacht hatte. Sie tat es nur selten. Vermutlich war Literatur eins der wenigen Dinge, die sie gemeinsam hatten, auch wenn sie nur selten, wenn überhaupt, darüber sprachen. Er überlegte, ob er ihr im Gegenzug auch etwas schicken sollte, nur ein paar ausgewählte Zeilen – als eine Möglichkeit, mit ihr zu kommunizieren. »Heil dir, Geist der Lieder! Vogel bist du nicht« oder »Vernehm' ich nicht süße Töne, wenn zu der Wolke du steigst?« oder »Eine Lerche hoch in der klaren Luft, in dem glänzenden Himmelsblau«. (Gab es einen Dichter, der *nicht* über Lerchen geschrieben hatte?) Vermutlich würde seine Tochter glauben, dass er sie irgendwie gönnerhaft behandelte. Sie wollte nichts von ihm lernen, vielleicht wollte sie von niemandem lernen, und so schrieb er letztlich nur: »Danke, sehr aufmerksam von Dir.«

Bevor er sich daran hindern konnte – die Rüstung aus guten Manieren fiel von ihm ab –, sagte er: »Es ist *ekelhaft,* Lerchen zu essen, Tante Izzie.«

»Warum ist das ekelhaft? Du isst doch auch Hühner, oder? Wo ist der Unterschied?« Izzie hatte im Ersten Weltkrieg einen Krankenwagen gefahren. Totes Federvieh brachte sie nicht aus der Fassung.

Ein Riesenunterschied, dachte Teddy, doch er konnte nicht umhin, sich zu fragen, wie Lerchen schmeckten. Glücklicherweise lenkte ihn Trixie von diesem Gedanken ab, die aufgeregt bellte. Er neigte sich vor, um nachzusehen. »Oh, schau, eine Blindschleiche«, sagte er genüsslich zu sich selbst und vergaß die Lerche für den Augenblick. Er hob sie vorsichtig mit beiden Händen auf und zeigte sie Izzie.

»Eine Schlange?«, sagte Izzie und verzog das Gesicht, da Schlangen offensichtlich keinen Reiz für sie hatten.

»Nein, eine Blindschleiche«, sagte Teddy. »Keine Schlange. Auch kein Wurm. Sie gehört zu den Echsen.« Ihre bronzegoldenen Schuppen glänzten in der Sonne. Auch das war Schönheit. Gab es irgendetwas in der Natur, das nicht schön war? Sogar eine Nacktschnecke beanspruchte einen gewissen Respekt, allerdings nicht von seiner Mutter.

»Was für ein komischer kleiner Junge du bist«, sagte Izzie.

Teddy betrachtete sich nicht als »kleinen« Jungen. Vermutlich wusste seine Tante – die jüngste Schwester seines Vaters – noch weniger über Kinder als über Tiere. Er hatte keine Ahnung, warum sie ihn entführt hatte. Es war Samstag nach dem Mittagessen, und er hatte sich im Garten rumgetrieben und mit Jimmy Papierflugzeuge gefaltet, als Izzie sich auf ihn gestürzt und überredet hatte, mit ihr einen Spaziergang über »das Land« zu machen, womit sie den Weg zu meinen schien, der von Fox

Corner zum Bahnhof führte, kaum wilde Natur, Felsen und Flüsse. »Ein kleines Abenteuer. Und ein kleiner Schwatz. Komm, das wird ein Spaß.« Jetzt war er Geisel ihrer Launen, während sie dahinschlenderte und ihm merkwürdige Fragen stellte – »Hast du schon mal einen Wurm gegessen? Spielst du Cowboy und Indianer? Was willst du werden, wenn du groß bist?«. (Nein. Ja. Lokomotivführer.)

Vorsichtig legte er die Blindschleiche wieder ins Gras, und um den Misserfolg mit der Lerche wiedergutzumachen, bot er ihr die Glockenblumen an. »Wir müssen über die Wiese, um in den Wald zu gehen«, sagte er und schaute zweifelnd auf ihre Schuhe. Sie schienen aus Krokodilleder zu sein und waren scheußlich grün gefärbt, was kein anständiges Krokodil zugelassen hätte. Sie waren ganz neu und eindeutig nicht dafür bestimmt, über eine Wiese zu trampeln. Es war später Nachmittag, und die Kuhherde, um deren Weide es sich handelte, war zum Glück nicht da. Die Kühe – große, breite Tiere mit gutmütigen, neugierigen Augen – hätten nicht gewusst, was sie von Izzie halten sollten. Als sie über den Zaunübertritt stieg, zerriss sie sich einen Ärmel und trat dann mit einem Krokodilfuß in einen Kuhfladen, den jeder andere gesehen hätte. Sie machte es in Teddys Augen wieder etwas wett, indem sie über beide Missgeschicke auf bewundernswerte und sorglose Weise lachte. (»Wahrscheinlich«, sagte seine Mutter später, »wird sie beides einfach wegwerfen.«)

Von den Glockenblumen war sie jedoch enttäuschend unbeeindruckt. Die jährliche Blüte wurde in Fox Corner mit der gleichen Ehrfurcht begangen, die andere den alten Meistern entgegenbringen. Besucher wurden stolz in den Wald geführt, um dort das scheinbar endlose Meer aus Blau zu bewundern. »Wordsworth hatte seine Narzissen«, sagte Sylvie, »wir haben unsere Glockenblumen.« Es waren überhaupt nicht *ihre* Glockenblumen, doch der Charakter seiner Mutter neigte zur Inbesitznahme.

Als sie auf dem Weg zurückgingen, verspürte Teddy plötzlich ein unerwartetes Beben in der Brust, eine Art Hochgefühl des Herzens. Die Erinnerung an das Lied der Lerche und der scharfe grüne Geruch des Glockenblumenstraußes, den er für seine Mutter gepflückt hatte, fügten sich zu einem Moment reinen Rausches, einer Euphorie zusammen, die darauf hinzudeuten schien, dass gleich alle Geheimnisse enthüllt würden. (»Es gibt eine Welt aus Licht«, sagte seine Schwester Ursula. »Aber wir können sie wegen der Dunkelheit nicht sehen.« – »Unsere kleine Manichäerin«, sagte Hugh liebevoll.)

Das Internat war ihm natürlich nicht unbekannt. Teddys Bruder Maurice studierte jetzt in Oxford, aber als er im Internat gewesen war, hatte Teddy oft seine Mutter (»meine kleine Anstandsdame«) zu Zeugnisverleihungen und zum Gründungstag begleitet und gelegentlich zu etwas, was »Visitation« genannt wurde – einmal im Schuljahr durften Eltern ihre Kinder besuchen, wenn auch nur ungern. »Das ist mehr eine Strafanstalt als eine Schule«, schimpfte seine Mutter. Sylvie war nicht so begeistert von den Vorteilen der Bildung, wie man von ihr erwartet hätte.

Trotz der Loyalität seiner alten Lehranstalt gegenüber legte sein Vater einen ausgeprägten Widerwillen gegen jede Art von »Visitation« dort an den Tag. Hughs Fehlen wurde abwechselnd damit erklärt, dass er mit Bankangelegenheiten oder wichtigen Treffen oder quengeligen Gesellschaftern beschäftigt war. »Und so weiter und so fort«, murrte Sylvie. »Zurückzukehren ist normalerweise schmerzhafter, als weiterzugehen«, fügte sie in der Kapelle hinzu, als sich die Orgel durch die ersten Takte von *Lieber Gott und Vater der Menschen* quälte.

Das war vor zwei Jahren gewesen, anlässlich der Zeugnisverleihung nach Maurices letztem Schuljahr. Maurice war stellvertretender Schulsprecher gewesen, das »stellvertretend« in seinem Titel Anlass zu cholerischen Ausbrüchen. »Der Zweite in der

Befehlskette«, hatte er geschäumt, als er zu Beginn seines letzten Schuljahrs ernannt worden war. »Ich sehe mich als Befehlshaber, nicht als Stellvertreter.« Maurice glaubte, dass er aus dem Stoff war, aus dem Helden gemacht sind, dass er ein Mann war, der andere in die Schlacht führte, obwohl er den nächsten Krieg buchstäblich aussitzen würde, an einem schweren Schreibtisch in Whitehall, wo die Toten nur unangenehme Tabellen mit Zahlen waren. Niemand in der Schulkapelle an diesem heißen Tag im Juli 1923 hätte geglaubt, dass ein weiterer Krieg dem letzten so schnell auf dem Fuße folgen könnte. Die Namen der ehemaligen Schüler (»Ehre den Toten«) auf den eichenen Plaketten in der Kapelle waren gerade erst vergoldet worden. »Viel nützen wird ihnen die ›Ehre‹, wenn sie tot sind«, flüsterte Sylvie verärgert Teddy ins Ohr. Der Erste Weltkrieg hatte eine Pazifistin aus Sylvie gemacht, wenn auch eine sehr kriegerische.

In der Schulkapelle war es stickig, Schläfrigkeit senkte sich auf die Bänke wie ein Staubfilm, während der Direktor mit monotoner Stimme daherredete. Das Sonnenlicht, das durch die bunten Glasfenster drang, verwandelte sich in Rauten aus Edelsteinfarben, ein Kunstwerk, das kein Ersatz war für die wahre Sache draußen. Und das wäre nun bald auch Teddys Los. Eine einzige trübe Aussicht auf Durchhaltenmüssen.

Aber als es so weit war, erwies sich das Schulleben als nicht so schlimm, wie er befürchtet hatte. Er hatte Freunde und war sportlich, was immer ein gewisses Maß an Beliebtheit garantierte. Und er war ein netter Junge, der Rüpeln kein Pardon gab, und auch dadurch gewann er an Beliebtheit. Doch als er dann abschloss und nach Oxford ging, war er dennoch der Ansicht, dass die Schule ein grausamer und unzivilisierter Ort war und er diese herzlose Tradition mit seinen eigenen Söhnen nicht fortsetzen würde. Er rechnete mit mehreren Söhnen – lebhaft, loyal, kräftig – und erhielt stattdessen das Destillat (oder vielleicht die Reduktion) der Hoffnung, nämlich Viola.

»Erzähl mir mehr über dich«, sagte Izzie, riss einen Stengel Wiesenkerbel aus der Hecke und verdarb damit den Augenblick.

»Was denn?«, rätselte er, die Euphorie hatte sich aufgelöst, die Geheimnisse waren erneut aus seinem Sichtfeld verschwunden. Später, in der Schule, sollte er Brookes Gedicht *Die Stimme* lernen – »Der Zauber war gebrochen, der Schlüssel verloren«, eine passende Beschreibung für diesen Moment, aber da hatte er ihn schon vergessen, weil diese Empfindungen naturgemäß flüchtig sind.

»Irgendwas«, sagte Izzie.

»Also, ich bin elf Jahre alt.«

»*Das* weiß ich doch, Dummerchen.« (Er bezweifelte es.) »Was macht dich ganz persönlich aus? Was tust du gern? Wer sind deine Freunde? Hast du ein Dings, du weißt schon«, sagte sie und kämpfte um ihr unbekanntes Vokabular. »David und Goliath – ein Schleuderdings?«

»Eine Steinschleuder?«

»Ja! Um damit auf Leute zu schießen und Sachen zu töten und so weiter.«

»Sachen töten? Nein! Das würde ich nie tun. (Sein Bruder Maurice dagegen schon.) Ich weiß nicht mal mehr, wo sie ist. Früher habe ich damit Kastanien von den Bäumen geschossen.« Sein Pazifismus schien sie zu enttäuschen, sie ließ sich jedoch nicht vom Fragenkanon ablenken. »Was ist mit Streitereien? Du musst dich doch streiten, alle Jungs tun das, oder? Jux und Tollerei.«

»Streitereien?« Er erinnerte sich mit einem gewissen Entsetzen an den Vorfall mit der grünen Farbe.

»Bist du Pfadfinder?«, fragte sie und nahm spöttisch Habtachtstellung ein und salutierte zackig. »Ich *wette,* dass du bei den Pfadfindern bist.«

»War ich«, murmelte er. »Ich war Wölfling.« Es war kein Thema, über das er mit ihr sprechen wollte, aber er konnte einfach nicht lügen, als wäre er bei der Geburt verzaubert worden. Seine beiden Schwestern – und sogar Nancy – konnten wunderbar lügen, wenn nötig, und Maurice und die Wahrheit (oder die WAHRHEIT) kannten sich kaum, doch Teddy war bedauernswert ehrlich.

»Bist du bei den Pfadfindern rausgeflogen?«, fragte Izzie wissbegierig. »Oder unehrenhaft entlassen? Hat es einen schrecklichen Skandal gegeben?«

»Natürlich nicht.«

»Erzähl. Was ist passiert?«

Die *Kindred of the Kibbo Kift* ist passiert, dachte Teddy. Sollte er es aussprechen, würde es wahrscheinlich Stunden dauern, Izzie die Sache zu erklären.

»Kibbo Kift?«, sagte sie. »Das klingt wie der Name eines Clowns.«

»Was ist mit Süßigkeiten? Magst du Süßigkeiten, und wenn ja, was für welche?« Sie zog ein kleines Notizheft heraus und beunruhigte Teddy damit. »Ach, mach dir nichts draus«, sagte sie. »Heutzutage macht sich jeder Notizen. Also … Süßigkeiten?«

»Süßigkeiten?«

»Süßigkeiten«, bestätigte sie, seufzte dann und fuhr fort: »Weißt du, lieber Teddy, außer dir *kenne* ich einfach keine kleinen Jungs. Ich habe mich schon oft gefragt, was einen Jungen ausmacht außer den üblichen Fröschen, Schlangen, Schnecken natürlich. Und ein Junge ist ein Mann im Werden. Der Junge im Mann, der Mann im Jungen und so weiter.« Das Letzte hatte sie in Betrachtung des Wiesenkerbels versunken gesagt. »Ich frage mich zum Beispiel, ob du als Erwachsener wie dein Vater sein wirst.«

»Ich hoffe es.«

»Oh, du darfst dich nicht mit Gewöhnlichkeit zufriedengeben, *ich* werde es ganz bestimmt nicht tun. Du musst als Erwachsener sehr piratenhaft sein!« Sie begann, den Wiesenkerbel in Stücke zu reißen. »Männer behaupten, dass Frauen geheimnisvoll sind, aber ich glaube, das ist nur eine List, damit wir nicht merken, wie *absolut unverständlich* sie sind.« Sie sprach die beiden Worte sehr laut und gereizt aus, als würde sie dabei an jemand Bestimmten denken. (»Sie hat immer den einen oder anderen Mann in petto«, hatte er seine Mutter sagen hören.) »Und was ist mit kleinen Mädchen?«, fragte Izzie.

»Was ist mit ihnen?«, wunderte er sich.

»Also, hast du eine ›spezielle Freundin‹ – du weißt schon, ein Mädchen, das du besonders magst?« Sie verzog albern grinsend das Gesicht, was vermutlich ihr (sehr misslungener) Versuch war, Romantik oder ähnlichen Unsinn nachzuäffen.

Er wurde rot.

»Ein kleines Vögelchen hat mir erzählt«, fuhr sie erbarmungslos fort, »dass du ein bisschen in eins der Nachbarmädchen verknallt bist.«

Welches kleine Vögelchen?, fragte er sich. Nancy und ihre Schwestern – Winnie, Gertie, Millie und Bea – lebten neben Fox Corner in dem Haus namens Jackdaws. Eine große Zahl Vögel nistete im Wald und legte eine Vorliebe für den Rasen der Shawcross an den Tag, auf den Mrs. Shawcross jeden Morgen Toastkrümel streute.

Teddy würde Izzie *nichts* von Nancy sagen, unter keinen Umständen, nicht einmal, wenn er gefoltert würde – was der Fall war. Er würde ihren Namen nicht verraten, nur damit Izzie ihn in den Schmutz zog und sich lustig machte. Nancy war seine *Freundin,* seine Lieblingsgefährtin, nicht das blöde schnulzige Liebchen, von dem Izzie sprach. Selbstverständlich würde er Nancy heiraten und sie lieben, ja, aber es würde sich dabei um die reine galante Liebe eines Ritters handeln. Nicht dass er irgendeine andere Art Liebe begriffen hätte. Er hatte den Bullen mit den Kühen gesehen, und Maurice behauptete, dass Menschen das auch tun würden, einschließlich ihrer Mutter und ihres Vaters, hatte er kichernd gesagt. Teddy war sich ziemlich sicher, dass er log. Hugh und Sylvie waren viel zu würdevoll für derartige Akrobatik.

»Ach, du liebe Zeit, wirst du etwa rot?«, rief Izzie. »Ich glaube, ich habe dir ein Geheimnis entlockt!«

»Bonbons mit Birnengeschmack«, sagte Teddy in dem Bemühen, dieser Befragung ein Ende zu setzen.

»Was ist damit?«, sagte Izzie. (Sie ließ sich leicht ablenken.) Sie warf den zerfetzten Wiesenkerbel auf den Boden. Sie hatte nichts übrig für die Natur. In ihrer Achtlosigkeit wäre sie über die Wiese getrampelt, in Kiebitznester getreten, hätte die Feldmäuse terrorisiert. Sie gehörte in die Stadt, in eine Welt der Maschinen.

»Das sind die Süßigkeiten, die ich am liebsten mag«, sagte er.

Auf dem Weg begegnete ihnen die Kuhherde, die drängelnd vom Melken zurückkehrte. Es muss spät sein, dachte Teddy und hoffte, dass er das Abendessen nicht versäumt hatte.

»Oh, Glockenblumen, wie schön«, sagte seine Mutter, als sie zur Tür hereinkamen. Sie trug Abendkleidung und sah selbst sehr schön aus. In der Schule, in die er gehen sollte, hatte seine Mutter laut Maurice viele Bewunderer. Teddy war stolz auf den Status seiner Mutter als Schönheit.

»Was um alles in der Welt habt ihr die ganze Zeit gemacht?«, fragte Sylvie. Sie richtete die Frage an Teddy, zielte damit jedoch auf Izzie.

Sylvie im Pelz betrachtete ihr Abbild im Schlafzimmerspiegel. Sie stellte den Kragen des kurzen Capes auf, um ihr Gesicht einzurahmen. Ein kritischer Blick. Der Spiegel war einst ihr Freund gewesen, doch jetzt meinte sie, dass er ihr gleichgültig gegenüberstand.

Sie hob die Hand zum Haar, ihre »krönende Pracht«, ein Nest aus Kämmen und Nadeln. Jetzt eine altmodische Frisur, das

Kennzeichen einer von der Zeit zurückgelassenen Matrone. Sollte sie es schneiden lassen? Hugh wäre untröstlich. Plötzlich fiel ihr etwas ein – eine Kohlezeichnung, ein Porträt, das ihr Vater kurz vor seinem Tod von ihr gemacht hatte. *Sylvie als Engel,* hatte er es genannt. Sie war sechzehn gewesen, sittsam in einem langen weißen Gewand – einem ziemlich dünnen Nachthemd eigentlich –, halb von ihrem Vater abgewandt, um den schönen Wasserfall ihres Haars zur Geltung zu bringen.

»Schau traurig«, wies ihr Vater sie an. »Denk an den Sündenfall.«

Sylvie, die ein schönes unbekanntes Leben zur Gänze noch vor sich hatte, fiel es schwer, sich mit dem Thema zu beschäftigen, schmollte aber trotzdem hübsch und sah gedankenverloren auf die Wand des riesigen Ateliers ihres Vaters.

Es war eine unbequeme Pose gewesen, und sie erinnerte sich daran, wie ihre Rippen geschmerzt hatten und sie für die Kunst ihres Vaters gelitten hatte. Der große Llewellyn Beresford, Porträtmaler der Reichen und Berühmten, ein Mann, der nach seinem Tod nichts als Schulden hinterließ. Sylvie empfand noch immer den Verlust, nicht den ihres Vaters, sondern des Lebens, das er leider, wie sich herausgestellt hatte, auf fadenscheinigem Gewebe gebaut hatte.

»Was man sät«, hatte ihre Mutter leise wehgeklagt, »wird man ernten. Aber *er* hat gesät, und *wir* ernten nichts.«

Es folgte eine demütigende Zwangsversteigerung, und Sylvies Mutter hatte darauf bestanden, dabei zu sein, als müssten sie mit eigenen Augen sehen, wie jeder Gegenstand, den sie notgedrungen aufgaben, fortgetragen wurde. Sie saßen unerkannt (hofften sie) in der letzten Reihe und schauten zu, wie ihre weltlichen Güter vorgeführt wurden. Gegen Ende dieser Peinlichkeit wurde die Skizze von Sylvie zum Verkauf aufgerufen.

»Los Nummer 182. Kohleporträt der Tochter des Künstlers«, hieß es, Sylvies Engelsnatur war offenbar abhandengekommen. Ihr Vater hätte ihr einen Heiligenschein und Flügel malen sollen, dann wäre seine Absicht klar gewesen. So sah sie nur aus wie ein missmutiges hübsches Mädchen in einem Nachthemd. Ein dicker, ziemlich zwielichtiger Mann hob nach jedem neuen Gebot seine Zigarre, und schließlich wurde ihm Sylvie für drei Pfund, zehn Schilling und Sixpence zugesprochen. »Billig«, murmelte ihre Mutter. Heute wahrscheinlich noch billiger, dachte Sylvie. Nach dem Krieg waren die Bilder ihres Vaters aus der Mode gekommen. Wo war es jetzt?, fragte sie sich. Sie hätte es gern wieder. Der Gedanke ärgerte sie, ein Stirnrunzeln im Spiegel. Als die Versteigerung schließlich zu Ende war (»Ein Restposten, bestehend aus einem Paar Feuerböcken aus Messing, einem silbernen Speisenwärmer, angelaufen, einem großen Kupferkrug«), waren sie mit den anderen Leuten aus dem Raum geeilt und hatten gehört, wie der schmierige Mann zu seinem Begleiter sagte: »Ich werde mein Vergnügen dabei haben, wenn ich diesen reifen jungen Pfirsich anschaue.« Sylvies Mutter kreischte – diskret, sie war nie laut – und zog ihren unschuldigen Engel außer Hörweite.

Besudelt, alles besudelt, dachte Sylvie. Von Anfang an, vom Sündenfall an. Sie rückte den Kragen des Capes zurecht. Es war viel zu heiß, aber sie glaubte, dass sie mit Pelz am besten aussah. Das Cape war aus Blaufuchs, was sie betrübte, da Sylvie die Füchse mochte, die zu ihnen in den Garten kamen – sie hatte das Haus nach ihnen benannt. Wie viele Füchse brauchte man für ein Cape?, fragte sie sich. Zumindest nicht so viele wie für einen Mantel. In ihrem Schrank hing ein Nerz, ein Geschenk von Hugh zum zehnten Hochzeitstag. Sie musste ihn zum Kürschner bringen und etwas Moderneres daraus machen lassen. »Und aus mir auch«, sagte sie zum Spiegel.

Izzie hatte einen neuen kokonförmigen Mantel. Zobel. Woher hatte Izzie ihre Pelze, da sie doch kein Geld hatte? »Ein Geschenk«, sagte sie. Von einem Mann natürlich, und kein Mann verschenkte einen Pelzmantel, ohne etwas als Gegenleistung zu erwarten. Außer der eigene Mann natürlich, der nichts als ein bescheidenes Maß an Dankbarkeit erwartete.

Sylvie hätte ohnmächtig werden können von der Menge Parfum, die sie aufgetragen hatte, verschüttet von einer zittrigen Hand, obwohl sie normalerweise nicht zu Nervosität neigte. Sie würde am Abend nach London fahren. Im Zug wäre es heiß und stickig, schlimmer noch wäre es in der Stadt, sie müsste ihren Fuchs opfern. So, wie die Füchse für sie geopfert worden waren. Irgendwo versteckte sich da – so was wie – ein Witz, die Art, wie Teddy sie machen würde, nicht Sylvie. Sylvie hatte keinen Sinn für Humor. Ein Manko ihres Charakters.

Unwillkürlich schweifte ihr Blick zu dem Foto auf dem Frisiertisch, nach Jimmys Geburt in einem Studio aufgenommen. Sylvie saß. Das neue Baby in seinem Taufkleid – ein ausuferndes Ding, das alle Todds getragen hatten – schien über ihre Arme zu quellen, während der Rest ihrer Brut kunstvoll um sie herum arrangiert war und sich den Anschein von geschwisterlicher Liebe gab. Sylvie fuhr mit dem Finger über den silbernen Rahmen, ihre Absicht war liebevoll, doch sie fand Staub. Sie musste ein ernstes Wort mit Bridget reden. Das Mädchen war schlampig geworden. (»Alle Dienstboten wenden sich irgendwann gegen ihre Herrschaft«, hatte ihre Schwiegermutter gesagt, als Sylvie Hugh heiratete.)

Unruhe unten konnte nur bedeuten, dass Izzie zurückgekommen war. Widerwillig legte Sylvie den Pelz ab und zog ihre leichte Abendjacke an, für die nur hart arbeitende Seidenwürmer geopfert worden waren. Sie setzte sich den Hut auf. Ihre unmodische Frisur passte nicht zu den modernen Käppchen und Baskenmützen, deswegen trug sie noch immer einen *chapeau*. Sie stach sich versehentlich mit der langen silbernen Hutnadel. (Konnte man mit einer Hutnadel jemanden umbringen? Oder nur verletzen?) Sie verwünschte leise die Götter, woraufhin die gewaschenen unschuldigen Gesichter ihrer Kinder auf dem Foto sie vorwurfsvoll anblickten. Und recht hatten sie, dachte sie. Sie wäre bald vierzig Jahre alt, und diese Aussicht machte sie unzufrieden mit sich selbst. (»*Noch* unzufriedener«, behauptete Hugh.) Sie spürte Ungeduld im Rücken und Leichtsinn vor sich.

Sie musterte sich noch ein letztes Mal. Gut genug, dachte sie, was nicht notwendigerweise ein Urteil war, mit dem sie sich gern zufriedengab. Es waren zwei Jahre vergangen, seitdem sie ihn gesehen hatte. Würde er sie noch immer für eine Schönheit halten? Damals hatte er es getan. Gab es irgendwo auf der Welt eine Frau, die dem Kompliment, eine Schönheit zu sein, widerstehen konnte? Aber Sylvie hatte widerstanden und war keusch geblieben. »Ich bin verheiratet«, hatte sie sittsam mehrmals wiederholt. »Dann solltest du dich nicht auf dieses Spiel einlassen, meine Liebe«, sagte er. »Die Folgen könnten schrecklich für dich sein – für uns.« Er lachte über diese Vorstellung, als fände er sie reizvoll. Es stimmte, sie hatte ihn verleitet und dann festgestellt, dass sie in einer Sackgasse gelandet waren.

Er war ins Ausland gegangen und hatte wichtige Arbeit für das Empire geleistet, doch jetzt war er zurück, und Sylvie zerrann die Lebenszeit wie Wasser zwischen den Fingern, und sie war nicht länger geneigt, sittsam zu sein.

Er hielt ihr einen Riesenstrauß Glockenblumen hin. »Oh, Glockenblumen, wie schön«, sagte sie zu Teddy. Ihrem Jungen. Sie hatte noch zwei, aber manchmal schienen sie kaum zu zählen. Ihre Töchter waren nicht notwendigerweise Objekte der Zuneigung, sondern eher Probleme, die gelöst werden mussten. Nur ein Kind hielt ihr Herz in der schmuddligen Faust. »Wasch dich vor dem Abendessen, Schatz«, sagte sie zu Teddy. »Was um alles in der Welt habt ihr die ganze Zeit gemacht?«

»Wir haben uns ein bisschen kennengelernt«, sagte Izzie. »So ein lieber Junge. Aber du siehst ja ganz bezaubernd aus, Sylvie. Und ich habe dich schon aus hundert Metern Entfernung gerochen. Ganz die *femme séduisante*. Du hast etwas vor. Erzähl.«

Sylvie starrte sie böse an, wurde jedoch abgelenkt von den schmutzigen grünen Krokodilen auf ihrem Voysey-Läufer im Flur. *»Raus«,* sagte sie und scheuchte Izzie zur Haustür. Und noch einmal: *»Raus.«*

»Ein scheußlicher Fleck«, murmelte Hugh, der aus seinem Refugium in den Flur geschlendert kam, als Izzie die Einfahrt entlangstolzierte. Er wandte sich an Sylvie und sagte: »Du siehst wunderschön aus, Liebling.«

Sie hörten zu, wie der Motor von Izzies Sunbeam ansprang und sie auf enervierende Weise beschleunigte und davonfuhr. Sie chauffierte auf die Art von Taddäus Kröte (aus *Der Wind in den Weiden*), hupte viel und bremste kaum. »Früher oder später wird sie jemanden umbringen«, sagte Hugh, der selbst ein herrschaftlicher Autofahrer war. »Und ich dachte, sie hätte keinen Penny. Was hat sie getan, um sich diesen Wagen leisten zu können?«

»Etwas Unanständiges, da kannst du sicher sein«, sagte Sylvie.

Endlich war Teddy befreit von Izzies schrecklichem Gequassel, musste jedoch das übliche Verhör seitens seiner Mutter über sich ergehen lassen, bis sie beruhigt war, dass ihr Kind durch den Kontakt mit Izzie nicht verdorben worden war. »Sie hat immer einen Grund«, sagte sie düster. Schließlich durfte er zum Abendessen, eine etwas improvisierte Angelegenheit aus Sardinen auf Toast, da Mrs. Glover an diesem Abend freihatte.

»Sie hat eine Lerche gegessen«, sagte Teddy zu seinen Schwestern am Tisch. »In Italien. Nicht dass es wichtig wäre, *wo*.«

»›Eine Lerche, verwundet an den Schwingen‹«, sagte Ursula, und als Teddy sie ausdruckslos anschaute, sagte sie: »Blake. ›Eine Lerche, verwundet an den Schwingen, ein Cherub hört auf zu singen.‹«

»Hoffentlich wird *sie* eines Tages von irgendwas gefressen«, sagte die bodenständigere Pamela gut gelaunt.
Pamela würde an der Universität von Leeds Chemie studieren. Sie freute sich auf den »belebenden Norden«, die »wirklichen« Menschen. »Sind wir nicht wirklich genug?«, murmelte Teddy Ursula zu, die lachte und erwiderte: »Was ist wirklich?« Das erschien Teddy, der keinen Anlass hatte, an der Welt der Phänomene zu zweifeln, eine dumme Frage. Wirklich war, was man sehen und schmecken und berühren konnte. »Da hast du mindestens zwei Sinne vergessen«, korrigierte ihn Ursula. Wirklich waren der Wald und die Glockenblumen, die Eule und der Fuchs, die Hornby-Eisenbahn, die über den Boden seines Schlafzimmers fuhr, der Geruch eines Kuchens, der im Ofen buk. Die Lerche, die sich auf der Melodie ihres Lieds in die Höhe schwang.

Der Abend in Fox Corner: Nachdem Hugh Sylvie zum Bahnhof gefahren hatte, zog er sich mit einem kleinen Glas Whisky und dem Stumpen einer halb gerauchten Zigarre in sein Refugium zurück. Er war ein Mann moderater Gewohnheiten, mehr aus Instinkt als aufgrund einer bewussten Entscheidung. Es war ungewöhnlich, dass Sylvie in die Stadt gefahren war. »Theater und Abendessen mit Freunden«, sagte sie. »Ich bleibe über Nacht.« Sie war ein unruhiger Geist, ein bedauernswerter Zug bei einer Ehefrau, aber er musste ihr in jeder Beziehung vertrauen, oder das gesamte Gebäude ihrer Ehe würde einstürzen und läge in Trümmern.
Pamela war im Frühstückszimmer, die Nase in ein Chemielehrbuch gesteckt. Sie hatte die Aufnahmeprüfung für Girton nicht bestanden und wollte nicht wirklich in den »belebenden Norden«, aber »Not kennt kein Gebot«, wie Sylvie – irritierenderweise – gern sagte. Pamela hatte (insgeheim) auf funkelnde Preise und eine brillante Karriere gehofft und befürchtete jetzt, dass sie nicht die kühne Frau ihrer Träume werden würde.

Ursula lag auf dem Teppich zu Pamelas Füßen und konjugierte unregelmäßige lateinische Verben. »Oh, wie schön«, sagte sie zu Pamela. »Das Leben kann nur noch besser werden.« Pamela lachte und erwiderte: »Da wäre ich mir nicht so sicher.«
Jimmy saß im Schlafanzug am Küchentisch und freute sich über Milch und Kekse vor dem Schlafengehen. Mrs. Glover, ihre Köchin, war eine Frau, die keine Mythen und Märchen duldete, und Bridget ergriff in ihrer Abwesenheit die Gelegenheit, Jimmy mit einer verworrenen, nichtsdestotrotz erstaunlich blutrünstigen Geschichte über den Pooka zu unterhalten, während sie die Töpfe scheuerte. Mrs. Glover war zu Hause, döste, die Füße auf das Kamingitter gestützt, ein kleines Glas Starkbier zur Hand.

Izzie fuhr unterdessen auf der Straße dahin und sang *Alouette.* Die Melodie hatte sich jetzt fest in ihrem Kopf eingenistet. *Je te plumerai,* krächzte sie unmusikalisch, *je te plumerai.* Ich werde dich rupfen. Der Krieg war schrecklich gewesen, sie wünschte, sie hätte sich nicht daran erinnert. Sie war eine FANY gewesen. Eine ziemlich alberne Abkürzung, fand sie. First Aid and Nursing Yeomanry, Erste-Hilfe-und-Krankenpflege-Truppe. Sie war Krankenwagen gefahren, obwohl sie zuvor noch nicht einmal ein Auto gesteuert hatte, aber letztlich tat sie alle möglichen fürchterlichen Dinge. Sie dachte daran, wie sie am Ende eines Tages die Krankenwagen gesäubert hatten, Blut und Körperflüssigkeiten und Abfall. Sie erinnerte sich auch an die Verstümmelungen, die verkohlten Skelette, die zerstörten Dörfer, Gliedmaßen, die aus dem Schlamm und der Erde ragten. Eimer voller schmutziger Tupfer und eitriger Verbände und die schrecklichen nässenden Wunden der armen Jungen. Kein Wunder, dass die Leute das alles vergessen und ein bisschen Spaß haben wollten, um Himmels willen. Ihr wurde das Croix de Guerre verliehen. Sie hatte zu Hause niemandem davon erzählt. Es bei ihrer

Rückkehr in eine Schublade gelegt. Es bedeutete nichts angesichts dessen, was diese armen Jungen erlebt hatten.

Während des Kriegs war sie zweimal verlobt gewesen, beide Männer starben, wenige Tage nachdem sie ihr einen Antrag gemacht hatten und lange bevor Izzie Zeit gehabt hätte, die frohe Botschaft brieflich mitzuteilen. Beim zweiten war sie dabei gewesen, als er starb. Sie hatte ihn durch Zufall in dem Feldlazarett gefunden, zu dem sie die Verwundeten mit dem Krankenwagen schaffte. Zuerst hatte sie ihn nicht erkannt, so sehr war er von der Artillerie zerfetzt worden. Die Oberschwester, die zu wenige Schwestern und Pfleger hatte, bat sie, bei ihm zu bleiben. »Schsch, schsch«, beruhigte sie ihn und wachte im schmierigen gelben Schein einer Öllampe an seinem Sterbebett. Am Schluss rief er nach seiner Mutter, das taten sie alle. Izzie konnte sich nicht vorstellen, dass sie auf ihrem Totenbett nach Adelaide rufen würde.

Sie strich das Laken ihres Verlobten glatt, küsste seine Hand, da nicht viel von seinem Gesicht übrig war, was sie hätte küssen können, und informierte einen Pfleger über seinen Tod. Keine Euphemismen. Dann kehrte sie zu ihrem Krankenwagen zurück und nahm die Suche nach Verletzten wieder auf.

Sie kniff, als ein dritter, ziemlich schüchterner Junge, ein Hauptmann namens Tristan, sich erbot, ihr ein Stück Schnur um den Finger zu binden. (»Tut mir leid, mehr habe ich nicht. Ich werde dir einen wunderschönen Diamanten schenken, wenn das alles vorbei ist. Nein? Bist du sicher? Du würdest einem netten Burschen einen schrecklich großen Gefallen tun.«) Sie brachte Pech und wollte ihn verschonen, dachte Izzie – untypisch selbstlos –, was lächerlich war, da die meisten dieser hübschen Subalternen mit oder ohne ihre Unterstützung zum Tode verurteilt waren.

Izzie sah Tristan nach ihrer Absage nie wieder und hielt ihn für tot (sie hielt sie alle für tot), aber ein Jahr nach Kriegsende blätterte sie in den Gesellschaftsseiten und sah ein Foto von ihm, wie er aus der St. Mary Undercroft kam. Er war jetzt Parlamentsabgeordneter und stammte aus einer unanständig reichen Familie. Er strahlte die lächerlich junge Braut an seinem Arm an, die an ihrem Finger einen, wenn man ihn mit der Lupe betrachtete, wirklich wunderschönen Diamanten trug. Izzie nahm an, dass sie ihn, aber leider nicht sich selbst gerettet hatte. Sie war vierundzwanzig Jahre alt, als der Krieg endete, und ihr war klar, dass sie keine Chance mehr hatte.

Ihr erster Verlobter hatte Richard geheißen. Abgesehen davon hatte sie kaum etwas über ihn gewusst. Sie meinte sich zu erinnern, dass er an der Beaufort Hunt teilnahm. Sie hatte aus einer Laune heraus »ja« gesagt, aber wahnsinnig verliebt gewesen war sie in ihren zweiten Verlobten, den sie im Feldlazarett beim Sterben begleitet hatte. Sie hatte ihn geliebt, und noch besser, er hatte sie geliebt. Ihre wenigen gemeinsamen Augenblicke hatten sie damit verbracht, sich eine hinreißende Zukunft auszumalen – Boot fahren, reiten, tanzen. Essen, lachen, Sonnenschein. Champagner, um auf ihr Glück anzustoßen. Kein Dreck, kein endloses schreckliches Abschlachten. Er hieß Augustus. Gussie nannten ihn seine Freunde. Ein paar Jahre später fand sie heraus, dass Literatur eine Möglichkeit war, jemanden wiederauferstehen zu lassen und festzuhalten. »Wenn alles andere weg ist, bleibt noch die Kunst«, sagte sie während des nächsten Kriegs zu Sylvie. »*Die Abenteuer des Augustus* sind Kunst?«, sagte Sylvie und zog eine elitäre Augenbraue in die Höhe. Keine Großbuchstaben für Augustus. Izzies Definition von Kunst war natürlich umfassender als Sylvies. »Kunst ist alles, was eine Person erschafft und woran eine andere Gefallen findet.«

»Sogar Augustus?«, sagte Sylvie und lachte.

»Sogar Augustus«, sagte Izzie.

Diese armen toten Jungen aus dem Ersten Weltkrieg waren nur ein paar Jahre älter gewesen als Teddy. Als sie heute mit ihrem Neffen zusammen war, hatte es einen Moment gegeben, in dem sie von ihren zärtlichen Gefühlen für ihn nahezu überwältigt wurde. Wenn sie ihn nur beschützen könnte vor dem Unglück, dem Schmerz, den die Welt (unweigerlich) für ihn bereithielt. Sie hatte selbst ein Kind, es war geboren und hastig zur Adoption freigegeben worden, als sie sechzehn gewesen war, ein so sauberer und rascher Schnitt, dass sie so gut wie nie an den Jungen dachte. Vielleicht war es dann nur gut, dass Teddy sich in dem Moment, als sie ihm übers Haar streichen wollte, plötzlich vorneigte und sagte: »Oh, schau, eine Blindschleiche«, und Izzie leere Luft berührte. »Was für ein komischer kleiner Junge du bist«, sagte sie und sah kurz das zerschmetterte Gesicht von Gussie vor sich, als er sterbend auf dem Feldbett lag. Und dann die Gesichter all dieser armen toten Jungen, eine Reihe nach der anderen erstreckte sich immer weiter in die Ferne. Die Toten.

Sie fuhr so schnell wie möglich vor der Erinnerung davon, wich gerade noch rechtzeitig einem Fahrradfahrer aus und schickte ihn schwankend an den Straßenrand, von wo er der Stoßstange des rücksichtslosen Sunbeam Beleidigungen nachschrie. *Arduis invictus* war das Motto der FANYs gewesen. Unbesiegt in der Not. Schrecklich langweilig. Izzie hatte genug Not erlebt, danke. Der Wagen flog über die Straßen. Der Keim von Augustus sprießte bereits in Izzies Kopf.

Maurice, bei diesem Namensaufruf bislang abwesend, zwängte sich gerade in Frack und weiße Krawatte in Vorbereitung auf das Abendessen im Bullingdon Club in Oxford. Bevor der Abend vorüber wäre, das verlangte die Tradition des Bullingdon Clubs, wäre das Restaurant auseinandergenommen. Alle wären überrascht gewesen, hätten sie gewusst, dass sich in diesem gestärkten Panzer ein weiches Geschöpf voller Zweifel und Pein wand, das nie das Tageslicht sehen und in nicht allzu ferner Zukunft mit dem Panzer verschmelzen würde, eine Schnecke, die ihrem Haus nie entkommen konnte.

Eine »Verabredung«. Allein das Wort klang sündig. Er hatte zwei Zimmer im Savoy gebucht. Sie hatten sich dort getroffen, bevor er weggegangen war, allerdings (relativ) unschuldig in öffentlichen Bereichen.

»Nebeneinanderliegende Zimmer«, sagte er. Das Hotelpersonal kannte gewiss die Bedeutung des Wortes »nebeneinanderliegend«. Wie beschämend. Sylvies Herz hämmerte in ihrer Brust, als sie mit dem Taxi vom Bahnhof zum Hotel fuhr. Eine Frau vor dem Sündenfall.

Die Versuchung des Hugh.

»Die Sonne strahlt in ewiger Herrlichkeit«, sang Hugh im Garten vor sich hin. Er war aus seinem Refugium hervorgekommen, um nach dem Essen (wenn man es denn Essen nennen konnte) einen kleinen Spaziergang zu machen. Von der anderen Seite der Stechpalmenhecke, die Fox Corner von Jackdaws trennte, hörte er zur Antwort ein Geträller. *»Schau auf ihre Flamme, du sanfter Herr, des Mondes himmlische Hoheit.«* Und so fand er sich im Wintergarten der Shawcross' wieder, die Arme um Roberta Shawcross geschlungen, nachdem er durch die Lücke in der Hecke geschlüpft war, die die Kinder im Lauf der Jahre geschaffen hatten. (Er und Mrs. Shawcross hatten kürzlich bei der örtlichen Laienaufführung von *Der Mikado* mitgewirkt. Sie hatten sowohl sich selbst als auch den jeweils anderen mit der Leidenschaft ihrer unglaubwürdigen Auftritte als Ko-Ko und Katisha überrascht.)

Sonne und Mond, sinnierte Hugh, das weibliche und das männliche Element. Was hätte er gedacht, hätte er gewusst, dass eines

Tages seine Urenkel so heißen würden? »Mrs. Shawcross«, sagte er, als er auf der anderen Seite aus der Hecke trat, ziemlich zerkratzt von den Stechpalmen. Die Kinder, die diese Abkürzung benutzten, waren erheblich kleiner als er.

»Oh, bitte, sag Roberta, Hugh.« Wie aufregend intim sein Name von ihren Lippen klang. Feuchte volle Lippen, daran gewöhnt, Gott und die Welt zu loben und zu ermutigen.

Sie fühlte sich warm an. Und trug kein Korsett. Sie kleidete sich auf unkonventionelle Weise, und sie war auch Vegetarierin und Pazifistin und trat natürlich für das Frauenwahlrecht ein. Die Frau war eine unglaubliche Idealistin. Man musste sie einfach bewundern. (Bis zu einem gewissen Grad jedenfalls.) Sie hatte Überzeugungen und Leidenschaften und lebte ihre Leidenschaften aus. Sylvies Leidenschaften waren Stürme, die in ihrem Inneren tobten.

Er zog Mrs. Shawcross etwas näher an sich und fühlte, wie sie ihm nachgab.

»Oh, Liebster«, sagte sie.

»Ich weiß ...«, sagte Hugh.

Das Gute an Mrs. Shawcross – Roberta – war, dass sie die Sache mit dem Krieg *verstand*. Er wollte nicht unbedingt darüber reden – o Gott, nein –, aber die Gesellschaft von jemandem, der *Bescheid wusste,* war tröstlich. Ein bisschen Bescheid wusste zumindest. Major Shawcross hatte Probleme gehabt, als er von der Front zurückkehrte, und seine Frau war sehr mitfühlend gewesen. Die Männer hatten schreckliche Dinge erlebt, nichts davon eignete sich zu Hause als Gesprächsthema, und Sylvie hatte selbstverständlich nicht die Absicht, über den Krieg zu reden. Er war ein Riss im Gewebe ihres Lebens gewesen, und sie hatte ihn ordentlich zusammengeflickt.

»Oh, das hast du sehr gut ausgedrückt, Hugh«, sagte Mrs. Shawcross – Roberta. »Aber wenn man keine winzigen unsichtbaren Stiche machen kann, bleibt immer eine Naht, nicht wahr?«

Er bedauerte, die Metapher des Nähens eingeführt zu haben. Im überhitzten Wintergarten standen sehr viele duftende Geranien, ein ziemlich schwüler Geruch Hughs Empfinden nach. Mrs. Shawcross hielt die Handfläche an sein Gesicht, sanft, als wäre er zerbrechlich. Er brachte seinen Mund näher an ihren. Das ist eine peinliche Situation, dachte er. Er befand sich auf unbekanntem Terrain.

»Es ist nur, dass Neville«, sagte sie zögernd. (Wer ist Neville?, fragte sich Hugh.) »Neville kann … nicht mehr. Seit dem Krieg, verstehst du?«

»Major Shawcross?«

»Ja, Neville. Und man will ja nicht …« Sie wurde rot.

»Oh, ich verstehe«, sagte Hugh. Von dem Geraniengeruch wurde ihm allmählich übel. Er brauchte frische Luft. Panik stieg in ihm auf. Er nahm das Eheversprechen ernst im Gegensatz zu manch anderen Männern, die er kannte. Er erkannte an, dass die Ehe Kompromiss und Einschränkungen bedeutete. Und Mrs. Shawcross – Roberta – wohnte im Nachbarhaus, um Himmels willen. Gemeinsam hatten sie zehn Kinder – kaum die richtige Grundlage für ehebrecherische Leidenschaften. Nein, er musste sich dieser Situation entziehen, dachte er und näherte seine Lippen noch weiter.

»Oh, Gott!«, rief sie und trat rasch einen Schritt zurück. »Ist das der richtige Zeitpunkt?«

Er schaute sich nach einer Uhr um und entdeckte keine.

»Es ist der Kibbo-Kift-Abend«, sagte sie.

»Kibbo Kift?«, wiederholte Hugh verwirrt.

»Ja, ich muss gehen, die Kinder werden warten.«

»Ja, natürlich«, sagte er. »Die Kinder.« Er trat den Rückzug an. »Wenn du reden möchtest, weißt du ja, wo ich bin. Gleich nebenan«, fügte er sinnloserweise hinzu.

»Ja, natürlich.«

Er flüchtete, nicht durch die gefährliche Lücke in der Hecke, sondern machte den Umweg über die Tür und den Weg. Es wäre falsch gewesen, dachte er und zog sich in sein sicheres, tugendhaftes Refugium zurück, doch er konnte nicht umhin, ein bisschen stolz auf sich zu sein. Er begann *Drei junge Mädchen aus der Schule* zu pfeifen. Er fühlte sich ungewöhnlich munter.

Und was war mit Teddy?

Teddy stand auf einer nahen Wiese, die Lady Daunt freundlicherweise zur Verfügung stellte, und bildete mit anderen Kindern einen Kreis. Der Kreis drehte sich im Uhrzeigersinn, und sie vollführten sonderbare Sprünge, die auf Mrs. Shawcross' Vorstellungen von einem sächsischen Tanz beruhten. (»Haben die Sachsen getanzt?«, fragte Pamela. »Auf den Gedanken kommt man bei den Sachsen gar nicht.«) Sie hielten hölzerne Stäbe – Äste, die sie aus dem Wald geholt hatten – und blieben regelmäßig stehen und pochten mit den Stäben auf den Boden. Teddy trug eine »Uniform« – ein Wams, eine kurze Hose und eine Haube – und sah aus wie eine Mischung aus einem Elfen und einem von Robin Hoods (nicht sehr) fröhlichen Gefährten. Die Haube war ein missgestaltetes Ding, weil er gezwungen gewesen war, sie selbst zu nähen. Kibbo Kift war ganz versessen auf Handarbeiten. Mrs. Shawcross, Nancys Mutter, ließ sie ständig Abzeichen und Armbänder und Fähnchen besticken. Es war demütigend. »Matrosen nähen«, sagte Pamela in dem Bemühen, ihn aufzumuntern. »Und Fischer stricken«, fügte Ursula hinzu. »Danke«, sagte er grimmig.

Mrs. Shawcross stand in der Mitte des Kreises und leitete ihre kleinen Tänzer an. (»Hüpft jetzt auf euren linken Fuß und verneigt euch vor der Person zu eurer Rechten.«) Es war Mrs. Shawcross' Idee gewesen, dass er Kibbo Kift beitrat. Genau in dem Augenblick, als er sich gefreut hatte, vom Wölfling zum richtigen Jungpfadfinder aufzusteigen, hatte sie ihn mit Nancy als Köder weggelockt. (»Jungen und Mädchen zusammen?«, hatte eine misstrauische Sylvie gesagt.)

Mrs. Shawcross war sehr begeistert von der Gemeinschaft. Kibbo Kift, erklärte Mrs. Shawcross, war eine egalitäre pazifistische Alternative zu den militaristischen Pfadfindern, deren Führer sich abgespalten hatte. (»Ein Abtrünniger?«, sagte Sylvie.) Emmeline Pethick-Lawrence, Frauenrechtlerin und eine von Mrs. Shawcross' Heldinnen, war Mitglied. Mrs. Shawcross war eine Sufragette gewesen. (»Sehr mutig«, sagte Major Shawcross liebevoll.) Man lernte auch Holz bearbeiten, erklärte Mrs. Shawcross, ging zelten und wandern und so weiter, aber besonderer Wert wurde auf die »spirituelle Regeneration der englischen Jugend« gelegt. Das sprach Sylvie an, wenn auch nicht Teddy. Obwohl sie im Allgemeinen jede Idee ablehnte, die von Mrs. Shawcross ausging, entschied Sylvie, dass es »eine gute Sache« für Teddy wäre. »Alles, was den Krieg nicht befördert«, sagte sie. Teddy glaubte nicht, dass die Pfadfinder den Krieg beförderten, doch seine Einsprüche waren vergeblich.

Mrs. Shawcross hatte nicht nur vergessen, das Nähen zu erwähnen, sondern auch das Tanzen, das Volksliedersingen, das Herumlaufen im Wald und die endlosen Gespräche. Sie waren in Sippen und Stämme und Logen unterteilt, und es wurden jede Menge (angeblicher) Indianerbräuche mit (angeblichen) angelsächsischen Ritualen zu einem komischen Mischmasch kombiniert. »Vielleicht hat Mrs. Shawcross einen der verlorenen Stämme Israels gefunden«, sagte Pamela und lachte.

Sie gaben sich alle Indianernamen. Teddy war Kleiner Fuchs. (»Klar«, sagte Ursula.) Nancy war Kleine Wölfin. (»›Honiahaka‹ auf Cheyenne«, sagte Mrs. Shawcross. Sie hatte ein Buch, das sie befragte.) Mrs. Shawcross selbst war Großer Weißer Adler. (»Um Himmels willen«, sagte Sylvie, »das nenne ich Hybris.«)

Es gab auch ein paar positive Dinge – zum Beispiel mit Nancy zusammen zu sein. Und sie lernten Bogenschießen mit richtigen Pfeilen und Bogen, die sie nicht selbst aus Ästen oder Ähnlichem basteln mussten. Teddy mochte Bogenschießen und glaubte, dass es ihm vielleicht eines Tages nützlich sein könnte – wenn er zum Beispiel ein Gesetzloser werden würde. Brächte er es über sich, ein Reh zu schießen? Kaninchen, Dachse, Füchse, sogar Eichhörnchen hatten einen festen Platz in seinem Herzen. Wenn es eine Frage des Überlebens wäre, wenn Verhungern die einzige Alternative wäre, dann vermutlich. Er würde jedoch eine Grenze ziehen. Hunde, Lerchen.

»Das klingt alles ziemlich heidnisch«, sagte Hugh zweifelnd zu Mrs. Shawcross. (»Roberta, bitte.«) Das war ein früheres Gespräch gewesen, vor dem »Vorfall« im Wintergarten, bevor er sie als Frau gesehen hatte.

»›Utopisch‹ ist vielleicht der bessere Ausdruck«, sagte sie.

»Ah, Utopie«, sagte Hugh matt. »Das ist keine hilfreiche Vorstellung.«

»War es nicht Wilde«, sagte Mrs. Shawcross, »der geschrieben hat, dass ›der Fortschritt die Verwirklichung von Utopien ist‹?«

»Ich würde mich kaum an *diesen* Mann halten, wenn es um moralische Überzeugungen geht«, sagte Hugh und war einigermaßen enttäuscht von Mrs. Shawcross – woran er sich selbst zur Abschreckung erinnern würde, sobald seine Gedanken zum Duft der Geranien und dem Fehlen des Korsetts schweiften.

Kibbo Kift wäre kein Bestandteil von Teddys Vorstellung von Utopia gewesen. Was hätte dazugehört? Auf jeden Fall ein Hund. Vorzugsweise mehr als nur einer. Nancy und seine Schwestern wären dabei – vermutlich auch seine Mutter –, und sie würden alle in einem schönen Haus in den grünen Home Counties leben und jeden Tag Kuchen essen. Sein tatsächliches Leben.

Kibbo Kift seinerseits brachte eine eigene Abspaltung hervor, die weniger exzentrische Woodcraft-Bewegung, doch da hatte Teddy schon nichts mehr damit zu tun. In der Schule trat er dem Kadetten-Korps bei und erfreute sich am allgemeinen

Mangel an Pazifismus. Schließlich war er ein Junge. Er wäre überrascht gewesen, hätte er gewusst, dass er in seinen Sechzigern, als seine Enkel bei ihm in York lebten, mehrere Monate lang zu einem kalten Gemeindesaal pilgern würde, damit Bertie und Sunny an dem wöchentlichen Treffen der Woodcraft-Gruppe teilnehmen konnten, deren Mitglieder sie waren. Teddy meinte, dass Kontinuität gut für sie wäre, da Viola, ihre Mutter, kaum dafür sorgte. Er schaute in die unschuldigen Gesichter seiner Enkel, während sie zu Beginn des Treffens die hoffnungsvollen Worte des »Glaubensbekenntnisses« intonierten – »Wir wollen singend eine neue Welt erschaffen«.

Er begleitete sie sogar in ein Zeltlager und wurde vom Gruppenführer für sein Geschick beim Umgang mit Holz gelobt. Es war ein großer, junger schwarzer Mann, der ihn dennoch ein bisschen an Mrs. Shawcross erinnerte. »Das habe ich bei den Pfadfindern gelernt«, sagte er, weil er sogar nach den vielen Jahren nicht willens war zuzugeben, dass ihm Kibbo Kift etwas beigebracht hatte.

Sylvie zahlte den Taxifahrer, und ein Hotelportier hielt ihr die Autotür auf und murmelte: »Madam.« Sie zögerte auf dem Gehweg. Ein anderer Portier öffnete bereits die Hoteltür. »Madam.« Wieder.

Sie trat näher, langsam, Schritt für Schritt schlich sie auf den Ehebruch zu. »Madam?«, sagte der Portier noch einmal, hielt immer noch die Tür auf, verwundert über ihre Zögerlichkeit.

Das Hotel lockte. Sie konnte die satten Farben des Foyers sehen, das Versprechen von Luxus. Sie dachte an prickelnden Champagner in geschliffenen böhmischen Gläsern, Foie gras, Fasan. Das gedämpfte Licht im Zimmer, das Bett mit den gestärkten Hotellaken. Ihre Wangen brannten. Er würde in der Lobby auf sie warten, gleich hinter der Tür. Vielleicht hatte er sie schon gesehen, stand bereits auf, um sie zu begrüßen. Sie zögerte wieder, wog gegeneinander auf, was ihr gegeben würde und was sie einsetzen müsste. Oder es bliebe alles beim Alten – was vielleicht schlimmer war. Und dann dachte sie an ihre Kinder, an Teddy, ihren besten Jungen. Würde sie ihr Leben als seine Mutter riskieren? Für ein Abenteuer? Ein kalter Schauder des Entsetzens löschte die Flammen der Sünde. Denn es war Sünde, dachte sie, da durfte sie sich nichts vormachen. Sie brauchte keinen Gott (Sylvie war eine uneingestandene Atheistin), um an Sünde zu glauben.

Sie fasste sich (unter Schwierigkeiten) und sagte von oben herab zum Portier: »Oh, tut mir leid. Ich habe mich gerade an eine Verabredung woanders erinnert.«

Sie floh, schritt schnell aus, den Kopf hoch erhoben, eine entschlossene Frau mit einem anständigen, zivilisierten Ziel – einem Wohltätigkeitsverein, sogar einer politischen Veranstaltung, alles – nur kein Rendezvous mit einem Liebhaber.

Ein Konzert! Der erleuchtete Eingang der Wigmore Hall tauchte vor ihr auf – ein warmes Leuchtfeuer, ein sicherer Hafen. Die Musik begann nahezu sofort, eins von Mozarts Haydn-Quartetten, *Die Jagd*. Das passte, dachte sie. Sie war die Hirschkuh gewesen, er der Jäger. Aber die Hirschkuh war in die Freiheit davongesprungen. Vielleicht nicht in die vollkommene Freiheit, da sie auf einem billigen Platz ganz hinten saß, eingezwängt zwischen einem etwas schäbig gekleideten jungen Mann und einer älteren Dame. Aber man musste immer einen Preis für die Freiheit bezahlen, nicht wahr?

Sie war oft mit ihrem Vater ins Konzert gegangen und kannte die Haydn-Quartette gut, doch sie war noch zu verwirrt von ihrer knappen Flucht, um den Mozart wirklich zu hören. Sylvie spielte selbst Klavier, doch dieser Tage mied sie Konzerte, sie erinnerten sie zu schmerzhaft an ein Leben, das sie nicht hatte führen können. Als sie jung war, hatte ihr Klavierlehrer gemeint, dass sie »auf Konzertniveau spielen« könnte, wenn sie ernsthaft übte, aber dann kam natürlich der Bankrott, der große Absturz, und der Bechstein war umstandslos weggeholt und an einen Privatmann verkauft worden. Als sie in Fox Corner einzogen, hatte sie als Erstes einen Bösendorfer gekauft, Hughs Hochzeitsgeschenk. Ein großer Trost für die Ehe.

Nach der Pause folgte das *Dissonanzen-Quartett.* Als die nahezu unhörbaren ersten Takte einsetzten, weinte sie lautlos. Die ältere Dame reichte ihr ein Taschentuch (sauber und gebügelt, Gott sei Dank), um die Tränen abzutupfen. Sylvie formte mit den Lippen das Wort danke. Dieser stumme Austausch heiterte sie ein wenig auf. Am Ende des Konzerts bestand die Frau darauf, dass sie das Taschentuch behielt. Der schäbige junge Mann erbot sich, sie zu einem Taxi zu begleiten. Wie freundlich Fremde waren, dachte sie. Sie lehnte das Angebot ab, was sie später bedauerte, weil sie in ihrem verwirrten Zustand zuerst in der Wigmore Street und dann noch einmal falsch abbog und sich in einer höchst unzuträglichen Gegend wiederfand, bewaffnet nur mit einer Hutnadel.

Einst war sie in London zu Hause gewesen, doch jetzt war es eine fremde Stadt für sie. Ein schmutziger, entsetzlicher Alptraum von einem Ort, und doch war sie freiwillig in diesen Kreis der Hölle hinabgestiegen. Sie musste verrückt gewesen sein. Sie wollte nur noch nach Hause, und doch war sie hier und wanderte durch die Straßen wie eine Wahnsinnige. Als sie schließlich zur hell erleuchteten, geschäftigen Oxford Street zurückgefunden hatte, schrie sie erleichtert auf. Eine Taxifahrt später saß sie sittsam auf einer Bank auf dem Bahnsteig, als hätte sie den Tag mit Einkaufen und einem Essen mit Freunden verbracht.

»Um Himmels willen«, sagte Hugh. »Ich habe dich für einen Einbrecher gehalten. Du wolltest doch in der Stadt übernachten.«

»Ach, es war alles so todlangweilig«, sagte Sylvie. »Ich wollte lie-

ber gleich nach Hause fahren. Mr. Wilson, der Bahnhofsvorsteher, hat mich mit seinem Pferdewagen mitgenommen.«
Hugh betrachtete das gerötete Gesicht seiner Frau, den wilden Blick eines überanstrengten Rennpferdes in ihren Augen. Mrs. Shawcross dagegen war kein Vollblut, sondern eher ein gutmütiges Arbeitspferd. Was manchmal vorzuziehen war, dachte Hugh. Er küsste Sylvie auf die Wange und sagte: »Tut mir leid, dass deine Pläne für den Abend nicht geklappt haben, aber es ist schön, dass du wieder zu Hause bist.«

Als sie vor dem Spiegel saß und die Klammern aus dem Haar zog, überkam Sylvie erneut Verzweiflung. Sie war feig gewesen, und jetzt war sie für immer an dieses Leben gefesselt. Hugh stellte sich hinter sie und legte ihr die Hände auf die Schultern. »Wunderschön«, murmelte er, als er mit den Händen durch ihr Haar fuhr. Sie musste gegen den Impuls ankämpfen, sich wegzuducken. »Ins Bett?«, sagte er hoffnungsvoll.
»Ins Bett«, erwiderte sie strahlend.

Aber es war nicht nur der eine Vogel, dachte Teddy, als er im Bett lag und darauf wartete, dass ihn der Schlaf fand, das nächtliche Vergessen immer wieder von schweifenden Gedanken vereitelt. Izzie hatte nicht nur eine Lerche zum Schweigen gebracht. *(Ein Bissen.)* Es waren Generationen von Vögeln, die ihr nachgekommen wären und jetzt nie geboren würden. All diese schönen Lieder, die nie getrillert würden. Später im Leben lernte er das Wort »exponentiell« und noch später das Wort »fraktal«, doch jetzt war es ein Schwarm, der immer größer wurde, als er in eine Zukunft verschwand, die es nie geben würde.
Ursula schaute bei ihm vorbei, als sie selbst ins Bett ging, fand ihn wach und in *Pfadfinder* vertieft. »Kannst du nicht schlafen?«, fragte sie mit dem flapsigen Mitgefühl einer ebenfalls Schlaflosen. Teddys Gefühle für seine Schwester waren nahezu so gerad-

linig und unkompliziert wie seine Gefühle für Trixie, die am Fuß des Bettes lag und im Schlaf leise winselte. »Kaninchen vermutlich«, sagte Ursula.

Sie seufzte. Sie war fünfzehn und neigte zu Pessimismus. Obwohl es ihre Mutter heftig abgestritten hätte, galt das auch für ihren Charakter. Seine Schwester setzte sich auf die Bettkante und las laut vor: »Sei immer bereit mit angelegter Rüstung, außer wenn du nachts ruhst.« (Vielleicht war das die »Rüstung aus guten Manieren« seiner Mutter, dachte Teddy.) »Eine Metapher, glaube ich«, sagte Ursula. »Ich kann mir nicht vorstellen, dass Ritter den ganzen Tag in ihrer Rüstung herumgeklappert sind. Wenn ich an Ritter denke, fällt mir immer der Blechmann aus dem *Zauberer von Oz* ein.« Es war ein Buch, das sie alle liebten, aber Teddy wünschte, sie hätte nicht dieses Bild heraufbeschworen, *Idylls of the King* und *Morte d'Arthur* lösten sich augenblicklich in nichts auf.

Eine Eule rief, ein lautes, nahezu aggressives Geräusch. »Auf dem Dach, so, wie es sich anhört«, sagte Teddy. Beide horchten sie eine Weile.

»Na gut, gute Nacht«, sagte Ursula schließlich und küsste ihn auf die Stirn.

»Gute Nacht«, sagte er und steckte *Pfadfinder* unter das Kopfkissen. Trotz der Eule, die weiterhin ihr unheiliges Wiegenlied rief, sank er fast sofort in den tiefen und unschuldigen Schlaf der Hoffnungsvollen.

Die Abenteuer des Augustus

– Die schlimmen Folgen –

Es begann in aller Unschuld, jedenfalls war Augustus dieser Ansicht.

»Es beginnt immer in aller Unschuld«, sagte Mr. Swift und seufzte. Er bezweifelte allerdings, dass Augustus' Definition von Unschuld der anderer Leute entsprach.

»Aber es war nicht meine Schuld!«, protestierte Augustus wütend.

»Das wird noch auf deinem Grabstein stehen, mein Lieber«, sagte Mrs. Swift und blickte von der Socke auf, die sie stopfte. Unnötig zu erwähnen, dass sie Augustus gehörte. (»Was macht er nur damit?«, fragte sie sich regelmäßig.)

»Wie hätte ich denn wissen sollen, was passieren würde?«, sagte Augustus.

»Es gibt keine Handlung, die keine Folgen hat«, sagte Augustus' Vater. »Nur die Kurzsichtigen denken nicht an die Folgen.« Mr. Swift war Anwalt. Er verbrachte seine Tage im Gericht mit der strafrechtlichen Verfolgung der Schuldigen und genoss dabei das Hin und Her des Prozesses. Etwas davon brachte er zwangsläufig mit nach Hause, und sein Sohn fand, dass ihm das einen unfairen Vorteil verschaffte.

»Unschuldig bis zum Nachweis der Schuld«, murmelte Augustus.

»Du wurdest auf frischer Tat und mit rotem Kopf ertappt«, sagte Mr. Swift milde. »Ist das nicht der Beweis deiner Schuld?«

»Mein Kopf war nicht *rot*«, sagte Augustus empört. »Die Farbe war *grün*. Euer Ehren«, fügte er feierlich hinzu.

»Oh, bitte«, sagte Mrs. Swift. »Ich bekomme Kopfweh von dir.«

»Wie kannst du Kopfweh von mir bekommen?«, fragte er, gekränkt von diesem neuen Vorwurf. »Damit du von mir Kopfweh *bekommst,* muss ich erst mal Kopfweh *haben*. Du kannst jemandem nicht was geben, was du nicht hast. Und ich habe kein Kopfweh. Ergo«, sagte er großspurig, nachdem er das Wort aus einem versteckten Winkel seines angelernten Wissens gezerrt hatte, »kannst du es auch nicht von mir bekommen haben.«

Mrs. Swifts Kopfschmerzen wurden von diesem Sperrfeuer der Vernunft nicht besser. Sie winkte ihrem Sohn ab, als wollte sie eine besonders lästige Fliege verscheuchen, und wandte sich wieder der Socke zu. »Manchmal«, murmelte sie, »frage ich mich, was ich getan habe, um die Götter zu verärgern.«

Augustus seinerseits war recht zufrieden mit sich. Er verteidigte sich auf geistreiche Weise. Er war ein unschuldiger Mann auf der Anklagebank und kämpfte für seine Rechte. Seine Schwester Phyllis, laut seiner Mutter ein »Blaustrumpf«, hielt immer Volksreden über »die Rechte des kleinen Mannes«. Und hier stehe ich, dachte Augustus, kleiner geht's nicht mehr. »Ich habe auch meine Rechte«, sagte er beherzt. »Mir wurde übel mitgespielt«, fügte er großspurig hinzu. Er hatte gehört, wie sein Bruder Lionel (»ein Schnösel« laut Phyllis) sich mit diesen Worten über das Mädchen beklagt hatte, in das er dummerweise verknallt war.

»Ach, um Himmels willen«, sagte sein Vater. »Du bist nicht Edmond Dantès.«

»Wer?«

»Du denkst anscheinend nie *nach*«, sagte sein Vater. »Jeder mit einem Funken Verstand hätte gesehen, was passieren würde.«

»Ich habe *gedacht,* dass ich sehen will, was auf der anderen Seite ist«, sagte Augustus.

»Wie oft wurde dieser Satz gesagt als Vorspiel zu einem Unglück«, sagte Mr. Swift zu niemandem im Besonderen.
»Und was war auf der anderen Seite?«, fragte Mrs. Swift, die ihre Neugier nicht mehr in Zaum halten konnte.
»Also«, sagte Augustus und verschob ein Birnenbonbon von einer Backe in die andere, um Zeit zum Nachdenken zu gewinnen.
»War es zufälligerweise Mrs. Brewsters Perücke?«, fragte Mr. Swift mit seiner Gerichtsstimme, die implizierte, dass er die Antwort schon kannte.
»Woher hätte ich wissen sollen, dass sie eine *Perücke* trägt? Es hätte irgendeine blöde Perücke sein können. Und woher hätte ich wissen sollen, dass Mrs. Brewster eine Glatze hat? *Du* trägst eine Perücke und hast keine Glatze.«
»Vor Gericht. Ich trage eine Perücke vor Gericht«, sagte ein entnervter Mr. Swift.
»Ich nehme an, du weißt nicht, *wohin* der Hund die Perücke getragen hat?«, fragte Mrs. Swift ihren Sohn.
Jock kam just in diesem Augenblick vor Aufregung japsend und ein bisschen mit der oben erwähnten grünen Farbe beschmiert ins Zimmer, und Mrs. Swift –

»Ach nee«, sagte Teddy, stöhnte und warf das Buch auf den Boden.
Izzie hatte sein Leben gestohlen. Wie konnte sie nur? (Die Sache mit der Farbe war zufälligerweise wirklich nicht seine Schuld gewesen.) Sie hatte sein Leben genommen, es verdreht und einen ganz anderen Jungen aus ihm gemacht, einen blöden Jungen, der blöde Abenteuer erlebt. Mit einem blöden blöden blöden Hund – einem Westie mit einem skizzenhaften Gesicht und schwarzen Knopfaugen. Das Buch war illustriert, Zeichnungen wie Karikaturen, die alles nur noch verschlimmerten.

Augustus selbst war ein verkratzter Schuljunge mit schlechten Manieren, einer Kappe, die ihm permanent am Hinterkopf klebte, einer Schmachtlocke, die ihm in die Augen hing, und einer Steinschleuder in der Hosentasche. Das Buch hatte einen grünen Umschlag, und der Titel prangte in Goldbuchstaben darauf: *Die Abenteuer des Augustus* von Delphie Fox, was offenbar Izzies »Künstlername« war. Auf der ersten Seite stand: *»Für meinen Neffen Teddy. Mein eigener lieber Augustus.«* Was für ein Schwachsinn.

Mehr als alles andere brachte ihn der Westie auf. Es war nicht nur der falsche Hund, sondern er erinnerte ihn auch an seinen schrecklichen Verlust, an Trixie, die kurz vor Weihnachten gestorben war. Es war Teddy nie in den Sinn gekommen, dass sie vor ihm sterben könnte, deswegen litt er ebenso unter Ungläubigkeit wie unter Schmerz. Als er vom Internat nach Hause gekommen war, war sie nicht mehr da gewesen, lag begraben neben Bosun unter den Apfelbäumen.

»Wir haben versucht, sie am Leben zu halten, bis du kommst, altes Haus«, sagte Hugh, »aber sie konnte einfach nicht mehr.«

Teddy glaubte, dass er den Verlust nie überwinden würde, und vielleicht tat er es auch nicht, doch ein paar Wochen nach der Veröffentlichung von *Die Abenteuer des Augustus* tauchte Izzie mit einem weiteren Geschenk auf, einem winzigen Westie-Welpen, der Name »Jock« eingraviert auf dem teuren Halsband. Teddy tat sein Allerbestes, ihn nicht zu mögen, denn das wäre nicht nur Verrat an seiner Liebe zu Trixie, sondern auch ein Zeichen dafür gewesen, dass er die schreckliche Fiktionalisierung seines Lebens akzeptierte. Es war natürlich eine unmögliche Aufgabe, und der kleine Hund hatte sich bald tief in die Höhlungen seines Herzens gegraben.

Augustus jedoch sollte ihn auf die eine oder andere Weise für den Rest seines Lebens quälen.

Ursula kam ins Zimmer, hob das Buch vom Boden auf und

begann laut zu lesen: »›Ist das nicht Augustus?‹, flüsterte Miss Slee Mrs. Swift ins Ohr. Es war ein ziemlich lautes Flüstern, und die Leute auf den benachbarten Plätzen schauten sich interessiert um.«

Was machte Teddy tatsächlich aus? Nicht Schnecken und Schlangen, wohl wahr, sondern Generationen über Generationen von Beresfords und Todds, die an einem kühlen Herbstabend in einem kalten Bett alle auf einen Punkt zusteuerten, als sein Vater nach dem goldenen Tau der Haare seiner Mutter griff und es nicht mehr losließ, bis er sie beide ans andere Ufer gezogen hatte (sie hatten viele Euphemismen für den Akt). Als sie im Schiffswrack ihres ehelichen Bettes lagen, waren sie beide etwas verwirrt von der unerwarteten Leidenschaft des anderen. Hugh räusperte sich und murmelte: »Eine Reise in die Tiefe, was?« Sylvie erwiderte nichts, weil ihr die Seefahrermetaphern schon weit genug gegangen waren.

Doch das Körnchen war in die Muschel eingedrungen (Sylvies eigene metaphorische Haltung), und die Perle, die zu Edward Beresford Todd würde, begann zu wachsen, bis er in den Sonnenschein vor dem Ersten Weltkrieg geboren wurde und stundenlang glücklich in seinem Kinderwagen lag mit nur einem silbernen Hasen zur Gesellschaft, der von der Haube des Kinderwagens baumelte.

Seine Mutter war eine große Löwin, die leise durchs Haus tappte und sie alle beschützte. Sein Vater war eher ein Rätsel und verschwand jeden Tag in eine andere Welt (»Die Bank«) und dann ohne Vorwarnung in eine noch größere und weiter entfernte Welt (»Der Krieg«). Seine Schwestern liebten ihn, schwangen ihn, warfen ihn in die Luft und überschütteten ihn mit Küssen. Sein Bruder, der schon im Internat war, der schon den nötigen Stoizismus erlernt hatte, grinste ihn höhnisch an, wenn er für die Ferien nach Hause kam. Seine Mutter drückte ihre Wange an seine und flüsterte: »Von allen bist du mir der Liebste«, und er wusste, dass es stimmte, und hatte ein schlechtes Gewissen wegen der anderen. (Es war eine Erleichterung, dachte Sylvie, endlich zu wissen, was Liebe war.)

Sie waren alle glücklich, dessen zumindest war er sich sicher. Später wurde ihm klar, dass es nie so einfach war. Glück war wie das Leben selbst so zerbrechlich wie der Herzschlag eines Vogels, so vergänglich wie die Glockenblumen im Wald, doch während es bestand, war Fox Corner ein arkadischer Traum.

1980

Adams Kinder

Mama, ich hab Hunger.«

Viola war zu sehr damit beschäftigt, aufs Meer hinauszuschauen, um auf diese Aussage zu reagieren. Es war das müde Ende eines sengend heißen Nachmittags. »Ein Tag am Strand!«, hatte Dominic am Morgen begeistert verkündet. Zu begeistert, als könnte ein Ausflug ans Meer ihr Leben auf transzendentale Weise verändern. Es verging kaum ein Tag, an dem er nicht die eine oder andere großartige Idee hatte, die meisten davon bedeuteten, dass Viola sich abrackern musste. (»Ich schwöre, dass Dominic schon vor dem Frühstück sechs unmögliche Dinge einfallen!«, sagte Dorothy bewundernd und lachte, als wäre es etwas Positives.) Viola war der Meinung, dass die Welt mit weniger Ideen besser dran wäre. Sie achtundzwanzig, aber bereits erschöpft. Achtundzwanzig schien ein besonders unbefriedigendes Alter. Sie war nicht mehr jung, und doch schien niemand sie als Erwachsene ernst zu nehmen. Die Leute sagten ihr die ganze Zeit, was sie tun sollte, es war zum Aus-der-Haut-Fahren. Macht schien sie nur über ihre eigenen Kinder zu haben, und selbst die wurde beschnitten von endlosen Verhandlungen.

Für die acht Kilometer Fahrt hatten sie den Kombi von Dorothy geliehen, und eineinhalb Kilometer vor dem Meer brach er zusammen (keine Überraschung).

Ein Autofahrer, ein älterer, zerbrechlich wirkender Mann in einem alten Morris-Minor-Kastenwagen hatte angehalten und etwas Simples unter der Motorhaube getan, und – Simsalabim – der Wagen war repariert. Ihr Retter war ein Bauer aus dem Ort, einer ihrer Nachbarn, und sowohl er als auch der Morris Minor waren robuster, als sie aussahen. Nur die Kinder erkannten ihn, ließen es sich aber nicht anmerken, sie waren bereits zu überwältigt von der Hitze und der allgemeinen Verzweiflung, weil sie in diesem Monat nun schon zum dritten Mal mit Dorothys Wagen hängengeblieben waren.

»Sie müssen ihn trotzdem in die Werkstatt bringen«, sagte der Bauer. »Was ich getan habe, hilft nur vorübergehend.«

Stets hilfsbereit, gab Dominic seine Guru-Weisheiten zum Besten. »Mann, *alles* ist vorübergehend.«

Dem Bauern gingen feststehende Berge und die Sterne am Himmel durch den Kopf, ganz zu schweigen vom Angesicht Gottes, aber er war nicht geneigt zu diskutieren. Sie verwirrten ihn – die schmuddeligen kleinen Kinder (ein Hauch viktorianischer Armut), die griesgrämig mit ihrer Mutter am Straßenrand saßen. Die Mutter selbst eine zerzauste junge Madonna in einer Kluft, die aus der Kostümkiste zu stammen schien.

Viola hatte ihre falsche Zigeunerkleidung – bäuerliches Kopftuch, DM-Stiefel, langer Samtrock, bestickte indische Jacke mit aufgenähten kleinen Spiegeln – hastig angezogen, ohne daran zu denken, dass sie zum Strand fahren wollten und dass es bereits heiß war und noch heißer würde. Es war so anstrengend gewesen, alles zusammenzusammeln für diese Hedschra – Essen, Getränke, Handtücher, Badeanzüge, mehr Essen, mehr Handtücher, Kleidung zum Wechseln, Eimer, Schaufeln, mehr Essen, mehr Kleidung, Fischernetze, einen kleinen Ball, mehr Getränke, einen großen Ball, Sonnencreme, Hüte, feuchte Waschlappen in einer Plastiktüte, eine Decke –, dass sie einfach die erstbesten Sachen angezogen hatte, die sie finden konnte.

»Schöner Tag«, sagte der alte Mann zu Viola und tippte sich an die Tweedkappe.

»Wirklich?«, sagte sie.

Das mechanisch unbegabte Familienoberhaupt spielte unterdessen den heiligen Narren oder vielleicht auch nur den Narren und hüpfte auf der Straße herum wie ein Hofnarr. Er trug ein gebatiktes T-Shirt und eine Jeans mit aufgenähten Flicken, selbst an Stellen, wo keine Flicken nötig gewesen wären, was ihm Viola übelnahm, denn sie hatte sie aufnähen müssen. Der Kleidungsstil der Familie war hoffnungslos überholt, das ahnte sogar der Bauer. Er hatte das Gesicht der abstoßenden Zukunft gesehen – die Jugend der Kleinstadt, die zerrissen, gepierct und von Sicherheitsnadeln zusammengehalten herumparadierte, und die jugendlichen Hedonisten, die ihnen nachgefolgt waren, gekleidet als Piraten und Gesetzlose und Royalisten des Englischen Bürgerkriegs. Als der Bauer so alt wie sie gewesen war, hatte er sich, ohne darüber nachzudenken, wie sein Vater gekleidet.

»Wir waren Kinder der sechziger Jahre«, sagte Viola später gern, als würde sie das interessant machen. »Blumenkinder!« Allerdings trug Viola, als die sechziger Jahre schon vorüber waren, noch immer die ordentliche graue Uniform ihrer Quäker-Schule, und die einzigen Blumen in ihrem Haar waren die kindlichen Kränze aus den Gänseblümchen, die sie am Rand des Lacrosse-Felds der Schule gepflückt hatte.

Sie zündete eine dünne Selbstgedrehte an und sann düster über das schlechte Karma nach, das ihr Schicksal zu sein schien. Sie zog heftig an der Zigarette und hob dann in einem rührenden Beweis mütterlicher Verantwortung das Kinn, um den Rauch über die Köpfe ihrer Kinder zu blasen. Als sie das erste Mal schwanger wurde, mit Sunny, hatte Viola keine Ahnung, was das für die Zukunft bedeuten würde. Sie war nicht sicher, ob sie schon einmal ein Baby gesehen, geschweige denn im Arm gehalten hatte, und meinte, dass es so ähnlich wäre, wie eine Katze oder schlimmstenfalls einen jungen Hund zu haben. (Wie sich herausstellte, traf beides nicht zu.) Trägheit war ihre einzige Ausrede, als sie ein Jahr später erneut schwanger wurde, dieses Mal mit Bertie.

»Unser Retter!« Dominic strahlte, als der Motor stotternd wieder zum Leben erwachte. Er fiel vor dem Bauern auf die Knie, die Hände wie zum Gebet über den Kopf erhoben, und berührte mit der Stirn den Asphalt. Viola fragte sich, ob er LSD eingeworfen hatte – das war nicht leicht zu beurteilen, weil sein ganzes Leben ein endloser Trip zu sein schien, er war entweder himmelhoch jauchzend oder zu Tode betrübt.

Erst als diese Phase ihres Lebens vorbei war, wurde Viola klar, dass er manisch-depressiv war. Der Ausdruck »bipolar« kam ein bisschen zu spät für Dominic. Da war er schon tot. »Wenn man vor einen Zug läuft, kann das passieren«, sagte Viola leichthin zu ihrer Frauen-Soul-Trommelgruppe in Leeds, wo sie Frauen- und Geschlechterforschung studierte und eine Masterarbeit zum Thema »Post-Gegenkultur-Feminismus« schrieb. (»Wie bitte?«, sagte Teddy.) Der Norden war in den achtziger Jahren eine Brutstätte der Revolte.

»Ein grinsender Dämlack«, sagte der Bauer zu seiner Frau, als er nach Hause kam. »Piekfein noch dazu. Man sollte meinen, dass die Reichen es besser wissen müssten.«

»Tun sie nicht«, sagte seine Frau weise.

»Am liebsten hätte ich die ganze Truppe mitgebracht und ihnen Eier und Schinken vorgesetzt und eine Badewanne mit heißem Wasser hingestellt.«

»Sie werden von der Kommune gewesen sein«, sagte seine Frau. »Arme Würmchen.« Die »Würmchen« hatten ein paar Wochen zuvor vor ihrer Tür gestanden, und zuerst hatte die Bäuerin sie für Zigeunerkinder gehalten, die zum Betteln geschickt worden waren, und wollte sie verscheuchen, aber dann hatte sie sie als die Kinder wiedererkannt, die auf dem nächsten Bauernhof lebten. Sie hatte sie ins Haus gebeten, ihnen Milch und Kuchen vorgesetzt, den Red Devons' Melkstand gezeigt und sie die Gänse füttern lassen.

»Ich habe gehört, dass sie Drogen nehmen und bei Vollmond nackt tanzen«, sagte der Bauer. (Es stimmte, war jedoch nicht so interessant, wie es klang.)

Bevor er losfuhr, hatte der Bauer Bertie übersehen. Sie saß noch immer am Straßenrand und winkte höflich dem Heck des Morris Minor nach.

Bertie wünschte, er hätte sie mitgenommen. Sie hatte durch das Gatter des Bauern gespäht und seine ordentlichen Felder bewundert – die glänzenden Kühe und flauschigen weißen Schafe, die aussahen, als wären sie gerade gewaschen worden. Sie hatte den Bauer mit seinem verbeulten Filzhut auf seinem roten Traktor gesehen, wie er auf diesen Feldern auf und ab fuhr.

Sie und Sunny waren einmal unbeaufsichtigt auf den Hof gegangen, und die Bauersfrau hatte ihnen Milch und Kuchen gegeben und sie »arme Würmchen« genannt. Sie hatte ihnen gezeigt, wie die dicken rotbraunen Kühe gemolken wurden (ein Wunder!), und dann hatten sie im Stall die noch warme Milch getrunken, und anschließend hatte die Bauersfrau sie die großen weißen Gänse füttern lassen, die vor Aufregung schnatterten und schrien, so dass Bertie und Sunny inmitten der Gänse in hysterisches Kichern ausgebrochen waren.

Es war wunderbar gewesen bis zu dem Augenblick, als Viola wie eine dunkle Wolke aufgetaucht war, um sie nach Hause zu holen, und beim Anblick der Gänse angefangen hatte zu hyperventilieren. Aus irgendeinem geheimnisvollen Grund hasste sie Gänse.

Bertie hatte noch eine Feder aufheben und sie als Talisman mit nach Hause nehmen können. Für sie war dieser Besuch wie ein Märchen gewesen, und sie wünschte sich wirklich sehr, dass sie noch einmal den Weg zu diesem magischen Bauernhof finden könnte. Oder in einem alten Morris Minor dorthin mitgenommen würde.

»Ich hab *wirklich* Hunger, Mama.«

»Du hast immer Hunger«, sagte Viola strahlend und versuchte ein Beispiel dafür zu geben, dass nicht immer alles wie Quengeln klingen musste. »Sag doch mal: ›Mama! Ich habe Hunger, gibt es *bitte* etwas zu essen?‹ Was soll Mr. Manieren denken?«

Mr. Manieren, wer immer er war, klebte Sunny an den Fersen, vor allem wenn es ums Essen ging.

Alles, was Sunny sagte, klang wie eine Klage, dachte Viola, sein Name ein ironischer Spitzname, so es je einen gegeben hatte. Ständig war sie darum bemüht, ihn dazu zu bringen, einen lebhafteren Tonfall anzuschlagen. »Sei ein bisschen fröhlicher!«, sagte sie, streckte Hände und Finger und machte ein übertrieben glückliches Gesicht. In der Mount-Schule in York hatte sie eine Schauspiellehrerin gehabt, die genau das immer getan hatte. Die Mädchen hatten es lächerlich gefunden, doch jetzt sah Viola den Wert eines munteren Tonfalls ein, auch wenn einem nicht danach war. Zum einen war es wahrscheinlicher, dass man bekam, was man wollte. Und zum anderen wollte einen die eigene Mutter nicht alle fünf Minuten erwürgen. Nicht dass sie ihren Rat selbst befolgte. Viola war seit langem nicht mehr fröhlich gewesen. Wenn überhaupt jemals.

»Ich habe *Hunger*«, sagte Sunny mit mehr Nachdruck. Wenn er zornig war, bleckte er die Zähne auf eine Weise, die schrecklich war. Wenn er richtig in Fahrt kam, biss er auch. Viola zuckte noch immer entsetzt zusammen, wenn sie an den Besuch bei ihrem Vater letztes Jahr dachte, als sie zu Sunnys Geburtstag nach Norden gefahren waren. Dominic war natürlich nicht dabei, er hatte kein Interesse an Familienkram. Ihr Vater wunderte sich. »Er hat kein Interesse an Familienkram? Aber er hat eine Familie. Dich. Seine Kinder. Ganz zu schweigen von *seiner*

Familie.« Dominic hatte sich seinen Eltern »entfremdet«, womit Teddy große Schwierigkeiten hatte.

»Nein, ich meine so traditionellen Kram«, sagte Viola. (Ja, »Kram« ist ein übermäßig häufig benutztes Wort in Violas Vokabular.) Wäre er nicht der Vater ihrer Kinder gewesen, hätte Viola Dominic vielleicht dafür bewundert, wie er sich so einfach von allen Verpflichtungen lossagte, indem er auf seinem Recht auf Selbstverwirklichung bestand.

Sunny war bereits einem Wutausbruch nahe, als ihm sein Großvater half, die Kerzen auf der Torte auszublasen. Viola hatte die Torte am Morgen in der Küche ihres Vaters gebacken und dann »Happy Birthday, Sunny« mit Smarties daraufgelegt, doch mit so wenig Geschick, dass Teddy glaubte, Bertie wäre für die Dekoration verantwortlich.

»Wann gibt es die Torte?«, quengelte Sunny. Er hatte (sie alle hatten) zuerst einen schwer verdaulichen Vollkornmakkaroni-Auflauf über sich ergehen lassen müssen, den Viola gemacht hatte und der kein Geburtstagsessen war, was Sunny betraf. Und außerdem war es *seine* Torte.

»Mr. Manieren hört diesen Ton nicht gern«, sagte Viola.

Wer war dieser Mr. Manieren?, fragte sich Teddy. Er schien die elterliche Autorität usurpiert zu haben.

Viola schnitt die Torte auf und stellte ein Stück vor Sunny, der dann aus für Viola unerfindlichem Grund vorschoss wie eine Viper und sie in den Unterarm biss. Ohne nachzudenken, gab sie ihm eine Ohrfeige. Der Schock katapultierte ihn in Stillschweigen, eine Sekunde, die sich bis in die Unendlichkeit streckte, während alle im Raum den Atem anhielten und auf das apoplektische Kreischen warteten. Das ordnungsgemäß einsetzte.

»Er hat mich *gebissen*«, rechtfertigte sich Viola, als sie den Gesichtsausdruck ihres Vaters sah.

»Um Himmels willen, Viola, er ist erst *fünf*.«

»Er muss lernen, sich zu beherrschen.«

»Du auch«, sagte ihr Vater und nahm Bertie auf den Arm, als brauchte sie Schutz vor weiterer mütterlicher Gewalttätigkeit.

»Was hast du denn erwartet?«, sagte Viola streng zu Sunny und verbarg hinter der Strenge ihre Scham und Zerknirschtheit wegen ihres bedauerlichen Verhaltens. Das Kreischen war zu einem Heulen geworden, dicke Tränen des Kummers und des Unglücks rollten über Sunnys schokoladenverschmiertes Gesicht. Sie wollte ihn hochheben, aber kaum hatte sie die Arme um ihn gelegt, verkrampfte sich sein Körper zu einem steifen Brett, das unmöglich festzuhalten war. Nachdem sie ihn wieder abgesetzt hatte, begann er nach ihr zu treten.

»Du kannst Leute nicht einfach treten und beißen und glauben, das hätte keine Folgen«, sagte Viola so tugendhaft wie ein altmodisches Kindermädchen und verriet nichts von dem Chaos der Gefühle in ihrem Inneren. Sie spürte, wie sich ein Dämon in ihr wand. Der Dämon sprach oft durch die verhutzelten Lippen des tugendhaften Kindermädchens. Mr. Manieren wich ängstlich vor dem tugendhaften Kindermädchen zurück.

»Doch, das kann ich!«, brüllte Sunny.

»Nein, das kannst du nicht«, sagte das tugendhafte Kindermädchen leise, »weil sonst ein großer Polizist kommt und dich ins Gefängnis steckt und jahrelang einsperrt.«

»Viola!«, sagte ihr Vater. »Reiß dich um Himmels willen zusammen. Er ist ein kleiner Junge.« Er hielt Sunny die Hand hin und sagte: »Komm, wir suchen dir was zum Naschen.«

Er sprach immer mit der Stimme der Vernunft. Oder DER STIMME DER VERNUNFT, da Viola ihrem Vater die Großbuchstaben des Alten Testaments zugestand. Er nörgelte ständig an ihr herum. Und sie weigerte sich hartnäckig, es als das ängstliche Gemurmel ihres eigenen Gewissens anzuerkennen.

Viola, die jetzt allein am Tisch saß, brach in Tränen aus. Warum endete immer alles so? Und warum war immer *sie* schuld? Niemand interessierte sich dafür, wie *sie* sich fühlte. Zum Beispiel machte niemand *ihr* einen Geburtstagskuchen. Jedenfalls nicht mehr. Ihr Vater hatte es getan, aber sie hatte seine handgemachten Gaben nicht gewürdigt, sondern es hatte sie nach den Geburtstagstorten gelüstet, wie man sie in den Schaufenstern von Terry's oder Bettys sah, zwei Konditoreien, die sich auf zwei gegenüberliegenden Seiten des St. Helen's Square anstarrten wie ein sich bekriegendes Ehepaar.

Zu ihrem fünfzigsten Geburtstag bestellte sich Viola eine Torte bei Bettys. Terry's hatte das Schlachtfeld vor langer Zeit verlassen. *»Alles Gute zum Fünfzigsten, Viola«* in eleganter zartlila Schrift auf Weiß, denn trotz eindeutiger Hinweise hatte Bertie nicht verstanden, wie wichtig es war, ein halbes Jahrhundert alt zu werden. Viola war drei Jahre älter, als ihre Mutter geworden war, doch das war kein Wettbewerb, den sie unbedingt hatte gewinnen wollen. Zu diesem Zeitpunkt war ihre Mutter in eine ephemere Vergangenheit verschwunden, aus der sie nicht zurückgeholt werden konnte. Je mehr Viola ihre Mutter vergaß, umso mehr vermisste sie sie.

Sie erzählte niemandem von der Torte zu ihrem fünfzigsten Geburtstag und aß sie ganz allein. Das dauerte Wochen, und am Ende schmeckte sie ziemlich alt. Arme Viola!

Sie pickte alle orangefarbenen Smarties von Sunnys Torte. Sie – alle, nicht nur die orangefarbenen – waren in der Fabrik auf der anderen Seite der Stadt produziert worden. Viola war mit der Schule in der Rowntree's-Fabrik gewesen und hatte zugeschaut, wie die Farben gemischt wurden in Maschinen, die aussahen wie Zementmischer aus glänzendem Kupfer. Am Ende des Besuchs bekamen alle eine Schachtel davon. Violas Smarties wurden nie gegessen, denn sie bewarf ihren Vater damit, als sie nach Hause kam. Sie konnte sich jetzt nicht mehr erinnern, warum. Wahrscheinlich weil er nicht ihre Mutter war.

Sie trug die schmutzigen Kuchenteller in die Küche und stellte sie in die Spüle. Durch das Fenster sah sie Sunny und Bertie im Garten mit ihrem Großvater, der ihnen die Osterglocken zeigte. (»Millionen!«, sagte Sunny aufgeregt, als er ins Haus gelaufen kam.) Viola schaute zu ihren Kindern, die zwischen den Blumen knieten, ihre Gesichter reflektierten das goldene Gelb. Sie lachten und plapperten mit ihrem Vater. Der Anblick machte sie unglaublich traurig. Sie hatte das Gefühl, als wäre sie ihr ganzes Leben lang vom Glück ausgeschlossen gewesen.

»Hunger!«, schrie Sunny sie an. Viola blickte weiterhin aufs Meer, so aufmerksam wie ein Leuchtturmwärter, der nach einem Wrack Ausschau hält, griff hinter sich in den Rucksack und kramte blind in seinen Tiefen, bevor sie eine Papiertüte herauszog, die vom Frühstück übrig gebliebene Brote enthielt – harte Dinger aus dichtem, hausgemachtem Roggensauerteig, bestrichen mit Tartex und belegt mit weichen Gurkenscheiben. Sunny tobte beim Wiederauftauchen dieser unansehnlichen Brote. »Das will ich nicht«, schrie er und warf das Brot auf sie. Er zielte schlecht, und es wurde aufgefangen und verspeist von einem angenehm überraschten Labrador, der zufälligerweise gerade vorbeiging.
»Entschuldigung?«, sagte Viola in einem Tonfall, der klarmachte, dass sie sich überhaupt nicht entschuldigte.
»Ich möchte was *Gutes*«, sagte Sunny. »Du gibst uns nie was *Gutes*.«
»Wer immer nur will, kriegt nichts«, sagte Viola. (Im Fall des Labradors stimmte das nicht, dachte Sunny.) Das tugendsame Kindermädchen war offenbar mit an den Strand gefahren. Sie bot Bertie, die eine Reihe Löcher grub, ein Brot an. Bertie sagte »Danke, Mama«, weil ihr gefiel, wie ihr Wohlverhalten ihre Mutter veranlasste, sie freundlich zu behandeln. »Gerne«, sagte Viola. Sunny murrte über diese platte Pantomime von gutem Betragen, weil er wusste, dass sie nur aufgeführt wurde, damit er

sich schlecht fühlte. Es war, als würden sie das Quartett »Glückliche Familien« spielen (er war noch zu jung für die Ironie des Spiels), und wenn er nicht *jedes Mal,* wenn er eine Karte abgab oder bekam, »bitte« und »danke« sagte, musste er Master Mouse oder Mrs. Robin abgeben, auch wenn er es einfach nur *vergessen* hatte. »Ich hasse dich«, sagte er leise zu Viola. Warum war sie *nie* nett zu ihm? »Nett« war Sunnys Ideal. Eines Tages hätte er ein größeres utopisches Vokabular, doch jetzt gab er sich mit nett zufrieden. »Ich hasse dich«, sagte er noch einmal, mehr zu sich selbst als zu seiner Mutter.

»La-la-la«, sagte Viola. »Ich habe dich leider nicht gehört.«

Er holte tief Luft und schrie, so laut er konnte. »Ich hasse dich!« Die Leute drehten sich zu ihnen um.

»Ich glaube, im Wasser sind noch Leute, die dich nicht gehört haben«, sagte Viola und tat so, als bliebe sie gelassen, woraufhin Sunny wünschte, er könnte sie umbringen. Die eiskalte Waffe des Sarkasmus war ein böser Trick seiner Mutter, gegen den er sich nicht wehren konnte. Ein Sturm braute sich in seinem Herzen zusammen. Er könnte explodieren. Das würde seiner Mutter recht geschehen.

Gib einfach nach, Sunny, dachte Bertie. Du wirst nicht gewinnen. Nie. Sie grub fröhlich weiter, in der einen Hand den Spaten mit dem kurzen Griff, in der anderen das Brot, das sie nicht vorhatte zu essen. Nachdem sie eine Weile friedlich gegraben hatte, schob sie ihren Hintern weiter und begann ein neues Loch, als hätte sie einen Plan, doch der Plan bestand lediglich darin, so viele Löcher wie möglich zu graben, bevor der Tag vorüber wäre.

Bertie war »Moon« getauft worden – nicht getauft, »genannt« in einer »Namengebungszeremonie«, ein Ritual, das Dorothy erdacht hatte und bei Nacht im Wald hinter dem Haus in Anwesenheit der ganzen Kommune durchgeführt wurde. Viola überreichte Dorothy ihr neugeborenes, friedlich schlafendes

Baby, die es dem Mond entgegen hob, als wäre Bertie eine Opfergabe, und einen überraschten Augenblick lang hatte sich Viola gefragt, ob ihre Tochter nicht tatsächlich geopfert werden sollte. Bertie hatte laut Dorothy das »Privileg«, das erste in der Kommune geborene Baby zu sein. »Wir reichen dir die Zukunft«, sagte sie zum Mond, der unverbindlich auf das Geschenk herabblickte. Es begann zu regnen, und Bertie erwachte und weinte.

»Jetzt gibt's das Festessen!«, sagte Dorothy, als sie ins Haus liefen. Nicht das Baby, aber seine Plazenta, die Jeanette mit Zwiebeln und Petersilie gebraten hatte. Viola lehnte ihre Portion ab – es erschien ihr wie Kannibalismus, um nicht zu sagen absolut widerlich.

Und ja, Sun und Moon waren wirklich ihre Namen.

Glücklicherweise war Bertie auch der Name ihrer Großmutter gegeben worden. »Moon Roberta?«, sagte Teddy und versuchte, angesichts dieser Information am Telefon möglichst teilnahmslos zu klingen. »Das ist ungewöhnlich.«

»Also, man will doch nicht wie alle anderen heißen, oder?«, sagte Viola. »Es gibt schon genügend Sophies und Sarahs auf der Welt. Man will doch einen auffälligeren Namen.« Teddy neigte dazu, das Gegenteil zu glauben, behielt es jedoch für sich. Es dauerte nicht lange. Sun wurde bald zu Sunny, und Bertie vermied Moony, indem sie sich weigerte, auf jedwede lunare Version ihres Namens zu reagieren, bis die meisten vergessen hatten, dass er auf ihrer Geburtsurkunde stand. Dominic hatte ihre Geburt nur sehr widerwillig registrieren lassen, weil er der Ansicht war, dass es eine »totalitäre Bürokratie« war, die das von ihm forderte. Aus dem gleichen Grund waren er und Viola auch nicht verheiratet.

Die einzige Person, der Bertie erlaubte, sich an die Verrücktheit ihrer Eltern zu erinnern, war ihr Großvater, der sie manchmal Bertie Moon nannte, was Bertie seltsam tröstlich fand.

Sie beendete ein weiteres Loch, so ein Loch jemals beendet werden kann, und warf das Brot hinein.
Viola gab Sunny den Rucksack und sagte: »Da ist eine Mandarine drin. Irgendwo.« Ihr Sohn knurrte, als er das Wort »Mandarine« hörte.
»Ach, hör auf zu meckern«, murmelte Viola, zu sehr auf das Meer konzentriert, um sich wirklich über ihn zu ärgern.
(»Warum hast du denn Kinder gekriegt?«, fragte Bertie sie später im Leben. »War es nur der biologische Trieb, dich fortzupflanzen?« – »Das ist der einzige Grund, warum jemand Kinder kriegt«, erwiderte Viola. »Sie verbrämen es nur mit Sentimentalitäten.«)
Viola wünschte, sie hätte ein Fernglas. Das Glitzern der Sonne auf dem Wasser machte es nahezu unmöglich, etwas klar zu erkennen. Es waren viele Leute im Wasser, und aus der Ferne sahen sie alle ziemlich gleich aus, Formen, die im Blauen trieben wie träge Robben. Sie war schrecklich kurzsichtig, aber zu eitel, um ihre Brille aufzusetzen.
Sunny zog sich vorübergehend aus der Schlacht zurück und sammelte wieder Steine. Er liebte Steine. Felsgestein, normale Steine, Kiesel, doch vom Meer glatt geschliffene Steine waren am besten. Er konnte gar nicht glauben, wie viele davon es an diesem Strand gab. Vielleicht könnte er gar nicht alle sammeln.
»Wo ist Papa?«, fragte Bertie und blickte plötzlich vom Graben auf.
»Beim Schwimmen.«
»Wo?«
»Im Meer natürlich.«

Viola bemerkte einen Treibholzstock, knochenweiß und morsch, der in ihrer Reichweite wie ein skelettartiger Wegweiser aus dem Sand ragte. Sie nahm ihn und begann müßig, Symbole in den trockenen Sand zu zeichnen – Tentagramme und gehörnte Monde und die vielgeschmähte Swastika. Sie hatte vor kurzem das Studium der Magie aufgenommen. Oder der »Magick«.

»Was meinst du damit – eine Frau in zwei Hälften sägen?«, fragte ein verwunderter Teddy.

»Rituelle Magick. Man schreibt es mit einem ›K‹ am Ende. Hexerei, Okkultismus, Paganismus. Tarot. Es sind keine *Zaubertricks,* es ist tiefgründiger Erdkram.«

»Zaubersprüche?«

»Manchmal.« Sie zuckte leicht die Achseln.

Am Vorabend hatte sie mit Jeanette die Tarotkarten gelegt. Die Sonne, der Mond, der Narr, eine nach der anderen – ihre Familie. Die Hohepriesterin – zweifellos Dorothy. Der Turm – ein Unglück, ein Neuanfang? Der Stern – noch ein Baby? Gott bewahre, obwohl Star ein schöner Name war. Wie lange war Dominic schon weg? Er war ein guter Schwimmer, aber kein so guter, um so lange dort draußen im Wasser zu bleiben.

Die Sonne brannte gleißend herunter. Für Magick brauchte man die Nacht, eine leuchtende Kerze, die im Dunkeln flackerte, nicht diese Überbelichtung. Viola warf den Stock weg und seufzte wegen der Hitze. Sie hatte bislang die Stiefel, die Jacke, den Rock und das Kopftuch ausgezogen, trug aber immer noch mehr Kleidung als alle anderen am Strand. Einen antiken Unterrock und ein nicht dazu passendes Unterhemd mit langen Ärmeln, überladene bebänderte Dinge, eingefasst mit Lochstickerei, die sie in einem Secondhandladen gefunden hatte. Viola wusste es nicht, aber der Unterrock hatte einst einer Verkäuferin gehört, die an Schwindsucht gestorben war und entsetzt und überhaupt nicht erfreut gewesen wäre, ihre Unterkleidung an einem Strand in Devon zur Schau gestellt zu sehen.

Viola gab die Beobachtung des Meeres auf und drehte sich noch eine Zigarette. Sie hasste das Meer. Als Kind, als sie noch eine richtige Familie gewesen waren, waren sie jedes Jahr für den obligatorischen Sommerurlaub an kalte, nasse Strände gefahren. Die Hölle, was Viola betraf. Es musste die Idee ihres Vaters gewesen sein. Ihre Mutter hatte wahrscheinlich irgendwohin fahren wollen, wo es warm und sonnig war, wo sie es *schön* gehabt hätten, aber ihr Vater hatte diesen puritanischen Zug und war der Ansicht, dass ein Strand an der Nordsee *gut* für ein Kind war. Sie zog wütend an der Zigarette. Ihre Kindheit war von seiner Vernünftigkeit *verbogen* worden. Sie legte sich in den Sand und starrte zum wolkenlosen Himmel empor, während sie über die unerträgliche Langeweile ihres Lebens nachdachte. Auch das wurde bald langweilig, und sie setzte sich wieder auf und nahm ein Buch aus dem bodenlosen Rucksack.

Seit sie sich erinnern konnte, hatte sie immer ein Buch dabei. Typisch Einzelkind. Literatur hatte ihre kindlichen Phantasien befeuert und sie davon überzeugt, dass sie eines Tages die Heldin ihrer eigenen Geschichte sein würde. Als Teenager hatte sie im 19. Jahrhundert gelebt, war mit den Brontës durch die Moore gestreift und hatte sich über die Beschränkungen von Austens Wohnzimmern geärgert. Dickens war ihr – ziemlich sentimentaler – Freund, George Eliot ihre strengere Freundin. Viola las zurzeit erneut eine alte Ausgabe von *Cranford*. Mrs. Gaskell fühlte sich nicht zu Hause in Adam's Acre, wo der Lesestoff nahezu ausschließlich aus Hunter S. Thompson und Patanjalis Yogasutra bestand. Viola saß auf dem heißen Sand, drehte eine Haarlocke um den Finger, eine alte Gewohnheit, die alle irritierte außer Viola selbst, und fragte sich, warum sie sich an der Universität nicht mehr angestrengt hatte, statt sich von Dominic auf Abwege führen zu lassen, herumzuliegen und Dope zu rauchen. Sie könnte jetzt selbst Dozentin sein. Professorin sogar. Die Sonne blendete auf Mrs. Gaskells weißen Seiten, und Viola vermutete, dass Kopfschmerzen im Anzug waren. Ihre Mutter war im Grunde an Kopfschmerzen gestorben.

Die kurze Entente wurde von Sunny gestört, der seine Entscheidung bezüglich der Mandarine revidiert hatte, sie jedoch nicht aß, sondern auf Bertie warf, was einen heftigen Schreiwettbewerb zwischen den beiden auslöste, der nur beendet werden konnte, indem sie sie ablenkte und ihnen Geld für Eis gab. Auf der Promenade stand ein Wagen, und Viola sah ihnen nach, wie sie darauf zugingen, bis sie sie nicht mehr erkennen konnte. Sie schloss die Augen. Fünf Minuten Frieden, war das zu viel verlangt?

Viola studierte in ihrem ersten Jahr an einer brutalistischen Universität aus Beton und Glas, als sie Dominic Villiers kennenlernte, der ein Kunststudium abgebrochen hatte, aber noch an den Rändern des akademischen Lebens herumhing. Er war der Spross einer semi-aristokratischen Familie. Sein legendärer Drogenkonsum, sein Privatschulhintergrund und die reichen Eltern, von denen er sich losgesagt hatte, um in malerischem Elend zu leben, verliehen ihm ein gewisses Gütesiegel. Viola, die verzweifelt rebellieren und ihre provinziellen Mittelklasseketten abwerfen wollte, fühlte sich von seiner Verrufenheit angezogen. Dominic sah zudem gut aus, und sie war geschmeichelt, als er sich schließlich, nachdem er sie mehrere Wochen umkreist hatte, auf sie stürzte (wenn auch lethargisch, so man sich lethargisch auf jemanden stürzen kann) und sagte: »Gehen wir zu mir?« In seiner verwahrlosten Wohnung standen keine Radierungen herum, sondern jede Menge großer Leinwände, die aussahen, als wären sie mit Primärfarben beworfen worden. »Das siehst du?«, sagte er, beeindruckt, dass sie seine Technik verstand. Viola, Kunstbanausin, die sie war, dachte unwillkürlich: Das könnte ich auch.
»Verkaufen sie sich?«, fragte sie unschuldig und musste sich einen geduldigen Vortrag über »die Unterwanderung der Wechselbeziehung zwischen Produzent und Konsument« anhören.
»Du meinst, indem man Kram verschenkt?«, sagte sie erstaunt. Als Einzelkind verschenkte sie nie etwas.
»He«, sagte er lakonisch, als er sich von der Bewunderung seiner

eigenen Kunst abwandte und sie nackt auf seinen schmuddeligen Laken liegen sah.
Er lebte von der Stütze, was cool war, sagte er, weil es hieß, dass der »stalinistische Staat« ihn dafür bezahlte, Kunst zu schaffen.
»Du meinst, der Steuerzahler?«, sagte Teddy. Viola hatte es lange hinausgezögert, ihren »Beau« (Teddys Ausdruck, er hatte nach etwas Unverfänglichem gesucht) nach Hause mitzunehmen, aus Angst, dass die auf friedliche Weise konservativen Ansichten ihres Vaters und die ordentliche Zurückhaltung seines Haushalts in York ein schlechtes Licht auf sie werfen würden. Sie dachte voller Abscheu an den Garten ihres Vaters, ordentliche Reihen Salbei, Ackersteinkraut und Männertreu in Rot, Weiß und Blau. Warum nicht gleich einen Union Jack pflanzen? »Das ist kein Patriotismus«, protestierte er. »Ich finde nur zufälligerweise, dass diese Farben gut zusammenpassen.«
»Gärten«, sagte Dominic.
Teddy wartete auf den Rest des Satzes, der nie kam. »Du magst sie?«, fragte er schließlich.
»Ja, sie sind toll. Meine Leute haben einen Irrgarten.«
»Einen Irrgarten?«
»Ja.« Dominic, das musste man ihm anrechnen, war stolz auf seinen Egalitarismus. »Herzöge oder Müllmänner«, sagte er, »für mich sind alle gleich.« Doch Viola vermutete, dass er mehr Herzöge als Müllmänner kannte. »Seine Leute«, wie er sie nannte, lebten in den Tiefen Norfolks und waren von der jagenden, schießenden, angelnden Sorte, über Ecken »außerehelich« mit dem Königshaus verwandt. Viola hatte sie nicht kennengelernt, die Entfremdung war auch nach der Geburt von Sunny und Bertie noch intakt. »Sie wollen ihre Enkelkinder nicht sehen?«, sagte Teddy. »Wie traurig.«
Viola war erleichtert gewesen. Sie nahm an, dass sie in den Augen »seiner Leute« nicht gut genug war. Wieso genau hatte er sich ihnen entfremdet?, wollte Teddy wissen. »Ach, Sie wissen

schon, das Übliche – Drogen, Kunst, Politik. Sie halten mich für eine Niete, ich halte sie für Faschisten.«

»Jedenfalls sieht er gut aus«, sagte Teddy auf der Suche nach etwas Positivem, als er und Viola das Geschirr spülten. Sie hatten Schinkensalat und den Apple Crumble gegessen, den er am Morgen gemacht hatte. Teddy war »praktisch« in der Küche. (»Auch wenn ich das selbst sage.«) Dominic hielt im Wohnzimmer »ein Nickerchen«. »Er ist müde, nicht wahr?«, sagte Teddy. Viola hatte ihren Vater nie schlafen sehen, nicht einmal dösen in einem Liegestuhl.

Als Dominic erwachte, holte Teddy, dem nichts anderes einfiel (er konnte sich irgendwie nicht vorstellen, dass Dominic Brettspiele mochte), die Fotoalben, in denen die Tollpatschigkeit seiner Tochter in unterschiedlichem Alter und Ausmaß zu begutachten war. Viola machte sich nicht gut vor einer Kamera. »Im wahren Leben ist sie viel hübscher«, sagte Teddy.

»Ja, sehr sexy«, sagte Dominic anzüglich. Viola war ein bisschen stolz. Ihr Vater verzog über Dominics Bemerkung und ihre Implikationen das Gesicht. Gewöhn dich dran, dachte sie. Ich bin jetzt eine erwachsene Frau. (»Ich vögle, also bin ich«, hatte sie vorne in die Penguin-Classic-Ausgabe von Descartes' *Abhandlung* geschrieben, zufrieden mit ihrem Ikonoklasmus.)

Sie war die nächste in einer langen Reihe Freundinnen, und sie erfuhr nie, warum Dominic bei ihr haltgemacht hatte. Nicht haltgemacht – nur eine Pause eingelegt, wie sich herausstellte. »Aber du bist die, zu der ich immer nach Hause komme«, sagte er. Wie ein Hund, dachte sie nicht unzufrieden.

Sie waren beide im Grunde sehr faule Menschen, und es war einfacher zusammenzubleiben, als sich zu trennen.

Viola schaffte es, die Abschlussprüfungen abzulegen und mit einer mittelmäßigen Drei davonzukommen, ein zusammengeschusterter Abschluss in Philosophie, Amerikanistik und Englischer Literatur. »Es ist sowieso unwichtig«, sagte sie. »Im Leben geht es um das Leben und nicht um Noten auf Papier.« Sie erzählte niemandem, wie tief enttäuscht sie von dem Ergebnis war, und beschloss, nicht zur Zeugnisverleihung zu gehen, da es sich hierbei um »ein bedeutungsloses Lippenbekenntnis zur etablierten Hierarchie« handelte.

»Vielleicht wird es dir eines Tages leidtun«, sagte Teddy.

»Du willst nur ein Foto von mir mit Kappe und Talar, um es an die Wand zu hängen und damit anzugeben«, sagte sie gereizt.

Was wäre so falsch daran?, fragte sich Teddy.

»Habt ihr vor zu heiraten?«, fragte Teddy vorsichtig, als Viola ihm eröffnete, dass sie mit Sunny schwanger war.

»Keiner heiratet mehr«, sagte sie verächtlich. »Das ist eine überholte bürgerliche Konvention. Warum sollte ich mich für den Rest meines Lebens mit Handschellen an jemanden fesseln, nur weil eine autoritäre Gesellschaft es erwartet?«

»Ach, so schlimm ist es nicht«, sagte Teddy. »Man gewöhnt sich an die ›Handschellen‹, wie du es nennst.«

Als Sunny geboren wurde, lebten sie mit zehn anderen Leuten in einem besetzten Haus in London. Sie teilten sich mit den anderen Küche und Bad und hatten ein Zimmer, das sie ihr Eigen nannten. Es war vollgestellt mit Dominics Bildern und den Babyutensilien, die Teddy gestiftet hatte, als ihm klar war, dass niemand anders sie kaufen würde. Es beunruhigte ihn, dass Viola keine Ahnung zu haben schien, was es hieß, ein Baby zu bekommen. »Ihr braucht ein Kinderbettchen«, sagte er zu ihr, »und eine kleine Badewanne.«

»Es kann in der Schublade schlafen«, sagte Viola, »und ich kann es in der Spüle waschen.« (»Ja«, stimmte Dominic ihr zu, »so haben es die armen Leute immer gemacht.«) Es kann in einer Schublade schlafen? Es? Teddy griff seine Ersparnisse an und schickte ihnen ein Bettchen, einen Kinderwagen und eine Wanne.

Dominic malte selten ein Bild fertig. Trotz seiner erklärten Ablehnung der kapitalistischen Wirtschaft versuchte er gelegentlich, ein Bild zu verkaufen, aber es gelang ihm nicht einmal, seine Kunst zu verschenken. Viola fragte sich, ob sie eines Tages begraben unter einem Berg Leinwände gefunden würden. Die Folge war, dass sie kein Geld hatten. Dominic weigerte sich, seine Familie um irgendetwas zu bitten. »Es ist sehr nobel von ihm, so an seinen Prinzipien festzuhalten«, sagte sie zu ihrem Vater. »Sehr«, gab Teddy ihr recht.

Ein Haus zu besetzen war nur logisch, erklärte sie ihrem Vater. »Die Erde als Ware zu betrachten, die man besitzen kann, wo sie uns doch allen gemeinsam gehört …« Das Argument – das nicht von ihr, sondern von jemand anderem stammte – brach ab. Sie hatte seit Wochen nicht mehr richtig geschlafen. Sunny plärrte in den frühen Morgenstunden, als hätte er Krämpfe der Trauer um den verlorenen Glorienschein. (Er sollte sich von diesem Diebstahl nie mehr wirklich erholen.) Eines Tages stand ihr Vater auf der Schwelle des besetzten Hauses und sagte: »Ich wollte nicht auf eine Einladung warten. Und ich wusste nicht, wann ich dem kleinen Kerlchen sonst vorgestellt würde.« Das war offensichtlich Kritik an ihr, weil sie das Baby und den Kram, der dazugehörte, nicht in einen Zug geschleppt hatte, obwohl sie doch kaum einen Fuß vor den anderen setzen konnte.

Teddy hatte einen Blumenstrauß, eine Schachtel Pralinen und mehrere Strampelanzüge dabei. »Von Mothercare«, sagte er. »Ein neues Geschäft. Warst du schon mal dort? Ich wünschte, wir hätten solche Kleidung gehabt, als du ein Baby warst. Wir hatten nur fummelige gehäkelte Jäckchen und Stiefelchen. Säuglingsausstattung, so hieß es damals. Willst du mich nicht reinlassen?«

»Das ist also ein besetztes Haus«, sagte er, als sie sich an den überwiegend kaputten Fahrrädern und Kartons im Flur vorbeizwängten. (»Oh, ich war radikal, sogar eine Anarchistin«, erklärte Viola in späteren Jahren. »Ich habe in einem besetzten

Haus in London gewohnt – es waren aufregende Zeiten«, obwohl sie in Wahrheit fror, die meiste Zeit unglücklich und einsam war, ganz zu schweigen davon, dass die Mutterschaft sie paralysierte.)

Teddy fuhr am selben Tag mit dem Zug nach York zurück und lag die ganze Nacht wach, weil er sich Sorgen um sein einziges Kind und ihr einziges Kind machte. Viola war ein hübsches Kind gewesen, einfach perfekt. Aber andererseits waren vermutlich alle Babys perfekt. Sogar Hitler.

»Eine Kommune auf dem Land?«, sagte Teddy, als Viola ihm vom nächsten Arrangement erzählte.

»Ja. Gemeinsames Leben. Das bedeutet, die zerstörerischen Auswirkungen des kapitalistischen Systems vermeiden und versuchen, eine neue Seinsweise zu finden«, sagte sie und äffte Dominic nach. »Und Anti-Establishmentarimus«, fügte sie obendrein noch hinzu. Es war das längste Wort, das sie kannte, sie hatte es an der Universität gehört, allerdings blieb ihr die Bedeutung verschwommen. (»Die Kirche?«, rätselte Teddy.) »Die konventionelle Gesellschaft ist moralisch und finanziell bankrott. Wir leben vom Land«, sagte sie stolz.

»›Wahre Freiheit erlanget der Mensch dort, wo er Nahrung und Schutz erhält, und das ist, wo er das Land urbar machet‹«, sagte Teddy.

»Was?« (*Wie bitte,* dachte Teddy. Das war ihr als Kind beigebracht worden.) »Gerrard Winstanley«, sagte er. »Die wahren Gleichmacher. Die Diggers. Nein?«

Er fragte sich, was Viola sonst noch nicht gelernt hatte. Teddy faszinierten alle radikalen idealistischen Bewegungen, die zur Zeit des Bürgerkriegs entstanden waren, und er fragte sich, ob er einer davon beigetreten wäre, hätte er damals gelebt. *Du siehst die Welt auf den Kopf gestellt.* (»Eine Klage, kein Jubelschrei«, hatte ihn Ursula vor langer Zeit getadelt.) Wahrscheinlich gaben sie alle denselben Unsinn von sich wie Viola. Der Kibbo Kift war ihr natürlicher Nachfahre. »Das friedfertige Königreich und so weiter«, sagte er zu Viola. »Der Wunsch, das Paradies auf Erden wiederherzustellen. Millenarismus.«

»Ach, *das*«, sagte sie, weil sie das Wort wiedererkannt hatte. Sie hatte *Die Sehnsucht nach dem Millenium* irgendwo in einem Bücherregal stehen sehen. Es ärgerte sie, dass ihr Vater so viel Kram wusste. »Wir interessieren uns für die kosmisch evolutionäre Entwicklung«, sagte sie leichthin. Sie hatte keine Ahnung, was das sein sollte.

»Aber du hast das Landleben nie gemocht«, sagte Teddy verwundert.

»Ich mag es immer noch nicht«, sagte Viola. Sie war nicht gerade begeistert von diesem neuen Wohnarrangement, aber alles musste besser sein als der Saustall des besetzten Hauses.

Die Kommune bewohnte ein weitläufiges altes Bauernhaus in Devon, das meiste Ackerland war verkauft, aber es war noch genug übrig, um Obst und Gemüse anzubauen und Ziegen und Hühner zu halten. So lautete zumindest die Theorie. Seit dem Mittelalter hatte der Bauernhof Long Grove Farm geheißen, doch als Dorothy ihn »für einen Apfel und ein Ei« ersteigerte – vor allem weil das verbliebene Ackerland Sumpf war, das gute Land war an einen Nachbarn verkauft worden (ja, ihm mit dem Morris Minor und dem Hof voller Gänse) –, nannte sie ihn in Adam's Acre um. Ein handgemaltes Schild in Regenbogenfarben mit dem neuen Namen darauf wurde ans Tor zur Einfahrt genagelt. Niemand, nicht eine einzige Person im Ort, benutzte den neuen Namen.

Die Kommune bestand seit fünf Jahren, als sie einzogen. Es lebten bereits drei andere Paare in den Zwanzigern dort – Hilary und Matthew, Thelma und Dave (Schotte) und Theresa und Wilhelm (Holländer). Viola hatte Probleme, sich ihre Namen zu merken. Abgesehen von Dorothy gab es noch drei weitere Singles – eine Amerikanerin in den Dreißigern namens Jeanette und Brian, ein Teenager, der anscheinend von zu Hause weggelaufen war. (»Cool«, sagte Dominic.)

Und schließlich war da noch Bill, ein alter Kerl in den Fünfzigern. Er war Mechaniker bei der Royal Air Force gewesen, und Viola sagte: »Ja, mein Vater war während des Kriegs auch in der RAF.« Und er sagte: »Wirklich? Bei welchem Geschwader?«

»Keine Ahnung«, sagte sie achselzuckend. Sie hatte nie mit ihrem Vater über den Krieg geredet, und außerdem war das *Jahre* her. Ihre Gleichgültigkeit schien Bill zu enttäuschen. »Ich bin Pazifistin«, erklärte sie ihm.

»Das sind wir alle, meine Liebe«, sagte er.

Aber sie war es wirklich, dachte sie verdrossen. Sie war in eine Quäker-Schule gegangen, Herrgott noch mal, und hatte an einer Demonstration gegen den Vietnamkrieg teilgenommen und alles dafür getan, verhaftet zu werden. Ihre glorreichen Jahre lagen noch vor ihr – Greenham, Upper Heyford –, doch sie wandelte seit langem auf dem Pfad rechtschaffener Empörung. Ihr Vater hatte Flugzeuge geflogen, Bomben auf Menschen abgeworfen. Womöglich war er verantwortlich für den Feuersturm auf Dresden – *Schlachthof 5* war Unterrichtsstoff an der Universität gewesen. (»Es waren nur die Lancasters, die Dresden bombardiert haben«, sagte Teddy. »Na und? Na und?«, sagte seine Tochter. »Glaubst du etwa, das spricht dich frei?« – »Ich bitte nicht um Freispruch«, sagte Teddy.) Krieg war böse, dachte Viola, doch Bills mangelndes Interesse an ihrer Meinung schüchterte sie ein. Offenbar wollte er auch nicht freigesprochen werden.

Dominic war glücklich, weil er ein Atelier hatte, einen alten geweißelten Kuhstall hinter dem Haus, und Viola war erleichtert, weil sie nicht länger mit seinen Bildern zusammenleben musste.

Am Wochenende erhöhte sich die Zahl ihrer Mitbewohner dank eines beständigen Stroms von Besuchern vor allem aus

London. Es schliefen immer völlig Fremde auf dem Boden oder den Sofas oder saßen herum und rauchten Dope und redeten. Und redeten. Und redeten. Und redeten. Eigentlich sollten sie etwas »beitragen«, indem sie im Garten oder bei Reparaturen am Haus mithalfen, aber das war fast nie der Fall.

Dorothy war natürlich die Bienenkönigin. Alles sollte geteilt werden und allen gemeinsam gehören, aber die Besitzurkunde des Bauernhauses lautete auf ihren Namen, und ihr gehörte der Wagen, ihr einziges Transportmittel, und das ganze Unternehmen war ihre Idee gewesen. Sie war über sechzig, trug immer einen Kaftan, wickelte sich lange Seidenschals um den Kopf und lief ständig mit einem verzückten Lächeln im Gesicht herum, das sehr irritierend sein konnte, wenn man selbst nicht verzückt war. In Violas Augen war sie eine alte Spinatwachtel, fast so alt wie ihr Vater. Sie war eine gescheiterte Schauspielerin, die »einem Mann nach Indien gefolgt« und ohne ihn zurückgekommen war, aber stattdessen »Erleuchtung« mitgebracht hatte. (»Inwiefern ist sie erleuchtet?«, sagte Viola leise zu Dominic. »Ich kann nichts davon erkennen. Sie ist wie alle anderen, nur schlimmer.«)

Dominic war gründlich auf seine Tauglichkeit für die Kommune geprüft worden, doch Viola lernte Dorothy erst bei ihrem Einzug kennen. Ihr fiel auf, dass Dorothy sich selbst gern reden hörte, und Viola kam sich vor, als wäre sie wieder an der Universität. »Adam's Acre«, sagte Dorothy großspurig, »ist ein Ort, wo alles, was möglich ist, ermöglicht wird. Wo wir unsere künstlerische Natur erforschen und anderen dabei helfen können, ihre zu finden. Wir bewegen uns ständig auf das Licht zu. Tee?«, fragte sie auf Art einer Herzogin und schreckte Viola damit auf, die wie bei allen Vorträgen fast eingedöst wäre.

Dorothy reichte Viola einen unförmigen Becher mit einem matschigen, bitteren Gebräu. »Kein Tee, wie *du* ihn kennst«, sagte Dorothy, und Viola fragte sich, ob sie sie mit Drogen vollpumpen oder vergiften wollte. (»Du bist so paranoid«, sagte Dominic.) Sie schüttelte den Kopf, als Dorothy »Gebäck?« sagte und ihr einen Teller hinhielt, auf dem sich etwas häufte, was wie Pflastersteine aussah. Es folgte eine Pause, während sich Dorothy durch einen Bissen dieser Steine kaute. »Du wirst feststellen«, fuhr sie schließlich fort, »dass wir eine lockere *Gestalt* starker Individuen sind, die zufällig in die gleiche Richtung streben. Zu einem transzendentalen Verständnis.«

»Okay«, sagte Viola, die keine Ahnung hatte, was die Worte bedeuteten, die von Dorothys krümelübersäten Lippen fielen. Es gab natürlich transzendentale Meditation, daran hatte sie sich versucht, und sie hatte in Seminaren über amerikanische Literatur die Transzendentalisten gelesen, sich durch *Walden* und Emersons *Natur* geackert, aber sie schienen nicht viel gemein zu haben mit Dorothys Verbrennen von Salbei und ihrem unmelodischen Singsang (wie ein depressiver Gorilla).

»Damit es funktioniert, muss jeder etwas beitragen«, sagte Dorothy. Müssen wir?, dachte Viola ermattet. Sie war hochschwanger mit Bertie und schleppte Sunny immer noch auf dem Arm herum.

Da ihr besondere Fähigkeiten fehlten, wurden ihr allgemeine Aufgaben übertragen – Kochen, Putzen, Brotbacken, Gartenarbeiten, die Ziege melken »und so weiter«. »Im Grunde Hausarbeit«, sagte Viola. An der Universität war sie bei einer Lohn-für-Hausarbeit-Demonstration mitmarschiert, obwohl sie noch nie Hausarbeit verrichtet hatte, und sie war nicht gerade glücklich, dies jetzt tun zu müssen. Oder etwas für andere tun zu müssen statt für sich selbst, doch das schien es zu bedeuten, in einer Kommune zu leben. Sie hatte zudem »leichte Gartenarbeiten« zu erledigen, was hieß, dass sie die schwere rote Erde voller Disteln um den Rasen hinter dem Haus herum umgraben musste. Die »landwirtschaftliche Arbeit«, wie Dorothy das Pflanzen von kümmerlichem Wurzelgemüse und wurmzerfressenen Kohl-

köpfen nannte, wurde ihr erspart. Die Diggers, dachte sie unglücklich, als sie draußen im Regen versuchte, sich mit einem wackligen Spaten durch den Schlamm zu graben. Sie war zu einem Digger geworden, wenn nicht zu *dem* Digger, da außer ihr niemand mit dieser besonderen, nicht unerheblichen Arbeit beschäftigt zu sein schien – die Rasenfläche war riesig.
Und sie waren mitten im *Nirgendwo*. Viola hatte das Land noch nie gemocht, es war kalt, matschig und voll endloser Unannehmlichkeiten. Als Kind hatte sie auch in einem alten Bauernhaus gelebt, inmitten von nichts außer Landschaft, und sie erinnerte sich, dass ihr Vater ständig an ihr herumgenörgelt hatte, dass sie rausgehen und »ein bisschen frische Luft schnappen«, ihn auf Spaziergängen begleiten sollte, um sich Vögel, Bäume, Nester, »Gesteinsformationen« anzuschauen. Warum sollte sich jemand eine Gesteinsformation ansehen? Sie wusste noch, wie sie sich gefreut hatte, als sie nach York zogen, in ein Reihenhaus mit Zentralheizung und Teppichboden. Es war natürlich nur ein kurzes Glück, denn was ist ein Haus ohne Mutter?
Die Kommune hatte einen Stand auf dem monatlichen Markt in der Stadt, wo sie selbstgefertigten Kram verkauften – schwere Brotlaibe, die aussahen wie Geschosse für ein Katapult. Vielfarbige Kerzen, die ranzig rochen und zu widerwärtigen Lachen zusammenschmolzen. Und natürlich der getöpferte Kram. Wilhelm hatte einen Brennofen, der die Quelle der unförmigen Becher und Teller war, die sie benutzten. Dann waren da noch die Weidenkörbe, die sie alle flochten. Wie in einer Blindenwerkstatt, dachte Viola, als sie aufgefordert wurde, es zu lernen. Es war das Leben eines unbezahlten Dienstboten im 18. Jahrhundert, dachte sie, plus Korbflechten. Und sie musste sich um ihre Kinder kümmern, weil trotz des Geredes von wegen geteilter Aufgaben keiner etwas mit Sunny zu tun haben wollte, was sie niemandem wirklich übelnehmen konnte. Es gab eine gemeinsame Kasse, und sie durfte nicht einen Penny herausneh-

men, ohne die Ausgabe zu rechtfertigen. Eines Tages, dachte Viola, würde sie davonlaufen und die Kasse mitnehmen und das ganze Geld für Coca-Cola, Schokolade, Wegwerfwindeln und all die anderen Dinge ausgeben, die die Kommune verdammte. Dorothy selbst schien viel Zeit damit zu verbringen, »ihre Chakren auszubalancieren« (wem's gefällt, dachte Viola) und sich von Jeanette die Tarotkarten legen zu lassen. Sie flocht herzlich selten einen Korb, und Viola hatte nie gesehen, dass sie die Ziege melkte, eine griesgrämige Toggenburger, die Viola so sehr hasste wie Viola sie.

Frieden in Adam's Acre fand sie nur, wenn sie vorgab, Eier zu suchen. Die Hühner legten sie, wo immer sie wollten, es war lächerlich. Teddy hielt Hühner, aber es war diszipliniertes Geflügel, das seine Eier in Nester legte. Selbst bei einer vergeblichen Eiersuche konnte es passieren, dass Dorothy sich auf sie stürzte (sie kam aus dem Nirgendwo wie eine Fledermaus). »Du bist Viola Todd, stimmt's?«, sagte sie ziemlich vorwurfsvoll eines Tages zu ihr, als sie plötzlich wie Miss Jessel vor ihr auf dem Weg stand. Bertie schlief in einem Buggy, der viel zu unsolide für dieses gefurchte Terrain war (ständig fielen die Räder ab). Sunny hatte sie bei seinem Vater gelassen, was einer Verletzung der Sorgfaltspflicht gleichkam.

Bertie rührte sich im Schlaf und hob eine Hand, als wollte sie die unwillkommene Erscheinung von Dorothy abwehren. Viola, die die Hecke entlanggeschlendert und tief in eine aufregende Phantasie von tellerweise gebuttertem Toast und Captain Wentworth aus *Anne Elliot oder die Kraft der Überredung* versunken gewesen war, erschrak heftig.

»Ja, ich bin Viola Todd«, sagte Viola vorsichtig. Sie lebte seit über einem Jahr unter demselben Dach wie Dorothy, und Dorothy wusste ihren Namen nicht? »Schuldig im Sinne der Anklage.«

»Deine Mutter heißt Nancy? Nancy Shawcross?«

»Vielleicht«, sagte Viola noch vorsichtiger. Sie mochte nicht, dass

Dorothy den Namen ihrer Mutter aussprach. Ihre Mutter war heilig.

»Also, ja oder nein?«, sagte Dorothy.

»Ja«, sagte Viola, die das Thema nicht in der Vergangenheitsform besprechen wollte.

»Ist sie eine der Shawcross-Schwestern?«

»Ja.« Und es war angenehm, über ihre Mutter zu reden, als wäre sie noch am Leben.

»Ich wusste es!«, rief Dorothy theatralisch. »Ich kannte ihre Schwester – Millie. Wir haben zusammen auf der Bühne gestanden, als wir beide noch die Naiven gespielt haben. Ich habe seit Jahren keinen Kontakt mehr zu ihr. Wie geht es deiner lieben Tante?«

»Sie ist tot«, sagte Viola zuvorkommend und gab Millie umstandslos der Vergangenheit anheim.

Dorothys Gesicht verzog sich gequält. Sie hob die Hand an die Stirn in einer Pantomime der Verzweiflung. »Von uns gegangen!«

»Ich habe sie kaum gekannt«, sagte Viola sachlich. »Sie war fast immer im Ausland.«

»Hm«, sagte Dorothy, als würde sie diese Nachricht beleidigen. Sie runzelte die Stirn. »Was machst du hier überhaupt?«

»Ich suche Eier«, log Viola. Man musste immer etwas *Nützliches* tun. Es war so ermüdend.

»Sollte dieses Kind (sie waren immer ›dieses Kind‹ oder ›diese Kinder‹) nicht ein Sonnenhäubchen tragen?«

»Häubchen?«, sagte Viola, begeistert von diesem altmodischen Wort. Captain Wentworth winkte. »Ich muss jetzt weiter«, sagte sie. »Nach Eiern suchen.«

Als Viola mit Bertie schwanger war, plädierte Dorothy für eine »natürliche Geburt« des Babys in Adam's Acre. Viola konnte sich nichts Schlimmeres vorstellen. Sunny war in einer großen betriebsamen Londoner Universitätsklinik geboren worden, Viola vollgepumpt mit Pethidin und high. Nachts lagen die Babys im Säuglingssaal, und die Mütter bekamen Schlaftabletten. Es war die reine Wonne. Sie blieben eine Woche dort, bekamen Essen und Snacks und milchige Getränke, und es wurde kaum mehr von ihnen erwartet, als die Babys zu stillen und ihnen die Windeln zu wechseln, und dabei mussten sie oft noch nicht mal aus dem Bett aufstehen. Viola wollte all das nicht aufgeben für einen qualvollen Passageritus, orchestriert von (der kinderlosen) Dorothy. Viola dachte unwillkürlich an *Rosemary's Baby*.

Sie war de facto eine Gefangene. Auf dem Bauernhof gab es kein Telefon, und wie sollte sie ins Krankenhaus kommen, wenn niemand sie fuhr? Sie bedauerte jetzt, dass sie nicht mehr Fahrstunden bei ihrem Vater durchgehalten hatte, als sie noch zu Hause gewohnt hatte. Sie wollte nicht mit ihrem Vater in einem Wagen festsitzen, während er ihr Kram beibrachte, den er wusste und sie nicht (und das war nahezu alles). Er war ein irritierend geduldiger Lehrer. Sie erinnerte sich plötzlich daran, dass ihr Vater ihr ein ganzes Jahr lang jeden Samstagmorgen Nachhilfe in Mathe gegeben hatte. Die ganze Zeit hatte er denselben weichen stumpfen Bleistift benutzt. Viola verlor jeden Tag einen Bleistift oder Kugelschreiber. Ihr wurde schlecht bei dem Gedanken an die Algebra und die Gleichungen, durch die sie sich geackert hatten, ihr Vater ließ nicht locker, bis sie sie (kurzfristig) verstanden hatte. Und jetzt hatte sie natürlich alles wieder vergessen, wozu also die Mühe? Sie hatte mit einer schlechten Note bestanden, ihr Abitur war insgesamt mittelmäßig außer in Englisch, danach konnte sie an einer mittelmäßigen Universität studieren, wo sie einen schlechten Abschluss machte. Und wohin hatte sie das gebracht? Hierher. Und sonst nirgendwohin. Kein Geld, keine Arbeit, zwei Kinder, eine Niete als Freund. Sie wäre besser dran gewesen, wenn sie mit fünfzehn die Schule geschmissen und eine Lehre als Friseuse gemacht hätte.

Letztlich wurde Bertie natürlich im Krankenhaus geboren, und der Teufel kam nicht, um sein Kind zu fordern. Das war nicht nötig, er hatte bereits Sunny.

Sie musste eingeschlafen sein. Sie erwachte erschrocken und mit unangenehm brennendem Gesicht, wo die Sonne darübergewandert war. Sie brauchte ein paar Sekunden, bis sie sich an ihre Kinder erinnerte. Wann waren sie zum Eiswagen gegangen? Sie rappelte sich auf die Beine und schaute sich am Strand um. Keine Spur von ihnen. Entführt, ertrunken, von der Klippe gefallen? Alle möglichen dramatischen Szenarien gingen ihr durch den Kopf, in allen stand sie als Rabenmutter da.

Schließlich fand sie sie. Sie warteten geduldig, wenn auch etwas bedrückt an der Fundstelle für vermisste Kinder. Viola hatte nicht gewusst, dass es so etwas überhaupt gab. »Hast du das mit Absicht getan?«, fragte sie Sunny, als sie zu ihrem Platz zurückrannten, um ihre sandigen Sachen vor der steigenden Flut zu retten und sie in Tüten zu stopfen. (Deswegen will ich nicht an den Strand, dachte sie.)

Sunny war sprachlos vor Empörung. Er hatte Todesangst gehabt, als er merkte, dass er den Weg zurück vom Eiswagen nicht finden konnte. Der Strand war ewig lang, und fast alle Leute waren größer als er. Er stellte sich vor, dass das Meer sie holte oder dass sie die ganze Nacht in der Dunkelheit allein am Strand bleiben mussten. Die zusätzliche Belastung, dass er in Abwesenheit seiner Mutter für Bertie verantwortlich war, trieb ihn in den Wahnsinn, und als eine nette, mütterliche Frau zu ihm kam und ihn fragte: »Was macht ihr beiden denn hier? Habt ihr eure Mama verloren?«, war er überwältigt vor Erleichterung und brach in Tränen aus. Er liebte diese Frau von ganzem Herzen.

»Tu das nie wieder«, sagte Viola.

»Ich habe nichts getan«, sagte er still. Sein Kampfeswille war erschöpft. Er hatte den Tag wie eine überdrehte Uhr begonnen, jetzt tickte er kaum noch.

»Wo ist Papa?«, fragte Bertie.

»Beim Schwimmen.«

»Er schwimmt seit *Stunden.*«

»Ja, das tut er«, sagte Viola. Sie hatte keine Uhr. Teddy hatte ihr zum Abitur eine hübsche kleine Timex geschenkt, die sie jedoch vor langem schon verloren hatte. Hoffentlich ist Dominic tot, dachte sie.

Wenn er dort draußen im Meer ertrunken wäre, könnte sie ein neues Leben anfangen. Es wäre eine so einfache Möglichkeit, mit ihm Schluss zu machen, viel einfacher, als zu packen und zu gehen. Und außerdem, wohin sollte sie gehen? Und dann war da noch die Sache mit dem Geld. Dominic hatte einen Treuhandfonds. Sie wusste nicht genau, was das war, doch Dominic hatte ihn ein paar Wochen zuvor »geerbt«. Es gab ein paar komplizierte rechtliche Gründe (sagte er), warum er sich nicht so einfach von seinem Geld verabschieden konnte wie von seinen »Leuten«. Aber hatte er ihr oder den Kindern etwas davon gegeben? Nein, er schenkte das Geld der Kommune, überschrieb es Dorothy! Und schlimmer noch – nein, nicht schlimmer, etwas weniger schlimm –, sie hatte einen Brief von seiner Mutter gefunden, die ihn von einem Privatdetektiv hatte aufspüren lassen, und in dem Brief bat sie ihn, das »Zerwürfnis zwischen ihnen auszuräumen« und ihr ihre Enkel vorzuführen und deren »Mutter, die bestimmt ganz wunderbar ist«.

Wenn Dominic tot wäre, würde Viola statt Dorothy den Treuhandfonds bekommen (oder?) und könnte in einem richtigen Haus wohnen und ein normales Leben führen. Wenn sie nur mit Dominic verheiratet wäre und damit ihr Anrecht auf sein Erbe gesichert hätte, dann wäre sie jetzt eine tragische junge Witwe, und die Leute müssten nett zu ihr sein. Sie könnte sogar bei ihren unbekannten jagenden, schießenden, angelnden Schwiegereltern leben. Schließlich hielten sie sie für wunderbar. Natürlich würden sie ihr Urteil, kaum dass sie sie kennengelernt hätten, revidieren, doch vielleicht würden sie sie im Lauf der Zeit in ihren Clan aufnehmen, und sie könnte selbst »Leute« werden. Sie könnte ihren Namen annehmen. Viola Villiers, ein kleiner Zungenbrecher, eine Sprechübung, aber dennoch klangvoll, wie diese Schauspielerinnen im 18. Jahrhundert, die Geliebte von Adligen waren und oft genug selbst zu Herzoginnen wurden.

Sunny war wahrscheinlich der Erbe eines Anwesens, und einen Augenblick lang gestattete sie sich, über Schwäne auf einem See und Pfauen auf dem Rasen zu phantasieren. Es war ihr gleichgültig, ob sie Faschisten waren, wirklich gleichgültig, Hauptsache sie hatten Zentralheizung und einen Wäschetrockner und Weißbrot statt Roggensauerteig und weiche Matratzen statt Futons auf dem Boden.

Sollte sie jemanden alarmieren? Sie waren alle drei erschöpft, zu müde für all den Kram, der auf eine Vermisstenanzeige folgen würde. Aber wie sollten sie nach Hause kommen? Sie konnte nicht fahren. Sie seufzte tief.

»Mama?«, sagte Bertie. Bertie war fein eingestellt auf die Stimmungen ihrer Mutter.

Sie trotteten zurück zur Kinderfundstelle. Die mütterliche Frau war noch da. Sunny stürzte sich auf sie, schlang die Arme um ihren Bauch und hielt sich verzweifelt an ihr fest.

»Noch jemand vermisst?«, fragte sie Viola fröhlich.

Sunny, Bertie, Viola und zwei stämmige Polizisten saßen in einem Streifenwagen unterwegs nach Adam's Acre. (»Das ist Long Grove, oder?«, fragte einer der Polizisten.) Die Kinder, hinten bei Viola, schliefen sofort ein. Sie waren glitschig von alter Sonnencreme, abgesehen von den Füßen, die in Socken aus Sand steckten. Sie hatten keine Schuhe an, Viola hatte nicht die Kraft, ihnen die Sandalen aufzuzwingen. Sie rochen überreif.

Ihre Kinder wären ohne sie wahrscheinlich besser dran. Sie hätte sie bei der Bäuerin lassen sollen, dachte sie und münzte Egoismus geschickt in Altruismus um.

Sie erinnerte sich plötzlich an die Gänse und schauderte. Als Kind war sie von einer Gans verfolgt und halb zu Tode gebissen worden, und seitdem hatte sie Angst vor ihnen. Ihre Eltern – damals lebten noch beide – hatten sie ausgelacht. Die Gänse spürten ihre Angst und liefen zu ihr wie ein Mob, scharten sich um sie, schnappten nach ihr und kreischten. »Sei doch keine dumme Gans, Viola«, hatte Teddy früher immer zu ihr gesagt. Ständig hatte er ihr vorgeschrieben, wie sie sein sollte, wie nicht. (DIE STIMME DER VERNUNFT.) *Das Gänsemädchen* war eine Geschichte, die ihre Mutter ihr vorgelesen hatte. Viola glaubte sich daran zu erinnern, dass ein enthauptetes sprechendes Pferd darin vorkam.

Vielleicht könnte sie die Polizisten bitten, einfach immer weiterzufahren bis nach York und sie bei ihrem Vater abzuliefern. Es überraschte sie, dass sie Heimweh hatte. Nicht nur nach den engen Straßen und mittelalterlichen Kirchen, nach den Bar Walls und dem großen Münster, sondern nach dem vorstädtischen Reihenhaus, das sie ihr halbes Leben lang lächerlich gemacht hatte.

»Mrs. Todd?« Sie hatte zu den Polizisten gesagt, dass sie eine Miss sei, doch sie ignorierten diese neumodische Idee. Sie hatte Kinder, sie würden sie nicht »Miss« nennen.

»Wir sind da, Mrs. Todd. Sie sind zu Hause.« Nicht wirklich, dachte sie.

Viola hatte ihre Leidensgeschichte der Frau in der Fundstelle erzählt, die sofort zur Tat schritt, die Küstenwache, das örtliche Rettungsboot, die Polizei und mehrere andere nicht identifizierte Personen alarmierte, von denen die meisten auf der Promenade herumliefen, aufgeregt wegen des Dramas, aber ent-

täuscht, weil nichts zu sehen war. Es schien eine ganze Menge für einen einzelnen vermissten Schwimmer.
Viola hatte die Fakten mitgeteilt. Sie waren spärlich. Dominic hatte gesagt: »Ich gehe schwimmen«, war ins Meer gelaufen, hineingesprungen und nie zurückgekommen. Aus der Aussage war nicht mehr herauszuholen, und deswegen fuhren sie die beiden stämmigen Polizisten zurück nach Adam's Acre. Ein widerspenstiger Sunny musste von der Frau in der Fundstelle losgelöst werden wie eine Napfschnecke von einem Stein. »Der arme kleine Wurm«, sagte die Frau, und Viola entgegnete: »Sie können ihn behalten, wenn Sie wollen«, was die Frau von der Kinderfundstelle offensichtlich für einen Scherz hielt.

Die Tür des Bauernhauses wurde aufgerissen, als der Streifenwagen vorfuhr, und Dorothy kam heraus, starrte Viola böse an und sagte: »Du bringst mir die Bullen ins Haus?« Den beiden Polizisten gefiel es offensichtlich nicht, so respektlos behandelt zu werden von einer Frau, die trotz ihres Kaftans eine alte Rentnerin war und es hätte besser wissen müssen.
»Ohne Durchsuchungsbefehl dürfen Sie nicht rein«, sagte Dorothy gebieterisch.
»Das hatten wir auch nicht vor«, sagte ein Polizist und schnüffelte demonstrativ. Es war nur der Gestank von Dorothys Patchouli zu riechen, auch wenn Drogen zuhauf im Haus lagerten. Dorothy stand jetzt im Hof, die Hände in die Hüften gestemmt, und verteidigte ihr Territorium. »Keinen Schritt weiter«, sagte sie, als würde sie eine Barrikade verteidigen.
»Oh, um Himmels willen«, sagte Viola. Sie war viel zu erschöpft für diesen Unsinn.
»Und wo um alles in der Welt bist du gewesen, Viola? Wir haben uns schon gefragt, was mit dir passiert ist. Dominic ist in seinem Atelier, er ist schon vor Stunden zurückgekommen.«
»Er ist *hier? Hier?«*, fragte Viola.

»Wo soll er denn sonst sein?«

»Sprechen wir über Mr. Villiers?«, mischte sich ein Polizist ein. »Mr. Dominic Villiers?«

»Der Herr, für den wir eine breit angelegte Suche aus der Luft veranstalten?«, sagte der andere. »Für den wir einen RAF-Rettungshubschrauber geordert haben?«

»Er ist also vom Schwimmen zurückgekommen und konnte Sie nicht finden? Und ist einfach nach Hause gefahren?«, fragte der Bauer.

»In der Badehose?«, sagte seine Frau und schüttelte ungläubig den Kopf. Viola sah, dass sie die beiden bis an die Grenze ihrer Vorstellungskraft getrieben hatte. Sie würden sich nie wie Dominic verhalten, weil sie normale Menschen waren.

Sie hatte eine Tasche gepackt, das gesamte Geld aus der Gemeinschaftskasse genommen, als niemand es sah, und war zum benachbarten Bauernhof gegangen. Niemand hatte bemerkt, dass sie nicht mehr da war. Sie war bereit gewesen, sich den Gänsen zu stellen, doch die schienen schon ins Bett gegangen zu sein.

»Oh, Sie sind es«, sagte der Bauer. Der Morgen erschien ihnen allen weit, weit weg.

Die Frau des Bauern badete die Kinder, und sie kehrten in Handtücher gewickelt, sauber und wie neu glänzend aus dem Bad zurück. Dann zogen sie die Schlafanzüge an, die die Bäuerin für Besuche ihrer Enkelkinder aufbewahrte. Sie hatte Schmorbraten und Kartoffeln aufgewärmt, und Viola und die Kinder waren wortlos übereingekommen, nicht zu erwähnen, dass sie Vegetarier waren. Viola hatte schon genug um die Ohren ohne diese zusätzliche ethische Komplikation (sie waren schließlich auf einem Bauernhof, redete sie sich heraus). Anschließend stellte die Frau eine Quarkspeise auf den Tisch, die sie aus der Milch von den glänzenden braunroten Kühen gemacht hatte, und Viola sagte nicht: »Esst das nicht! Das ist aus dem Lab, das mit einem Enzym aus dem Magen einer Kuh produziert wird!« So reagierte sie normalerweise auf Käse. Stattdessen ließ sie den Quark still und leise ihren Hals hinuntergleiten. Er war köstlich.

Sie schliefen dort, zwischen sauberen alten Laken, die Kinder in einem Doppelbett. Schon als ganz kleines Kind, eigentlich schon, als sie noch nicht richtig sprechen konnte, hatte Bertie im Schlaf geredet, sich durch die Nacht genuschelt, doch heute Nacht schlief sie zu Sunnys Freude, ohne zu murmeln. Er legte sich zum Trost einen Kieselstein unter das Kopfkissen. Als er am nächsten Morgen erwachte, griff er als Erstes danach. »Muss das sein?«, sagte Viola, als er ihn neben seinen Frühstücksteller legte.

Sie aßen Rühreier, die so gelb wie die Sonne waren, und dann gab ihnen die Bauersfrau mehr Kleidung aus ihrem Vorrat. Sunny trug eine saubere kurze Hose und ein kleines Aertex-Hemd und Bertie ein bedrucktes Kleid mit einem gesmokten Oberteil und einem weißen Kragen. Sie sahen aus wie die Kinder von jemand anderem.

Der Bauer brachte sie zum Bahnhof, von wo sie mit dem Zug nach London fuhren, und von King's Cross setzten sie mit einem anderen Zug die Reise nach York fort.

»Hallo«, sagte Teddy, als er die Tür öffnete und die kleine Gruppe Flüchtlinge vor der Schwelle stehen sah. »Das ist ja eine nette Überraschung.«

1947

Dieser gnadenlose Winter

Februar
Ist's an Lichtmess hell und rein,
wird's ein langer Winter sein.

»Das kleine Büschel im Graben neben der Hecke hätte ich beinahe übersehen. Das Wasser im Graben ist noch immer ›wie ein Stein‹, so wie jeder Teich und landwirtschaftliche Wasserweg auf dieser Insel, und deswegen erwartete ich auch nicht, dass Wordsworths ›kühner Herold des Frühlings‹ in diesem Jahr zur rechten Zeit erscheinen würde. Traditionellerweise blühen Schneeglöckchen an Lichtmess (2. Februar), und in manchen Gegenden sind sie auch als ›Lichtmess-Glöckchen‹ bekannt, doch in diesem überaus harten und langen Winter hätten wir ihnen sicherlich verziehen, wenn sie ihre Ankunft ein wenig hinausgezögert hätten.«

Nancy unterdrückte ein Gähnen, was Teddy zwar bemerkte, aber nicht kommentierte. Sie schaute angestrengt auf ihr Strickzeug, das Licht der Lampe neben ihr war nicht ausreichend. Das schreckliche Wetter führte zu Stromausfällen im ganzen Land, doch nicht bei ihnen, weil es in dem Häuschen von vornherein keinen Strom gab. Öl und Paraffinlampen unten, Kerzen oben. Sie drängten sich ans Feuer, das abgesehen von ihnen selbst die einzige Wärmequelle war. Teddy neigte sich vor, um dem Scheit im Kamin mit dem Schürhaken einen aufmunternden Stoß zu geben, blickte dann auf zu Nancy und dachte, dass sie sich in diesem Licht die Augen ruinieren würde. Sie strickte ein kompliziertes Fair-Isle-Muster, einen Pullunder für ihn. Das Muster erforderte Mathematik, sagte sie. Muster waren in allem. Mathe war laut Nancy »die einzig wahre Sache«.

»Und die Liebe?«, fragte Teddy.

»Oh, die Liebe natürlich auch«, sagte Nancy leichthin. »Die Liebe ist ganz wesentlich, aber sie ist abstrakt, und Zahlen sind absolut. Zahlen kann man nicht manipulieren.« Eine nicht zufriedenstellende Antwort, dachte Teddy. Ihm schien, dass Liebe das Absolute sein und alles andere übertrumpfen sollte. Tat sie das? Für ihn?

Sie hatten im Herbst 1945 im Standesamt von Chelsea geheiratet, ohne Gäste außer jeweils einer Schwester – Ursula und Bea –, die als Trauzeuginnen fungierten. Teddy hatte seine Uniform getragen, aber nicht seine Orden, und Ursula hatte sich eins von Izzies Vorkriegskleidern aus Paris geben lassen, ohne ihr zu verraten, warum, und Bea hatte Nancy geholfen, es zu ändern, so dass es weniger mondän aussah und den entbehrungsreichen Zeiten angemessen war. Bea war am Morgen in Covent Garden gewesen und hatte ein paar zerzauste rostfarbene Chrysanthemen gekauft, die sie kunstvoll zu einem Bouquet band. Die Blumen passten wunderbar zur austernweißen Seide des Kleides. Bea war vor dem Krieg Studentin in St. Martin's gewesen und hatte von allen Shawcross-Mädchen das größte künstlerische Talent, auch wenn Millie wütend widersprochen hätte. Teddy betrachtete sie immer noch als Mädchen, obwohl Winnie, die Älteste, jetzt vierzig war.

Weder Teddy noch Nancy wollten so kurz nach dem Krieg eine große Hochzeit in Betracht ziehen. »Und wer würde mich zum Altar begleiten?«, sagte Nancy. »Es wäre so traurig, wenn es nicht mein Vater wäre.« Major Shawcross war nicht unerwartet ein paar Wochen zuvor gestorben.

Teddy glaubte, Nancy zu kennen – vor dem Krieg hatte er sie gekannt –, doch jetzt überraschte sie ihn ständig. Er hatte sich vorgestellt, dass er und Nancy sich in der Ehe aneinander festhalten und – in einem vagen biblischen Sinn – eins werden würden, wohingegen er sich jetzt dauernd der Unterschiede zwischen ihnen bewusst war und sie ihn oft aus dem Gleichgewicht brachte, während er erwartet – gehofft – hatte, dass sie ihn verankern würde.

Sie waren eine Sandkastenliebe gewesen, das behaupteten zumindest alle. »Ich mag den Ausdruck überhaupt nicht«, sagte Nancy am Vorabend ihrer bescheidenen Hochzeit. Sie tranken etwas in einem schäbigen, nahezu leeren Pub nahe Piccadilly, ausgewählt aufgrund seiner Nähe zum College, an dem sie beide eine verkürzte Lehrerausbildung absolvierten.

Unterrichten war Bestandteil ihrer Vision eines gesunden Lebens nach dem Krieg. Eigentlich war es Nancys Vision, Teddy hatte sich ihr einfach angeschlossen, weil ihm nichts Besseres einfiel. Er hatte nicht die Absicht, wieder in einer Bank zu arbeiten – sein unerträglicher Beruf vor dem Krieg –, und er konnte nicht länger Pilot sein. Die RAF hatte keinen Bedarf mehr für die Dutzende – wahrscheinlich Hunderte – Männer, die nach dem Krieg bei der Luftwaffe bleiben und weiterhin fliegen wollten. Das Land hatte die Nase voll von ihnen. Sie hatten alles gegeben, und dann saßen sie plötzlich auf der Straße. Der Tagesbefehl lautete nicht länger Dankbarkeit. In dieser Atmosphäre erschien ihm Unterrichten eine gute Option. Dichtung, Drama, die klassischen Romane, das war etwas, was er früher geliebt hatte. Er könnte diese Liebe bestimmt neu beleben, und sie an andere weiterzugeben wäre eine gute Tat, oder? »Das will ich meinen«, sagte Nancy begeistert. »Und die Welt braucht Kunst jetzt mehr als je zuvor. Sie kann uns etwas lehren, wo es die Menschen eindeutig nicht können.« Und Mathematik? »Nein, Mathematik kann uns nichts lehren. Sie ist sie selbst.«

Teddy glaubte nicht, dass Kunst (»KUNST«, dachte er in Anerkennung seiner Mutter) didaktisch vermittelt werden sollte, sie sollte vielmehr eine Quelle der Freude und des Trostes, der Sublimation und des Verstehens sein. (»Sie selbst.«) All das war sie einst für ihn gewesen. Nancy dagegen neigte zur Pädagogik.

»Der aufrechte Schullehrer, der Wissen vermittelte«, sagte Nancy, hoch amüsiert über diese Vorstellung. Sie waren die Menschen, die auf ihre eigene kleine Weise zu einer besseren Zukunft der Welt beitragen würden. Sie war der Labour Party beigetreten und nahm unerschütterlich an ernsten, langweiligen Versammlungen teil. Der Kibbo Kift hatte sie gut vorbereitet.

Sie waren in dem Pub, weil Nancy sicher sein wollte, dass Teddy nicht unter »vorehelichem Bammel« litt und »vollkommen sicher« war, die Ehe wirklich schließen zu wollen.

Er fragte sich, ob es nicht umgekehrt war und sie hoffte, dass er sie zur elften Stunde freigeben würde. Sie tranken einen unerwartet guten Cognac, den der Wirt, als er erfuhr, dass sie am nächsten Tag heiraten wollten, für die »Turteltäubchen« unter dem Tresen hervorgeholt hatte. Es schien unwahrscheinlich, dass er rechtmäßiger Herkunft war. Manchmal fragte sich Teddy, ob alle vom Krieg profitiert hatten außer denen, die gekämpft hatten.

»Courage, mon ami.« Nancy hob das Glas zu Ehren des Heimatlandes des Cognacs. Glaubte sie, dass sie Mut brauchten?

»Auf die Zukunft«, sagte er und stieß mit ihr an. Während des Kriegs hatte er lange Zeit nicht an eine Zukunft geglaubt – es wäre ihm absurd erschienen –, und jetzt, da er im »Danach« lebte, wie er es im Krieg genannt hatte, erschien es ihm noch absurder. »Und auf das Glück«, fügte er hinzu, weil es etwas war, was man sagen sollte, wenn auch nur, damit es Glück brachte.

»Es ist wie: ›Er hat das Mädchen von nebenan geheiratet‹«, murrte Nancy. »Als hätten wir keine andere *Wahl,* als wäre es uns vom *Schicksal bestimmt.*«

»Aber du bist das Mädchen von nebenan«, sagte er. »Und ich heirate dich tatsächlich.«

»Ja«, sagte sie geduldig, »aber es ist unsere *Entscheidung*. Das ist wichtig. Wir geraten da nicht völlig ahnungslos hinein.« Teddy dachte, dass ihm vielleicht genau das widerfuhr.

Sie kannten sich seit ihrer Kindheit, wenn nicht als Sandkastenliebe, dann auf jeden Fall als beste Freunde. Als er von Fox Corner ins Internat zog, war Nancy die einzige Person gewesen, die nicht zu seiner Familie gehörte und die er jeden Abend in sein Gebet mit einschloss. *Bitte beschütze meine Mutter und meinen Vater* (im Internat hatte er gelernt, dass niemand seine Eltern »Mama« und »Papa« nannte, auch nicht in stillen Gebeten) *und Ursula und Pamela und Jimmy und Nancy und Trixie.* Nachdem Trixie gestorben und Jock ihr nachgefolgt war, kam der Zusatz hinzu *und Jock und beschütze Trixie im Himmel.* Ja, Hunde gehörten zur Familie. Maurice schaffte es, wenn überhaupt, normalerweise nur als schuldbewusster nachträglicher Gedanke auf die Liste.

»Du musst es nicht durchziehen«, sagte er zu ihr. »Du bist nicht verpflichtet. Schließlich haben sich im Krieg alle verlobt.«

»Ach, was für ein Dummkopf du bist«, sagte sie. »Natürlich will ich dich heiraten. Aber bist du sicher, dass *du mich* heiraten willst? Das ist die Frage. Und nur ein ›Ja‹ oder ein ›Nein‹ sind als Antwort zugelassen. Kein Drumherumgerede.«

»Ja«, sagte er schnell und so laut, dass die zwei anderen Gäste im Pub – ein alter Mann und sein noch älter aussehender Hund – aus ihrer Erstarrung aufschreckten.

Der Krieg war ein tiefer Abgrund, und es gab kein Zurück auf die andere Seite, zu dem Leben, das sie davor geführt hatten, zu den Menschen, die sie davor gewesen waren. Das galt für sie und für das ganze arme zerstörte Europa. »Man muss an die Kirchen und Türme denken«, sagte seine Schwester Ursula, »die eingestürzt sind, an die Altstädte mit den schmalen Kopfsteinpflasterstraßen, die Häuser aus dem Mittelalter, die Rathäuser und Kathedralen, die großen Universitäten, die jetzt alle nur noch Trümmerhaufen sind.«

»Dank mir«, sagte Teddy.

»Nein, dank Hitler«, sagte Ursula. Sie legte immer Wert darauf, Hitler die Schuld zu geben und nicht den Deutschen im Allgemeinen. Sie hatte das Land vor dem Krieg gekannt, hatte Freunde dort, versuchte noch immer, einige von ihnen aufzuspüren. »Die Deutschen waren auch Opfer der Nazis, aber das darf man natürlich nicht allzu laut sagen.«

Ursula war nach Kriegsende mit einem Flug für das Bodenpersonal über Deutschland geflogen und hatte die Verwüstung, die rauchenden Ruinen mit eigenen Augen gesehen. »Aber dann denkt man an die Krematorien«, sagte sie. »Man denkt an die arme Hannie. Alles scheint immer mit den Konzentrationslagern zu enden, nicht wahr? Auschwitz. Treblinka. Das entsetzliche Böse. Wir *mussten* dagegen kämpfen. Und doch müssen wir weiterleben. Und es gibt nie ein Zurück, Krieg oder nicht.« (Sie war die Philosophin der Familie.) »Wir können uns immer nur Richtung Zukunft bewegen, unser Bestes geben und so weiter.« Das war, als die Menschen noch an die verlässliche Natur der Zeit glaubten – Vergangenheit, Gegenwart, Zukunft –, die Zeitformen, auf denen die westliche Zivilisation aufbaute. Während vieler Jahre versuchte Teddy als schlichter Laie mit der theoretischen Physik mitzuhalten, indem er Artikel im *Telegraph* las und sich 1996 durch Stephen Hawking kämpfte, doch er gestand seine Niederlage ein, als er auf die Stringtheorie stieß. Von da an nahm er jeden Tag, wie er kam, Stunde für Stunde.

Da war Ursula schon seit Jahrzehnten tot, komplett von der Zeit subtrahiert. Doch 1947 war die Zeit noch eine vierte Dimension, die verlässlich den Alltag strukturierte, und für Ursula bedeutete das, dass sie die nächsten zwanzig Jahre im öffentlichen Dienst arbeiten und das ruhige, gesittete Leben einer alleinstehenden arbeitenden Frau im Nachkriegslondon führen sollte. Theater, Konzerte, Ausstellungen. Teddy hatte immer gedacht, dass seine Schwester irgendeine große Leidenschaft entwickeln würde – eine Berufung, einen Mann, ganz bestimmt ein Baby. Er hatte sich vielleicht mehr darauf gefreut, der Onkel von Ursulas Kind zu sein, als selbst Vater zu werden (der eigenen Vaterschaft sah er ehrlicherweise mit Bangen entgegen), aber seine Schwester war fast vierzig, und er nahm an, dass sie nicht mehr Mutter werden würde.

Teddy betrachtete seine Frau und seine Schwester als die zwei Seiten einer glänzenden Münze. Nancy war Idealistin, Ursula Realistin; Nancy war Optimistin mit einem lebhaften Herzen, während Ursula das schmerzhafte Gewicht der Geschichte mit sich trug. Ursula war für immer aus dem Garten Eden ausgeschlossen und machte das Beste daraus, während Nancy, fröhlich und unverzagt, überzeugt war, dass ihre Suche nach dem Tor zurück in den Garten erfolgreich wäre.

Teddy suchte immer nach vertrackten Bildern wie »ein Hund auf der Suche nach einem Fuchs«, um Bill Morrison zu zitieren.

Nancy blickte vom Strickmuster auf und sagte: »Nur zu. Lies weiter von deinen Schneeglöckchen.«

»Bist du sicher?«, sagte er, weil er einen gewissen Mangel an Begeisterung heraushörte.

»Ja«, sagte sie entschieden, wenn nicht gar grimmig.

»Meine Freunde im Süden Englands müssen erst noch eins finden, doch hier in diesen rauhen nordischen Gefilden haben Kebles ›Erstgeborene der jährlichen Freuden‹ begonnen, die zarten Köpfchen durch die Decke aus Schnee zu schieben. (*Perce-neige,* nennen die Franzosen sie passenderweise.) Doch der mir liebste Name für diese kleinen Frühlingsblumen ist das ›Hübsche Februarmädchen‹.«

Er war Agrestis, sein *nom de plume,* und das waren seine monatlichen Naturnotizen, eine kurze Rubrik für den *North Yorkshire Monthly Recorder,* von allen nur *Recorder* genannt. Es war eine kleine Zeitschrift, sowohl was das Format als auch den Anspruch betraf, mit einer strikt lokalen Verbreitung abgesehen von den wenigen Exemplaren, die jeden Monat ins Ausland versandt wurden, in Commonwealth-Länder und (das hatte man ihm zumindest erzählt) an eine Kriegsbraut in Milwaukee. Teddy nahm an, dass es alles Emigranten waren, die sich aus diesem Teil der Welt mit den Berichten von Schafauktionen und Treffen der Landfrauen exiliert fanden. Wie lange würde es dauern, fragte er sich, bis die Braut in Milwaukee das Gefühl hatte, dass ihr Heimatland ihr so fremd geworden war wie der Mond?

Eine Frau aus Northallerton – niemand in der Redaktion hatte sie je gesehen – schickte Rezepte und die Praktischen Tipps und gelegentlich ein Strickmuster. Es gab ein Kreuzworträtsel (nichts Verschlüsseltes, definitiv nicht), Leserbriefe und Artikel zu den Schönheitsflecken der Gegend und den Orten von historischem Interesse und seitenweise langweilige Anzeigen für örtliche Geschäfte. Es war die Art Publikation, die in den Wartezimmern von Ärzten und Zahnärzten herumlag, bis sie Monate, manchmal Jahre alt war. Ließ man die Frau aus Northallerton beiseite, bestand die Redaktion des *Recorder* aus vier Personen – einem Teilzeit-Fotografen, einer Frau für die Verwaltung einschließlich Bekanntmachungen, Anzeigen sowie die Abonnements, dem Herausgeber Bill Morrison und jetzt Teddy, der alles andere erledigte, darunter die Naturnotizen.

Sie waren nach Yorkshire gezogen, weil Nancy glaubte, dass sie dort ein gutes, einfaches Leben führen könnten, ein Landleben, umgeben von der Natur, so wie man – und frau – leben sollte. Wieder hatte Kibbo Kift seine Wirkung getan. Beide ertrugen das düstere, kriegsversehrte Gesicht der Hauptstadt nicht, und Yorkshire, meinte Nancy, war weit weg, weniger tangiert von

Mechanisierung und Krieg. »Na ja …«, sagte Teddy und dachte an die Bombardierungen von Hull und Sheffield, an die monolithischen, rußgeschwärzten Fabriken von West Riding und vor allem an die unmenschlichen windgepeitschten Flugfelder, auf denen er während des Kriegs stationiert gewesen war und den besseren Teil – vielleicht den besten Teil – seines Lebens in der eiskalten, lauten Hülle eines Halifax-Bombers verbracht hatte.
»Dir hat es in Yorkshire doch gefallen, oder?«, fragte Nancy auf die beiläufige Weise, wie man sagt: »Sollen wir dieses Jahr an die See fahren? Dir hat es dort doch gefallen, oder?«
»Gefallen« war kaum das Wort, das Teddy auf jene Zeit in seinem Leben angewandt hätte, als jeder Tag brüchig und vielleicht sein letzter auf Erden war und die einzige Zeitform die Gegenwart, denn die Zukunft hatte aufgehört zu existieren, obwohl sie so verzweifelt dafür kämpften. Sie hatten sich in Bausch und Bogen auf den Feind gestürzt, jeder Tag ein neues Thermopylen. (»Wenn man es Aufopferung nennt«, sagte Sylvie, »fühlen sich die Menschen nobel, obwohl es ums Abschlachten geht.«)
Doch ja, es stimmte, Yorkshire hatte ihm gefallen.
Eine Weile hatten sie daran gedacht, auszuwandern. Nach Australien oder Kanada. Teddy hatte seine Pilotenausbildung in Kanada absolviert und sich wohl gefühlt bei diesem freundlichen Volk und seiner lockeren Lebensweise. Er erinnerte sich an einen Ausflug zum Pfirsichpflücken, was ihm in diesem Winter wie ein Traum erschien. Auch durch Frankreich war er vor dem Krieg gereist, was noch flüchtiger als ein Traum war, doch Frankreich war die Grille eines jungen Mannes gewesen und kein Ort für einen verheirateten Engländer im Jahr 1947. Letztlich sagten sie sich, dass sie den Krieg für England gekämpft hatten (»Britannien«, korrigierte Nancy ihn), und es schien falsch, das Land in dieser neuen Stunde der Not zu verlassen. Das war vielleicht ein Fehler, dachte er in späteren Jahren. Sie hätten die Fünf-Pfund-Passage nehmen und gehen, sich all den

anderen verärgerten Ex-Soldaten anschließen sollen, denen klar war, dass sich Britannien in der düsteren Zeit nach dem Krieg nicht wie ein siegreiches, sondern wie ein besiegtes Land anfühlte.

Nancy fand ein altes Bauernhäuschen in einem Tal am Ende eines Moorgebiets, das sie mieten konnten. Es wurde Mouse Cottage genannt (»Wie hellseherisch«, sagte Sylvie), allerdings fanden sie nie heraus, warum, denn die ganze Zeit, die sie dort wohnten, sahen sie zu ihrer Überraschung nicht eine einzige Maus. Vielleicht wurde es so genannt, weil es so winzig war, meinte Nancy.

Es gab einen gusseisernen Herd mit eingebautem Backofen und daran angeschlossen einen Boiler für heißes Wasser. (»Gott sei Dank«, sagten beide oft und inbrünstig in der Kälte.) Abends aßen sie oft nur Toast mit einem Hauch rationierter Butter, hielten das Brot auf einer Messinggabel vor das Feuer, statt sich dem eisigen Wind zu stellen, der durch die kleine Spülküche blies, die irgendwann einmal auf der Rückseite an das Häuschen angebaut worden war. An diese Spülküche war wiederum etwas angebaut, was mehr einer Hütte als einem Raum ähnelte, darin befanden sich ein Waschbecken und ein Waschzuber, die Messinghähne schwarz angelaufen und das Emaille mit Rost gestreift. Kein Radio, kein Telefon und ein Außenklo, das bei diesem Wetter den verständlichen Rückgriff auf einen unappetitlichen Nachttopf bedeutete. Es war ihr erstes gemeinsames Heim, und Teddy meinte zu wissen, wie liebevoll sie es in der Zukunft, wenn auch nicht jetzt, verklären würden.

Sie hatten es möbliert gemietet, was nur gut war, da sie selbst keine Möbel besaßen außer einem Klavier, das sie mit Müh und Not im unteren Zimmer unterbrachten. Nancy spielte gut Klavier, allerdings bei weitem nicht so gut wie Sylvie. Die vorherige Bewohnerin war wohl *in situ* gestorben, und so benutzten sie jetzt die Tassen und Untertassen, Sofakissen und Lampen, ganz zu schweigen von der Toastgabel aus Messing einer armen alten Frau. Obwohl die Vorhänge und losen Auflagen auf den Stühlen aus abgewetztem Leinen mit einem jakobinischen Blumenmuster waren, das beiden Geschlechtern gefallen mochte, nahmen sie an, dass es eine Frau gewesen war, weil überall im Häuschen gehäkelte Überwürfe und geklöppelte Deckchen herumlagen und an den Wänden gerahmte Stickbilder von Gärten und Damen in Krinolinen hingen, und all das sprach von einer alten Frau. Sie betrachteten sie als unsichtbare Wohltäterin. In ihrem Bettzeug aber hatte zuletzt keine Leiche gelegen, da Mrs. Shawcross ihren Wäscheschrank nach Ersatzwäsche durchsucht hatte.

Sie waren im Mai eingezogen, als alles blühte, verführt von verzauberter Vorfreude. (»Das sind eine Menge ›Vs‹, Junge«, sagte Bill Morrison. »Es gibt bestimmt ein Wort dafür.« – »Alliteration«, sagte Teddy, und Bill Morrison sagte: »Also, versuchen Sie, so was zu vermeiden.«) »Du meine Güte«, sagte Sylvie, als sie zu Besuch kam. »Ziemlich primitiv, nicht wahr?« Sie machten Corned-Beef-Sandwiches, Sylvie hatte Eier von ihren Hühnern mitgebracht, die sie hart kochten, und eingelegte Gurken, und sie drückten das hohe Gras im Garten flach und picknickten auf einer alten Decke. »Ihr geht in der Zeit zurück«, sagte Sylvie. »Bald werdet ihr in einer Höhle leben und euch im Fluss waschen.«

»Wäre das so schlimm?«, sagte Nancy und schälte ein Ei. »Wir könnten wie Zigeuner leben. Ich könnte Beeren sammeln und von Tür zu Tür gehen und Wäscheklammern und Glücksbringer verkaufen, und Teddy könnte Fische angeln und Kaninchen und Hasen schießen.«

»Teddy wird nichts schießen«, sagte Sylvie bestimmt. »Er tötet nicht.«

»Wenn er müsste, würde er es tun«, sagte Nancy. »Kannst du mir bitte das Salz geben?«

Er hat getötet, dachte Teddy. Viele Menschen. Unschuldige Menschen. Er hatte persönlich mitgeholfen, das arme Europa zu zerstören. »Ich bin hier«, sagte er. »Ich sitze neben euch.«

»Und«, fuhr Nancy fort, die sich sichtlich für die Idee erwärmte, »unsere Haare würden nach Rauch riechen, und unsere Kinder würden nackt rumlaufen.«

Sie sagte es natürlich nur, um Sylvie zu ärgern. Sylvie, die sich pflichtgemäß ärgerte, erwiderte: »Du warst früher so ein Blaustrumpf, Nancy. Das Eheleben hat etwas in dir verändert.«

»Nein, der Krieg hat etwas in mir verändert«, erwiderte Nancy.

Es herrschte kurz Schweigen, während alle drei überlegten, was dieses »Etwas« sein könnte.

Während des Kriegs hatte er Nancy an den Geheimhaltungserlass verloren. Sie hatte ihm nicht erzählen dürfen, was sie tat, und er hatte ihr nicht erzählt, was er tat (weil er es nicht erzählen wollte), und ihre Beziehung hatte unter Unwissenheit gelitten. Sie hatte geschworen, ihm alles nach dem Krieg zu erzählen. (»Danach sage ich dir alles. Ich verspreche es.«) Doch da interessierte er sich nicht mehr sonderlich dafür. »Verschlüsselung und Codes und so weiter«, gestand sie, obwohl er sich das natürlich längst gedacht hatte, denn was hätte sie sonst tun sollen?

Niemand sonst, der während des Kriegs in Bletchley gearbeitet hatte, sprach über das, was er getan hatte, doch Nancy war bereit, ihren Eid zu brechen, so dass »nichts zwischen ihnen« stünde. Geheimnisse konnten eine Ehe umbringen, behauptete sie. Unsinn, widersprach Sylvie, Geheimnisse konnten eine Ehe retten.

Nancy war willens, ihm ihr ganzes Herz auszuschütten, aber Teddys Herz hatte Kammern, die er nie öffnete. Er war nicht ganz ehrlich, was seinen eigenen Krieg betraf – das Entsetzen und die Grausamkeit, ganz zu schweigen von der Angst, schienen eine ungeheuer private Angelegenheit. Und dann war da noch seine Untreue. Nancy gab zu, mit anderen Männern »Sex gehabt zu haben« (ein roher Ausdruck in Teddys Ohren), als sie nicht wusste, dass er in einem Kriegsgefangenenlager war, sondern glaubte, er wäre tot, wohingegen er untreu gewesen war, ohne sie für tot zu halten.

Sie fragte ihn nie danach, und er nahm an, dass das ihre Schönheit ausmachte. Und er wusste nicht, wozu eine Beichte gut sein sollte. Er hatte daran gedacht in dem schäbigen kleinen Pub am Abend vor ihrer Hochzeit. Er hätte seine Sünden und Unzulänglichkeiten bekennen können, aber letztlich bedeuteten sie nichts, und auch Nancy würde es so sehen, und das wäre vielleicht das Schlimmste.

Sylvie hatte auch einen Kuchen mitgebracht, eine solide Angelegenheit mit Kümmelsamen, die zwischen den Zähnen stecken blieben. Sie hatte ihn selbst gebacken. Da sie es spät im Leben gelernt hatte, wunderte sich Sylvie immer noch über die naturwissenschaftlichen Grundlagen des Kochens. Nancy schnitt den Kuchen auf und legte die Stücke auf die nicht zusammenpassenden Teller der armen alten Frau.

»Wenn ihr richtig geheiratet hättet«, sagte Sylvie, »hättet ihr Hochzeitsgeschenke bekommen – ein Teeservice aus Porzellan zum Beispiel –, dann müsstet ihr euren Gästen nicht so ein komisches Sammelsurium an Geschirr vorsetzen. Ganz zu schweigen von all den anderen Dingen des täglichen Bedarfs in der Ehe.«

»Ach, wir kommen ganz gut ohne die Dinge des täglichen Bedarfs aus«, sagte Nancy.

»Du wirst deiner Mutter immer ähnlicher«, sagte Sylvie, und Nancy erwiderte: »Danke, ich fasse es als Kompliment auf.« Woraufhin sich Sylvie noch mehr ärgerte. Sie war nie wirklich darüber hinweggekommen, dass ihr Teddy und Nancy eine richtige Hochzeit vorenthalten hatten. Sie waren in ihren Worten »davongeschlichen«. »Nicht gerade die Fotos, die man in einem silbernen Rahmen aufstellen kann«, sagte sie seufzend, als sie die winzigen Schnappschüsse betrachtete, die Bea mit ihrer alten Brownie-Boxkamera aufgenommen hatte.

»Der Kuchen ist köstlich«, sagte Nancy in dem Bemühen, Sylvie zu beschwichtigen, wurde jedoch von einer großen Biene abgelenkt, die vor Erschöpfung auf die Decke fiel und sich in den Wollfasern verfing. Nancy schubste sie auf ihre Handfläche, trug sie zur Hecke und setzte sie auf einem schattigen Fleckchen ab.

»Sie wird sterben«, sagte Sylvie zu Teddy. »Sie erholen sich nie. Sie sind erschöpft von der harten Arbeit, es sind die Methodisten der Insektenwelt.«

»Wir wollen sie instinktiv retten«, sagte Teddy und schaute liebevoll zu Nancy, als sie die Biene, die in der größeren Ordnung der Dinge völlig unbedeutend war, von der Hand streifte.

»Vielleicht sollten wir es manchmal nicht tun«, sagte Sylvie. »Es ist so heiß«, fügte sie hinzu und fächelte sich mit der Serviette Kühlung zu. »Ich gehe ins Haus. Und der Kuchen ist *nicht* köstlich. Nancy war schon immer eine gute Lügnerin.«

Sie dachten nicht an den Winter, als sie Mouse Cottage bezogen. Sie sprachen davon, sich eine Schar Leghorn-Hühner zuzulegen, zu lernen, wie man Bienen hält, den vernachlässigten Garten umzugraben und »im ersten Jahr« Kartoffeln zu pflanzen, um die Erde fruchtbar zu machen. »Das wiederauferstandene Eden«, sagte Nancy und lachte. Sie zogen sogar eine Ziege in Betracht. Nichts davon hatten sie in die Tat umgesetzt, als die langen dunklen Nächte sie ans Haus fesselten. Sie waren zu sehr mit sich selbst beschäftigt gewesen, Grashüpfer, die den Sommer genossen, statt Ameisen, die für den Winter vorsorgten. Sie waren beide über die Maßen erleichtert, dass sie es nie bis zur Ziege geschafft hatten.

Es war kaum mehr möglich, sich noch an diese Sommerabende zu erinnern – die Hitze, die unter dem Dach gespeichert war, die dünnen Baumwollvorhänge, die sich träge in dem weit geöffneten Fenster bauschten. Sie liebten sich, als es noch hell war, fielen in tiefen Schlaf und erwachten in der Morgendämmerung, um sich wieder zu lieben. Die Dunkelheit sahen sie nie. Jetzt hatten sie eine alte graue Pferdedecke vors Fenster genagelt und lebten in ständiger Angst vor Zugluft. Die Fensterscheiben waren vereist, innen und außen.

»Hier ist es auch nicht besser«, schrieb Ursula aus London. Sie holten die Post aus dem behelfsmäßigen Briefkasten am Ende des Wegs. Sie waren immer schon zur Arbeit aufgebrochen, wenn die Post ausgetragen wurde, und da sie die Heldentaten des Briefträgers nie sahen, konnten sie sie sich nur vorstellen. Ihre eigenen Anstrengungen erschienen ihnen unglaublich genug. Sie hatten einen alten Land Rover von der Armee ersteigert, von einem Teil der (sehr großzügigen) Summe, die Izzie ihnen zur Hochzeit geschenkt hatte. Ihr Standardgeschenk zu Familienhochzeiten war ein Fischbesteck, doch Teddy reichte sie einen großen Scheck, als sie bei Brown's nachmittags Tee tranken. »Augustus schuldet dir etwas«, sagte sie. Augustus, der nie wie Teddy erwachsen geworden, sondern immer verantwortungslos und unendlich ungezogen geblieben war. Manchmal fragte sich Teddy, was Augustus tun würde, wäre er erwachsen geworden. Er stellte sich vor, dass sich sein fiktiver Doppelgänger – Gus – in der schmuddeligen Nachkriegszeit in Soho herumtreiben und anrüchige Pubs und Clubs frequentieren würde. Eine interessantere Geschichte als *Augustus und die Zauberer,* der neueste Band im Augustus-Œuvre, der es zwei Tage zuvor durch den Schnee geschafft hatte und ungelesen auf Nancys Klavier lag. »In dem sich Augustus einem Zauberzirkel anschließt und den üblichen Unfug treibt«, stand hinten auf dem Einband.

»Selbst dieser ewige Winter muss einmal zu Ende gehen«, sagte Nancy. »Und wir haben die Schneeglöckchen als Beweis. Du hast sie doch gesehen, oder? Du hast sie doch nicht nur für deinen Artikel erfunden?«

Er war überrascht, dass sie so etwas in Erwägung zog. »Natürlich nicht«, sagte er. Er begann zu wünschen, dass er die verflixten Schneeglöckchen nie gesehen und schon gar nicht als Thema gewählt hätte. Er freute sich auf den März mit seiner Fülle an Vögeln und Knospen. Im Frühling gäbe es keinen Mangel an Themen für Agrestis. Er nahm ein Scheit aus dem Korb und legte es aufs Feuer. Es spuckte einen Schauer Funken auf den Teppich vor dem Kamin. Beide schauten interessiert zu, ob er Feuer fangen würde, aber die Funken glühten harmlos und erloschen.

»Warum liest du nicht weiter?«, fragte Nancy.

»Wirklich?«

»Ja.« Den Blick fest auf das Strickzeug gerichtet. *(Nancy war schon immer eine gute Lügnerin.)*

»Manche behaupten, dass die Römer die Schneeglöckchen ins Land gebracht haben, andere sagen, dass als Erstes Mönche (oder vielleicht Nonnen) sie gepflanzt haben, und tatsächlich bedecken sie im Frühling in vielen von Shakespeares »öden Hallen« in Hülle und Fülle die Erde. Doch irgendwie glaubt man, dass es eine einheimische Blume ist, die seit Anbeginn der Zeit hier gedeiht, die Quintessenz alles Englischen.

Eine Legende über den Ursprung der Schneeglöckchen besagt, dass Adam und Eva, als sie aus dem Garten Eden vertrieben wurden, zur Strafe in einen scheinbar ewigen Winter verbannt wurden und dass ein Engel Mitleid mit ihnen hatte und eine Schneeflocke in ein Schneeglöckchen verwandelte zum Zeichen, dass der Frühling auf die Welt zurückkehren würde.«

Wieder gähnte Nancy, vielleicht etwas weniger unauffällig.

»Ich möchte nur Fehler korrigieren«, sagte Teddy. »Es muss dir nicht *gefallen.*«

Sie blickte von ihrem Strickzeug auf und sagte: »Aber es gefällt mir! Sei nicht so eine Mimose. Ich bin nur müde, das ist alles.«

»Da wir diesen gnadenlosen Winter ertragen müssen, können wir vielleicht nur allzu gut mit unseren biblischen Vorfahren mitfühlen. In der katholischen Tradition ist Lichtmess das Fest der Reinigung Mariä –«

»Es ist etwas wortreich, nicht wahr? Findest du nicht?«
»Wortreich?«, sagte Teddy.

Vor dem Krieg hatte er sich für einen Dichter gehalten und ein paar Gedichte in obskuren literarischen Zeitschriften veröffentlicht, doch während eines Besuchs zu Hause in Fox Corner hatte er diese Antebellum-Werke noch einmal gelesen, die er in einer Schuhschachtel unter seinem Bett aufbewahrte, und sie als das erkannt, was sie waren – amateurhaftes Gekritzel eines unreifen Geistes. Stilistisch waren sie überfrachtet mit verschwommenen, gequälten Metaphern, fast immer ein Versuch, seine Reaktion auf die Natur zu beschreiben. Er fühlte sich zu den geschwungenen Hügeln, den Tälern und den Wassern des großen Wordsworth hingezogen.
»Du hast die Seele eines Heiden«, hatte Nancy einmal zu ihm gesagt, aber er war nicht einverstanden gewesen. Er hatte die Seele eines Landmenschen, der seinen Glauben verloren hatte. Doch das war jetzt nicht mehr wichtig, weil der große Gott Pan tatsächlich tot war und der Krieg Teddys Wunsch, Poesie zu schreiben, längst ausgemerzt hatte.
Nach dem Studium in Oxford hatte er bleiben und promovieren und so die Entscheidung für einen Berufsweg hinausschieben wollen. Zuinnerst hatte er immer noch Lokomotivführer werden wollen, doch er nahm an, dass das nicht in Frage kam. Er wäre sehr überrascht (und auch aufgeregt) gewesen, hätte

ihm jemand gesagt, dass er fünf Jahre später zum Piloten ausgebildet würde.

Für die Dissertation hatte er sich Blakes Gedichte vorgenommen wegen seiner »undurchsichtigen Schlichtheit« (»Was um alles in der Welt soll *das* heißen?«, fragte Sylvie), aber dann wurde er zu ruhelos, gab Blake nach einem Semester wieder auf und kehrte nach Fox Corner zurück. Er war der Analyse und des Sezierens von Literatur überdrüssig, es war wie »eine Autopsie«, sagte er zu Hugh, der ihn in sein Refugium gebeten hatte zu einem Glas Malt und einem »kleinen Gespräch« über seine Zukunft.

»Ich würde gern ein bisschen rumreisen«, sagte Teddy, »um das Land zu sehen. Und vielleicht auch ein bisschen was von Europa.« Mit »Land« meinte er England, nicht Großbritannien, und mit »Europa« meinte er Frankreich, sagte es jedoch nicht, weil Hugh ein etwas rätselhaftes Vorurteil gegen die Franzosen hegte. Teddy versuchte seinem Vater zu erklären, dass er *unmittelbar* auf die Welt reagieren wollte. »›Ein Leben der Sinne‹ könnte man sagen. Das Land bearbeiten und Gedichte schreiben. Das widerspricht sich nicht.« Nein, nein, überhaupt nicht, sagte Hugh, Vergil und die *Georgica* und so weiter. Ein »Bauerndichter«. Oder ein »Dichterbauer«. Hugh war zeit seines Lebens Banker gewesen, was definitiv kein Leben der Sinne war.

Seitdem er zwölf gewesen war, hatte Teddy in den Ferien auf dem Bauernhof von Ettringham Hall gearbeitet, nicht wegen des Geldes – er wurde oft nicht bezahlt –, sondern wegen der Freude an harter Arbeit an der frischen Luft. (»Ich kann mir nichts Schlimmeres vorstellen«, sagte Izzie. Bei einem Besuch in Fox Corner hatte sie ihn angetroffen, wie er in der Melkerei aushalf, und wäre beinahe von einer Kuh erdrückt worden.)

»Zuinnerst bin ich kein Intellektueller«, sagte er zu seinem Vater, wohl wissend, dass das ein Standpunkt war, der Hugh gefiel. Hugh nickte zustimmend. Und sich mit dem Land verbunden zu fühlen, fuhr Teddy fort, war das nicht die tiefste Beziehung überhaupt? Und daraus würde etwas Geschriebenes entstehen, das nicht das trockene Produkt reinen Intellekts war (Hugh nickte ein weiteres Mal), sondern *empfunden,* impulsiv. Vielleicht ein Roman. (Wie unreif er gewesen war!)

»Ein Roman?«, sagte Hugh und zog unwillkürlich die Augenbrauen in die Höhe. »Literatur?« Sylvie las Romane, nicht Hugh. Hugh war ein Mann seiner Zeit. Er mochte Fakten. Doch Teddy war eins von Hughs liebsten Kindern. Sowohl Hugh als auch Sylvie hatten eine geheime Liste ihrer Kinder, in Sylvies Fall war sie nicht wirklich geheim. Sie ähnelten sich – Pamela kam in der Mitte, Maurice ganz am Schluss, doch es war Ursula, weit unten auf Sylvies Liste, die Hughs Herzen am nächsten war. Sylvies Liebling war natürlich Teddy, ihr bester Junge. Teddy fragte sich, wen sie vorgezogen hatte, bevor er geboren wurde. Keinen, vermutete er.

»Aber du willst dich doch nicht *in die Klemme bringen*«, sagte Hugh. Kam sich sein Vater so vor? Bot er Teddy deswegen zwanzig Pfund an und sagte, er solle losziehen und »das Leben ein bisschen genießen«? Teddy lehnte das Geld ab – es war wichtig, dass er seinen eigenen Weg ging, wohin auch immer –, aber er war ungeheuer dankbar für die Geste der Unterstützung.

Es war keine Überraschung, dass Sylvie ihren Segen nicht gab. »*Was* willst du tun?«, sagte sie. »Du hast in Oxford studiert und willst herumziehen wie ein Troubadour?«

»Wie ein Musikant«, sagte Hugh. »Ein Ding aus Fetzen und Flicken.« Er war ein großer Fan von Gilbert und Sullivan.

»Genau«, sagte Sylvie. »Landstreicher ziehen von Hof zu Hof auf der Suche nach Arbeit. Nicht die Beresfords.«

»Er ist eigentlich ein Todd«, sagte Hugh (nicht gerade hilfreich). »Du bist unglaublich snobistisch geworden, Sylvie«, fügte er noch weniger hilfreich hinzu.

»Ich will nicht immer so leben«, sagte Teddy. »Vielleicht ein Jahr, und dann werde ich mich für etwas entscheiden.« Er dachte noch an Sylvies Ausdruck »Troubadour« und wie attraktiv ihm diese (ungeklärte) Idee erschien.

Und so zog er los. Er säte Kohlsamen in Lincolnshire, verbrachte die Ablammsaison in Northumberland, half bei der Weizenernte in Lancashire, pflückte Erdbeeren in Kent. Er aß an großen Bauernhofküchentischen, was Bäuerinnen gekocht hatten, und schlief im Lauf des Jahres in Ställen und Scheunen und baufälligen Hütten und während der warmen Sommernächte in seinem alten stockfleckigen Zelt, das ihn schon zu den Pfadfindern und zu Kibbo Kift begleitet hatte. Sein denkwürdigstes Abenteuer sollte das Zelt 1938 erleben, als Teddy und Nancy zum Campen in den Peak District fuhren, wo sie (endlich) aufhörten, Freunde zu sein, und ein Liebespaar wurden.

»Sind wir nicht beides?«, fragte Teddy.

»Doch, natürlich«, sagte Nancy, und Teddy wurde klar, dass er Nancy zu lange und zu gut kannte, um sich plötzlich in sie zu »verlieben«. Selbstverständlich liebte er sie, aber er war nicht *verliebt* und war es nie gewesen. Würde er es je sein?, fragte er sich.

Aber das war in der Zukunft. Jetzt lag er in einem Schafstall auf Ablammwache und las Houseman und Clare im Schein einer Öllampe. Er hatte sich an Gedichten vor allem über die Landschaft und das Wetter (die Schuhschachtelgedichte) versucht, die sogar er selbst öde fand. Schafe und auch Lämmer hatten nichts Poetisches. (»Die kleinen zitternden glotzenden Tiere« – Rossettis *Die Lämmer von Grasmere* hatten ihn immer abgestoßen.) Kühe gaben nichts her außer Milch. Hopkins *Himmel zweifarbig wie eine gefleckte Kuh* war nichts für Teddy. »Ich verehre Hopkins«, schrieb er an Nancy von irgendwo südlich des Hadrianwalls. »Wenn ich nur schreiben könnte wie er!« In Briefen klang er immer frohgemut, er hielt es für gute Manieren, obwohl er tatsächlich verzweifelt war wegen seiner eigenen ungeschlachten Verse.

Izzie besuchte ihn, stieg in einem Hotel am Lake Windermere

ab, wo sie ihn zu einem teuren Abendessen einlud und ihn mit Alkohol und Fragen traktierte, um *Augustus wird Bauer* »Authentizität zu verleihen«.

Das Jahr verging schnell. Die frühe Apfelernte in Kent gab Anlass zu einer Ode an den Herbst, die Keats beschämt hätte. (Die Äpfel, die Äpfel, rosig und hold / noch unberührt von des Frostes Fingern …). Er war noch nicht bereit, Poesie und Landwirtschaft aufzugeben, und bestieg in Dover eine Fähre, ein dickes unbeflecktes Notizheft in der Tasche. Nachdem er die fremde Erde Frankreichs betreten hatte, reiste er nach Süden zu den Weinbergen und der Traubenernte, Keats' »Becher Süden, warm und rund / voll echter Hippokrene« im Sinn, obwohl sich die Hippokrene in Griechenland befand, nicht in Frankreich, oder? An Griechenland hatte er nicht gedacht. Er schalt sich für dieses (große) Versäumnis, die Nichtberücksichtigung der Wiege der Zivilisation auf seinem Reiseweg. Später schalt er sich auch noch, weil er von den Wundern Venedigs, Florenz' und Roms abgesehen hatte, doch damals war er zufrieden, den Rest Europas außen vor zu lassen. 1936 war es unruhig auf dem Kontinent, und Teddy hatte kein Bedürfnis, die politischen Turbulenzen zu erleben. In späteren Jahren fragte er sich, ob er falsch entschieden hatte, ob er sich dem Bösen, das sich zusammenbraute, nicht hätte stellen sollen. Manchmal braucht es nur einen guten Menschen, sagte Ursula während des Kriegs zu ihm. Keinem von beiden fiel ein Beispiel aus der Geschichte dazu ein, »außer vielleicht dem Buddha«, meinte Ursula. »Ich bin nicht überzeugt, dass Christus wirklich gelebt hat.« Es gab auch jede Menge Beispiele dafür, dass es nur einen bösen Menschen brauchte, wandte Teddy düster ein.

Vielleicht hätte er noch Zeit für Griechenland. Schließlich hatte er sich die Frist (»ein Jahr vielleicht«) selbst gesetzt.

Nach der späten Ernte in Sauternes war er »so braun und stark wie ein Bauer«, schrieb er in einem Brief an Nancy. Auch Französisch sprach er so derb und geläufig wie ein Bauer. Nach einem Arbeitstag hatte er Heißhunger und verschlang das üppige Abendessen, das den Arbeitern auf dem Gut serviert wurde. Nachts schlug er sein altes Zelt auf einer Wiese auf. Zum ersten Mal seit seiner Kindheit in Fox Corner fiel er in den traumlosen Schlaf der Toten und Unschuldigen, unterstützt von den großen Mengen Wein, der zum Essen gereicht wurde. Manchmal war eine Frau bei ihm. Davon schrieb er kein Wort.

Für den Rest seines Lebens konnte er die Augen schließen und Anblick und Duft der Gerichte heraufbeschwören, die er in Frankreich gegessen hatte – den öligen Knoblauchgeschmack der Eintöpfe, die in Butter getauchten Artischockenblätter, die *œufs en cocotte* – in Fleischtomaten gebackene Eier. Gebratener Lammrücken, gespickt mit Knoblauchzehen und Rosmarinzweigen, ein Kunstwerk. Der Geschmack dieser Gerichte war dem bescheidenen englischen Gaumen – in jeder Beziehung – fremd. Käse, sauer und kräftig, die Desserts – *flaugnarde* mit Pfirsichen, *clafouti* mit Kirschen, *tarte aux noix* und *tarte aux pommes* und *far breton* – ein Kuchen mit Backpflaumen. Sein ganzes Leben lang träumte er davon, diesen Kuchen noch einmal zu essen. Er aß ihn nie wieder. »Backpflaumenkuchen?«, sagte Mrs. Glover zweifelnd, als er zurückkehrte.

Mrs. Glover verließ Fox Corner kurz nach Teddys Rückkehr, möglicherweise vertrieben von seinen Forderungen nach französischer Regionalküche. »Sei nicht albern«, sagte Sylvie. »Sie hat bei uns aufgehört, weil sie bei ihrer Schwester leben will.«

Dann war da natürlich noch das Frühstück am großen Tisch in der Küche des Weinguts. Nicht der suppige Haferschleim, der im Internat gelöffelt wurde, oder die ständigen Eier mit Speck von Fox Corner. Stattdessen schnitt er ein frisch gebackenes halbes Baguette auf, belegte es dick mit Camembert und tunkte es in eine Schale mit heißem, starkem Kaffee. Diese Art, den Tag zu beginnen, vergaß er vollkommen, als er nach Hause zurückkehrte, und Jahrzehnte später, als er in Fanning Court im betreuten Wohnen lebte, fiel es ihm plötzlich wieder ein. Von dieser köstlichen Erinnerung inspiriert, ging er und kaufte bei Tesco's ein Baguette (»frisch gebacken« – ja, aber woraus?) und einen kleinen unreifen Camembert und goss seinen Kaffee in eine Müslischüssel statt in den gewohnten Becher. Es war nicht das Gleiche. Überhaupt nicht.

Als sich der Winter näherte, zog er weiter nach Süden – »Ich bin wie eine Schwalbe«, schrieb er Ursula –, bis ihn das Meer aufhielt, und mietete sich ein Zimmer über einem Café in einem kleinen Fischerdorf, das noch nicht von Urlaubern entdeckt war. Jeden Tag saß er an einem Tisch im einzigen Café, eine Jacke und ein Schal waren alles, was er brauchte, um sich vor dem Winter an der Riviera zu schützen. Er rauchte Gitanes und trank Espresso aus kleinen dicken weißen Tassen, das Notizheft vor ihm auf dem Tisch. Gegen Mittag ging er zu Wein über, aß Brot und frisch gefangenen, über einem Holzfeuer gegrillten Fisch, und nach den schläfrigen Nachmittagsstunden war es Zeit für einen Aperitif. Er lebte ein Leben der Sinne, sagte er sich, doch zuinnerst vermutete er, dass er sich vor dem Leben drückte, und hatte demgemäß ein schlechtes Gewissen. (Er war schließlich Engländer.)

»L'ecrivain Anglais«, nannten ihn die Dorfbewohner liebevoll, da er der erste Poet war, der bei ihnen aufkreuzte, obwohl es in diesem Teil der Welt Künstler zuhauf gab. Sein umgangssprachliches Französisch und die Hingabe an sein Notizheft beeindruckten sie. Er war froh, dass sie seine armseligen Verse nicht lesen konnten. Sie hätten ihre Bewunderung für ihn vermutlich gemindert.

Er beschloss, sich der KUNST (Sylvies Großbuchstaben) methodischer zu nähern. Gedichte waren Konstrukte, nicht einfach nur Worte, die planlos aus dem Hirn flossen. »Beobachtungen« hatte er als Überschrift vorn in das Notizheft geschrieben und die Seiten mit prosaischen Bildern gefüllt – »Das Meer ist heute besonders blau – Saphir? Azur? Ultramarin?« Und »Die Sonne glitzert auf dem Wasser wie tausend Diamanten« oder »Die Küste scheint zusammengesetzt aus massiven Blöcken Farbe und heißen Scheiben Sonnenschein«. (Das gefiel ihm ziemlich gut.) Und »*Madame la propriétaire* trägt heute eine komische grüne Jacke«. Konnte man aus *Madame la propriétaire* ein Gedicht komponieren?, fragte er sich. Er dachte an die jetzt abgeernteten Felder mit Lavendel und Sonnenblumen, die er unterwegs gesehen hatte, und suchte nach Bildern – »kaiserliche Ähren« und »die goldenen Scheiben des Helios, die sich drehen, um ihren Gott anzubeten«. Wenn er nur Maler wäre – Malen schien weniger anspruchsvoll als Schreiben. Er war überzeugt, dass van Goghs Sonnenblumen weniger Aufwand erfordert hatten.

»Möwen, die kreischend am Himmel kreisen, in Aufregung versetzt von den zurückkehrenden Fischerbooten«, schrieb er gewissenhaft, bevor er sich die nächste Gitane anzündete. Die Sonne stand unterhalb der Rahen, wie sein Vater gesagt hätte, wäre er hier gewesen (wieso mochte er Frankreich nicht?), und es war Zeit für einen Pastis. Er begann sich als Faulenzer, als Lotosesser zu betrachten. Er hatte genügend Geld gespart, um an der Côte d'Azur zu überwintern und dann vielleicht nach Norden zu fahren und sich Paris anzuschauen. »Man kann nicht sterben, ohne Paris gesehen zu haben«, behauptete Izzie. Aber er tat es.

Kurz vor Weihnachten erhielt er ein Telegramm. Seine Mutter war im Krankenhaus. »Lungenentzündung, es geht ihr schlecht, komm nach Hause«, hatte sein Vater knapp geschrieben. »Die Lungen ihrer Mutter«, sagte Hugh, als Teddy eintraf. Teddy hatte seine Großmutter und ihre legendäre Lunge nie gekannt, die sie laut Sylvie umgebracht hatte. Sylvie erholte sich überraschend schnell und war wieder zu Hause, bevor das Jahr zu Ende war. Sie war nicht ernsthaft krank gewesen, Teddy war nicht überzeugt, dass das Telegramm nötig gewesen war, und vermutete eine Weile lang eine Verschwörung der Familie, doch »sie hat immer nach dir gefragt«, sagte Hugh, als wollte er sich entschuldigen. »Der verlorene Sohn«, sagte sein Vater liebevoll, als er ihn vom Bahnhof abholte.

Um der Wahrheit die Ehre zu geben, war Teddy ziemlich erleichtert, nicht mehr den Anschein des Dichtens erwecken zu müssen, und nach dem trauten Weihnachten in Fox Corner erschien es ihm absurd, nach Frankreich zurückzukehren. (Und wozu? Um zu faulenzen?) Stattdessen nahm er die Stelle an, die Hugh in seiner Bank für ihn gefunden hatte. Als er am ersten Tag die stillen Hallen mit der Wandvertäfelung aus poliertem Mahagoni betrat, kam er sich vor wie ein Häftling, der lebenslang ins Gefängnis musste. Ein Vogel mit gestutzten Flügeln, für immer an die Erde gebunden. War es das? War sein Leben vorbei?

»Na also, Ted«, sagte Hugh, »ich wusste, dass du dich für etwas Vernünftiges entscheiden würdest.«

Der Krieg, als er kam, war eine unendliche Erleichterung für Teddy.

»Einen Penny für deine Gedanken«, sagte Nancy, nahm ein Maßband aus dem Nähkorb und hielt es sich an die Schulter.

»Sind sie nicht wert«, sagte er. Zurück zu den verdammten Schneeglöckchen.

»Das ›Glöckchen‹ in Schneeglöckchen bezieht sich nicht, wie viele glauben, auf eine Schneeflocke, sondern auf Ohrringe, und man kann sich diese zierlichen Blüten zitternd in den Ohren einer elisabethanischen Schönheit vorstellen.«

»Kann ein Ohrring streng genommen *in* einem Ohr zittern?«, fragte Nancy, legte das Strickzeug in den Schoß und runzelte die Stirn. Sie zog an ihrem zierlichen Ohrläppchen, um die Festigkeit der kleinen grauen Perle darin zu demonstrieren. »Wenn sie am Ohr *hängen,* können sie zittern.«
Ihr Verstand war sezierend. Sie wäre eine gute Richterin. Sie konnte eine Meinung völlig emotionslos und auf die freundlichste Weise zum Ausdruck bringen. »Wie grausam du zu mir bist«, sagte sie und lachte. Sie hatte schon einmal auf die eher »platte« Qualität dieser Artikel hingewiesen. Es war Journalismus, dachte Teddy, eine zögerliche Form des Schreibens. Nancy wollte immer, dass alle das Beste in allem fanden.

Als sie nach Yorkshire zogen, kam Teddy in einer Jungen-Oberschule unter, in einer kleinen, wollenen Textilstadt, rußverschmutzt und schäbig, und von der ersten Unterrichtsstunde an – *Romeo und Julia,* »und daher werden die Weiber, da sie die schwächeren sind, immer gegen die Mauer gedrückt« –, in einer Klasse kichernder Dreizehnjähriger, wusste er, dass es ein Fehler gewesen war. Er sah die Zukunft vor sich, Tag für trostlosen Tag. Er sah, wie er pflichtbewusst Geld verdiente, um Nancy und ihre noch nicht geborenen Kinder zu ernähren, die ihn bereits mit der Last der Verantwortung niederdrückten. Er sah sich selbst am Tag, an dem er endlich in Pension ging, ein enttäuschter Mann. Es war wie in der Bank. Aber er war Stoiker, das war ihm im Internat eingebleut worden, und er war treu wie ein Hund und wusste, dass er durchhalten würde, gleichgültig, wie viel seiner selbst er opfern müsste.
»Du hast im Krieg für diese Jungen gekämpft«, sagte Ursula bei einem Besuch, »für ihre Freiheit. Sind sie es wert?«
»Nein, überhaupt nicht«, sagte Teddy, und sie mussten beide lachen, weil es ein Klischee war, das sie schon nicht mehr hören konnten, und sie wussten, dass Freiheit wie die Liebe etwas Ab-

solutes war und nicht aufgrund einer Laune oder als Gunst verteilt wurde.

Nancy andererseits liebte ihren Beruf. Sie war Mathelehrerin in einer Oberschule für brave schlaue Mädchen in einer angenehmen Bäderstadt. Es machte ihr Spaß, dass sie bei ihr lernten, sich noch besser zu benehmen und noch schlauer zu werden, und sie liebten sie dafür. Bei ihrer Bewerbung hatte sie gelogen und behauptet, sie wäre unverheiratet (nicht einmal Witwe), und hatte Teddy aus ihrer Geschichte gestrichen. Sie war wieder Miss Shawcross. »Sie mögen keine verheirateten Lehrerinnen«, erklärte sie Teddy. »Sie hören auf, um Kinder zu kriegen, oder sie werden abgelenkt von ihrem Leben zu Hause, von ihren Männern.« Abgelenkt? Der Plan war natürlich, dass sie die Schule aufgeben würde, sobald sie schwanger wäre, doch das lag in den Händen der Götter, und die Götter schienen es nicht eilig zu haben.

Sie wusste, wie elend sich Teddy in der Schule fühlte. Einer von Nancys vielen positiven Zügen war, dass sie nicht glaubte, dass die Menschen unnötig leiden sollten. (Teddy war immer wieder überrascht, wie viele Leute es glaubten.) Sie ermunterte ihn, wieder zu schreiben – »Diesmal einen Roman«, sagte sie. Sie hatte die Schuhschachtelgedichte gelesen, und Teddy vermutete, dass sie ungefähr so viel wie er davon hielt. »Einen Roman«, sagte sie. »Einen Roman für die neue Welt, etwas Frisches und anderes, aus dem wir erfahren, wer wir sind und wer wir sein sollten.« Die Welt erschien Teddy nicht besonders neu, sondern eher alt und müde (wie auch er sich fühlte), und er war nicht überzeugt, dass er etwas zu sagen hatte, das die Mühe lohnte, es aufzuschreiben, doch Nancy beharrte unbeirrt darauf, dass er Talent hatte. »Versuch es wenigstens«, sagte sie. »Du wirst nicht herausfinden, ob du es kannst, bis du es versuchst.«

Und so ließ er sich von Nancy überreden, sich abends und am Wochenende vor die kleine Remington zu setzen, die sie gebraucht gekauft hatte. Keine »Beobachtungen« mehr, dachte er. Keine dicken Notizhefte mehr. Einfach anfangen.

Den Titel fand er zuerst und nannte sein Debut auf der literarischen Bühne *Ein Gemach der Stille,* ein Zitat aus Keats' *Endymion:*

Ein Werk der Schönheit ist ein Glück für immer:
Stets wächst noch seine Anmut; es wird nimmer
Ins Nichts vergehn – wird ständig ein Gemach
Der Stille uns bereiten, einen Schlaf
Voll süßer Träume, Gesundheit, stiller Atemzüge.

»Oh, wie sehr er sich nach ›Gesundheit, stillen Atemzügen‹ gesehnt haben muss«, sagte Ursula. »Und vielleicht hat er gehofft, dass es wahr wird, wenn er es sich vorstellt.« Seine Schwester sprach stets wehmütig von Keats, als wäre er gerade erst gestorben. Es war allerdings ein unbeholfener Titel, nicht unbedingt eingängig. »Er ist gut genug«, sagte Nancy, »für den Augenblick jedenfalls.« Er wusste, was sie dachte. Sie glaubte, dass er geheilt werden musste und Schreiben die Arznei war, die es zuwege brachte. »Kunst als Therapie«, hörte er sie zu Mrs. Shawcross sagen. Seine eigene Mutter hätte sich über diese Vorstellung lustig gemacht. Die erste Zeile von *Endymion,* »Ein Werk der Schönheit ist ein Glück für immer«, kam Sylvies Glaubensbekenntnis schon näher. Vielleicht wäre es der bessere Titel gewesen. *Ein Werk der Schönheit.*

Bedauerlicherweise musste Teddy feststellen, dass jeder neu eingeführte Charakter oder erzwungene Handlungsstrang langweilig oder gewöhnlich war. Die großen Autoren der Vergangenheit hatten Standards gesetzt, die seine eigenen Versuche, ein Kunstwerk zu schaffen, kläglich aussehen ließen. Er konnte kein Engagement aufbringen für die eindimensionalen Gestalten, die er erschaffen hatte. Wenn ein Autor Gott war, dann war er ein sehr armseliger, zweitklassiger Gott, der in den Ausläufern des Olymps herumstolperte. Es musste einem etwas an einer Sache liegen, dachte er, und es lag ihm an nichts genug, um darüber zu schreiben. »Und was ist mit dem Krieg?«, fragte Nancy. Mit dem Krieg?, dachte er, insgeheim erstaunt, weil sie zu glauben schien, dass man etwas so Erschütterndes so schnell in Literatur umsetzen konnte. »Dann eben das Leben«, sagte sie. »Dein Leben. Ein Bildungsroman.«

»Ich glaube, ich würde mein Leben lieber *leben*«, sagte Teddy, »und kein Kunstwerk daraus machen.« Und worüber um alles in der Welt sollte er schon schreiben? Wenn man den Krieg ausschloss (ein enormer Ausschluss, das gab er zu), dann hatte er nichts erlebt. Kindheit und Jugend in Fox Corner, das kurze, ziemlich einsame und unnütze Leben eines wandernden Poeten und Landarbeiters und jetzt der Alltag des Ehelebens – das Holz im Kaminfeuer, die Wahl zwischen Ovomaltine und Kakao und Nancy, die ordentlich und gefasst in dicken Pullovern dasaß. Darüber wollte er sich nicht beklagen, er wusste, dass er sich glücklich schätzen sollte, das alles zu haben, wo so viele, die er gekannt hatte, nichts hatten.

»So lehre mich, das Denken zu vergessen«, las ein Junge, an dessen Namen er sich nie erinnern würde, gerade tonlos vor, als die Glocke läutete, die ganze Klasse aufstob wie ein Schwarm Spatzen und zur Tür des Klassenzimmers hinausdrängte, bevor er sie entlassen hatte. (»Disziplin scheint nicht Ihre Stärke zu sein«, sagte der enttäuschte Direktor. »Ich dachte, als ehemaliger RAF-Offizier …«)

Teddy saß an seinem Pult im leeren Klassenzimmer und wartete, dass die nächste Klasse für den Englischunterricht auftauchte. Er schaute sich in dem schmuddeligen Raum um, in dem es nach Radiergummi und ungewaschenen Hälsen roch. Die Morgensonne schien matt durch die Fenster, der Staub der Kreide und

der Jungen sichtbar in einem Lichtstreifen. Es gab eine Welt außerhalb dieser Mauern.
Er stand abrupt auf und marschierte hinaus, drängte sich an einer Gruppe Elfjähriger vorbei, die widerwillig das Zimmer betraten. »Sir?«, sagte einer, beunruhigt von seiner Desertion.

Er hatte sich unerlaubt vom Dienst entfernt, fuhr auf einer abgelegenen Straße nach Hause und wollte irgendwo anhalten und einen langen Spaziergang machen, um nachzudenken. Er war in Gefahr, zu einem Herumtreiber zu werden, zu einem Mann, der nichts lange durchhielt. Seine Brüder hatten es geschafft. Jimmy war in Amerika, führte ein rasantes, glamouröses Leben, »verdiente das große Geld«, während Maurice ein Whitehall-Mandarin war, der Inbegriff der Respektabilität. Und er, er konnte es nicht einmal als bescheidener Lehrer aushalten. Während des Kriegs hatte er sich geschworen, dass er ein stetes, klagloses Leben führen würde, sollte er überleben. Der Schwur schien drauf und dran, nicht erfüllt zu werden. Tickte er nicht ganz richtig?, fragte er sich.
Er wurde gerettet von einem Autofahrer, dessen Wagen am Straßenrand stand. Teddy hielt den Land Rover an, um zu helfen. Die Motorhaube des alten Humber Pullman war aufgestellt, und der Mann starrte auf die hilflose Weise des mechanisch Unbedarften auf den Motor, als könnte er ihn allein durch die Macht seiner Gedanken wieder zum Laufen bringen. »Ah, ein Ritter der Straße«, sagte er und hob den Hut zum Gruß, als Teddy aus dem Land Rover stieg. »Dieses verfluchte Ding ist verschlissen. Wie ich. Bill Morrison«, sagte er und streckte eine fleischige Hand aus.
Während Teddy an der Lichtmaschine herumfummelte, plauderten sie über den herrlich blühenden Weißdorn, der dieses Stück der Straße säumte. »Hagedorn«, nannte ihn Bill Morrison. Es werde ihm warm ums Herz, wenn er ihn sehe, sagte er. Spä-

ter konnte sich Teddy nicht mehr genau an das Gespräch erinnern, aber sie waren »vom Hölzchen aufs Stöckchen« gekommen, wie Bill es ausdrückte, vom Weißdorn in der englischen Folklore – Glastonbury-Dorn und so weiter – zur Maikönigin und dem Maibaum, und Teddy hatte ihm erzählt, dass der Baum für die Kelten die Pforte zum Jenseits markierte und die alten Griechen ihn bei Hochzeitsumzügen mitgetragen hatten.
»Ein Studierter, nehme ich an?«, sagte Bill Morrison. Bewundernd und nicht spöttisch oder vielleicht nur ein ganz kleines bisschen. »Haben Sie's schon mal mit Schreiben versucht?«
»Also …«, sagte Teddy zögerlich.

»Wie wäre es mit Mittagessen, Junge? Ich lade Sie ein«, sagte Bill Morrison, als sich der alte Humber ins Leben zurückstotterte. Und so fuhr Teddy in einem Konvoi aus zwei Wagen zu einem Hotel in Skipton zu einem, wie sich herausstellte, ziemlich alkoholisierten Roastbeef-Essen, währenddem Bill Morrison Teddys Leben aus jedem Blickwinkel beleuchtete.
Er war ein großer, schroffer Mann mit einem ungesund roten Gesicht, der vor langer Zeit bei der *Yorkshire Post* »Erfahrungen gesammelt« hatte und jetzt ein langweiliger, altmodischer Tory war. »Onkelhaft, aber schlau«, berichtete Teddy später Nancy. Sein Gott war ein robuster Anglikaner, ein Mann aus Yorkshire, der wahrscheinlich Kricket spielte, wenn er nicht gerade Gebote vom Berg herabschickte. Im Lauf der Zeit lernte Teddy sein großzügiges Herz und seine ruppige Freundlichkeit besser kennen. Ihm gefiel, dass Teddy verheiratet war (»der natürliche Zustand für einen Mann«), und er zog ihm den Krieg aus der Nase. Bill selbst hatte »die Somme überlebt«.
Er war der Herausgeber des *Recorder*. Erst erstaunlich viel später erfuhr Teddy, dass er auch der Besitzer des *Recorder* war. »Kennst du den *Recorder*, Ted?«
»Ja«, sagte Teddy höflich. Wirklich? Er erinnerte sich vage, dass

er sich damit im Wartezimmer des Zahnarztes von der bevorstehenden Extraktion eines kariösen Zahnes abgelenkt hatte. Zahnpflege war keine Priorität im Gefangenenlager gewesen.
»Weil ich suche nämlich jemand, der die Naturnotizen schreibt«, sagte Bill Morrison. »Es sind nur ein paar Zeilen jede Woche – damit kannst du dir nicht wirklich dein Brot verdienen, geschweige denn Speck, selbst wenn du welchen auftreiben würdest. Wir hatten einen Mann, der die Naturnotizen geschrieben hat unter dem Pseudonym Agrestis. Das ist Lateinisch. Weißt du, was das heißt?«
»Das ist ein Bauer, ein Landmann.«
»Ja, genau.«
»Was ist mit dem Mann passiert?«, fragte Teddy, während er dieses unerwartete Angebot verdaute.
»Das Alter hat ihn dahingerafft. Er war ein Landmann alten Stils. Ein schwieriger Bursche«, sagte er liebevoll.
Etwas schüchtern erzählte Teddy seinen eigenen landwirtschaftlichen Lebenslauf, von den Lämmern in Northumberland, den Äpfeln in Kent, seiner Liebe zu Berg und Tal und Wasser. Von der Freude, die ihm die Tasse und Untertasse einer Eichel, das sich entrollende Blatt eines Farns, das Muster einer Habichtsfeder bereiteten. Die transzendente Schönheit des morgendlichen Chores in einem englischen Wald mit Glockenblumen. Frankreich ließ er aus – die massiven Blöcke Farbe, die heißen Scheiben Sonnenschein. Sie wären nicht nach dem Geschmack eines Mannes, der an der Somme gekämpft hatte.
Teddy wurde als vernünftig eingestuft, obwohl er aus dem Süden kam.
»Es waren einmal zwei Männer«, sagte Bill Morrison, als sie in den Stilton schnitten. Teddy brauchte einen Augenblick, bis er begriff, dass es sich dabei um die gewichtige Einleitung zu einer Art Witz handelte. »Einer von ihnen war aus Yorkshire, Gottes eigenem Land. Der andere war nicht aus Yorkshire. Der Mann,

der nicht aus Yorkshire war, sagte zu dem anderen (an dieser Stelle konnte Teddy nicht mehr ganz folgen): ›Ich habe neulich einen Mann aus Yorkshire getroffen.‹ Und der Mann aus Yorkshire sagte: ›Woran hast du erkannt, dass er aus Yorkshire war?‹ Und der Mann, der nicht aus Yorkshire war (jetzt verlor Teddy allen Lebenswillen), sagte: ›An seinem Akzent.‹ Und der Mann aus Yorkshire sagte: ›Nah, Junge, wenn er aus Yorkshire gewesen wäre, hätte er dir *das* als Allererstes gesagt.‹«

»Erzähl das an Weihnachten«, sagte Nancy, als Teddy versuchte, ihr den Witz am Abend nachzuerzählen, nachdem er etwas beschwipst nach Hause gerollt war. (»Oh, du riechst nach Bier. Das gefällt mir.«) »Und du hast einen neuen Job bei der Zeitung?«

»Nein, es ist nicht wirklich eine Zeitung«, sagte Teddy. »Und auch nicht wirklich ein Job«, fügte er hinzu. »Nur ein paar Schilling die Woche.«

»Und was ist mit der Schule? Willst du weiter unterrichten?«

Die Schule, dachte Teddy. Heute Morgen gehörte schon der Vergangenheit an. *(So lehre mich, das Denken zu vergessen.)* Er sei davongelaufen, sagte er. »Oh, mein armer Liebling«, sagte Nancy und lachte. »Und das wird zu mehr führen, ich weiß es, das sagt mir mein sechster Sinn.«

Und so kam es. Oktober mit den herbstlichen Farben, mit Pilzen und Kastanien und einem später Altweibersommer. November bedeutete »Mutter Natur deckt ihre Kinder zu« für die bevorstehenden harten Zeiten, und Dezember war zwangsläufig Stechpalme und Rotkehlchen. »Denk dir was Herzerwärmendes aus«, sagte Bill, und so schrieb er darüber, wie das Rotkehlchen zu seiner roten Brust gekommen war.

Es waren langweilige Artikel, aber Bill Morrison, der nicht auf »Gelehrsamkeit« aus war, war zufrieden.

Bei einem weiteren alkoholisierten Mittagessen kurz vor Weihnachten wurde ihm die Stelle des »rasenden Reporters« angeboten. Der frühere Inhaber der Stelle war im Krieg umgekommen. »Arktischer Konvoi«, sagte Bill Morrison barsch, da er das Thema nicht vertiefen wollte, und er selbst wäre auch bald tot, wenn er weiterhin die Arbeit von zwei Männern mache.

»Bist du jetzt zufrieden?«, fragte Nancy, als sie die Stechpalmen und Mistelzweige aufhängten, die sie aus dem Wald geholt hatten.

»Ja«, sagte Teddy und wägte die Antwort vielleicht länger ab, als erforderlich gewesen wäre.

Die verfluchten Schneeglöckchen.

> **»Manche glauben, dass es Unglück bringt, diese tapferen kleinen Frühlingsboten zu pflücken, und lassen sie nicht ins Haus. Vielleicht ist das auf ihre große Verbreitung in Friedhöfen zurückzuführen.«**

Sylvie hatte immer die ersten Schneeglöckchen in Fox Corner gepflückt. Es war eine Schande, weil sie so schnell verwelkten.

> **»Die weiße Farbe der Schneeglöckchen und die damit verbundene Vorstellung der Unbeflecktheit hat diesem bescheidenen Blümchen immer eine Aura der Unschuld verliehen. (Und wer erinnert sich jetzt an die ›Schneeglöckchen-Kapelle‹ junger Mädchen aus dem letzten Jahrhundert?)**
> **Es gibt eine deutsche Legende –«**

»Oh, Gott«, murmelte Nancy.

»Was ist?«

»Ich habe eine Masche fallen lassen. Lies weiter.«

> **»– der zufolge Gott, als er die Welt erschuf, den Schnee zu den Blumen schickte, damit er sie um Farbe bat. Alle bis auf das freundliche Schneeglöckchen weigerten sich, und zur**

Belohnung erlaubte ihm der Schnee, als erste Blume im Frühling zu blühen.
Große Musik hat die Macht zu heilen. Deutschland ist nicht länger unser Feind, und für uns ist es heilsam, uns an seinen reichen Schatz an Mythen und Märchen zu erinnern, ganz zu schweigen von seinem kulturellen Erbe, die Musik von Mozart –«

»Mozart war Österreicher.«
»Ja, natürlich«, sagte Teddy. »Keine Ahnung, warum ich das vergessen habe. Dann eben Beethoven. Brahms, Bach, Schubert. Schubert war Deutscher, oder?«
»Nein, auch ein Österreicher.«
»Haydn?«
»Österreicher.«
»Das sind aber ziemlich viele, oder? Also – sein kulturelles Erbe, die Musik von Bach, Brahms, Beethoven –«
Nancy nickte wortlos wie eine Lehrerin, die die Verbesserungen eines Schülers bestätigte. Aber womöglich zählte sie nur Maschen.
»Von ihnen ist Beethoven –«
»Wo ist das Schneeglöckchen abgeblieben? Warum jetzt die Deutschen?«
»Weil es sich um eine deutsche Legende handelt«, sagte Teddy.
»Jetzt scheint es darum zu gehen, den Deutschen zu vergeben. Hast *du* das? Hast du ihnen vergeben?«
Hatte er? Theoretisch vielleicht, aber nicht in seinem Herzen, wo die Wahrheit wohnte. Er dachte an all die Männer, die er gekannt hatte und die umgekommen waren. Die Toten waren Legion, wie die Teufel und die Engel.
Drei Jahre waren vergangen, seit der Krieg für ihn vorbei war. Das letzte Jahr hatte er *hors de combat* in einem Kriegsgefangenenlager nahe der polnischen Grenze verbracht. Er war mit

dem Fallschirm aus einem brennenden Flugzeug über Deutschland abgesprungen und hatte die Gefangennahme nicht verhindern können, weil er sich einen Knöchel gebrochen hatte. Sein Flugzeug war bei dem schrecklichen Angriff auf Nürnberg von einem Scheinwerfer eingefangen und von Flak abgeschossen worden. Er wusste es damals nicht, aber es war die schlimmste Nacht des Kriegs für das Bomberkommando gewesen – sechsundneunzig verlorene Flugzeuge, fünfhundertfünfundvierzig Männer getötet, mehr als in der gesamten Luftschlacht um England. Doch als er nach Hause kam, waren das bereits alte kalte Nachrichten, Nürnberg war fast schon vergessen. »Du warst sehr tapfer«, sagte Nancy mit der gleichen aufmunternden Indifferenz – in Teddys Ohren jedenfalls –, die sie ihm gewährt hätte, hätte er in einer Matheprüfung gut abgeschnitten.

Der Krieg war für ihn jetzt ein Durcheinander zufälliger Bilder, die ihn im Schlaf heimsuchten – die Alpen im Mondschein, ein Propellerblatt, das durch die Luft flog, ein bleiches Gesicht im Wasser. *Also dann, viel Glück.* Manchmal der überwältigende Gestank von Flieder, dann wieder gut gespielte Tanzmusik. Und am Schluss des Alptraums immer das unausweichliche Ende selbst, das Feuer und der unerträgliche Sturz zur Erde. In Alpträumen erwachen wir vor dem schrecklichen Ende, vor dem Sturz, doch Teddy musste von Nancys beschwichtigenden Lauten und ihrer beruhigenden Hand geweckt werden, und dann starrte er lange in die Dunkelheit und fragte sich, was passieren würde, wenn Nancy ihn eines Nachts nicht wecken würde.

Im Krieg hatte er sich mit dem Tod abgefunden, und dann war der Krieg plötzlich vorbei, und es gab einen nächsten Tag und noch einen und noch einen. Ein Teil von ihm hatte sich nie darauf eingestellt, dass er eine Zukunft hatte.

»Beethoven«, sagte er stur noch einmal. Man konnte Beethoven wohl kaum für den Krieg verantwortlich machen. Plötzlich erinnerte er sich, wie er – mit Ursula in der Royal Albert Hall – wann, 1943? – Beethovens Neunte gehört hatte, den Chor, Ursula, die aufgrund der emotionalen Kraft der Musik nahezu gezittert hatte. Auch er hatte sie gespürt, die Kraft von etwas jenseits, etwas außerhalb der alltäglichen Belanglosigkeiten. Er schüttelte sich wie ein nasser Hund.

»Alles in Ordnung, Schatz?«

Ja. Er musste nur den Krieg verdrängen, die Schrecken, die überwältigende Traurigkeit. Nichts, was er ihr mit Worten begreiflich machen könnte.

»Und weißt du«, fuhr Nancy unbeschwert fort, »ich glaube nicht, dass die Leute unbedingt an den Krieg erinnert werden wollen, wenn sie Agrestis' Naturnotizen lesen. Ganz im Gegenteil vermutlich.«

»Soll ich Kakao machen?«, fragte er, um dem Thema zu entgehen. »Oder möchtest du lieber Ovomaltine?«

»Ovomaltine, bitte.«

»Du verdirbst dir die Augen«, sagte er und goss die halb gefrorene Milch in einen Topf, den er auf den Dreifuß über dem Feuer stellte.

»Ich höre jetzt auf«, sagte sie und wickelte gekonnt die verschiedenfarbigen Wollknäuel auf.

Die Milch im Topf kochte plötzlich auf, und Teddy riss sie vom Feuer, bevor sie überlief. Sein von den Flammen heißes Gesicht erinnerte ihn an das verbrannte Gewebe in seinem Nacken. Es war gerade noch über dem Kragen sichtbar, glänzende, gerunzelte rosa Haut, ein Versprechen auf andere Narben an weniger sichtbaren Stellen.

»Na gut, Staffelkommandant Todd«, sagte Nancy, »Zeit fürs Bett.«

Sie sprach seinen Dienstgrad nie ohne eine Spur von Ironie aus, als hätte er sich etwas angemaßt. Er hatte keine Ahnung, warum sie das tat, doch innerlich zuckte er dabei zusammen.

Sie zogen sich nach Ultima Thule zurück, wie sie den Kühlschrank nannten, der ihr Schlafzimmer im ersten Stock war. Teddy zitterte, als er seine Kleiderschichten auszog, und sprang ins Bett, als würde er sich in das eisige Wasser der Nordsee stürzen.

Nach dem anfänglichen Schock polarer Laken und frostiger Luft wärmten sie sich rasch gegenseitig. Bei diesem Wetter war Liebe eher eine energische als eine romantische Sache. (»Mit einem Mann friert man nie«, schrieb Nancys Schwester Millie aus der trockenen Hitze Arizonas. »Vor allem wenn er so gut aussieht wie Deiner!«)

Ein Schneesturm hatte eingesetzt, und es klang, als würde jemand das Fenster mit Schneebällen bewerfen. Sie waren wie Adam und Eva in den ewigen Winter verbannt.

Nancy küsste ihn auf die Wange und sagte: »Gute Nacht, mein Lieber«, aber Teddy war bereits eingeschlafen.

Nancy blies die Kerze neben dem Bett aus und wartete darauf, dass Teddys Alpträume einsetzten.

Sie mussten ein Kind bekommen, dachte Nancy. Sie mussten ein Kind bekommen, um Teddy zu heilen, um die Welt zu heilen.

1939

Teddys Krieg

Unschuld

Er hörte Chamberlains düstere Erklärung im Radio nicht, weil er sich stattdessen dafür entschieden hatte, mit Harry, dem alten Hund der Shawcross spazieren zu gehen. Der Golden Retriever war nur noch zu einem langsamen und arthritischen Zotteln fähig. Seine Augen waren von Katarakten getrübt, und sein einst kräftiger Körper war eingefallen, das Fleisch bis auf die Knochen geschrumpft. Außerdem war er so taub wie Major Shawcross. Die beiden, Mann und Hund, hatten die langen Sommernachmittage 1939 gemeinschaftlich verdöst, eingeschlossen in ihrer stillen Welt – Major Shawcross in seinem alten Korbstuhl und Harry auf dem Rasen zu seinen Füßen.

»Mir bricht das Herz, wenn ich ihn so sehe«, sagte Nancy. Sie meinte Harry, obwohl sich das Gefühl auch auf ihren Vater erstreckte. Teddy konnte den besonderen Schmerz nachvollziehen, einen Hund, den man als Welpen gekannt hatte, am Ende seines Lebens zu sehen. »Eine Vorahnung der eigenen Sterblichkeit, wie Wordsworth nicht geschrieben hat«, sagte Ursula. »Ach, wenn Hunde nur ein längeres Leben hätten. Wir haben schon um so viele getrauert.«

Die Shawcross-Mädchen mochten ihren »alten Pa« unheimlich gern, eine Zuneigung, die von Major Shawcross mehr als nur erwidert wurde. Hugh liebte Ursula und Pamela natürlich, aber Teddy war immer ziemlich erstaunt, dass Major Shawcross seinen Gefühlen so freien Lauf ließ, »seine Mädchen« küsste und knuddelte und oft allein bei ihrem Anblick feuchte Augen bekam. (»Der Weltkrieg«, sagte Mrs. Shawcross. »Er hat ihn verändert.«) Hugh neigte zu Schweigsamkeit, ein Charakterzug, den der Krieg noch verstärkt hatte. Hatte sich Major Shawcross einen Sohn gewünscht? Bestimmt. Taten das nicht alle Männer? Teddy? Er wollte Nancy einen Antrag machen. Heute vielleicht. Es war ein historisch hochdramatischer Tag, und Nancy könnte in Zukunft zu ihren Kindern (denn sie würden selbstverständlich Kinder haben) sagen: »Wisst ihr, euer Vater hat mir an dem Tag einen Heiratsantrag gemacht, an dem der Krieg ausbrach.« Teddy hatte das Gefühl, lange gewartet zu haben, vielleicht zu lange. Zuerst, bis Nancy in Newnham ihren Master in Mathematik gemacht hatte, und dann, damit sie promovieren konnte. Ihre Dissertation hatte irgendetwas mit »natürlichen Zahlen« zu tun. Teddy erschienen sie überhaupt nicht natürlich. Und er wollte nicht warten, bis der Krieg vorbei war, denn wer wusste schon, wie lange er dauern würde.

Teddy war fünfundzwanzig, was seine Mutter betraf »nicht mehr der Jüngste«, um zu heiraten. Sie war ganz erpicht auf neue Enkelkinder, erpichter als auf die, die sie bereits hatte dank Pamela, die drei Jungen hatte, »und es werden noch mehr«, und Maurice, der einen Jungen und ein Mädchen hatte. »Wie Fisch und Chips«, sagte Ursula. Teddy kannte Maurices Kinder kaum, und laut Sylvie waren sie »eher langweilig«.

Nancy zu heiraten schien unvermeidlich. Warum sollte er sie *nicht* heiraten? »Eine Sandkastenliebe«, sagte Mrs. Shawcross, gerührt von der Vorstellung romantischer Liebe. Seine eigene Mutter war weniger gerührt.

Alle gingen davon aus, sogar Sylvie, die Nancy für »zu schlau« für die Ehe hielt. (»Das Eheleben stumpft einen so ab.«)

»Und wer außer Nancy käme überhaupt noch in Frage?«, sagte Teddy zu Ursula. »Sie ist bei weitem der beste Mensch, den ich kenne. Und auch der netteste.«

»Und du liebst sie wirklich. Wir *alle* lieben sie, das weißt du.«
»Natürlich liebe ich sie«, sagte Teddy. (War es eine Frage gewesen?) Wusste er, was Liebe war? Die Liebe zu einem Vater, einer Schwester, einem Hund, ja, aber zwischen Mann und Frau? Zwei untrennbar zusammengestrickte Leben. Oder zusammen in ein Joch oder Geschirr gespannt. (»Das ist der Sinn der Sache«, sagte Sylvie, »sonst würden wir alle verwahrlosen.«)
Er dachte an Adam und Eva, er dachte an Sylvie und Hugh. Beides keine Paradebeispiele. »Die Ehe von Nancys Eltern«, sagte Ursula. »Ist das nicht ein gutes Modell? Major und Mrs. Shawcross sind glücklich. So scheint es jedenfalls.« Aber Schein und Wahrheit waren nicht dasselbe, oder? Und wer kannte schon die Geheimnisse einer Ehe?
Als kleiner Junge hatte er Nancy geliebt, aber das war etwas anderes gewesen, hell und klar, aber kindlich unschuldig. *Wir sehen jetzt durch einen Spiegel ein dunkles Bild.*
»Oder vielleicht besser gefragt«, sagte Ursula, »wie würdest du dich fühlen, wenn du sie *nicht* heiratest?« Also ja, dachte er, natürlich würde er Nancy heiraten. Sie würden in einen hübschen Vorort ziehen, diese unvermeidlichen Kinder bekommen, und er würde sich in der Bank nach oben arbeiten, bis das Personal eines Tages ihm gegenüber vielleicht genauso respektvoll wäre wie zu seinem Vater. Oder vielleicht auch nicht.
Es wäre nicht nur das scharfe Messer seiner Frau, das stumpf würde. Die Zukunft war ein Käfig, der sich um ihn schloss. War das Leben nicht eine große Falle, die nur darauf wartete, zuzuschnappen? Er hätte nie aus Frankreich zurückkommen sollen. Er hätte seine Trägheit ablegen und aufhören sollen, so zu tun, als hätte er die Seele eines Dichters, und stattdessen den Abenteurer in ihm akzeptieren und weiter nach Osten reisen, die Ränder des Empires erforschen sollen – Australien vielleicht. Irgendwo, wo das Leben rauh und unberechenbar war, wo ein Mann sich selbst erschaffen konnte, statt von anderen erschaffen

zu werden. Zu spät. Jetzt würde ihn nicht mehr die Geographie des Empire prägen, sondern die Architektur des Kriegs.

Sie hatten die Kuhweide erreicht, und Teddy riss ein paar lange Gräser aus der Hecke und rief: »Muuh-muuh, muuh-muuh«, doch die Kühe blickten kaum in seine Richtung und blieben beschaulich gleichgültig. Er zündete sich eine Zigarette an, lehnte sich an das Tor und rauchte. Harry hatte sich unbeholfen auf den Boden fallen lassen, sein dürrer Bauch hob und senkte sich vor Anstrengung. »Armer alter Junge«, sagte Teddy, langte hinunter und kraulte ihn hinter den weichen Ohren. Er dachte an Hugh. In der Bank liefen sie sich fast nie über den Weg, aber sein Vater lud ihn manchmal zum Mittagessen in seinen Club in der Pall Mall ein. Die schwerfällige Welt der Finanzen gefiel Hugh, doch für Teddy bedeutete sie lähmende Langeweile und manchmal regelrechtes Elend.

Sein Vater würde bald in Pension gehen, im Garten herumwerkeln, über seinem aufgeschlagenen Wisden im Garten oder in seinem Refugium eindösen, Sylvie auf die Nerven gehen. Und genau so wurde Hugh ein gutes Jahr später gefunden, in einem Liegestuhl im Garten, eine Ausgabe des Wisden aufgeschlagen im Schoß. Für immer eingeschlafen. Selbst dieser am wenigsten beschwerliche Tod von allen schien Sylvie aufzubringen. »Er hat sich einfach ohne ein Wort davongeschlichen!«, beschwerte sie sich, als hätte er ihr mehr geschuldet. Vielleicht hatte er das.

»Papa hat noch nie Umstände gemacht«, schrieb Ursula in einem dünnen blauen Luftpostbrief an Teddy in Kanada, die Tinte verschmiert, wo eine Träne gelandet sein musste.

Teddy trat die Zigarette mit dem Fuß aus und sagte: »Komm, Harry, wir verpassen das Mittagessen, wenn wir nicht gehen.« Der Hund konnte ihn nicht hören, doch er rührte sich auch nicht, als Teddy ihn vorsichtig mit dem Fuß anstieß und bereits fürchtete, dass er ihn komplett verschlissen hatte. Er war zwar nur ein Sack Knochen, aber immer noch schwer, und Teddy war nicht sicher, ob er das tote Gewicht des Hundes bis nach Hause tragen könnte, was er allerdings irgendwie schaffen müsste, da es keine Alternative gab – Not kennt kein Gebot. Doch glücklicherweise rappelte sich Harry heroisch auf, und sie spazierten langsam zurück zu Nancys Haus.

»Oh, bleib weg, bitte«, bat ihn Mrs. Shawcross, als sie ihn an der Hintertür von Jackdaws entdeckte. Sie wedelte mit einem Geschirrtuch vor ihm herum, als wäre er eine Fliege.

Nancy, die für die langen Ferien zu Hause war, lag mit Keuchhusten im Bett (»In meinem Alter!«) und wurde gewissenhaft von Mrs. Shawcross gepflegt, die wusste, dass Teddy als Kind die Krankheit auch nicht gehabt hatte. »Du darfst dich nicht anstecken«, sagte sie. »Bei Erwachsenen ist es ziemlich schlimm.«

»Komm diesem Mädchen nicht nahe«, warnte ihn Sylvie, als er ihr erzählte, dass er angeboten hatte, mit Harry spazieren zu gehen. Zu spät, dachte er.

»Dieses Mädchen« war das Mädchen, dem er einen Antrag machen würde, aber schließlich doch nicht heute. »Es geht ihr ziemlich schlecht«, sagte Mrs. Shawcross. »Aber ich werde sie natürlich von dir grüßen.«

»Bitte, tun Sie das.«

Die diversen Gerüche des Sonntagsessens wehten aus Mrs. Shawcross' Küche. Mrs. Shawcross, der mehrere Strähnen aus einem unordentlichen Haarknoten hingen, war gerötet und nicht wenig aufgeregt, doch Teddys Erfahrung nach war das die Wirkung, die das Kochen des sonntäglichen Mittagessens auf Frauen hatte. Jackdaws hatte wie Fox Corner vor kurzem seine Köchin verloren, und Mrs. Shawcross schien noch weniger geeignet für die kulinarischen Künste als Sylvie. Von Major Shawcross war nichts zu sehen. Mrs. Shawcross war Vegetarierin, und Teddy fragte sich, was sie essen würde, wenn sich Major Shawcross seinen Rinderbraten zu Gemüte führte. Ein Ei vielleicht.

»O Gott, nein«, sagte Mrs. Shawcross, »bei der Vorstellung, ein Ei zu essen, werde ich ganz zimperlich.«

Teddy sah eine offene Flasche Madeira auf dem Küchentisch und ein kleines Glas, halb gefüllt mit der braunen Flüssigkeit.

»Krieg«, sagte Mrs. Shawcross, ihre Augen füllten sich mit Tränen, sie vergaß die ansteckende Krankheit und zog Teddy in einer warmen, etwas feuchten Umarmung an sich. Sie roch nach Madeira und Teerseife, eine seltsame, ziemlich beunruhigende Mischung. Mrs. Shawcross war groß und weich und immer ein bisschen traurig. Sylvie ärgerte sich über das schlechte Benehmen der Welt, doch Mrs. Shawcross trug dieses Gewicht geduldig, so, wie man etwas für ein Kind trägt. Vermutlich würde die Last durch den Krieg noch schwerer.

Mrs. Shawcross hob eine Hand an die Schläfe und sagte: »Ach, du liebe Zeit, ich glaube, ich kriege Kopfweh.« Sie seufzte und fügte hinzu: »Gott sei Dank haben wir nur Mädchen. Neville würde es nicht ertragen, einen Sohn in den Krieg zu schicken.«

Teddy schien es mehr als wahrscheinlich, dass er bereits den Keuchhusten ausbrütete. Mrs. Shawcross wusste nicht, dass Nancy ihn letzte Woche in London besucht, es trotz der Luchsaugen seiner Vermieterin ungesehen in sein Zimmer geschafft hatte und die Nacht über geblieben war. Die beiden drängten sich in sein schmales Bett und lachten über die Geräusche der quietschenden Bettfedern. In diesen Dingen waren sie noch Novizen. »Krasse Amateure«, sagte Nancy fröhlich. Sie waren leidenschaftlich, aber auf eine gesittete, gutgelaunte Weise. (Man könnte natürlich auch sagen, dass das per definitionem keine Leidenschaft war.) In Oxford hatte er ein, zwei Mädchen gehabt und ein paar in Frankreich, aber Sex mit ihnen war eine rein körperliche Sache gewesen, nach der er unzufrieden und reichlich verlegen gewesen war. Der Geschlechtsakt war vielleicht nicht bestialisch, aber er war gewiss animalisch, und er war Nancy dankbar, dass sie ihn domestiziert hatte. Wildes Verlangen und sehnsüchtige Romantik blieben vermutlich besser zwischen den Deckeln eines Buches. Er nahm an, dass er der Sohn seines Vaters war. Der Krieg veränderte das, so, wie er alles veränderte, und bescherte ihm weniger zivilisierte Begegnungen. Jedenfalls hatte Teddy immer Mühe mit dem Vokabular für Sex. Ob aus Prüderie oder Zurückhaltung, er wusste es nicht. Seine Tochter hatte kein Problem damit. Viola vögelte, sie bumste, ja, sie fickte sogar und legte Wert darauf, es auch zu artikulieren. Teddy war erleichtert, als sie sich im Alter von fünfundfünfzig für enthaltsam erklärte.

Sein Zimmer war in der Nähe des Britischen Museums, in einem etwas maroden Bau, aber es gefiel ihm trotz der Vermieterin, die es selbst mit Dschingis Khan aufgenommen hätte. Teddy hatte keine Ahnung, dass diese heimliche Nacht mit Nancy aufgrund der unerbittlichen Zwänge des Kriegs und der Umstände eins der wenigen Male war, die sie intim miteinander werden konnten, bis die Feindseligkeiten vorbei waren.

»Wie geht es der armen Nancy?«, erkundigte sich Hugh, als Teddy wieder in Fox Corner war.

»Sie hält durch«, sagte Teddy, »aber ich habe sie gar nicht gesehen. Wir haben also Krieg?«

»Leider. Komm mit ins Refugium, Ted, und trink was mit mir.«

Das Refugium war Hughs Rückzugsort, ein sicherer Ort, den man nur auf eine Einladung hin betreten durfte. »Beeil dich«, sagte er. »Bevor deine Mutter dich sieht. Sie wird wahrscheinlich hysterisch sein. Sie hat es nicht gut aufgenommen, obwohl wir damit gerechnet haben.«

Teddy wusste nicht, warum er beschlossen hatte, die Kriegserklärung nicht zu hören. Vielleicht einfach nur, weil ein Spaziergang mit einem Hund an einem sonnigen Sonntagmorgen vor dem Mittagessen ein besseres Vorhaben war.

Hugh goss aus der schweren geschliffenen Glaskaraffe Malt

Whisky in zwei Gläser. Sie stießen an, und Hugh sagte »Auf den Frieden«, als Teddy erwartet hatte, dass er »Auf den Sieg« sagen würde. »Was wirst du tun?«, fragte ihn Hugh.

»Ich weiß es nicht.« Teddy zuckte die Achseln. »Mich freiwillig melden vermutlich.«

Sein Vater runzelte die Stirn und sagte: »Aber nicht bei der Armee.« Und einen Augenblick lang waren seinem Gesicht die unausgesprochenen Greuel der Schützengräben anzusehen.

»Bei der RAF, dachte ich«, sagte Teddy. Bis zu diesem Moment hatte er eigentlich überhaupt nichts dergleichen gedacht, doch jetzt sah er, wie sich die Käfigtüren öffneten, die Gefängnisgitter abfielen. Er würde von den Fesseln des Bankwesens befreit. Befreit auch von der Aussicht auf die Vorstadt, auf die Kinder, die sich möglicherweise als »ziemlich langweilig« erweisen würden. Befreit vom Joch und Geschirr der Ehe. Er dachte an die Felder goldener Sonnenblumen. Die massiven Blöcke Farbe. Die heißen Scheiben Sonnenschein.

Würde Frankreich unter Hitlers bösen Bann geraten? Bestimmt nicht.

»Pilot«, sagte er zu seinem Vater. »Ich möchte gern fliegen.«

Die Kriegserklärung hatte das Mittagessen verzögert. Sylvie pflückte noch Minze für das Lamm im Garten, als Teddy nach ihr suchte. Sie wirkte überhaupt nicht hysterisch, sondern eher grimmig. »Du hast Chamberlain verpasst«, sagte sie, richtete sich auf und rieb sich den unteren Rücken. Auch seine Mutter wurde alt, dachte er. »Und ich nehme an, dass du wirst kämpfen müssen«, sagte sie zu dem Bund Minze, den sie zerdrückte.

»Vermutlich«, sagte er.

Sylvie drehte sich um und ging zum Haus, das Aroma der Minze im Schlepptau. An der Tür blieb sie stehen und sagte über die Schulter unnötigerweise: »Das Mittagessen ist noch nicht fertig.«

»Ist sie sehr sauer?«, fragte ihn Ursula, als sie am Nachmittag anrief.
»Sehr«, sagte er, und sie mussten beide lachen. Sylvie hatte sich heftig für die Appeasement-Politik eingesetzt.
Den ganzen Nachmittag über wurden ständig Telefongespräche zwischen diversen Familienmitgliedern geführt, und Teddy war es allmählich leid, gefragt zu werden, was er tun wollte, als lastete die Zukunft des Konflikts allein auf seinen Schultern.
»Aber du bist der einzige Krieger der Familie«, sagte Ursula. »Was *wirst* du tun?«
»Zur RAF gehen«, sagte er prompt. Je öfter ihm im Lauf des Nachmittags die Frage gestellt wurde, umso entschiedener fiel seine Antwort aus. (Was würde Augustus tun?, fragte er sich. Der Erwachsene, sein Gegenstück, nicht der Peter Pan aus Izzies Büchern.) »Und ich bin nicht der einzige Krieger der Familie, was ist mit Maurice oder Jimmy?«
»Maurice wird jede Gefahr meiden, du wirst schon sehen«, sagte Ursula. »Und Jimmy … oje. Für mich ist er immer noch das Baby der Familie, ich kann ihn mir nicht mit einer Waffe in der Hand vorstellen.«
»Er ist fast zwanzig«, sagte Teddy, der es für nötig erachtete, sie darauf hinzuweisen.

Die Stimmung beim Mittagessen war gedrückt. Sie waren nur zu dritt – vier, wenn man Bridget in der Küche mitzählte, was sie nicht taten. Sie aßen Lamm mit Kartoffeln und ziemlich faserige Bohnen aus dem Garten, und danach knallte Bridget eine ovale Schale mit Reisbrei auf den Tisch und sagte: »Er ist trocken wegen dieser verdammten Deutschen.«
»Jetzt hat Bridget wenigstens jemand anders als Mutter, dem sie das Elend der Welt in die Schuhe schieben kann«, sagte Ursula, als Teddy ihr am Telefon davon erzählte. »Es wird blutig werden«, fügte sie traurig hinzu. Ursula schien über eine Menge

Informationen zu verfügen. Sie »kannte« natürlich Leute, darunter einen hohen Beamten der Admiralität.
»Wie geht es deinem Kommodore?«, fragte er vorsichtig, weil Sylvie in der Nähe war.
»Ach, du weißt schon – er ist verheiratet«, sagte Ursula leichthin. »Richtet nicht, damit ihr nicht gerichtet werdet«, hatte sie gesagt, als sie ihm von der Affäre erzählte. Teddy war erschrocken bei der Vorstellung, dass seine Schwester eine verrufene Frau war, die *andere* Frau. Am Ende des Kriegs gab es nichts mehr zwischen Männern und Frauen, was ihn noch überrascht hätte. Es überraschte ihn überhaupt nichts mehr. Wie sich herausstellte, war das ganze Gebäude der Zivilisation auf einer instabilen Mischung aus Treibsand und Einbildung errichtet worden.

Nach dem Mittagessen gab es noch einen großen Whisky und dann noch einen vor dem Abendessen, und sowohl Teddy als auch Hugh, die beide nicht viel tranken, waren etwas beschwipst, als Teddy nach London aufbrach. Und morgen wieder in die Bank, dachte er, doch in der Mittagspause wollte er ein Rekrutierungsbüro suchen und sich melden, und die Welt würde vielleicht nicht auf den Kopf gestellt wie in der alten Ballade über den Englischen Bürgerkrieg, aber bestimmt wäre das Leben etwas leichter.
»Diese ›Ballade‹ war eine Klage, kein Jubelschrei«, sagte Ursula. Sie konnte fast so pedantisch sein wie Nancy. *»Weihnachten wurde in der Schlacht von Naseby getötet.«* Seine Schwester war noch keine Puritanerin – der Krieg würde eine aus ihr machen.
Sylvie küsste ihn zum Abschied auf die Wange, sehr kühl, wandte sich ab und sagte, dass sie nicht auf Wiedersehen sagen würde, weil das »zu endgültig« wäre, und Teddy dachte, wie theatralisch seine Mutter sein konnte, wenn sie es sich in den Kopf gesetzt hatte. »Ich fahre mit dem Zug um sieben Uhr zwanzig nach Marylebone«, sagte er zu ihr, »und nicht zum Sterben.«

»Noch nicht.«
Hugh gab ihm einen väterlichen Klaps auf die Schulter und sagte: »Hör nicht auf deine Mutter. Pass auf dich auf, Ted, ja?« Es war das letzte Mal, dass sein Vater ihn berührte.

Er ging in der Dämmerung den Weg entlang, und als er auf einem Platz in der zweiten Klasse saß, wurde Teddy klar, dass er sich nicht wegen Hughs Whisky so schummrig und fiebrig fühlte, sondern wegen Nancys Keuchhusten. Die Krankheit zögerte seinen Versuch, in den Krieg zu ziehen, um mehrere elende Wochen hinaus, und selbst als er sich meldete, wurde er wieder weggeschickt und musste noch eine Zeitlang warten. Erst im Frühjahr 1940 lag auf dem Tischchen in der Diele seiner Unterkunft ein Brief, in dem sich eine braungelbe Direktive des Luftfahrtministeriums befand und ihn aufforderte, sich zu einem Gespräch im Lord's Cricket Ground einzufinden. Im Sommer bevor er nach Oxford ging, war er mit seinem Vater im Lord's gewesen, um das erste All-India-Testspiel zu sehen. Es schien seltsam, dass es ausgerechnet dieser Ort sein sollte, an dem er zum Krieg eingezogen wurde. »England hat mit 158 Runs gewonnen«, erinnerte sich sein Vater, als er ihm davon erzählte. Und wie viele Runs wären nötig, um diesen Krieg zu gewinnen?, fragte sich Teddy – in diesem Stadium seines Lebens noch immer geneigt, eine Metapher zu verstümmeln. Und er selbst brauchte tatsächlich genau zweiundsiebzig Runs – die Anzahl der Einsätze, die er bis Ende März 1944 fliegen sollte.
Als er zur Arbeit ging, hatte sein Schritt eine neue Leichtigkeit. Er blieb stehen, um eine Katze zu streicheln, die sich auf einer Mauer sonnte. Er lüpfte den Hut für eine elegante Frau, die ihn daraufhin sichtlich entzückt anlächelte (ziemlich verlockend, insbesondere um diese Tageszeit). Er hielt an, um an einem späten Flieder zu riechen, der über das Geländer um den Garten von Lincoln's Inn Field hing. Wordsworths »glorreiche Träume«

waren doch nicht gänzlich vergessen, dachte er. Der vertraute Geruch nach poliertem Holz und Messing überfiel ihn, als er die Bank betrat. Nicht mehr lange, dachte er, nicht mehr lange.

Fast zwei Jahre später, ein Paar Flügel auf der Uniform und die Grundausbildung beim British Commonwealth Air Training Plan in Kanada abgeschlossen, kehrte Teddy auf der *Queen Mary* zurück aus New York. »Wie schön«, sagte Izzie, als sie davon erfuhr. »Ich habe auf diesem Schiff herrliche Zeiten erlebt.« Teddy ersparte es sich, sie davon in Kenntnis zu setzen, dass das Linienschiff jetzt ein Truppentransporter der amerikanischen Streitkräfte war, in den er gezwängt worden war (»runter ins Bilgewasser«), und dass die Männer – von denen die Hälfte während der gesamten Überfahrt seekrank war – enger gedrängt lagen als die sprichwörtlichen Sardinen in der Dose. Sie fühlten sich zudem verwundbar, da sie bei schlechtem Wetter ohne Konvoi über den Atlantik fuhren; das Schiff galt zwar als schnell genug, um deutschen U-Booten entkommen zu können, aber Teddy war nicht überzeugt davon. »Ja, das Essen war herrlich«, sagte er sarkastisch zu ihr (was es tatsächlich gewesen war, verglichen mit den mageren Lebensmittelrationen zu Hause). Er wusste nicht, ob sie seinen Tonfall verstanden hatte oder nicht. Das war bei Izzie oft schwer zu sagen.

Er hatte ein paar Tage Urlaub zwischen seiner Rückkehr aus Kanada und seinem Antritt bei der Operational Training Unit (OTU), der Einheit, bei der er zum Kriegsdienst ausgebildet werden sollte.

Seine Schwester war aus London zum Mittagessen nach Fox Corner gekommen. Auch Izzie »trieb sich dort herum«, uneingeladen laut Sylvie. Der Stand im Herbst 1942: Pamela hatte sich selbst in die Mitte von nirgendwo evakuiert, doch sie würde bald zurückkehren; Maurice verbrachte die meiste Zeit in einem Whitehall-Bunker; Jimmy wurde bei der Armee in Schottland ausgebildet. Hugh war tot. Wie war das möglich? Wie konnte sein Vater tot sein?

Wegen des Trauerfalls war Sonderurlaub für Teddy arrangiert worden, und die Marine (in Person von Ursulas Mann bei der Admiralität, aber davon wusste Teddy nichts) hatte eine Koje für ihn auf einem Handelsschiff organisiert, das im Konvoi fuhr, doch die Erlaubnis wurde im letzten Moment widerrufen. »Du hättest die Beerdigung sowieso versäumt«, sagte Sylvie, »es wäre also sinnlos gewesen.«

»Es hätte mich überrascht«, sagte Maurice, »wenn jemand mitten im Krieg das für ein wichtiges Anliegen gehalten hätte.«

»Maurice«, sagte Ursula, »ist einer von denen, die Laufzettel abstempeln – oder auch nicht – und Bewerbungsunterlagen mit roten Kreuzen ablehnen. Genau die Sorte Person, die einen Sonderurlaub widerrufen würde.« Maurice hätte sich sehr geärgert, hätte er gewusst, dass man ihn für ausreichend untergeordnet hielt, um irgendetwas zu stempeln. Er unterzeichnete. Eine flüssige, achtlose Unterschrift mit seinem silbernen Füller von Sheaffer. Doch nicht in diesem Fall.

Wer immer die Erlaubnis widerrufen hatte, dem musste gedankt werden. Der Konvoi war von U-Booten angegriffen worden, und das Schiff, mit dem Teddy hätte fahren sollen, war mit Mann und Maus gesunken. »Zu einem höheren Zweck verschont«, sagte Ursula.

»Das glaubst du doch nicht, oder?«, fragte Teddy, beunruhigt, dass seine Schwester vielleicht religiös geworden war.

»Nein«, sagte sie. »Leben und Tod sind vollkommen zufällig, so viel habe ich gelernt.«

»Vollkommen. Das haben wir im *letzten* Krieg gelernt«, sagte Izzie und zündete sich eine Zigarette an, obwohl sie kaum etwas von dem Brathuhn gegessen hatte, das Sylvie zum Mittagessen gemacht hatte. Sylvie hatte das Huhn am Morgen geschlachtet, um die »Wiederkehr des verlorenen Sohnes zu feiern«. (Wieder einmal, dachte er. War das seine Rolle im Leben? Der ewige verlorene Sohn?) »Wohl kaum verloren«, sagte Teddy. »Ich habe gelernt, wie man einen Krieg kämpft.«

»Und wir haben das fette Huhn umgebracht, um dich willkommen zu heißen«, sagte Ursula.

»Eher ein altes Suppenhuhn«, sagte Izzie.

»Sagt ein Suppenhuhn vom anderen.« Das kam natürlich von Sylvie.

Izzie schob ihren Teller weg, und Sylvie sagte: »Du wirst das hoffentlich aufessen. Das Huhn ist für dich gestorben.« Ursula lachte kurz höhnisch auf, und Teddy zwinkerte ihr zu. Und doch schien es falsch, ohne Hugh glücklich zu sein.

Izzie hatte sich bei Kriegsbeginn über den großen Teich abgesetzt, war jedoch wieder zurück, als Teddy im Hafen von Liverpool anlegte, und erklärte »Patriotismus« im Gegensatz zu Sicherheit zu einer moralischen Pflicht. »Du bist nach Hause gekommen«, sagte Sylvie vernichtend, »weil deine Ehe eine Katastrophe war.« Izzies berühmter Stückeschreiber und Ehemann »hatte links und rechts und mitten in Hollywood Affären«, sagte Sylvie. Beim Wort »Affäre« schaute Teddy kurz über den Regency-Revival-Esstisch zu Ursula, doch sie hielt den Blick auf den Teller mit dem geopferten Huhn gesenkt.

Sylvie hatte jetzt eine ganze Schar Hühner und tauschte die Eier im Dorf gegen andere Viktualien ein. Die alten Vögel landeten normalerweise auf dem Esstisch von Fox Corner, wenn sie an der eierlegenden Front keinen Beitrag mehr leisten konnten. »MCS«, sagte Ursula, und als Sylvie sie verständnislos ansah, fügte sie hinzu: »Mangel an Charakterstärke. Kriegszitterer. Wenn den Männern in den Waffengattungen die Nerven durchgehen, der Volksmund nennt es Feigheit.«

»Davon habe ich jede Menge in den Schützengräben gesehen.«

»Du warst nicht *in* den *Schützengräben*«, sagte Sylvie, immer gereizt, wenn Izzie von ihren Erlebnissen im letzten Krieg erzählte. Wie sie alle in mehr oder minder großem Ausmaß. Nur Hugh hatte erstaunlicherweise etwas Verständnis für »Izzies Krieg« aufgebracht. Er war ihr einmal begegnet, im Grauen an der Somme, bei einem vorgeschobenen Verbandsplatz kurz hinter der Schützenlinie. Ihr Anblick verwirrte ihn. Sie schien fehl am Platz – sie gehörte in das Wohnzimmer in Hampstead oder in ein Abendkleid, sie sollte mit einem hilflosen Mann flirten und schäkern. Die Erinnerung an ihre »Indiskretion« – die skandalöse Beziehung zu einem älteren verheirateten Mann und die darauffolgende Geburt eines unehelichen Kindes –, war vom Matsch in den Gräben nahezu ausgelöscht worden. Und außerdem war es eine ganz andere Izzie gewesen als diese. Diese Izzie hatte unter einer schmutzigen Schürze eine Art Uniform an, eine Wange war blutverschmiert, sie trug etwas Ekliges in einem Eimer aus Emaille, und als sie ihn sah, schnappte sie nach Luft und sagte: »Oh, schau nur, du bist am Leben, wie wunderbar! Ich werde dich nicht küssen, ich bin leider furchtbar dreckig.« Sie hatte Tränen in den Augen, und in diesem Augenblick vergab Hugh seiner Schwester viele zukünftige, noch nicht begangene Fehler.

»Was machst du hier?«, fragte er besorgt.

»Ich bin eine FANY«, sagte sie unbeschwert. »Ich helfe nur aus.«

»Die *Männer* waren in den Gräben«, beharrte Sylvie, »nicht ein paar vornehme Damen.«

»Die FANYs waren keine vornehmen Damen«, sagte Izzie ungerührt. »Wir haben uns die Hände schmutzig gemacht. Und es ist schrecklich, einen Mann einen Feigling zu nennen«, fügte sie ruhig hinzu.

»Ja, das stimmt«, sagte Ursula. »Aber es ist nicht so schlimm, wenn man ein Huhn feige nennt.« Teddy lachte, fand Zuflucht im Humor. Er hatte Angst davor, in den kommenden Kämpfen nicht zu bestehen. »Es hat sich feige gedrückt«, sagte er und deutete auf das Huhn auf Izzies Teller, und sowohl er als auch

Ursula wurden nahezu hysterisch vor Lachen. »Was für Kinder ihr noch seid«, sagte Sylvie verdrossen. Nicht wirklich, dachte Teddy. Sie waren es, die nicht aufgeben durften, um Sylvie und ihre Hühner, Fox Corner und die letzten verbliebenen Freiheiten zu verteidigen.

Die Briefe seiner Schwester an ihn in Kanada waren kurz gewesen (»der offizielle Geheimhaltungserlass und so weiter«), doch wenn er zwischen den Zeilen las, vermutete er, dass sie eine schwere Zeit durchmachte. Teddy war noch nicht kampferprobt, seine Schwester war es.

Sie hatte natürlich recht gehabt, der Krieg war »blutig«. In der luxuriös warmen Sicherheit plüschiger kanadischer Kinos hatte er Popcorn aus Tüten gegessen und entsetzt die Wochenschauen über die Blitzangriffe auf England gesehen. Und auf Rotterdam. Und Warschau. Und Frankreich war gefallen. Teddy dachte an die Felder mit Sonnenblumen, die von Panzern dem Erdboden gleichgemacht worden waren. (Waren sie nicht, sie waren noch da.)

»Ja, du hast eine Menge versäumt«, sagte Sylvie, als wäre er zu spät zu einer Theatervorführung gekommen. Seine Mutter war jetzt scheinbar gut informiert über die Kriegsereignisse und überraschend kriegerisch, was in der relativen Behaglichkeit von Fox Corner vermutlich nicht schwer war. »Sie ist von der Propaganda verführt worden«, sagte Ursula, als wäre Sylvie nicht da.

»Und du nicht?«, sagte Teddy.

»Ich ziehe Fakten vor.«

»Was für eine Erbsenzählerin du geworden bist«, sagte Sylvie.

»Wohl kaum.«

»Und was sagen die Erbsen?«, fragte Izzie, und Ursula, die ein Mädchen im Luftfahrtministerium kannte, erklärte nicht, dass Teddys Chancen, seinen ersten Einsatz zu überleben, bestenfalls mager waren und dass seine Chancen, die erste Runde von dreißig Einsätzen zu überleben, nahezu gleich null waren, sondern sagte stattdessen gut gelaunt: »Dass es ein *gerechter* Krieg ist.«

»Oh, gut«, sagte Izzie, »man würde wirklich nicht gern in einem ungerechten Krieg kämpfen. Du stehst auf der Seite der Engel, mein lieber Junge.«

»Dann sind Engel also Briten?«, sagte Teddy.

»Zweifellos.«

»Ist es sehr schlimm?«, hatte er Ursula gefragt, als er sie am Morgen vom Bahnhof abgeholt hatte. Sie sah blass und erschöpft aus wie jemand, der zu lange im Haus eingeschlossen oder vielleicht im Kampf war. Traf sie sich noch mit dem Mann von der Admiralität?, fragte er sich.

»Lass uns jetzt nicht über den Krieg reden. Aber ja, es ist ziemlich schlimm.«

Sie machten einen Umweg zum Friedhof, auf dem Hugh begraben war. Aus der Kirche drangen die dünnen Stimmen des Sonntagsgottesdienstes, die *Lobet den Herren* sangen.

Hughs grauer Grabstein mit der scheinbar nichtssagenden Inschrift – *Geliebter Vater und Mann* – wirkte in seiner Neuheit brutal. Als Teddy seinen Vater zum letzten Mal gesehen hatte, war er noch berührbares Fleisch gewesen, und jetzt verweste dieses Fleisch in dem Loch zu seinen Füßen. »Morbide Gedanken werden am besten vermieden«, riet ihm Ursula, ein Rat, der ihm in den nächsten drei Jahren, ja, für den Rest seines Lebens gut zustatten kam. Teddy dachte, was für ein anständiger Mensch sein Vater gewesen war, der Beste der Familie. Der Schmerz traf ihn unvorbereitet.

»*Geliebter Vater und Mann* – das ist so traurig und überhaupt nicht trivial«, sagte Bertie. Das war 1999, fast sechzig Jahre nach dem Tod seines Vaters. Teddys eigenes Leben fühlte sich schon wie Geschichte an. Bertie hatte ihn gefragt, was er gern zu seinem fünfundachtzigsten Geburtstag tun wollte, und er hatte geantwortet, dass er gern eine kleine Expedition zu »alten Orten« machen würde. Bertie mietete ein Auto, und sie brachen von Fanning Court auf zu einer »Spritztour«, wie Bertie es nannte, oder zu einer »Abschiedstour«, wie Teddy sich ausdrückte. Er glaubte nicht, dass er die Jahrtausendwende lange überleben würde, und hielt es für eine gute Möglichkeit, ein Leben und ein Jahrhundert abzurunden. Er wäre überrascht gewesen, hätte er gewusst, dass er noch über ein Jahrzehnt vor sich hatte. Es war eine merkwürdige und schöne Reise gewesen, sehr gefühlvoll (»Wir haben das gesamte Spektrum durchlaufen«, sagte Bertie danach), voller unverfälschter Empfindungen statt Nostalgie, die Teddys Ansicht nach immer ein etwas billiges Gefühl war.

Hughs Grabstein war jetzt von Flechten überzogen, und die Inschrift wurde allmählich unlesbar. Sylvie war woanders im selben Friedhof begraben, genauso wie Nancy und ihre Eltern. Teddy hatte keine Ahnung, wo Winnie und Gertie lagen, aber Millie war hier, nach Hause gekommen nach einem Leben, in dem sie nie lange an einem Ort geblieben war. Alle diese Menschen, dachte Teddy, mit einem dünnen roten Faden mit Bertie verbunden, doch sie hatte sie nicht gekannt.

Pamela und Ursula hatten sich wie Bea dafür entschieden, verbrannt zu werden. Teddy hatte gewartet, bis die Glockenblumen im Wald blühten, bevor er Ursulas Asche verstreute. Die Toten waren Legion.

»Morbide Gedanken werden am besten vermieden«, sagte er zu Bertie.

»Was soll auf *deinem* Grabstein stehen?«, fragte sie trotz des guten Rats. Teddy dachte an die riesigen weißen Felder der Soldatenfriedhöfe. Name, Rang, Nummer. Er dachte an Keats: »Hier liegt jemand, dessen Namen in Wasser geschrieben wurde«, eine Inschrift, die Ursula immer so tragisch gefunden hatte. Oder

Hugh selbst, der einmal gesagt hatte: »Ach, ihr könnt mich mit der Mülltonne rausstellen, das ist mir egal.« Und in den Stein des Kriegerdenkmals in Runnymede gemeißelt die Namen der Toten, die überhaupt kein Grab hatten.

Etwas hatte sich verändert. Was? Natürlich – die alten ausladenden Rosskastanien, die auf einer Seite des Friedhofs den Toten Schatten gespendet hatten, waren nicht mehr da, und an ihrer statt waren kleine blühende Kirschbäume gepflanzt worden. Die alte Steinmauer, die die Rosskastanien verdeckt hatten, war jetzt zu sehen, gesäubert und ausgebessert.

»Ein Grab im Wald«, sagte er. »Kein Name, nichts, nur ein Baum. Unter einer Eiche, wenn möglich, aber alles ist mir recht. Überlass es nicht deiner Mutter.«

Der Tod war das Ende. Manchmal brauchte man ein Leben lang, um das zu begreifen. Er dachte an Sunny, der rastlos reiste auf der Suche nach etwas, was er verloren hatte. »Versprich mir, dass du das Beste aus deinem Leben machst«, sagte er zu Bertie.

»Ich verspreche es«, sagte Bertie, die bereits mit vierundzwanzig wusste, dass es ihr nicht gelingen würde.

Hört die Engelchöre singen verkündete, dass sich der Gottesdienst dem Ende näherte. Teddy schlenderte zwischen den Gräbern herum. Die meisten Menschen darin waren lange vor seiner Zeit gestorben. Ursula hob unter den herrlichen Rosskastanien am anderen Ende des Friedhofs Kastanien auf. Es waren riesige Bäume, und Teddy fragte sich, ob ihre Wurzeln sich mit den Knochen der Toten verflochten hatten, stellte sich vor, wie sie sich durch einen Brustkorb wanden, sich um Knöchel schlangen und Handgelenke fesselten.

Er ging zu Ursula, die eine Kastanie studierte. Die stachlige grüne Schale war aufgebrochen, und die wie poliert glänzende Nuss darin kam zum Vorschein. »Frucht eines Baums«, sagte sie und reichte sie ihm. »*Media vita in morte sumus*. Mitten im Leben sind wir vom Tod umgeben. Oder ist es genau andersrum? Hat es nicht etwas Magisches, etwas Brandneues zu sehen, das gerade erst auf die Welt kommt, wie ein Kalb, das geboren wird, oder eine Knospe, die sich öffnet?« Als Kinder hatten sie die Geburt von Kälbern miterlebt. Teddy war mulmig geworden angesichts der glitschigen Membran um das Kalb, das aussah, als wäre es bereits vom Metzger zerteilt worden.

Die Leute traten aus der Kirche in den Sonnenschein. Ursula sagte: »Als Kind hast du gern mit Kastanien gespielt. Kleine Jungs und ihre Kastanien haben etwas Mittelalterliches. Flegel – sind das die stachligen Waffen mit Griff? Oder ist es der Morgenstern? Was für ein schöner Name für eine schreckliche Waffe.« Sie sprach weiter. Teddy wusste, dass sie sich ablenken wollte, vermutlich als Gegenmittel gegen die Schrecken des Kriegs. Ursula, dachte er, wusste, was während eines Bomberangriffs auf dem Boden geschah. Teddy konnte es sich nur vorstellen, und Phantasien hatten von nun an keinen Platz mehr in seiner Welt.

Natürlich hatte auch er ein paar ziemlich grauenvolle Dinge gesehen, bei Unfällen während der Ausbildung, aber das waren keine Themen, die man am Regency-Revival-Tisch bei Brathuhn ansprach.

Er trug die schmutzigen Teller in die Küche (»Bridget wird das tun«, sagte Sylvie scharf, aber Teddy ignorierte sie) und sah das Hühnergerippe auf dem Küchentisch liegen. Ihm drehte sich unvermittelt der Magen um.

Bei der Pilotenausbildung in Ontario hatte Teddy einmal mit angesehen, wie eine Anson notlanden musste. Sie war zu einer Flugübung über Land gestartet, war jedoch nahezu sofort mit Motorenproblemen zurückgekehrt. Teddy sah zu, wie sie sich viel zu schnell der Landebahn näherte, wackelte und schließlich eine Bauchlandung machte. Die Tanks waren fast noch voll, und beim Aufprall gab es eine gigantische Explosion. Die meisten

Leute waren bei ihrem Anblick sofort in Deckung gegangen. Teddy hatte sich hinter einem Hangar auf den Boden geworfen. Alle auf dem Boden blieben unverletzt, und die Feuerwehrautos und Krankenwagen rasten zu der brennenden Anson.

Es hieß, dass ein Mitglied der Besatzung dem Scheiterhaufen entkommen und aus dem Flugzeug geschleudert worden war, als es explodierte, und Teddy machte sich mit ein paar anderen Piloten in der Ausbildung auf die Suche. Sie fanden die einsame verlorene Seele zwischen den Fliederbüschen, die den Flugfeldzaun säumten. Später erfuhren sie, dass es der Fluglehrer gewesen war, ein erfahrener Pilot der kanadischen Luftwaffe, mit dem Teddy erst am Tag zuvor geflogen war. Jetzt bot er einen schaurigen Anblick – bereits ein Skelett, das Fleisch fast vollständig durch die Wucht der Explosion von den Knochen gerissen. (»Geflenst«, dachte Teddy in einem Teil seines Gehirns.) Die noch warmen Gedärme des Mannes hingen in den Fliederbüschen. Der Flieder blühte, sein Duft kaum noch zu riechen unter dem widerlichen Gestank des Gemetzels.

Einer der Männer, die mit Teddy gesucht hatten, rannte davon, fluchend und brüllend wie am Spieß. Er schied aus, flog nie wieder. MCS wurde es genannt, und er wurde unehrenhaft entlassen, um weiß Gott wohin zu gehen. Der andere Pilot bei Teddy, ein Waliser, starrte nur die Überreste an und sagte: »Armer Kerl.« Teddy nahm an, dass seine Reaktion irgendwo dazwischen lag. Entsetzt über den makabren Anblick, erleichtert, dass er nicht in dieser Anson gesessen hatte. Es war seine erste Begegnung mit den Obszönitäten, die der Krieg den zerbrechlichen menschlichen Körpern antun konnte, etwas, was Ursula vermutlich schon wusste.

»Das kommt in den Suppentopf«, sagte Bridget, die ihn auf das Hühnergerippe starren sah, als hätte er vor, es zu stehlen. Sie machte den Abwasch, stand vor der großen steinernen Belfast-Spüle in der Küche, die Arme bis zu den Ellbogen im Wasser.

Teddy nahm ein Geschirrtuch vom Haken und sagte: »Ich trockne ab.«

»Verschwinde«, sagte Bridget. Teddy wusste, dass das ihre Art war, Dankbarkeit auszudrücken. Wie alt war Bridget? Er hatte keine Ahnung. Zu seinen Lebzeiten hatte sie ihre besten Jahre durchlaufen, war von einem naiven und sogar leichtfertigen (»Frisch von der Fähre«, wie Sylvie immer sagte) Mädchen zu einer resignierten Frau geworden. Sie hatte »ihre Chance« im letzten Krieg verloren, sagte sie, und Sylvie spottete: »Deine Chance auf was? Die Schinderei der Ehe, die ständigen Sorgen um Kinder? Bei uns hast du es besser.«

»Ich gehe nach Hause«, sagte sie zu Teddy und reichte ihm widerwillig einen tropfenden Teller. »Wenn das alles vorbei ist.«

»Nach Hause?«, sagte Teddy, einen Moment lang verwirrt. Sie drehte sich zu ihm um und schaute ihn an, und ihm wurde klar, dass er Bridget nie wirklich angesehen hatte. Oder er hatte sie angeschaut und nicht gesehen.

»Irland«, sagte sie, als wäre er ein Dummkopf, was er vermutlich auch war. »Geh und setz dich. Ich bringe den Nachtisch.«

Und Nancy? Was war mit Nancy? Wo ist sie?, fragen wir uns. Sie war ein Jahr zuvor aus der obskuren Welt der natürlichen Zahlen gerissen und an einen geheimen Ort versetzt worden. Wenn die Leute sie fragten, was sie tat, sagte sie, dass sie für eine Abteilung des Handelsministeriums arbeitete, das von London in die ländliche Sicherheit gezogen war. Sie ließ es so langweilig klingen (»Rationierung selbstproduzierter knapper Ressourcen«), dass niemand weitere Fragen stellte. Teddy hatte damit gerechnet, sie zu sehen, doch sie rief in letzter Minute an und sagte: »Ich kann nicht weg, es tut mir *so* leid.«

Fast eineinhalb Jahre, und es tat ihr leid? Er war gekränkt, vergab ihr jedoch rasch. »Sie ist so zugeknöpft. Ich weiß nicht, wann ich sie wiedersehen werde«, sagte er zu Ursula, als sie auf dem

Weg »trödelten«. (»Ich liebe dieses Wort, dazu habe ich heutzutage kaum mehr Zeit«, sagte sie.) Sie blieben stehen und zündeten sich Zigaretten an, bevor sie Fox Corner erreichten. Sylvie hatte das Rauchen im Haus verboten. Ursula inhalierte tief und sagte: »Es ist eine schmutzige Gewohnheit, aber nicht so schmutzig wie der Krieg.«

»Ihre Briefe sind ungewöhnlich nichtssagend«, sagte Teddy, der noch immer das schwer fassbare Thema Nancy verfolgte. »Als würde der Zensor neben ihr stehen, wenn sie einen Brief schreibt. Es wirkt alles unglaublich geheimnisvoll. Was glaubst du, was sie wirklich macht?«

»Zweifellos irgendwas schwer verständlich Mathematisches«, sagte Ursula entschlossen vage. Ihr Mann von der Admiralität neigte zu Bettgeflüster. »Vermutlich ist es einfacher für sie, wenn du sie nicht danach fragst.«

»Deutsche Codes, wette ich«, sagte Teddy.

»Sag das niemandem«, sagte Ursula und bestätigte damit seine Vermutung.

Nach dem Mittagessen schlug Teddy Ursula vor, im Refugium einen Whisky zu trinken. Es schien eine gute Möglichkeit, den Tod ihres Vaters zu begehen, was er bislang noch nicht getan hatte.

»Im Refugium?«, sagte Ursula. »Das gibt es leider nicht mehr.«

Als er den Kopf durch die Tür des kleinen Hinterzimmers steckte, musste er feststellen, dass Sylvie Hughs Klause in ein von ihr so genanntes »Nähzimmer« verwandelt hatte. »Hübsch und hell und luftig«, sagte sie. »Vorher war es so düster.« Die Wände waren blassgrün gestrichen, auf dem Boden lag ein aubussonähnlicher Teppich, und die schweren Samtvorhänge waren abgehängt worden zugunsten heller grober Stores aus Leinen. Eine zierliche viktorianische Nähmaschine, zuvor vernachlässigt und in Bridgets spartanisches Zimmer verbannt, stand jetzt neben einer Chaiselongue mit eingearbeiteten Knöpfen in der Lehne, die Sylvie »für einen Apfel und ein Ei in einem kleinen Laden in Beaconsfield« erstanden hatte.

»Näht sie dadrin?«, fragte Teddy Ursula, nahm eine Garnrolle aus dem Nähkorb und betrachtete sie.

»Was glaubst *du*?«

Statt Whisky zu trinken, machten sie einen Spaziergang durch den Garten, von dem der größte Teil jetzt aus Gemüsebeeten und Hühnerställen bestand. Sylvies Geflügel blieb strikt hinter Schloss und Riegel, weil ständig irgendwo ein Fuchs auf der Lauer lag. Die große alte Buche stand noch immer felsenfest in der Mitte des Rasens, doch abgesehen von Sylvies Rosen litt der Rest des Gartens allmählich unter Vernachlässigung. »Ich kriege um nichts in der Welt einen anständigen Gärtner«, sagte Sylvie verdrossen. »Oh, der Krieg kommt schrecklich ungelegen«, sagte Izzie sarkastisch und grinste Teddy an, der nicht darauf reagierte, weil es ihm falsch erschien, sich mit ihr gegen seine Mutter zu verschwören, auch wenn Sylvie gerade sehr irritierend war.

»Den letzten habe ich an die Bürgerwehr verloren«, sagte Sylvie und ignorierte Izzie. »Gott steh uns bei, wenn Mr. Mortimer alles ist, was zwischen uns und den angreifenden Horden steht.«

»Sie will ein Schwein«, sagte Ursula zu Teddy, während sie die eingesperrten Hühner betrachteten, die brütig gackerten und gurrten.

»Wer?«

»Mutter.«

»Ein Schwein?« Er konnte sich Sylvie beim besten Willen nicht als Hüterin eines Schweins vorstellen.

»Ich weiß, sie steckt voller Überraschungen«, sagte Ursula. »Wer hätte geahnt, dass sie das Zeug zu einer Schwarzmarkthändlerin hat? Sie wird an den Hintertüren Speck und Würste verhökern. Wir sollten sie zu ihrem Unternehmergeist beglückwünschen.«

Am Ende des Gartens kamen sie zu einer Stelle mit zahllosen Margeriten – Magerwiesen-Margeriten, die von der Wiese eingewandert sein mussten. »Noch eine angreifende Horde«, sagte Ursula. »Ich glaube, davon werde ich welche mit nach London nehmen.« Teddy war überrascht, als sie ein großes Taschenmesser aus der Manteltasche zog und mehrere der dünnen Stiele abschnitt. »Du würdest staunen, was ich alles dabeihabe«, sagte sie und lachte. »Allzeit bereit. Das Motto der Pfadfinderinnen wie auch der Pfadfinder. Du weißt schon – ›Ihr müsst jeden Moment bereit sein, Schwierigkeiten und sogar Gefahren zu meistern, indem ihr wisst, was wie zu tun ist.‹«

»Bei den Jungen heißt es anders«, sagte Teddy. »Längere, detailliertere Forderungen.« Vermutlich wurde von Männern mehr erwartet, auch wenn alle Frauen in seiner Bekanntschaft mit dieser Behauptung nicht einverstanden gewesen wären.

Ursula vergaß immer wieder, dass er nicht vom Wölfling zum Jungpfadfinder aufgestiegen war. Sie selbst hatte natürlich auch nie die Unwürdigkeiten von Kibbo Kift über sich ergehen lassen müssen.

Er beschloss, mit Ursula nach London zurückzufahren, obwohl er wusste, dass seine Mutter enttäuscht wäre, die gehofft hatte, ihn noch einen Tag für sich zu haben. Fox Corner hatte ohne seinen Vater ein leeres Herz, was deprimierend war.

»Wenn wir jetzt gehen, erwischen wir den nächsten Zug«, sagte Ursula und drängte ihn zur Tür hinaus.

»Wir haben noch jede Menge Zeit«, sagte sie, nachdem sie sich verabschiedet hatten und unterwegs waren, »ich wollte einfach nur weg. Mutter ist selbst zu ihren besten Zeiten schwierig, Izzie ist noch schlimmer, aber gemeinsam sind sie unerträglich.«

»Willst du bei mir übernachten?«, fragte Ursula, als der Zug in Marylebone einfuhr, und er verneinte und sagte, dass er einen alten Freund besuchen und »einen Abend in der Stadt« verbringen wollte. Er wusste nicht, warum er log oder warum er nicht bei seiner Schwester bleiben wollte. Vielleicht lag es an seinem nagenden Bedürfnis, ein letztes Mal frei zu sein.

Als sie sich verabschiedeten, sagte Ursula plötzlich: »Ach, das hätte ich fast vergessen«, und kramte in ihrer Handtasche, bis sie einen kleinen silbernen Gegenstand fand, der vom Alter verschmutzt war.

»Ein Kaninchen?«, fragte er.

»Nein, ein Hase, glaube ich, obwohl sie nicht leicht zu unterscheiden sind. Erkennst du ihn wieder?« Er tat es nicht. Der Hase – oder das Kaninchen – saß aufrecht in einem Körbchen. Das Fell war ziseliert, die Ohren waren spitz und aufgestellt. Ja, ein Hase, dachte Teddy. »Er hing von der Haube unseres Kinderwagens«, sagte Ursula, »als wir Babys waren. Ich glaube, ursprünglich hing er an einer Rassel von Mutter.« Der Hase war tatsächlich einst das Endstück an der Rassel der kleinen Sylvie gewesen, ein hübscher Gegenstand, behangen mit Glöckchen und einem Beißring aus Elfenbein. Sylvie hätte damit ihrer Mutter einmal beinahe ein Auge ausgestochen.

»Und?«, fragte Teddy.

»Ein Glücksbringer.«

»Wirklich?«, sagte er skeptisch.

»Ein Talisman. Statt einer Hasenpfote gebe ich dir einen ganzen Hasen, der dich beschützen soll.«

»Danke«, sagte er amüsiert. Normalerweise neigte Ursula nicht zu Aberglauben und Amuletten. Er nahm den Hasen und steckte ihn beiläufig in die Tasche zu der Kastanie, die sie ihm früher gegeben hatte und die ihren frischen Glanz bereits verloren hatte. Er sah, dass Ursulas Margeriten, die in feuchtes Zeitungspapier gewickelt waren, die Köpfe hängen ließen und fast schon verwelkt waren. Nichts konnte *behalten* werden, dachte er, alles rann einem durch die Finger wie Sand oder Wasser. Oder die

Zeit. Vielleicht *sollte* nichts behalten werden. Ein mönchischer Gedanke, den er abtat.

»Wir sterben vom Augenblick unserer Geburt an«, hatte Sylvie aus heiterem Himmel gesagt, als sie zusah, wie Bridget mit einer Schüssel gedünsteter Äpfel ins Esszimmer schlurfte. »Nur Fallobst«, verkündete Bridget. Seit Mrs. Glover gegangen war – um bei ihrer Schwester in Manchester zu leben –, fühlte sich Bridget verpflichtet, ihre missbilligende Haltung zu übernehmen. Offenbar hatte Sylvie die besten Äpfel aus ihrem Obstgarten verkauft – eine Frucht, die einzige Frucht, gegen die Bridget keinen Verdacht hegte. (»Sie ist in Irland aufgewachsen«, sagte Sylvie, »dort haben sie kein Obst.«) Bevor er ging, drückte ihm Bridget »für die Reise« einen kleinen, verhutzelten, ziemlich wurmstichigen Apfel in die Hand, der jetzt warm in seiner übervollen Tasche lag.

Statt sich mit seinem imaginären Freund zu treffen, machte Teddy eine Runde durch die Londoner Pubs und wurde ziemlich betrunken, da ihm viele wohlmeinende Leute Drinks spendierten. Er stellte fest, dass die Mädchen eine RAF-Uniform überaus attraktiv fanden, doch er mied die »Piccadilly-Flak«, der GI-Ausdruck für die Prostituierten, die sich im West End herumtrieben. Es waren freche, aufdringliche Mädchen, und er fragte sich, ob sie ihrem Gewerbe schon vor dem Krieg nachgegangen waren oder ob sie zu seinem unvermeidlichen Tross gehörten.

Schließlich wanderte er durch Mayfair und fragte sich, wo er die Nacht verbringen würde. Er stieß mit einem Mädchen zusammen, »Ivy, freut mich, dich kennenzulernen«, die sich ebenfalls im Blackout verlaufen hatte, und sie gingen Arm in Arm zusammen weiter, bis sie zufällig an einem Hotel vorbeikamen, dem Flemings in der Half Moon Street. Der Nachtportier grinste anzüglich, und darüber lachten sie, als sie auf dem Bett lagen, auf Kissen gestützt, und zwei große Flaschen Bier tranken, die Ivy irgendwo aufgetrieben hatte. »Schickes Hotel«, sagte sie, »du musst reich sein.« Heute Nacht war er es, Izzie hatte ihm zwanzig Pfund gegeben – Blutgeld für Augustus, und er wollte so viel wie möglich davon ausgeben, solange er es noch konnte. »Das Leichenhemd hat keine Taschen«, wie die verschwenderische Izzie gern sagte.

Ivy arbeitete für die Flugsicherung bei einer Flugabwehreinheit in Portsmouth. (»Ups, hätte dir wahrscheinlich nicht sagen sollen, wo ich stationiert bin.«) Sie war ein unbekümmertes Mädchen auf Urlaub in London.

Die Fliegeralarmsirene heulte los, aber sie blieben, wo sie waren, statt einen Luftschutzraum aufzusuchen, und schauten dem Feuerwerk zu, das die Luftwaffe kostenlos veranstaltete. Teddy war froh, dass er nur das Ende des Blitz erlebte.

»Dreckskerle«, sagte Ivy fröhlich, während die Bomber über sie hinwegflogen. Sie saß »am Predictor«, sagte sie. »Bedienungsperson Nummer drei.« (»Ups, schon wieder!«) Er hatte keine Ahnung, was das bedeutete. »Holt sie runter, Jungs!«, rief sie, als Granaten rot über den Himmel schossen. Sie sahen einen Bomber, den ein Suchscheinwerfer eingefangen hatte. So war es, wenn man auf der anderen Seite stand, ging Teddy durch den Kopf. Er hielt den Atem an und dachte an den Piloten in dem Bomber. In ein paar Wochen säße er dort oben.

Das Flugzeug flog aus dem Scheinwerferkegel, und Teddy atmete wieder.

»Und jetzt keine Dummheiten«, sagte Ivy sittsam und zog sich bis auf den Unterrock aus, bevor sie ins kalte Bett schlüpfte. »Ich bin ein braves Mädchen.« Sie war unscheinbar und hatte vorstehende Zähne und einen Verlobten in der Marine, und Teddy hielt sie für unempfänglich für etwaige Annäherungsversuche, was ihm nur gelegen kam, da er ziemlich betrunken war, doch irgendwann in der wieder friedlichen Nacht rollten sie auf der durchgelegenen Matratze zusammen, und sie manövrierte sich geschickt in eine Lage, in der er verschlafen in sie eindringen konnte, und es schien ihm unhöflich, zu protestieren. Es dauerte nur kurz, sehr kurz. Bestenfalls fleischlich, schlimmstenfalls schmierig. Als sie beide mit vom Bier verquollenen Augen erwachten, erwartete er, dass sie es bereute, doch stattdessen streckte sie sich, gähnte und schmiegte sich an ihn, wollte mehr. Im grauen Licht des Morgens sah sie derb aus, und hätte sie nicht so viel über Luftabwehr gewusst, hätte er sie mit einer von der Piccadilly-Flak verwechselt. Er schalt sich – sie war ein freundliches Mädchen, gute Gesellschaft, und er verhielt sich wie ein Snob –, aber er entschuldigte sich und ging.

Er bezahlte das Zimmer, bat den Mann an der Rezeption, »seiner Frau« ein Frühstück hinaufbringen zu lassen, und schob ihm ein dickes Trinkgeld über die Theke.

»Selbstverständlich, Sir«, sagte der Mann und grinste trotz des Trinkgelds ein weiteres Mal anzüglich.

Später bestieg er in King's Cross einen Zug, der ihn zu der OTU brachte, bei der er für den Einsatz ausgebildet werden sollte. Danach käme eine HCU, eine Heavy Conversion Unit, eine Einheit, bei der die Piloten für die großen Flugzeuge ausgebildet würden. »Der Krieg besteht vor allem aus Abkürzungen«, sagte Ursula.

Er war erleichtert, als der übervolle Zug endlich langsam anfuhr, und froh, den schmutzigen Trümmerhaufen Londons hinter sich zu lassen. Es herrschte schließlich Krieg, und er sollte kämpfen. Er fand den verhutzelten Apfel in seiner Tasche und verschlang ihn in zwei Bissen. Er war sauer, obwohl er erwartet hatte, dass er süß schmeckte.

1993

Wir, die noch leben

Da, die Kiste ist fertig«, sagte Viola, als hätte sie etwas Widerliches zu Ende gebracht, wie zum Beispiel den schmutzigen Abfall einer anderen Person aufgehoben, obwohl sie nichts anderes getan hatte, als eine Umzugskiste mit sauberen Sachen aus Glas zu füllen. Sie hielt eine Klebebandrolle, als wäre es eine Waffe. Sie sah, wie Sunny eine Zigarette aus der Schachtel schüttelte, und bevor er ein Streichholz entfachen konnte, schrie sie: »Lass das!«, als wollte er das Streichholz an die Lunte einer Bombe halten und nicht an eine Silk Cut. »Ich bin neunzehn«, murmelte Sunny. »Ich darf wählen und heiraten und für mein Land sterben (Würde er irgendetwas davon tun?, fragte sich Teddy), aber ich darf nicht rauchen?«

»Es ist eine ekelhafte Gewohnheit.«

Teddy überlegte, ob er »Du hast auch mal geraucht« zu Viola sagen sollte, aber damit hätte er nur eine andere Art von Lunte gezündet. Stattdessen setzte er den Kessel auf, um Tee für die Männer von der Umzugsfirma zu machen.

Sunny ließ sich auf das Sofa fallen. Das Sofa würde wie die meisten von Teddys Möbeln entsorgt, weil es zu groß war für die Wohnung, in die er zog. Er hatte jetzt einen billigen kleinen Zweisitzer »für Gäste«, den Viola für ihn aus einem Katalog bestellt hatte. Für sich selbst hatte er einen »verstellbaren Fernsehsessel« (»geeignet für Senioren«), der wunderbar bequem war, wie er, wenn auch widerwillig, zugeben musste. Er mochte das

Wort »Senioren« nicht, es verleitete zu Vorurteilen wie früher »die Jugend«.

Die meisten von Teddys Besitztümern würden in Wohltätigkeitsläden abgeladen. Er ließ mehr zurück, als er mitnahm. Ein angesammeltes Leben, und was war es wert? Offenbar nicht viel. »Großvater hat so viel Mist«, hatte Teddy zuvor Sunny zu Viola sagen hören, als wäre es ein moralischer Affront, ein Jahrzehnt an Kontoauszügen oder einen Kalender von vor fünf Jahren aufbewahrt zu haben – Reproduktionen von japanischen Drucken mit Vögeln, weil sie so hübsch waren. »Du kannst fast *gar nichts* von diesem Kram mitnehmen, das ist dir doch klar, oder?«, hatte Viola gesagt, als wäre er ein Kleinkind mit zu vielen Spielsachen. »Wirfst du denn *nie* was weg?«

Es stimmte, in den letzten ein, zwei Jahren hatte er seine früheren genügsamen Gewohnheiten abgelegt, weil er des unablässigen Aussortierens und der Entschlossenheit überdrüssig war, die die materielle Welt forderte. Es war einfacher, die Dinge sich anhäufen zu lassen und auf die große Säuberung zu warten, die sein Tod mit sich bringen würde. »Das ist gut«, hatte er seine Tochter zu Sunny sagen hören. »Weil es dann weniger zu sichten gibt, wenn er endlich mal stirbt.«

Wartet nur, bis Viola alt ist, dachte er (*»älter«,* sagte Bertie), und ihre Kinder an der Reihe wären, den »Mist« ihrer Mutter auszuräumen – die Traumfänger und beleuchteten Madonnen (»ironisch«), die Köpfe von enthaupteten Puppen (auch »ironisch«), die bunten Glaskugeln, die »verhindern, dass das Böse ins Haus kommt«.

Sunny schien eingeschlafen zu sein, als wäre er erschöpft, als hätte er schwer gearbeitet und nicht nur ein paar Kisten herumgeschoben. Die Männer der Umzugsfirma hatten die schwere Arbeit getan, während Sunny in Papieren und Akten geblättert und Teddy alle fünf Minuten gefragt hatte »Brauchst du das noch? Brauchst du das noch? Brauchst du das noch?« wie ein

sprachbehinderter Papagei, bis Teddy sagte: »Überlass es einfach mir, Sunny, ich schaue es mir selbst an, aber danke.«
Teddy stellte einen Teller mit Keksen und zwei Becher mit Tee auf ein Tablett. Teller, Becher und Tablett kämen später zu Oxfam. »Du hast vier Tabletts! Vier!«, sagte Viola, als wäre Teddy persönlich verantwortlich für den kapitalistischen Überfluss an Tabletts. »Niemand braucht *vier* Tabletts. Du kannst nur eins mitnehmen.« Er entschied sich für das älteste, ein zerkratztes dünnes Blechding, das er seit ewigen Zeiten besaß. Es hatte der unbekannten alten Dame gehört, die in dem Häuschen gelebt hatte und gestorben war, in das er nach der Hochzeit gezogen war. »Die arme alte Frau« hatten sie sie genannt, als wäre sie ein freundliches Gespenst.
»Dieses alte Ding?«, sagte Viola und betrachtete entsetzt das Tablett. »Was ist mit dem hübschen Tablett aus Bambus, das ich dir geschenkt habe?«
»Es hat sentimentalen Wert«, sagte Teddy bestimmt.
Er trug den Tee hinaus zu den Männern der Umzugsfirma, die gerade Pause machten. Sie saßen auf der Ladeklappe, rauchten, genossen die Sonne und freuten sich über den Tee.

Sunny öffnete langsam die Augen wie eine Katze, die aus dem Schlaf erwacht, und sagte: »Mir hast du keinen Tee gemacht? Ich bin am Verdursten.« Teddy vermutete, dass Sunny seinen Egozentrismus von seinen Eltern hatte. Viola und Dominic hatten sich selbst immer als Erste bedacht. Sogar die Art und Weise, wie Dominic gestorben war, hatte etwas Egoistisches gehabt. Sunny musste gezwungen werden, auf eigenen Füßen zu stehen, einen Platz in der Welt einzunehmen und zu verstehen, dass es auch noch andere Menschen gab, nicht nur ihn.
»Der Kessel steht in der Küche«, sagte Teddy.
»Das weiß ich«, entgegnete Sunny sarkastisch.
»Nicht in diesem Ton«, sagte Viola (ihr eigener Ton, wie Teddy

feststellte). Sie hatte streitlustig die Arme verschränkt und schaute aus dem Fenster auf die Möbelpacker. »Schau sie dir an, was für Faulenzer, werden dafür bezahlt, dass sie Tee trinken.« Seit sich Teddy erinnern konnte, schon bevor sie Nancy verloren, hatte Viola anderen kein Vergnügen gegönnt, als würde es der Welt etwas wegnehmen, statt ihr etwas hinzuzufügen.

»Soweit ich mich erinnere, hast du mal auf der Seite der Arbeiter gestanden«, sagte Teddy milde. »Und außerdem bin ich es, der sie bezahlt. Es sind nette Kerle, ich zahle sie gern, auch wenn sie zehn Minuten Tee trinken.«

»Also, *ich* mache mich jetzt wieder dran, diesen endlosen Kram zu sortieren. Weißt du überhaupt, wie viele Gläser du hast? Ich habe allein *acht* Cognacgläser gezählt. Wann hast du jemals acht Cognacgläser gebraucht?« Viola führte ein Lotterleben. Sie war von einer Katastrophe zur nächsten geschlurft. Vielleicht verhalf ihr die Autorität über Tabletts und Cognacschwenker zu einer Illusion der Kontrolle. Teddy befürchtete, dass er sich auf das unsichere Gebiet der Küchenpsychologie begab.

»Und dort, wo du hinziehst, wirst du sie bestimmt nicht brauchen«, fuhr sie fort. Es klang, als würde sie vom Jenseits sprechen und nicht von betreutem Wohnen, aber vermutlich war das eine Art Jenseits. »Die Wahrscheinlichkeit, dass gleichzeitig acht Leute in deiner neuen Wohnung sein werden, die alle Cognac wollen, ist astronomisch gering«, sagte Viola. Vielleicht könnte er nach seinem Umzug an einem Abend eine Cognacprobe organisieren, dachte Teddy, mit acht Personen natürlich. Und zum Beweis für Viola Fotos davon machen.

»Wenigstens hast du keinen Hund, den du loswerden musst«, sagte Viola.

»›Loswerden?‹«

»Na ja, dort sind keine Haustiere erlaubt. Du müsstest ihn weggeben.«

»Du könntest ihn nehmen.«

»Völlig unmöglich, nicht mit den Katzen.«

Warum um alles in der Welt sprachen sie von einem imaginären, nicht existenten Hund?, fragte sich Teddy.

»Nur gut, dass Tinker tot ist«, sagte sie. Wie herzlos sie sein konnte.

Teddy hatte bislang nicht darüber nachgedacht, aber jetzt wurde ihm klar, dass Tinker sein letzter Hund in diesem Leben gewesen war. Vermutlich hatte er angenommen, dass er noch einen Hund haben würde – keinen Welpen, dafür hätte er nicht mehr die Energie, aber einen älteren, ungeliebten Hund aus dem Tierheim vielleicht. Sie könnten ihre letzten Tage gemeinsam verbringen. Tinker war drei Jahre zuvor gestorben. Krebs. Der Tierarzt war ins Haus gekommen, um ihn einzuschläfern, bevor er zu große Schmerzen hatte. Er war ein guter Hund gewesen, vielleicht sein bester. Ein Foxhound mit sehr vernünftigen Ansichten. Teddy hatte ihn im Arm gehalten, als der Arzt die Spritze setzte, ihm fest in die Augen geschaut, bis das Leben darin erloschen war. Das Gleiche hatte er einmal für einen Mann getan. Einen Freund.

»Ich mochte Tinker, Opa Ted«, sagte Sunny überraschenderweise, plötzlich wieder sechs Jahre alt. »Ich vermisse ihn.«

»Ich weiß. Ich vermisse ihn auch«, sagte Teddy und tätschelte seinem Enkel die Schulter. »Möchtest du eine Tasse Tee, Sunny?«

»Und was ist mit mir? Kriege ich auch eine?«, sagte Viola in dem geheuchelt munteren Ton, den sie anschlug, wenn sie so tun wollte, als wären sie alle eine glückliche Familie. (»Die Familie, die den ›Fun‹ in das Wort dysfunktional gesteckt hat«, sagte Bertie.)

»Selbstverständlich«, sagte Teddy.

Sie waren 1960 in dieses Haus gezogen. Auf Mouse Cottage war ein gemietetes Bauernhaus (Ayswick) gefolgt, wo Viola ihre ersten Jahre verbrachte. Als sie nach York zogen, empfand Teddy den Verlust des Landlebens wie eine Wunde, doch ihm waren schon schlimmere Wunden zugefügt worden, und er bemühte sich, York zu mögen, bis er es tatsächlich tat.

Es war ein Reihenhaus in der Vorstadt, das aussah wie Tausende andere im Land – Kieselrauhputz, Neu-Tudor-Akzente, kleine rautenförmige Fensterscheiben im Erker, ein großer Garten jeweils vor und hinter dem Haus. Es war Violas Zuhause für die Hälfte ihrer Kindheit gewesen – zweifellos die schlimmere Hälfte –, aber sie hatte sich immer so benommen, als ob es ihr nichts bedeutete. Vielleicht stimmte es. Die ganzen eingeschnappten Teenagerjahre lang hatte sie es kaum erwarten können, daraus zu entfliehen (»langweilig«, »konventionell«, »kleine Schachtel« und so weiter). Als sie endlich auszog, um zu studieren, hatte es sich angefühlt, als ob eine große Düsternis das Haus verlassen hätte. Teddy wusste, dass er Viola enttäuscht hatte, aber er wusste nicht, wie. (»Hast du schon einmal überlegt, dass es umgekehrt sein könnte?«, sagte Bertie. »Dass sie dich enttäuscht hat?« – »So funktioniert das nicht«, sagte Teddy.)

Er zog nach Fanning Court, in einen »Gebäudekomplex für betreutes Wohnen«. »Betreut« klang, als wäre es eine Unterkunft für Hunde oder Pferde. »Sei nicht albern«, sagte Viola. »Dort bist du viel sicherer.« Er hatte Mühe, sich an eine Zeit zu erinnern, als sie ihn nicht wie ein Ärgernis behandelt hatte. Je älter er würde, umso schlimmer würde es, vermutete er. Seit einer Weile hatte sie ihm zugesetzt, umzuziehen, damit jemand »ein Auge auf ihn haben« konnte.

»Ich bin erst neunundsiebzig«, sagte Teddy. »Ich kann selbst ein Auge auf mich haben. Ich bin noch nicht senil.«

»*Noch* nicht«, sagte Viola. »Aber früher oder später wirst du umziehen müssen, da kann es genauso gut früher sein. Die Treppen machen dir Mühe, und den Garten schaffst du sowieso nicht mehr.« Er schaffte den Garten noch ziemlich gut, dachte er, mit der Hilfe eines Mannes, der einmal die Woche kam, um die schweren Arbeiten zu erledigen und im Sommer den Rasen zu mähen. Am Ende des Gartens standen Obstbäume, und einst war eine große Fläche von Gemüsebeeten eingenommen worden. Teddy hatte alles angepflanzt – Kartoffeln, Erbsen, Karotten, Zwiebeln, Bohnen, Himbeeren, schwarze Johannisbeeren. Tomaten und Gurken in einem Gewächshaus. Er hatte einen kleinen Auslauf für ein paar Hühner gebaut, und ein paar zufriedene Jahre lang hatte er auch einen Bienenstock gehabt. Jetzt bestand der Garten überwiegend aus Rasen und pflegeleichten Sträuchern und Blumen – Rosen vor allem. Für den Sommer pflanzte er immer noch Zuckererbsen und Dahlien für den Herbst, auch wenn ihm das mittlerweile schwerfiel.

Den Garten zu verlieren wäre hart. Als er hier eingezogen war, hatte er geglaubt, dass der Garten nur ein schwacher Trost für den Verlust des Landlebens war, doch das hatte sich als falsch erwiesen. Was würde ihn jetzt trösten? Ein paar Töpfe auf dem Balkon, ein Blumenkasten auf dem Fensterbrett vielleicht. Ihm wurde schwer ums Herz.

Seit Jahren sprach Viola jetzt von biologischem Essen und wie gesund sie ihre Kinder ernährt hatte, doch sie schien nicht in der Lage, ihn zu verstehen, als er sagte, dass sie mit biologischem Essen groß geworden war – »direkt aus dem Garten«. Wie hätte das biologisch sein können?, sagte sie, als hätte es vor ihrer Zeit keine harte Arbeit und Dünger gegeben. Als Kind hatte sie sich nicht dafür interessiert, etwas über das Halten von Bienen zu lernen, sie hatte nur ungern die Hühner gefüttert oder die Eier eingesammelt und behauptet, im Garten bekäme sie Heuschnupfen. Hatte sie noch immer Heuschnupfen im Sommer?

»Hast du noch immer Allergien?«, fragte er.

»Ich würde dich ja bei mir einziehen lassen«, fuhr sie fort, als hätte er nichts gesagt (»Lassen«?, dachte Teddy), »aber ich habe so wenig Platz, und natürlich kämst du nie die Treppen rauf und runter. Das Haus ist für einen älteren Menschen einfach nicht geeignet.«

Viola war ein paar Jahre zuvor von York nach Leeds gezogen. In York hatte sie in einer Beratungsstelle der Wohlfahrt gearbeitet (Teddy hatte keine Ahnung, was das war), doch dann bekam sie einen Job bei der »Familienmediation« in Leeds. Auch das schien eine vage Art von Tätigkeit und dem Namen nach zu schließen kaum etwas, wofür Viola geeignet war. Der Umzug wurde natürlich aufgrund ihrer Eheschließung mit Wilf Romaine veranlasst. (»Wir sind durchgebrannt«, sagte sie etwas leichtfertig 1999 in einem Interview für *Woman and Home*. Teddy fand das Wort »durchgebrannt« nicht unbedingt angemessen für eine Frau über dreißig mit zwei kleinen Kindern.)

Jetzt wohnte sie in Whitby, lebte selbst von Sozialhilfe, soweit er wusste, aber darüber sprachen sie nicht. Von dem Erlös ihrer Scheidung von Wilf Romaine hatte sie ein altes Fischerhäuschen gekauft. Sie war einundvierzig und hatte die meiste Zeit ihres Lebens von Geld gelebt, das ihr andere Leute gegeben hatten – Teddy, Dominics Familie (»Almosen«) und dann die katastrophale Ehe mit Wilf Romaine. »Wenn ich es gewusst hätte«, sagte sie verdrossen, als wäre jemand anders schuld, »hätte ich keine Kinder gekriegt und hätte nicht geheiratet, sondern hätte nach dem Studium sofort angefangen zu arbeiten. Dann wäre ich jetzt wahrscheinlich Controllerin bei der BBC oder irgendwas im MI5.« Teddy gab einen unverbindlichen Laut von sich.

Das kleine Haus in Whitby bestand aus vier Zimmern, die schief aufeinander saßen. Es hätte Teddy nicht überrascht, wenn sie alles darangesetzt hätte, etwas für einen »älteren Menschen« Ungeeignetes zu finden. Als hätte er je in Betracht gezogen, bei ihr zu wohnen. (»Schlimmer als der Tod«, sagte Bertie.)

Viola »schrieb«, sagte sie. Teddy wusste nicht genau, was das bedeutete, und wollte nicht nachfragen, nicht, weil es ihn nicht interessiert hätte, sondern weil Viola sehr schnippisch wurde, wenn man sie bat, etwas ausführlich zu erklären. Sunny war genauso, reagierte gereizt bei den harmlosesten Fragen. »Was machst du zurzeit?«, hatte Teddy seinen Enkel gefragt, als er am Morgen – widerwillig – gekommen war, um beim Umzug zu helfen. Allen Fragen bezüglich seiner Zukunft begegnete Sunny mit einem Achselzucken, einem Seufzer und der Antwort: »So Kram.«

»Er ist genau wie sein Vater«, sagte Viola. (Nein, dachte Teddy, genau wie seine Mutter.) »Er treibt mich zur Verzweiflung. Er ist nicht erwachsen geworden, nur größer. Wenn er heutzutage ein Kind wäre, würde man wahrscheinlich Legasthenie bei ihm diagnostizieren und irgendwas Hyperaktives natürlich. Und wahrscheinlich Dyspraxie. Sogar Autismus.«

»Autismus?«, sagte Teddy. Es war schon komisch, wie sie es immer schaffte, alle Verantwortung von sich zu weisen. »Mir ist er immer als ziemlich normaler kleiner Junge erschienen.« Das stimmte nicht ganz. Sunny war bislang durchs Leben gestolpert und gestrauchelt, aber jemand musste den armen Jungen verteidigen. Wenn Teddy gezwungen gewesen wäre, eine »Diagnose« zu stellen, dann hätte er gesagt, dass Sunny unglücklich war. Teddy liebte Sunny auf eine Weise, dass ihm das Herz schmerzte. Er hatte Angst um ihn, um seine Zukunft. Teddys Liebe zu Bertie war unkomplizierter, optimistischer. Bertie war von einer wachen Intelligenz, die ihn manchmal an Nancy erinnerte (wie es Viola nie getan hatte). Sie hatte auch etwas von ihrem quecksilbrigen Wesen, war fröhlich, auch wenn Nancy nach ihrem Tod, in der Erinnerung – was jetzt dasselbe war – quecksilbriger erschien, als sie es im Leben tatsächlich gewesen war.

»Was ist das denn?« Viola klang empört, als enthielte die kleine viereckige Schachtel Beweise für ein schreckliches Vergehen. Auf der nicht geöffneten Schachtel befand sich das Bild einer Kaffeemühle.

»Das ist eine Kaffeemühle«, sagte Teddy vernünftigerweise.

»Das ist die Kaffeemühle, die ich dir zu Weihnachten geschenkt habe. Du hast sie nicht benutzt.«

»Nein, habe ich nicht.«

»Deine war uralt. Du hast gesagt, du brauchst eine neue.« Sie öffnete die Küchenschränkchen, schaute hinein und holte heraus – »Eine Kaffeemühle! Du hast dir *selbst* eine gekauft? Ich habe Geld ausgegeben, das ich nicht hatte, für ein *Geschenk* für dich. Warte.« Sie streckte eine Hand aus, als wollte sie einen Panzer aufhalten. »Warte, ja, natürlich …«

Sunny kam in die Küche geschlurft und stöhnte. »Weswegen zetert die Drama Queen jetzt wieder?« Viola hielt ihm die Schachtel mit der Kaffeemühle hin. *»Deutsch!«,* rief sie, als wäre sie vor Gericht und hielte den entscheidenden Beweis in Händen.

»Na und?«, sagte Sunny.

»Krupps«, sagte Teddy.

»Na und?«, sagte Sunny.

»Er kauft keine deutschen Sachen«, sagte Viola. »Wegen dem *Krieg.*« Sie sprach das Wort »Krieg« sarkastisch aus, als würde sie mit ihrem Vater über die Länge ihres Rocks oder die Schichten ihres Augen-Make-ups oder den Geruch nach Rauch in ihrem Atem streiten – alles heiß diskutierte Themen in ihrer Jugend.

»Die Krupp-Familie hat während des Kriegs die Nazis unterstützt«, sagte Teddy zu Sunny.

»Und jetzt folgt die Geschichtsstunde.«

»Ihre Fabriken haben Stahl produziert«, fuhr Teddy unbeirrt fort. »Stahl ist entscheidend für jeden Krieg.« Er hatte die Krupp-Werke in Essen mehrmals bombardiert (oder es versucht). »Sie haben Zwangsarbeiter eingesetzt. Und Juden aus den Konzentrationslagern.«

»Der Krieg ist fast fünfzig Jahre vorbei«, sagte Viola. »Findest du nicht, dass es an der Zeit ist, dass du drüber wegkommst? Plus« –

es gab immer ein Plus bei Viola – »viele Arbeiter in den Fabriken, die du bombardiert hast, waren auch Zwangsarbeiter und Juden. Wenn das keine Ironie der Geschichte ist«, sagte sie triumphierend. Fall geschlossen. Geschworene überzeugt.

Violas erstes Auto nach ihrer »Emanzipation« von Dominic (und nach vier Wiederholungen der Führerscheinprüfung) war ein alter VW Käfer gewesen, und als Teddy etwas von »britisch kaufen« murmelte, hatte sie ihm lauthals vorgeworfen, er wäre fremdenfeindlich. Später, als er schon ein paar Jahre in Fanning Court lebte, gab der billige kleine Backofen in der Wohnung den Geist auf, und Viola bestellte bei Currys einen neuen von Siemens, ohne Teddy zu fragen. Als er geliefert wurde, bat er die Männer (sehr höflich), ihn wieder mitzunehmen.

»Ich nehme an, du hast auch Siemens bombardiert?«, sagte Viola.

»Ja.«

Er erinnerte sich an Nürnberg (er konnte es nicht vergessen), den letzten Angriff seines Kriegs. Bei der Einsatzbesprechung erklärte der Geheimdienstoffizier – eine Frau –, dass in der Nürnberger Siemens-Fabrik Suchscheinwerfer, Dieselmotoren »und so weiter« fabriziert wurden. Nach dem Krieg erfuhr er, dass Siemens auch die Öfen für die Krematorien in den Konzentrationslagern hergestellt hatte, und fragte sich, ob es sich dabei um das »und so weiter« gehandelt hatte. Während des Kriegs hatte er eine Freundin von Bea namens Hannie kennengelernt, die aus Deutschland geflüchtet war, und obwohl er wusste, dass es Hannie jetzt nichts mehr bedeuten konnte, machte er diese ziemlich läppische Geste für sie und ließ den Backofen zurückgehen. Sechs Millionen war nur eine Zahl, doch Hannie hatte ein Gesicht, ein hübsches Gesicht, trug kleine Smaragdohrringe (»Modeschmuck!«), sie spielte Flöte, benutzte Soir de Paris und hatte zu Hause eine Familie zurückgelassen. Es gab Hinweise, dass Hannie noch am Leben war, als sie in die

Öfen von Auschwitz geschaufelt wurde. (»Man möchte ihnen so gern vergeben«, hatte Ursula vor langer Zeit gesagt, »und dann fällt einem die arme Hannie ein.«) Deswegen meinte er, keine Entschuldigung dafür zu brauchen, dass er keinen deutschen Backofen kaufte. Oder dass er ihnen die Seele aus dem Leib bombardiert hatte. Das stimmte nicht ganz, und er hätte es auch zugegeben, hätte er nicht mit seiner unversöhnlichen Tochter gestritten. Er hatte Frauen, Kinder und Alte getötet, genau die Personen, die zu schützen die Gesellschaft forderte. Im pervertierten Zentrum jedes Kriegs standen die Unschuldigen. »Kollateralschäden« wurden sie dieser Tage genannt, doch diese Zivilisten waren nicht kollateral, sondern das Ziel gewesen. Das war aus dem Krieg geworden. Soldaten töteten nicht mehr andere Soldaten, Menschen töteten andere Menschen. Alle Menschen.

Diesen reduktionistischen Standpunkt teilte er Viola nicht mit, weil sie ihm nur allzu schnell zugestimmt, den schrecklichen moralischen Kompromiss nicht begriffen hätte, den einem der Krieg aufzwang. Mitten in einer Schlacht, deren Ausgang ungewiss war, hatten Skrupel keinen Platz. Sie hatten auf der richtigen Seite gestanden, der Seite des Rechts – davon war er immer noch überzeugt. Was wäre schließlich die Alternative? Auschwitz, Treblinka? Hannie, in den Ofen geworfen?

Teddy schaute zu Sunny, der an der Küchenspüle lehnte, und wusste, dass er ihm nichts davon je würde erklären können.

Was für ein Paar alter Knacker, dachte Sunny, während der Streit in der Küche fortgesetzt wurde, hin und her wie beim Tischtennis. Als Kind hatte er gern Tischtennis gespielt, auch wenn Sunny nicht ganz davon überzeugt war, dass er jemals ein Kind gewesen war. Sie hatten Sommerferien gemacht – er, Bertie und Opa Ted –, irgendwo in einem großen alten baufälligen Haus, und in der Garage oder einem Schuppen stand eine Tischtennisplatte. Es waren die schönsten Ferien seines Lebens gewesen.

Es gab Pferde (»Esel«, korrigierte Bertie) und einen See (»einen Teich«).

Der Streit in der Küche zog sich hin. Haha.

»Du hast also stattdessen eine Kaffeemühle von Philips gekauft?«, sagte Viola. »Und du willst mir erzählen, dass *deren* Hände im Krieg sauber geblieben sind? Im Krieg behält keiner saubere Hände.«

»Philips' Hände waren ziemlich sauber«, sagte Teddy. »Frits Philips wurde von Yad Vashem als ›Gerechter unter den Völkern‹ geehrt. Das heißt, er hat Juden geholfen«, erklärte er Sunny.

»Pah«, sagte Viola verächtlich, ein Hinweis darauf, dass sie in dem Streit den Kürzeren zog.

Sunny gähnte und schlenderte aus der Küche.

Viola flüchtete in den Garten. Er war nicht mehr so gepflegt wie früher, aber es war ihm immer noch anzusehen, dass ihr Vater einen analen Charakter hatte. Die Bohnen wuchsen schnurgerade an den Stangen, die Rosen hatten keine Flecken und Schädlinge. Auf den Sarg ihrer Mutter hatte ihr Vater nicht einen Kranz aus dem Blumenladen gelegt, sondern einen Strauß Rosen aus dem Garten. Viola hatte gedacht, dass ihre Mutter etwas Opulentes und Außergewöhnliches aus einer weniger laienhaften Hand verdiente. Etwas aus dem Garten war hübscher, sagte ihr Vater. Im Gegenteil, dachte Viola.

Er mochte keine Verschwendung, während Viola nicht einsah, warum es so eine Sünde sein sollte. Es war nicht nötig, Dinge wegzuwerfen, solange sie noch funktionierten. (DIE STIMME DER VERNUNFT.) Man konnte Joghurtbecher und Blechdosen für Setzlinge benutzen, aus altem Brot und Kuchen einen Nachtisch fabrizieren, übrig gebliebenes Fleisch zu Hackfleisch verarbeiten. (Wer hatte noch einen Fleischwolf?) Alte Wollpullover wurden zerschnitten und als Kissenfüllung wiederverwertet. Alles, was weich war, wurde zu Marmelade oder Chutney verkocht. Wenn man aus einem Zimmer ging, musste man das Licht ausschalten und die Tür schließen. Nicht dass sich Viola daran hielt. Als Kind hatte sie kein richtiges Papier zum Zeichnen, sondern immer nur die Reste von Tapetenrollen. (»Dreh es einfach um, es ist gutes Papier.«) Fenster wurden mit Essig und Zeitungspapier geputzt. Reste wurden kompostiert oder an die Vögel verfüttert. Ihr Vater entfernte Haare aus Bürsten und Kämmen und legte sie aufs Fensterbrett, damit die Vögel ihre Nester damit polstern konnten. Er dachte ständig an die Vögel im Garten.

Er war nicht geizig, das musste sie ihm lassen. Im Haus war es immer warm – zu warm, die Zentralheizung voll aufgedreht. Und mit dem Taschengeld war er großzügig, und er ließ sie ihre Kleider selbst aussuchen. Zu essen gab es mehr als genug. Sie hatte es nur gehasst, dass fast alles aus dem eigenen Garten stammte: Obst, Eier, Gemüse, Honig. Nicht die Hühner, die Hühner kamen vom Metzger. Er konnte kein Huhn umbringen. Er ließ sie an Altersschwäche sterben, was lächerlich war, weil er von alten Hennen überrannt wurde.

Sie hatte endlose Sommerstunden im Garten verbracht wie eine Bäuerin auf dem Feld, die Hände klebrig von roten und schwarzen Johannisbeeren und Himbeeren. Zerkratzt von Stachelbeeren, von Wespen gestochen, von Grasmilben gebissen, angeekelt von Nacktschnecken und Würmern. Warum konnten sie nicht in einem hellen Supermarkt einkaufen, farbig verpackte Zutaten auswählen, glänzendes Obst und Gemüse, das von weit weg kam und von anderen Leuten geerntet worden war?

Wenn sie ehrlich zu sich war – und das war nur selten der Fall, sie wusste es –, vermisste sie jetzt die Gerichte, die sie damals gehasst hatte. Ihr Vater hatte Nancys alte Kochbücher requiriert und Sonntagsbraten und Apfelkuchen, Eintöpfe und Rhabarberstreusel gemacht. »Dein Vater ist phantastisch«, sagten sie alle. Ihre Lehrer liebten ihn, zum einen, weil sie Nancy geliebt hatten, zum anderen, weil er die Rolle der Mutter übernommen hatte. Sie wollte ihn nicht als Mutter, sie wollte Nancy als Mutter.

(»Wir waren früh Mitglieder der grünen Bewegung. Ich wuchs in einem ökologisch eingestellten Haushalt auf, der sich weitgehend selbst versorgte. Wir bauten unser eigenes Gemüse an, recycelten alles, wir waren der Zeit weit voraus, was die Achtung vor unserem Planeten anlangt.« Teddy war sehr überrascht, als er das in einem Interview in einer farbigen Sonntagsbeilage las, bevor er von Fanning Court in ein Pflegeheim zog.)

Ihr Vater las *Der stumme Frühling,* als es erschien, kurz nach dem Tod ihrer Mutter. Aus der Bibliothek ausgeliehen natürlich. (Hatte er jemals ein Buch *gekauft?* »Aber wir müssen die öffentlichen Bibliotheken unterstützen, oder sie werden alle schließen.«) Er hatte sie zu Tode gelangweilt, indem er ganze Passagen laut vorlas. Das war der Zeitpunkt, als die Vögel im Garten zu seiner Obsession wurden. Im Moment befanden sich mehrere im Vogelhäuschen, verschiedene Arten. Viola hatte keine Ahnung, was für Vögel es waren.

Sie kehrte in die Küche zurück – in der jetzt Gott sei Dank niemand mehr war – und begann, Geschirr aus den Schränken zu nehmen und in Kisten zu verpacken, dabei teilte sie die Sachen auf zwischen Kisten, die für Fanning Court bestimmt waren, und anderen für die Wohltätigkeitsläden. (Wer brauchte vier Gemüseschüsseln mit Deckel oder auch nur eine Suppenterrine?)

Alles in der Küche beschwor Erinnerungen herauf. Die Auflaufformen aus Glas erinnerten sie an die Aufläufe und den Reisbrei, die darin gekocht worden waren. In dem schrecklichen grünen Glas, in dem alles wie vergiftet aussah, war die Milch gewesen, die sie jeden Abend vor dem Zubettgehen getrunken hatte – dazu zwei einfache trockene Kekse, obwohl sie sich nach etwas Interessanterem gesehnt hatte, nach Keksen mit Schokoladenüberzug zum Beispiel. Dass ihr Vater auf einem schlichten Keks bestanden hatte, schien alles über seine strengen Moralvorstellungen zu sagen. (»Ich denke nur an deine Zähne.«) Oh, das Service mit dem Midwinter-Muster ließ sie in Melancholie versinken. Ein ganzes Leben konnte in einem Geschirrmuster enthalten sein. (Ein guter Ausdruck. Sie speicherte ihn ab.) Eines Tages wäre das alles »Vintage«, und Viola sollte sich grün und blau ärgern, dass sie die Sachen umstandslos zu Oxfam geschafft hatte.

Ihr Vater schien so altmodisch, aber er musste einmal wie neu gewesen sein. Das war ein netter Satz. Sie speicherte ihn ebenfalls für späteren Gebrauch ab. Sie schrieb einen Roman. Er handelte von einem jungen Mädchen, brillant und frühreif, und die schwierige Beziehung zu ihrem alleinerziehenden Vater. Wie alles Schreiben war es ein geheimer Akt. Eine verschwiegene Übung. Viola spürte, dass in ihr ein besserer Mensch steckte als der, der die Welt ständig für ihr schlechtes Benehmen bestrafen wollte (obwohl sie sich selbst immerzu schändlich benahm). Vielleicht war das Schreiben eine Möglichkeit, diese Person ans Tageslicht zu holen.

Sie ließ ein Midwinter-Sahnekännchen fallen, und es zerbrach in mehrere Teile. »Scheiße«, sagte sie leiser als beabsichtigt.

Teddy hatte Viola freie Hand gelassen, ein paar größere Möbelstücke aus seinem Haus versteigern zu lassen, wobei sie, in ihren Worten, nur »Almosen« eingebracht hatten. Nancys Klavier, Gerties Buffet. Wertvolle Stücke. Das Klavier war verstimmt und vernachlässigt, da niemand mehr darauf spielte. Viola hatte den Unterricht (mangels Begabung) nach Nancys Tod aufgegeben.

Wenn Teddy an Nancy dachte, stellte er sie sich oft vor, wie sie am Klavier gesessen hatte. Er dachte jeden Tag an sie wie an so viele andere auch. Die Toten waren Legion, und das Erinnern war vermutlich eine Pflicht. Die nicht immer mit Liebe zu tun hatte.

Er erinnerte sich, wie er – gegen Ende – in dieses Zimmer gekommen war und Nancy Klavier spielte. Chopin. Er hatte an Vermeer denken müssen, an eins seiner Bilder in der National Gallery – eine Frau in einem Zimmer, jungfräulich –, er konnte sich nicht genau erinnern, er war seit Jahren nicht mehr in London gewesen. *Frau beim Klavierspielen gestört,* hatte er gedacht, als er Nancy sah. Er konnte sich vorstellen, wie sie in einem von Vermeers kühlen, ordentlichen Interieurs lebte. Das Lesen des Briefs, das Ausgießen der Milch. Ordnung und Zweckbestimmung. Sie hatte überrascht von den Tasten aufgeschaut, als er hereinkam, als hätte sie seine Existenz vergessen, ihr Ausdruck undeutbar, als hätte sie sich in sich selbst verloren. Die geheimnisvolle Nancy.

Er hatte einen schrecklichen Stich gespürt, als das Klavier hinausgetragen wurde. Er hatte Nancy geliebt, aber vielleicht nicht auf eine Weise, die zu ihr gepasst hatte. Wahrscheinlich gab es irgendwo in der Welt jemand anderen, der sie glücklicher gemacht hätte. Aber er hatte sie geliebt. Nicht die aufgeregte Liebe der Leidenschaft oder der Ritterlichkeit, sondern auf robustere, verlässlichere Weise.

Und Gerties Buffet, auch darum hatte es ihm leidgetan. Es hatte ursprünglich den Shawcross gehört und in ihrem Esszimmer in Jackdaws gestanden. Es war ein Jugendstil-Möbel, seit vielen Jahren aus der Mode, doch jetzt kehrte es zurück, wenn auch nicht früh genug für Viola, die es immer als hässlich und »deprimierend« bezeichnet hatte. Fünfzehn Jahre später, 2008, sah sie den Zwilling von Gerties Buffet – oder vielleicht war es auch genau das Buffet – auf einem Antiquitätenmarkt und wurde wütend, weil sie es nicht behalten hatte angesichts seines Preises. »Ich hätte es behalten«, sagte sie zu Bertie, »aber *er* wollte es unbedingt loswerden.« Je älter Teddy wurde, umso häufiger nannte Viola ihn nur noch »er«, als wäre er ein patriarchaler Gott, der ihr Leben zerstört hatte.

»Wo ist deine alte Reiseuhr?«, fragte sie plötzlich und sah sich im jetzt fast leeren Wohnzimmer um. »Ich erinnere mich nicht, dass wir sie eingepackt haben.« Die Uhr hatte Sylvie gehört und davor Sylvies Mutter. Als Sylvie starb, hatte Ursula sie geerbt, und Ursula hatte sie Teddy hinterlassen, und so war sie im Zickzack den Familienstammbaum hinuntergeklettert. »Wenn du sie nicht willst«, sagte Viola mit geheuchelter Nonchalance, »nehme ich sie dir gern ab.« Sie war die schlimmste Sorte Lügnerin – offenkundig unehrlich und gleichzeitig vollkommen überzeugt von ihrer Fähigkeit, andere hinters Licht führen zu können. Wenn sie Geld brauchte, warum fragte sie ihn dann nicht einfach? Sie wollte immer etwas, eher ein Kuckuck als ein Raubvogel. Es war, als hätte sie etwas Hungriges in sich, das nie satt wurde. Es machte sie gierig.

Es war eine gute Uhr, von Frodsham gebaut und durchaus etwas wert, doch Teddy wusste, wenn er sie Viola geben würde, würde sie sie verkaufen oder verlieren oder kaputt machen, und ihm war es wichtig, dass sie in der Familie blieb. Ein Familienerbstück. (»Ein schönes Wort«, sagte Bertie.) Ihm gefiel der Gedanke, dass der kleine goldene Schlüssel, mit dem man die Uhr aufzog und den Viola sicherlich verlieren würde, weiterhin von jemandem gedreht würde, der zur Familie gehörte, in dem auch sein Blut floss. Der rote Faden. Deswegen hatte er die Uhr Bertie mitgegeben, als sie ihn das letzte Mal besucht hatte. Er hätte ihr auch Gerties Buffet geben sollen, es hätte in das Arts-and-Crafts-Haus gepasst, in dem sie mit ihren Zwillingen und dem guten Mann leben sollte, den sie heiraten würde – einem Arzt, den sie anlässlich des sechzigjährigen Thronjubiläums der Queen auf der Westminster Bridge kennenlernte. Jahre später, nachdem Bertie geheiratet hatte und in das Haus in East Sussex gezogen war, ließ sie die Uhr zu Versicherungszwecken schätzen und fand heraus, dass sie kolossale dreißigtausend Pfund wert war. Jedes Mal, wenn Viola zu Besuch kam, musste Bertie ihren

kleinen goldenen Notgroschen verstecken und seinen Glockenschlag dämpfen. Teddy lag da schon zwei Jahre unter der Erde und hatte Berties Haus nie gesehen, ebenso wenig die Uhr, die auf ihrem Kaminsims die Zeit zählte.
»Hast du die Uhr schon eingepackt?«, fragte Viola vorwurfsvoll.
Teddy zuckte unschuldig die Achseln und sagte: »Wahrscheinlich. Sie wird irgendwo ganz unten in einer Kiste liegen.« Er liebte Viola, wie nur Eltern ein Kind lieben können, aber es war harte Arbeit.

»Wahrscheinlich müssen wir im Haus noch ein bisschen streichen, bevor es auf den Markt kommt«, sagte Viola. »Aber der Makler hat gesagt, dass es sich gut verkaufen lassen sollte.« (Sie hatte mit seinem Makler gesprochen? Hinter seinem Rücken?) »Und dann wirst du ein kleines Einkommen haben, um dein Leben zu leben.« Das würde er von jetzt an tun, nicht wahr? Sein Leben leben. Das hatte er natürlich immer getan, das tat jeder, wenn er Glück hatte.
»Ein neues Zuhause«, sagte Viola. »Ein Neuanfang. Es wird …« Sie suchte nach einem Wort.
»Eine Herausforderung?«, sagte Teddy. »Eine Qual?«
»Dir Auftrieb geben.«
Er wünschte sich keinen Neuanfang, und er bezweifelte, dass sich Fanning Court jemals wie ein Zuhause anfühlen würde. Es war ein neues Gebäude, das noch nach Farbe und feuerfesten Möbeln roch. Die Wohnung, die Teddy gekauft hatte, war eine der letzten im ganzen Komplex, die zum Verkauf stand. (»Du hast großes Glück gehabt, dass du sie gekriegt hast«, sagte Viola.) Zumindest zog er nicht in eine Wohnung, in der jemand gestorben und hinausgetragen worden war. Es waren Häuser, in denen es »einer raus, einer rein« hieß. »Nein, das ist nur eine Zwischenstation, Teddy«, sagte einer seiner (wenigen verbliebenen) Freunde, Paddy. »Die Stationen des Kreuzwegs.« Teddy kannte

jetzt mehr Tote als Lebende. Er fragte sich, wer der Letzte wäre. Hoffentlich nicht er selbst. »Die nächste Station ist das Pflegeheim«, sagte Paddy. »Ich würde mich lieber wie ein Hund einschläfern lassen, als in ein Heim zu gehen.« – »Ich auch«, sagte Teddy.

Die öffentlichen Bereiche von Fanning Court waren in langweiligen Rosa- und Magnolientönen gehalten, und an den Wänden der Flure hingen unauffällige Drucke von Impressionisten. Vermutlich schaute niemand sie je an. Kunst als Tapete. »Schön, nicht wahr, Papa?«, sagte Viola mit gezwungenem Optimismus zu ihm, als sie zum ersten Mal herumgeführt wurden. »Ein bisschen wie in einem Hotel, oder? Oder wie auf einem Kreuzfahrtschiff.« Wann war Viola je auf einem Kreuzfahrtschiff gewesen? Sie wünschte sich nichts so sehr, als dass ihm Fanning Court gefiel.

Die Tour führte die Heimleiterin, eine Frau namens Ann Schofield, die sagte: »Nennen Sie mich Ann, Ted.« (Nennen Sie *mich* Mr. Todd, dachte Teddy.) »Die Heimleiterin«, wie etwas von Trollope. Und er wäre ein Fürbitter in Fanning Court – ein Armenstift für das neue Zeitalter. Nicht dass Ann Schofield irgendeine Ähnlichkeit mit Septimus Harding hatte. Sie war vollbusig und geschäftig, ihre langsame Midland-Sprechweise (»aus Birmingham und stolz darauf«) täuschte über Entschlossenheit und Energie hinweg. »Wir sind hier eine glückliche Familie«, sagte sie ziemlich spitz, als könnte sich Teddy als das schwarze Schaf erweisen.

Sie ging ihnen voraus. Sie hatte ein enormes Hinterteil, und Teddy tadelte sich für seinen Mangel an Galanterie, aber man bemerkte es unwillkürlich. »Die dicke Kontrolleurin«, nannte Bertie sie bei ihrem ersten Besuch in Fanning Court. Sie hatte die *Thomas die kleine Lokomotive*-Bücher, überhaupt alle Bücher geliebt. Sie studierte im ersten Jahr in Oxford am selben College wie Teddy – es war jetzt koedukativ. Sie studierte auch dieselben Fächer. Sie war sein Vermächtnis, seine Botschaft an die Welt.

Sie gingen in den Gemeinschaftsraum, wo eine kleine Gruppe Bridge spielte. »Siehst du, Papa«, flüsterte Viola. »Du spielst doch gern Karten, oder?« (»Nun ja …«, sagte Teddy.)

»Es gibt hier viele Aktivitäten«, sagte Ann Schofield. »Bridge – wie Sie sehen –, Domino, Scrabble, Teppich-Bowls, Laientheater, Konzerte, jeden Mittwoch gemeinschaftliches Kaffeetrinken …«

Teddy hörte nicht mehr zu. Er hatte einen Krampf im Bein, wollte nach Hause zu einer Tasse Tee und *Countdown* sehen. Er sah nicht viel fern, aber er mochte Quizsendungen – die anständigen mit einem ruhigen Publikum mittleren Alters. Er fand sie tröstlich und anregend, was in seinem Alter mehr als genug war.

Die Tour war noch nicht zu Ende. Die nächste Station war eine heiße, feuchte Waschküche voller riesiger Maschinen und dann der (ziemlich stinkende) »Abfallraum« mit den gigantischen Tonnen, die einen »Senior« verschlungen hätten, wenn man nicht aufpasste. »Schön«, murmelte Viola. Teddy schaute sie an. *Schön?* Sie wirkte etwas manisch. Als Nächstes eine »Kitchenette« im Gemeinschaftsraum, wo sie »heiße Getränke« machen konnten, wenn sie »unter Leuten sein« wollten. Wohin immer sie kamen, lächelten die Leute und sagten »Hallo« oder fragten ihn, wann er einziehen würde. »Neue Freunde für dich«, sagte Viola strahlend.

»Meine alten tun's auch«, sagte Teddy. Er hatte jetzt schwere Beine.

»Abgesehen davon, dass die meisten tot sind.«

»Danke, dass du mich daran erinnerst.«

»Alles in Ordnung?«, fragte Ann Schofield und wandte sich halb zu ihnen um, weil sie Zwietracht spürte.

Eine Frau humpelte mit Hilfe eines Rollators auf sie zu. »Hallo, kommen Sie zu uns?«, fragte sie Teddy fröhlich. Es hatte etwas von einer Sekte. Teddy erinnerte es an die Fernsehserie aus den

Sechzigern, die Viola so gern gesehen hatte. *Nummer 6.* Ihm wurde schwer ums Herz. Das hier wäre sein Gefängnis. Ein Gefängnis mit einer Leiterin.

Noch mehr Frauen – Frauen überall. Nachdem er eingezogen war, merkte er, dass fast alle »Bewohner« Frauen waren. Sie mochten ihn, Frauen mochten ihn immer. Er war natürlich auch noch ziemlich agil und kompetent, und die Frauen gehörten einer Generation an, die beeindruckt war, wenn ein Mann wusste, wie man auf den Schalter eines Wasserkochers drückte. Er brachte in Fanning Court ein paar schwache Herzen zum Flattern, doch er tat sein Bestes, um romantische Verwicklungen und Intrigen zu vermeiden, denn obwohl an der Oberfläche alles Freundlichkeit war, brodelten Klatsch und Bosheit unter dem magnolienfarbenen Anstrich. Teddy, der in seinen Achtzigern noch ein gutaussehender Mann war (vor allem wenn man eine Frau in den Siebzigern war), provozierte unwissentlich alle möglichen aufgeregten Gefühlswallungen.

»Männer in meinem Alter sind knapp«, sagte er und entschuldigte damit einen Ausbruch von Gehässigkeit.

»Auch Männer in meinem Alter«, sagte Bertie.

»Kommen Sie mit, Ted«, sagte Ann Schofield. »Es gibt noch viel mehr zu sehen.« »Viel mehr« war ein Garten, im städtischen Stil bepflanzt. Ein paar Bänke. Ein Parkplatz.

»Oh, ich glaube nicht, dass er seinen Wagen behalten wird«, sagte Viola.

»Oh, ich glaube, er wird ihn behalten«, sagte Teddy.

»Also wirklich, Papa, du bist allmählich zu alt, um noch Auto zu fahren.« (Er nahm an, dass sie seinen Wagen wollte. Ihrer war ständig kaputt.) Viola führte diese Auseinandersetzungen gern öffentlich und vor Publikum, damit jeder sehen konnte, wie vernünftig sie war und wie unvernünftig jedes andere Mitglied ihrer Familie. Mit Sunny hatte sie das die ganze Zeit getan. Und

den armen Jungen in den Wahnsinn getrieben. Sie tat es immer noch.
»Ach, viele Bewohner haben ein Auto«, sagte Ann Schofield und fiel Viola in den Rücken.

Die Wohnung selbst hätte in das Wohnzimmer seiner Großmutter in Hampstead gepasst. Teddy hatte schon lange nicht mehr an Adelaide gedacht und war überrascht, wie deutlich er sie vor sich sah, gekleidet in langes viktorianisches Schwarz sogar noch in den zwanziger Jahren, über ihre lauten Enkelkinder schimpfend. Was für einen langen, langen Weg er seit damals zurückgelegt hatte.
Er erinnerte sich an einen besonders langweiligen Besuch, als er und Jimmy nach oben geschlichen waren, um ihr Schlafzimmer zu erkunden, das ihnen strikt verboten war. Da stand ihr Schrank, ein immenser Apparat, innen mit gefältelter Seide ausgeschlagen, die Gerüche von Mottenkugeln und Lavendel im Wettstreit, unterlegt mit dem Parfum des Verfalls. Die beiden waren hineingeklettert, Adelaides seltsame altmodische Kleider strichen ihnen unangenehm übers Gesicht. »Hier drin gefällt's mir nicht«, flüsterte Jimmy. Teddy erging es ebenso, er stieg hinaus und stieß aus Versehen gegen die Tür, so dass sie zufiel. Er brauchte eine Weile, bis er sie wieder geöffnet hatte, da das Schloss über einen komplizierten Mechanismus verfügte.
Als Jimmy schließlich herauswankte, riefen seine Entsetzensschreie den ganzen Haushalt zusammen. Adelaide war wütend (»Böse, böse Jungen«), aber Sylvie hielt sich die Hand vor den Mund, um ihr Lachen vor Adelaide zu verbergen. Danach mochte Jimmy keine engen Räume mehr. Er hatte während des Kriegs einer Kommandotruppe angehört, war am Sword Beach gelandet und hatte sich nach dem D-Day einen Weg durch das verwüstete Europa gebahnt und die Endphase beim 63. Panzerabwehrregiment durchgestanden. Wie sehr er das Innere der

engen Panzerzerstörer gehasst haben musste. Er war beim 63., als sie Bergen-Belsen befreiten, aber er und Teddy hatten nie darüber und kaum über den Krieg gesprochen. Er wünschte, sie hätten es getan.

Bis er kurz nach dem Krieg herausfand, dass Jimmy schwul war, war Teddys Bild von Homosexuellen von den Tunten und Schwuchteln geprägt gewesen, die er in Soho herumlaufen sah. Er hatte diesen Männern nicht den brutalen Mut zugetraut, wie Jimmy ihn besessen haben musste.

Jimmy war lange tot, zwei rasch wachsende Lymphome in seinen Fünfzigern. Nachdem ihm die Diagnose mitgeteilt worden war, fuhr er mit seinem Wagen von der Straße in eine Schlucht. Ein extravagantes Leben, ein extravaganter Tod. Er hatte natürlich in Amerika gelebt. Teddy war nicht bei der Beerdigung gewesen, aber er ging zur selben Zeit, als Jimmy auf der anderen Seite des Atlantiks bestattet wurde, in die örtliche Kirche und saß still mit seinen Gedanken da. Ein paar Tage später fiel ein dünner blauer Luftpostbrief durch den Briefschlitz wie ein außergewöhnliches Blatt. Jimmy verabschiedete sich darin von ihm. Er schrieb, dass er Teddy immer geliebt und bewundert habe und was für ein guter Bruder er gewesen sei. Teddy hielt sich überhaupt nicht dafür. Wenn schon, dann hatte er seine brüderlichen Pflichten sträflich vernachlässigt. Er hatte nie nach Jimmys homosexuellem Leben gefragt (er hatte es nicht wissen wollen) und immer (herablassend, wie er jetzt zugab) gedacht, dass sein Beruf – in der Werbung – oberflächlich war. Ebenso enttäuscht war er, als auch Bertie einen Job in einer Werbeagentur annahm, was für ihn bedeutete, dass man Leute aufforderte, mit Geld, das sie nicht hatten, Dinge zu kaufen, die sie nicht brauchten. (»So ist es«, sagte Bertie.)

»Jimmy hat im Krieg Schreckliches erlebt«, hatte Ursula damals gesagt. »Ich glaube, etwas Oberflächliches ist ein gutes Gegenmittel.«

»Wir haben alle Schreckliches erlebt«, sagte Teddy.

»Nicht alle«, sagte Ursula. »Du schon, ich weiß.«

»Und du auch.«

»Arbeit musste erledigt werden«, sagte Ursula. »Und wir haben sie erledigt.«

Oh, wie er seine Schwester vermisste. Von allen, den Legionen Toter, der unermesslichen Unendlichkeit von Seelen, die vor ihm gegangen waren, war es der Verlust von Ursula, der ihm im Herzen am meisten weh tat. Vor fast dreißig Jahren war sie an einem Schlaganfall gestorben. Ein schneller Tod, Gott sei Dank, aber sie war zu jung gewesen. Und jetzt war Teddy zu alt.

»Papa?«

»Ja, entschuldige, ich war mit den Gedanken ganz woanders.«

»Die Heimleiterin – Ann – erklärt gerade die Notfallstrippen.«

Was für eine Freude, dachte Teddy.

Dünne rote Strippen hingen in jedem Zimmer von der Decke. »Wenn Sie hinfallen«, sagte Ann Schofield, »können Sie daran ziehen und Hilfe rufen.« Teddy ersparte es sich zu fragen, was passieren würde, wenn er nicht direkt neben einer Strippe stürzte. Er stellte sich Ann Schofield vor, die rasch durch die rosa und magnolienfarbenen Flure zu ihm watschelte, dachte, er würde lieber liegen bleiben, wo er gestürzt war, und langsam mit einem Rest Würde sterben.

Ann Schofield nannte den Gebäudekomplex »das Fanning«, so dass es in Teddys Ohren klang wie ein Hotel in Mayfair, wie das, in dem er einst mit einem Mädchen übernachtet hatte. Er konnte sich nicht mehr an den Namen des Hotels erinnern (Hannings? Channings?), aber er war ziemlich sicher, dass das Mädchen Ivy geheißen hatte. Sie waren im Blackout zusammengestoßen, beide auf der Suche nach einem Ort, wo sie in dieser Nacht ihr Haupt betten könnten. Sie hatte den Catholic Club in der Chester Street gesucht, und Teddy konnte sich jetzt nicht mehr erinnern, wonach er, wenn überhaupt, gesucht hatte.

Er war betrunken gewesen und sie etwas beschwipst, und sie waren (buchstäblich) über das Hotel gestolpert.

Die Gegenwart war ein ziemlich dämmriger, verschwommener Ort – was vermutlich noch schlimmer würde –, doch die Vergangenheit wurde zunehmend hell. Er konnte die schmutzigen Stufen zu diesem Londoner Hotel sehen, den weißen Säulenvorbau und die schmale Treppe zu dem Zimmer im Dachgeschoss im vierten Stock. Er konnte nahezu das Bier schmecken, das sie getrunken hatten. Im Keller war ein Schutzraum, doch als die Sirene heulte, gingen sie nicht hinunter, stattdessen schauten sie aus dem Fenster in die kalte Nachtluft und beobachteten den Angriff, die Flak im Hyde Park machte einen fürchterlichen Krach. Er hatte Urlaub nach der Ausbildung in Kanada, ein Pilot, der seine Feuertaufe noch vor sich hatte.

Sie war mit einem Matrosen verlobt gewesen. Er fragte sich, was aus ihr geworden war. Aus ihrem Matrosen.

Einmal hatte er an sie gedacht, bei einem Angriff auf Mannheim, als sie über das dichte Band der Suchscheinwerfer flogen, das den Rhein verteidigte. Er hatte gedacht, dass dort unten auf dem feindlichen Boden wahrscheinlich Hunderte von Ivys, nette Fräulein mit vorstehenden Zähnen und Verlobten auf U-Booten, die deutschen Flaks bedienten, vereint in der Anstrengung, ihn zu töten.

»Papa? Papa? Also wirklich. Hör bitte zu.« Viola schaute zu Ann Schofield und verdrehte die Augen, versuchte, gleichzeitig Amüsement und Zuneigung zum Ausdruck zu bringen, doch Teddy bezweifelte, dass sie auch nur eins von beiden empfand. Du wirst auch eines Tages alt sein, dachte er. Gott sei Dank wäre er nicht mehr da, um es mitzuerleben. Und auch Bertie, was für ein trauriger Gedanke, dass sie eines Tages eine alte Dame mit einem Rollator wäre und durch langweilige Flure schlurfen würde. *Der Mensch ist zum Tod geboren.* Das war von Hopkins,

oder? *Margaret haben wir verloren.* Diese Zeilen hatten ihn immer gerührt, erinnerte er sich –
»Papa!«

Er war vermutlich selbst schuld. Er war auf Glatteis in der Nähe seines Hauses ausgerutscht und hatte sofort gewusst, dass es schlimm war. Er hörte sich selbst vor Schmerz aufheulen, überrascht, dass er solche Laute von sich geben konnte, überrascht, dass er es war, der so schrie. Halb saß er, halb lag er auf dem Gehweg. Während des Kriegs war er abgeschossen worden, man sollte annehmen, dass einem nichts Schlimmeres passieren konnte. Aber das hier war unerträglich.

Mehrere Personen, alles Fremde, eilten ihm zu Hilfe. Jemand rief einen Krankenwagen, und eine Frau, die Krankenschwester war, legte ihm ihren Mantel um die Schultern. Dann ging sie neben ihm in die Hocke, nahm seinen Puls und tätschelte liebevoll seinen Rücken, als wäre er ein kleines Kind. »Bewegen Sie sich nicht«, sagte sie. »Werde ich nicht«, erwiderte er kleinlaut, ausnahmsweise froh, dass man ihm sagte, was er tun sollte. Sie hielt seine Hand, während sie auf den Krankenwagen warteten. So etwas Schlichtes, und doch wurde er von Dankbarkeit überwältigt. »Danke«, murmelte er, als er schließlich in den Krankenwagen verfrachtet wurde. »Gern geschehen«, sagte sie. Er wusste ihren Namen nicht. Er hätte ihr gern eine Karte oder Blumen geschickt.

Seine Hüfte war gebrochen, er musste operiert werden. Im Krankenhaus bestand man darauf, seine »nächsten Angehörigen« zu informieren, obwohl Teddy sie bat, es nicht zu tun. Er wollte davonkriechen und seine Wunden in Frieden heilen lassen wie ein Fuchs oder ein Hund, doch als er aus der Narkose aufwachte, hörte er Viola murmeln: »Das ist der Anfang vom Ende.«

»Du bist fast achtzig«, sagte sie in ihrem »vernünftigen« Tonfall. »Du kannst nicht länger so herumscharwenzeln wie früher.«

»Ich war unterwegs, um Milch zu kaufen«, sagte Teddy. »Das würde ich nicht ›herumscharwenzeln‹ nennen.«

»Trotzdem. Es wird nur noch schwieriger werden. Ich kann nicht jedes Mal kommen, wenn du eine Dummheit machst.«

Teddy seufzte und sagte: »Ich habe dich nicht gebeten zu kommen.«

»Ach, ich hätte es wohl nicht tun sollen?«, sagte sie selbstgerecht. »Meinem eigenen Vater helfen, wenn er einen Unfall hatte?«

Er ertrug ihre Anwesenheit nach seiner Entlassung drei Tage lang. Die ganze Zeit jammerte sie, dass sie ihre Katzen allein gelassen hatte, um sich um ihn zu kümmern. Zudem »hasste sie es, in diesem Haus zu sein«, sagte sie. »Du hast seit Jahrzehnten nichts mehr daran gemacht. Es ist so *altmodisch.*«

»*Ich* bin altmodisch«, sagte Teddy. »Ich halte das nicht für etwas Schlimmes.«

»Du bist unmöglich«, sagte Viola und drehte eine Strähne ihres heftig mit Henna gefärbten Haares um den Finger (eine irritierende Gewohnheit, die er vergessen hatte).

Viola rief Sunny an und erklärte ihm, dass er »ein bisschen Zeit einlegen musste« bei seinem Großvater. Wann immer Viola an Sunny dachte, wurde sie panisch. Er hatte schon einen halbherzigen Selbstmordversuch unternommen, war jedoch zu apathisch, um sich tatsächlich umzubringen. Oder? Was, wenn er es doch schaffte? Die Panik hatte ihr Herz im Griff. Sie dachte, sie würde ohnmächtig werden. Sie hatte bei Sunny versagt und keine Ahnung, was sie deswegen tun sollte.

Die Angst machte sie herzlos. »Du hast ja sonst nichts zu tun«, sagte sie zu ihm.

Sunny seinerseits war gern wieder in Großvater Teds Haus. Es war der einzige Ort, an dem er je glücklich gewesen war.
Teddy schlief auf dem Sofa unten, während Sunny sich in dem hübschen Schlafzimmer oben einquartierte, das einst das Zimmer seiner Mutter gewesen war und danach Berties in dem Jahr, als sie hier gewohnt hatte. Sunny hatte natürlich auch hier gewohnt, wenn auch nicht ganz so lang, da er gezwungen worden war, einen schrecklichen langen Sommer in Jordan Manor zu verbringen. Er wusste nicht, ob er jemals darüber hinwegkommen würde.
Er mochte dieses kleine Schlafzimmer. Hier hatte seine Schwester geschlafen. Irgendwann in der Nacht war er immer in Berties Zimmer geschlichen. Seine Schwester hatte ihn auf eine ganz fundamentale Weise gerettet – Wärme und Licht –, doch jetzt war sie nicht da. Sie war in Oxford, einer fremden Welt. »Alle unsere Hoffnungen richten sich auf die da!«, sagte Viola zu ihren Freundinnen und deutete auf Bertie. Als wäre es lustig. Und es half auch nicht, dass alle die Frauen für das »überlegene Geschlecht« hielten (dieser ganze »Fisch ohne Fahrrad«-Mist). Sunny war offenbar der lebende Beweis dafür.

Der stechende Geruch brennender Pflanzen zog jeden Abend aus Sunnys Zimmer und die Treppe hinunter, wo Teddy versuchte einzuschlafen. Marihuana, nahm er an, obwohl er kaum etwas darüber wusste.
Sunny lebte noch in Leeds, von Viola zurückgelassen, als sie nach Whitby gezogen war. Im Augenblick wohnte er in einer schäbigen, unordentlichen Wohnung mit mehreren Mitgliedern seiner Peergroup, alle zu egozentrisch, um als Freunde durchzugehen.
Er hatte das College abgebrochen (Kommunikationswissenschaft – »Was für eine Ironie«, sagte Viola) und schien jetzt nicht viel zu tun. Der Junge bestand nur aus Ecken und Kanten. Er

schien keine der Fähigkeiten zu besitzen, die notwendig waren, die einfachen Herausforderungen des Alltags zu meistern. Er spiele Gitarre in einer Band, schrie er aus der Küche, wo er für das Abendessen eine Dose Bohnen in Tomatensoße aufwärmte. »Gut«, rief Teddy aus dem Wohnzimmer. Er war sich ziemlich sicher, dass er roch, wie die Bohnen anbrannten.

Sie aßen oft Bohnen und Nudeln in Tomatensoße aus der Dose. Auch Fish and Chips, Sunny machte sich sogar die Mühe und holte sie vom nächsten Stand. Ansonsten wurde ihr Abendessen aus Restaurants in der ganzen Stadt, ja aus der ganzen Welt geliefert – indisch, chinesisch. Jede Menge Pizza. Teddy hatte es nicht gewusst, sondern gedacht, dass nur die Frauen von den Sozialdiensten Essen ausfuhren. »Hä?«, sagte Sunny.

»War ein Witz«, sagte Teddy.

»Hä?«

Es kostete Teddy ein Vermögen. (»Not kennt kein Gebot«, hörte er seine Mutter sagen.) Der Junge konnte überhaupt nicht kochen. Auch Viola war eine miserable Köchin, klebrige Gerichte aus braunem Reis und Bohnen. Viola hatte ihre beiden Kinder vegetarisch erzogen, Bertie war noch immer Vegetarierin, doch Sunny aß so gut wie alles, was auf den Tisch kam. Teddy dachte, dass er ihm ein paar einfache Gerichte beibringen könnte, wenn er wieder auf den Beinen wäre – Linsensuppe, Eintöpfe, einen Sandkuchen. Der Junge brauchte nur ein bisschen Zuspruch.

Wie sich herausstellte, hatte Sunny einen Führerschein auf Probe. Teddy bemühte sich, seine Überraschung zu verbergen, er war so daran gewöhnt, dass Viola Sunny ständig Inkompetenz und einen allgemeinen Mangel an Initiative vorwarf. »Na dann«, sagte Teddy. »Mein Auto steht in der Garage und fühlt sich vernachlässigt. Machen wir eine Spritztour damit. Violas alte Lerner-Schilder sind auch noch irgendwo in der Garage.« Viola war sehr lernresistent gewesen.

»Wirklich?«, sagte Sunny zweifelnd. »Mama steigt nicht mehr zu mir ins Auto. Sie sagt, dass sie an Altersschwäche sterben will.« Teddy glaubte nicht, dass es gefährlicher war, zu Sunny ins Auto zu steigen, als Nacht für dunkle Nacht ins Herz eines Feindes zu fliegen, der nichts anderes wollte, als ihn zu töten, und sagte: »Du wirst es nie lernen, wenn du nicht fährst. Komm.« Jemand musste ein bisschen Vertrauen in den Jungen haben, dachte Teddy. Sie packten den Rollstuhl, den die Krankenversicherung Teddy geliehen hatte, in den Kofferraum und fuhren los.

Sie landeten in Harrogate, einer Stadt, die Teddy sehr mochte. Er war oft dort gewesen, während des Kriegs und danach. Sie stellten den Wagen im Zentrum ab, auch wenn es lange dauerte, da Sunny den Unterschied zwischen links und rechts, vor und zurück nicht zu begreifen schien. Aber er war kein schlechter Fahrer – langsam und zögerlich, doch seine Nerven wurden besser, als er merkte, dass Teddy ihn im Gegensatz zu Viola nicht die ganze Zeit anschrie. »Übung macht den Meister«, sagte Teddy aufmunternd.

Sie aßen bei Bettys zu Mittag und gingen anschließend in die Valley Gardens. Hier und da tauchten erfreulicherweise die ersten Triebe und Sprösslinge in der feuchten Erde auf. Sunny schob den Rollstuhl etwas zu schnell, und Teddy wünschte sich, dass sie für eine Weile die Plätze tauschen könnten, damit Sunny wusste, wie unangenehm es war, wenn er über Unebenheiten und Randsteine fuhr, doch insgesamt war Teddy erfreut über den Verlauf des Ausflugs. »Weißt du, was ich noch tun möchte, bevor wir nach Hause zurückfahren?«, sagte er, als sie (beunruhigend rasant) wendeten, um in die Stadt zurückzukehren.

»Ein Friedhof?«, sagte Sunny. Er war noch nie auf einem Friedhof gewesen. Bei der Beerdigung seines Vaters war er nicht dabei gewesen, und sonst kannte er niemanden, der gestorben war. »Stonefall«, sagte Teddy. »Kriegsgräber-Kommission des Commonwealth. Dort sind vor allem Kanadier begraben. Auch ein paar Aussies und Kiwis und eine Handvoll Amerikaner und Briten.«

Eine Fläche voller Toter. Ordentliche Reihen weißer Grabsteine – harte Kissen für grüne Betten. Mannschaften nebeneinander begraben, zusammen im nächsten Leben, wie sie es in diesem gewesen waren. Piloten, Ingenieure, Navigatoren, Funker, Richtschützen, Bombenschützen. Zwanzig Jahre alt, einundzwanzig, neunzehn. So alt wie Sunny. Teddy hatte einen Jungen gekannt, der großspurig über sein Alter gelogen hatte und mit achtzehn Pilot einer Halifax gewesen war. Mit neunzehn war er tot. Hätte Sunny tun können, was er getan hatte? Was sie alle getan hatten? Gott sei Dank musste er es nicht tun.

»Sie waren noch Jungen«, sagte Teddy zu Sunny. Aber sie hatten gewirkt wie Männer, hatten die Arbeit von Männern erledigt. Sie waren jung geblieben, während Teddy älter wurde. Sie hatten ihr Leben geopfert, damit Sunny seins leben konnte – begriff er das? Teddy nahm an, dass man keine Dankbarkeit erwarten durfte. Ein Opfer gründete seinem Wesen nach auf Geben, nicht auf Bekommen. »Wenn man es Aufopferung nennt«, erinnerte er sich, dass Sylvie gesagt hatte, »fühlen sich die Menschen nobel, obwohl es um Abschlachten geht.«

»Das sind nicht die Flugzeugbesatzungen, die über feindlichem Territorium abgeschossen wurden«, sagte Teddy zu Sunny. »Es sind nur *(nur!)* die, die bei Trainingsflügen umgekommen sind – insgesamt über achttausend. *(Und jetzt folgt die Geschichtsstunde,* hörte er Viola sagen.) Ein paar von diesen Jungs werden gestorben sein, als sie bei ihrer Rückkehr eine Bruchlandung machten, oder später im Krankenhaus von Harrogate an den Verletzungen, die sie bei einem Angriff davongetragen haben.« Doch Sunny war die Reihe der Toten entlang davongeschlendert. Die Schultern hochgezogen, den Kopf gesenkt, schien er nie etwas wirklich *anzusehen.* Vielleicht wollte er nichts sehen.

»Zumindest haben sie ein Grab, das ist schon etwas«, fuhr Teddy fort, obwohl Sunny offensichtlich außer Hörweite war. Das war ein Trick, den er gelernt hatte, als Sunny klein war. Er schien nicht zuzuhören, doch er hatte das Gehör eines Hundes, und Teddy hoffte immer, dass er Wissen mehr durch Osmose als durch intellektuelle Verarbeitung aufnahm. »Über zwanzigtausend Bombersoldaten haben kein Grab«, sagte er. »In Runnymede gibt es ein Denkmal.« Für die, die kein steinernes Kissen hatten, um den Kopf darauf zu betten, deren Namen in Wasser geschrieben, in die Erde gebrannt, in der Luft atomisiert waren. Legion.

Teddy hatte sich das Denkmal angeschaut, kurz nachdem es die junge Queen 1953 eingeweiht hatte. »Soll ich nicht mitkommen?«, hatte Nancy gesagt. »Wir können über das Wochenende bleiben. In Windsor übernachten oder in London.« Es war eine Wallfahrt, kein Urlaub, versuchte er zu erklären, und als er allein fuhr, hatte sich Nancy nur wortkarg verabschiedet. Er hatte sie von seinem Krieg »ausgeschlossen«, sagte sie, was er ironisch fand von jemandem, dessen eigener Krieg so geheim gewesen war – ausgerechnet Nancy, die ihn bei den seltenen Gelegenheiten, als sie sich im Krieg gesehen hatten, ständig dazu drängte, die Kämpfe zu vergessen, damit sie ihre gemeinsame Zeit genießen konnten. Jetzt tat es ihm leid. Warum hätten sie nicht über das Wochenende bleiben sollen?

»›Verwahrt in ihren Alabasterkammern‹«, sagte er zu Sunny, nachdem er zu ihm zurückgekehrt war.

»Hä?«

»›Kein Morgen – und kein Mittag rührt sie an – ruht die lammfromme Ostergesellschaft, Balken aus Satin, und Dach aus Stein.‹ Emily Dickinson. Komischerweise hat mich deine Mutter mit ihr bekannt gemacht. Sie war Dichterin«, fügte er hinzu, als Sunny verwirrt dreinblickte, als würde er im Geist eine Liste mit Violas Bekannten durchgehen auf der Suche nach einer

Emily Dickinson. »Tot. Amerikanerin«, sagte Teddy. »Ziemlich morbid, sie könnte dir gefallen. ›Ich hörte eine Fliege summen, als ich starb.‹« Sunny war plötzlich aufmerksam.
»Ich will ein Stückchen gehen«, sagte Teddy. Sunny half ihm aus dem Rollstuhl und reichte ihm den Arm, damit sie langsam die Reihen der Toten abschreiten konnten.
Er hätte mit seinem Enkel gern über diese Männer gesprochen. Dass sie von diesem schlauen Fuchs Churchill hintergangen worden waren, der sie nicht einmal in seiner Siegesrede erwähnte, dass ihnen weder Orden verliehen noch ein Denkmal errichtet wurde, dass Harris angeprangert wurde für eine Politik, die er nicht geplant hatte, aber gegen Ende weiß Gott mit kläglicher Verbissenheit ausgeführt hatte. Aber wozu wäre es gut? *(Und jetzt folgt die Geschichtsstunde.)*
»Also …«, sagte Sunny und stieß mit der Spitze seines Stiefels gegen einen Grabstein. Die Stiefel waren hässliche, ungeputzte Dinger, die aussahen, als gehörten sie an die Füße eines Fallschirmjägers. »Also hast du so was wie wirklich schlimme Sachen gesehen?«
»Schlimme Sachen?«
Sunny zuckte die Achseln. »Gruslige.« Ein weiteres Achselzucken. »Schreckliche.«
Teddy verstand nicht, warum sich die jungen Leute heutzutage zu dieser dunklen Seite hingezogen fühlten. Vielleicht weil sie sie nicht aus erster Hand kannten. Sie waren ohne Schatten aufgewachsen und schienen entschlossen, sich ihre eigenen zu schaffen. Am Tag zuvor hatte Sunny eingestanden, dass er »ziemlich gern« ein Vampir wäre.
»Schaurig«, fügte er hinzu, als hätte Teddy »gruslig« und »schrecklich« nicht verstanden. Teddy dachte an den kanadischen Fluglehrer, dem es das Fleisch von den Knochen gerissen hatte, und an alles »Schreckliche«, was danach passiert war. *Also dann, viel Glück.* Ein Propeller flog durch die Luft. Wie hieß die WAAF,

die Frau von der Women's Auxiliary Air Force? Hilda? Ja, Hilda. Sie war groß und hatte ein rundes, plumpes Gesicht. Sie fuhr die Crews oft zu den Flugzeugen. Sie war eine gute Freundin von Stella gewesen. Stella war Funkerin und hieß nuschelnd erschöpfte Besatzungen willkommen, die von einem Einsatz zurückkehrten. Er hatte Stella gemocht und gedacht, dass sich vielleicht etwas zwischen ihnen ergeben würde, was aber nie geschah.

Hilda war die Fröhliche. »Viel Glück, Jungs!« Er sah sie jetzt vor sich. Sie war immer hungrig. Wenn etwas von ihren Rationen übrig blieb, gaben sie es Hilda. Sandwiches, Süßigkeiten, alles. Teddy lachte. Es erschien ihm komisch, dass man sich deswegen an jemanden erinnerte.

»Opa?«

Es war kurz vor dem Ende gewesen, vor Nürnberg. Er war bei den Flugzeugen draußen, sprach mit einem der Mechaniker über die *F-Fox*, sein damaliges Flugzeug. Sie sahen beide zu, wie sich ein Flugzeug näherte, ein sehr später Rückkehrer vom Einsatz der letzten Nacht. Es schien beschädigt, sah aus, als würde es eine sehr wacklige Landung hinlegen. Und da war Hilda, fuhr mit dem Fahrrad langsam den Weg am Rand des Flugfelds entlang. Es war ein riesiger Stützpunkt, alle fuhren mit dem Fahrrad. Auch Teddy hatte ein altes Fahrrad, obwohl ihm als Staffelkommandant ein RAF-Wagen zustand. Er hatte sich gefragt, was Hilda dort draußen wollte. Er sollte die Antwort nie erfahren. Das angeschlagene Flugzeug donnerte auf die Landebahn zu, doch Hilda schaute kaum hin. Sie entdeckte Teddy und winkte. Sie sah nicht, wie sich ein Propeller löste, ein Blatt abbrach und mit erstaunlicher Geschwindigkeit durch die Luft scherte, ein gigantischer Ahornsamen, der sich so rasend schnell drehte und drehte, dass Teddy und dem Mechaniker keine Zeit blieb zu reagieren. Keine Zeit, »Pass auf!« zu schreien. Sie sah es nicht kommen, und das war schon etwas, dachte Teddy. Es war einfach

Pech, eine Sache von ein paar Zentimetern und Sekunden. »Eine Schande, dass sie so groß war«, sagte der Mechaniker danach, über die Maßen praktisch.
»Opa?«
Enthauptet. Ihr Kopf von dem Propellerblatt abgeschlagen. Er hörte den schrillen Schrei einer WAAF, lauter als der unmenschliche Krach der beschädigten Maschine, die die Landebahn entlangschlitterte. Der Bombenschütze kam bei der Landung ums Leben, der Navigator an Bord war schon tot, irgendwo über der Ruhr von Flak getroffen. Es schien nebensächlich. WAAFs liefen zu Hilda, schrien und weinten, und Teddy befahl ihnen, in ihr Quartier zurückzukehren und dortzubleiben. Er ging los und hob den Kopf auf. Es schien falsch, es jemand anderen tun zu lassen. Ein Rad ihres Fahrrads drehte sich noch.
Es war ein Kopf, es war nicht mehr Hilda. Man durfte nicht daran denken, dass er irgendetwas mit der plumpen fröhlichen Hilda zu tun gehabt hatte. Am nächsten Abend ging er mit Stella bei einem benachbarten Geschwader tanzen, aber nichts passierte.
»Opa?«
»In einem Krieg geschehen viele schreckliche Dinge, Sunny. Es nützt nichts, sich daran zu erinnern. Morbide Gedanken werden am besten vermieden.«

»Suchst du nach jemandem?«, fragte Sunny.
»Ja.«
»Haben sie nicht so was wie eine Landkarte?«
»Wahrscheinlich schon«, sagte Teddy. »Aber hier ist er, ich habe ihn schon gefunden.«
Er blieb vor einem Grabstein stehen, auf dem »Oberfeldwebel Keith Marshall RAAF. Bombenschütze« stand, und sagte: »Hallo, Keith.«
»*Er* ist nicht mit seiner Besatzung beerdigt«, sagte Sunny, dem es

peinlich war, dass Teddy mit einem Toten sprach, auch wenn sie allein auf dem Friedhof waren.

»Nein. Wir anderen waren okay. Er wurde getötet, als wir auf dem Rückflug von der Großen Stadt – so haben wir Berlin genannt – zum Stützpunkt angegriffen wurden. Manchmal versteckten sich auf dem Heimweg feindliche Flugzeuge – Deutsche – zwischen unseren Bombern. Das war ein fieser Trick. Er war mein Freund, einer der besten, die ich je hatte.«

»Willst du noch andere suchen?«, fragte Sunny, nachdem er seine Ungeduld ein paar Minuten heroisch unterdrückt hatte.

»Nein, nicht wirklich«, sagte Teddy. »Ich wollte nur, dass Keith weiß, dass jemand an ihn denkt.« Er lächelte seinen Enkel an und sagte: »Nach Hause, James. Und schon' die Pferde nicht.«

»Hä?«

Es wurde winterlich dunkel, und Sunny sagte: »Ich bin noch nie nachts gefahren.«

»Es gibt immer ein erstes Mal«, sagte Teddy. Manchmal war das erste Mal natürlich auch das letzte Mal. Die Rückfahrt war ein bisschen heikel, doch Teddy war entschlossen, die Ruhe zu bewahren, um Sunnys Selbstvertrauen zu stärken. Zu Teddys Überraschung fragte Sunny: »Was hast du eigentlich getan? Einen Bomber geflogen? Als Pilot?«

»Ja«, sagte Teddy. »Ich war Pilot eines Halifax-Bombers. Die Bombertypen waren nach britischen Städten benannt – Manchester, Stirling, Wellington, Lancaster. Halifax. Den ganzen Ruhm bekamen natürlich die Lancasters. Sie konnten höher fliegen und eine größere Bombenlast laden, aber gegen Ende des Kriegs, nachdem die Bristol-Motoren der Halifaxes angepasst worden waren, konnten sie es mit den Lancasters aufnehmen. Wir haben die alte ›Halibag‹ geliebt. Die Lancasters waren die Berühmtheiten, und wir waren die Brautjungfern. Und aus einer Halifax kam man im Notfall schneller raus. Die Lancasters hatten diesen verdammten Holm in der Mitte, und –« Sunny schlitterte plötzlich auf die andere Spur. Gott sei Dank war die Straße so gut wie leer. (»Ups.«) Teddy wusste nicht, ob er irgendetwas ausgewichen oder eingedöst war. Es wäre wohl besser, jetzt nichts mehr zu sagen. Aus längst vergangenen Zeiten hörte er Nancys Stimme. *Sprechen wir über was Interessanteres als die Mechanik des Bombardierens*. Er seufzte und murmelte »Thermopylen« vor sich hin.

»Hä?«

Als sie zu Hause waren, sagte Teddy: »Das hast du sehr gut gemacht, Sunny. Du wirst ein guter Autofahrer.« Besser loben als kritisieren. Und er hatte sich wirklich gut geschlagen. Sunny hatte Sandwiches mit gebratenem Speck gemacht (an der Küchenfront zeigte er deutliche Zeichen der Besserung), und sie aßen sie vor dem Fernseher, um die sichere Rückkehr zu feiern, und tranken ein Glas Bier dazu. Zum ersten Mal seit Jahrzehnten spürte Teddy das Verlangen nach einer Zigarette. Er widerstand der Versuchung. Er war erschöpft und schlief auf dem Sofa ein, bevor das Bier ausgetrunken und *Noel's House Party* zu Ende war.

Vielleicht hätte er wieder aufs Land ziehen sollen, als Viola flügge wurde und zu studieren begann. Nicht weit weg, in die Hambledon Hills vielleicht. Ein kleines Häuschen. (Er dachte liebevoll an Mouse Cottage.) Doch stattdessen war er geblieben und hatte weitergemacht, weil etwas in ihm sagte, dass dies das Leben war, das gelebt werden musste. Und er mochte York, mochte seinen Garten. Er hatte Freunde, war Mitglied in ein paar Clubs, bei einer archäologischen Gesellschaft, mit der er zu Ausgrabungen ging. Einem Wanderverein, einer Vogelbeobachtungsgruppe. Am liebsten war er allein unterwegs, und Mitglied einer Gruppe zu sein hatte etwas Verpflichtendes, aber er konnte Pflichten erfüllen und irgendjemand musste es tun, sonst fiele die Welt auseinander. Er hatte nicht geglaubt, dass die Arbeit bei einer Provinzzeitschrift der aufreibendste Job der Welt war, dennoch war er überrascht, wie viel Freizeit er nach seiner Pensionierung plötzlich hatte. Vielleicht zu viel.

»Was ist damit?«, fragte Viola und deutete auf das Bücherregal, in dem *Die Abenteuer des Augustus* standen. »Glaubst du, dass sie einen Wiederverkaufswert haben? Ich meine, sie sind seit Jahren aus der Mode. In allen steht eine Widmung an dich – das mindert vermutlich den Wert. Aber sie sind vollständig, vielleicht interessiert sich jemand dafür.«

»Ich interessiere mich dafür«, sagte Teddy.

»Aber du hast sie nie gemocht«, sagte Viola. »Du hast sie nicht einmal gelesen.«

»Doch, habe ich.«

»Sie sind in tadellosem Zustand.«

»Weil mir beigebracht wurde, Dinge gewissenhaft zu behandeln«, sagte Teddy. Das galt natürlich auch für Viola, aber sie war eine schlampige Leserin. Essen und Trinken, Katzenkotze, weiß Gott, was noch alles auf den Seiten ihrer Bücher klebte. Sie ließ sie immer ins Badewasser fallen oder draußen im Regen liegen. Als Kind hatte sie Bücher wie Geschosse durch die Gegend geschleudert, wenn sie wütend gewesen war. Teddy war öfter als einmal von Enid Blyton an der Stirn getroffen worden. *The Land of Far-Beyond* hätte ihm beinahe die Nase gebrochen. Er hätte sich nicht gewundert, wenn sie noch immer mit Dingen um sich warf. Teddy vermutete, dass sie so wütend war, weil sie ihre Mutter verloren hatte. Schon wieder Küchenpsychologie. (»Ich bin wütend, weil ich eine Mutter *habe*«, sagte Bertie.) Sylvie hatte nie viel von Kindheitstraumen gehalten. Die Menschen kamen, wie sie waren, meinte sie, verpackt und vollständig, und warteten darauf, ausgewickelt zu werden. Die Generation seiner Mutter schien wunderbar frei von Schuld.

Teddy holte eine leere Kiste und legte Augustus hinein. Seit Jahren hatte er keins der Bücher mehr aufgeschlagen. Izzie hatte den letzten Band 1958 geschrieben. Sie verkauften sich schon lange, eigentlich seit dem Krieg nicht mehr. Augustus' Hochzeit war zwischen den Kriegen gewesen. Augustus Edward Swift *floruit* 1926–1939. Der arme alte Augustus war längst erledigt, als Izzie 1974 starb. Teddys Version von ihm lebte noch, hob gelegentlich den Kopf. War er jetzt ein alter Mann und wurde um sich tretend und schreiend ins betreute Wohnen gezerrt, eine Zigarette im Mundwinkel? Die Hose fleckig, das Kinn stoppelig?

Teddy besuchte Izzie ein paar Tage, bevor sie starb. Sie war ziemlich plemplem. Es war jetzt schwierig, sie heraufzubeschwören, sie war nur noch ein flüchtiger Eindruck, der gierige rote Mund, das Parfum, die Affektiertheiten. Irgendwann einmal hatte sie ihn adoptieren wollen. Wäre sein Leben dann ganz anders oder mehr oder weniger gleich verlaufen?

In ihrem Testament hinterließ Izzie Teddy das Copyright an Augustus. Es war praktisch nichts wert. Der Rest ihres Besitzes, der vor allem aus ihrem Haus in Holland Park bestand, ging an »meine Enkelin«, eine Frau in Deutschland, von der sie nie gehört hatten. »Als Wiedergutmachung« stand in ihrem Testament. Nach Izzies Beerdigung hatten Pamela, Teddy und Pamelas Tochter Sarah alles in ihrem Haus gesichtet. Ein Alptraum. Am Boden ihrer Schmuckschatulle hatten sie ein Croix de Guerre gefunden. Es schien so unwahrscheinlich. Diese beiden Geheimnisse, die deutsche Enkelin und das Croix de Guerre, versinnbildlichten Izzies undurchschaubares Wesen. Wäre Ursula mit ihrem detektivischen Gespür noch am Leben gewesen, wäre sie beidem auf den Grund gegangen. Teddy hatte sich nicht dafür interessiert (er hatte deswegen jetzt Gewissensbisse), und bei Pamela traten bald darauf die ersten Symptome einer frühen Alzheimer-Erkrankung auf. Arme Pammy, sie verbrachte Jahre in einem grauen Halbleben. Die Ambivalenz, die Izzie ausmachte, wurde demnach nie aufgelöst, und genau so hätte sie es gewollt.

Er packte die Studioaufnahme ein, die Cecil Beaton von Izzie nach ihrem ersten großen Erfolg gemacht hatte. Izzie sah darauf aus wie ein Filmstar, künstlich und extrem manipulativ. »Aber glamourös«, sagte Bertie. »Ja, wahrscheinlich«, sagte Teddy. Er gab ihr das Foto bei ihrem ersten Besuch in Fanning Court. »Doch die wirkliche Schönheit war meine Mutter«, sagte er. Er erinnerte sich an Sylvies Leiche, aufgebahrt im offenen Sarg. Die Jahre waren wie weggewischt aus ihrem Gesicht, nur er und Bea waren da, als wären sie in einer privaten Ausstellung, sie hatte sich an seinem Arm festgehalten. Warum Bea? Wo war Nancy an diesem Tag? Er konnte sich nicht erinnern. Auch Bea war natürlich schon gestorben. Sie hatte ihm sehr nahegestanden, vielleicht näher, als sie gewusst hatte. Du lieber Gott, dachte Teddy, hör auf, an die Toten zu denken. Er packte den Beaton zu den Augustussen (»Augusti« vielleicht) und klebte die Kiste zu. »Die nehme ich mit«, sagte er bestimmt zu Viola.

»Wo ist Sunny?«, rätselte Viola.

Ja, wo *ist* Sunny?

Ich habe kürzlich mehrmals einen großen Fuchsrüden gesehen, doch da es ein heißer Nachmittag war, hatte er sich wie die meisten Tiere zweifellos ein schattiges Plätzchen gesucht. Der Fuchs hat einen schlechten Ruf. Ein ausgekochter Dieb, in Fabel und Märchen oftmals auch charmant, wird er mit List (und gelegentlich mit Arglist) in Verbindung gebracht. Mit moralischem Außenseitertum, mit Betrug und manchmal mit ausgesprochener Heimtücke. Das Christentum setzt den Fuchs häufig mit dem Teufel gleich. In vielen Kirchen im Land findet man Bilder vom Fuchs in priesterlicher Robe, der einer Schar Gänse predigt. (In der Kathedrale von Ely hängt ein schöner Holzschnitt.) Der Fuchs ist

ein raffiniertes, gesetzloses, teuflisches, gewissenloses Raubtier und die Schar Gänse eine unschuldige …

Er war auf dem Dachboden, wo, kaum zu glauben, noch mehr Kisten mit Mist herumstanden. Alles hier oben strahlte Vernachlässigung aus. Eine ganze Kiste war voll mit dem Kram – schimmliges, dünnes Papier, von oben bis unten einzeilig vollgetippt. Manches davon war unverständlich, demnach wahrscheinlich Gedichte, schloss Sunny.
Der Dachboden war wie ein verwahrlostes Museum, überall Staub und Rost. Sunny mochte die Atmosphäre in Museen nicht, aber er sammelte gern, liebte die Kästen voller Schmetterlinge und Insekten, die Vitrinen mit Steinen. Er mochte die Augustus-Bücher, obwohl er es nie gesagt hätte. Nicht so sehr den Inhalt, sondern das uniforme Äußere. Auf dem Rücken befand sich eine Nummer, und wenn man sie nebeneinanderstellte, reichten sie von eins bis zweiundvierzig. Als Junge hatte er Steine gesammelt, Kiesel, Schotter von der Straße, alles. Auch heute noch verspürte er manchmal den Impuls, einen Stein aufzuheben und in die Tasche zu stecken.
Jedes Mal, wenn er eine Seite herausnahm, wirbelte feiner Staub wie grauer Puder auf. Er las langsam, formte die Worte mit den Lippen, als würde er eine fremde Sprache entziffern.

In dem Stall, in dem die Heilige Familie für die Nacht Zuflucht gesucht hatte, brannte nur ein kleines Feuer, das fast schon erloschen war. Ein Rotkehlchen – eins der vielen kleinen Geschöpfe, die gekommen waren, um über die Geburt des Messias zu frohlocken – sah, dass das kleine Kindchen fror, flog vor das spärliche Feuer und entfachte die Flammen erneut mit seinem Flügelschlag. Dabei versengte es sich die Brust, die für alle Zeit zum Zeichen der Dankbarkeit rot sein sollte.

Davon gab es jede Menge. Am Ende der Seiten stand immer »Agrestis«. Was immer das bedeutete. Jedes Mal ein anderes Thema – »Das Aufspüren von Schlüsselblumen«, »Die willkommene Wiederkehr des Frühlings«, »Das goldene Gepränge der Osterglocken«, »Ein Otter und seine Jungen, seidig glänzend vom Wasser«, »Ist's an Lichtmess hell und rein«. Hasen – »die keltischen Boten der Eostre, der Göttin des Frühlings« –, die auf einer Wiese boxten. Hasen boxten?, wunderte sich Sunny. Wettkampfmäßig?

Eine andere muffige Schachtel voller Knöpfe und alter Münzen. Eine Schuhschachtel mit Fotos. Er erkannte kaum jemanden auf den Fotos wieder. Viele davon waren kleine Schwarzweißaufnahmen aus der Vorgeschichte, was Sunny betraf. In den siebziger Jahren wurden die Fotos farbig. Ein paar vergilbte Schnappschüsse von ihm und Bertie in Teddys Garten. Sie trugen Kleider in Primärfarben, in denen sie aussahen wie Clowns.

Danke, Viola, dachte er bitter. Kein Wunder, dass er als Kind gehänselt worden war. Er und Bertie, wie sie vor einem Blumenbeet standen, Tinker saß zwischen ihnen. Er spürte einen kleinen Stich im Herzen. Er hatte geweint, als sein Großvater ihm erzählte, dass Tinker eingeschläfert worden war. Er nahm das Foto und steckte es in die Tasche.

Eine Blechschachtel, klein und verrostet, und als er sie öffnete, fand er Orden darin. Vermutlich von seinem Großvater, aus dem Krieg. Und eine kleine goldene Raupe. Eine Raupe? Dazu eine vom Alter weiche Karte – »Caterpillar Club-Mitgliedschaft« stand darauf, ausgestellt für »W/C E. B. Todd«. Noch eine Mitgliedskarte für den »Goldfish Club« für »P/O E. B. Todd«. Was bedeuteten diese unverständlichen Buchstaben? Was waren das für komische Clubs, in denen Opa Ted Mitglied war? Er konnte gerade noch das Getippte auf der Mitgliedskarte für den

Goldfish Club lesen: »Dem Tode entkommen dank eines Rettungsschlauchboots, Februar 1943«.
Sunny dachte an den Ausflug nach Harrogate, als Opa Ted wegen seiner Hüfte gehandicapt gewesen war. Er hatte es damals nicht gesagt, aber Sunny hatte der Ausflug Spaß gemacht. Ihm hatte die Ordnung der Grabsteine auf dem Friedhof gefallen. Einmal hatte er Opa Ted in seinem Rollstuhl allein lassen und weggehen müssen, weil ihm Tränen in die Augen gestiegen waren. Alle diese toten Jungs, es war so traurig. Sie waren in seinem Alter gewesen, hatten etwas Nobles getan, etwas Heldenhaftes. Sie hatten Glück gehabt. Ihnen war Geschichte geschenkt worden. Ihm würde das nicht passieren. Ihm würde nie die Chance gegeben, etwas Nobles und Heldenhaftes zu tun.
Er wurde wütend. Er nahm die Orden aus der Schachtel und steckte sie in seine Tasche zu dem entwendeten Foto.
Der Krieg interessierte ihn, all dieser Kram über Bomber. Vielleicht würde Sunny ein Buch über den Krieg lesen. Dann könnte er vielleicht mit Opa Ted darüber sprechen, ohne wie ein Dummkopf dazustehen. Sein Großvater war auch ein Held, oder? Er hatte ein Leben gehabt. Sunny fragte sich, wie man es anstellte, so ein Leben zu bekommen.
Er stieg ungeschickt die Leiter vom Dachboden hinunter und ließ eine Schachtel auf den Boden fallen. Viola tat so, als würde sie an dem Staub ersticken. »Du weißt doch, dass ich allergisch bin«, sagte sie verdrossen.
»Da oben ist noch eine ganze Ladung Kram«, sagte Sunny.
»Herrgott«, sagte Viola zu Teddy. »Du bist ein *Messie,* Papa.«
Teddy ignorierte sie und sagte zu Sunny: »Du hast dort oben nicht zufällig eine Schachtel mit meinen Orden gesehen?«
»Orden?«
»Aus dem Krieg. Ich habe sie seit Jahren nicht mehr angeschaut. Ich wollte zu einem RAF-Veteranentreffen gehen und sie mitnehmen.«

Sunny zuckte die Achseln und sagte: »Weiß nicht.«
»Können wir bitte weitermachen?«, sagte Viola.

»Dann ist jetzt alles eingeladen«, sagte Viola. »Du musst nur noch den Idiotencheck machen, bevor sie losfahren.«
»Den was?«, sagte Teddy.
»Den Idiotencheck«, wiederholte Viola. »Du weißt schon, nachschauen, dich vergewissern, ob du auch nichts dagelassen hast.«
Nur mein Leben, dachte Teddy.

1951

Der unsichtbare Wurm

Viola zögerte ihren Auftritt auf der Bühne der Welt hinaus. Teddy und Nancy waren seit fünf Jahren verheiratet und hatten die Hoffnung fast schon aufgegeben. Sie dachten daran, ein Kind zu adoptieren. Bald wären sie zu alt, sagte eine humorlose Frau bei der Adoptionsvermittlung, und Babys waren im Moment rar (als hätte es etwas mit den Jahreszeiten zu tun). Wollten sie ihren Namen hinterlassen?

»Ja«, sagte Nancy eifriger, als Teddy erwartet hatte. Die humorlose Frau, eine Mrs. Taylor-Scott, saß hinter einem billigen staatseigenen Schreibtisch. Teddy und Nancy hatten auf unbequemen Stühlen vor ihr Platz genommen und wurden verhört. (»So wie ungezogene Schüler«, sagte Nancy.)

»Wenn es einen ›Engpass‹ gibt«, sagte Nancy, »dann haben wir auch nichts gegen ein farbiges Baby.« Sie wandte sich an Teddy. »Nicht wahr?«

»Nein«, sagte Teddy, kalt erwischt. Darüber hatten sie nicht gesprochen. Es war ihm nie in den Sinn gekommen, dass ihr Baby nicht weiß wäre. Bei einem Einsatz im Krieg war einmal ein exzentrischer Typ mitgeflogen, ein kohlrabenschwarzer Heckschütze aus Jamaika. Er konnte sich nicht mehr an seinen Namen erinnern, nur dass er neunzehn Jahre alt war und vor Lebensfreude sprühte, bis er auf dem Rückflug von der Ruhr aus dem Heckstand geschossen wurde.

»Ich habe nichts dagegen«, sagte Teddy, »aber bei Grün ist meine

Grenze erreicht.« Ein schwacher Versuch, witzig zu sein. Er würde Sylvie nichts davon erzählen und ihr Gesicht beobachten, wenn sie zum ersten Mal ins Kinderbettchen schaute und ein kleines schwarzes Gesicht sah. Er musste lachen, und Mrs. Taylor bedachte ihn mit einem zweifelnden Blick. Nancy langte zu ihm und drückte ihm beruhigend die Hand. Oder vielleicht warnend. Sie wollten nicht geistig verwirrt erscheinen.

»Wohnung?«, sagte Mrs. Taylor-Scott und schrieb in ihrer verkrampften Handschrift etwas Unleserliches auf das Bewerbungsformular.

Sie hatten Mouse Cottage hinter sich gelassen und lebten ein paar Kilometer weiter im Tal in einem gemieteten Bauernhof namens Ayswick, am Rand eines kleinen Dorfs, in dem es eine Grundschule, ein Pub, einen Laden, einen Gemeindesaal und eine Kapelle der Methodisten gab, aber keine Kirche. »Alles, was wir brauchen«, sagte Nancy, »die Kapelle allerdings brauchen wir nicht.« Ein halbes Jahrhundert später war aus dem Pub ein »Gastro-Pub« geworden, aus der Schule eine Töpferei, der Laden war ein Café (»alles hausgemacht«), der Gemeindesaal eine Galerie, die auch den üblichen Touristenkram wie Gobelinstickerei-Sets, Kalender, »Messerbänkchen« und Ziergegenstände zum Thema Schaf verkaufte, und die methodistische Kapelle war ein Privathaus. Die meisten anderen Häuser waren Zweitwohnungen. Die Touristen kamen, manchmal ganze Busladungen voll, weil in dem Dorf eine Fernsehserie gedreht worden war, die in der nostalgieverklärten Vergangenheit spielte.

Teddy wusste das, weil er 1999 mit Bertie auf seiner »Abschiedstour« dorthin zurückkehrte. Das Mouse Cottage war ganz und gar verschwunden, kein Stein war geblieben, doch Ayswick existierte noch und sah von außen fast wie früher aus. Es war jetzt ein Bed & Breakfast, hieß Fairview und wurde von einem Paar in den Fünfzigern geführt, die »dem städtischen Gehetze« entkommen wollten.

Spontan entschieden sie, über Nacht zu bleiben. Teddy wurde das Zimmer zugewiesen, in dem er einst mit Nancy geschlafen hatte, und er bat um ein anderes und schlief in einem kleinen Raum auf der Rückseite, und erst als er am nächsten Morgen erwachte, wurde ihm klar, dass es Violas Zimmer gewesen war. Er fragte sich, wie er das hatte vergessen können. Hier hatten ihre Wiege, ihr Bettchen und schließlich ihr erstes Bett gestanden. Unter Nancys Anleitung hatte er bunte Figuren aus Sperrholz an die Wand genagelt – Jack, Jill, einen Brunnen und einen Eimer. (»Nein, weiter nach links – der Eimer soll ausschauen, als würde er umfallen.«) Neben ihrem Bett war ein kleines Nachtlicht gewesen, ein Häuschen, dessen warmes Licht durch das Fenster glühte. Er hatte ein Regal für Violas Kinderbücher gebaut – *Der Wind in den Weiden, Der geheime Garten, Alice im Wunderland* –, und jetzt stand er hier auf der anderen Seite des Spiegels und schaute auf die Toile-de-Jouy-Tapete und ein großes dilettantisches Gemälde des Tals im Winter und eine Nachttischlampe mit einem billigen weißen Papierschirm. Und es gab kein Zurück auf die andere Seite, nie.

Im Haus war es viel wärmer als damals, als Nancy und er hier gewohnt hatten. Doch es betrübte ihn, dass die georgianische Holzverkleidung von den Wänden verschwunden war, vermutlich ein Opfer der sechziger Jahre, das Haus war jetzt mit frischen Blumenmustern und Streifen und hellen Teppichen ausgestattet, und jedes Zimmer hatte ein eigenes Bad. Ayswick war zu etwas nicht Wiedererkennbarem verwandelt – in Fairview –, und nichts von ihm oder seiner Vergangenheit war übrig geblieben. Niemand außer Teddy wusste jetzt, dass er und Nancy vor dem großen AGA-Herd in der Küche gesessen hatten, während der Wind den Hügel herauf und durch alle Zimmer blies und mit Beniamino Gigli und Maria Caniglia wetteiferte, die auf ihrem geliebten Grammophon *Tosca* sangen. Niemand wusste mehr, dass ihr schwarz-weißer Collie Moss geheißen und zufrieden vor dem AGA auf einer alten Decke geschlafen hatte, während Teddy Entwürfe für seine Naturnotizen in ein Heft schrieb und Nancy, eine reife Samenkapsel kurz vor dem Platzen, kleine filigrane Sachen für das Baby strickte, das sie bald kennenlernen würden.

Es würde alles mit ihm sterben, dachte er, als er den Toast in Fairviews Frühstücksraum butterte – einst ein verstaubtes, nicht genutztes Zimmer auf der Rückseite des Hauses und jetzt zugegebenermaßen ziemlich hübsch mit drei runden Tischen mit weißen Tischtüchern, eine kleine Vase mit Blumen auf jedem. Er war der erste Gast, der herunterkam, und hatte bereits einen Teller mit Speck, Eiern und Würstchen gegessen (er hatte noch immer einen »guten Appetit« laut Viola, bei der es wie Kritik klang) und freundlich mit der Besitzerin geplaudert, bevor jemand anders auftauchte. Er erwähnte nicht, dass er einst hier gewohnt hatte. Es würde komisch wirken, entschied er. Und das Gespräch nähme einen vorhersehbaren Verlauf. Sie wäre überrascht und würde »Es muss sich sehr verändert haben seit Ihrer Zeit« sagen, und er würde »Und wie!« antworten, und nichts davon würde das Krächzen der Saatkrähen am Abend vermitteln, die sich zum Schlafen auf den Bäumen hinter dem Haus niederließen, oder die Blakesche Großartigkeit der Sonnenuntergänge.

»Ayswick«, sagte Nancy. »Ein Bauernhof.« Mrs. Taylor-Scott zog eine Augenbraue hoch, als würde sie Bauernhöfe missbilligen. »In einem Dorf«, fügte Nancy hastig hinzu. »Oder jedenfalls am Rand eines Dorfs. Es gibt alle notwendigen Einrichtungen und so weiter.«

Sie konnten Ayswick mieten, weil der Bauer, dem es gehörte, ein modernes Ziegelhaus »mit allem Komfort« gebaut hatte und das alte Bauernhaus als »lästig und nutzlos« betrachtete und nur zu erfreut war über Mieter, die sich von den zugigen, mit Steinfliesen belegten Fluren und klappernden Fenstern nicht abhalten ließen. »Aber es hat so viel Charakter!«, sagte Nancy begeistert, als sie den Mietvertrag unterschrieben.

Während das Mouse-Cottage winzig gewesen war, war Ayswick riesig, viel zu groß für zwei Personen. Es stammte aus der Mitte des 18. Jahrhunderts, und die verwitterten grauen Steinmauern gaben von außen nicht preis, dass es im Inneren von einer gewissen Eleganz war mit den breiten Eichendielen, der bemalten georgianischen Wandvertäfelung im Wohnzimmer, den Schabracken und Raffbogen, und am besten von allem war die große Bauernküche mit dem alten cremefarbenen AGA-Herd, für Nancy »ein großes tröstliches Tier«. Abgesehen von Nancys Klavier hatten sie immer noch keine Möbel, und diesmal vermachte ihnen auch keine arme alte Frau post mortem ihr Hab und Gut, deswegen waren sie dem Bauern und seiner Frau dankbar, dass sie einen riesigen Küchentisch dagelassen hatten, an dem eine Horde hungriger Landarbeiter Platz gefunden hätte.

Die Bäuerin hatte auf schlichten neumodischen Ercol-Möbeln für ihr kleines Esszimmer bestanden. »Sehr schön«, sagte Nancy höflich, als sie zu ihr ging. Sie hatte Blumen dabei, um sich zu bedanken, setzte sich an den einfachen Tisch aus Ulmenholz und trank Camp-Kaffee, der mit Kondensmilch aufgekocht war. Teddy und Nancy waren sehr eigen, was Kaffee betraf. Sie ließen sich die Bohnen, eine italienische Röstung, mit der Post von Border's aus York schicken. Der Briefträger erschrak immer über das Aroma, das die braune Verpackung aus Papier verströmte. Sie mahlten die Bohnen selbst in einer Mühle, die sie an den Küchentisch geschraubt hatten, und kochten den Kaffee in einem alten Perkolator, den Teddy vor dem Krieg aus Frankreich mitgebracht hatte.

»Das neue Haus ist seelenlos«, berichtete Nancy Teddy. »Es hat keinen Charakter.« Auch keine Spinnen und Mäuse. Keinen Staub, keine Risse, die über die Decken krochen, und keine

Feuchtigkeit, die sich die Wände hinaufschob und eines Tages ihrer heißersehnten Tochter Krupphusten und Katarrh verursachen sollte. Und das neue Haus stand im Windschatten eines Hügels, wohingegen Ayswick zum Tal hin völlig ungeschützt war und die ganze brutale Kraft des Winds abbekam. Sie konnten vor der Tür stehen und zusehen, wie das Wetter auf sie zu zog wie ein angriffslustiger Gegner. Das Wetter lebte mit ihnen, es hatte Persönlichkeit – »die Sonne versucht, sich durchzuschlagen«, »ich glaube, es will regnen«, »der Schnee hält sich zurück«.

Es war ein Samstag, als Nancy aus dem neuen Haus zurückkehrte und Teddy in pastoraler Stimmung vorfand.

Im Augenblick stehen die Wälder voller Fingerhut. Der lateinische Name, den der deutsche Botaniker Leonhart Fuchs dieser bescheidenen einheimischen Pflanze im 16. Jahrhundert gegeben hat, lautet *digitalis,* was übersetzt »vom Finger« bedeutet, und hier in Yorkshire werden sie bisweilen auch »Hexenfinger« genannt. Der Fingerhut hat noch viele andere Namen – Fingerkraut, Fuchskraut, Waldglöckchen, Waldschelle –, doch die meisten kennen ihn als »Fingerhut«. Böse Feen sollen ihn den Füchsen als Handschuhe geschenkt haben, damit sie sich lautlos bewegen können. Daher die englische Bezeichnung »foxglove«, welche höchstwahrscheinlich vom angelsächsischen *Foxes glóva* herrührt.

»Ich habe noch nie darüber nachgedacht, woher der Name stammt«, sagte Nancy. Sie stand hinter Teddy, die Hände auf seinen Schultern, und las.

Es ist eine unprätentiöse Pflanze, die jahrhundertelang in der Volksmedizin benutzt wurde, um zahlreiche Zipperlein zu heilen, bevor man ihre Wirksamkeit bei der Behandlung

von Herzproblemen entdeckte. Einige von Ihnen erinnern sich vielleicht noch an die Kräuterkreise, die im Krieg Fingerhut zur Herstellung des medizinischen *digitalis* gesammelt haben, als wir es nicht mehr importieren konnten.

»Das weißt du von meiner Mutter«, sagte Nancy.
»Ja. Sie war die Vorsitzende des Kräuterkreises der Grafschaft.«
»Deine Mutter hält meine Mutter für eine Hexe«, sagte Nancy. »Vor dreihundert Jahren hätte sie sie ertränken lassen.« Der Garten von Ayswick war voller Fingerhut und wenig anderem. Sie liehen sich Sensen vom Bauern und mähten eine Wiese, den Rest überließen sie der Natur. Es schien sinnlos, einen richtigen Garten anzulegen, nur um ihn dann vor der großartigen Landschaft verschwinden zu lassen. Als sie nach York umzogen, war Teddy überrascht, wie viel Freude ein vorstädtischer Garten bereiten konnte.
Nancy küsste ihn auf den Kopf und sagte: »Ich muss Aufgaben korrigieren.« Sie unterrichtete nicht mehr die ehrgeizigen Oberschulmädchen, sondern war von ihrem Gewissen dorthin geschickt worden, wo sie »wirklich gebraucht« wurde. Sie fuhr jeden Tag in die nächste Stadt, wo sie an einer dankbaren Hauptschule Mathe lehrte. Nancy hieß jetzt »Mrs. Todd«, »Miss Shawcross« hatte sie an der Oberschule zurückgelassen. Die neue Schule und ihre »benachteiligten« Schüler hatten nichts gegen verheiratete Frauen. Sie hätten auch nichts dagegen gehabt, wäre sie ein kopfloses Pferd gewesen, solange sie den Mathematikunterricht rettete.
Teddy war allmählich zum tatsächlichen Herausgeber des *Recorder* geworden, da sich Bill Morrison mehr und mehr »zurückgezogen« hatte. Teddy heuerte einen Schulabbrecher an, der die mühsameren Zuarbeiten erledigte, schrieb jedoch selbst die meisten Artikel.
An Wochenenden, so berichteten sie Mrs. Taylor-Scott, mach-

ten sie lange Wanderungen über Hügel und durch Täler, betrachteten die Natur »in all ihren unterschiedlichen Gewändern«, wie Agrestis sich ausdrückte, und suchten nach Inspirationen für die Naturnotizen. Sie hatten einen Hund, Moss, einen braven schwarz-weißen Collie, der jeden Tag mit Teddy in die Arbeit fuhr. Abends lösten sie ein Kreuzworträtsel und lasen sich gegenseitig Meldungen aus dem *Manchester Guardian* vor. Sie spielten gern Cribbage, hörten Radio oder Musik auf dem Grammophon, das Ursula ihnen zur Hochzeit geschenkt hatte.

»Und Freunde?«, fragte die Frau von der Adoptionsvermittlung.

»Wir haben nicht viel Zeit«, sagte Nancy. »Wir haben unsere Arbeit und uns.«

»Es war wie eine schreckliche mündliche Prüfung«, sagte Nancy danach zu Teddy. »Als ich gesagt habe, dass ich gern Opernplatten höre, ist sie zusammengezuckt, ich schwöre es. Und als ich erzählt habe, dass wir beide aus ziemlich großen Familien kommen, habe ich ihr angesehen, dass sie sich gefragt hat, ob wir zu ungehemmter Lust neigen oder – schlimmer – zum Katholizismus. Und ich habe nicht begriffen, ob es besser ist, einen großen Kreis Freunde oder nur ein, zwei Freunde zu haben. Ich glaube, da habe ich versagt. Und wahrscheinlich hätten wir Moss nicht erwähnen sollen, sie mag keine Hunde. Und der *Guardian* war ein Fehler, sie liest den *Mirror,* das ist mir dann klargeworden.«

»Sind Sie in der Kirche?«, hatte Mrs. Taylor-Scott gefragt und Teddy dabei angestarrt, als wollte sie ihm ein düsteres Geheimnis entlocken.

»Jeden Sonntag, Kirche von England«, sagte Nancy rasch und drückte erneut kurz seine Hand.

»Und Ihr Pfarrer wird Ihnen eine Empfehlung ausstellen?«

»Selbstverständlich.« (»Da habe ich nicht gepfuscht.« Nein, das war rundheraus gelogen, dachte Teddy.)

»Wir könnten Methodisten werden und hier in die Kapelle gehen«, sagte Nancy danach. »Ich bin überzeugt, dass Wesley Mrs. Taylor-Scott gefallen würde, er war ganz versessen auf beispielhaftes Benehmen. ›Gebe Gott, dass ich nicht unnütz lebe!‹« Teddy hatte diese Worte bei Ursulas Beerdigung zitiert und es dann bereut, weil sie seine Schwester schrecklich mürrisch erscheinen ließen, vor allem 1966, als Nützlichkeit aus der Mode war. Ursula war überhaupt nicht religiös gewesen, das hatte ihr der Krieg ausgetrieben, doch sie bewunderte, wie der Nonkonformismus sowohl Zurückhaltung als auch Unternehmergeist förderte.

Teddy hatte Ursulas Beerdigung organisiert und anschließend monatelang darauf gewartet, dass sie ihm schrieb und davon berichtete. (»Mein liebster Teddy, ich hoffe, es geht Dir gut.«)

»Alles in Ordnung, Opa?«, fragte Bertie, als sie sich am Frühstückstisch von Fairview neben ihn setzte, sich zu ihm neigte und ihn auf die Wange küsste. »Geht dir diese Reise in die Vergangenheit an die Nieren?« Er tätschelte ihr die Hand und sagte: »Überhaupt nicht.«

Heute wollten sie zu ein paar der RAF-Stützpunkte fahren, auf denen er während des Kriegs stationiert gewesen war. Sie waren jetzt Industriegebiete oder Einkaufszentren am Rand einer Stadt. Häuser und sogar ein Gefängnis waren darauf gebaut worden, doch der Flugplatz, von dem aus er seine ersten Einsätze geflogen hatte, war noch der verlassene, melancholische Ort, den er sich vorgestellt hatte, mit den gespenstischen Überresten der Unterkünfte, dem Weg entlang der Flugfeldbegrenzung, den Umrissen des mit Gras überwachsenen Bombenlagers und der hohläugigen, zerbrochenen Hülse des Kontrollturms mit den verrosteten Fensterrahmen und dem bröckelnden Beton. Das Innere war von schäbigem Unkraut übernommen worden – Weidenröschen, Nesseln und Ampfer –, doch ein Teil der Einsatztafel und eine verblasste, eingerissene, längst überholte Landkarte Westeuropas hingen noch an der Wand.

»Und auch das wird vergehen«, sagte Teddy zu Bertie, während sie die Karte betrachteten, und Bertie sagte: »Hör auf. Wir werden noch in Tränen ausbrechen. Lass uns eine Tasse Tee trinken.« Sie fanden ein Pub namens Black Swan, in dem sie Tee tranken und Scones aßen, und erst als sie die Rechnung beglichen, erinnerte sich Teddy, dass es die Kneipe war, die während seiner ersten Einsatzrunde Mucky Duck (Schmutzige Ente) genannt worden war und in der sich die Mannschaften häufig betrunken hatten.

»Meinst du, dass wir Mrs. Taylor-Scotts Prüfung bestanden haben?«, sorgte sich Nancy.

»Ich weiß nicht. Sie hat uns nicht in die Karten schauen lassen.« Doch bevor ein Baby von welcher Hautfarbe auch immer gefunden wurde, kam Nancy eines Morgens zum Frühstück herunter und sagte: »Ich glaube, ein Engel hat mir einen Besuch abgestattet.«

»Wie bitte?«, sagte Teddy. Er toastete Brot auf dem AGA und war mit den Gedanken bei Agrestis, nicht bei der Verkündigung. Er hatte am Tag zuvor Hasen auf einem Feld boxen sehen und suchte nach einer Formulierung, die etwas von seiner Freude bei diesem Anblick vermittelte.

»Ein Engel?«, sagte er und zerrte seine Gedanken fort von *Lepus europaeus* (»der keltische Botschafter der Eostre, der Göttin des Frühlings«).

Nancy lächelte ihn glückselig an. »Du verbrennst den Toast«, sagte sie. Und dann: »Gebenedeit bin ich unter den Weibern. Ich *glaube,* ich kriege ein Kind. Wir. Wir bekommen ein Kind, mein Schatz. Ein neues Herz schlägt. In mir. Ein Wunder.« Nancy mochte sich vor langer Zeit vom Christentum losgesagt haben, aber manchmal konnte Teddy einen Blick auf die hehre *religieuse* in ihr werfen.

Gegen Ende des zweiten qualvollen Tages mit Wehen nahm der Arzt Teddy beiseite und warnte ihn, dass er sich vielleicht zwischen der Rettung Nancys und der des Kindes würde entscheiden müssen. »Nancy«, sagte er, ohne zu zögern. »Retten Sie meine Frau.«

Teddy war nicht darauf vorbereitet. Mit dem Ende des Kriegs hatte er eigentlich das schattige Tal des Todes hinter sich gelassen und war auf das sonnenbeschienene Hochland gezogen. Er war nicht mehr bereit für Schlachten.

»Sie haben dich gefragt, wie du dich entscheiden würdest«, sagte Nancy, als beide, Mutter und Kind, in Sicherheit waren. (Wer hatte es ihr gesagt?, fragte er sich.) Sie lag im Bett, bleich vom Blutverlust, ihre Lippen trocken und aufgeplatzt, ihr Haar noch feucht vom Schweiß. Er fand sie wunderschön, eine Märtyrerin, die die Flammen überlebt hatte. Das Baby in ihren Armen schien seltsam ungerührt von diesem Gottesurteil. »Ich hätte mich für das Baby entschieden, das weißt du doch, oder?«, sagte Nancy und küsste zärtlich die Stirn des frischen Geschöpfs. »Wenn man mich vor die Wahl gestellt hätte, dich oder das Baby zu retten, hätte ich mich für das Baby entschieden.«

»Ich weiß«, sagte er. »Ich war egoistisch. Du wärst einem mütterlichen Imperativ gefolgt.« (Einen väterlichen gab es offenbar nicht.) In späteren Jahren fragte sich Teddy, ob Viola irgendwie wusste, dass er sie, ohne zu zögern, theoretisch, wenn auch nicht praktisch, zum Tode verurteilt hätte. Wenn sie während der Schwangerschaft gefragt wurde, worauf sie hoffte – einen Jungen oder ein Mädchen –, hatte Nancy immer gelacht und gesagt: »Ich bin zufrieden, wenn es ein Baby wird.« Aber als Viola geboren war und sie erfuhren, dass sie ihr einziges Kind bleiben würde, sagte sie: »Ich bin froh, dass es ein Mädchen ist. Ein Junge wird erwachsen und heiratet und geht weg. Er gehört dann zu einer anderen Frau, aber ein Mädchen gehört immer zu seiner Mutter.«

Sie könnte keine Babys mehr bekommen, erklärte der Arzt. Nancy war eins von fünf Geschwistern, ebenso Teddy. Es war merkwürdig, auf diese Singularität reduziert zu sein, diese dicke Larve in ihrem Wiegenkokon. Zucker und Salz. (Mehr Salz als Zucker, wie sich herausstellte.) Über Namen hatten sie schon gesprochen, Viola für ein Mädchen. Nancy dachte an ihre vier Schwestern, stellte sich Töchter vor, fügte eine Rosalind, eine Helena und vielleicht eine Partia oder Miranda hinzu. Einfallsreiche Mädchen. »Keine Tragödien«, sagte sie. »Keine Ophelias und Julias.« Und einen Sohn, hatte sie gedacht, für Teddy, und sie würden ihn Hugh nennen. Den Jungen, den es nie geben würde.

Ein Name aus Shakespeare schien nur logisch. Es war 1952, und sie dachten noch darüber nach, was es hieß, Engländer zu sein. Es half, dass sie eine neue junge Königin hatten, die wiederauferstandene Gloriana. Auf ihrem geliebten Grammophon hörten sie Kathleen Ferrier, die britische Folksongs sang. Sie waren zur Wiedereröffnung der Free Trade Hall nach Manchester gefahren, um sie mit dem Hallé Orchestra singen zu hören. Das Gebäude war 1940 zerbombt worden, und Nancy meinte, dass 1940 so lange her zu sein schien. »Was für dumme Patrioten wir sind«, sagte sie und wischte sich eine Träne ab, als das Publikum stampfte und Elgars *Land of Hope and Glory* zujubelte. Als Kathleen Ferrier im nächsten Jahr zu jung starb, sagte Bill Morrison: »Ein tolles Mädel«, und beanspruchte sie für den Norden, auch wenn sie von der falschen Seite der Pennines gewesen war, und schrieb einen Nachruf auf sie für den *Recorder*.

Beim ersten Anblick verliebte sich Nancy in Viola. Ein *coup de foudre,* sagte sie, intensiver und überwältigender als jede Form romantischer Liebe. Mutter und Tochter waren eine Welt füreinander, vollständig und unangreifbar. Teddy wusste, dass er von einer anderen Person nie so eingenommen sein könnte. Er liebte seine Frau und seine Tochter. Es war vielleicht eine unerschütterliche Zuneigung und keine großartige Obsession, dennoch zweifelte er nicht daran, dass er, wenn nötig, sein eigenes Leben sofort für sie opfern würde. Und er wusste auch, dass er sich nicht mehr nach etwas anderem sehnen würde, etwas jenseits von ihnen, nach den heißen Scheiben Farbe oder der Intensität des Kriegs oder der Liebe. Das lag alles hinter ihm, er hatte jetzt eine andere Art Verpflichtung, nicht sich selbst gegenüber, nicht seinem Land gegenüber, sondern diesem kleinen Knäuel Familie.

War es bei Nancy einfach nur Liebe? Oder etwas Fiebrigeres? Ihre gemeinsame Erfahrung, zwischen Leben und Tod zu schweben vielleicht. Seine eigene Erfahrung mit der Mutterschaft basierte natürlich auf Sylvie. Er wusste, dass sie ihn als kleinen Jungen (wahrscheinlich sein ganzes Leben lang) sehr geliebt hatte, aber für ihr Glück hatte sie sich nicht auf ihn verlassen. (Oder?) Andererseits hatte er seine Mutter nie verstanden, er bezweifelte, dass irgendjemand sie verstanden hatte, bestimmt nicht sein Vater.

Nancy, die unbekümmerte Atheistin, entschied, dass Viola getauft werden sollte.

»Ich glaube, das nennt man scheinheilig«, sagte Sylvie zu Teddy außer Hörweite von Nancy (wo viele Gespräche mit Teddy stattfanden).

»Dann seid ihr schon zu zweit«, sagte Teddy. »Du gehst immer noch in die Kirche, aber ich weiß, dass du nicht gläubig bist.«

»Was für ein guter Ehemann du bist«, sagte Nancy später, »ergreifst immer Partei für deine Frau und nicht für deine Mutter.«

»Ich ergreife Partei für die Vernunft«, sagte Teddy. »Zufälligerweise bist du da meistens auch zu finden, meine Mutter dagegen eher selten.«

»Ich will kein Risiko eingehen«, sagte Nancy bei der Taufe zu Sylvie. »Ich will mich nach allen Seiten absichern auf die Art und Weise von Pascal.« Sylvie ließ sich von Verweisen auf französische Philosophen und Mathematiker nicht beschwichtigen. Wenn Teddy nur jemanden geheiratet hätte, der weniger gebildet wäre, dachte sie.

Für die Taufe fuhren sie »nach Hause«. »Warum nennen wir es immer noch so, wo wir doch ein eigenes Zuhause haben?«, fragte sich Nancy. »Ich weiß es nicht«, erwiderte Teddy, doch er wusste, dass Fox Corner zuinnerst immer sein Zuhause bleiben würde.

Die Taufpatinnen – die Tanten Bea und Ursula – gelobten, dass sie den Teufel und jeden Aufstand gegen Gott bekämpfen würden, und anschließend feierten sie in Jackdaws mit Sherry und einem schottischen Früchtekuchen. Unnötig zu erwähnen, dass Sylvie höchst verstimmt war, weil sie nicht nebenan in Fox Corner waren.

Teddy schenkte Nancy einen Ring, einen kleinen Solitär-Ring, zum Andenken an Violas sichere Ankunft in der Welt. »Der Verlobungsring, den ich dir nie geschenkt habe«, sagte er.

Viola wuchs heran, die Larve wurde dicker, verwandelte sich aber noch nicht in einen Schmetterling. Nancy fing wieder an zu arbeiten, als Viola in die Dorfgrundschule kam, übernahm eine Teilzeitstelle in einem nahen teuren Internat der Kirche von England. In dem Internat lebten Mädchen, die die Aufnahmeprüfung für weiterführende Schulen nicht geschafft hatten, deren Eltern jedoch die soziale Schmach eines Hauptschulabschlusses nicht ertragen konnten.

Der Bauer hatte ihnen angeboten, Ayswick zu kaufen, und sie hatten einen Kredit beantragt. Es schien, als würde das Leben ewig so weitergehen, Teddy war nicht ehrgeizig, und Nancy schien zufrieden, bis sie eines Tages im Sommer 1960, als Viola acht Jahre alt war, beschloss, dass sie aufsteigen mussten.

Auf dem Land zu leben war gut und schön, sagte sie, aber Viola brauchte bald mehr, eine gute Oberschule, die nicht eine Stunde mit dem Bus entfernt war, Freunde, ein soziales Leben, und es war schwer, die »mitten im Nirgendwo« zu finden. Und das Bauernhaus war zu groß, unmöglich sauber zu halten, die Heizung verschlang ein Vermögen, die sanitären Anlagen waren aus dem Mittelalter. Und so weiter.

»Ich glaube nicht, dass sie im Mittelalter sanitäre Anlagen hatten«, sagte Teddy. »Ich dachte, du liebst es, weil es Charakter hat.«

»Man kann auch zu viel Charakter haben.«

Der Hinterhalt kam als komplette Überraschung. Sie saßen im Bett, lasen beide in Büchern aus der Bibliothek, das ruhige Ende eines für Teddy zumindest ziemlich anstrengenden Tages. Er war für den *Recorder* zu einer lokalen Landwirtschaftsausstellung gefahren. Die Zahl der gut gepflegten Schafe und aufwendigen Gemüseexponate, für die ein Mann sich interessieren konnte, war begrenzt. Bedauerlicherweise hatte man ihn gezwungen, die Biskuitkuchen im Landfrauenzelt zu beurteilen (er fühlte sich wie ein Juror bei einem Schönheitswettbewerb). »Leicht wie eine Feder« erklärte er zum Gewinner und nahm dankbar Zuflucht beim Klischee.

Es waren Schulferien, und Nancy musste zum Optiker, um ihre Sehstärke überprüfen zu lassen, und das Wetter war so gut, dass Teddy Viola zur Ausstellung mitnahm. Viola allerdings mochte keine Bauernhoftiere. Kühe und Schweine machten sie nervös, sogar Schafe jagten ihr Angst ein, und sie kreischte, wenn sich ihr eine Gans auch nur näherte (aufgrund eines bedauerlichen Vorfalls, als sie klein gewesen war). »Aber es gibt auch noch andere Sachen«, sagte Teddy hoffnungsvoll, und es gab tatsächlich eine Blumenschau, die Viola »nett« nannte, obwohl sie – trotz Teddys Warnungen – die Nase in eine Vase Wicken nach der anderen steckte, so dass ihr Heuschnupfen ausbrach. Die Prüfung der Hütehunde war langweilig (Teddy musste ihr zustimmen), doch die Wurfbude der Jungbauern war ein Erfolg, und sie gab viel Geld für wenig Gegenleistung aus, warf wild und ohne zu zielen. Schließlich schritt Teddy ein, warf ein paar Bälle und gewann einen Goldfisch, so dass sie nicht mit leeren Händen abziehen musste. Zudem gab es eine Ponyschau, die ihr trotz ihrer beschworenen Abneigung gegen Pferde gefiel. Sie klatschte begeistert, wann immer jemand über die niedrigen Hindernisse sprang.

Im Landfrauenzelt wurde Viola wie ein Haustier behandelt – die Frauen kannten Teddy gut und fütterten beide mit viel zu viel Kuchen. Viola war wie Bobby, ihr gelber Labrador – sie aß so lange, bis es ihr jemand untersagte. Wie Bobby war sie ziemlich pummelig. »Babyspeck«, sagte Nancy. Das mochte vielleicht noch für Viola gelten, aber nicht mehr für Bobby, der längst erwachsen war. Moss, ihr außergewöhnlicher Collie, war kurz nach Violas Geburt gestorben, und der friedliche Bobby sollte der treue und klaglose Gefährte von Violas Kindheit sein.

Gegen Ende des Nachmittags war Viola quengelig vor Müdigkeit und von der Hitze. Dieser Verdruss sowie der Kuchen und die große Menge Orangenlimonade, die sie getrunken hatte, ergaben eine tödliche Mischung, und Teddy musste auf der Rückfahrt zweimal anhalten, damit sie sich am Straßenrand übergeben konnte. »Du Arme«, sagte er und versuchte, sie in die Arme zu nehmen, doch sie entwand sich ihm. Teddy hatte auf eine Beziehung zu seiner Tochter gehofft, wie sie Major Shawcross zu seinen Töchtern gehabt hatte, oder vielleicht auch auf ein etwas zurückhaltenderes Verhältnis, so wie Hugh zu Pamela und Ursula, doch in Violas Herzen war kein Platz mehr für ihn, Nancy hatte es vollständig in Beschlag genommen. Nachdem sie sie verloren hatten, nahm Nancy dort noch mehr Platz ein. Seine Tochter wurde verzehrt von einer verbitterten Einstellung einer Welt gegenüber, die ihr die Mutter genommen und sie mit dem armseligen Ersatz ihres Vaters zurückgelassen hatte.

Viola schlief den Rest der Fahrt. Teddy sorgte sich um den Goldfisch (von Viola bereits Goldie getauft) in der sauerstoffarmen Hitze seines Gefängnisses aus Plastik.

»Ich möchte ein Pony«, verkündete Viola, als sie nach Hause kamen, und als Teddy sehr vernünftig sagte: »Aber du magst doch keine Pferde«, brach Viola in Tränen aus und schrie ihn an, dass Ponys keine Pferde waren. Er bestritt es nicht. »Sie ist übermüdet«, sagte Nancy, als sich Viola theatralisch schluchzend aufs Sofa warf. »Wo ist der berühmte Stoizismus der Todds?«, murmelte Nancy. »Sensibel«, nannte sie ihre dünnhäutige Tochter. »Viel zu verwöhnt«, hätte Sylvie gesagt. Teddy rettete den Goldfisch davor, von Violas Babyspeck erdrückt zu werden. »Ist ja alles gut, Liebes«, sagte Nancy zu Viola. »Komm, du kriegst ein Stückchen Schokolade, dann geht's dir gleich wieder besser, ja?« Und so war es.

Teddy trug den Goldfisch in die Küche, wo er ihn aus der Plastiktüte in eine Spülschüssel mit Wasser gleiten ließ. »Kein tolles Leben, was, Goldie?«, sagte er zu ihm. Teddy war ein frühes Mitglied des Goldfish Club, woran er allerdings nur selten dachte. Irgendwo war ein kleines Abzeichen aus Stoff mit einem geflügelten Fisch darauf, Nachklang einer Notwasserung auf der Nordsee.

Es war während seiner ersten Einsatzrunde gewesen, und manchmal fragte er sich, ob er es nicht hätte besser machen, die letzten wenigen Meilen bis zum Land hätte fliegen können, statt seine Halifax auf dem Meer aufzusetzen. Es war schrecklich gewesen. *Also dann, viel Glück.*

Er wollte am nächsten Tag in eine Tierhandlung gehen und ein Aquarium für Goldie kaufen, so dass der Fisch für den Rest seines Lebens Runde um Runde in Einzelhaft schwimmen könnte. Er könnte ihm auch einen Gefährten kaufen, aber das würde nur bedeuten, das Elend zu verdoppeln.

Als er abends im Bett lag, spürte Teddy, dass er den Preis für den vielen Kuchen zahlte – der irgendwo unbequem unter seinen Rippen steckte.

»Du Armer«, sagte Nancy. »Soll ich dir einen Schluck Magnesiamilch bringen?« Sie sprach im selben Tonfall, den sie anschlug, um Violas Neigung zu Schmerzen und Unglück entgegenzuwirken *(ein Stückchen Schokolade).* Er lehnte ihr Angebot ab und wandte sich wieder seinem Buch zu. Er las *Born Free*, Nancy *Die Wasser der Sünde* von Iris Murdoch. Er fragte sich, ob die Bücher etwas über sie selbst aussagten.

Er konnte sich jedoch nicht konzentrieren, schlug das Buch heftiger zu, als er beabsichtigt hatte. »Du willst also, dass wir umziehen«, sagte er.

»Ja, ich denke schon.«

Als Viola geboren wurde, hatten Nancy und Teddy enthusiastisch von der robusten ländlichen Kindheit geschwärmt, die sie für ihre Tochter im Sinn hatten – sie stellten sich vor, wie sie auf Bäume kletterte und über Gräben sprang, mit einem Hund an der Seite durch die Landschaft lief. (»Ein bisschen Vernachlässigung hat noch niemandem geschadet«, sagte Nancy. »Man könnte sogar sagen, dass sie uns als Kindern gutgetan hat.«) Wie sich im Lauf der Zeit herausstellte, war Viola jedoch kein Landkind. Sie war es zufrieden, den ganzen Tag im Haus zu bleiben, ein Buch zu lesen oder Musik auf dem kleinen Dansette-Plattenspieler zu hören, den sie ihr geschenkt hatten (Cliff Richard, The Everly Brothers), während Bobby faul zu ihren Füßen lag. Hund und Kind waren vor langem übereingekommen, nicht zu laufen und nicht zu springen. Vielleicht hatte Nancy recht. Viola würde es in einer städtischen Umgebung besser gefallen.

Und womöglich täte eine Veränderung allen gut, sagte Nancy. Teddy hatte kein Bedürfnis nach Veränderung, er war zufrieden »mitten im Nirgendwo« und hatte geglaubt, Nancy erginge es ebenso. »*Gut* für uns?«, sagte er. »In welcher Beziehung?«

»Stimulierender. Wir hätten mehr Möglichkeiten. Cafés, Theater, Kino, Geschäfte. *Leute*. Nicht alle sind damit zufrieden, im Frühling die ersten Schlüsselblumen zu erschnüffeln oder den Lerchen zuzuhören.« (Sie war nicht zufrieden? *Die unzufriedene Ehefrau,* wie eine Komödie aus der Zeit der Stuart-Restauration, dachte Teddy. Eine ziemlich schlechte. Ihm fiel unwillkürlich seine Mutter ein.) »Früher warst du zufrieden, ›Schlüsselblumen zu erschnüffeln‹, wie du dich ausdrückst«, sagte er. Ihm gefiel der Ausdruck, er war poetischer als von Nancy gewohnt, und er speicherte ihn für Agrestis ab. Im Lauf der Jahre hatte sein Alter Ego in seinem Kopf Form und Charakter angenommen – ein robuster Landmann, Kappe auf dem Haupt, Pfeife in der Hand, ein bodenständiger Mann, aber nichtsdestotrotz aufmerksam auf die Launen von Mutter Natur. Teddy empfand sich im Vergleich zu seinem strammen Gegenstück gelegentlich als unzulänglich.

Es hatte eine Zeit gegeben, als der Fund eines Vogelnests oder in der Tat der ersten Schlüsselblume seine unzufriedene Frau entzückt hätten. »Aber wir sind nicht mehr so, wie wir früher waren«, sagte sie.

»Ich schon«, sagte Teddy.

»Nein, du auch nicht.«

»Streiten wir?«

»Nein!«, sagte Nancy und lachte. »Aber wir sind jetzt über vierzig, dümpeln vor uns hin …«

»Dümpeln?«

»Ich meine es nicht als Beleidigung. Ich will nur sagen, dass wir uns vielleicht ein bisschen aufraffen sollten. Du willst doch nicht, dass dein Leben an dir vorbeizieht, oder?«

»Ich dachte, es geht um Viola, nicht um uns.«

»Ich will nicht auf die andere Seite der Welt ziehen«, sagte Nancy. »Nur nach York.«

»York?«

Nancy stand aus dem Bett auf und sagte: »Ich hole dir die Magnesiamilch. Der viele Kuchen hat dir die Laune verdorben. Du solltest nicht immer so charmant zu den Landdamen sein.« Als sie auf seiner Bettseite vorbeiging, zerzauste sie ihm liebevoll das Haar, als wäre er ein kleiner Junge, und sagte: »Ich sage ja nur, dass wir darüber nachdenken sollten, und nicht, dass wir es notwendigerweise auch *tun* müssen.«

Er strich sich das Haar glatt und starrte an die Decke. *Dümpeln,* dachte er. Nancy kam aus dem Bad zurück und schüttelte eine blaue Glasflasche. Einen Augenblick lang befürchtete er, dass sie ihn mit der Magnesiamilch füttern würde, doch stattdessen reichte sie ihm die Flasche und sagte: »Da, das sollte helfen.« Sie legte sich wieder ins Bett und nahm erneut ihr Buch, als wäre das Thema, ihr Leben zu verändern, zufriedenstellend diskutiert und entschieden.

Er trank einen Schluck der kreidigen weißen Medizin und schaltete seine Nachttischlampe aus. Wie so oft ließ der Schlaf auf sich warten, und seine Gedanken wandten sich Agrestis zu, der an einem Artikel über die Schermäuse arbeitete.

Obwohl es zur Ordnung der *Rodentia* gehört, wird dieses charmante kleine Kerlchen *(Arvicola terrestris)* oft fälschlicherweise Wasserratte genannt. Die allseits beliebte Figur des Ratty in Kenneth Grahames *Der Wind in den Weiden* ist eine Schermaus. In der Wildnis ein kurzlebiges Geschöpf, hat es nur eine Handvoll Monate Zeit, um seinen Daseinszweck auf Erden zu erfüllen, in Gefangenschaft kann es jedoch viel älter werden. Es leben rund acht Millionen Wasserratten – wie Grahames Ratty – in Bauten an Flussufern, in Gräben und Bächen und anderen Wasserläufen …

Nicht lange bevor er Fanning Court gegen das Pflegeheim Poplar Hill eintauschte, als er schon einiges über neunzig war

(»das Leben in Gefangenschaft« hatte sein Leben eindeutig verlängert), las Teddy einen Artikel im *Telegraph* (er benutzte mittlerweile eine Lupe, um das Gedruckte noch entziffern zu können). Darin stand, dass es kaum mehr eine Viertelmillion Schermäuse in Großbritannien gab. Er wurde wütend deswegen und sprach das Thema reichlich echauffiert beim wöchentlichen Kaffeemorgen an, was den Bewohnern etwas unangenehm war. »Nerzfarmen«, erklärte er, »entkommene Nerze haben die Mäuse verdrängt. Sie *gefressen.*«

Ein oder zwei der älteren Bewohnerinnen im Gemeinschaftsraum hielten grimmig an ihren Nerzmänteln fest, die eingemottet in den Melaminschränken von Fanning Court hingen, und hatten keinerlei Mitgefühl mit den unschuldigen Schermäusen. »Und natürlich«, fuhr Teddy fort, »haben wir ihr Habitat zerstört, darin sind die Menschen unübertroffen.« Und so weiter. Hätten sie aufgepasst, und viele taten es entschlossen nicht, hätten die Bewohner am Ende der Lektion alles über die Schermäuse (oder das heikle Thema Erderwärmung) erfahren, was es zu erfahren gab.

Teddys Kreuzzug für die kleinen unbeachteten Säugetiere kam bei Nescafé und Keksen mit Schokofüllung nicht gut an. (Ebenso wenig seine Gefühle für den bescheidenen Igel und den Feldhasen, »und wann haben Sie zum letzten Mal einen Kuckuck gehört?«) »Umweltapostel«, murmelte ein Bewohner, ein pensionierter Rechtsanwalt.

»Also wirklich, Papa«, sagte Viola, »du darfst die Leute nicht so *schikanieren.*« Offenbar hatte die dicke Kontrolleurin, Ann Schofield, Viola gebeten, mit Teddy »ein Wörtchen« über sein »streitlustiges« Verhalten zu sprechen. »Aber wir haben in dreißig Jahren fast neunzig Prozent der Schermauspopulation verloren«, protestierte er. »Da wird doch jeder streitlustig. Wenn auch nicht annähernd so wütend, wie die Schermäuse sein müssen.« (»Man weiß erst, was man hat, wenn es weg ist«, sagte Bertie. »Wie es in dem Lied heißt.« Teddy kannte das Lied nicht, aber er verstand die Bedeutung.) »Sei nicht albern«, sagte Viola. »Und ich finde, du bist ein bisschen zu alt, um dich noch für irgendwelche *Anliegen* zu engagieren.« Im unerbittlichen Darwinschen Universum seiner Tochter ging die Wildnis große Risiken ein. »Diese Obsession in Bezug auf Ökologie tut dir nicht gut«, sagte sie. »Du bist zu alt, um dich so aufzuregen.«

Ökologie?, dachte Teddy. »Natur«, sagte er. »Wir haben es Natur genannt.«

Zum Zeitpunkt dieses »Kurzbesuchs« in Fanning Court versuchte Viola bereits, Teddy zum Umzug in ein Pflegeheim zu überreden – sie hatte Broschüren mitgebracht. Ein paar Tage zuvor war er gestürzt, nicht schlimm, seine Beine hatten nachgegeben, und er war zu Boden gegangen wie eine kollabierte Ziehharmonika. »Sitze auf meinem verdammten Arsch fest«, sagte er barsch zu Ann Schofield, als sie hereinkam (ja, er war in der Nähe einer roten Strippe gewesen, und ja, er hatte daran gezogen). »Nicht diese Ausdrucksweise, bitte!«, mahnte sie ihn, als wäre er ein ungezogenes Kind, obwohl er sie erst gestern erwischt hatte, als sie dachte, sie wäre allein in der Waschküche, und zu einer widerspenstigen Waschmaschinentür sagte: »Jetzt benimm dich, du kleines Scheißding.« Ein Ausruf, der dank ihres Birmingham-Akzents besonders rüpelhaft klang.

Mit minimaler Hilfe der dicken Kontrolleurin (»Das ist gegen die Gesundheits- und Sicherheitsvorschriften, ich muss den Notarzt rufen«) kam er auf die Knie und von dort zum Sofa, und er war abgesehen von ein paar blauen Flecken völlig in Ordnung, doch diese waren »eindeutige Beweise« für Viola, dass er nicht mehr allein leben konnte. Sie hatte ihn aus seinem Haus und nach Fanning Court gedrängt. Jetzt versuchte sie, ihn hier rauszuekeln und in ein Heim namens Poplar Hill zu stecken. Vermutlich wäre sie erst zufrieden, wenn sie ihn zu Tode gepiesackt hätte.

Sie legte die Pflegeheimbroschüren vor ihn hin, Poplar Hill ganz oben, und sagte: »Schau sie dir wenigstens an.« Er blickte kurz darauf – Fotos von glücklichen, lächelnden Menschen mit vollem grauen Haar und, worauf er sie hinwies, keinerlei Spuren von Scheiße, Pisse und Demenz.
»Deine Ausdrucksweise ist schrecklich dieser Tage«, sagte Viola zimperlich. »Was ist los mit dir?«
»Ich werde bald tot sein«, sagte er. »Das macht mich pampig.«
»Sei nicht albern.« Ihm war aufgefallen, dass sie sehr schick angezogen war. »Ich muss noch wohin.«
»Wohin?« Sie hatte es schon immer gehasst, etwas *erklären* zu müssen, ein Zug ihres verschlossenen Charakters. Er war einmal auf der Straße an ihr vorbeigegangen, als sie ein Teenager war. Sie war in Begleitung von Schulfreundinnen, und sie hatte durch ihn hindurchgesehen. Ein Sohn namens Hugh hätte so etwas nie getan.
»Wohin?«, wiederholte er in dem Versuch, sie dazu zu bringen, präziser zu werden.
»Sie machen einen Film aus einem meiner Romane. Ich treffe mich mit den Verantwortlichen.« Die auffällig beiläufige Weise, wie sie »Film« und »Verantwortliche« sagte, ließ sie gleichgültig klingen, obwohl sie es eindeutig nicht war. Ihr zweiter Roman, *Adams Kinder,* war verfilmt worden. Es war ein minderwertiger Film gewesen – britisch, Viola hatte ihm eine DVD gegeben. Nicht dass das Buch viel besser gewesen wäre. Nicht dass er das jemals zu ihr gesagt hätte. Er hatte es »sehr gut« gefunden.
»Einfach nur sehr gut?« Sie hatte die Stirn gerunzelt.
Herrgott, dachte er, reichte das nicht? Er wäre mehr als erfreut über ein »sehr gut« gewesen, hätte er seinen Versuch, einen Roman zu schreiben, jemals zu Ende gebracht. Wie hatte der Titel gelautet? Etwas von Schlaf und stillem Atem, es war ein Zitat von Keats, daran erinnerte er sich noch, aber aus welchem Gedicht? Er spürte, wie sich Wolken in seinem Gehirn zusam-

menbrauten. Vielleicht hatte Viola recht, vielleicht war es an der Zeit, aufzugeben und sich in Gottes Wartezimmer niederzulassen.

Ihr erster Roman, *Spatzen am Morgen* (was für ein schrecklicher Titel!), handelte von einem »schlauen« (und ärgerlich arroganten) jungen Mädchen, das von seinem Vater großgezogen wird. Es war eindeutig autobiographisch, eine Art Botschaft von Viola an ihn. Das Mädchen wurde unablässig schlecht behandelt, und der Vater war ein tölpelhafter Zuchtmeister. Sylvie hätte es definitiv nicht KUNST genannt.

»Welcher?«, fragte er, riss sich zusammen, schob die Wolken aus dem Weg. »Welcher Roman soll verfilmt werden?«

»Das Ende der Dämmerung.« Und als er sie ausdruckslos ansah, fuhr sie ungeduldig fort: »Das ist der von der Mutter, die ihr Baby weggeben muss.« (»Wunschdenken ihrerseits«, sagte Bertie.) Sie schaute demonstrativ auf die schwere goldene Uhr an ihrem Handgelenk. (»Rolex. Eine Investition.«) Er wusste nicht, ob ihn diese Geste an ihr geschäftiges Leben oder ihren Erfolg erinnern sollte. Vermutlich an beides. Heutzutage war sie eine stromlinienförmigere Version ihrer selbst, schlank und frisiert, ihr Haar wies zehn unterschiedliche Blondtönungen auf, die er noch nie zuvor gesehen hatte. Kein Henna mehr, keine sackartige Kleidung. Der Samt und die Pailletten, an denen sie bis in die mittleren Jahre festgehalten hatte, waren verschwunden, jetzt trug sie maßgeschneiderte Kostüme in gedeckten Farben.

»*Adams Kinder* hat mein Leben verändert«, hatte er im Gemeinschaftsraum in einer Ausgabe von *Woman's Weekly* gelesen, in der er geblättert hatte auf der Suche nach den auf der Titelseite versprochenen Rezepten für »billige und einfache Gerichte«. »Die preisgekrönte Autorin Viola Romaine spricht über ihren frühen Roman und Bestseller. ›Es ist nie zu spät, einen Traum zu verwirklichen‹, erzählt sie uns in diesem Exklusivinterview.« Und so weiter.

»Ich muss los«, sagte sie, stand abrupt auf, schwang die Handtasche an der schweren Goldkette. »Du musst anfangen, über ein Pflegeheim nachzudenken, Papa. ›Seniorenheim‹ werden sie heute genannt. Geld ist kein Thema. Ich werde natürlich aushelfen. Das da« – sie tippte mit einem rosa lackierten Fingernagel auf die Broschüre von Poplar Hill – »soll ausgezeichnet sein. Denk drüber nach. Überleg dir, wohin du willst.«

Fox Corner, dachte er. Dort möchte ich hin.

Teddy wehrte sich nicht gegen Nancys unerwarteten Wunsch, umzuziehen, und als bei der *Yorkshire Evening Press* eine Stelle frei wurde, bewarb er sich, und ein paar Wochen später zogen sie nach York. (Es ging so rasch wie ein Schnitt mit dem Messer.) Nancy fand mühelos eine Teilzeitstelle in der Mount School, einer Quäker-Schule, und unterrichtete erleichtert wieder schlaue Mädchen, die sich zu benehmen wussten. Viola ging dort in die Unterstufe. Nancy mochte die *Gesellschaft der Freunde,* sagte sie, weiter konnte sich das Christentum dem Agnostizismus nicht annähern.

Teddy kannte York aus dem Krieg. Damals war es ein geheimnisvolles Labyrinth dunkler enger Straßen und Gassen gewesen. Sie waren dort trinken und tanzen gegangen, hatten in Bettys Bar gezecht oder Mädchen durch die Räume von De Grey geschoben, ein Ort der Küsse und des Gefummels mit willigen Mädchen in der Dunkelheit der Blackouts. Im Licht der Friedenszeiten war York eine weniger verborgene Stadt, seine Geschichte überall im Blickfeld. Er mochte es bei Tag mehr, doch es blieb ein Ort der Geheimnisse, als würde eine weitere Schicht der Entdeckung harren, kaum wäre eine abgetragen. Das eigene Leben erschien mickrig vor dem Hintergrund von so viel Geschichte. Der Gedanke, dass so viele schon gestorben, so viele schon vergessen waren, erwies sich als seltsam tröstlich. Es war die natürliche Ordnung der Dinge.

Das Haus, das sie kauften – ein solides Reihenhaus in der Vorstadt –, war nicht die Art Haus, in dem zu leben sich Teddy je vorgestellt hatte. Im Gegensatz zu Mouse Cottage und zu Ayswick hatte es keinen Namen, nur eine Nummer, was zu seiner langweiligen Anonymität passte. Es hatte überhaupt keinen »Charakter«. Die neue Nancy, die keine Schlüsselblumen mehr erschnüffelte, war begeistert, nannte es »vernünftig und praktisch«. Sie ließen eine Zentralheizung einbauen, Teppichboden verlegen und modernisierten Küche und Bad. In Teddys Augen hatte es keinerlei ästhetischen Wert. Sylvie wäre entsetzt gewesen, aber sie war bereits zwei Jahre tot, gefällt von einem Schlaganfall, als sie ihre Rosen schnitt. Sie gebrauchten immer das Possessivpronomen – die Rosen gehörten ausschließlich ihrer Mutter. Jetzt gab es sie nicht mehr – »ausgebuddelt« laut Pamela von den neuen Besitzern von Fox Corner. »Der Trick besteht vermutlich darin«, sagte Ursula, »es nicht an sich ranzulassen.« Doch er tat es. Und sie auch.

Monatelang nach ihrem Umzug nach York erwachte Teddy morgens und empfand Bedauern, als er auf den gedämpften vorstädtischen Dämmerungschor horchte, der mit dem leisen Brummen des Verkehrs von irgendwo – vermutlich der A 64 – wetteiferte. Er vermisste die wilde grüne Welt vor seiner Tür – keine Kaninchen oder Fasanen oder Dachse in York, nur Pfauen im Botanischen Garten. Er sah keinen Fuchs mehr, bis die räudige städtische Spezies begann, die Mülltonnen hinter Fanning Court zu plündern. Teddy brachte ihnen heimlich Essensreste hinaus, eine verstohlene Wohltätigkeit, die Ann Schofield vor Entsetzen ins Wanken brachte. Sie waren Geschmeiß, sagte sie. (»Sie ist das Geschmeiß«, sagte Bertie. Manchmal erinnerte ihn Bertie an Sylvie – an ihre besten Seiten jedenfalls.)

Hinter dem neuen Haus befand sich ein großer Garten, und er kaufte ein Buch übers Gärtnern von Reader's Digest. Ein Garten war für Teddy gezähmte und durch Kunstgriffe eingeschränkte Natur. Mit gestutzten Flügeln so wie Tweetie, der blaue Wellensittich, den sich Viola unbedingt zum Geburtstag gewünscht hatte. »Ein Rotkehlchen in einem Käfig«, murmelte Teddy, als Nancy mit dem Vogel aus der Tierhandlung nach Hause kam. »Ich weiß, ich weiß«, sagte sie, »man könnte aus der Haut fahren vor Wut. Aber Wellensittiche werden für die Gefangenschaft *gezüchtet*. Es ist eine Schande, aber sie kennen nichts anderes.«

»Das muss ein großer Trost für sie sein«, sagte Teddy.

Ihr anderer kleiner Gefangener, der glücklose Goldie, hatte den Umzug nicht überlebt. In Blakes Litanei der Übeltaten stand nichts über einen Goldfisch in einem Glas, aber er wäre gewiss nicht einverstanden gewesen. Viola war bestürzt über die bleiche, auf dem Wasser treibende Leiche, und Teddy holte das alte Abzeichen des Goldfish Club heraus und zeigte es ihr. »Stell dir vor, er hätte Flügel«, sagte er, »mit denen er zum Himmel emporfliegt.«

Tweetie erwies sich als falsch benannter Vogel, da er in seinem kurzen Leben kein einziges Mal zwitscherte, sondern nur lustlos an seinem Tintenfischknochen pickte oder auf der hölzernen Stange von einem Fuß auf den anderen trat. Vielleicht wäre es besser, dachte Teddy, in einem kurzen Augenblick der Identifikation mit dem missmutigen Geschöpf, Ikarus zu sein und den Absturz bereitwillig anzunehmen.

»Weg? Schon wieder?«, sagte er und bemühte sich, beiläufig zu klingen.

»Ja, schon wieder«, sagte sie leichthin. »Du hast doch nichts dagegen, oder?«

»Nein, natürlich nicht«, sagte Teddy. »Es ist nur ...« Er zögerte, unsicher, wie er seine Bedenken ausdrücken sollte.

Es wäre das dritte Mal in ebenso vielen Monaten, dass Nancy wegfuhr, jedes Mal, um eine ihrer Schwestern zu besuchen. Als

Erstes war sie nach Dorset gefahren, um Gertie beim Umzug zu helfen, und kurz darauf mit Millie für ein paar Tage in den Lake District (»Wordsworths Haus und so weiter«). Millie führte ein ziemlich ausgelassenes Leben in Brighton und befand sich im Augenblick »zwischen zwei Ehemännern«. »Sie braucht wahrscheinlich jemand, der mit ihr fühlt«, sagte Nancy.

Nancy behauptete, ein »häuslicher Mensch« zu sein, und war nicht einmal erpicht auf ihren jährlichen Urlaub am Meer. Jeden Sommer machte das »Familientriumvirat«, wie Nancy es nannte – und damit Viola die gleichen Rechte einräumte wie ihren Eltern, obwohl sie tatsächlich kein Triumvirat waren, sondern eine kleine Tyrannin und ihre zwei hingebungsvollen Begleiter –, pflichtbewusst Ferien an der Ostküste – Bridlington, Scarborough, Filey. Sie taten es vor allem um Violas willen. »Eimer und Schaufel«, sagte Nancy, mehr brauchte ein kleines Kind nicht, und hielt heldenhaft an dieser Überzeugung fest, wenn sich das Triumvirat bibbernd in einem geliehenen Windschutz verkroch oder Zuflucht suchte in einem feuchten dampfigen Teeladen, nachdem sie die Leberwurstbrote gegessen hatten, die die Pensionswirtin jeden Morgen für sie einpackte.

Es war weniger Urlaub als eine Prüfung ihres Durchhaltevermögens. »Können wir nach Hause fahren?«, fragte Viola immer wieder, und Teddy wiederholte die Frage lautlos. Sie stiegen in Pensionen ab, die keine Hunde erlaubten, und deswegen war in diesen Wochen Violas unangefochtener Status als Einzelkind am offensichtlichsten. Sie konnte sich kaum mit sich selbst beschäftigen und erst recht nicht mit anderen.

Eine windgepeitschte Küste in Yorkshire entsprach nicht Teddys Vorstellung von Ferien. Die Nordsee war der Friedhof für viele Tote von Runnymede, auf dem Meeresboden läuteten von Stund zu Stund die Totenglocken. Zwei der schlimmsten Nächte seines Kriegs hatte er hilflos auf ihren unbarmherzigen Wellen treibend verbracht. *(Also dann, viel Glück.)* Sobald Viola etwas älter wäre, sagte Nancy, würden sie weiter wegfahren – Wales, Cornwall. »Europa«, sagte Teddy. Die massiven Blöcke Farbe. Die heißen Scheiben Sonnenschein.

Doch jetzt wollte Nancy Bea in London besuchen. (»Nur zwei Tage, ein Abend im Theater, eine Ausstellung vielleicht.«) Es war spät, und sie korrigierte immer noch Hausaufgaben. Teddy sah Spalten mit Brüchen, die für ihn keinen Sinn ergaben. »Deine Vorgehensweise ist nicht nachvollziehbar«, schrieb Nancy ordentlich mit rotem Stift, dann hielt sie inne und schaute zu ihm auf. Ihr Ausdruck war immer so offen und arglos, lud zu Geständnissen ein, versprach Absolution. Er konnte sich vorstellen, dass ihre Schülerinnen sie liebten.

»Wie auch immer«, sagte Nancy. »Ich will am Mittwochabend nach London fahren und komme am Freitag zurück. Viola ist in der Schule, während du arbeitest, und nach der Schule kann sie zu ihrer Freundin Sheila gehen, bis du sie abholst.« (Wie genau dieser Plan war, dachte Teddy. Wäre es nicht für alle einfacher, wenn sie am Wochenende zu Bea fuhr?) »Es macht dir doch nichts aus, die Stellung zu halten, oder? Und Viola wird es gefallen, ein bisschen mit dir allein zu sein.«

»Meinst du?«, sagte er ein wenig wehmütig. Viola war jetzt fast neun und noch immer vernarrt in ihre Mutter, während Teddy für sie nur eine elterliche Notwendigkeit zu sein schien.

»Ich werde nicht fahren, wenn du es nicht möchtest«, sagte Nancy. Was für ein höfliches Gespräch das war, dachte Teddy. Was wäre, wenn er sagte: »Nein, fahr nicht.« Was würde sie dann sagen? Stattdessen sagte er: »Sei nicht albern, warum sollte ich was dagegen haben? Natürlich fährst du, es gibt keinen Grund, es nicht zu tun. Und ich kann dich bei Bea erreichen, wenn es irgendwelche Probleme gibt.«

»Das wirst du bestimmt nicht müssen«, sagte Nancy und fügte beiläufig hinzu: »Und wir werden vermutlich viel unterwegs sein.«

Als Nancy im Lake District gewesen war, befand sich in dem Haus, das Millie gemietet hatte, kein Telefon. Als sie Gertie beim Umzug geholfen hatte, war das neue Telefon noch nicht angeschlossen.

»Wenn es einen schrecklichen Notfall gibt«, hatte Nancy leichthin gesagt, »oder irgendein fürchterlicher Unfall passiert (es hieß, das Schicksal herausfordern, wenn man so unbedacht von diesen Dingen sprach, dachte Teddy), dann kannst du mich ja über das Radio suchen lassen. Du weißt schon – *die Polizei versucht, Kontakt aufzunehmen zu wem auch immer, der sich in der Gegend von Westmoreland aufhalten soll. Bitte, melden Sie sich* und so weiter.«

Vierzig Jahre später, als er in Fanning Court lebte, brachte ihm Viola ein Handy mit und sagte: »Da, jetzt bist du immer zu erreichen. Wenn du wieder einen Unfall hast (sie meinte die gebrochene Hüfte, dieses Missgeschick ließ sie ihn nicht vergessen, als würde es auf einen großen Charakterfehler hindeuten) oder dich verläufst oder so.«

»Mich verlaufe?«

Er lernte nie, das Handy zu benutzen. Die Tasten waren zu klein, die Gebrauchsanweisung zu kompliziert. »Hänschen, Hans«, sagte er zu Bertie. »Und warum sollte ich außerdem ›immer zu erreichen‹ sein?«

»Heute kann sich niemand mehr verstecken«, sagte sie.

»In der Phantasie«, sagte er.

»Selbst dort«, sagte Bertie, »bist du nicht sicher.«

»Gut«, sagte Nancy. »Dann fahre ich am Mittwoch. Das ist geklärt.« Sie begann, die Hefte ordentlich aufeinanderzulegen. »Damit bin ich fertig. Willst du nicht die Milch für den Kakao warm machen?« Sie lächelte ihn fragend an und sagte: »Alles in Ordnung? Wenn du nicht möchtest, können wir auf den Kakao verzichten.«

»Nein«, sagte er, »ist schon okay. Mache ich.« Deine Vorgehensweise ist nicht nachvollziehbar, Nancy, dachte er.

Als Nancy in Dorset und somit nicht erreichbar war, da sie Gertie beim Umzug half, war Teddy überrascht gewesen, als Gertie anrief. Sie war eine Frau, die gleich zur Sache kam, also sagte sie: »Erinnerst du dich noch an das große Jugendstilbuffet aus Eiche, das im Esszimmer von Jackdaws gestanden hat?«

»Das mit den kupfernen Scharnieren und den De-Morgan-Fliesen?«, sagte Teddy. Er erinnerte sich sehr wohl.

»Genau das. In meinem neuen Haus hat es keinen Platz mehr – es hat überhaupt nichts Platz«, sagte sie gut gelaunt, und Teddy fiel ein, wie sehr er Gertie mochte und warum. »Wie auch immer«, fuhr sie fort, »ich weiß, dass es dir immer gefallen hat, und ich habe mir gedacht, dass du es vielleicht gern hättest. Ich kann es dir mit einem Umzugswagen als Beiladung schicken, das sollte nicht allzu viel kosten. Wenn nicht, werde ich es leider verkaufen müssen.«

»Das ist sehr nett von dir. Ich hätte es wirklich gern, aber«, sagte er zweifelnd, »ich bin nicht sicher, dass wir Platz dafür haben.« Er dachte wehmütig an Ayswick und wie gut das Buffet in die große Küche des Bauernhauses gepasst hätte, doch hier in den nichtssagenden, gewöhnlichen Mauern des Reihenhauses in York würde es völlig fehl am Platz aussehen. Ein plötzlicher Stich des Verlangens überraschte ihn – es war ein Möbelstück aus dem Haus der Shawcross', aus der Vergangenheit, an das er sich gut erinnerte. »Was sagt Nancy dazu?«

»Keine Ahnung«, sagte Gertie. »Frag sie doch selbst.«

»Kannst du sie holen?«

»Holen?«, sagte Gertie. »Wie meinst du das?«

»Ans Telefon holen.«

»Ob *ich* sie ans Telefon holen kann?« Gertie klang verblüfft.

»Sie ist doch bei dir«, sagte Teddy und fragte sich, wie sie es geschafft hatten, so aneinander vorbeizureden.

»Nein, ist sie nicht«, sagte Gertie.

»Sie ist nicht in Lyme Regis? Bei dir? Und hilft dir beim Umzug?«

Nach einem verlegenen Schweigen sagte Gertie vorsichtig: »Nein, sie ist nicht hier.« Teddy spürte, dass Gertie Angst hatte, Nancy irgendwie verraten zu haben, und sein erster Impuls war (kurioserweise), Gertie die Aufregung zu ersparen, in die sie sich hineingesteigert hatte, deswegen sagte er freundlich: »Ach, mach dir keine Gedanken, ich habe was verwechselt. Ich treibe sie auf und rufe dich zurück. Das Buffet ist übrigens ein wunderbares Angebot. Danke, Gertie.« Er beendete rasch das Gespräch und dachte darüber nach. *Ich fahre nach Lyme, um Gertie beim Umzug zu helfen.* Das war wohl kaum eine Aussage, die man falsch verstehen konnte.

Wenn Nancy ihm etwas verheimlichen wollte, etwas, was sie dazu veranlasst hatte, so zu tun, als wäre sie bei Gertie in Dorset, dann musste es doch einen Grund dafür geben. Er wusste, dass sie notfalls voller Anmut lügen konnte, aber Nancy war nicht *hinterhältig,* sondern das Gegenteil. Manchmal dachte er, dass die Intimität ihrer Ehe darauf beruhte, dass sie den offiziellen Geheimhaltungserlass gebrochen hatte. Als sie aus »Dorset« zurückkehrte, fragte er sie nur: »Wie war der Umzug?«, worauf sie erwiderte: »Gut, es ist alles gutgegangen.«

»Und wie ist Gerties neues Haus?«

»Hm. Sehr hübsch«, sagte sie vage, und er beließ es dabei, weil er nicht den Anschein erwecken wollte, er würde sie verhören. Stattdessen wollte er abwarten, ob sich aus der Sache etwas entwickelte. Ehebruch stand nicht ganz oben auf seiner Liste, ihm war es nahezu unmöglich, in Betracht zu ziehen, dass Nancy zu den Ehefrauen gehörte, die ihren Mann betrogen. Er hatte sie immer für untadelig gehalten, für pedantisch darauf bedacht, das

Richtige zu tun – und das glaubte er auch jetzt noch. Nancy heuchelte nicht Unschuld. Aber sie war auch nicht jemand, die andere täuschte. Wenn sie ihn angelogen hatte, dann musste die Lüge auf utilitaristischen Prinzipien beruhen. Vielleicht verbarg sich hinter dieser Volte eine Überraschung – ein Geburtstagsgeschenk oder ein Familientreffen? Da Sylvie tot und Fox Corner verkauft war, gab es nichts, was die ganze Familie Todd noch einmal zusammenführen könnte. Teddy und seine treuen Schwestern – Ursula und Pamela – schienen sich nie zur selben Zeit am selben Ort aufzuhalten, außer bei Beerdigungen. Keine Hochzeiten – es gab keine Hochzeiten mehr, warum nur? »Weil wir zwischen zwei Generationen stecken«, sagte Nancy. »Die nächste wird Viola sein.«
Viola war der einzige Pfeil, den sie blind in die Zukunft abgeschossen hatten, ohne zu wissen, wo er landen würde. Sie hätten besser zielen sollen, dachte Teddy, während er dabei zusah, wie sie im Rathaus von Leeds den Bund mit Wilf Romaine schloss (Dominic, den Vater ihrer Kinder, hatte sie nicht geheiratet) – die verpfuschteste Ehe, die es je gegeben hatte. »Er trinkt gern, nicht wahr?«, sagte Teddy vorsichtig, als Viola ihm ihren »neuen Mann« vorstellte. »Falls du ihn kritisieren willst«, sagte Viola, »– und wann hast du jemals etwas anderes getan, als an mir herumzunörgeln? – dann schieb dir deine Kritik sonst wohin.« Oh, Viola.

Als Nancy das nächste Mal wegfuhr, um sich mit Millie im Lake District zu treffen, schwor sich Teddy, ihr nicht wie ein schäbiger Privatdetektiv nachzuspionieren. Seit ihrer Rückkehr aus Dorset war kein Geburtstagsgeschenk aufgetaucht oder Familientreffen zustande gekommen, doch das bewies nichts Hinterlistiges. Er widerstand dem Impuls, zum Telefon zu greifen und bei Millie zu Hause anzurufen, um herauszufinden, ob sie da war, aber sein Unbehagen musste Viola angesteckt haben, die

die ganze Zeit quengelte und fragte: »Wann kommt Mama wieder?« Das gab ihm einen legitimen Grund, redete er sich vordergründig ein, seine unzufriedene Frau aufzuspüren.

»Oh, hallo, Teddy«, sagte Millie sorglos. »Habe ja seit Ewigkeiten nichts mehr von dir gehört.«

»Du bist also nicht mit Nancy im Lake District?«, sagte er rundheraus, weil er plötzlich wütend war. Zu Recht? Es folgten ein paar Sekunden Schweigen, bevor Millie sagte: »Bin gerade zurückgekommen. Ich habe sie noch zum Zug nach Hause gebracht.« Sie war Schauspielerin, aber auf der Bühne nie so gut wie jetzt, dachte er. Es schien unsinnig, dass Nancy die ganze Strecke nach Brighton gefahren war, bevor sie sich auf den Heimweg machte, aber er hatte keine Möglichkeit zu beweisen, dass sie es getan hatte. Oder nicht getan hatte. Teddy war nie zuvor eifersüchtig gewesen, das wurde ihm klar, als der schäbige Privatdetektiv den hässlichen Kopf hob und sagte: »Und wie war es an den Seen, Millie? Was habt ihr gemacht?«

»Ach, du weißt schon«, sagte sie leichthin. »Wordsworths Haus und so weiter.«

Erzählte Millie Nancy nichts von dem Gespräch? Sie schien jedenfalls nicht zu ahnen, dass er an ihr gezweifelt hatte, als sie ihm erklärte, Bea besuchen zu wollen. (Hatten sich *alle* ihre Schwestern mit ihr verschworen, ihn zu hintergehen? Sogar die gutherzige Gertie und die zuverlässige, mütterliche Winnie?)

Teddy war nicht geduldig, sondern gelähmt. Er konnte Nancy nicht fragen, was los war (es wäre das Nächstliegende gewesen), weil die Antwort entweder eine Lüge wäre oder die Wahrheit, die er nicht hören wollte. Er »dümpelte« also weiter vor sich hin (das Wort schien ihn zu verfolgen), obwohl er jetzt alles von Verdächtigungen besudelt fand. Er sezierte forensisch jede Nuance von Nancys Verhalten. Zum Beispiel hatte es etwas eindeutig Verstohlenes, wie sie eines Abends im Flur an der mit

Prägetapete tapezierten Wand lehnte und flüsternd telefonierte und das Gespräch sofort beendete, als sie ihn sah. »Wer war das?«, fragte er, als würde es ihn nicht wirklich interessieren. »Nur Bea, wir haben geplaudert«, sagte sie. Oder wie sie sich morgens bemühte, die Post durchzusehen, bevor sie mit Viola zur Schule radelte. Erwartete sie etwas? Nein, überhaupt nichts. Mehrmals hatte er sie angetroffen, als sie besorgt die Stirn runzelte oder ins Nichts starrte, während sie in der Soße rührte oder den Unterricht vorbereitete. »Entschuldige, war mit den Gedanken woanders«, oder: »Ich habe ein bisschen Kopfweh«, sagte sie – in den letzten Monaten hatte sie hin und wieder über Migräne geklagt. Manchmal entdeckte er auch einen flüchtigen Ausdruck des Schmerzes, wenn sie Viola ansah. Hin- und hergerissen zwischen ihren Gefühlen für ihren Geliebten und ihr Kind, vermutete er. Den Mann betrügen war schlimm genug, aber das eigene Kind betrügen war noch einmal etwas anderes.

Er glaubte nicht, dass sie nach London oder zu Bea fuhr. In seiner Vorstellung – die mittlerweile ziemlich grell war – hatte seine untreue Frau ihre liederlichen Rendezvous in der Nähe, vielleicht in einem schäbigen Hotel in Micklegate. (Eine Erinnerung aus dem Krieg. Ein Mädchen aus dem Ort. Eine bedauerlich zügellose Begegnung.)

Nachdem sie zum Zug nach King's Cross gegangen war, rief er Ursula an und schüttete ihr sein Herz aus, doch statt mitfühlend zu sein, sagte sie scharf: »Mach dich nicht lächerlich, Teddy, Nancy würde niemals untreu sein.«

Brutus, auch du?, dachte er, dieses eine Mal enttäuscht von seiner Schwester.

Wie geplant brachte am Freitagabend ein Taxi seine fehltretende Frau vom Bahnhof nach Hause. Teddy sah es vorfahren und schaute zu, wie Nancy zahlte und der Taxifahrer ihren kleinen

Koffer aus dem Kofferraum holte. Sie wirkte müde, als sie den Kiesweg zum Haus ging. Erschöpft von Leidenschaft oder vom Kummer, weil sie ihren Liebhaber hatte verlassen müssen.

Er öffnete die Tür, während sie noch mit dem Schlüssel herumfummelte. »Danke«, sagte sie und ging an ihm vorbei in den Flur, ohne ihn anzusehen. Sie stank nach Rauch und Alkohol. »Hast du geraucht?«, fragte er. »Nein, selbstverständlich nicht« – ihr Liebhaber musste Raucher sein, sein Geruch musste an ihr haften geblieben sein. Seine *Fährte.* »Aber getrunken«, sagte er und empfand Widerwillen.

»In meinem Abteil haben alle geraucht«, sagte sie gleichgültig, »und ja, ich habe im Zug einen Whisky getrunken. Ist es wichtig? Tut mir leid, aber ich bin hundemüde.«

»Das muss an den vielen Museen und Ausstellungen liegen«, sagte er sarkastisch.

»Was?« Sie stellte den Koffer ab, wandte sich um und starrte ihn an, ihre Miene undurchdringlich.

»Ich weiß Bescheid«, sagte Teddy.

»Wirklich?«

»Du hast eine Affäre. Und benützt diese kleinen Ausflüge als Ausrede.«

»Ausflüge?«

»Du musst mich wirklich für begriffsstutzig halten. Der arme, alte, *vor sich hin dümpelnde* Teddy.«

»Vor sich hin dümpelnd?«

»Ich weiß, was los ist«, wiederholte er und wurde gereizt, weil sie nicht auf seine Sticheleien einging. Wenn sie beichtete, ihre Affäre für beendet erklärte, würde er ihr verzeihen, beschloss er großzügig. Doch wenn sie weiterhin log, befürchtete er, dass er etwas tun oder sagen würde, was nicht wiedergutzumachen wäre. (»Ich war nie in dich ›verliebt‹.«)

Es half nicht, als sie sich einfach umdrehte, in die Küche ging und sich an der Spüle ein Glas Wasser einlaufen ließ. Sie trank es langsam und stellte dann das Glas vorsichtig auf die Ablauffläche.

»Ich weiß es«, sagte er wütend, aber immer noch bemüht, nicht laut zu werden, weil Viola oben schlief.

Nancy sah ihn traurig an und sagte: »Nein, Teddy. Du weißt es nicht. Du weißt gar nichts.«

1942–43

Teddys Krieg

– Erfahrung –

»Zwanzig Minuten, und wir sind am Ziel, Käpt'n.«

»Okay, Navigator.«

Sie hatten sich durch den Flakbeschuss der Verteidigungslinien an der Küste gekämpft und gemäß dem Flugplan eine Hundekurve über besetztes Gebiet geflogen, bevor sie es durch den dicken Kordon aus Suchscheinwerfern schafften, der die Ruhr abschirmte. Es waren kaum Wolken am Himmel, und gelegentlich hatten sie Lichter am Boden gesichtet – eine Fabrik, in der gearbeitet wurde, oder nicht strikt eingehaltene Verdunkelung. Mehrmals hatten Taschenlampen oder Lampen aufgeleuchtet, und über Holland hatte Norman Best, ihr stiller Flugingenieur, laut die Morsezeichen eines ihnen Wohlgesinnten vorgesprochen, *dit-dit-dit-dah.* V für Victory. Es war eine Botschaft des Vertrauens und des Trostes, die sie häufig sahen.

»Danke, Freund, wer immer du bist«, hörte Teddy den Heckschützen sagen. Der Heckschütze war ein dürrer rothaariger Schotte, achtzehn Jahre alt und von der gesprächigen Sorte, doch er bemühte sich, die Redseligkeit für die Zeiten auf dem Boden aufzusparen. Teddys Besatzung wusste, dass er Schweigen in der Sprechanlage bevorzugte, außer es musste etwas gesagt werden. Es war leicht, ein Gespräch anzufangen, vor allem auf dem Rückflug, wenn alle etwas entspannter waren, aber ein Augenblick der Unachtsamkeit genügte, insbesondere bei den Schützen, und das war's. Ende der Geschichte.

Teddy empfand das Gleiche wie der Heckschütze für den unbekannten Holländer – oder die unbekannte Holländerin – dort unten. Hier oben war es gut zu wissen, dass sie geschätzt wurden. Sie waren vom Boden abgeschnitten – auch wenn sie ihn mit ihren Bomben in Schutt und Asche legten (vielleicht insbesondere, wenn sie ihn mit ihren Bomben in Schutt und Asche legten) – und vergaßen bisweilen, dass sie die letzte Hoffnung für mehr als eine Nation waren.

»Ich kann die Zielmarkierungen fallen sehen, Käpt'n, zwanzig Meilen voraus kirschrot.«

»Okay, Bombenschütze.«

Es war ihr letzter Einsatz in dieser Runde, und Vorahnungen machten sie nervös. Wider alle Wahrscheinlichkeit hatten sie es bis heute Nacht geschafft und fragten sich, ob das Schicksal so grausam sein könnte, sie jetzt noch rausfliegen zu lassen. (Es konnte. Sie wussten es.) »Nur noch dieses Mal, lieber Gott, noch dieses eine Mal«, hörte er seinen gottlosen australischen Bombenschützen murmeln, als sie auf der Startbahn auf das grüne Licht der Aldislampe warteten.

Es war eine unglaubliche Schinderei gewesen, auf die erforderlichen dreißig Einsätze zu kommen. Manche Einsätze zählten nur ein Drittel. »Gartenflüge« – Minenlegen in den holländischen Schiffskanälen oder vor der friesischen Küste – oder der Angriff auf Ziele in Frankreich wurden nur als Drittel-Einsatz verbucht. Das besetzte Frankreich galt als »befreundetes« Land, aber befreundet oder nicht, es war voller Deutscher, die sie abschießen wollten. Es stimmte, dass die Wahrscheinlichkeit, bei einem Einsatz über Deutschland getötet zu werden, höher war (»viermal höher« laut Ursulas Freundin im Luftfahrtministerium), dennoch setzten sie ihr Leben aufs Spiel. Es war ziemlich ungerecht, dachte Teddy. Oder in der direkteren Ausdrucksweise seines Bombenschützen »verdammt unfair«. Keith war der

Erste gewesen, den er in der OTU in seine Besatzung aufgenommen hatte.

Die Zusammenstellung einer Crew verlief auf eine Weise, die sie überrascht hatte. Alle Komponenten – Piloten, Navigatoren, Funker, Bombenschützen, Maschinengewehrschützen – wurden in einen Hangar gerufen, wo ihnen der Kommandant des Stützpunktes erklärte: »Also gut, Jungs, teilt euch so gut wie möglich auf« – als würde ein geheimnisvolles Gesetz der Anziehung für eine bessere Bomberbesatzung sorgen als eine militärische Prozedur. Und seltsamerweise schien es zuzutreffen, jedenfalls soweit Teddy es beurteilen konnte.

Sie waren ziellos wie eine Schar Gänse auf einem Bauernhof kurz vor dem Füttern herumgewandert, ein bisschen betreten aufgrund dessen, was von ihnen verlangt wurde. »Es ist wie in einem verdammten Tanzlokal, wo man wartet, bis einem ein Mädchen in die Augen schaut«, sagte Keith, der auf Teddy zuging und sich vorstellte: »Keith Marshall, ich bin Bombenschütze.« Seine dunkelblaue Uniform identifizierte ihn als Australier. Teddys erste Anlaufstation wäre ein Navigator gewesen, doch er mochte Keith, und wenn der Krieg Teddy etwas lehrte, dann, dass man den Charakter eines Mannes an seinen Augen erkannte, am Ausdruck darin, einem Blick da und dort, aber vor allem war es etwas Undefinierbares, und er fragte sich, ob es dieses unfassbare Etwas gewesen war, was ihm Keith sofort sympathisch machte. Und natürlich dass er einen Ausbilder hatte sagen hören, er sei »ein guter Kerl, der weiß, was er tut«. Und es stimmte. Keith mochte aus der Pilotenausbildung geflogen sein (»Konnte das verdammte Ding nicht landen«), aber er hatte den Kurs der Bombenschützen als Bester abgeschlossen.

Australier standen in dem Ruf, wilde Kerle zu sein, doch Keith wirkte ruhig, seine blauen Augen blickten nachdenklich. Er war zwanzig, aufgewachsen auf einer Schaffarm, und hatte vermutlich eine lange Zeit seines Lebens damit verbracht, im grellen Sonnenschein auf einen fernen Horizont zu starren, eine ganz andere Landschaft als die sanft geschwungenen Wiesen von Teddys Kindheit. Er nahm an, dass es die Einstellung zum Leben prägte. Er freue sich darauf, etwas von der Welt zu sehen, erklärte Keith, »auch wenn es nur das brennende Dritte Reich ist«.

Sie gaben sich wie Gentlemen die Hand, und Keith sagte: »Also, Käpt'n, weiter geht's, sonst bleiben uns nur die Mauerblümchen.« Das war das erste Mal, dachte Teddy, dass ein Mitglied seiner Crew (seiner Crew!) ihn »Käpt'n« nannte. Er fühlte sich, als stünde er endlich auf eigenen Beinen.

Sie schauten sich gemeinsam im Hangar um, und Keith sagte: »Siehst du den Typ da drüben neben der Wand, der gerade lacht? Er ist Funker. Ich habe gestern Abend mit ihm was getrunken, und er schien von der ehrlichen Sorte.«

»Okay«, sagte Teddy. Es war eine so gute Empfehlung wie jede andere.

Der Junge war ein Neunzehnjähriger aus Burnley namens George Carr. Teddy hatte bereits miterlebt, wie George Carr anbot, jemandes Fahrrad zu reparieren, es begeistert auseinandernahm, wieder zusammenbaute und es seinem Besitzer präsentierte mit den Worten: »Da, besser als in neuem Zustand, darauf wette ich.« Er fummelte gern an Dingen herum, sagte er, was eine nützliche Eigenschaft für einen Funker war.

George seinerseits wies sie auf einen Fliegerschützen hin, erneut eine Bekanntschaft von einem Abend in der Messe. Er hieß Vic Bennett, war von Canvey Island und grinste übers ganze Gesicht (er hatte die schlechtesten Zähne, die Teddy je gesehen hatte). Und nachdem er vorgestellt war, winkte er »einem Kumpel«, der bei ihm die Schießausbildung gemacht hatte. »Blitzgescheit«, sagte er. »Reflexe wie eine Ratte. Sieht auch ein bisschen aus wie eine Ratte. Eine rote Ratte.« Das war ihr gesprächiger junger Schotte: »Kenneth Nielson, aber alle nennen mich Kenny.«

Noch immer kein Navigator, dachte Teddy, verwirrt, wie schnell er die Kontrolle über diesen Auswahlprozess verloren hatte. Es war ein bisschen wie ein verdecktes Schreibspiel oder Blindekuh.

Woran erkennt man einen guten Navigator?, fragte er sich und schaute sich um. Jemand, der die Ruhe weg hat, aber das war andererseits eine Eigenschaft, die sie alle besitzen mussten, oder? Die Nase in den Karten, auf nichts als die Arbeit konzentriert. Irgendwo in seinem Rücken hörte er die langsamen, gleichmütigen Töne eines Kanadiers. Er drehte sich um, identifizierte den Besitzer der Stimme, sah das Brevet des Navigators und sagte: »Ted Todd. Ich bin Pilot und auf der Suche nach einem guten Navigator.«

»Ich bin gut«, sagte der Kanadier achselzuckend. »Jedenfalls gut genug.« Er hieß Donald McLintock. Mac natürlich. Teddy mochte Kanadier, ihre zuverlässige Art, sie neigten nicht zu neurotischem Verhalten oder überaktiver Phantasie, beides keine guten Eigenschaften bei einem Navigator. Und allein schon der Akzent hatte ihn auf angenehme Weise an den weiten, offenen Himmel erinnert, an dem er in Tiger Moths und Fleet Finches fliegen gelernt hatte und über das große Patchwork von Ontario geflogen war. Es waren zerbrechliche kleine Flugzeuge gewesen verglichen mit den Ansons und Harvards, in denen er weiter ausgebildet worden war, ganz zu schweigen von den massigen Wellingtons, in denen sie in der OTU trainiert werden sollten. »Busfahrer« nannten Kampfpiloten spöttisch Bomberpiloten, doch Teddy schien, dass es die Busse waren, die den Krieg gewinnen würden.

»Willkommen an Bord, Navigator«, sagte Teddy. Weiteres allseitiges höfliches Händeschütteln. Sie waren eine bunte Mischung, dachte Teddy. Es gefiel ihm. »Jetzt brauchen wir nur noch einen Kiwi als Flugingenieur«, sagte Keith, der offenbar das Gleiche dachte, »und wir sind der verdammte Völkerbund.« Sie fanden keinen Kiwi, sondern Norman Best aus Derby, einen schüchternen, ernsten, gläubigen jungen Mann mit einem Abschluss in Sprachen, und so war es das für den Augenblick. Sie waren eine Mannschaft. Einfach so. Von jetzt an tranken sie zusammen, aßen zusammen, flogen zusammen, vertrauten einander ihr Leben an. Am Abend dieses Tages veranstaltete die Besatzung das obligatorische Besäufnis. Ihr egalitäres Verhältnis forderte, dass jeder eine Runde spendierte, und sechs Bier später torkelten sie sturzbetrunken zurück in ihr Quartier und schworen sich ewige Freundschaft. Teddy war noch nie im Leben so betrunken gewesen, und als er auf seinem Bett lag und sich der Raum um ihn drehte, meinte er, auch noch nie im Leben so freudig erregt gewesen zu sein. Oder zumindest seit langem nicht mehr, vielleicht seit seiner Kindheit nicht mehr. Er würde ein Abenteuer erleben.

Außer Teddy waren sie alle Unteroffiziere. Ihm war der Offiziersrang zuerkannt worden, soweit er wusste aus keinem anderen Grund, als dass er in die richtige Schule gegangen war und an der richtigen Universität studiert hatte und dass er, als er danach gefragt wurde, geantwortet hatte, ja, er mochte Kricket, was nicht unbedingt stimmte, aber er wusste, nein wäre die falsche Antwort gewesen. Und deswegen war er jetzt, Monate später, hier, unterwegs nach Duisburg, der Anführer seiner Männer, der Meister seines Schicksals, der Kapitän seiner Seele und einer verdammt großen viermotorigen Halifax mit der ärgerlichen Neigung, beim Starten und Landen nach rechts auszuscheren.

»Zehn Minuten bis zum Ziel, Käpt'n.«

»Okay, Navigator. Zehn Minuten bis zum Ziel, Bombenschütze.«

»Okay, Käpt'n.«

In der Luft sprachen sie sich gemäß ihren Funktionen an, doch auf dem Boden waren sie sie selbst – Ted, Norman, Keith, Mac, George, Vic und Kenny. Wie Spielkameraden in einer Abenteuergeschichte, dachte Teddy. Zwei von Augustus' »Freunden« hießen Norman und George, aber Izzies Augustus und seine Kohorten waren elf Jahre alt, für immer jung, schossen mit ihren Steinschleudern, fingen kleine Fische und plünderten in Speisekammern Marmelade, die aus unerfindlichem Grund ihr Heiliger Gral der Delikatessen zu sein schien. Izzies Schöpfung und seine Bande fröhlicher Jungs leisteten derzeit das ihre in *Augustus und der Krieg* – sammelten Papier, indem sie die Zeitungen aus den Briefkästen der Leute klauten, und Altmetall, indem sie den empörten Nachbarn der Swifts Töpfe und Pfannen stahlen. (»Die Bratpfanne ist nicht alt«, sagte eine verärgerte Mrs. Swift. »Aber sie ist für den Krieg«, protestierte Augustus. »Immer sagst du, dass wir was aufgeben müssen. Ich gebe die Pfannen auf.«) Izzies Augustus, dachte Teddy aufgebracht, musste nicht mit Flakbeschuss fertigwerden oder sich Sorgen machen, dass eine Messerschmitt wie ein hungriger Raubvogel auf ihn herabstieß. Sein eigener Augustus – sein erwachsenes Double, so, wie er ihn sich vorstellte – hätte sich dem Militärdienst mit Sicherheit entzogen. Er wäre wahrscheinlich ein Schwarzhändler, ein Profiteur, der Schnaps und Zigaretten und alles andere verkaufte, was er in die schmutzigen Hände bekam. (»Hier, Chef, das macht zehn Pfund. Und denk dran, kein Sterbenswörtchen, zu niemand.«)

Sie schufteten sich durch Flakbeschuss – ununterbrochene Granatenblitze und ölige graue Rauchwolken, die sie hin und her warfen –, das Geräusch der Explosionen übertönt von den ohrenbetäubenden Merlin-Motoren des Flugzeugs.

»Haltet bitte alle Ausschau«, sagte Teddy.

In der Ferne sah er einen Schauer Brandbomben niedergehen, abgeworfen wahrscheinlich von einem Flugzeug, das versuchte, Höhe zu gewinnen. Allerdings lieferten sie den deutschen Kampffliegern, die über dem Bomberstrom flogen und Markierungsleuchtgeschosse abwarfen – sie waren hübsch, wie Kronleuchter –, zusätzliche Helligkeit. Die Leuchtgeschosse schienen in der Luft zu hängen und stellten einen gut beleuchteten Korridor dar, durch den die unseligen Bomber fliegen mussten. Sekunden später explodierte ein Bomber in einem blutroten Feuerball und stieß schwarzen Rauch aus.

»Protokollier das, Navigator.«

»Okay, Käpt'n.«

Sie waren spät gestartet. Als erfahrene Mannschaft wären sie normalerweise weit vorn im Geschwader geflogen, doch es hatte Probleme mit dem inneren Backbordmotor gegeben, und sie hatten statt als Erste als Letzte abgehoben und befanden sich am Ende des Geschwaders, als sie den Treffpunkt über Flamborough Head erreichten. »Einer muss der Letzte sein«, sagte Teddy in dem ziemlich vergeblichen Versuch, seine niedergeschlagene Besatzung aufzumuntern. Sie wussten alle, dass Nachzügler ein leichteres Ziel für Kampfpiloten waren – ein gut unterscheidbares kleines Echozeichen auf dem deutschen Radar statt einer schützenden Schar.

Ein eng fliegender Bomberstrom brachte natürlich seine eigenen Gefahren mit sich. Bei einem ihrer ersten Einsätze waren sie bei Harris' Tausend-Bomber-Angriff auf Köln dabei gewesen. In einer so großen Armada flog man ständig im Sog eines anderen Flugzeugs und fragte sich die ganze Zeit, wo alle anderen waren. Teddys Eindruck war gewesen, dass die größte Gefahr nicht von den deutschen Kampfflugzeugen oder Flaks ausging, sondern von den eigenen Leuten. Sie waren in Schichten angeordnet worden, die langsamen Stirlings ganz unten, die hoch fliegenden Lancasters ganz oben, und die Halifaxes waren die Füllung des Sandwiches gewesen. Die genaue Geschwindigkeit, Höhe und Position jedes Flugzeugs war zuvor festgelegt worden, aber das hieß nicht, dass jeder war, wo er sein sollte.

Unterwegs war eine andere Halifax in ungefähr nur sechs Meter Abstand direkt über sie hinweggeflogen, eine große dunkle Form wie ein Wal, der Feuer spie. Und später auf dem Zielanflug hatte Vic Bennett im Rückenturm Zeter und Mordio geschrien, weil eine Lancaster direkt über ihnen die Bombenklappen geöffnet hatte, und Teddy musste ausweichen und konnte nur hoffen, dass er nicht seinerseits mit einem anderen Flugzeug zusammenstieß.
Sie hatten eine Kollision aus zu großer Nähe miterlebt, um sich dabei noch wohl zu fühlen, als eine Halifax backbord von ihnen die Formation durchquert hatte und eine Lancaster geradewegs in sie hineingeflogen war. Ihr eigenes Flugzeug – *J-Jig,* sie hatten es mittlerweile verloren – wurde von der massiven Explosion durchgerüttelt. Grellweiße Flammenwände schossen aus den Tanks in den Flügeln der Lanc empor, und Teddy schrie seinen Schützen zu, nicht hinzuschauen, damit sie nicht geblendet würden und in der Dunkelheit nichts mehr sahen.
Köln zu finden war kein Problem gewesen. Als sie das Ziel erreichten, brannte es lichterloh, überall schmutzig rote Flammen und Rauch, in dem die Markierungsleuchtgeschosse nicht mehr zu sehen waren, deswegen flogen sie zum größten Brand, warfen ihre Bomben ab und drehten ab. Im Rückblick erschien es ihm trotz der kolossalen Größe des Unternehmens ein ereignisloser Angriff, und Teddy konnte sich jetzt kaum noch an die Einzelheiten erinnern. Er hatte das Gefühl, viele Leben gelebt zu haben. Vielleicht lebte er aber auch nur in der endlosen Nacht, die nach Blake manchen Menschen bestimmt war.
Und auch die Zeit als solche hatte eine andere Qualität angenommen. Früher war sie wie eine riesige Landkarte gewesen – scheinbar endlos –, die ausgerollt vor ihm lag und auf der er festlegen konnte, welche Richtung er einschlagen wollte. Jetzt entfaltete sich diese Karte unter seinen Füßen immer nur ein Stück vor ihm und konnte jeden Augenblick ganz verschwin-

den. »Mir erging es genauso auf dem Höhepunkt der Bombardierung Londons«, sagte Ursula in dem Versuch, diese bemühte Metapher zu verstehen. Er traf sie, als er zum ersten Mal Heimaturlaub hatte – alle sechs Wochen hatten sie sechs Tage frei, und er hatte beschlossen, sie in London und nicht in Fox Corner zu verbringen. Er erzählte Sylvie nicht einmal, dass er Urlaub hatte.

»Vor dem Krieg«, sagte Ursula, »waren die Tage mehr oder weniger gleich. Wohnung, Büro, wieder Wohnung. Routine stumpft die Sinne ab. Und dann hat man plötzlich das Gefühl, an der Vorderkante des eigenen Lebens zu leben, und man weiß nie, ob man abstürzen oder fliegen wird.« Teddy fiel auf, dass weder die eine noch die andere Alternative eine sanfte Landung beinhaltete.

»Vermutlich«, sagte Teddy, der nicht recht wusste, worüber er sprach, was ihm allerdings auch gleichgültig war. Er lebte sein Leben im Angesicht des Todes. Das war die schlichte Quintessenz, die nicht mit bildlichen Ausdrücken verbrämt werden musste.

»Acht Minuten bis zum Ziel, Käpt'n.«

»Okay, Navigator.«

»Wachsam sein, Schützen.«

»Ja, Käpt'n.«

»Okay, Käpt'n.«

Die Schützen mussten nicht daran erinnert werden, es ging nur darum, alle miteinander in Kontakt zu halten. Er wusste, dass sie die Maschinengewehre ständig wachsam über den Himmel schweifen ließen. Allerdings hatten sie während der gesamten Einsätze kaum gefeuert. Sobald man anfing zu schießen, markierte man sich selbst als Ziel. Ein Kampfflugzeug konnte einen in der Dunkelheit leicht übersehen, aber wenn man eine feuerrote Leuchtspur zur eigenen Tür legte, war man schnell gefunden. Und seine großen Bordkanonen würden einen wesentlich beträchtlicheren Schaden anrichten als ihre eigenen kleinen Browning-Maschinengewehre. Schützen waren im Prinzip Späher. Sie konnten eine ganze Runde Einsätze fliegen, ohne einen einzigen Schuss abzufeuern.

Teddys Schwester Pamela war mit einem Arzt verheiratet, der ihm von Experimenten in Sauerstoffkammern erzählt hatte. Sauerstoff war für die Sehschärfe der Schützen unerlässlich, die sie als Erstes einbüßten, sobald sie unter Sauerstoffmangel litten. Seitdem achtete Teddy darauf, dass seine Schützen vom Start bis zur Landung ausreichend mit Sauerstoff versorgt waren.

Sie flogen über ein heftig verteidigtes Gebiet. Ein Vorhang aus grauem Rauch vom Sperrfeuer der Flaks hing genau vor ihnen, ein explosiver Vorhang, durch den sie erst noch durchmussten.

Verglichen mit den Tausend-Bomber-Angriffen war dieser eine relativ bescheidene Angelegenheit, ungefähr zweihundert Flugzeuge – zwölf aus ihrem eigenen Geschwader –, die als lockere Schar zur Ruhr flogen, zum Happy Valley.

Sie hatten eine Lancaster abstürzen sehen, von einem Kampfflieger in den Flügel getroffen, sie hatten gesehen, wie sie sich in ein fallendes Blatt aus Feuer verwandelte, und sie hatten auch eine Halifax gesehen, die von einem Lichtkegel eingefangen worden war, nachdem sie die Verteidigungslinien der Ruhr durchbrochen hatte. Sie wurde vom blauen Hauptscheinwerfer erwischt, und sie sahen wortlos zu, als die kleineren Lichtkegel sich wie seelenlose Automaten auf die Beute zubewegten, sie mit blendend weißem Licht einfingen, so dass sie gnadenlos unter Granatenbeschuss genommen werden konnte. Das Flugzeug stürzte in verzweifelten Spiralen ab, doch die Lichtkegel hielten es unnachgiebig fest, und die schweren Flaks mussten es gefunden haben, denn schließlich explodierte es in einem großen Feuerball.

»Protokollier das, Navigator«, sagte Teddy sachlich. »Hat jemand Fallschirme gesehen?«

Leise »Neins« kamen durch die Sprechanlage, ein »arme Kerle« von Keith, der flach in der Nase des Flugzeugs lag, bereit für den Angriff. Es war immer ein Schock, ein Flugzeug abstürzen zu sehen, doch sie hatten keine Zeit, darüber nachzudenken. Es hatte nicht sie getroffen, das war das Entscheidende.

Wenn wir dran glauben müssen, betete Teddy, dann bitte schnell, der Feuerball, nicht der Absturz. Es gäbe keine sanfte Landung, auf welche Weise auch immer. Er war fatalistisch, nicht morbid. Das Letzte, was seine Mannschaft im Augenblick brauchte, war ein verzweifelter Kapitän. Insbesondere heute Abend, wo sie alle so nervös waren. Außerdem wirkten sie erschöpft, dachte Teddy, eine Erschöpfung jenseits der Müdigkeit. Sie sahen alt aus. Und doch hatte Keith gerade erst seinen einundzwanzigsten Geburtstag gefeiert, mit einer lauten Party im Unteroffizierskasino. Alle ihre Feiern hatten etwas Unschuldiges, sie verhielten sich wie ungezogene Jungs bei einem Kindergeburtstag. Die schmutzigen Schuhabdrücke an der Decke, die anzüglichen Texte des Gesangs um das Klavier, nachdem sich die WAAFs schicklich zurückgezogen hatten (eine oder zwei mutigere Frauen blieben manchmal). Ähnlich wie Augustus und seine kleinen Freunde.

Sylvie, die zur lockeren Zeitmessung neigte, ließ die Uhren in Fox Corner stets zehn Minuten vorgehen (eine Praxis, die zu Verwirrung statt zu Pünktlichkeit führte). Jetzt dachte Teddy, dass es viel besser gewesen wäre, hätte jemand ihre Uhren zurückgedreht, hätte man sie in dem Glauben gelassen, dass es ihr neunundzwanzigster Einsatz war und nicht der dreißigste, und sie von ihren düsteren Vorahnungen befreit.

Erschwerend kam hinzu, dass sie einen unerfahrenen Copiloten an Bord hatten, der seinen ersten Einsatz flog. Es war üblich, einen Neuling mit einer altgedienten Besatzung loszuschicken, um ihm »einen Eindruck zu vermitteln«, bevor er mit seiner eigenen Mannschaft Einsätze flog, doch aus irgendeinem Grund galt ein »grüner« Pilot als Unglücksbringer. Dieser Glauben war völlig unbegründet, soweit Teddy wusste. Sein erster Einsatz war ein Angriff auf Wilhelmshaven gewesen, um dort die Docks zu bombardieren, mit der *C-Charlie* und einer Crew, die zum zwölften Mal flog, und sie hatten ihn kaum zur Kenntnis genommen, als säße er nicht da auf dem Copilotensitz, wenn sie ihn nur ignorierten. Die *C-Charlie* kam nahezu unbeschädigt zurück – ein paar Löcher von einer Flak und ein ausgefallener Motor –, doch auch nachdem sie gelandet waren, mied ihn die Besatzung, als würde er sie irgendwie beschmutzen. Im Gegensatz zu seiner eigenen Crew, die überglücklich war, als er »heil und unversehrt« wieder auf dem Boden war, sie betranken sich alle, auch das Bodenpersonal, im örtlichen Pub, um es zu feiern. Der Black Swan, den alle nur Mucky Duck nannten, hatte einen sehr netten Wirt, der die Besatzungen anschreiben ließ, obwohl er wusste, dass viele Rechnungen nie bezahlt würden. Die Totenzählung.

Bei Teddys zweitem Einsatz war die Crew unerfahren – *W-William* hieß ihr Flugzeug –, sie hatte ihren Piloten verloren, als er mit einer anderen Crew seinen Flug machte. Sie bekamen sofort Ersatz, der pflichtgemäß seinen Copilotenflug absolvierte und auch nicht mehr zurückkehrte. (Vielleicht brachten sie doch Unglück.) Die pilotenlose Grünschnabel-Mannschaft war außer sich wie ängstliche Hunde, und als ihr ein dritter (verständlicherweise nervöser) Pilot zugeteilt wurde, flog Teddy mit ihnen den ersten Einsatz, der neue Pilot auf dem Copilotensitz der *W-William,* seinem eigenen Flugzeug. Es war ein Testgroßangriff auf Berlin, und sie behielten die Nerven.

Nachdem sie gelandet waren, jubilierten sie. »Gut gemacht, Jungs«, sagte Teddy. Es waren Jungen, keiner von ihnen über zwanzig. Sie luden ihn zu einem Drink ins Unteroffizierskasino ein – sie beharrten darauf, dass er Teil ihrer Crew war. Er ging mit, verabschiedete sich jedoch früh. »Vorsicht ist besser als Nachsicht«, schrieb er Ursula, weil es eins ihrer Lieblingssprichwörter war.

»Nicht immer«, antwortete sie.

Die *W-William* hatte Gefechtsbefehl für den nächsten Tag, einen relativ sicheren Flug, um Minen über Langeoog in Ostfriesland abzuwerfen. Teddy war trauriger als sonst, als er am übernächsten Tag den Eintrag im Einsatztagebuch las. *Dieses Flugzeug startete um 16.20 Uhr und kehrte nicht zurück. Es wurde deshalb als vermisst gemeldet.* Nach dem Krieg fiel es ihm schwer, auf die Nordsee hinauszuschauen, ohne daran zu denken, dass sie ein riesiger wässriger Friedhof war voller Rost und Knochen von Flugzeugen und jungen Menschen.

Beim nächsten Einsatz ging der Besatzung der *C-Charlie*, die Teddy nur so widerwillig als Copiloten aufgenommen hatte, der Treibstoff aus, als sie im Nebel nach einem Landeplatz suchten, und sie legten im Moor in der Nähe von Helmsley eine Bruchlandung hin. »Ihr dreizehnter Einsatz«, sagte Vic Bennett, als würde das alles erklären. Er war der Abergläubigste von allen. Als sie ihren eigenen dreizehnten Einsatz flogen, nach Stuttgart – noch dazu an einem Freitag –, bat Vic den Geistlichen, die arme alte *J-Jig* extra zu segnen, was der Geistliche, ein fröhlicher, zuvorkommender Mann, freudig tat.

Die ersten fünf und die letzten fünf Einsätze galten bei den Mannschaften als die gefährlichsten, auch wenn die Gesetze der Wahrscheinlichkeit, was Teddy betraf, jedes Mal zur Anwendung kamen. Nur eine von sechs Crews überlebte die erste Runde. (Nie zuvor oder danach, dachte er, waren so viele Leute so besessen von Statistik.) Er brauchte Ursulas Freundin im Luftfahrtministerium nicht, um zu wissen, dass die Wahrscheinlichkeit gegen sie sprach. Zu Beginn dieser Runde hätte Teddy (wäre er ein Spieler gewesen, was er nicht war) nicht darauf gewettet, dass sie lange genug leben würden, um ihre Enkelkinder zu sehen. Oder ihre Kinder, da sie noch nicht einmal dieses Stadium in ihrem Leben erreicht hatten. Keiner von ihnen war verheiratet, und nach Teddys Rechnung war mindestens die Hälfte von ihnen noch Jungfrau, als sie sich kennenlernten. Waren sie es jetzt noch? Er wusste es nicht. Nicht Vic Bennett, er war mit einem Mädchen namens Lillian (Lil) verlobt, über das er ständig redete, darunter auch über das, was sie »anstellten«. Vic wollte Lillian nächste Woche heiraten und hatte sie alle eingeladen. Teddy war der Ansicht, dass Vic keine Pläne machen sollte. Er selbst machte auch keine mehr. Es gab nur das Jetzt, auf das ein anderes Jetzt folgte. Wenn man Glück hatte. (»Was für ein guter buddhistischer Mönch du wärst«, sagte Ursula.)

»Wenn man sich den prozentualen Verlust ansieht«, sagte Ursulas Freundin aus dem Luftfahrtministerium und nippte geziert an einem Gin mit Angostura, »dann ist der Tod mathematisch gesprochen unvermeidlich.« Es gab noch andere Möglichkeiten, die Zahlen zu interpretieren, fügte sie hastig hinzu, als Ursula sie böse anstarrte. Teddy lernte sie im Urlaub im nächsten Mai kennen. Die drei gingen gemeinsam etwas trinken und dann zum Tanzen ins Hammersmith Palais. Teddy hatte keinen Spaß, sondern vielmehr das unangenehme Gefühl, dass das Mädchen vom Luftfahrtministerium jedes Mal, wenn es ihn anschaute, versicherungsstatistische Tabellen vor sich sah.

Kannte Nancy das kalte Kalkül des Todes im Bomberkommando? Wahrscheinlich nicht. Sie hatte irgendwo in einem klinisch sicheren Kokon einen intellektuellen Posten. Sie bemühte sich, alles so zu arrangieren, dass sie ihn bei seinem nächsten Urlaub in London treffen konnte. Sie hatte geschrieben: »Vielleicht kann ich zur Hochzeit Deines Kollegen mitgehen? Kannst Du mir eine Einladung verschaffen, oder sind Freundinnen überflüssig wie ein Kropf?!« Der Tonfall des Briefs hatte sich völlig falsch angefühlt. Zum Beispiel der bedauerliche Gebrauch des Wortes »Kollege«. Vic Bennett war kein »Kollege«. Er war ein

Teil von Teddy wie ein Arm oder ein Bein. Er war ein Kumpel, ein Freund, ein Kamerad. Sollte die Zivilisation überleben – und das war im Augenblick nicht sicher –, wäre sie dann eine Gesellschaft der Gleichen? Ein neues Jerusalem der Gleichmacher und Digger? Und die Klassenschranken waren bestimmt nicht nur in der RAF eingerissen worden, weil alle gleichermaßen gezwungen waren, sich die Hände schmutzig zu machen. Teddy kam mit Männern – und Frauen – zusammen, denen er in der Welt von Oxbridge, der Internate und der Banken nie begegnet wäre. Er mochte ihr Kapitän sein, er mochte für sie verantwortlich sein, aber er war ihnen nicht überlegen.
Er hatte Nancys Brief im Ofen seiner Unterkunft verbrannt. Brennstoff war immer knapp.

»Vier Minuten bis zum Ziel, Käpt'n.«
»Okay, Navigator.«
»Vier Minuten bis zum Ziel, Bombenschütze.«
»Okay, Käpt'n.«
»Dieser verfluchte Backbordmotor ist immer noch nicht zufrieden, Käpt'n«, sagte Norman Best. Das Licht im Treibstoffdruckmesser flackerte während des gesamten Flugs immer wieder aus und an, führte scheinbar ein eigenes Leben. Es war derselbe Motor, der ihren Start verzögert hatte, und Norman beobachtete ihn seit geraumer Zeit argwöhnisch. Vic Bennett war die Verspätung gerade recht gewesen. Ausgerechnet er hatte vergessen, seinen Glücksbringer mitzunehmen, und die WAAF-Fahrerin, die sie zum Flugzeug gefahren hatte, überredet, mit ihm in die Unterkunft zurückzurasen, um ihn zu holen, während das Bodenpersonal am defekten Motor arbeitete. Sie waren die unbesungenen Helden der »Schraubenschlüssel-Brigade« – die Fallschirmpacker, Monteure und Mechaniker, die Feldwebel oder niederen Ränge am Boden, sie arbeiteten Tag und Nacht und bei jedem Wetter. Sie winkten ihnen nach, wenn sie starte-

ten, und begrüßten sie nach der Landung. Sie blieben oft die ganze Nacht in trostlosen Hütten auf dem Flugfeld und warteten auf die sichere Rückkehr »ihres« Flugzeugs. Für sie gab es keine Glücksbringer, nur höfliches Händeschütteln und ein »Also dann bis morgen früh« vor dem Abflug.

Vic Bennetts persönlicher Fetisch war ein Höschen aus rotem Satin, das seiner Verlobten, der oben erwähnten Lil gehörte. Das »Unaussprechliche«, wie Vic es nannte, steckte er bei jedem Flug ordentlich gefaltet in die Tasche seines Kampfanzugs. »Wenn wir die Hochzeit erleben«, sagte Keith, »weiß ich, woran wir alle denken werden, wenn die errötende Braut zum Altar schreitet.«

»Ich werde es sein, der rot wird«, sagte Kenny Nielson.

Glück war alles. »Glück ist keine Dame«, sagte Keith, »sondern nur ein kleines Flittchen.« Aberglaube grassierte auf dem Stützpunkt. Jeder in der Staffel hatte seinen ganz persönlichen Talisman – eine Haarlocke, einen heiligen Christophorus, eine Spielkarte, die allgegenwärtige Hasenpfote. Da war ein Oberfeldwebel, der immer *La donna è mobile* im Mannschaftsraum sang, wenn sie sich ihre Kampfanzüge anzogen, und ein anderer, der stets den linken Stiefel vor dem rechten anzog. Wenn er es vergaß, musste er sich wieder ganz ausziehen und von vorn anfangen. Er überlebte den Krieg. Der Mann, der *La donna è mobile* sang, überlebte nicht. So wie Hunderte andere mit ihren verrückten Ritualen und Sakramenten. Die Toten waren Legion, und die Götter hatten ihre eigenen geheimen Pläne.

Keith hatte kein Maskottchen, er behauptete, dass seine ganze Familie »verkehrtherum« war, was anderen Pech brachte, brachte ihnen Glück und umgekehrt, und er hätte wahrscheinlich unter einer Leiter hindurchgehen können, während ein Dutzend schwarzer Katzen vor ihm den Weg überquerten, und es wäre »alles in Ordnung« gewesen. Seine Sträflingsvorfahren waren irische Zigeuner, die wegen Landstreicherei nach Australien deportiert worden waren. »Wahrscheinlich waren sie keine

richtigen Zigeuner«, sagte er, »sondern kleine Gauner und Herumtreiber.«
Kenny Nielson war der Jüngste in einer Familie mit zehn Kindern, der »Nachzügler«, und sein Glücksbringer war ausgerechnet eine schäbige kleine schwarze Katze, ziemlich ungeschickt aus Filzstücken von einer seiner vielen Nichten zusammengenäht. Es war eine erbarmungswürdige Kreatur, die aussah, als hätte sie ihr Leben überwiegend in der Schnauze eines Hundes verbracht.

Und ja, Teddys Glücksbringer war der silberne Hase, den Ursula ihm gegeben hatte und den er anfänglich mit sorgloser Gleichgültigkeit behandelt hatte, der jedoch jetzt bei jedem Einsatz in der Tasche seines Kampfanzugs mitflog, direkt über seinem Herzen. Er hatte unbewusst sein eigenes Ritual entwickelt, berührte den Hasen wie eine Reliquie vor dem Start und nach der Landung, eine lautlose Bitte und ein Danke. Nicht dass er das kleine leblose Geschöpf durch die dicken Schichten seiner Fliegerjacke aus Schafsfell und der Mae West, der aufblasbaren Schwimmweste, spüren konnte. Aber er wusste, dass es da war und still sein Bestes tat, um ihn zu beschützen.

Sie lungerten missmutig herum, während sie auf Vic warteten. George Carr aß wie üblich seine Ration Schokolade. Alle anderen hoben sie für später auf, doch George argumentierte, dass er während des Angriffs sterben und sich dann »nie mehr daran freuen« könnte. Schokolade war während seiner Kindheit in Lancashire Mangelware gewesen, sagte er.

Sie rauchten die letzten Zigaretten für die nächsten sechs Stunden, leerten am Heck der *S-Sugar* ihre Blasen und starrten düster auf den Boden. Sogar der normalerweise ständig plappernde Schotte war still. Der arme Copilot blickte drein, als wäre er unterwegs zu seiner Hinrichtung. »Sind sie immer so?«, fragte er Teddy leise, und Teddy, der zu dem armen Jungen schlecht sagen konnte: »Sie glauben, dass sie heute Nacht fällig sind«, täuschte

ihn stattdessen über den kollektiven Charakter seiner Besatzung und sagte: »Nein, sie sind nur ein elender Haufen übler Typen.«
Am Morgen hatte Teddy einen Brief von Ursula erhalten. Unwichtiges Zeug, doch gegen Ende fragte sie: »Wie geht es Dir?«, und die Gefühle, die in diesen vier einsilbigen lakonischen Wörtern komprimiert waren, schienen von dem Blatt Papier aufzusteigen und sich zu etwas viel Größerem und Innigerem zu entfalten. »Hier ist alles gut«, antwortete er ihr ebenso komprimiert. »Mach Dir keine Sorgen um mich«, fügte er hinzu und machte ihr zwei zweisilbige Wörter zum Geschenk.
Er bat eine WAAF, eine Fallschirmpackerin namens Nellie Jordan, die hingerissen von ihm war, den Brief abzuschicken. Alle WAAFs waren von ihm hingerissen. Er vermutete den Grund dafür darin, dass er länger als alle anderen Crewmitglieder dabei war. Es war ein Brief, der abgeschickt und nicht in seinem Spind aufbewahrt werden sollte für den Fall, dass er nicht zurückkäme. In Teddys Spind lagen drei Briefe, einer für seine Mutter, einer für Ursula, einer für Nancy. In allen stand mehr oder weniger das Gleiche: dass er sie liebte und sie nicht allzu sehr um ihn trauern sollten, weil er gestorben war, als er etwas tat, wovon er überzeugt war, und dass sie ihr Leben weiterleben sollten, weil er sich das wünschte. Und so weiter. Er glaubte nicht, dass diese letzten Briefe ein Ort für Seelenerforschung oder philosophische Introspektion waren. Oder auch nur für die Wahrheit. Es hatte sich seltsam angefühlt, über sich selbst in einer Zukunft zu schreiben, in der er nicht mehr existierte, es war eine Art metaphysisches Rätsel.
Sollte er sterben, käme sofort jemand und räumte seinen Spind aus. Alles, was eine Mutter oder Ehefrau irritieren könnte – schmutzige Fotos, Briefe an andere Frauen oder Kondome – wurde aussortiert. Nicht dass Teddy etwas zu verbergen hatte, zumindest nichts, wovon es handfeste Beweise gab. Manchmal fragte er sich, was mit diesen wohlmeinend beschlagnahmten

Dingen geschah – wurden sie einfach entsorgt oder befand sich irgendwo ein Lagerraum voller unerwünschter Geheimnisse? Er fand die Antwort auf diese Frage nie heraus.

Während seiner zweiten Einsatzrunde im nächsten Jahr öffnete Teddy auf dem Stützpunkt versehentlich die Tür zu einem Lagerraum, der voller Kampfuniformen auf Kleiderbügeln hing. Er hielt sie für Ersatzuniformen, bis er sie näher anschaute und die Brevets und Streifen und Ordensbänder sah und begriff, dass sie von den Toten und Verletzten stammten. Die leeren Uniformen hätten ein poetisches Bild abgegeben, wenn er die Poesie zu diesem Zeitpunkt nicht schon aufgegeben hätte.

Wenn eine neue Besatzung auf einem Flugplatz eintraf, lagen die Habseligkeiten der früheren Bewohner manchmal noch in ihrer Nissenhütte herum, als würden sie gleich zurückkommen. Dann wurde die neue Crew wieder hinausgescheucht, die Hütte »aufgeräumt«, die Sachen der toten Crew wurden eingepackt, und WAAFs oder Sanitäter bezogen die Betten neu. Und manchmal flogen die unerfahrenen Neuankömmlinge am Abend einen Einsatz, kehrten nicht zurück und hatten kein einziges Mal in diesen frisch bezogenen Betten geschlafen. Sie konnten kommen und gehen, ohne dass jemand wusste, wer sie waren. Ihre Namen in Wasser geschrieben. Oder in die Erde gebrannt. Oder in der Luft atomisiert. Legion.

Vic Bennett war zurück mit dem »Unaussprechlichen« (»Über das die ganze Zeit gesprochen wird«, sagte Mac süffisant), und sie gingen an Bord der *S-Sugar,* die die *J-Jig* ersetzt hatte. Die *J-Jig* war ein schwerfälliges Biest gewesen. Wie viele der Mark II hatte sie sich nur widerwillig vom Boden erhoben. Wäre sie ein Pferd gewesen, hätte man ihm gut zureden müssen, bei einem Rennen loszulaufen und es auch zu beenden, und hätte man sie nicht gekannt, wäre man nicht vor ihren Schwachstellen gewarnt worden, vor allem vor ihrem selbstmörderischen Drang nach rechts, dann hätte es das Ende sein können, noch bevor es begonnen hatte.

Der heutige Einsatz war erst der zweite, den sie mit der *S-Sugar* flogen. Es war ein neuer Vogel, frisch aus der Fabrik, so frisch wie die Crew einst gewesen war. Sie hätten die Runde gern mit der *J-Jig* beendet, die bereits Gegenstand liebevoller Erinnerung war. Sie hatte ihnen Glück gebracht, in ihr waren sie sicher gewesen, und sie haderten noch immer mit ihrem Verlust und waren überzeugt, dass er ein Zeichen dafür war, dass sie die dreißig nicht schaffen würden. Auf ihren Rumpf waren mit Schablone sechsundzwanzig Bomben gemalt gewesen, eine für jeden geflogenen Einsatz, ein Schlüssel für den einundzwanzigsten Einsatz, und ein Witzbold hatte ihr für einen Angriff auf Italien eine Eistüte aufgemalt. Der einzige Einsatz der *S-Sugar* bislang – nach Düsseldorf – war noch nicht verewigt worden, und obwohl sie neu war, vertraute ihr niemand. Der überhitzende Backbordmotor war nur eine von vielen Unpässlichkeiten.

Der CO, der befehlshabende Offizier, war mit Vic zum Flugzeug gekommen und sorgte sich wegen der Zeit. »Zehn Minuten«, sagte er und tippte auf seine Armbanduhr. Zehn Minuten bis zum Start, oder sie wären zu spät dran und ihr Flug würde abgeblasen.

Der Wagen mit der WAAF und dem Offizier folgte ihnen bis zum Flugkontroll-Caravan, wo die beiden ausstiegen und sich zu einer mickrigen Gruppe stellten, die geduldig darauf wartete, ihnen nachzuwinken. Teddy nahm an, dass einige von ihnen die Hoffnung aufgegeben hatten, dass sie je starten würden, und gegangen waren.

Sie rumpelten über die Startbahn, alle winkten ihnen begeistert zu, vor allem der CO, der Wert darauf legte, bei jedem Start dabei zu sein. Er schien zu glauben, er helfe ihnen dabei, erfolgreich die Räder vom Boden zu lösen und ihren mit Bomben gefüllten Bauch in die Luft zu heben, wenn er nur heftig genug winkte – er lief mit erhobenen Armen neben ihnen die Startbahn entlang. Beim Start abzustürzen bedeutete einen so großen Verlust an Leben, dass es Teddy stets wie eine Galgenfrist vorkam, wenn er es wieder geschafft hatte, die Halifax vom Asphalt zu heben und über die Hecken und Bäume zu ziehen.

Brach man einen Flug vorzeitig ab – es passierte ständig wegen des Wetters oder technischer Probleme des Flugzeugs –, dann galt er nicht als Einsatz, gleichgültig, wie haarsträubend er gewesen war. »Verdammt unfair«, sagte Teddy. »Eine Schande, alter Knabe«, sagte Keith in einem miserablen Versuch, mit einem englischen Oberklassenakzent aufzuwarten. Sie waren überaus betrunken damals, in der achtundvierzigstündigen Einsatzpause nach Turin. Sie hätten umkehren sollen, das wusste Teddy jetzt, aber er gehörte zu den Piloten, die nach dem Motto »Augen zu und durch« handelten. Andere taten das nicht.

Zum ersten Mal kehrten sie um – es war erst ihr zweiter Einsatz –, als ihr Steuerbordmotor über der Nordsee Kühlwasser verlor und dann auch noch die Sprechanlage des Funkers versagte. Teddy tat, was er für vernünftig hielt, und flog zurück, warf die Bomben über der Nordsee ab, wo sie keinen Schaden anrichteten. Der CO – ein anderer als jetzt – war nicht beeindruckt. Er pflegte die Stirn über frühe Rückkehrer zu runzeln und befragte sie lange Zeit, warum sie geglaubt hatten, das Ziel nicht anfliegen zu sollen. Teddy fand, dass der Grund auf der Hand lag – der Motor würde überhitzen und Feuer fangen (in den frühen Tagen waren sie weniger gelassen wegen dieser Dinge), und sie mussten mit dem Funker kommunizieren können. *»Müssen Sie?«,* sagte der Offizier. »In einer extremen Situation kämen Sie doch bestimmt zurecht? Und ein guter Pilot denkt sich nichts dabei, mit nur drei Motoren zu fliegen.«

Damals wurde Teddy klar, dass sie nicht so sehr Soldaten waren als vielmehr Opfer für das übergeordnete Wohl. Vögel, die gegen eine Mauer geworfen wurden in der Hoffnung, dass die Mauer, wenn es nur genug Vögel wären, eines Tages einstürzen würde. Zahlen in einem von Maurices großartigen Büchern im Kriegsministerium. (»Was für ein aufgeblasener Arsch er geworden ist«, schrieb Ursula verärgert.)

Und da beschloss Teddy, dass er ihren Mut nicht mehr würde in Frage stellen lassen, sie wären nicht Harris' »schwächere Brüder«, sondern würden jedes Mal bis zum Ziel »durchhalten«, außer es wäre absolut unmöglich. Gleichzeitig wollte er alles daransetzen, seine Besatzung am Leben zu erhalten. Wenn sie keine Einsätze flogen, ließ er sie ständig Absprünge mit dem Fallschirm und Notwasserungen üben – was vielleicht unrealistisch war, ohne in der Luft zu sein und ohne Wasser, aber wenn sie wussten, was sie zu tun hatten, wenn es ihnen buchstäblich eingebleut wurde, dann würden sie es – vielleicht – gegen die alles überschattende Wahrscheinlichkeit schaffen. Als sie in der OTU als Crew zusammengefunden hatten, hatten Vic und Kenny mehr Schießübungen gemacht als alle anderen. Sie hatten Scheineinsätze über dem Hafen von Immingham geflogen und in der Luft zahllose Manöver geübt. Er machte so viele Flugübungen wie möglich mit ihnen und übte Ausweichmanöver mit den Spitfires vom nächsten RAF-Stützpunkt. Er zwang die gesamte Crew, den Morsecode zu lernen und so viel von allen Jobs zu verstehen, dass sie in der »extremen Situation« des unsympathischen Offiziers füreinander einspringen konnten. Theoretisch wäre Keith, der die Pilotenausbildung begonnen hatte, der beste Mann, um Teddy zu ersetzen, sollte ihm etwas zustoßen, doch Teddy hatte auch Norman Best die Grundlagen des Fliegens beigebracht, »weil der verfluchte australische Schafscherer den Vogel vielleicht fliegen, aber das verdammte Ding womöglich nicht landen kann«. Teddy fluchte viel dieser Tage, Blasphemie war ansteckend, doch er bemühte sich stets, die schlimmsten Ausdrücke zu meiden. Sollte Teddy tatsächlich etwas zustoßen, wären sie wahrscheinlich sowieso alle dem Untergang geweiht.

Teddy wusste, dass Mac stets die Route zum nächsten neutralen Land ausarbeitete – die Schweiz, Schweden oder Portugal –, und wann immer die Nacht klar war, feilte er an seinen astronavigatorischen Fähigkeiten. Und der schüchterne, zurückhaltende Norman Best war unter seinem Kampfanzug komplett französisch gekleidet, einschließlich der Unterwäsche, die Sachen hatte er als Student in Paris gekauft. In einer Tasche steckte sogar eine französische Baskenmütze. Ein Pfadfinder, so es je einen gegeben hatte, dachte Teddy. »Seid allzeit bereit, indem ihr euch zuvor mögliche Unfälle oder Situationen vorstellt, die auftreten können.« Es erschien ihm unwahrscheinlich, dass ihm die eigene Ausbildung mit Pfeil und Bogen bei Kibbo Kift auf der Flucht in Frankreich hilfreich wäre.

Norman sprang über Frankreich ab, als er 1943 mit einer anderen Crew flog, doch seine Fluchtvorbereitungen waren vergebens, weil sein Fallschirm schon brannte, als er aus dem Flugzeug sprang, und er stürzte zu Boden wie ein schweres Gewicht, seine Leiche wurde nie gefunden. Norman hatte keinen Glücksbringer, kein zwanghaftes Ritual wie George Carr, der sich, wie ein Hund, der sich setzen will, dreimal rechtsherum im Kreis drehte, bevor er ins Flugzeug stieg, und glaubte, niemand würde es bemerken.

Der ängstliche Copilot stand vor dem Start neben Teddy. Er hieß Guy – er war in Eton gewesen, sagte er in der Hoffnung, eine Beziehung zu Teddy herzustellen. »Ich war nicht in Eton«, sagte Teddy etwas verächtlich. Guy hatte noch eine Menge zu lernen. Falls er lange genug lebte. (»Was für ein Trottel«, sagte Vic.)

Natürlich war er nicht der erste unerfahrene Copilot, mit dem sie flogen, und sie waren mit Ersatzmännern geflogen, als Mitglieder ihrer Crew verhindert waren. George Carr hatte Urlaub bekommen, um zur Beerdigung seines Vaters zu fahren. Mac hatte einen Einsatz versäumt, weil er eine Magenverstimmung hatte, und Kenny hatte sich den Knöchel verstaucht (bei einer von Teddys Fallschirmübungen) und konnte bei einem Angriff auf Bremen nicht mitfliegen. Vic Bennett hatte *J-Jigs* letzten ereignisreichen Einsatz nach Turin in der letzten Woche verpasst, weil er sich eine schwere Erkältung zugezogen hatte.

Mac hatte seinen Einsatz mit einer anderen Crew nachgeholt, doch ihren beiden Schützen fehlte jeweils noch ein Einsatz zu einer vollen Runde. Sie würden als Ersatzmänner mit jemand anderem fliegen müssen. Maskottchen, die Unglück brachten.

Beim Angriff auf Turin hatte ein Ersatzschütze und nicht Vic den Rückenturm besetzt. Er sprach mit einem leisen West-Country-Summen (»Zummerzet«) und hatte auf dem ganzen Flug nicht mehr als ein paar Worte gesagt.

Sie hatten bei hellem Vollmond die verschneiten Gipfel der Alpen überquert. »Das haben noch nicht viele Leute gesehen, was, Käpt'n?«, sagte Kenny Nielson über die Sprechanlage. Sogar Mac kam hinter seinem Vorhang hervor, um sich »den Anblick zu Gemüte zu führen«. »Fast so gut wie die Rockies«, sagte er, und Kenny konterte: »Ja, aber die Rockies hast du nicht von *oben* gesehen, oder?« Dann murmelte Keith etwas von den Blue Mountains, und Teddy schritt ein, bevor sich eine laute Diskussion über die relativen Verdienste unterschiedlicher Gebirgszüge entwickeln konnte.

Der Ersatzmann hatte zu Bergen nichts zu sagen. Teddy nahm an, dass es in Somerset keine Berge gab. Abgesehen davon, dass er als Kind mehrmals Ferien am Meer in Cornwall gemacht hatte, kannte Teddy den Südwesten des Landes nicht. Sollte er den Krieg überleben, wollte er eine große Reise durch England machen, alle Haupt- und Nebenstraßen, versteckte Dörfer, große Denkmäler, Wiesen, Moore, Seen. Alles, wofür sie kämpften.

Sie waren »privilegiert«, sagte Norman, weil sie die Welt auf eine Weise sahen, die nur wenigen vergönnt war. Ein Privileg, für das sie einen schrecklichen Preis zahlten, dachte Teddy.

Nicht nur der Anblick der Alpen hatte sie beeindruckt, sondern auch der endlos tiefe blauschwarze Himmel, der mit Abertausenden Sternen übersät war – von einem großzügigen Gott verstreute leuchtende Samenkörner, dachte Teddy und kam damit dem aufgegebenen Reich der Poesie gefährlich nahe. Es gab Sonnenuntergänge und -aufgänge von aufregender Großartigkeit und einmal auf einem Flug nach Bochum einen spektakulären Auftritt des Nordlichts – ein am Himmel hängender, vibrierender Vorhang aus Farben, für den sie nach Superlativen suchten.

Auf seiner isolierten Position im Heck des Flugzeugs behauptete Kenny Nielson, dass er »den besten Platz im Haus« hatte. Insbesondere Sonnenuntergänge versetzten ihn in Erstaunen. Er sah die Sonne untergehen, während der Rest der Crew schon lange in die Dunkelheit flog. »Der Himmel brennt«, berichtete er einmal aufgeregt, nachdem Teddy die Halifax von der Startbahn in die Luft gezerrt hatte. Teddy durchlebte einen Augenblick des Entsetzens – eine Vision des Weltuntergangs, den der Feind über sie hatte hereinbrechen lassen, doch dann sagte Vic Bennett im Rückenturm: »Das ist der schönste Sonnenuntergang, den ich je gesehen habe.«

»Genau, als ob Gott den Himmel angemalt hätte«, sagte Kenny, und Teddy sagte: »Könnt ihr vielleicht den Mund halten?«, erleichtert, dass die Welt noch nicht jetzt unterging, und geschockt, dass er es für möglich gehalten hatte. »Es ist *schön*«, beharrte Kenny, der die Schönheit noch nicht ziehen lassen wollte. Oder die SCHÖNHEIT, wie Sylvie gesagt hätte.

Als Heckschütze war Kennys Wahrscheinlichkeit, einen Sonnenuntergang in Friedenszeiten zu sehen, am geringsten. Seine Chancen, das Ende des Kriegs zu erleben, standen eins zu vier, hatte Ursulas Freundin erklärt. Aber letztlich erlebte das Mädchen vom Luftfahrtministerium die Zukunft nicht mehr, sie wurde im Juni 44 von der Aldwich V-1-Rakete umgebracht. Sie hatte mittags auf dem Dach des Adastral House, in dem sich das Luftfahrtministerium befand, ihr Sandwich gegessen und sich gesonnt. (Wie groß war die Wahrscheinlichkeit dafür gewesen?, fragte sich Teddy.)

Andere Mädchen wurden aus den zerbrochenen Fenstern des Gebäudes gesaugt und stürzten zu Tode. Ein Mann wurde von einer fallenden Glasscheibe entzweigeschnitten, erzählte Ursula. Teddy vermutete, dass auch Ursula für manche ein Mädchen war – das Mädchen vom Zivilschutz.

Sie hieß Anne. Das Mädchen vom Luftfahrtministerium. Und als sie sich nach dem gemeinsamen Abend im Hammersmith Palais trennten (sie tanzte einen guten Foxtrott), sagte sie zu Teddy: »Also dann, viel Glück«, ohne ihm dabei in die Augen zu schauen.

Auf dem Flug nach Turin gab es kaum Flakbeschuss, die italienischen Flugabwehrkanonen schienen immer nur halbherzig zu feuern. Sie bombardierten das Ziel aus sechzehntausend Fuß Höhe. Kurz vor dem Ziel hatte sich das Wetter verschlechtert. Die Alpen waren nicht mehr schön – ja, sie waren überhaupt nicht mehr zu sehen –, und als sie umkehrten, sahen sie sich einem riesigen dunklen Turm Kumuluswolken gegenüber, der sie weit überragte. In diesem Monster blitzte es, und es sprühten Funken, als würden kleine Explosionen stattfinden, und zuerst glaubten sie, dass es etwas mit den Bombardierungen zu tun hatte – oder auch mit einer neuen Waffe, die an ihnen getestet wurde –, und sie brauchten ein paar Sekunden, bis sie begriffen, dass sie direkt in eine enorme schwarze Gewitterwolke flogen. Die Turbulenzen waren ungeheuerlich, warfen die *J-Jig* hin und her, als wäre es ein Spielzeugflieger. Was Fliegen sind den müßigen Knaben. Oder den müßigen Göttern. Zeus, der seine Donnerkeile warf, Thor, der seinen Hammer schwang. Die Feen, die ihre Möbel verrückten, wie Bridget immer sagte, eine weniger rachsüchtige Interpretation in einer ruhigeren Zeit. Und was für Feen, dachte Teddy. Über die Sprechanlage hörte er die Flüche, von Normans entsetzter christlicher Zurückhaltung – »Oh, du lieber Gott« – bis zu Keiths bitterem »Scheiße, Scheiße, Scheiße, hol uns verdammt noch mal hier raus, Käpt'n«.

Danach waren sie sich alle einig, dass es schlimmer gewesen war als jeder Flakbeschuss. Flak verstanden sie, doch das war etwas Urzeitliches. Gelegentlich erhellten Blitze bösartige Spalten und Höhlen in der dunklen Masse. Die Turbulenzen waren unberechenbar – sie warfen und stießen sie aufwärts und abwärts oder zur Seite –, und Teddy fragte sich, ob das Flugzeug aufgrund der Belastung nicht einfach zerbrechen würde.

Die Außentemperatur sank dramatisch, und auf den Tragflächen bildete sich Eis. Eis war ein gefährlicher Gegner, es tauchte schnell und manchmal ohne Vorwarnung auf – tonnenweise, fror die Motoren und die Steuerung ein und bedeckte die Tragflächen in dicken weißen Schichten. Das Flugzeug konnte dadurch so schwer werden, dass es einfach vom Himmel stürzte oder in der Luft in Stücke brach.

Über die Sprechanlage war unfreiwilliges »Oh, Gott« und »Herr im Himmel« und »Scheiße« zu hören, während sie hin und her geworfen wurden, und dann leise Psalm 23, »Und ob ich schon wanderte im finstern Tal«, der durch mehrmaliges erstauntes Keuchen unterbrochen wurde, als die *J-Jig* abrupt aus der Gewitterwolke katapultiert wurde, nur um von einer Geistererscheinung heimgesucht zu werden.

Überall zuckte Elmsfeuer, hellblau und überirdisch – ein unheimliches Leuchten, das an den Kanten der Tragflächen entlangflackerte und sogar um die Propeller wirbelte und absprang, seltsame fedrige Spuren in der Dunkelheit wie gespenstische

Feuerräder. Es »tanzte« zwischen den Spitzen seiner MGs, berichtete Kenny vom Heck. »Hier oben auch«, kam aus dem Rückenturm.

Das seltsame Phänomen erinnerte Teddy an die Willis aus *Giselle*. Er hatte eine Aufführung des Balletts mit seiner Schulklasse gesehen, ein Ausflug ins Royal Opera House, den der Musiklehrer organisiert hatte. Die Tänzerinnen waren von dem gleichen unheimlichen und überirdischen blauen Licht angestrahlt worden, das jetzt um die *J-Jig* tanzte. Im Rückblick war es eine seltsame Wahl für eine Klasse lärmender dreizehnjähriger Internatsschüler gewesen. Sein Vater zog die Augenbrauen in die Höhe, als er davon erfuhr, und fragte nach dem Namen des Musiklehrers (»Ein Bewunderer Wildes, vermute ich«), und sogar Sylvie hatte ihn trotz ihrer Liebe zur KUNST nach dieser »unkonventionellen« Entscheidung gefragt, da sie das Schulgelände normalerweise nur verließen, um auswärts Rugby zu spielen. Danach hatte Teddy Alpträume von geisterhaften Frauen, die ihn mit den Händen fassten und versuchten, ihn an einen dunklen fremden Ort zu ziehen.

Das blaue Licht flackerte noch einmal und erlosch, und der äußere Motor an der Steuerbordseite begann zu vibrieren und zu stottern, bevor er durchdrehte. Teddy hatte ihn gerade auf Segelstellung gebracht, als der problematische innere Motor auf der Backbordseite ebenfalls zu vibrieren begann. Es klang, als wollte er sich aus der Verankerung lösen. Sie wären ohne ihn wahrscheinlich besser dran.

Teddy wies Mac an, eine neue Flugroute zu erstellen, die sie auf schnellstem Weg nach Hause bringen würde. Nach dem Gewitter waren ihre magnetischen Instrumente nutzlos, und Mac musste den neuen Kurs aufgrund ungefährer Berechnung erstellen, doch zunächst fing der innere Backbordmotor Feuer. Jetzt aber mal halblang, dachte Teddy und drückte die Gashebel nach vorn, um steil nach unten zu fliegen (»Alle festhalten!«), was dankenswerter Weise nicht nur dazu führte, dass die Flammen gelöscht wurden, sondern auch, dass das Eis auf den Tragflächen wegrutschte. Auf Regen folgt Sonnenschein, dachte er. Umgekehrt folgte der Sonnenschein immer nur auf Regen.

Der äußere Steuerbordmotor rauchte jetzt, und ein paar Minuten später meldete Keith, dass er Flammen sah, und dann explodierte der Motor ohne Vorwarnung, die Gewalt der Explosion drehte das Flugzeug nahezu auf den Kopf. Eine Flut von »Um Gottes willen« und »Verdammte Scheiße« kam über die Sprech anlage, und Teddy sagte: »Alles okay.« Was für eine lächerliche Ansage, dachte er. Sie flogen mit nur zwei Motoren, hatten Gegenwind, vereisten noch immer, das Funkgerät funktionierte nicht mehr, und die Flugroute konnten sie nur ungefähr berechnen. Nichts war okay.

Teddy überlegte, ob er den Befehl geben sollte, das Flugzeug zu verlassen, als etwas noch Beunruhigenderes passierte. Mac begann zu singen. Mac! Und nicht irgendein Liedchen aus der hintersten kanadischen Provinz, sondern eine kakophone Version von *Boogie Woogie Bugle Boy*. Auch wenn man die Sprechanlage in Rechnung stellte, war es ein schauerlicher Gesang, insbesondere als er das Horn imitierte, was klang, als hätte ein Elefant Schmerzen. Darauf folgte, und das war noch schockierender, das Gelächter ihres mürrischen Kanadiers, das sich anhörte, als würde Charles Penrose *The Laughing Policeman* singen. Teddy bat Norman nachzusehen, was mit Mac los war.

Wie sich herausstellte, war sein Sauerstoffschlauch eingefroren. Norman versuchte, ihn mit dem Kaffee aus seiner Feldflasche aufzutauen, aber der Kaffee war nur noch lauwarm. Er zerrte Mac von seinem Sitz und schaffte es, ihn an den zentralen Sauerstofftank anzuschließen, und hoffte auf das Beste. Sauerstoffmangel veranlasste einen, die merkwürdigsten Dinge zu tun, und dann führte er zum Tod.

Nach dem Krieg arbeitete Mac für eine große Versicherung in

Toronto. Er heiratete, hatte drei Kinder und ließ sich früh pensionieren (»Habe schlau investiert«), erzählte er, als Teddy ihn bei einem Geschwadertreffen wiedersah, das einzige, zu dem er jemals ging. Er war ihm überhaupt nicht mehr vertraut, und Teddy dachte, dass er ihn vielleicht nie richtig gekannt hatte. Vielleicht hatte er niemanden in seiner Crew wirklich gekannt. Es war ihm nur so erschienen aufgrund der Umstände, in denen sie sich befunden hatten. Die ältere Version von Mac wirkte auf Teddy ziemlich selbstzufrieden. Die Schrecken der Zeit, die sie miteinander verbracht hatten, schienen bei ihm keine Spuren hinterlassen zu haben. Er nahm an, dass alte Männer seit Urzeiten über alte Kriege sinnierten. Jericho, Thermopylen, Nürnberg. Er wollte nicht wirklich zu ihnen gehören. Teddy verließ das Treffen früh und verabschiedete sich in dem »Jargon«, über den sich jetzt alle lustig machten: »Entschuldigt, ich spring jetzt ab.«

Doch auch noch Jahre später, wenn er in den langen dunklen Nächten wach lag, geplagt von Schlaflosigkeit, rezitierte er die Namen. *Essen Bremen Wilhelmshaven Vegesack Hamburg Saarbrücken Düsseldorf Osnabrück Flensburg Frankfurt Kassel Krefeld Aachen Genua Mailand Turin Mainz Karlsruhe Kiel Köln Gelsenkirchen Bochum Stuttgart Berlin Nürnberg.* Andere zählten Schäfchen. Teddy zählte die Städte, die er versucht hatte zu zerstören, die versucht hatten, ihn zu zerstören. Vielleicht war es ihnen gelungen.

Als sie sich auf dem Rückflug von Turin der französischen Küste näherten, gerieten sie unter Flakbeschuss. Eine Granate durchschlug den Rumpf und holte die *J-Jig* fast vom Himmel. Sie flogen durch dichte Wolken, und einen orientierungslosen Augenblick lang glaubte Teddy, dass sie kopfüber flogen. Im Flugzeug stank es nach Kordit, und von irgendwoher kam Rauch, Flammen allerdings waren nirgendwo zu sehen.

Teddy kontrollierte die Besatzung. »Alle okay?«, fragte er. »Heckschütze? Rückenturm? Bombenschütze?« Am meisten sorgte sich Teddy um seinen Heckschützen, der ganz hinten im Flugzeug steckte, weit entfernt von ihnen. Es überraschte ihn, dass jemand, der so gesellig und redselig war wie der kleine Kenny Nielson, in seinem kalten einsamen Nest so gut gelaunt war. Teddy wusste, dass er es an diesem engen, klaustrophobischen Ort nicht ausgehalten hätte.

Alle meldeten sich mit »Okay«, »Gut«, »Noch da« und so weiter. Norman ging und überprüfte die Schäden. Ein paar Löcher im Rumpf und die untere Ausstiegsluke weggerissen. Und die Hydraulikschläuche mussten durchtrennt sein, weil er hinten im Flugzeug in Flüssigkeit gewatet war, aber nirgendwo brannte es. Mit jeder Meile flogen sie langsamer und niedriger. Sie waren jetzt unterhalb von fünftausend Fuß und nahmen die Sauerstoffmasken ab. Mac hatte sich erholt und ruhte sich aus.

Teddy entschied, dass sie nicht mehr lange so weiterholpern konnten, und sagte allen, dass sie sich darauf vorbereiten sollten, das Flugzeug zu verlassen, doch sie waren bereits über Wasser, und alle zogen es vor, weiterzufliegen und nicht notzuwassern. Ihr Glaube an Teddys Fähigkeiten, sie zum Ziel und zurück nach Hause zu fliegen, war im Lauf des Flugs unerschütterlich geworden. Möglicherweise ein deplazierter Glaube, dachte Teddy voller Bedauern.

Als die englische Küste zu sehen war (»Danke, lieber Gott«, hörte er Norman sagen), hatten sie fast keinen Treibstoff mehr. George hatte während der letzten Stunden die Funkanlage repariert und schaffte es, einen Funkspruch abzusetzen, um notlanden zu dürfen, doch man schien überall den Laden für die Nacht dichtgemacht zu haben. Sie flogen jetzt so niedrig über Land, dass sie einen Zug sehen konnten, das rote Glühen der Feuerkammer in der Lokomotive, das der Verdunkelung entkommen war. Die Vorstellung, aus dieser Höhe erfolgreich mit dem Fallschirm abspringen zu müssen, gefiel Teddy nicht, und er wies sie an, Absturzposition einzunehmen beziehungsweise sich irgendwo abzustützen, doch dann meldete sich im letzten Moment eine kompetente Frauenstimme in Scampton mit der Landeerlaubnis, und Norman sagte: »Wir schaffen es, Käpt'n«, und sie schafften es tatsächlich, mehr, weil sie es unbedingt wollten, dachte Teddy, als durch sein eigenes Geschick. Falls es möglich war, dass sieben Personen ein Flugzeug allein durch Willenskraft landen konnten, dann taten sie es. Sechs Personen, wie sich herausstellte.

Sie schafften es nicht auf der Landebahn. Da die Hydraulik defekt war, konnte Teddy die Landeklappen nicht aufstellen und das Fahrgestell nicht ausfahren, deswegen machten sie mit 150 Meilen pro Stunde eine Bauchlandung, schossen über die Landebahn hinaus, krachten durch die Eingrenzungshecke auf ein Feld, schlitterten über eine Straße, rissen fast die Stirnseite einer Reihe Bauernhäuschen ab, bevor sie durch eine weitere Hecke preschten, über ein Feld schleuderten und endlich rüttelnd und holpernd zum Stehen kamen. Ein paar Männer waren gegen die vordere Trennwand katapultiert worden, so dass es eine Weile dauerte, bis sie benommen und angeschlagen über die Leiter durch die obere Luke ausgestiegen waren. Das Flugzeug war sofort von ätzendem Rauch erfüllt gewesen, und Teddy, der am Fuß der Leiter stand, trieb sie hinaus, drängte sie »so schnell wie möglich, Jungs«. Er zählte sie. Zwei fehlten, einer davon Kenny. Auch vom Schützen im Rückenturm keine Spur.

Als Teddy endlich draußen war, sah er, dass der Heckstand zwar noch intakt, der Rest des Flugzeugs jedoch ziemlich lädiert war. Die *J-Jig* hatte eine Spur hinterlassen – Räder, Tragflächen, Motoren, Treibstofftanks – wie eine laszive Frau, die sich ihrer Kleider entledigt hatte. Was vom Rumpf übrig war, brannte, und seine benommene Crew stand um den Heckstand, in dem Kenny in der Falle saß. Keith schrie ihn an: »Komm raus, du blödes

Arschloch!«, obwohl deutlich erkennbar war, dass die Türen des Geschützstandes verklemmt waren und sich nicht öffnen ließen. O Gott, dachte Teddy, hatte dieser alptraumhafte Einsatz denn nie ein Ende? Würde ein Schrecken auf den anderen folgen? Ja, nahm er an, denn war es nicht das, worum es im Krieg ging?

Der Rumpf brannte jetzt lichterloh, und Teddy dachte voll Entsetzen an die Munitionsgurte für die Maschinengewehre und fragte sich, wie lange es dauern würde, bis das Feuer sie gefunden hatte. Kenny schrie sich die Lunge aus dem Leib, Flüche, die er noch nie gehört hatte, sagte Keith später. Mussten sie alle zusehen, wie er verbrannte?

Im Geschützstand war eine kleine Aussparung, wo das Plexiglas entfernt worden war, damit der Schütze eine bessere Sicht hatte (und sich halb zu Tode fror), und sie schrien Kenny zu, er solle versuchen, sich durch diese kleine Öffnung zu zwängen. Er hatte es bereits geschafft, den sperrigen, beheizbaren Fliegerdress auszuziehen, trug jedoch noch immer seine Uniform.

Bei einem Besuch im Zoo von London hatte Teddy einmal gesehen, wie sich ein Tintenfisch durch ein unglaublich kleines Loch zwängte, ein Trick, den der Wärter gern kleinen Jungs vorführte. Doch der Tintenfisch wurde nicht von einem Kampfanzug und Fliegerstiefeln behindert und verfügte zudem über kein Skelett. Aber wenn jemand diesen Houdini-Trick vollführen konnte, dann war es ihr kleiner, rattenhafter Heckschütze.

Er hatte den Kopf durchgeschoben und wand sich mit den Schultern durch. Teddy stellte sich vor, dass es wie eine Geburt sein musste, doch sein Wissen über die Mechanik dieses Vorgangs war vage. Kaum hatte Kenny die Schultern durchgezwängt, packten sie ihn und zogen und zogen unter lautem Geschrei, bis er plötzlich herausfiel wie ein Korken aus einer Flasche oder Jonas, der vom Wal ausgespuckt wurde. Doch anstatt sofort hinunterzuspringen, befreite er sich aus ihrem Griff und steckte zu ihrer Beunruhigung einen Arm und den Kopf durch die Öffnung zurück in den Geschützstand, zog beides einen Augenblick darauf triumphierend wieder heraus, in der Hand seine zerschlissene schwarze Glückskatze.

Dann rannten sie so schnell wie möglich von den Überresten des Flugzeugs weg, die kurz darauf explodierten; dank der Sauerstoffflaschen loderten weiße Flammen in den dämmernden Himmel, gefolgt vom hässlichen Geballer der Munitionsgurte.

Und das war das Ende der armen *J-Jig,* der alten Schindmähre, die sie in ihrem stinkigen, ölverschmierten Bauch in die Hölle und wieder zurück getragen hatte.

»Sie war ein guter Vogel«, sagte Keith, der die Grabrede hielt. Das war sie, da waren sich alle einig.

»RIP«, sagte Kenny.

Die Bewohner der Häuschen waren grob geweckt worden, aber eine nette mütterliche Frau brachte ihnen ein Tablett mit Tee. Der Bauer kam und schalt sie, weil sie seine Kohlköpfe abrasiert hatten, und wurde seinerseits von der mütterlichen Frau zurechtgewiesen. Dann fuhr auch schon ein Wagen von Scampton vor, um sie zum Stützpunkt zu bringen, wo sie frühstückten und dann auf den Transport zurück zu ihrem Geschwader warteten.

Sie wollten nur schlafen, und die Rückfahrt schien nicht enden zu wollen. Und nach ihrer Ankunft mussten sie die übliche Routine über sich ergehen lassen und dem Nachrichtenoffizier Bericht erstatten. Sie waren grau vor Erschöpfung, die Gesichter noch eingekerbt von den Sauerstoffmasken, und nahezu taub vom Krach der Motoren der *J-Jig.* Teddy hatte pochende Kopfschmerzen, was aber nach einem Einsatz normal war.

Es war schon fast Mittag, und sie bekamen immer noch Becher voller Tee mit einem Schuss Rum, und der Geistliche brachte ihnen Zigaretten und Kekse und sagte: »Schön, euch wiederzusehen, Jungs.« Das Bodenpersonal hatte auf sie gewartet, bis sie aus Scampton hörten, dass sie in Sicherheit waren, und der befehlshabende Offizier hatte überhaupt nicht geschlafen und war dabei, als sie mit dem Nachrichtenoffizier sprachen. Sie waren seine dienstälteste Crew, und er war ihnen väterlich zugeneigt. Turin war ihr achtundzwanzigster Einsatz gewesen.

Sie waren ohne den Ersatzmann gelandet. Sie nahmen an, dass er abgesprungen war, kaum hatte Teddy ihnen befohlen, die *J-Jig* zu verlassen. Das war über Frankreich gewesen. Oder? Oder über der Nordsee. Teddy war so müde, dass er sich kaum an seinen eigenen Namen erinnern konnte, ganz zu schweigen von den kleineren Einzelheiten ihres grauenvollen Rückflugs. Er konnte sich jedenfalls nicht mehr an den Namen des Ersatzmannes erinnern.

»Fred, glaube ich«, sagte George Carr. »Frank« laut Norman. »Jedenfalls fängt sein Name mit ›F‹ an«, darin waren sie sich einig, und der Nachrichtenoffizier blätterte in den Akten und sagte dann: »Mit einem ›H‹, eigentlich. Harold Wilkinson.«

»Fast«, sagte George Carr.

Mac erinnerte sich überhaupt nicht mehr an den Sauerstoffmangel und behauptete, den Text von *Boogie Woogie Bugle Boy* nicht zu kennen. Sie sangen ihm das Lied den ganzen Abend vor, als sich die Crew nach Turin volllaufen ließ. Sie hatten achtundvierzig Stunden frei, wovon sie die Hälfte verschliefen und sich die andere Hälfte in Bettys Bar in York betranken.

Nach dem Krieg, lange nach dem Krieg, versuchte Teddy herauszufinden, was mit dem Ersatzmann passiert war. Es gab keine Berichte, ob er erfolgreich abgesprungen war, ob er gefangengenommen worden war oder nicht. Er war einer der Vermissten, und schließlich tauchte sein Name auf dem Runnymede-Denkmal für die Männer ohne Grab auf, wo man seiner als »Harold Wilkinson« und nicht als »Ersatzmann« gedachte.

»Dummkopf«, sagte Vic Bennett. »Er hätte seinem Piloten mehr vertrauen sollen. Ich kann nicht fassen, dass ich bei dieser Aufregung nicht dabei war.«

Sie kehrten nicht so spät zurück wie die *A-Able,* die ebenfalls bei dem Angriff auf Turin dabei gewesen war, auf dem Rückflug jedoch nach Algier abschwenkte, als zwei Motoren ausfielen. Sie galten als offiziell vermisst, als sie auf dem Stützpunkt landeten. Ihre Halifax war zur Freude aller mit Kisten voller Orangen beladen, die im Geschwader und in der örtlichen Grundschule verteilt wurden. Teddy aß seine Orange ganz langsam, genoss jede Spalte und dachte an die heißen Scheiben mediterraner Sonne, die er vermutlich nie wiedersehen würde. Er sah sie nicht wieder. Nach dem Krieg fuhr Teddy nie wieder ins Ausland, machte nie im Ausland Urlaub, bestieg nie ein modernes Flugzeug oder ging an Bord eines Schiffs. Viola erklärte diese »isolationistische Politik« für »erbärmlich«, und er erwiderte, es sei keine *Politik,* die Dinge hätten sich einfach so entwickelt. Ebenso wenig war es »hurrapatriotisch« oder »xenophob« – zwei weitere Wörter ihres Arsenals. Sie warf ihm vor, »keinen Sinn für Abenteuer« zu haben, und er dachte, dass seine »Abenteuer« im Krieg für mehrere Leben ausreichten und dass er nun auch im eigenen Garten zufrieden sein konnte. *»Il faut cultiver notre jardin«,* sagte er zu ihr, doch sie hatte nie von *Candide* gehört. Womöglich hatte sie nie von Voltaire gehört.

»Bombenklappen offen, Käpt'n.«
»Okay, Bombenschütze.«
»Halten, Käpt'n. Nach links, nach links. Ein bisschen nach rechts. Gut so, so bleiben. Bomben abgeworfen.«
Die *S-Sugar* hüpfte nach oben, erleichtert um die Last der Bomben. Doch sie konnten noch nicht abdrehen, weil sie ungefähr noch weitere dreißig Sekunden über dem Ziel fliegen mussten, gerade und ruhig, während der Fotoblitz aufleuchtete und her-

unterfiel und die Kamera im Bombenschacht das Foto machte. Es war ihr Beweis, dass sie bei dem Angriff dabei gewesen waren – ohne Foto zählte es womöglich nicht als Einsatz –, aber wusste Gott, was darauf zu sehen war, wenn sie es überprüften, dachte Teddy. Über dem Ziel befand sich eine geschlossene Wolkendecke, und dazu kam das rußige industrielle Miasma, das die Ruhr ständig bedeckte, und es hätte dort unten genauso gut die Oberfläche des Mondes sein können. Sie hatten nach den Zielmarkierungen gebombt, die die neuen Pathfinder-Flugzeuge gelegt hatten, und das Beste gehofft.

Später, viel später, nach dem Krieg, als die Geschichtsbücher und Memoiren und Biographien erschienen und die Menschen den Krieg nicht mehr vergessen, sondern sich daran erinnern wollten, forschte Teddy zu diesem Angriff nach und musste feststellen, dass ein großer Teil der Flugzeuge ein Gebiet zehn Meilen westlich des Ziels bombardiert hatten und alles in allem die Bomber größeren Schaden genommen hatte als irgendjemand auf dem Boden. Je mehr er las, umso klarer wurde ihm, wie ungenau die Bombardierungen in diesen frühen Jahren gewesen waren. Er hatte bei ihrem Treffen mit Mac darüber gesprochen. »Was für eine Verschwendung«, sagte Teddy. »Eine Verschwendung von Bomben«, sagte Mac. Teddy vermutete, dass er sich als Navigator persönlich beleidigt fühlte. »Das habe ich nicht gemeint«, wandte Teddy ein. »Wir haben so viele Männer und Flugzeuge verloren und so wenig damit erreicht. Wir haben geglaubt, dass wir ihre Wirtschaft schädigen, aber häufig haben wir nur Frauen und Kinder umgebracht.«

»Ich kann nicht fassen, dass du unter die Händeringer gegangen bist, Ted.«

»Das bin ich nicht«, widersprach er.

»Sie haben den Krieg angefangen, Ted«, sagte Mac.

Und wir haben ihn beendet, dachte Teddy. Er war froh, dass er die letzten eineinhalb Kriegsjahre in einem Gefangenenlager verbracht hatte und nicht dabei gewesen war, als das Bomberkommando versucht hatte, Deutschland von der europäischen Landkarte zu tilgen.

Es war das Ende jeder Diskussion. Sie haben angefangen. Sie haben den Wind gesät. Sie wollten es nicht anders. Die Klischees des Kriegs. »Auge um Auge«, sagte Mac. »Und du kannst sagen, was du willst, Ted, aber ein guter Deutscher ist immer noch ein toter Deutscher.« (Alle Deutschen?, fragte sich Ted. Auch heute noch?)

»Ich weiß. Ich sage ja nicht, dass wir sie nicht hätten bombardieren sollen«, sagte Teddy, »aber im Rückblick –«

»Die Frage ist doch, ob du es bei allem ›Rückblick‹ wieder tun würdest, wenn du müsstest?«

Er würde es wieder tun. Natürlich (Auschwitz, Treblinka), doch er verweigerte Mac die Befriedigung einer Antwort.

Die Kamera klickte, und Teddy drehte mit der *S-Sugar* ab, und Mac stellte die Weichen für den Rückflug. »Es war gar nicht so schlimm«, sagte der Copilot. (Guy, oder? Teddy war nicht sicher. Er wirkte wie ein Guy. Oder hieß er Giles?) In der Sprechanlage stöhnten zwei, drei Stimmen. Es galt als besonders unheilbringend, so etwas zu sagen. »Wir haben noch einen langen Weg vor uns«, sagte Teddy. Und tatsächlich war der Flakbeschuss schlimm, wenn nicht gar schlimmer auf dem Rückweg als auf dem Hinflug. Sie spürten die Druckwellen der Granaten, die um sie herum explodierten, und die Erschütterungen und die dumpfen Geräusche, als der Rumpf von Splittern getroffen wurde.

Plötzlich leuchtete auf der Backbordseite ein blendender Blitz auf, als die Tragfläche einer Lancaster getroffen wurde. Die Tragfläche brach ab und scherte aus eigenem Antrieb durch die Luft, bis sie den Rückenturm einer zweiten Lancaster traf und abschnitt. Beide Lancasters stürzten in Spiralen ab, nahezu ballett-haft in ihrem wilden Fall.

»Scheiße«, sagte eine entsetzte Stimme über die Sprechanlage. Vic oder George, Teddy war nicht sicher. Ja, wirklich, Scheiße, dachte er. Er schickte Norman los, um den Flakschaden zu besichtigen. »Ein verdammt großes Loch«, sagte er. Eine nahezu unnötige Mitteilung, da ein arktischer Wind durch die *S-Sugar* blies. Guy schien seine Meinung darüber, wie schlimm es war, geändert zu haben, und gab Teddy zu verstehen, dass er nach hinten gehen würde, um sich mit der unappetitlichen Elsan-Toilette bekannt zu machen. Guy. War in Eton. Muss mich daran erinnern, schärfte sich Teddy ein. Er hatte Schuldgefühle wegen des vermissten Ersatzmannes aus Somerset und kam sich pflichtvergessen vor. Er war schließlich für alle an Bord verantwortlich. Er sollte sich um Himmels willen zumindest ihre Namen merken. Guy kehrte nie zurück, denn in diesem Augenblick brüllten zwei Schützen gleichzeitig in die Sprechanlage: »Kampfflugzeug backbord achtern, Steiltrudeln backbord, los!« Teddy rammte den Steuerknüppel nach vorn, doch zuvor wurden sie noch von Maschinengewehrfeuer aus einem Kampfflugzeug getroffen, ein lautes Gerassel, als würde ein Gott Steine gegen ihren Rumpf schleudern. Der Gestank von Korditdämpfen erfüllte das Flugzeug.

Teddy war mit der *S-Sugar* steil nach unten ausgewichen, doch bis er nach Steuerbord abgedreht hatte und wieder aufzusteigen begann, war das Kampfflugzeug verschwunden, ohne dass er es gesehen hatte. Es kam nicht zurück, verschwand so geheimnisvoll, wie es aufgetaucht war. Mac bestimmte den direkten Kurs nach Hause, mied die schwer verteidigten Gebiete um Rotterdam und Amsterdam, doch als sie die holländische Küste erreicht hatten, flogen sie nur noch auf zweitausend Fuß Höhe. Das Kampfflugzeug hatte ganze Arbeit geleistet. Die beiden inneren Motoren waren ausgefallen, das Querruder steuerbord war verloren, und fünf Flügeltanks waren perforiert. Zudem wies der Rumpf einen klaffenden Riss auf. Teddy brachte die

Propeller der defekten Motoren in Segelstellung und flog weiter durch die Wolkendecke. Es war zu spät, um umzukehren, denn als sie endlich aus den Wolken herauskamen, waren sie bereits ein gutes Stück über der Nordsee.

Eine Weile begleitete sie eine andere Halifax, doch sie flogen so tief und langsam, dass ihre Begleiterin aufgab und mit einem Abschiedswinken der Klappen aufstieg. Sie waren allein.

Bei fünfzehnhundert Fuß wies Teddy seine Crew an, sich auf eine Notwasserung vorzubereiten. Zehn Meilen bis zur englischen Küste, berichtete er ruhig. »Bring uns noch ein bisschen näher, Käpt'n«, sagte jemand. Die Vorstellung notzuwassern war schlimm genug, aber auf dem Wasser notzulanden und von den Deutschen aufgefischt zu werden war unerträglich. »Flieg weiter«, bat ihn Norman. »Wir haben es von Turin zurück geschafft, denk dran.«

Auf eintausend Fuß konnten sie die weiße Gischt auf den Wellen sehen. Fünf, vielleicht sieben Meter hoch. Vom Sturm getrieben, dachte Teddy.

Sie hatten mittlerweile alles abgeworfen, was sie abwerfen konnten – den Tisch des Navigators, Polster, Feldflaschen, Sauerstoffflaschen. Keith ging mit der Axt auf die Sitze los, um sie loszuschlagen, und Vic baute die MGs im Rückenturm ab und warf sie aus dem Flugzeug, gefolgt vom Geschützstand selbst. Alles, damit sie noch ein Stückchen weiterfliegen konnten. »Vier Meilen bis zur englischen Küste«, sagte Mac, seine Stimme so ruhig wie immer. Seine Papiere und Karten waren durcheinandergeflogen, als sie in den Sturzflug gegangen waren, um dem Kampfflugzeug auszuweichen, und jetzt sammelte er sie ein, als würde er ein Büro für das Wochenende schließen. Es war eins, nicht in Panik zu geraten, dachte Teddy, aber etwas anderes, kein Gefühl für Dringlichkeit zu haben. Er erinnerte sich daran, wie Mac zurückgetreten war, als sie alle halb durchdrehten beim Versuch, Kenny aus dem Heckstand zu ziehen.

»Flieg weiter, Käpt'n«, sagte eine andere Stimme. In fünfhundert Fuß Höhe drückte George Carr die Morsetaste, stellte die Freund-Feind-Erkennung auf die internationale Seenotfrequenz und holte das Schlauchbootfunkgerät.

Bei vierhundert Fuß stand die Treibstoffanzeige auf null. Sie öffneten die Ausstiegsluken, und Teddy befahl ihnen, die Positionen für das Notwassern einzunehmen. Mac legte sich auf die Steuerbordliege, Norman auf die Backbordliege, die Füße gegen den vorderen Holm gestemmt. Die Schützen standen mit dem Rücken zum hinteren Holm, und George und Keith saßen zwischen ihren Beinen. Sie legten alle die Hände in den Nacken oder auf den Fallschirm, um den Aufprall abzufedern. Teddy hatte sie gut gedrillt.

Sie trafen mit 110 Meilen pro Stunde aufs Wasser. Der Bombenschützenstand zerbrach beim Aufprall, eine riesige Welle Wasser und Treibstoff schwappte in die *S-Sugar,* und das Wasser stand ihnen bis zum Hals, kaum hatten sie ihre Schwimmwesten aufgeblasen. George war bewusstlos geworden, und sie hoben ihn ungeschickt durch den Notausstieg. Wie sich herausstellte, konnte Kenny nicht schwimmen und hatte überdies auch noch Angst vorm Wasser, und Mac musste ihn mit einer Hand am Genick packen und durch das Wasser im Flugzeugrumpf zerren, während er um sich schlug und vor Angst kreischte. Teddy war der Letzte. Ein Kapitän verlässt das sinkende Schiff immer als Letzter.

Das Schlauchboot, das in der Tragfläche verstaut war, hatte sich aufgeblasen und blockierte jetzt die obere Ausstiegsluke. Die *S-Sugar* war fast ganz vollgelaufen und begann nach Backbord zu rollen, und einen Augenblick lang dachte Teddy, das war's, doch dann tauchte er unter und schwamm durch das klaffende Loch im Rumpf.

Sie schafften es alle hinaus und irgendwie auch ins Schlauchboot. Norman durchtrennte die Schnur, und sie trieben von der

S-Sugar weg. Sie schwamm noch, hing schief im unversöhnlich grauen Wasser, doch innerhalb von Minuten sank sie und war für die Welt verloren.

Irgendwo draußen in der Dunkelheit hörten sie einen Motor. Mac griff nach der Verey-Pistole und versuchte, einen Schuss abzufeuern, aber seine Finger waren vor Kälte so geschwollen und taub, dass er es nicht schaffte. Seit wie vielen Stunden waren sie im Wasser? Sie hatten jedes Zeitgefühl verloren. Es war die zweite Nacht, dessen waren sie sicher. Es war ihnen schnell klargeworden, dass die Notwasserung erst der Anfang ihrer Schwierigkeiten war. Es herrschte hoher Seegang, und sie waren kaum ins Schlauchboot geklettert, als sie von einer gigantischen Welle alle wieder ins Wasser geschleudert wurden. Zumindest war das Schlauchboot nicht gekentert (kleine Gnadenbeweise), aber es hatte sie eine enorme, nahezu übermenschliche Anstrengung gekostet, erneut hineinzuklettern und den bewusstlosen George hineinzuziehen.

Vic hatte unterwegs irgendwo seine Stiefel verloren und litt Qualen unter der Kälte. Sie massierten ihm der Reihe nach die Füße, doch ihre Hände wurden zunehmend taub. Sie waren vollkommen durchnässt, nass bis auf die Haut, was die Kälte und ihr Elend hundertfach verschlimmerte.

Der arme George, der eine Gehirnerschütterung erlitten hatte, saß notdürftig abgestützt da, glitt jedoch immer wieder ins Wasser auf dem Boden des Boots. Er war halb bei Bewusstsein und stöhnte viel. Es war schwer zu sagen, ob er Schmerzen hatte, aber Mac gab ihm eine Morphiumspritze, und danach beruhigte er sich.

Das Funkgerät war verlorengegangen, als sie ins Meer geschwemmt wurden, und keiner wusste, wie weit sie vom Ort der Notwasserung abgetrieben waren. Die Chance, dass ein Flugzeug sie sichtete oder ein Rettungsschiff sie fand, schien gering.

Der Lärm des Motors war verstummt, als es einem von ihnen – Norman – gelang, auf den Abzug der Verey-Pistole zu drücken, und Keith sagte: »Leider zu spät.« Das Leuchtgeschoss diente nur dazu, die endlose Dunkelheit zu erhellen, in der sie trieben, und dämpfte ihre Stimmung noch weiter, so das überhaupt noch möglich war. Teddy fragte sich, ob sie sich den Flugzeugmotor eingebildet hatten. Vielleicht würden sie bald Fata Morganas sehen und Opfer aller möglichen Sinnestäuschungen und Halluzinationen werden.

»Alles für einen Sargnagel«, sagte Keith.

»Ich hatte eine Schachtel Zigaretten«, sagte Kenny und zog sie mühsam aus der Tasche. Sie schauten die nassen Woodbines voller Bedauern an, bevor er sie ins Wasser warf. Alle Notfallrationen – Zigaretten, Lebensmittel, alles, was sie aufgeheitert oder aufrechterhalten hätte – waren natürlich aus dem Boot gespült worden. Teddy fand ein Stück Schokolade in seiner Tasche, und Mac schnitt es mit seinem Taschenmesser in genau gleich große Stückchen und verteilte sie. George hatte recht gehabt, seine Schokoladenration vor dem Start zu essen, dachte Teddy – es kümmerte ihn jetzt nicht mehr. Vic lehnte die Schokolade ebenfalls ab, er war fürchterlich seekrank.

»Ich habe diese Geschichten gehört«, sagte Keith, »von Männern, die wochenlang in einem offenen Boot auf dem Meer treiben und sich am Schluss gegenseitig auffressen, als Ersten den Schiffsjungen.« Sie wandten sich alle instinktiv Kenny zu. »Aber ihr sollt wissen, dass ich lieber meinen eigenen Fuß essen würde als einen von euch Idioten.«

»Ich fühle mich persönlich beleidigt«, sagte Mac. »Ich wäre ein sehr guter Braten.«

Daraufhin begannen sie alle, vom Essen zu reden, was nie eine gute Idee ist, wenn es nichts zu essen gibt, doch allmählich verstummte das Gespräch wieder. Sie waren zu erschöpft, und einer nach dem anderen sank in einen unruhigen Schlaf. Teddy sorgte sich, dass sie aus diesem kalten Schlummer nicht mehr erwachen würden, und blieb wach, um aufzupassen.

Er überlegte, was er selbst gern essen würde. Wenn er die Wahl hätte, wofür würde er sich entscheiden? Für ein gutes Restaurant oder für ein Kinderessen? Letztlich entschied er sich für eine Wildpastete von Mrs. Glover und danach einen Biskuitkuchen mit Sirup und Vanillesoße. Aber es war nicht das Essen, das ihm wichtig war, sondern er wünschte sich, dass sie alle wieder um den Regency-Revival-Tisch säßen, Hugh am Kopfende, wiederauferstanden von den Toten. Jimmy auf Pamelas Knien, die Mädchen mit Bändern in den Haaren und in kurzen Röcken. Bridget brachte das Essen aus der Küche, in der Mrs. Glover vor sich hin schimpfte. Sylvie anmutig und heiter. Sogar Maurice hatte einen Platz. Und unter dem Tisch saß ein Hund. Oder zwei – denn sie existierten in seiner Phantasie und waren nicht im Garten begraben, und deswegen lagen Trixie und Jock warm zu seinen Füßen. Trotz seiner Vorsätze konnte er die Augen nicht länger aufhalten und fiel in das dunkle Loch des Schlafs.

Am zweiten Morgen auf See war das Licht bleiern und versprach nichts Gutes. Das Meer war ein paar Stunden ruhiger gewesen, wurde jetzt aber plötzlich erneut stürmisch. Gischt durchnässte sie, traf sie voll im Gesicht und erschwerte ihnen das Atmen. Es schien unmöglich, noch nasser zu werden, und doch war es möglich. Dass das Schlauchboot ein Leck hatte, verschlimmerte ihre Lage noch weiter, und sie mussten mit den Blasebalgen pumpen, aber nach einer Weile gaben auch sie den Geist auf, und da sie nicht zu flicken waren, blieb ihnen nichts anderes übrig, als das Wasser mit ihren eiskalten Händen abzuschöpfen, wodurch sie noch steifer wurden.

George war in schlechtem Zustand, ebenso Vic. Beide konnten sich nicht vor den Wellen schützen, die beständig auf sie ein-

prasselten. Teddy kroch zu George und versuchte, seinen Puls zu fühlen, aber die Wellen waren zu heftig. Er fürchtete, dass George vielleicht tot war, verschwieg es jedoch den anderen.
Als er zu Kenny blickte, sah er, dass auch er George traurig anstarrte. Dann schaute er zu Teddy und sagte: »Wenn ich sterben muss, Käpt'n, dann lieber mit dir als mit jemand anders.«
»Du wirst nicht sterben«, sagte Teddy kurz angebunden. Sie wären alle erledigt, wenn sie verzweifelten. *Morbide Gedanken werden am besten vermieden.*
»Ich weiß, aber wenn doch …«

Wo ist der Copilot, fragen Sie sich vielleicht? Guy. Niemand erinnerte sich, ihn gesehen zu haben, nachdem sie von dem Kampfflugzeug angegriffen worden waren, und eine Weile wurde im Schlauchboot heftig diskutiert, was mit ihm geschehen sein könnte. Schließlich entschieden sie, dass er sich nicht einfach in Luft aufgelöst hatte, sondern durch das Loch im Rumpf ungesehen, ungehört und ohne Fallschirm hinausgefallen sein musste, als sie das Ausweichmanöver flogen.
Eine weitere große unheilvolle Welle traf sie wie Beton. Sie hielten sich fest, so gut es ging, doch sowohl Vic als auch Kenny gingen über Bord. Teddy begriff nie, woher sie die Kraft nahmen, einen zu Tode entsetzten Kenny wieder ins Boot zu ziehen (»Weil er ein Zwerg war«, sagte Keith später), doch sie holten ihn herein. Aber wie oft sie auch versuchten, das tote Gewicht von Vic ins Boot zu holen, er glitt zurück ins Wasser. Es war hoffnungslos, sie waren zu schwach. Sie schafften es, einen seiner Arme durch die Taue am Boot zu schieben, doch Teddy wusste nicht, wie er länger als ein paar Minuten im Wasser überleben sollte.
Teddy setzte sich so, dass er ihn festhalten konnte, doch Vics Kopf sank nach hinten, und er schaute Teddy in die Augen, und Teddy wusste, dass er nicht mehr konnte. »Also dann, viel

Glück«, flüsterte Vic und zog den Arm aus den Tauen. Er trieb davon, nur ein paar Meter, dann sank er lautlos unter Wasser in sein unbekanntes Grab.

George Carr war nicht tot, wie Teddy befürchtet hatte, aber er starb zwei Tage später im Krankenhaus an »Schock und Unterkühlung«.

Sie wurden zufällig von einem Marineschiff gefunden, das nach einem anderen notgewasserten Flugzeug suchte. Sie wurden an Bord geholt und ausgezogen. Sie bekamen heißen Tee mit Rum und Zigaretten, wurden in Decken gewickelt und wie Babys in Kojen gelegt. Teddy sank sofort in den tiefsten Schlaf seines Lebens, und als er eine Stunde später geweckt wurde und noch mehr heißen Tee mit Rum bekam, wünschte er nur, dass man ihn für alle Ewigkeit in der Koje hätte schlafen lassen.

Sie verbrachten eine Nacht im Krankenhaus von Grimsby und fuhren dann mit dem Zug zurück zu ihrem Geschwader. Außer George natürlich, der von seiner Familie geholt und in Burnley begraben wurde.

Sie bekamen mehrere Tage Urlaub, doch Kenny fehlte immer noch der dreißigste Einsatz. Keiner von ihnen konnte glauben, dass er nach allem, was sie durchgemacht hatten, seine Einsatzrunde noch offiziell beenden musste, doch der CO, den sie als freundlichen Menschen kannten, erklärte, dass ihm »die Hände gebunden« waren.

Und so standen sie, eine Woche nachdem sie wie halb ertrunkene Kätzchen aus dem Wasser gezogen worden waren, auf dem Rollfeld und warteten auf die Starterlaubnis. Die verbliebene Crew – Teddy, Mac, Norman und Keith, alle einsatzerfahren – hatte sich freiwillig gemeldet, um mit Kenny den letzten Angriff zu fliegen. Er weinte, als sie es ihm erzählten, und Keith sagte: »Du Weichei.«

Es war eine draufgängerische, lässige Sache. Nach der Notwasserung fühlten sie sich abgebrüht, als könnte ihnen nichts Schlimmes zustoßen, was einfach nicht stimmte, wie ihnen das Mädchen aus dem Luftfahrtministerium hätte sagen können. Und das, obwohl alle Zeichen und Omen nichts Gutes verhießen. (Vielleicht war Keiths Verkehrtherum-Zauber am Werk.) Sie liehen sich das Flugzeug einer anderen Crew und nahmen zwei Männer mit, denen jeweils noch ein Einsatz fehlte, nach dem Prinzip, dass sie bei diesem Flug alle Ersatzmänner waren. Es flog sogar ein Copilot mit, wenn auch kein frischgebackener Pilot, der Erfahrung brauchte, sondern ihr CO, dem »danach war«. Teddy rechnete damit, dass er ihnen einen sanften Einsatz zuwies – eine Propagandaoperation, Flugblätter über Frankreich abwerfen –, aber nein, sie flogen mit bei einem Großangriff auf Berlin. Sie waren alle von einer Art Wahnsinn infiziert und lächerlich aufgedreht wie Jungen, die einen Ausflug mit den Pfadfindern machten.

Sie flogen nach Berlin und zurück ohne Schäden durch Flakbeschuss und ohne einem Kampfflugzeug zu begegnen. Sie gehörten zu den ersten Flugzeugen, die wieder landeten. Kenny stieg aus dem Flugzeug und küsste den Asphalt der Landebahn. Sie schüttelten sich die Hände, und der CO sagte: »Na also, war doch gar nicht so schlimm, Jungs.« Das hätte er nicht sagen sollen. Er war bei dem schicksalhaften Angriff auf Nürnberg dabei, und Teddy erfuhr später, dass er nicht zurückgekehrt war.

Lilian war ganz eindeutig in anderen Umständen, sie trug einen Kittel, der an den Nähten spannte. Sie sah müde aus, hatte dunkle Ringe unter den Augen und Krampfadern in den dünnen Beinen. Hier blühte nichts, dachte Teddy. Es war schwer zu glauben, dass sie die Lil des Unaussprechlichen aus rotem Satin war. Es hatte ihr kein Glück gebracht.

»Wir haben eine Totenwache veranstaltet statt einer Hochzeit«,

sagte Mrs. Bennett. »Setz dich, Lil, ruh deine Beine aus.« Lilian setzte sich gehorsam, während Mrs. Bennett Tee kochte.
»Ich war noch nie auf Canvey Island«, sagte Teddy, und Vics Mutter sagte: »Warum hätten Sie auch kommen sollen?« Vic hatte seine schlechten Zähne von ihr geerbt. »Er hat nichts von dem Baby gesagt«, sagte Teddy, und Mrs. Bennett sagte: »Warum hätte er was sagen sollen?« Lilian zog eine Augenbraue hoch und lächelte Teddy an. »Wird unehelich geboren«, sagte Vics Mutter und goss Tee aus einer großen Blechkanne ein. Sie war eine seltsame Mischung aus Missbilligung und Trost.
»Wird nicht das erste und auch nicht das letzte sein«, sagte Lilian. »Er hat einen Brief hinterlassen«, sagte sie zu Teddy. »Das machen sie alle.«
»Ja, ich weiß«, sagte Teddy.
»Natürlich weiß er das«, sagte Mrs. Bennett. »Er wird selbst einen geschrieben haben.«
Teddy nahm an, dass Mrs. Bennett nie offiziell Lilians Schwiegermutter sein würde und das arme Mädchen ihr irgendwann entkommen könnte. Kleine Gnadenbeweise.
»Er hat geschrieben«, fuhr Lilian fort und ignorierte Mrs. Bennett, »er hat geschrieben, dass ich das Baby, wenn es ein Junge wird, Edward nennen soll.«
»Edward?«, sagte Teddy verblüfft.
»Nach Ihnen.«
Und zum ersten Mal in diesem Krieg brach Teddy zusammen. Er weinte, es waren hässliche, schmerzhafte Schluchzer, und Lilian stand auf und legte den Arm um ihn, zog ihn an sich und sagte: »Ist ja gut, ist ja gut«, wie sie es ein paar Monate später zu ihrem Baby sagen würde.

Vics Mutter, die jetzt etwas milder gestimmt war, bestand darauf, dass er mit ihnen aß, als würde ihr frittiertes Corned Beef irgendwie ihren gemeinsamen Schmerz heilen. Er bekam noch mehr Tee und Zigaretten und Süßigkeiten, die sie für Vics Heimkehr gekauft hatten, und durfte erst gehen, als ihm die Augen zufielen und Lilian sagte: »Lass den armen Mann gehen, ich bringe ihn zum Bus.«

»Ich komme mit«, sagte Mrs. Bennett und setzte sich den Hut auf. Er war alles, was von Vic übrig war, dachte Teddy, und sie konnten ihn nur schwer gehen lassen.

»Er hat über Sie geschrieben«, sagte Vics Mutter und starrte vor sich hin, während sie auf den Bus warteten. »Er hat gesagt, dass Sie der beste Mann sind, den er je getroffen hat.« Teddy sah, dass ihre Lippen zitterten. Der Bus fuhr vor und ersparte es Teddy, sich eine Antwort überlegen zu müssen.

»Das hätte ich fast vergessen«, sagte er. »Unser Heckschütze – Kenny Nielson – hat mich gebeten, Ihnen das für das Baby zu geben.«

Teddy zog die schäbige schwarze Katze heraus, die Kennys Glücksbringer gewesen war. Sie hatte das Bad in der Nordsee überlebt, sah deshalb jedoch keineswegs besser aus. Bei ihrem allerletzten Einsatz war sie stolz im Cockpit nach Berlin und wieder zurück geflogen.

»Das ist ja ekelhaft«, sagte Mrs. Bennett bei ihrem Anblick. »So was kann man einem Baby nicht geben.« Aber Lilian nahm die kleine Stoffkatze und sagte zu Teddy: »Danke, ich werde gut darauf aufpassen.«

»Ich muss jetzt los«, sagte Teddy und stieg in den Bus. »Schön, Sie kennengelernt zu haben. Also dann, alles Gute.« Erst später wurde ihm klar, dass das auch Vics letzte Worte gewesen waren.

1982

Der Mut der frühen Morgenstunden

In den meisten Nächten schluchzte er in sein Kopfkissen und fragte sich, was er getan hatte, um das zu verdienen. Irgendetwas stimmte nicht mit ihm, oder? Alle behaupteten es – seine Mutter, seine Großmutter, manchmal sogar seine Schwester –, aber was stimmte nicht? Denn wenn er wüsste, was es war, würde er versuchen, es richtig zu machen, das würde er wirklich. Er würde es wirklich, wirklich versuchen. Und dann würde diese endlose Strafe vielleicht enden und die böse Hexe, die behauptete, seine Großmutter zu sein, ließe ihn nach Hause gehen, und er wäre sein ganzes Leben lang nie wieder ungezogen.

Jeden Abend, wenn Sunny ins Bett ging, dachte er verzweifelt über den Katalog verwirrender Regeln, Fragen und die allgemeine Unzufriedenheit (auf allen Seiten) nach, die seinen Tag in Jordan Manor angefüllt hatten *(steh gerade mach den Mund beim Essen zu nicht im Haus vielen Dank auch wasch dir die Ohren da wachsen ja·schon Kartoffeln drin was hast du da in der Hand was stimmt nicht mit dir).* Gleichgültig, was er tat, es war nie richtig. Er war ein nervöses Wrack. Und warum dachte er nie daran, »bitte« und »danke« zu sagen, tadelte ihn seine Großmutter.

Er musste leise weinen, denn wenn sie ihn hörte, stapfte sie die Treppe herauf, stürmte in sein Zimmer und sagte, er solle still sein und schlafen. »Und ich will nicht noch mal raufkommen müssen«, fügte sie immer hinzu. »Diese Treppe wird eines Tages mein Tod sein.« Hoffentlich, dachte Sunny. Und warum musste er oben schlafen, wenn ihr die Treppe solche Schwierigkeiten bereitete?

Es war eine Zelle, auch wenn sie behauptete, dass es das »Kinderzimmer« war – ein schreckliches Zimmer auf dem Dachboden, sie nannte es das »Dienstbotengeschoss«, obwohl sie keine »richtigen« Dienstboten mehr hatten. Die Dienstboten, die sie noch hatten – Mrs. Kerrich und Thomas –, kamen nie hier herauf. Sie lebten in »reduzierten Verhältnissen«, sagte seine Großmutter, deswegen gab es nur Mrs. Kerrich, die jeden Tag kam, um zu kochen und zu putzen, und Thomas, der in einem Häuschen neben dem Tor von Jordan Manor wohnte und schwere Dinge hob, trug, reparierte und sich am »Garten versuchte«. Sunny mochte Thomas nicht. Er sagte immer Sachen zu ihm wie: »All gut? Willst du dir meine Holzhütte anschaun, kleiner Junge?« Und dann lachte er, als wäre es der größte Witz aller Zeiten, und entblößte dabei die breiten schwarzen Löcher, wo ihm die Zähne fehlten. Sowohl Thomas als auch Mrs. Kerrich sprachen mit einem sonderbaren Akzent, einer Art tonlosem Singsang. (»Norfolk«, erklärte Mrs. Kerrich.) »Sie sind eigentlich Bauern«, sagte seine Großmutter. »Aber gute Leute. Mehr oder weniger.«

Thomas und Mrs. Kerrich verbrachten sehr viel Zeit damit, sich zu beklagen, dass sie ständig »nach der Pfeife ihrer Ladyschaft tanzen« mussten, und wegen Sunny und der »extra« Arbeit zu nörgeln, die er ihnen verursachte. Sie sprachen in seiner Anwesenheit über ihn, als wäre er nicht da, säße nicht mit ihnen am Küchentisch. Thomas rauchte Woodbines, und Mrs. Kerrich trank Tee. Am liebsten hätte er zu ihnen »Wo ist denn Mr. Manieren heute?« gesagt, denn das hätte seine Mutter zu *ihm* gesagt, wäre er so unhöflich gewesen. Mr. Manieren hätte viel zu tun, würde er in Jordan Manor leben. Sunny wäre nie wieder zu irgendjemandem unhöflich, wenn sie ihn nur *nach Hause ließen.*

Trotzdem war es in der Küche noch besser als im Rest des Hauses. Es war der wärmste Raum, und es bestand immer die Chance auf etwas zu essen. Wenn er lang genug in der Küche blieb, fütterte ihn Mrs. Kerrich auf die gleiche achtlose Weise, wie sie gelegentlich den Hunden einen Bissen hinwarf. Die Essgewohnheiten seiner Großeltern waren frugal, und er hatte immer Hunger. Er war ein Junge, der wuchs, er sollte essen. Das sagte sogar seine Mutter. Was alles noch schlimmer machte, war, dass die Mahlzeiten von einem Sperrfeuer an Zurechtweisungen begleitet wurden – *kau mit geschlossenem Mund setz dich gerade hin iss mit Messer und Gabel bist du in einem Stall aufgewachsen?* Seine Tischmanieren waren »haarsträubend«, sagte seine Großmutter, vielleicht sollten sie ihm Schweinefutter zu essen geben, wenn er schon wie ein Schwein aß. »Sie halten keine Schweine mehr«, sagte Mrs. Kerrich, »oder sie würde ihnen *dich* zum Fraß vorwerfen.« Das war keine Drohung, sondern die Feststellung einer Tatsache.

Mrs. Kerrich seufzte und sagte zu Thomas: »Ich mach jetzt für ihre Ladyschaft besser den Morgenkaffee.« Das letzte Wort klang überaus sarkastisch und verwies auf den bäuerlichen Stand von Mrs. Kerrich, die stolz starken, süßen Tee statt überheblichen Oberklassenkaffee trank. Sunnys Großmutter war keine »Ladyschaft«, sie war eine gewöhnliche Mrs. Mrs. Villiers. Mrs. Antonia Villiers. »Großmama« – ein Wort, über das er fast jedes Mal stolperte, wenn er es zu sagen versuchte (nicht zuletzt deshalb, weil er Mühe hatte zu glauben, dass er tatsächlich mit ihr verwandt war). Warum konnte er sie nicht einfach Oma oder Omi nennen? Er hatte es einmal getan. Sie hatte am französischen Fenster im »Salon« gestanden und Thomas dabei zugesehen, wie er das Gras mähte (»Unfähig!«), während Sunny auf dem Teppich mit einem alten Meccano-Baukasten seines Vaters spielte, der ihm nur ungern von seiner Großmutter »geliehen« worden war (»Sei vorsichtig damit!«), als er sagte: »Kann ich ein Glas

Milch haben, Oma?« Und sie wirbelte herum und starrte ihn an, als hätte sie ihn noch nie zuvor gesehen, und dann sagte sie: *»Wie bitte?«*, ein bisschen wie seine Mutter, nur zehnmal gehässiger, als wollte sie ihn mit Worten beißen. »Großmama«, verbesserte er sich hastig. »Bitte«, fügte er hinzu. (Mr. Manieren nickte zustimmend.) Seine Großmutter starrte ihn weiter an, bis er glaubte, einer von ihnen würde zu Stein, doch schließlich murmelte sie: *»Kann ich ein Glas Milch haben, Oma?«*, als wäre es das Rätselhafteste, was sie je gehört hatte. Dann drehte sie sich um und schaute Thomas wieder zu. (»Man könnte meinen, er hätte noch nie einen Rasen gesehen!«)

»Milch?« Mrs. Kerrich lachte. »Du bist nie zufrieden, Junge, das ist dein Problem.« Jungen, die wuchsen, sollten Milch trinken, das wusste Sunny, die ganze Welt wusste es! Was stimmte nicht mit diesen Leuten? Und er sollte Kekse und Bananen und Butterbrote mit Marmelade und all die anderen Dingen essen, die in Jordan Manor als Luxus galten, die aber sein richtiger Großvater – Opa Ted – als notwendige Satzzeichen im Gefüge des Tages betrachtete. Sunny war es gewohnt, mit Erwachsenen zusammen zu sein, die nichts über Kinder wussten – Adam's Acre, die »Frauenfriedensgruppe« seiner Mutter, seine Klasse in der Schule –, doch an all diesen Orten bekam er etwas zu essen, früher oder später.

»Ja, Mann«, sagte sein Vater, Dominic. »Es ist, als ob man in einem Roman von Dickens lebt. *Bitte, Sir, kann ich noch etwas haben?* Ich erinnere mich. Und wenn du im Internat bist, musst du die Scheiße essen, die sie dir dort vorsetzen.« Internat?, dachte Sunny. Er würde nicht ins Internat gehen, am Ende der Sommerferien würde er nach Hause fahren und in die Schule in York zurückkehren, die er nicht besonders gemocht hatte, die ihm allmählich aber wie ein verlorenes Paradies erschien. »Sei da nicht so sicher«, sagte sein Vater. »Jetzt, wo sie dich in den Krallen hat, wird sie dich nicht mehr so leicht loslassen.«

Dominic wohnte über den Ställen (»meine Dachkammer«) und lag normalerweise auf einem abgewetzten alten Sofa, umgeben von nicht vollendeten Bildern. Von den Pferden war nur noch der Geruch nach Mist übrig, den man roch, wenn man die externe Treppe zu seinem Zimmer hinaufstieg. Sunnys Vater hatte sich selbst (»freiwillig«) aus dem Haupthaus verbannt.
Dominic schien auch nicht viel zu essen, aber er hatte für gewöhnlich irgendwo einen Schokoriegel, den er mit ihm teilte. Er war krank gewesen, erklärte er, »Krankenhaus und die ganze Scheiße«, aber jetzt fühlte er sich viel besser. Jedes Mal, wenn Sunny zu ihm ging, schien er zu schlafen, doch er behauptete, dass er nachdachte. Es hatte keinen Sinn, sich bei ihm über irgendetwas zu beschweren. Er war auf »schweren, verschreibungspflichtigen Medikamenten«, sagte er. Die kleinen Fläschchen standen aufgereiht auf dem Fensterbrett. »Er ist wie ein Faultier«, sagte Sunnys Großmutter zu seinem Großvater (»Großpapa« – noch so ein Bissen), und obwohl Sunny seinen Vater gern verteidigt hätte, konnte er nicht leugnen, dass seine Großmutter recht hatte. Ja, Faultiere würden mit Dominic die Geduld verlieren. (Sunny hatte mit Opa Ted eine Sendung über Faultiere gesehen.) Großpapa hatte keine Meinung zu Dominic. Weil er laut Mrs. Kerrich »gaga« war. »Rührei statt Gehirn.«
»Wie kann Dominic in diesem Zustand nur erben?«, quasselte Sunnys Großmutter weiter, unbeeindruckt von der einseitigen Natur aller Gespräche mit ihrem Mann – möglicherweise war es ihr so sogar lieber. »Was, wenn er sich nicht zusammenreißt? Dieses Kind wird dann unsere einzige Hoffnung sein, Gott steh uns bei.« »Dieses Kind« fragte sich nach der Bedeutung des Gesagten. Es fühlte sich der Anforderung, jemandes letzte Hoffnung zu sein, nicht gewachsen. Sunny war offenbar der »letzte Villiers«. Aber was war mit Bertie? »Sie ist ein *Mädchen*«, sagte seine Großmutter verächtlich. »›Die Linie endete mit Töchtern.‹ So wird es im Debrett's stehen.« Sunny fand es nicht

schlecht, so zu enden, aber sie brauchten einen männlichen Erben, sagte seine Großmutter, notfalls einen unehelichen. (»Er ist ein kleiner Baastard«, sagte Mrs. Kerrich zu Thomas, »in mehr als nur einer Hinsicht.«) »Wir werden einen Villiers aus ihm machen«, sagte seine Großmutter, »aber es wird harte Arbeit.«
Der »Zustand«, in dem sich sein Vater befand, war offenbar Sunnys Schuld. Wie? Warum?
»Einfach weil's dich gibt«, erklärte Mrs. Kerrich und reichte ihm einen trockenen Keks. »Wenn der junge Dominic nix mit Drogen und deiner Mutter und so weiter angefangen hätte«, sagte sie, »dann hätte er jeden Tag reiten und ein schönes Mädchen mit einer Perlenkette und einem Twinset heiraten können, so wie's von Leuten wie ihm erwartet wird. Stattdessen is er« – sie machte Anführungszeichen – »›Küünstler‹ geworden. Und dann der Stress, ein Kind wie dich zu haben.« Mrs. Kerrich war eine bodenlose Quelle an Informationen, die meisten davon falsch oder irreführend, leider.
Die Hunde, die Kekse ahnten, stürmten in die Küche und wuselten unter dem Tisch um ihre Beine. Es waren ihrer drei, sabbernde Dinger, so was wie Spaniels, die sich für nichts außer sich selbst interessierten. Snuffy, Pippy und Loppy. Blöde Namen. Opa Ted hatte einen richtigen Hund namens Tinker. Opa Ted sagte, dass Tinker »so standfest wie ein Felsen« war. Die Hunde seiner Großmutter nagten insgeheim immer mit ihren hässlichen Zähnen an Sunny, und als er sich beschwerte, sagte sie: »Was hast du ihnen getan? Du musst ihnen was getan haben, sie beißen nicht ohne Grund.« Doch genau das taten sie.
»Raus mit euch, ihr schrecklichen Köter«, sagte Mrs. Kerrich zu ihnen, was keinerlei Wirkung auf sie hatte. Sie waren noch nicht einmal wirklich stubenrein und hinterließen, was seine Großmutter nachsichtig »kleine Würste« nannte, auf den Perserteppichen, die »schon bessere Tage gesehen« hatten. (»Ekelhaft«, sagte Mrs. Kerrich.) Das ganze Haus hatte schon bessere Tage gese-

hen. Es flog ihnen um die Ohren, laut seiner Großmutter, deren kratzige Stimme aus einem anderen Teil des Hauses zu hören war. »Snuffy! Pippy! Loppy!«, und die Hunde rannten so schnell aus der Küche, wie sie hereingekommen waren. »Ich würd sie alle einschläfern lassen, wenn sie mir gehörten«, sagte Mrs. Kerrich. Sunny vermutete, dass sie nicht nur die Hunde meinte.
Sunny benahm sich viel besser als die Hunde, wurde aber schlechter behandelt. War das etwa fair?
Eine der Dienstbotenglocken im Flur begann zu bimmeln. Die Glocke schepperte schrecklich, als würde jemand wütend daran ziehen (was normalerweise auch der Fall war). »Ach du meine Güte, schon wieder seine Lordschaft«, sagte Mrs. Kerrich und stemmte sich von ihrem Stuhl hoch. »Von Glocken gerufen.« (Das sagte sie jedes Mal.) Seine Lordschaft – wiederum kein Lord, sondern Colonel Villiers. Sunnys Großvater (vermutlich) verließ nur selten seinen Sessel vor dem Kamin. Er hatte wässrige blassblaue Augen und artikulierte nicht, sondern gab wie ein Seehund Laute zwischen Bellen und Husten von sich, die seine Großmutter und Mrs. Kerrich mühelos zu verstehen schienen, Sunny jedoch nur unter größten Schwierigkeiten in verständliches Englisch übersetzen konnte. Wann immer Sunny in die Nähe seines Großvaters kam, packte er ihn und hielt ihn fest, wobei er ihn meistens auch noch zwickte, und brüllte ihm ins Ohr: »Wer bist du?«
Sunny war sich überhaupt nicht sicher, wie die Antwort auf diese Frage lauten sollte. Er war offensichtlich nicht mehr Sunny. Seine Großmutter sagte, sie brächte es nicht über sich, ihn bei diesem albernen Namen zu rufen. »Sun« war noch lächerlicher, und deswegen nannte sie ihn jetzt Philip, was der Name seines gaga Großvaters war.
»Oh, Mann«, sagte sein Vater matt, als Sunny ihn davon in Kenntnis setzte, dass er jetzt Philip hieß. »Lass sie dich einfach nennen, wie sie will. Das ist einfacher, als mit ihr zu streiten.

Und was ist schon ein Name? Nur ein Etikett, das sie dir um den Hals hängen.« Es war nicht nur der Name, seine Großmutter war mit ihm nach Norwich gefahren und hatte ihn völlig neu eingekleidet, so dass er jetzt nicht mehr Jeans und die clownesken, handgestrickten gestreiften Pullover trug, sondern stattdessen Khaki-Shorts und »schicke« Sweatshirts, und seine Gummisandalen waren durch altmodische Start-rites ersetzt worden. Am schlimmsten jedoch war, dass sie mit ihm zu einem »Herrenfriseur« gegangen war, der seine langen Locken zu etwas, was sich »hinten und an den Seiten kurz« nannte, geschoren hatte, und jetzt sah er vollkommen verändert aus. Er war wirklich nicht mehr er selbst.

Opa Ted erzählte er nichts von seiner neuen Identität, weil er ahnte, dass es zu mehr Fragen führen würde, als er beantworten konnte. Einmal in der Woche telefonierten sie. Seine Großmutter stand neben ihm, während er mit dem großen, schweren Telefonhörer hantierte und mit Opa Ted »plauderte«. Leider verhinderte die seltsam bedrohliche Anwesenheit von »Großmama«, dass Sunny die Wahrheit hinausschrie und erzählte, wie fürchterlich unglücklich er war. Er war nicht sehr gut im »Plaudern« und gab insgesamt nur einsilbige Antworten auf Teddys Fragen. Gefiel es ihm? *Ja.* War das Wetter gut? *Ja.* (Normalerweise regnete es.) Bekam er genug zu essen? *Ja.* (Nein!) Und schließlich fragte ihn Teddy noch, ob er mit Bertie sprechen wollte *(Ja),* und da Bertie genauso hoffnungslos im »Plaudern« war wie Sunny, folgten zwei Minuten Schweigen, während sie auf das näselnde Schnaufen des anderen horchten, bis seine Großmutter ungeduldig sagte: »Gib mir das Telefon«, und Bertie am anderen Ende befahl, den Hörer ihrem Großvater zu geben. Dann schlug sie einen anderen Tonfall an und sagte Dinge wie: »Er hat sich so gut eingewöhnt, vielleicht sollte er ein bisschen länger bleiben. Ja, die gute Landluft, und weil er bei seinem Vater ist. Und das möchte natürlich auch die liebe Viola.« Und so

weiter. Die liebe Viola?, dachte Sunny und konnte sich beim besten Willen kein Szenario vorstellen, in dem sich »Großmama« und »die liebe Viola« im selben Raum aufhielten.
Sunny wünschte, er würde einen Code oder eine Geheimsprache kennen, in der er sein Unglück mitteilen könnte *(Hilf mir!)*, doch stattdessen sagte er: »Auf Wiedersehen, Opa«, obwohl er etwas Schreckliches (Schmerz) von seinem (ziemlich leeren) Magen aufsteigen spürte.
»Stockholm-Syndrom«, sagte Bertie. »Du hast dich mit deinen Geiselnehmern identifiziert wie Patti Hearst.« Das war 2011, und sie saßen auf dem Mount Batur und schauten sich den Sonnenaufgang an. Sunny lebte da schon zwei Jahre auf Bali. Davor war er jahrelang in Indien und Australien gewesen. Bertie besuchte ihn mehrmals, Viola nie.
Bertie hätte sich in Jordan Manor besser geschlagen. Sie wusste, wann sie höflich sein und wann sie rebellieren musste. Sunny hatte beides nie wirklich gelernt.
»Sie waren wie Vampire«, sagte Sunny zu Bertie. »Sie brauchten frisches Blut. Egal wie schmutzig.«
»Meinst du, dass sie so schlimm waren, wie du dich erinnerst?«, fragte Bertie.
»Sie waren schlimmer, viel schlimmer«, sagte Sunny und lachte.

Sie hatten ihn im Grunde entführt, und jetzt hielten sie ihn gegen seinen Willen gefangen. »Möchtest du gern ein bisschen Ferien bei deinem Vater machen?«, hatte Opa Ted ihn gefragt. Es waren die Sommerferien. Es schien eine Ewigkeit her, dass sie Devon und die Kommune Adam's Acre verlassen hatten. Devon war zu einer goldenen Erinnerung geworden, zweifellos aufgrund der kindlichen utopischen Phantasien seiner Schwester, Phantasien von Gänsen und braunen Kühen und Kuchen. Sunny hatte gehofft, dass sie alle bei Opa Ted leben würden, als sie nach York zogen, aber seine Mutter sagte »unwahrscheinlich«,

und nach ein paar Wochen mietete sie ein schäbiges kleines Reihenhaus und steckte ihn in die »Steiner-Schule«, die er nicht gemocht hatte, wohin er jetzt jedoch gern zurückkehren würde.
»Dann lernst du auch deine anderen Großeltern kennen«, sagte Opa Ted mit eindeutig geheuchelter Begeisterung. »Sie leben in einem großen Haus auf dem Land mit Hunden und Pferden und so weiter. Es wäre nett, sie für ein paar Wochen zu besuchen, was meinst du?« Die Pferde waren vor langer Zeit abgeschafft worden, und die Hunde würden ihn fressen, wenn sie die Gelegenheit hätten. »Und sie haben auch einen Irrgarten«, sagte Teddy. Sunny glaubte zu verstehen, diese bislang unbekannten Großeltern wären »verwirrt«, was ihn nicht überraschte. Auch er war ziemlich verwirrt, als er einfach zu ihnen gebracht wurde. Er hatte keinen eigenen Willen, das wusste er. Viola hatte es ihm eingeimpft – »Du brauchst gar nicht sagen, was du willst«, »Du tust, was ich sage, nicht, was du willst«, »Weil *ich* es sage!«
»Es war nicht meine Idee«, hörte Sunny seinen Großvater am Telefon zu einem unsichtbaren Anrufer sagen, »aber seine Mutter will es unbedingt.« Das war natürlich, nachdem seine Mutter sie verlassen hatte, »um für ihre Überzeugungen einzutreten«. Was bedeutete das? Waren ihre Kinder nicht genauso wichtig wie ihre Überzeugungen? Waren sie nicht dasselbe? Sie war nach Greenham Common gefahren, um gegen die Stationierung von Cruise Missiles zu protestieren. Bertie sagte, dass es wie ein Ort aus einem Märchen klang (bis Bertie selbst dorthin fuhr). Bei Bertie klangen alle Orte wie aus einem Märchen. Viola wollte dort »den Stützpunkt umarmen«, was immer das hieß. »Sie könnte versuchen, ihre Kinder zu umarmen«, hörte Sunny Teddy murren.
Seine Großmutter und Dominic waren in einem großen alten Auto vorgefahren, und als sie ausstiegen, flüsterte Opa Ted Sunny ins Ohr: »Das ist deine Großmutter, Sunny«, obwohl auch er ihr noch nie zuvor begegnet war. Seine Großmutter trug einen

schäbigen Pelzmantel, der aussah, als wäre er aus Rattenfell, und ihre Zähne waren so gelb wie die Osterglocken im Garten seines Großvaters. Sie schien uralt zu sein, doch als er später daran zurückdachte, kalkulierte Sunny, dass sie nicht viel älter als siebzig gewesen sein konnte. (»Früher waren die Leute älter«, sagte Bertie.)

»Papa!«, rief Bertie, drängte sich an Sunny vorbei und warf sich ihrem Vater in die Arme. Ihr hündchenhafter Eifer überraschte sowohl Sunny als auch vor allem Dominic. »He«, sagte ihr Vater und wich einen Schritt zurück, als würde seine Tochter ihn angreifen.

»Hallo, Ted«, sagte Dominic zu Teddy, nachdem er Bertie als seine Tochter identifiziert hatte. »Wie geht's denn so?«

Teddy bat sie zu einer Tasse Tee ins Haus. »Und ich habe einen Kuchen gebacken, einen Biskuitkuchen mit Erdbeermarmelade«, sagte er, und ihre neue Großmutter runzelte die Stirn nicht nur über den Kuchen, sondern auch, weil ihn ein Mann gemacht hatte.

Und das war's. Tee getrunken, Kuchen gegessen – oder nicht –, und Sunny wurde auf den Rücksitz des Wagens verfrachtet zu drei sehr gereizten Hunden, und dann war er in Norfolk, und seine angebliche Großmutter erklärte ihm, dass er erwachsen werden sollte. Er war erst sieben! Er musste noch viele Jahre nicht erwachsen werden! Es war so unfair.

Er schluchzte ein letztes Mal unglücklich ins Kissen. Er hatte jeden Abend Mühe einzuschlafen, und wenn er schlief, wachte er plötzlich auf und erschrak, weil er von allen möglichen finsteren Gegenständen umgeben war, die sich in der Dunkelheit abzeichneten. Im sicheren Tageslicht sah er, was es war – das Gerümpel, das sich im Lauf der Jahre angesammelt hatte und das ein verärgerter Thomas dagelassen hatte, als er das Zimmer für »den Jungen« hatte ausräumen müssen – eine kaputte Weidenwiege, ein zerbrochenes Kinderbett, ein einzelner Ski, ein riesiger Lampenschirm und, am schlimmsten von allem, eine hölzerne Schneiderpuppe, die im Lauf der Nacht, das hätte Sunny schwören können, Zentimeter um schrecklichen Zentimeter näher zum Bett rückte, als würde sie ein böses Wer-hat-Angst-vorm-schwarzen-Mann-Spiel spielen. »Oh, Mann, das ›Kinderzimmer‹«, sagte Dominic, »was für ein Höllenloch. Wenn ich Kinder hätte, würde ich ihnen das schönste Zimmer im ganzen Haus geben.«

»Aber du hast Kinder«, sagte sein Kind.

»Oh, ja, also, du weißt schon, was ich meine.«

Nicht wirklich, dachte Sunny.

Im Kinderzimmer war es immer kalt, obwohl es Sommer war. An den Wänden waren Wasserflecken, und ein Stück Tapete hing herunter wie abgezogene Haut. Das einzige Fenster, mit schwarzem Schimmel gefleckt, klemmte und ließ sich nicht öffnen, sonst hätte Sunny versucht, hinauszuklettern und am Regenrohr hinunterzuflüchten – so etwas würde Augustus in den Büchern tun.

Opa Ted hatte diese Bücher, jede Menge davon, *Die Abenteuer des Augustus,* die offenbar seine Tante über ihn geschrieben hatte. Viola hatte Sunny ein paar davon vorgelesen. Augustus stellte alle möglichen ungezogenen Sachen an, und alle schienen das völlig in Ordnung zu finden, doch wenn Sunny auch nur eine Erbse von seinem Teller fallen ließ, war er der schlimmste Junge der Welt, was seine Großmutter betraf. Es war nicht fair.

Er wünschte, Bertie wäre hier. Sie hätte sich im Bett an ihn gekuschelt und ihn gewärmt. Sie war gut im Kuscheln, und das war auch Opa Ted. In Jordan Manor fasste ihn nie jemand an, außer um ihn zu zwicken, ihn zu schlagen oder, im Fall der Hunde, ihn zu beißen. Seine Großmutter schlug ihm mit einem hölzernen Lineal auf die Rückseite seiner Beine. »Das war gut genug für Dominic«, sagte sie. (»Ja, und schaut nur, was aus ihm geworden ist«, sagte Mrs. Kerrich. Nicht dass Mrs. Kerrich gegen körperliche Züchtigungen gewesen wäre. Selbstverständlich nicht.) Er nässte häufig ins Bett, was er auch zu Hause getan hatte, aber hier musste sich Mrs. Kerrich um die Bettlaken kümmern, und sie erinnerte ihn ständig daran, dass er ein »kleiner Pisser« war, und wenn sie sich richtig ärgerte, ließ sie ihn auch in der nächsten Nacht in den kalten, feuchten Laken schlafen.

Im Kinderzimmer lagen auch schimmelnde Bücher und Victory-Puzzles herum. Sunny tat sein Bestes. Er war ein schlechter Leser, aber er war sehr gut im Puzzlelegen, auch wenn es irgendwann nicht mehr befriedigend war, »Anne Hathaways Haus« oder »König Arthur in Dartmoor« zu legen.

Außerdem vermüllten die Reste von Dominics Kindheit das Zimmer, und Sunny trat ständig auf einen boshaften Spielzeugsoldaten oder rutschte auf einem Modellauto aus. Er sammelte diese kleinen Schätze in einer alten Schuhschachtel. Den kleinen silbernen Hasen, den Opa Ted ihm gegeben hatte, verlor er (wider alle Wahrscheinlichkeit) nicht, aber er sehnte sich nach dem Trost seiner Steine. Auf der Einfahrt lagen ein paar Steine herum, aber das war kaum genug. Seinen besten Kieselstein, den er am Strand gefunden hatte, kurz bevor sie Devon verließen, hatte ihm seine Großmutter weggenommen. (»Schmutziges Ding.«) Hätte er seine Steine gehabt, hätte er wie Hänsel und Gretel eine Spur legen und den Weg zurück nach Hause finden können. Oder Bertie, seine Gretel, hätte der Spur folgen, ihn finden, aus seinem Käfig befreien und »Großmama« in den Ofen stoßen und sie zu Asche verbrennen können. Mit diesem erfreulichen Gedanken schlief er ein.

Es stellte sich die »ärgerliche Frage« seiner Schulausbildung. Mrs. Kerrich erklärte Thomas, dass sie nicht einsah, warum er nicht einfach in die örtliche Schule gehen sollte. »Nicht gut genug für einen Villiers«, sagte Thomas. Ich heiße Todd, dachte

Sunny, Sunny Todd, nicht Philip Villiers. Wie lange würde es dauern, bis er es vergessen hätte? Mrs. Kerrich sagte, sie glaube, dass »der Sohn und Erbe zurückgeblieben« war, deswegen »brauchte sich ihre Ladyschaft wegen seiner Schule nicht ins Hemd machen«. »Ich bin nicht zurückgeblieben«, murmelte Sunny. Mrs. Kerrich sagte: »Sprich, wenn du angesprochen wirst, junger Mann.« Mr. Manieren schüttelte verzweifelt den Kopf über Thomas' und Mrs. Kerrichs Mangel an Erziehung.

Mrs. Kerrich hatte recht, die örtliche Grundschule kam nicht in Frage, allein bei den Worten »staatliche Schule« schauderte seine Großmutter. Für das Internat, auf dem Dominic gewesen war, war er nicht alt genug. »Noch nicht«, sagte seine Großmutter. Erst wenn er acht wäre. Acht schien schrecklich jung, auch vom Standpunkt eines Siebenjährigen aus. »Jaa«, sagte sein Vater. »Ich war unglücklich dort, aber ich hatte kein *Heimweh*. Nach so was wie hier kann man kein *Heimweh* haben. *In* Jordan Manor zu sein kann einem weh tun, aber es ist eine Erleichterung, hier *raus*zukommen.« Das waren viele Worte für Dominic. Er erwachte aus seinem »Winterschlaf«, sagte er, schüttelte die Starre ab. »Hab aufgehört, die Medikamente und den ganzen Scheiß zu nehmen. Sehe jetzt klarer. Muss weg hier.«

»Ich auch«, sagte Sunny. Vielleicht konnten sie gemeinsam weglaufen. Sunny sah vor sich, wie sie zu zweit eine Landstraße entlanggingen, ihre Habseligkeiten in rot-weiß karierte Tücher gewickelt, die sie an Stöcke gebunden hatten. Vielleicht trottete ein kleiner Hund an ihrer Seite.

»Sie haben keine Ahnung von Kindern«, sagte sein Vater. »Du kannst dir nicht vorstellen, wie es war, hier aufzuwachsen.«

Ich weiß sehr gut, wie es ist, dachte Sunny. Ich wachse hier auf.

»Sie glauben an Entbehrung, das ist das Problem, sie glauben, das wäre gut für den Charakter, wo tatsächlich das Gegenteil der Fall ist. Ich wurde natürlich von einem Kindermädchen erzogen. Die Zicke war schlimmer als sie alle zusammen.« Sunny hatte keine Ahnung, was ein Kindermädchen war. Die einzige Zicke, die er kannte, war die Ziege in Devon gewesen. Sie hatte schrecklich gestunken und immer versucht, die Kleider anzuknabbern, wenn man ihr zu nahe kam. Es erschien ihm unwahrscheinlich, dass sein Vater von einer Ziege erzogen worden war, doch dieser Tage überraschte Sunny nichts mehr. »Jaa«, sagte Dominic gedankenverloren. »Die Zicke war eine richtige Fotze.«

»Was ist das?«, fragte Sunny.

»Eine wirklich böse Person.«

Seine Großmutter fand »eine Lösung«. Eine örtliche Privatschule, zu der ihn Thomas jeden Tag chauffieren würde. (»Oh, das wird er, nicht wahr?«, sagte Thomas.) »Keine schrecklich gute Schule«, sagte seine Großmutter. »Aber das bedeutet, dass uns Philips Verhalten nicht so peinlich sein muss.« Welches Verhalten? Er war so unterwürfig wie eine Maus.

»Ich muss hier in die Schule gehen«, sagte er zu Opa Ted bei dem wöchentlichen Anruf.

»Ich weiß«, sagte Teddy und klang nahezu so unglücklich, wie sich Sunny fühlte. »Das hat deine Mutter mit Antonia ausgeheckt. Ich will versuchen, was dagegen zu unternehmen, ja? Bis dahin musst du einfach ein Stoiker sein, Sunny.« Sunny hatte keine blassen Schimmer, was ein Stoiker war, aber es war eindeutig nichts Angenehmes.

Ein paar Tage vor Schulbeginn wurde das Wetter schön, als hätte es darauf gewartet, bis praktisch keine Zeit mehr war, es zu genießen. Sunny spielte den ganzen Tag in dem überwucherten, vernachlässigten Garten. Er langweilte sich allein, und seine Fähigkeiten, ein einzelner mittelalterlicher Turnierritter, Robin Hood oder ein Dschungelforscher zu sein, waren erschöpft. Es war also eine Erleichterung, als sein Vater sagte: »Lass uns ein Abenteuer erleben, ja, Phil?«

Sunny dachte, dass er eventuell genug von »Abenteuern« hatte. Ein paar Tage zuvor war er versehentlich in den Irrgarten geschlendert – es war ihm von seiner Großmutter »offiziell« verboten worden, doch da er nicht wusste, worum es sich dabei eigentlich handelte, war es unvermeidlich gewesen. Es war ein furchterregender Ort, vollkommen verwildert, und er war nahezu sofort umgekehrt – aber zu spät! Er hatte sich schon verlaufen, wurde von Dornen bedrängt und von Liguster umfangen. Es war bereits dunkel, als Thomas ihn suchte und nach ihm pfiff, als wäre er ein Hund. Sunny war zwischen den harten Wurzeln der Hecke eingeschlafen und wurde von Thomas geweckt, der ihm den Schein seiner Taschenlampe ins Gesicht hielt und ihn mit dem Stiefel stieß, damit er aufstand.

»Warum hast du das getan, obwohl ich es dir ausdrücklich verboten habe?«, kreischte seine Großmutter. Natürlich interessierte sich niemand für die Schrecken, die er erlebt hatte. Daran war er mittlerweile gewöhnt, und so riet eine leise Stimme in seinem Kopf zur Vorsicht, als sein Vater das Wort »Abenteuer« benutzte. Es war ein Wort, das viel versprach, wenn sein Vater es in den Mund nahm, aber kaum etwas hielt. Das Gegenteil galt, wenn Opa Ted es gebrauchte.

»Ja, schaff ihn mir einen Tag lang aus den Augen«, sagte seine liebende Großmutter.

Dominic malte schon seit mehreren Tagen, ständig, Tag und Nacht spritzte er Farbe auf Leinwände. »Ich bin inspiriert«, sagte er. »Mache brillanten Scheiß.«

Dominic schockte sie alle, als er eines Morgens zum Frühstück kam, für gewöhnlich eine magere Mahlzeit, und gut gelaunt rief: »Den besten Speck mit Eiern, Mrs. Kerrich!«, als sie wie gewöhnlich einen Topf wässrigen Haferschleim auf den Tisch stellte. Sie zog sich murrend zurück: »Oh, Gott, jetzt geht's wieder los. Er is außer Rand und Band.« Sie brachte weder Speck noch Eier, was Sunny nicht überraschte, der den Zustand der Speisekammer besser kannte als alle anderen, weil er sich oft hineinschlich auf der Suche nach Essen. Mit magerem Ertrag, da eine eingelegte Zwiebel, dort eine kalte Kartoffel. Manchmal fuhr er mit dem Finger nervös um den Rand des Marmeladenglases. Mrs. Kerrich war wie ein Falke.

Dominic schien den Speck und die Eier sofort wieder vergessen zu haben und zündete sich eine Zigarette an. Auch seine Großmutter rauchte viel, die Wände in Jordan Manor waren alle leicht gelblich. Dominics Augen waren blutunterlaufen, und er rutschte auf seinem Stuhl hin und her. »Komm, Phil«, sagte er, bevor Sunny den Haferschleim löffeln konnte. »Wir gehen.«

Sie waren schon Stunden unterwegs, aufrechterhalten von einem einzigen schmierigen, halb geschmolzenen Marsriegel, den Dominic mit ihm geteilt hatte. Er hatte vor einer Weile ein paar kleine rosa Pillen geschluckt, hatte sie Sunny auf seiner Handfläche gezeigt und mit sich selbst diskutiert, ob er ihm nicht auch eine davon geben sollte. »Vielleicht nur ein Viertel von einer Tablette?«, überlegte er. »Weil wenn ein Kind einen Trip einwirft, stell dir vor, wie das wäre.« Letztlich entschied er sich dagegen, weil er dafür »von der Wölfin nur grundlos kritisiert würde«.

Sie tranken Wasser aus einem ziemlich grünen Teich, und Dominic sagte, dass er eine magische Wasserquelle war und tief unten eine Kröte mit einem Rubin auf der Stirn saß. »Wenn du genau hinschaust, kannst du sie sehen.« Sunny sah sie zur Enttäuschung seines Vaters nicht. Sie gingen weiter, sein Vater quasselte noch immer über die Kröte. Sunny war mittlerweile erschöpft. Es war kein Abenteuer.

»Ich bin müde«, sagte Sunny. »Können wir eine Pause machen?«

Er sorgte sich, wie sie nach Jordan Manor zurückkommen sollten. Doch nicht etwa zu Fuß? Sie waren Meilen gegangen, und seine Beine begannen vor Müdigkeit zu zittern. Wenn Opa Ted hier wäre, hätte er ihn huckepack getragen und gesagt: »Uff, ich werde zu alt dafür.«

»Das ist eine gute Übung für dich«, sagte Dominic und schritt aus. »Komm.«

Sunnys Gesicht brannte. Er wusste, dass er einen Sonnenhut tragen und eingecremt sein sollte. Er hatte großen Durst, doch sie kamen an keinem Teich mehr vorbei, weder einem grünen noch einem anderen. Sunny ging durch den Sinn, dass er nicht mit jemandem unterwegs war, der sich wirklich *verantwortlich* verhielt. Sein Vater war nicht wirklich erwachsen, oder? Er verspürte einen kleinen Stich der Angst im Bauch. Er war hier nicht sicher.

Sie kamen in einen Wald, und das war eine Erleichterung, weil es hier wenigstens ein bisschen schattig war, und Sunny fand ein paar wilde Himbeeren, die schrecklich sauer, aber zumindest etwas zu essen waren.

Sie mussten immer wieder stehen bleiben, damit Dominic das Blatt eines Farns bewundern oder von dem Gesang eines Vogels schwärmen konnte. »Hörst du das? Herr im Himmel, *hörst* du das, Phil?« Als er einen großen Haufen Krötenpilze sah, die an einem Baumstumpf wuchsen, fiel er auf die Knie und starrte sie an. Seine Faszination schien scheinbar Stunden anzudauern, und Sunny sagte: »Können wir bitte gehen?«, weil ihm der Bauch weh tat, wahrscheinlich von den sauren Himbeeren, doch Dominic sprang plötzlich herum und rief: »Omeingott, Omeingott, ich kann nicht glauben, dass ich's nicht gesehen habe – Krötenpilze! Die Kröte und der Krötenpilz, die Kröte mit dem Rubin auf der Stirn – die beiden sind miteinander verbunden!«

»Weil die Kröte Krötenpilze frisst?«, versuchte es Sunny.

»Weil die Kröte die Königin der Krötenpilze ist – das ist das Geheimnis. Das könnte alles ändern. Wir haben das geheime Wissen. Gnostisch.«

»Nostisch?«

»Ja. Oh, Mann.«

Und so ging es noch eine Weile weiter. Sunny überlegte, ob er sich auf den Boden legen und mit Blättern zudecken sollte wie ein kleines Waldtier. Er könnte ein bisschen schlafen, und wenn er erwachte, wäre er zurück in Jordan Manor oder besser noch in Opa Teds Haus. Aber nein, sie schlurften weiter.

Aus dem Wald heraus und wieder in der sengenden Sonne. Dominic sprach nicht mehr, seine Stimmung schien sich verändert zu haben, dunkler geworden zu sein. Er murmelte vor sich hin, aber die Wörter ergaben keinen Sinn.

Jetzt gingen sie auf einem Weg, gesäumt von hohen Hecken, und dann hörte der Weg plötzlich auf und war eine schmale Straße. Auf der Straße war es sehr heiß, und Sunnys Füße waren so wund, dass er nicht glaubte, noch weitergehen zu können. Auf der Straße waren zwei weiße Tore. In der Mitte von jedem Tor war ein großer roter Kreis, und auf jedem Tor war eine kleine Lampe, die nicht brannte, weil es nicht dunkel war. Sie gingen durch das offene Tor, und Sunny wurde klar, dass sie sich auf einem Gleis befanden. Endlich etwas Aufregendes. Würde ein Zug kommen? Konnten sie darauf warten? »Klar«, sagte Dominic. »Deswegen sind wir wahrscheinlich hergeführt worden.« Von wem?, fragte sich Sunny. Der Königin der Krötenpilze? Er fragte nicht danach, er war nur froh, dass sein Vater wieder gut gelaunt zu sein schien.

Sunny war noch nie zuvor an einem Bahnübergang gewesen. Er liebte Züge. Opa Ted ging mit ihm ständig ins Eisenbahnmuseum in York. Auch er hatte als Junge Züge geliebt.

Sunny erwartete, dass sie über die Gleise gehen würden, doch Dominic setzte sich auf die Straße zwischen den beiden weißen Toren und begann, eine Zigarette zu drehen. Sunny blieb unsicher neben ihm stehen. Sich auf eine Straße zu setzen, insbesondere eine, die von einem Gleis gekreuzt wurde, das schien selbst einem Siebenjährigen keine wirklich gute Idee. Andererseits waren seine Beine und Füße am Ende.

Auf der Straße waren die Gleise in Holz eingebettet, und sein Vater klopfte auf das Holz neben sich und sagte: »Entspann dich, setz dich.« Er zündete seine Zigarette an und entdeckte in der Gesäßtasche seiner Hose eine plattgedrückte Tüte mit völlig geschmolzenen Schokolinsen, die er erstaunt betrachtete. »Wow«, sagte er. »Lila.«

Sunny setzte sich jetzt, da er die Schokolade gesehen hatte, weniger widerwillig, und das Holz war nicht allzu heiß. Er konnte in beide Richtungen das Gleis entlangschauen. »Cool, was?«, sagte Dominic. »Eine Lektion in Perspektive. Kennst du dich aus mit Perspektive?« Er kannte sich nicht aus.

»Je weiter was weg ist, umso kleiner musst du es malen. Die Leute haben ungefähr Tausende Jahre gebraucht, um das rauszufinden.«

Sunny berührte mit einem Bein das stählerne Gleis und schrie leise auf, weil es so heiß war. »Ja, die Sonne, Mann«, sagte Dominic. »Es ist heiß. Und *du bist* die Sonne, stimmt's?« Sein Vater sprach nicht in richtigen Sätzen, dachte Sunny, nur wirre Gedanken. »Und Ra. Apollo. Das wären auch coole Namen gewesen, aber wir haben dich Sun genannt. Unsere Sonne.« (Vielleicht sagte er auch »Sohn«. Sunnys Name gab immer Anlass zu Verwirrung.)

»Ich bin jetzt Philip«, erinnerte ihn Sunny. Er war mit geschmolzener Schokolade verschmiert, was ihm Ärger mit der »Wölfin« einbringen würde, aber er war zu müde, um sich deswegen Sorgen zu machen. Er döste ein, lehnte am dünnen, unruhigen Körper seines Vaters. »Und bei parallelen Linien wie den Gleisen hat man dann einen Fluchtpunkt.« Schlaf war das Allerschönste. Dominics zusammenhanglose Gedanken – Sonnenanbetung, Perspektive, Krötenpilze – wurden immer leiser.

Er wurde von läutenden Glocken und blitzenden Lichtern geweckt und sah, dass sich die beiden weißen Tore langsam schlossen und die Straße versperrten. Saßen sie in der Falle? Schließlich hielten sie scheppernd an. »Wow«, sagte Dominic. »Das wird großartig, das willst du nicht verpassen.« Sunny wollte es verpassen und versuchte aufzustehen, doch Dominic zog ihn wieder nach unten. »Glaub mir, Phil, das willst du erleben. Oh, Mann – schau, er kommt. Siehst du den Zug? Siehst du ihn? Das ist verdammt unglaublich.«

Plötzlich stand Dominic auf und zerrte Sunny auf die Beine.

Das kleine Ding, das weit weg war – der Zug um drei Uhr dreißig von King's Cross nach Norwich, wie später bei der gerichtlichen Untersuchung erklärt wurde –, wurde größer und größer, die Perspektive änderte sich von einer Sekunde zur nächsten. »Bleib da, bleib da«, drängte ihn Dominic, als wäre er ein Hund. »Was ist los mit dir? Willst du das nicht erleben? Das ist Wahnsinn. *Jetzt!* Aargh! –« Nein, nicht wirklich »Aargh« – das hätte Augustus gesagt, nicht ein Mann, der von einem Schnellzug im Gesicht getroffen wurde.

»So, hier muss es sein«, sagte Teddy. Auf dem Rücksitz schlürfte Bertie den Rest aus ihrer Saftschachtel und schaute sich interessiert um.

Ein Schild, das auf einer Säule des Torbogens aus Sandstein angebracht war, verkündete »Jordan Manor«, und darunter stand auf einem weiteren Schild »Privat«. Teddy fragte sich, ob es sich um den biblischen Jordan oder um den Namen einer Person handelte. Ein paar Jahre zuvor hätte er Jordan noch für einen Familiennamen gehalten. Er hatte während des Kriegs eine WAAF namens Nellie Jordan gekannt (und nein, nicht auf biblische Weise), doch heutzutage wurde es offenbar als Vorname vergeben – in Berties Schulklasse ging ein Jordan (ein Junge). Und abgesehen von den üblichen Hannahs und Emmas gab es noch eine Saffron und eine Willow (beides Mädchen) und jemanden, der Dharma hieß (ein blasses, dünnes Kind, dessen Geschlecht Teddy nie hatte bestimmen können). In Sunnys Klasse war ein Mädchen namens Squirrel. Es war zumindest ein Name, der sich nicht abkürzen ließ. Das hatte Nancy beschäftigt, als sie sich für Viola entschieden hatten. »Meinst du, dass die Leute sie ›Vi‹ nennen werden? Hoffentlich nicht.« Im Lauf der Jahre fragte sich Teddy gelegentlich, ob Squirrel ihren Namen geändert hatte oder ob es irgendwo in der Welt der Erwachsenen eine Lehrerin oder Anwältin oder Hausfrau gab, die auf Squirrel hörte?

Keiner der angeführten Berufe schien wahrscheinlich angesichts der Schule. Rudolf Steiner – »kindzentrierte Erziehung« laut Viola, im Gegensatz zu Viola selbst, die nicht gerade kindzentriert war. Und jetzt hatte sie widerrufen und der Entscheidung der Villiers für eine gebührenpflichtige Privatschule für den armen Sunny zugestimmt. Es war schlimm genug, dass sie sich mehr oder weniger von ihrem Sohn losgesagt hatte, doch zudem hatte sie ihn von seiner Schwester getrennt. Teddy konnte sich das Unglück nur zu gut vorstellen, in das er selbst gestürzt wäre, hätte man ihm Ursula und Pamela genommen. Und was, wenn die Villiers auch noch Bertie haben wollten? Würde Viola sie ihnen auch überlassen?

»Doms Eltern können Sunny alle möglichen Vorteile verschaffen«, sagte Viola zu Teddy. »Er ist schließlich der Erbe der Villiers, und Dom hat sich mit seiner Familie versöhnt. Er ist zu ihnen zurückgegangen und malt wieder.« Teddy vergaß regelmäßig, dass Dominic Künstler war, vielleicht weil er so spektakulär erfolglos war. »Und du musst zugeben, dass es gut für Sunny wäre, wenn er wieder einen Vater hätte.« Und so weiter, endlose Rechtfertigungen ihrer Entscheidung, ihr Kind aufzugeben. Geld und ihr Bedarf daran waren der Grund dafür, vermutete Teddy.

Der ursprüngliche Vorschlag hatte »ein paar Wochen« während der Schulferien gelautet, und Teddy hatte nicht gemerkt, dass dahinter ein längerfristiger Plan steckte. Und jetzt sah es so aus, dass Sunny bei den Villiers bleiben sollte. (»Für immer?«, fragte Bertie mit entsetzter Miene.) Er war ein sensibles Kind, und es erschien Teddy falsch, ihn so zu entwurzeln und zu erwarten, dass er sich bei Menschen gut entwickelte, die ihm völlig fremd waren. Ohne es Viola zu erzählen, war Teddy bei seinem Anwalt gewesen und hatte beim Familiengericht das Sorgerecht für seine Enkelkinder beantragt. Er war nicht sehr hoffnungsvoll, was das Ergebnis anbelangte, aber irgendjemand musste sich für sie einsetzen, oder?

Das imposante gusseiserne Tor von Jordan Manor stand weit offen, und sie fuhren ungehindert durch. Die Fahrt nach Norfolk hatte länger gedauert, als Teddy kalkuliert hatte. Er war nie zuvor hier gewesen, am Steiß der Karte von England. Während der letzten quälenden halben Stunde waren sie auf einer einspurigen Straße hinter langsamen landwirtschaftlichen Fahrzeugen und störrischen Schafen dahingekrochen. Ihre Vorräte waren so gut wie aufgebraucht. Sie hatten sich während der Fahrt von Käse und Pickles auf Weißbrot, Chips mit Salz und Essig und KitKats ernährt – Dinge, die Viola strikt verboten hatte. Sie hatte bei Teddy »Ernährungsvorschläge« für Sunny und Bertie hinterlassen (»nichts mit einem Gesicht drauf«) – Gerichte wie »Hirse-Spinat-Auflauf« und »Nudeln mit gebackenem Tofu«. Er kam damit zurecht, dass sie Vegetarier waren (»Ich esse keine toten Tiere, Opa Ted«, sagte Bertie), es war in vieler Hinsicht eine bewundernswerte Einstellung, aber nicht mit Violas überheblichen Verordnungen. »Mein Haus, meine Regeln«, sagte Teddy. »Und das heißt, kein Wellensittichfutter.« Er erinnerte sich daran, für Violas Wellensittich Tweetie Hirsekolben gekauft zu haben. Der arme Vogel, dachte er auch noch diese vielen Jahre später.

Die vegetarische Lebensweise, die Steiner-Schule, der Weg durch die Stadt zu den Woodcraft-Treffen, Teddy war willens, alles auf sich zu nehmen, solange Viola zuließ, dass sie sicher unter seinem Dach lebten. Es war ein Fehler gewesen, Sunny zu den Villiers zu lassen. Viola war nach Süden abgezogen, um gegen Cruise Missiles zu demonstrieren, und als Teddy leise zu bedenken gab, dass ihre Pflichten als Erziehungsberechtigte, als Alleinerziehende noch dazu, wichtiger waren als der Einsatz für den Weltfrieden, entgegnete sie, dass es das Lächerlichste sei, was sie je gehört habe, da sie die Zukunft aller Kinder der Welt sichern wolle, was ein bisschen viel für eine Person war. Als sie das letzte Mal losgefahren war, hatte sie Sunny und Bertie mitgenommen und mit ihnen mehrere Tage lang in Greenham Common gezeltet. Die Kinder baten sie, nicht noch einmal mitkommen zu müssen – »kalt« und »Hunger« schienen die Wörter zu sein, die ihre Erfahrungen zusammenfassten, und die berittene Polizei, die Frauen wie Fußballhooligans behandelte, hatte ihnen Angst eingejagt. Viola hoffte, beim nächsten Mal verhaftet zu werden. Teddy erwiderte, dass die meisten Menschen durchs Leben gingen und hofften, *nicht* verhaftet zu werden, und Viola warf ihm vor, das Konzept des gewaltfreien Widerstands nicht zu verstehen, und dachte er jemals an die Tausende von unschuldigen Menschen, die er während des Kriegs bombardiert hatte? Sie war eine Meisterin nicht-logischer Folgerungen. »Das hat damit doch nichts zu tun«, sagte Teddy, und Viola sagte: »Es hat *alles* damit zu tun.« (Wirklich? Er war nicht mehr sicher. Ursula hätte die Antwort gewusst.) Schließlich sagte Teddy: »Sunny und Bertie können bei mir bleiben«, und Viola blickte drein wie Atlas vermutlich dreingeblickt hätte, hätte jemand zu ihm gesagt, okay, du kannst die Welt jetzt abstellen.

Das war mehrere Monate zuvor gewesen, und seitdem hatte sich eine Routine herausgebildet. Für Teddy war Liebe immer schon auch praktisches Handeln gewesen – Schulkonzerte,

saubere Kleidung, regelmäßige Essenszeiten. Sunny und Bertie hielten es genauso. Bislang waren sie Violas Launen unterworfen gewesen. (»Ich war eine schreckliche Mutter!«, ruft sie fröhlich, *Mother and Baby*-Magazin, 2007. »Das warst du«, stimmte Bertie zu.)
Teddy hatte damals noch die Hühner und Bienen, und die Kinder liebten beides. Sie spielten viel im Garten. Teddy hängte an einem großen Birnbaum am Ende des Gartens eine Schaukel auf. Sie machten Ausflüge aufs Land um York, zu den Seerosen von Pocklington, nach Castle Howard und Helmsley, in die Dales während der Ablammsaison, nach Fountains Abbey, nach Whitby. Die Nordsee wirkte in Gesellschaft von Bertie und Sunny weniger trist. Sie liebten es, auf farngesäumten Wegen zu wandern oder im Riedgras zu picknicken. Sie hielten Ausschau nach Kreuzottern, Schmetterlingen und Falken. (Waren sie wirklich Violas Kinder?) Teddy war pensioniert, und die Kinder füllten viel Platz in seinem Leben. Und er füllte einen großen Platz in ihrem.
Er begann, langfristige Pläne zu machen. Vielleicht sollte er sie in einer staatlichen Schule anmelden und bei den Pfadfindern statt bei der Woodcraft-Bewegung, und dann rief Viola aus heiterem Himmel an und erteilte die neuen Anweisungen für Sunny. Teddy hatte sich gegen die Idee, dass Sunny nach Jordan Manor sollte, gesträubt, aber was konnte er tun? Viola hatte das Sagen. Die ganze Zeit hatte Viola den Eindruck vermittelt, dass sie im Friedenscamp lebte, und erst als sie Monate später wieder auftauchte, stellte sich heraus, dass sie nach einer Abrüstungsdemo im Hyde Park mit Wilf Romaine auf und davon war und seitdem mit ihm in Leeds »in wilder Ehe« lebte, wie sie sich ausdrückte. Er erfuhr davon, als sie zu ihm sagte: »Ich werde nächste Woche heiraten. Willst du kommen?«

Eine Ulmenallee musste einst als großartige Ehrengarde die lange Einfahrt von Jordan Manor gesäumt haben, doch jetzt waren nur noch die Stümpfe der toten Bäume übrig. Die gleiche Tragödie hatte Ettringham Hall vor über zehn Jahren getroffen, aber dort waren junge Eichen gepflanzt worden. Eine Eiche zu pflanzen erschien Teddy als ein Akt des Glaubens an die Zukunft. Er hätte gern eine Eiche gepflanzt. Viele Jahre später, 1999, kehrte er auf seiner »Abschiedstour« mit Bertie nach Ettringham Hall zurück. Das Haus war zu einem »Landhaus Ho tel« umgestaltet worden. Sie tranken etwas in der »Daunt Bar« und aßen gar nicht so schlecht im Restaurant, stiegen jedoch in einem günstigeren B&B im Dorf ab. Es war kaum mehr ein Dorf. Fox Corner war umgeben von einem Neubaugebiet mit teuren Häusern. »Fußballerhäuser«, sagte Bertie. Sie waren auf der Wiese gebaut worden. Flachs und Rittersporn, Butterblumen und Klatschmohn, Rote Waldnelken und Margeriten. Alle verschwunden.

Die Veränderungen deprimierten Teddy mehr, als er erwartet hatte, und auch Bertie war traurig, weil es ein Ort war, den sie nie gekannt hatte und nie kennen würde, doch auf gewisse Weise begriff sie, dass er sie zu der Person gemacht hatte, die sie war. Sie wollte klopfen und die derzeitigen Besitzer fragen, ob sie eintreten dürften, aber es gab ein elektronisch gesichertes Tor mit einer Videokamera, und als Bertie auf die Klingel drückte, reagierte niemand. Teddy war ungeheuer erleichtert. Er glaubte nicht, dass er über die Schwelle hätte gehen können.

Die »Holländische Ulmenkrankheit«, erklärte Teddy, als sie auf Jordan Manor zufuhren. »Daran sind alle Ulmen gestorben.«

»Arme Bäume«, sagte Bertie. Im Gegensatz zu Ettringham Hall waren die gefällten Ulmen eben nicht ersetzt worden, und infolgedessen war der Anblick so trostlos, als hätte ein Krieg stattgefunden. Die Atmosphäre der Vernachlässigung war mit

Händen zu greifen, lange bevor sie vor dem Haus vorfuhren. Viola musste den Reichtum der Villiers überschätzt haben. Es würde ein Vermögen kosten, bloß das Dach des Hauses auszubessern.

Vielleicht wäre ihm klargeworden, wie verkommen die Villiers äußerlich und innerlich waren, schalt sich Teddy, wenn er Sunny hergebracht hätte, doch stattdessen hatten ihn Dominic und seine Mutter eines Nachmittags zu Beginn der Schulferien geholt.

»Antonia«, sagte Teddy freundlich und hielt ihr die Hand hin, und sie gab ihm eine kalte, schlaffe Klaue und sagte »Mr. Todd«, ohne ihn anzusehen.

»Ted, bitte«, sagte Teddy.

»Antonia« trug eine Handvoll Diamantringe, grau und matt vor Schmutz. Er hatte Nancy anlässlich Violas Geburt einen kleinen Brillantring geschenkt – nichts Auffälliges –, und sie hielt es für unlogisch, einen Verlobungsring zu schenken, wenn man schon verheiratet war *(»post facto«)*, aber während des Kriegs waren sie nie richtig verlobt gewesen, und er wollte, dass sie einen Beweis für seinen Glauben an ihre gemeinsame Zukunft hatte. Sie fand es dann doch eine sehr schöne Geste und putzte den Ring jede Woche mit einer Bürste und Zahnpasta, so dass er immer funkelte. Er hatte den Ring für Viola aufbewahrt und ihn ihr zum einundzwanzigsten Geburtstag geschenkt, aber er erinnerte sich nicht, dass sie ihn je getragen hätte.

Im Lauf des Nachmittags wurde offensichtlich, dass Dominic entweder halluzinogene Drogen genommen hatte – LSD, vermutete Teddy – oder total übergeschnappt war. »Kuchen!«, sagte er und rieb sich die Hände, als Teddy Kuchenstücke auf einer Platte arrangierte. »Was sagst du dazu, Ma?« Er nahm sich drei Stücke und schlenderte davon, so dass Teddy und Antonia allein an der Konversationsfront kämpfen mussten.

»Tee, Antonia?«, sagte Teddy wohl wissend, wie sehr es sie ärgerte, dass er sie mit ihrem Vornamen ansprach. Es schien ihm wichtig, dass sie ihre Ebenbürtigkeit als Vorfahren des kleinen sich windenden Kindes anerkannte, das nur widerstrebend ihre Gesellschaft über sich ergehen ließ.

Sunny und Bertie waren verschwunden, kaum waren ihre Besucher aus dem Wagen gestiegen, und Teddy musste Sunny überreden, ins Wohnzimmer zurückzukommen. Der Junge war schrecklich unruhig, und nach ein paar Minuten sagte seine neue Großmutter »Sitz still« zu ihm, und »Hör auf, auf dem Sofa rumzuspringen«. Da wusste Teddy, dass es ein Fehler war, ihn mit ihr fahren zu lassen, dennoch hatte er es getan, nicht wahr?

»Wie möchten Sie Ihren Tee?«, fragte er höflich, und Antonia sagte »chinesischen Tee, schwach, mit ein bisschen Zitrone«, und Teddy erwiderte: »Tut mir leid, ich habe nur Rington's English Afternoon Blend. Lose, keine Teebeutel.«

»Ich muss nachsehen, wie es den Hunden geht«, sagte Antonia und stand abrupt auf, stellte Tasse und Untertasse ab, ohne den Tee probiert zu haben. »Sie sind im Wagen«, fügte sie hinzu, als Teddy sie verständnislos anschaute. Er hatte keine Hunde gesehen und sagte »Hunde« zu Sunny, der ein bisschen hellhörig wurde. Sunny mochte Hunde. »Warum gehst du nicht mit deiner Oma raus und schaust dir ihre Hunde an?«, sagte Teddy und bemerkte, dass sie bei dem Wort »Oma« zusammenzuckte.

Und doch hatte er den Jungen mit ihr fahren lassen!

»Mea culpa«, murmelte er, als er und Bertie vor der Tür von Jordan Manor anhielten. Kein Anzeichen von Leben, keine Hunde, keine Antonia, kein Sunny. Teddy seufzte und sagte: »Hoffen wir, dass jemand den Wasserkessel angestellt hat, Bertie.« Wenn ja, wäre es definitiv nicht Antonia gewesen.

Als sie nach ihren Hunden gesehen hatte, war Teddy auf die Suche nach Dominic gegangen und hatte ihn hinten im Garten mit Bertie und Tinker gefunden. Die Rosen standen in voller Blüte – an einer sonnigen Mauer wuchsen herrliche Rosen –, und Dominic hatte eine gepflückt, eine wunderschöne kirschrote Belle de Crécy. »Ein Bett roter Freude« hatte Teddy gedacht, als er sie gepflanzt hatte, und gehofft, dass kein unsichtbarer Wurm ihr dunkles geheimes Herz fressen würde. Eine Metapher von Blake, keine gärtnerische Warnung.

Bertie schaute auf die gepflückte Rose und fragte Teddy: »Darf er das?« Sie schien Dominic ängstlich zu beobachten, ihre anfängliche Begeisterung, ihn wiederzusehen, war verflogen. Teddy fragte sich, ob sie sich daran erinnerte, wie unvorhersehbar das Verhalten ihres Vaters gewesen war, als sie noch zusammenlebten. Tinker saß wachsam neben Bertie, wich nicht von ihrer Seite, als müsste er jeden Moment einschreiten.

»Ja, natürlich«, sagte Teddy. »Das darf er. Es ist eine wunderschöne Blüte, nicht wahr, Dominic?« Dominic schien vollkommen gefesselt von der Rose, die er sich ganz nah ans Gesicht hielt.

»Ja«, sagte Dominic. »Unglaublich.«

»Sie heißt Belle de Crécy«, sagte Teddy hilfsbereit.

»Ich meine, schau sie dir an, Mann, schau sie dir wirklich an. Stell dir vor, du wärst dadrin.«

»Dadrin?«

»Ja, weil es ist … ein ganzes *Universum* dadrin. Es könnten sich ganze Galaxien darin verstecken. Es ist, als ob man durchs All reist –«

»Tust du das?«, fragte Teddy.

»Ja, klar, wir reisen alle durchs All. Und man fällt durch ein Wurmloch, weißt du?«

»Nicht wirklich.«

»Die *Bedeutung* der Rose«, sagte Dominic. »Das könnte der Hinweis sein. Wow.«

»Warum kommst du nicht wieder ins Haus, Dominic?«, sagte Teddy. Bevor du in der Rose verschwindest und wir dich für immer verlieren, dachte er. Es war, als würde er dem unsinnigen Geplapper eines Idioten zuhören. Und dennoch hatte er Sunny mit ihnen fahren lassen! »Komm und iss noch Kuchen, Dominic«, sagte er in dem Tonfall, mit dem man ein tollwütiges Kind besticht.

In diesem Augenblick wurde die Terrassentür geöffnet (Schiebetüren mit Doppelverglasung, die Teddy erst vor kurzem hatte einbauen lassen und mit denen er sehr zufrieden war), und drei kläffende Hunde stürmten in den Garten. Tinker, der von Dominics sinnlosem Gerede in falscher Sicherheit gewiegt worden war, war überrascht, als er plötzlich von einem Trio jaulender, knurrender Gäste umgeben war.

»Snuffy! Pippy! Loppy!«, rief Antonia von der Terrasse. Teddy und Tinker wechselten einen Blick, und Teddy sagte im beruhigendsten Tonfall, den er aufbrachte: »Ist schon in Ordnung, Junge.« Er hätte seinen Hund nicht mit den Villiers fahren lassen, aber seinen Enkel ließ er mit ihnen ziehen.

»Ich will nicht weg«, sagte Sunny, als sie neben dem Wagen standen und Dominic seinen kleinen Koffer verstaute. Er klammerte sich an Teddys Hand, und Teddy musste sich so sanft wie möglich loseisen. »Ich habe was für dich«, sagte er und holte den kleinen silbernen Hasen aus der Tasche, der einst laut Ursula an seinem Kinderwagen gebaumelt hatte. Er steckte ihn in Sunnys Tasche und sagte: »Der hat mich im Krieg beschützt. Jetzt wird er dich beschützen, Sunny. Und es ist ja nur für ein paar Wochen. Und es wird dir gefallen. Vertrau mir.« *Vertrau mir!* Teddy hatte sein Vertrauen verraten, als er ihn mit diesen Leuten wegschickte. Er sah dem Wagen mit schwerem Herzen nach. Bertie weinte, und Tinker leckte sie zum Trost. Etwas stimmte nicht, aber der Hund hatte keine Ahnung, was es war. Und jetzt waren sie unterwegs, um diesen Fehler wiedergutzumachen. Um Sunny zu retten.

Sie stiegen aus dem Auto. Teddy streckte sich und sagte zu Bertie: »Ich werde zu alt für solche Eskapaden. Alte Knochen werden steif, wenn man zu lange sitzt.« Statt einer Klingel befand sich ein Glockenzug an der Tür, und Teddy musste heftig daran ziehen. Keine hastigen Schritte, um die Tür zu öffnen. Es war ein Haus in Trauer, vermutete er.

Dominic war drei Wochen tot, bevor Antonia sich in der Lage sah, Teddy davon in Kenntnis zu setzen. Seine regelmäßigen Anrufe bei Sunny blieben während dieser Zeit unbeantwortet, und er überlegte, ob er hinfahren sollte, als sie sich endlich meldete und erklärte, dass sich eine »Tragödie« ereignet hatte. Einen entsetzten Augenblick lang dachte Teddy, sie meinte Sunny, und als sie sagte, dass Dominic tot war, hätte er vor Erleichterung beinahe gelacht, nicht die richtige Reaktion natürlich, doch er schaffte es zu sagen: »Dominic?« Drogen, vermutete er, aber Antonia sprach von einem »schrecklichen Unfall« und wollte, »konnte« es nicht weiter ausführen. »Ich kann wirklich nicht darüber sprechen.« Warum um alles in der Welt hatte sie ihn nicht früher informiert? »Ich habe mein einziges Kind verloren«, sagte sie kalt. »Ich habe Besseres zu tun, als Hinz und Kunz anzurufen.«

»Hinz und Kunz?«, brach es aus Teddy heraus. »Bertie ist Dominics *Tochter*.« Und Sunny, dachte er, wie um Gottes willen wurde der arme Sunny damit fertig?

Er überlegte, wie er es Bertie beibringen sollte. Letztlich war es nicht der Tod ihres Vaters, der sie besorgte, sondern das existenzielle Problem seines derzeitigen Aufenthaltsorts. Nirgendwo, dachte Teddy. Oder vielleicht war er im mystischen Herzen der Rose. Er entschied sich für Reinkarnation als die kinderfreundlichste Lösung des Rätsels. Vielleicht war aus ihrem Vater ein Baum geworden, sagte er. Oder ein Vogel? Sie entschied sich für eine Katze. Teddy dachte, dass Dominic etwas Katzenhaftes gehabt hatte, vor allem weil er gern geschlafen hatte. »Wird er ein junges Kätzchen?«, fragte Bertie. »Oder eine Katze?«

»Vermutlich ein Kätzchen«, sagte Teddy. Es erschien ihm logisch.

»Wenn wir es finden«, sagte Bertie stirnrunzelnd, »können wir es dann behalten?«
»Wahrscheinlich nicht«, sagte Teddy. »Das würde Tinker nicht gefallen.«

Und was war mit dem armen Sunny?
Er musste zur Schule, »bevor sein Vater noch kalt und beerdigt war«, gemäß Mrs. Kerrich. Sogar ihr speckummanteltes Herz erweichte – ein wenig – aufgrund der Art und Weise, wie mit Sunny verfahren wurde, als wäre nichts passiert. Er überdauerte drei Tage in der Schule, und dann wurde seine Großmutter gebeten, ihn herauszunehmen. »Er ist wie ein wildes Tier«, sagte der Direktor. »Er beißt, tritt, schreit, schlägt jeden in seiner Nähe. Er hat der Hausmutter ein Stück Fleisch aus der Hand gebissen. Man könnte meinen, er wäre bei Wölfen aufgewachsen.«
»Nein, bei seiner Mutter – was auf das Gleiche hinausläuft. Ihm wurde leider nie Disziplin beigebracht.« Seine Großmutter wandte sich an Sunny – ja, dieses Gespräch fand in seiner Anwesenheit statt, Mr. Manieren wand sich neben ihm – und sagte: »Was kannst du für dich vorbringen?«
Was sollte er sagen? Von dem Augenblick an, als er durch das Tor der Schule gegangen war, wurde er schrecklich schikaniert. Sie machten Witze über den Tod seines Vaters, über seinen Akzent (nicht Oberklasse genug), über seine Unkenntnis von LSR, was immer das war, über alles, was sie gegen ihn wenden konnten. Sie belästigten ihn ununterbrochen, zwickten und stupsten ihn und machten ihm Brennnesseln. Sie zogen ihm in der Toilette – zweimal – die graue Flanellhose herunter, und einmal schwenkte ein Junge ein Lineal und sagte: »Das schieben wir ihm in den Arsch.« Wahrscheinlich wurde er nur daran gehindert, weil die Hausmutter den Kopf zur Tür hereinsteckte und sagte: »Aber jetzt ist Schluss mit den Spielen und dem Spaß, Jungs.« (»Das ist

das normale Gepolter und Geschrei einer Jungenschule«, sagte der Direktor.)

Und die ganze Zeit wurde sein Kopf überschwemmt von dem, was am Bahnübergang (er hatte gelernt, dass es so hieß) passiert war. Im letzten Moment hatte er es geschafft, sich aus dem Griff seines Vaters zu befreien, doch der Rest war ein verschwommenes Durcheinander aus überwältigendem Lärm und Geschwindigkeit. Er war von der Lokomotive weggesprungen und hatte nicht gesehen, was mit Dominic geschehen war, obwohl es nicht schwer zu erraten war. Von seiner Perspektive auf dem Boden konnte er das Gleis entlangschauen und weit, weit weg den Zug sehen, der angehalten hatte. Er glaubte nicht, wirklich verletzt zu sein, ein bisschen verkratzt und aufgeschürft, aber er beschloss, liegen zu bleiben und so zu tun, als würde er schlafen. Die Folgen dessen, was gerade passiert war, würden schrecklich sein.

Ein Polizist hob ihn auf und fuhr ihn ins Krankenhaus. Wenn er die Augen schloss, konnte Sunny noch immer den dicken Stoff seiner Uniform spüren, wo er den Kopf an seine Brust gelegt hatte. »Alles in Ordnung, Sonny«, sagte der Polizist, und Sunny wunderte sich, woher er seinen Namen wusste. Er liebte den Polizisten.

»Ich weiß, es ist schrecklich, was seinem Vater zugestoßen ist«, fuhr der Direktor fort (es ist mir zugestoßen, dachte Sunny), »und ich glaube, er ist als Held gestorben (seine Mutter nickte knapp und wortlos und nahm es als Kompliment hin), aber diese Sorte Junge …« Der Satz blieb unvollendet, und Sunny fragte sich, was für eine Sorte Junge er war. Böse offensichtlich, unnötig zu erwähnen. Offenbar hatte er seinen Vater umgebracht. Wie? Wie hatte er das getan? Wie?

»Weil du bei deinem Vater warst, als er gestorben is«, sagte Mrs. Kerrich. »Und wenn du nich bei ihm gewesen wärst, wäre er nich dort gewesn, oder? Auf dem Bahnübergang. Und weil er sich für dich geopfert hat, oder? Um dich vorm Zug zu retten.«

Wirklich?, dachte Sunny. Das passte nicht zu seinen eigenen bruchstückhaften und quälenden Erinnerungen an das Ereignis, aber was wusste er schon? (»Nichts«, sagte seine Großmutter.) Das war offenbar die Version des Unfalls, auf die sich die gerichtliche Untersuchung festlegte. Sein Vater hatte ihn vom Gleis gestoßen, als der Zug kam. Der traumatisierte Zugführer (der wegen des »Zwischenfalls« auf Dauer krankgeschrieben war) berichtete, dass »alles so schnell ging. Ein Mann – Mr. Villiers – schien mit einem kleinen Jungen auf dem Bahnübergang zu kämpfen. Der Mann – Mr. Villiers – schien sie beide vor dem Zug in Sicherheit bringen zu wollen. Er hat den Jungen aus dem Weg gestoßen, aber er hatte nicht mehr genug Zeit, um sich selbst in Sicherheit zu bringen.« Mr. Villiers sollte für seine heroische Selbstlosigkeit gepriesen werden, meinte der Untersuchungsrichter.

»HELDENHAFTER PAPA RETTET SOHN UND KOMMT DABEI UMS LEBEN«, stand in der Lokalzeitung. Teddy hatte in der Arbeit einen Volontär das Mikrofiche suchen lassen und die Zeitungsberichte über den Unfall und die gerichtliche Untersuchung gefunden. Unbemannter Bahnübergang, Zug um drei Uhr dreißig nach Norwich und so weiter. Dominic Villiers, Künstler aus dem Ort. Von seinem Sohn war bekannt, dass er verhaltensauffällig und »von Zügen fasziniert« war, sagte Thomas Darnley, Gärtner und Handwerker in Jordan Manor, dem Zuhause des Jungen.

»Du lieber Gott«, sagte Teddy.

Die wahre Version – dass Dominic sich umgebracht hatte, nachdem er einen Cocktail aus LSD und anderen schädlichen bewusstseinserweiternden Drogen genommen hatte, dass er seinen Sohn hatte mitnehmen wollen, kam nie zur Sprache, obwohl sie, was Teddy betraf, unendlich wahrscheinlicher war, als dass Sunnys Vater in der Lage gewesen wäre, sich schnell genug zu bewegen, um jemanden vor einem Schnellzug zu retten.

Armer Sunny, der nie die Wahrheit erfahren sollte, der sein Leben lang mit der Last dieser Schuld leben musste oder zumindest so lange, bis er Buddhist wurde und die Vergangenheit abwarf.

(»Du warst sieben Jahre alt!«, sagte Bertie. »Wie konnte man dir nur die Schuld geben?«)

»Wir behalten ihn zu Hause«, sagte seine Großmutter zum Direktor.

»In Ketten, hoffe ich«, sagte der Direktor und lachte.

Er machte jetzt jede Nacht ins Bett und oft untertags in die Hose. Er schien keine Kontrolle über seinen Körper und seinen Geist zu haben. Es war erschreckend. Sie »engagierten einen Hauslehrer« – einen Mr. Alistair Treadwell –, dessen Methode schlicht darin bestand, alles so oft und immer lauter zu wiederholen, bis er die Geduld verlor. Mr. Treadwell verbrachte viel Zeit damit, Sunny etwas von »Ungerechtigkeit« zu erzählen und wie »das Verfahren gegen ihn fabriziert worden war« von jemandem, der Groll gegen ihn hegte. Er war mit dem Kind nicht einmal *allein* gewesen, sagte er. Aber sobald der eigene Ruf einmal in Misskredit geraten war, war nichts mehr zu machen.

Der Unterricht fand am Esszimmertisch statt, der so groß, wenn nicht größer war als Teddys Esszimmer. Mittags aß Mr. Treadwell Eier-Sandwiches, nachmittags blies er seinen Eieratem auf Sunny. Normalerweise schlief Sunny ein, und wenn er erwachte, las Mr. Treadwell in einem dicken Buch (»Tolstoi«). Sunny war »praktisch unbelehrbar«, erklärte Mr. Treadwell seiner Großmutter. »Hast du in deiner letzten Schule nichts gelernt?«, fragte er ihn immer wieder. »Keine Grundlagen? LSR?« Offenbar nicht. Steiner lehrte die Grundlagen erst ab sechs Jahren, und Sunny hatte mit Wachsmalstiften gemalt und Lieder über Zwerge und Engel und Schmiede gesungen, die mysteriöse Dreifaltigkeit von LSR eine ferne Drohung am Horizont.

Und dann eines Tages, als sie laut Mr. Treadwell »simple Arithmetik« machten, was Sunny jedoch alles andere als simpel fand, musste er auf die Toilette, aber Mr. Treadwell sagte: »Bilde bitte zuerst die Summe«, so dass Sunny, als er die Summe gebildet hatte – oder vielmehr als Mr. Treadwell nicht mehr damit rechnete, die richtige Antwort zu bekommen –, klar war, dass er es nicht mehr schaffen würde. Die nächste Toilette war die Toilette unten, die meilenweit entfernt war, und er rannte ungeschickt los und fiel fast um, als er um eine Ecke lief und mit seiner Großmutter zusammenstieß.

»Ich muss«, sagte er.

»Hast du nicht vergessen, etwas zu sagen?«, sagte sie. Panik stieg in ihm auf, weil er nicht wusste, was es sein konnte, und er musste wirklich, wirklich zur Toilette. Was hatte er vergessen?

»Bitte – danke – tut mir leid, Großmama«, sagte er und antwortete mit allem, was ihm auf die Frage einfiel.

»Entschuldigung«, sagte sie.

»Okay«, sagte er.

»Nein, Entschuldigung.«

»Ja, okay.«

»Du hast vergessen, ›Entschuldigung‹ zu sagen.«

Aber es war zu spät, er musste kacken, jetzt in dieser Sekunde. Er entschied spontan, was das kleinere Übel wäre – die Hose an oder aus. Was würde Mr. Manieren tun? Seine Hose nicht zu beschmutzen schien das Angemessene zu sein, und so folgte er dem Beispiel der Hunde und ging in die Hocke.

Seine Großmutter schrie, als stünde ihr ein Mörder gegenüber. »Was *tust* du da?«

»Ich scheiße«, sagte er und erinnerte sich in der Hektik des Augenblicks an das Wort, das seine Mutter oft gebrauchte (»nenn das Kind beim Namen«).

»Was?« Sie schien keine Luft mehr zu kriegen und langte nach einem verschnörkelten Ding (eine Jardinière), um sich zu stüt-

zen, und brachte es krachend zum Umfallen. Auf den Lärm hin kamen Mrs. Kerrich und Thomas angelaufen.
»Du dreckiger, ungezogener kleiner Balg«, sagte Mrs. Kerrich. Aber die Hunde taten es! »Kleine Würste«, sagte er flehentlich zu seiner Großmutter. Mittlerweile war auch Mr. Treadwell da. Es war unglaublich peinlich, dass in dieser Situation so viele Leute um ihn herumstanden.
»Du bist der widerlichste Junge, der jemals gelebt hat«, schrie ihn seine Großmutter an, und er schrie zurück: »Und du bist eine Fotze!«
Wumm! Jemand (Thomas, wie sich später herausstellte) schlug ihn so fest, dass er über den Boden schlitterte und gegen die nächste Wand krachte.

Er wurde auf sein Zimmer geschickt. »Nix zu essen für dich heute, kleiner Lord Fauntleroy«, sagte Mrs. Kerrich. »Du kannst von Glück reden, wenn du je wieder was kriegst.« Sein Kopf tat furchtbar weh, wo er gegen die Wand gestoßen war. Er wünschte, der Zug hätte ihn überfahren.
Er bekam wieder etwas zu essen. Mrs. Kerrich brachte ihm am nächsten Morgen eine Schale mit Haferbrei und riet ihm, »sich heute nicht blicken zu lassen«, und das tat er, er ließ sich nicht blicken, als Teddy und Bertie in Jordan Manor ankamen.

Nachdem er lange an der Glocke gezogen hatte, wurde die Tür argwöhnisch einen Spaltbreit geöffnet.
Mrs. Kerrich ging den Flur entlang voraus. Vom Zustand der Eingangshalle und der Zimmer, in die er gelegentlich durch offen stehende Türen einen Blick werfen konnte, wurde deutlich, wie vernachlässigt das Haus war. »Ein Hauch Miss Havisham«, murmelte Teddy. Sie wurden in ein riesiges Wohnzimmer geführt, in dem sich nur die mittlerweile geschrumpfte Gestalt von Antonia aufhielt. Der Colonel war im undichten Winter-

garten geparkt, da nach Dominics Tod niemand mehr die Geduld für ihn aufbrachte.
»Tut mir leid, dass ich unangemeldet komme, Antonia«, sagte Teddy.

Am Abend waren sie zu müde, um noch ganz bis nach Hause zu fahren, deswegen hielt Teddy bei einem Bauernhof an, der Gästezimmer vermietete, und früh am nächsten Morgen fuhren sie weiter. »Auf, auf zum Markt, wir kaufen ein fettes Schwein«, sagte Bertie, als Teddy den Motor anließ. Der Rückweg schien noch länger zu dauern als die Hinfahrt, und Bertie und Sunny verschliefen den letzten Teil der Fahrt, zusammengerollt wie kleine Kätzchen auf dem Rücksitz von Teddys Wagen.
Teddy hatte mit einem kleinen Kampf mit Antonia gerechnet, aber sie hatte ihm Sunny widerstandslos zurückgegeben. »Nehmen Sie ihn«, sagte sie, »Sie können ihn liebend gern haben.« Sunny hatte eine hässliche Beule an der Schläfe, und Teddy sagte zu ihr: »Ich sollte die Polizei rufen.« Aber er war einfach nur froh, Sunny hier wegzuholen.
Teddy streckte die Hand aus, um Sunny zu berühren, und der Junge zuckte zurück. Teddy versuchte es noch einmal, langsamer wie bei einem nervösen Hund, die Handfläche nach unten gedreht, und als er sie ihm auf den geschorenen Kopf legte, spürte er, wie ihm das Herz für Sunny brach.
Der Colonel starb im nächsten Sommer, doch Antonia rottete noch viele Jahre vor sich hin. Das Sozialamt wurde eingeschaltet, und Thomas und Mrs. Kerrich wurden angeklagt, weil sie sie bestohlen hatten. (»Es waren doch nur kleine Sachen«, sagte Mrs. Kerrich zu ihrer Verteidigung.) Sie hatten zudem vergeblich versucht, sie dazu zu bringen, ihr Testament zu ihren Gunsten zu ändern (da war auch sie gaga, als wäre es ansteckend). Als sie starb, war Dominic noch immer der Begünstigte, und so erbten Sunny und Bertie alles. Die Testamentsvollstreckung

dauerte Jahre – Ähnlichkeiten mit *Bleak House* in mehr als nur einer Beziehung, dachte Teddy. Als Jordan Manor verkauft und die Erbschaftssteuer bezahlt war, bekamen sie jeweils noch ein paar tausend Pfund. Bertie kaufte sich ein neues Auto, und Sunny schenkte sein Geld einem Waisenhaus in Indien.

Als spürten sie es instinktiv, erwachten beide Kinder, als Teddy in seine Straße einbog. »Wieder zu Hause, wieder zu Hause, hurra«, sagte Bertie verschlafen, als Teddy auf der Einfahrt anhielt.

Er hatte Tinker bei einer Nachbarin gelassen, und als sie die Tür öffnete und »Hallo, Ted, war es ein schöner Ausflug?« sagte, schob sich Tinker höflich an ihren Beinen vorbei und begrüßte sie. Sunnys Herz war so voll, dass er kaum sprechen konnte, und als Teddy sagte: »Gehen wir ins Haus? Ich könnte eine Tasse Tee gebrauchen, und du willst bestimmt Milch und Kuchen, oder, Sunny? Ich habe deinen Lieblingskuchen gebacken – Schokolade«, dachte Sunny, dass ihm vor Glück das Herz platzen würde. »Ja, bitte, Opa Ted«, sagte Sunny. »Danke, ganz vielen Dank, danke«, und Teddy sagte: »Nichts zu danken, Sunny.«

1943

Teddys Krieg

Ein Werk der Schönheit

In der warmen, staubigen Brise roch er den Duft der letzten wilden Rosen. An den Sträuchern, die sich in die Hecke schoben, hingen schon viele große Hagebutten, aber ein paar letzte Blüten hielten der Hitze der Hundstage stand. Der Hund blieb kurz stehen und streckte die Schnauze gen Himmel, als würde auch er die letzte Süße einsaugen.

»*Rosa canina*. Hundsrosen«, sagte Teddy zum Hund, als könnte ihm der Name gefallen. »Hundstage« fügte er noch hinzu. Der Hund hatte keine Möglichkeit, den Dingen selbst einen Namen zu geben, und so hatte Teddy es pflichtbewusst auf sich genommen, die Welt für ihn zu lexikalisieren.

Sie waren zwei alte Hunde auf einem Spaziergang, und beide waren hohläugig, was auf Alter oder schwere Prüfungen schließen ließ. Tatsächlich hatte Teddy keine Ahnung, wie alt der Hund war, aber er wusste, dass er während des Blitz eine schwere Zeit durchgemacht hatte, und Teddy war mit neunundzwanzig uralt (»der alte Mann« wurde er liebevoll genannt), verglichen mit dem Rest der Besatzung. Der Hund hieß Lucky, und er hatte in der Tat Glück gehabt. Seine Schwester hatte ihm den Namen gegeben (»ein schreckliches Klischee, ich weiß«), nachdem sie ihn in den Straßen des heimgesuchten London gerettet hatte. »Ich habe gedacht, deine Staffel hätte vielleicht gern ein Maskottchen«, sagte sie.

Zum letzten Mal war er vor dem Krieg mit einem Hund auf

diesem Weg spazieren gegangen – mit Harry, dem Hund der Shawcross'. Harry war gestorben, als Teddy in Kanada ausgebildet wurde, und Nancy hatte geschrieben: »Entschuldige die ›Funkstille‹. Ich konnte nicht früher schreiben, weil mich allein schon die Worte ›Harry ist gestorben‹ so traurig gemacht haben.« Ihr Brief kam am selben Tag wie das Telegramm mit der Nachricht, dass Hugh gestorben war, und auch wenn der Schmerz um Harry kleiner war, fand sich in seinem Herzen noch Platz, seinetwegen zu trauern.

Lucky lief voraus und begann zu bellen, gefesselt von etwas in der Hecke – eine Feld- oder Spitzmaus vielleicht. Oder von überhaupt nichts – er war ein Stadthund, und das Land und seine Bewohner waren ihm ein Rätsel. Er erschrak über einen tief fliegenden Vogel, blieb jedoch völlig ungerührt von den vier Rolls-Royce Merlin-Motoren, die über seinem Kopf dröhnten. Sie hätten Bristol-Hercules-Motoren in die Halifaxes einbauen sollen, dafür waren sie entworfen worden, und die Merlins hatten nie so gearbeitet, wie sie es hätten tun sollen. Zumindest war das Heckruder der Halifax modifiziert worden, teilweise dank dem guten alten Cheshire, der die Verantwortlichen gedrängt hatte, die alten dreieckigen Heckruder zu verändern, die bei Ausweichmanövern zu einem tödlichen Strömungsabriss führen konnten, aber leider flogen sie noch immer mit den Merlins. Teddy nahm an, dass irgendjemand – jemand wie Maurice im Luftfahrtministerium – entschieden hatte, die Merlins einzubauen. Sparsamkeit oder Dummheit oder beides, da beide für gewöhnlich Hand in Hand gingen. Die Hercules –

»Oh, bitte, Schatz«, sagte Nancy, »lass uns nicht über den Krieg reden. Ich habe es so satt. Lass uns über was Interessanteres sprechen als die Mechanik des Bombardierens.«

Auf diese Bemerkung hin verstummte Teddy. Er versuchte, an etwas Interessanteres zu denken, und es fiel ihm nichts ein. Und außerdem waren die Halifax-Motoren die Einleitung zu einer

Anekdote gewesen, die Nancy gern gehört hätte, das wusste er, aber etwas Eigensinniges in ihm entschied jetzt, sie ihr nicht zu erzählen. Und *selbstverständlich* wollte er über den Krieg und die »Mechanik des Bombardierens« reden – es war sein Leben und aller Wahrscheinlichkeit nach sein Tod, doch vermutlich verstand sie das nicht, eingesperrt in ihrem Elfenbeinturm der Geheimnisse, wie sie war.

»Wir können über das reden, was *du* den ganzen Tag machst«, sagte er gemeinerweise, und sie hielt seine Hand fester und sagte: »Du *weißt* doch, dass ich das nicht kann. Danach erzähle ich dir alles. Versprochen.« Wie seltsam es sein musste, dachte Teddy, an ein Danach zu glauben.

Das war ein paar Tage zuvor gewesen, und sie waren an einer Seepromenade entlanggeschlendert. (»Das Meer«, sagte er zu einem ekstatischen Lucky.) Hätte man die allgegenwärtigen Maßnahmen zur Verteidigung der Küste ignorieren können (zugegebenermaßen schwierig), hätte es wie der normale Spaziergang eines Paars an einem Sommertag ausgesehen. Dank eines Wunders war es Nancy gelungen, ihren Urlaub mit seinem zusammenzulegen. »Ein Rendezvous!«, sagte sie. »Wie romantisch!«

Teddy war sofort nach der Nachbesprechung eines Angriffs auf Gelsenkirchen – und der üblichen Speck-und-Eier-Belohnung dafür, dass er einen Einsatz überlebt hatte – zum Bahnhof gegangen, von wo er sich auf eine endlose Fahrt nach King's Cross begeben hatte. Nancy hatte ihn auf dem Bahnsteig abgeholt, und es hatte tatsächlich einen romantischen Anschein, zumindest wie in Filmen oder Romanen (obwohl ihm als Erstes *Anna Karenina* einfiel). Erst als er ihr erwartungsvolles Gesicht sah, wurde ihm klar, dass er vergessen hatte, wie sie aussah. Er hatte kein Foto von ihr, was er wirklich berichtigen sollte. Sie umarmte ihn und sagte: »Liebling, ich habe dich so sehr vermisst. Und du hast einen Hund! Das hast du mir gar nicht erzählt.«

»Ja, Lucky.« Er hatte ihn schon eine ganze Weile. Er hatte vergessen, es zu erwähnen.

Sie neigte sich vor und machte ein großes Aufhebens um den Hund. Vielleicht ein größeres Aufhebens, als sie um ihn gemacht hatte, dachte Teddy. Nicht dass er es ihr übelnahm.

Er hatte damit gerechnet, dass sie in London bleiben würden, aber sie meinte, dass es nett wäre, die Nacht woanders zu verbringen (sie wollte den Krieg wirklich vergessen), deswegen waren sie durch die ganze Stadt zu einem anderen Bahnhof und mit dem Zug an die Küste gefahren. Sie hatte ein Zimmer in einem großen Hotel (»Pensionswirtinnen sind viel zu neugierig«) gebucht und sich mit einem Ehering am Finger vorbereitet (»Woolworths«). Das Hotel war voller Marineoffiziere und ihren Frauen, obwohl es überwiegend die auf dem Land festsitzenden Frauen waren, da die Offiziere woanders beschäftigt zu sein schienen und taten, was immer Marineoffiziere an Land taten. Teddy fühlte sich in seiner RAF-Uniform etwas befangen.

Eine Offiziersfrau kam zu ihm, als er an der Bar auf Nancy wartete, berührte ihn am Unterarm und sagte: »Ich wollte Ihnen nur sagen, dass Sie alle einen großartigen Job machen. Es sind nicht nur die höheren Ränge, auch wenn sie es natürlich glauben.« Teddy hatte es nie geglaubt – soweit er es beurteilen konnte, waren es nur die Bomber, die den Krieg zum Feind trugen –, doch er lächelte, nickte höflich und bedankte sich. Er spürte mehr Druck von ihrer Hand und roch ihr Gardenienparfum. Sie holte ihr Zigarettenetui heraus und sagte: »Möchten Sie eine?« Sie neigte sich zu ihm, um sich von ihm Feuer geben zu lassen, als Nancy auftauchte. Sie sah hübsch aus in Hellblau, und die Offiziersfrau sagte: »Meine Güte, ist das Ihre Frau? Da haben Sie aber Glück gehabt. Ich habe mir nur Feuer geben lassen«, fügte sie, an Nancy gewandt, hinzu und zog sich elegant zurück.

»Gut gemacht«, sagte Nancy lachend. »Guter Abgang, mit dem sie sich da gerettet hat.«
»Wie meinst du das?«
»Oh, Schatz, sei nicht naiv, du weißt doch, worauf sie aus war.«
»Worauf?«
»Auf dich natürlich.«
Ja, natürlich hatte er es gewusst, und er fragte sich, was passiert wäre, wäre er allein gewesen. Vermutlich wäre er mit ihr ins Bett gegangen. Er staunte ständig, wie geradeheraus der Krieg die Frauen hatte werden lassen, und er war zurzeit leichte Beute. Sie hatte schöne Schultern gehabt und einen gewissen Stil, als würde sie ihren Wert kennen.
»Sie hätte dich bei lebendigem Leib gefressen«, sagte Nancy. Sie glaubte wohl, dass ihm das nicht gefallen hätte. Oder dass er dem nicht gewachsen gewesen wäre. »Ich möchte bitte einen Gin«, fügte sie hinzu.
»Du siehst wunderschön aus«, sagte Teddy.
»Oh, vielen Dank, lieber Herr. Und du siehst sehr gut aus.«

Er gab zähneknirschend zu, dass Nancy recht gehabt hatte, es war nett, woanders zu sein. Er erwachte früh, mit dem Arm unbequem unter dem Körper. Die Laken dufteten nach ihrem Maiglöckchenparfum, wohlriechender als die süßliche Gardenie.
Die Möwen mussten ihn geweckt haben. Sie machten einen fürchterlichen Krach, aber er mochte ihr flegelhaftes Benehmen. Ihm wurde klar, dass er seit Kriegsbeginn ein sehr inländisches Leben führte (die Nachtflüge über die Nordsee zählten nicht als »Meer«). Das Licht hier hatte eine andere Qualität, sogar der schmale Streifen, der den Weg durch den Spalt in den schweren Brokatvorhängen ins Zimmer gefunden hatte. Sie hatten ein ziemlich gutes Zimmer, eine Flügeltür ging auf einen gusseisernen Balkon mit Meerblick hinaus. Nancy hatte eine

»Riesensumme« für das Zimmer gezahlt, und sie hatten es nur bekommen, weil ein Konteradmiral es diese Nacht nicht brauchte. Sie wusste genau Bescheid über die Dienstgrade bei der Marine, viel besser als Teddy, der für andere Streitkräfte nur die Verachtung der Flieger übrig hatte. Marinecodes, dachte er, das war es wohl, womit sie arbeitete.

Der Hund, auf jeden seiner Atemzüge eingestellt, erwachte gleichzeitig. Sie hatten ihm mit einer Extradecke aus dem Schrank ein Bett in einer Kommodenschublade gemacht. »Das sieht bequemer aus als unser Bett«, sagte Nancy. Teddy war es – absurderweise, auch in seinen eigenen Augen – peinlich, mit Nancy zu schlafen, wenn der Hund im selben Zimmer war. Er stellte sich vor, dass er ihnen perplex, wenn nicht gar beunruhigt zuschaute, doch als er während des »Akts« einen Blick auf die Schublade warf (»Alles in Ordnung, Schatz?«, fragte Nancy), schien der Hund fest zu schlafen. Diskretion war Ehrensache.

Vermutlich schlief es sich in der gut gepolsterten Schublade tatsächlich besser als auf der Matratze des Konteradmirals, ein unebenes Rosshaarding, das so hart war wie die sogenannten »Biskuits« der RAF. Als er erwachte, war Teddy genauso steif und verkrampft wie nach einem neunstündigen Flug in einer Halifax. Nancy hatte wieder einmal recht gehabt – sie hatte fast immer recht –, er wäre den Aufmerksamkeiten der Frau des Marineoffiziers letzte Nacht nicht gewachsen gewesen. Er war viel zu erschöpft, als dass er ihre charmanten Umgarnungen hätte überleben können.

Bevor Lucky Nancy wecken konnte, indem er aufs Bett sprang, was er in Teddys Quartier tun durfte, schlüpfte Teddy lautlos aus den Laken. Die Fenster waren die Nacht über weit geöffnet gewesen, und er trat durch die Vorhänge hinaus auf den Balkon, streckte die Arme über den Kopf und füllte seine Lunge mit der sauberen Luft. Ihr Salzgeschmack hatte etwas Linderndes. Der Hund stellte sich neben ihn, und Teddy fragte sich, was er von dem Ausblick hielt. »Das Meer«, sagte er. Zwei Nächte zuvor war er mit seinem neuen Flugzeug, der *Q-Queenie,* in Carnaby notgelandet. Carnaby war an der Küste und verfügte über ein extralanges Rollfeld, um die armen beschädigten Flieger, die über die Nordsee nach Hause humpelten, aufzufangen – oder aber solche wie die *Q-Queenie,* die sich bei trübem Wetter einfach nur verflogen hatten. Carnaby war mit »FIDO« ausgerüstet, eine Abkürzung, deren Bedeutung Teddy vergessen hatte, aber es hatte etwas mit Nebel zu tun. Die Landebahn war von Treib stoffleitungen mit Tausenden Litern Benzin gesäumt, das im Fall von Nebel angezündet wurde, um die Verirrten und Verwundeten nach Hause zu geleiten.

Als er sicher zurück auf seinem Stützpunkt war, erzählte Teddy dem Hund, seinem Fido, von Carnaby, weil er glaubte, er würde sich wegen des Namens dafür interessieren. Das war der Moment, in dem ihm klar wurde, dass er möglicherweise nicht mehr ganz bei Trost war. Jetzt lachte er über diese Erinnerung und kraulte den Kopf des Hundes. Was machte es schon? Die ganze Welt war nicht mehr bei Trost.

Der Balkon litt in der Seeluft, große Rostflecken befanden sich in dem weißen Anstrich. Das ganze Land war in einem Zustand der Verwahrlosung. Wie lange noch, fragte sich Teddy, und es wäre irreversibel, und Britannien würde zu Rost und Staub zerfallen?

Er hörte das diskrete Klopfen an der Tür nicht, das das am Abend zuvor bestellte Frühstück ankündigte, und er war überrascht, als Nancy auf den Balkon trat und ihm eine Tasse Tee reichte. Sie trug einen zweckdienlichen Baumwollschlafanzug, »keine Flitterwochenwäsche«, sagte sie.

»Sind wir in den Flitterwochen?«, fragte Teddy und nippte an dem Tee, der in der Morgenluft bereits abkühlte.

»Nein, aber wir sollten Flitterwochen machen, was meinst du? Zuvor müssten wir natürlich heiraten. Sollen wir? Heiraten?«

»Jetzt?«, fragte Teddy, etwas aus dem Gleichgewicht geworfen.

Einen Augenblick lang glaubte er, dass sie es als Überraschung arrangiert hatte, eine Sondererlaubnis für die örtliche Kirche, und er rechnete fast damit, dass die Todds und Shawcross' ins Zimmer stürmen und ihnen gratulieren würden. Er dachte an Vic Bennett, der es nicht bis zur Hochzeit geschafft hatte, und was für eine Feier es geworden wäre trotz Lilians Zustand. Er hatte Gewissensbisse, dass er nicht in Kontakt geblieben war und nichts über Vics Kind wusste. Edward. Oder ein Mädchen. Lilian und das Kind lebten, aber Vic wurde Tag für Tag weiter ausradiert, bis sich eines Tages niemand mehr an ihn erinnern würde. *Er hat gesagt, dass Sie der beste Mann sind, den er je getroffen hat.* Vic hätte länger leben sollen, dachte Teddy, er hätte noch viele bessere Männer kennengelernt.

»Nein. Nicht *jetzt*. Nach dem Krieg.«

Ah, das Danach, dachte Teddy. Die große Lüge. »Ja«, sagte er. »Das sollten wir natürlich. Sind wir jetzt verlobt? Soll ich vor dir auf die Knie gehen?« Er stellte Tasse und Untertasse ab und ging auf ein Knie, der Hund ein neugieriger Zeuge des Geschehens, und sagte: »Nancy Roberta Shawcross, möchtest du meine Frau werden?« (Sagte man das?)

»Ich wäre entzückt«, sagte sie.

»Müssen wir einen Ring kaufen?«

Sie hielt den Ringfinger in die Höhe und sagte: »Der tut's für jetzt. Irgendwann kannst du mir einen Brillanten kaufen.« Sie heirateten mit dem Ring von Woolworths. »Er hat sentimentalen Wert«, sagte sie, als er ihn ihr nach dem Krieg im Standesamt von Chelsea an den Finger steckte.

Es war eine kleine Hochzeit, und später fragte sich Teddy, ob sie nicht größer hätten feiern sollen. Ursula und Bea waren die Gäste, die Brautjungfern und die Trauzeugen. Ursula brachte Lucky mit, sie hatte eine rote Schleife an sein Halsband gebunden und sagte: »Das ist dein Trauzeuge, Teddy.«

Sie ersetzten den Ring von Woolworths nie durch einen wertvolleren Ring, obwohl die billige Legierung manchmal einen hässlichen schwarzen Kreis auf Nancys Finger hinterließ. Als Viola geboren wurde, kaufte ihr Teddy allerdings einen kleinen Brillanten.

»Verlobt«, sagte sie, als sie nach dem Frühstück Arm in Arm am Strand spazieren gingen. Sie waren über den Kies und um die Panzerabwehrsperren bis zu dem groben braunen Sand am Ufer gegangen, das von Ebbe freigelegt war. Der Hund lief in die Wellen und zurück. Hin und wieder warf Teddy einen Stein für ihn, aber er war zu sehr gefesselt von der Neuigkeit des Meeres, als dass er sich noch für die prosaische Hundeaufgabe des Apportierens interessiert hätte. »Sich verloben«, fuhr Nancy frohgemut fort. »Wie archaisch. Woher kommt das Wort? Was meinst du?«

»Es bedeutet ›sich feierlich die Ehe versprechen‹«, sagte Teddy, den Blick auf den Hund gerichtet.

»Ja, natürlich.« Sie drückte seinen Arm, und Teddy dachte an die Offiziersfrau vom Abend zuvor. Nancy lächelte ihn an und sagte: »Bist du glücklich, Schatz?«

»Ja.« Er wusste nicht mehr, was das Wort bedeutete, aber wenn sie wollte, dass er sich für glücklich erklärte, dann würde er es tun. (»Es ist ein Fehler«, sagte Sylvie, »Liebe mit Glück gleichzusetzen.«) »Ich wollte dir was erzählen«, sagte er und gab die Halifax-Anekdote zum Besten, die er ihr am Abend vorenthalten hatte. »Letzte Woche war ich im Kasino und habe Karten gespielt. Am Abend mussten wir einen Einsatz fliegen, nach Wuppertal, und nachmittags gibt es immer diese tote Zeit, nachdem man das Flugzeug kontrolliert hat und auf die Einsatzbesprechung wartet.« Er spürte, wie der Druck ihres Armes etwas nachließ. Er hätte sich gern die Einzelheiten ihres Alltags angehört, wenn sie bereit gewesen wäre, darüber zu sprechen. »Soll ich weitererzählen?«

»Ja, natürlich.«

»Und dann habe ich einen Flugzeugmotor gehört – daran ist selbstverständlich nichts Ungewöhnliches, aber Sandy Worthington – mein Navigator – hat den Kopf zur Tür hereingesteckt und gesagt: ›Komm, Ted, schau sie dir an, es ist die neue Halifax, die Mark III.‹«

»Und sie ist viel besser, weil sie ein neues Heckruder hat«, meldete sich Nancy wie eine eifrige Schülerin, die sich über ihr gutes Gedächtnis für langweilige Fakten freute.

»Nein, darum geht es nicht – obwohl es mich natürlich sehr interessiert, weil es Leben retten kann. Also habe ich mir ein Fahrrad geliehen – vom Kasino ist es ein langer Weg, es ist ein großer Stützpunkt –« Nancy hob ein Stück Treibholz auf und warf es für den Hund ins Wasser, der zu überlegen schien, es wieder herauszuholen, aber dann davon absah. »Und das Flugzeug«, fuhr Teddy fort, »rollte am Rand über das Flugfeld zum Parken, und jetzt rate mal, wer es geflogen hat.«

»Gertie?«

Endlich hatte er ihre Aufmerksamkeit. »Ja, Gertie. Das war eine Überraschung.«

Nancys ältere Schwester war bei der Air Transport Auxiliary und flog Flugzeuge zwischen Geschwadern, Fabriken, Wartungseinheiten hin und her. Sie hatte vor dem Krieg ihren Pilotenschein gemacht, und Teddy erinnerte sich, wie neidisch er gewesen war. Obwohl sie es nicht immer zugaben, hatten die Männer in Teddys Staffel großen Respekt vor den ATA-Mädchen (»Frauen«, verbesserte Gertie). Sie flogen von jetzt auf gleich alles – Lancs, Mosquitos, Spitfires, sogar die amerikanischen Fliegenden Festungen –, fliegerische Großleistungen, zu denen die meisten RAF-Piloten nicht in der Lage gewesen wären.

»Ihres, glaube ich«, sagte der CO zu Teddy, als sie mit Gertie auf dem Flugfeld standen und das neue Flugzeug bewunderten.

»Meins?«, sagte Teddy.

»Ja, Sie sind der Staffelkommandant, Ted, ich finde, Sie sollten den besten Flieger haben.«

»Sie fliegt hervorragend«, sagte Gertie zu ihm. Und so wurde die *Q-Queenie* sein Flugzeug.

Gertie wurde als Ehrenoffizier behandelt und ins Kasino zum Tee eingeladen. (»Und Scones! Wie wunderbar!« Sie waren nicht wunderbar.) Zufälligerweise musste ein Flugzeug zu einer Wartungseinheit geflogen werden, um den verzogenen Rumpf begradigen zu lassen, so dass Gertie nicht mit dem Zug fahren musste. Die Flugzeuge waren nicht für die wilden Ausweichmanöver wie Sturzflüge und steiles Aufsteigen konstruiert (er auch nicht, dachte Teddy oft). Gertie brachte während ihres kurzen Aufenthalts keine Herzen zum Flattern – außer vielleicht das des COs, der bemerkte, dass sie »Mumm« hatte, denn wie Winnie war sie der unkomplizierte, eher häusliche Typ. Teddy stufte die Shawcross-Mädchen (»Frauen«) nach ihrer Attraktivität ein – vermutlich taten das alle –, von Winnie, der Unauffälligsten, bis zu Nancy und der elfenhaften Bea. Zuinnerst hielt er Bea für die Attraktivste, doch seine Loyalität Nancy gegenüber zensierte diesen Gedanken. »Jedes Shawcross-Mädchen ist kleiner und hübscher als das letzte«, hatte Hugh einst gesagt, als sie noch Kinder waren. Millie, die Mittlere, hätte sich über dieses Urteil sehr geärgert.

Gertie wurde von der Staffel herzlich verabschiedet, einerseits weil sie die sehr willkommene neue »Halibag« geliefert hatte, und andererseits wegen ihrer Verbindung zu Teddy, »praktisch meine Schwägerin«, hatte er erklärt, da sie es ja sein würde, sollte es ein Danach geben. Eine kleine Gruppe versammelte sich am Kontrollwagen, und sie winkten heftig, als würde sie zu einem Angriff auf Essen aufsteigen und nicht eine Halifax nach York fliegen. Sie wackelte mit den Tragflächen und flog ins Blaue davon. Teddy war stolz auf sie.

»Ich habe sie seit einer Ewigkeit nicht gesehen«, sagte Nancy.

»Du hast seit einer Ewigkeit niemanden mehr gesehen.«

»Nicht weil ich es so will«, erwiderte sie und klang etwas spröde. Er war unfair, der Krieg musste natürlich auch ihr zusetzen. Er zog ihren Arm fester an sich und pfiff nach dem Hund. »Komm«, sagte er, »ich lade dich zu einem Sandwich im Bahnhof ein. Wir haben noch viel Zeit, bis der Zug fährt.«

»Du weißt, wie man ein Mädchen behandelt«, sagte Nancy wieder gut gelaunt.

Der Hund tauchte nicht auf. Teddy ließ den Blick über den Strand und das Meer schweifen, Panik stieg in ihm auf. Der Hund kam immer, wenn er nach ihm pfiff. Der Ärmelkanal war ruhig, aber es war ein kleiner Hund, und vielleicht war er zu viel geschwommen und hatte sich zu sehr erschöpft, oder er war von einer trügerischen Strömung abgetrieben worden oder hatte sich in einem Fischernetz verheddert. Teddy dachte an Vic Bennett, wie er in den Wellen untergegangen war. *Also dann, viel Glück*. Nancy ging am Strand auf und ab und rief den Namen des Hundes. Er wusste, dass seine Sinne auf eine höhere Tierfrequenz eingestellt waren. Seine Bodencrew hatte Teddy erzählt, dass Lucky mit ihnen auf seine Rückkehr wartete und lange vor ihnen wusste, wann sich sein Flugzeug dem Stützpunkt näherte. Wenn er sich verspätete oder woanders notlandete, blieb der Hund unerschütterlich auf seinem Posten. Als Teddy schließlich überhaupt nicht mehr zurückkehrte, als er von den Deutschen gefangen genommen wurde, schaute der Hund tagelang beständig zum Himmel und wartete.

Der Hund wurde schließlich seiner Schwester Ursula übergeben, und als Teddy nach Hause kam, forderte er ihn nicht zurück, so gern er es auch getan hätte. Er hatte Nancy als seine Gefährtin, argumentierte er, aber seine Schwester hatte niemanden und liebte den kleinen Hund fast so sehr wie er.

Vor nicht allzu langer Zeit hatte sich der Hund in der *Q-Quee-*

nie versteckt. Sie hatten nie herausgefunden, wie er es bewerkstelligt hatte. Manchmal fuhr er mit dem Lastwagen mit, der sie aufs Flugfeld brachte, doch in diesem Fall erinnerte sich niemand, ihn gesehen zu haben, und sie merkten erst, dass er an Bord war, nachdem sie den Treffpunkt über Hornsea erreicht hatten und er – ziemlich schuldbewusst – unter der Liege auf der Backbordseite hervorkroch.

»Aber hallo«, sagte Bob Booth, ihr Funker, über die Sprechanlage, »wir scheinen einen kleinen Copiloten zu haben.« Die Tatsache, dass es gegen alle Vorschriften verstieß, einen Hund mit in die Luft zu nehmen, wahrscheinlich noch mehr als eine WAAF, war nicht das Problem. Das Problem war, dass sie sich bereits in über fünftausend Fuß Höhe befanden und Teddy seiner Mannschaft gerade befohlen hatte, die Sauerstoffmasken aufzusetzen. Der Hund wirkte bereits wacklig auf den Beinen, was aber auch daran liegen konnte, dass er sich in einem monströsen viermotorigen Bomber befand, der sich auf die Flughöhe über der Nordsee hinaufkämpfte.

Teddy erinnerte sich daran, wie Mac auf dem Rückflug von Turin *Boogie Woogie Bugle Boy* gesungen hatte. Er hielt Lucky nicht für fähig, etwas so Ausgefallenes zu tun, doch es bestand kein Zweifel daran, dass die unvermeidliche Folge von Sauerstoffmangel die gleiche für Mensch und Hund war.

Vielleicht hatte der Hund nur wissen wollen, wohin sie gingen, wenn sie ihre stählernen Ungeheuer bestiegen. Vielleicht hatte ihn seine Treue zu Teddy angetrieben oder der Wunsch, seinen eigenen Mut zu testen. Wer wusste schon, was in einem Hund vor sich ging?

Alle außer den Schützen überließen dem Hund abwechselnd ihre Masken, eine prekäre Erfahrung für sie alle. »Sauerstoff«, sagte Teddy zum Hund, als er ihm seine Maske über die kleine Schnauze stülpte. Glücklicherweise mussten sie nur Minen auf die holländischen Schifffahrtskanäle abwerfen und keinen lang-

wierigen Angriff auf die Große Stadt fliegen. Nachdem sie sicher gelandet waren, schmuggelte Teddy den Hund in seiner Fliegerjacke aus dem Flugzeug.
Danach nahm Teddy immer eine zusätzliche Sauerstoffmaske mit an Bord, so dass sie einen blinden Passagier in Zukunft an die zentrale Sauerstoffversorgung anschließen konnten. Aber wer, der noch alle Tassen im Schrank hatte, wollte sich schon in einem Bomber verstecken?

Er drehte sich um, und da war der Hund plötzlich wieder, lief den Strand entlang, schien müde, verfügte jedoch nicht über das Vokabular, ihm von dem Abenteuer zu erzählen, das er eventuell erlebt hatte.
Wieder vereint schlenderten sie den Pier entlang, bis sie von einem Fotografen aufgehalten wurden, von dem sie sich ablichten ließen. Teddy bezahlte den Mann und gab ihm die Adresse seines Geschwaders, und als er nach den sechs Tagen Urlaub dorthin zurückkehrte, wartete das Foto, das er vergessen hatte, schon auf ihn. Es war hübsch, und er hätte gern mehr Abzüge davon gehabt – für Nancy zum Beispiel –, aber er kam nicht dazu, deswegen etwas zu unternehmen. Er trug natürlich Uniform, und Nancy hatte ein Sommerkleid an und einen hübschen Strohhut auf, der billige Hochzeitsring war nicht zu sehen. Sie lächelten beide, als hätten sie keinerlei Sorgen. Lucky war darauf und wirkte ebenfalls zufrieden mit sich.
Teddy steckte das Foto zu dem silbernen Hasen in die Tasche seines Kampfanzugs. Es überlebte den Krieg und das Lager und wurde achtlos in eine Schachtel mit Erinnerungsstücken und Trophäen geworfen. *»Kuriositäten«,* sagte Bertie, die nach seinem Umzug nach Fanning Court in der Schachtel kramte. Sie war immer fasziniert von Nancy, der Großmutter, die sie nie gekannt hatte. »Und ein Hund!«, sagte sie, sofort eingenommen von dem fröhlichen Aussehen des Tieres. (»Lucky«, sagte Teddy

liebevoll. Der Hund war seit über vierzig Jahren tot, aber Teddy wurde immer noch für einen kurzen Augenblick traurig, wenn er an seine Abwesenheit auf dieser Welt dachte.)

Das Foto hatte am oberen Rand einen braunen Schmierfleck, und als Bertie nach seinem Ursprung fragte, sagte Teddy: »Das ist Tee, glaube ich.«

Nach dem Ende seiner ersten Einsatzrunde wurde Teddy als Fluglehrer an eine Operational Training Unit versetzt, doch er bat vor dem Ende seines Dienstes dort darum, wieder Einsätze fliegen zu dürfen. »Warum, um Himmels willen?«, schrieb Ursula. »Wenn Du ein paar Monate länger in relativer Sicherheit hättest leben können, bevor Du eine weitere Runde antreten musst?« »Relativ« war nach Teddys Ansicht eine gute Charakterisierung für eine OTU. Als er dort ankam, zählte er auf den Wiesen um den Stützpunkt mindestens fünf Flugzeugwracks, die noch nicht weggeschafft worden waren. Bei einer OTU flog man mit maroden alten Fliegern – überwiegend ausrangierte Flugzeuge –, als stünden die Chancen für unerfahrene Besatzungen nicht sowieso schon schlecht. Teddy erkundigte sich nicht nach dem Schicksal der Leute, die mit den Flugzeugen auf den Wiesen geflogen waren. Er entschied, dass er es lieber nicht wissen wollte.

»Die Arbeit ist noch nicht wirklich erledigt«, antwortete er seiner Schwester. Nicht einmal annäherungsweise, dachte er. Tausende von Vögeln waren gegen die Mauer geschleudert worden, und sie stand immer noch. »Und ich bin ein verdammt guter Pilot«, fügte er hinzu, »deshalb glaube ich, dass ich der Kriegsanstrengung besser dienen kann, wenn ich fliege, statt unerfahrene Crews auszubilden.«

Er las den Brief noch einmal. Es klang wie eine vernünftige Rechtfertigung. Die er seiner Schwester, Nancy, der Welt präsentieren konnte, obwohl er sich etwas ärgerte, dass er mitten im Krieg überhaupt das Bedürfnis hatte, sich zu rechtfertigen. War er nicht zum Krieger der Familie bestimmt worden? Er argwöhnte allerdings, dass dieser noble Auftrag mittlerweile an Jimmy weitergegeben war.

Die Wahrheit war, dass er nichts anderes tun wollte und konnte. Das Fliegen von Bombenangriffen war zu ihm *geworden*. Es war er. Der einzige Ort, an dem er sein wollte, war das Cockpit einer Halifax, inmitten des Geruchs nach Schmutz und Öl, nach saurem Schweiß, nach Gummi und Metall und Sauerstoff. Er wollte vom Dröhnen der Motoren betäubt werden, jeder Gedanke sollte von der Kälte, dem Lärm, der Langeweile und dem Adrenalin abgetötet werden. Einst hatte er geglaubt, dass die Architektur des Kriegs ihn formen würde, doch jetzt war ihm klar, dass er davon ausgelöscht worden war.

Er hatte eine neue Besatzung – die Schützen Tommy und Oluf, der eine Geordie, der andere Norweger. Es waren einige Norweger in der 4. Gruppe, weil sie selbst nicht genug waren, um ein Geschwader zu bilden, wie es die Polen getan hatten. Die Norweger waren fast so erbittert wie die blutrünstigen Polen. *Sie* wollten immer weitermachen. Sie lebten für den Tag, an dem sie nach Hause in ein freies Polen fliegen könnten. Der natürlich nie kam. Er dachte oft an sie, während Polen sich durch die zweite Hälfte des 20. Jahrhunderts manövrierte.

Es war wieder eine bunt zusammengewürfelte Crew. Sandy Worthington, sein Navigator, war aus Neuseeland; Geoffrey Smythson, sein Flugingenieur, hatte in Cambridge studiert. (»Mathematik«, sagte er ernst, als wäre es eine Religion.) Teddy fragte, ob er Nancy kannte, und er hatte von ihr gehört, sie hatte den Fawcett-Preis gewonnen, nicht wahr? »Schlaues Mädchen«, sagte er. »Schlaue Frau«, sagte Teddy. Sein Funker, Bob Booth, war aus Leeds, und sein Bombenschütze war –

»Guten Tag, Kumpel.«

»Was zum Teufel machst du hier?«, fragte Teddy.

»Ich habe bei einer OTU ausgebildet, als ich gehört habe, dass der berühmte Ted Todd früher als geplant wieder Einsätze fliegt, und ich habe gedacht: Er fliegt verdammt noch mal nicht ohne mich. Eine Aussie Staffel wollte mich haben, aber ich habe ein paar Fäden gezogen.«

Keiths Auftauchen hatte Teddy nahezu überwältigt – von der alten Mannschaft war er derjenige gewesen, der ihm am nächsten gestanden hatte, und sie hatten gemeinsam so viel erlebt, worüber sie mit niemand anderem sprechen konnten, doch bei diesem Treffen beherrschten sie sich und schüttelten sich nur kurz und männlich die Hand. Später, als das Jahrhundert voranschritt, fiel Teddy auf, dass die Männer allmählich ihre Zurückhaltung, was Gefühle anbelangte, ablegten, und als man ins einundzwanzigste (und in die unschön benannten »Nullerjahre«) überging, verloren sie anscheinend jegliche Kontrolle über ihre Emotionen und vielleicht auch über ihren Verstand. Fußballer und Tennisspieler heulten Rotz und Wasser, gewöhnliche Männer umarmten sich auf der Straße und küssten sich auf die Wangen. »Ach, um Himmels willen, Papa«, sagte Viola. »Wie kannst du nur solchen Mist denken? Nur nicht die Kontrolle verlieren! Glaubst du wirklich, dass die Welt ein besserer Ort war, als die Männer ihre Gefühle nicht gezeigt haben?«

»Ja.«

Er erinnerte sich gelegentlich noch immer entsetzt daran, wie er in der Küche von Vic Bennetts Mutter zusammengebrochen war. Es hatte niemandem gutgetan, am allerwenigsten ihm selbst. Als Nancy gestorben war, hatte er still und allein geweint, es erschien ihm als die respektvolle Weise, um jemanden zu trauern.

»Ich mache Diana dafür verantwortlich«, sagte Bertie.

»Diana?«

»Prinzessin. Bei ihr sah Schmerz heroisch aus. Zu deiner Zeit war das Gegenteil der Fall.« Sie saßen oben auf dem Hügel bei Kilburn, in den ein weißes Pferd gehauen war, und aßen die

Sandwiches, die ihnen die nette Besitzerin einer Frühstückspension für ihre Abschiedstour eingepackt hatte.

Wie bei einem Hund, dachte Teddy, war seine Zeit vorbei. »Ich bin zu alt für die Welt«, sagte er.

»Ich auch«, sagte Bertie.

Nancy hatte nur eine Nacht Urlaub herausschinden können, und so trennten sie sich wieder auf einem Bahnsteig, knapp vierundzwanzig Stunden nachdem sie sich auf einem Bahnsteig getroffen hatten. Er hatte geglaubt, dass sie mehr Zeit miteinander verbringen könnten, und war traurig, als er ihr nachwinkte, aber kaum war der Zug nicht mehr zu sehen, wurde ihm klar, dass er Gewissensbisse hatte, weil er erleichtert war.

Keith hatte auch Urlaub und war in London, und sie trafen sich in Quaglino's zu einem freundschaftlichen platonischen Vierer mit Bea und ihrer Freundin Hannie, die aus Deutschland geflüchtet war. Sie tranken alle ziemlich viel, und Keith tat sein Bestes, mit beiden Frauen gleichzeitig zu flirten. Hannie war sehr hübsch, schien sich jedoch nicht für ihn zu interessieren, und Bea war »versprochen«, verlobt mit einem Arzt, aber beide waren sehr nett zu Keith. Teddy lernte Beas Doktor nie kennen. Er war am D-Day bei der Landung der Alliierten in der Normandie dabei und wurde am Gold Beach getötet. Nach dem Krieg heiratete sie einen Chirurgen.

Bea arbeitete bei der BBC, produzierte, machte Ansagen und ein paar Dinge »hinter den Kulissen«, und Hannie war Übersetzerin für eine obskure Regierungsstelle. Während des Blitz war Bea rekrutiert worden, um in einem Leichenschauhaus zu arbeiten und Puzzles aus Körperteilen zusammenzusetzen. Ihr Studium an einer Kunsthochschule schien sie aus unerfindlichem Grund dafür zu qualifizieren. »Anatomie wahrscheinlich«, sagte sie. Sogar Teddy, der an den Anblick verstümmelter Leichen gewöhnt war, glaubte nicht, dass er diese Arbeit hätte verkraften können. In späteren Jahren, in einem anderen Zeitalter des Terrorismus las Teddy von Bomben in Parks und Nachtclubs, in Wolkenkrat zern und Passagierflugzeugen, von Körpern, die zerfetzt wurden oder auf die Erde stürzten, und fragte sich, ob jemand sie wieder zusammensetzte. Sylvie hatte immer behauptet, der Wissenschaft gehe es darum, neue Möglichkeiten zu erforschen, wie Menschen sich gegenseitig umbringen könnten (als wäre der Krieg nicht Beweis genug gewesen), und im Lauf der Jahre glaubte er zunehmend, dass sie recht gehabt hatte.

Er tanzte mit Hannie, sie hatte genau die richtige Größe für ihn und duftete nach Soir de Paris, das ihr »jemand« aus Paris mitgebracht hatte, woraus er schloss, dass sie sich in ziemlich geheimniskrämerischen Kreisen bewegen musste. (Gab es eine Frau, die er kannte und die es nicht tat?) Sie trug Smaragdohrringe und lachte lauthals, als er sie darauf ansprach, und erklärte: »Modeschmuck! Sehe ich aus wie jemand, der sich Smaragde leisten kann?« Sie hatte ihre Familie in Deutschland zurückgelassen und wünschte »jedem einzelnen Nazi« einen qualvollen Tod. Nichts dagegen einzuwenden, dachte Teddy.

Sie verabredeten sich zu viert wieder für den nächsten Abend und sahen *Arsen und Spitzenhäubchen,* was sie alle für ein ausgezeichnetes Gegenmittel gegen den Krieg hielten.

Nach dem Krieg erfuhr Teddy von Bea, dass Hannie bei der SOE arbeitete, einer Spezialeinheit des Nachrichtendienstes, und vor dem D-Day mit dem Fallschirm über Frankreich abgesprungen war. Ursula und Bea taten ihr Bestes, um herauszufinden, was mit ihr passiert war (»weil sie jetzt niemanden mehr hat«). Es war die übliche schreckliche Geschichte.

Die schönen Ohrringe waren doch kein Modeschmuck, sondern echt gewesen, französisch, *fin de siècle,* und sie hatten ihrer Mutter gehört, die Französin gewesen war. (»Und ich habe auch ungarisches Blut und natürlich deutsches und sogar ein bisschen rumänisches. Eine europäische Promenadenmischung!«) Die Ohrringe waren 1899 im Atelier eines Goldschmieds im Marais entstanden und überdauerten, wie es Gegenstände so an sich haben, viel länger als die Menschen, die sich damit schmückten. Hannie hatte sie bei Bea gelassen, die sie aufbewahren sollte. (»Du wirst mich vielleicht ein paar Wochen nicht sehen.«)

»Ich glaube, sie hat gewusst, dass sie nicht zurückkommen wird«, sagte Bea. Bea gab sie Teddy, bevor sie starb, weil er buchstäblich die einzige andere Person auf der Welt war, die sich noch an Hannie erinnerte, und so trug sie Bertie an ihrem Hochzeitstag, einem Tag, den Teddy bedauerlicherweise nicht mehr erlebte. Sie heiratete im Winter den Mann, den sie zufälligerweise auf der Westminster Bridge kennengelernt hatte, in einer angelsächsischen Feldsteinkirche in den Cotswolds. Sie trug alte Spitze und einen Schneeglöckchenstrauß. Nach einem längeren Streit gestattete sie Viola, sie den Gang entlangzuführen. Es war perfekt.

Am nächsten Tag, einem Sonntag, fuhren Keith und Teddy früh mit dem Zug nach Fox Corner, wo Sylvie sie mittags bekochen wollte. Keith war ganz versessen darauf, er war schon einmal dort gewesen und hatte Sylvie bezaubert. Außerdem wusste er, wie gut bestückt ihre Speisekammer war. Ursula lehnte ab, sie zu begleiten. »Mutter kann euch ganz für sich allein haben«, sagte sie und lachte boshaft.

Teddy ging mit Keith nach Jackdaws und stellte ihm Mrs. Shawcross vor, die stets ganz wild darauf war – wilder als Sylvie –, die Mitglieder von Teddys Besatzung kennenzulernen. Er erzählte ihr, dass er Gertie getroffen hatte, und Mrs. Shawcross sagte: »Wie aufregend, aber ich mache mir solche Sorgen um sie. Ich muss immer an Amy Johnson denken.« Millie wohnte »kurzfristig« wieder zu Hause und flirtete heftig mit Keith. »Das Mädchen sollte man in Ketten legen«, sagte er lachend, als sie ihr

endlich entkommen waren. »Nicht mein Typ.« Er war noch immer ganz hingerissen von Hannie, Beas Freundin. »Kann mir aber nicht vorstellen, sie auf die Schaffarm mitzunehmen«, sagte er. Keith zweifelte nicht daran, dass er nach Australien zurückkehren würde. Teddy zog großen Trost aus seiner Gewissheit.
»Sie ist jüdisch«, sagte Keith.
»Ich weiß.«
»Die erste jüdische Person, die ich kennenlerne«, sagte Keith, als wäre er überrascht. (»Jüdin«, hätte Sylvie gesagt.) »Es muss schön sein, sich zu verlieben«, fügte er hinzu und offenbarte dabei seine romantische Seite. »Folge deinem Herzen und so weiter.«
»Jetzt aber halt«, sagte Teddy. »Du klingst schon wie ein Filmsternchen.« (Oder eine Frau.) Monate später »verliebte« sich Teddy. Er folgte seinem Herzen, und es führte ihn in eine Sackgasse ohne Ausweg, aber das machte ihm nicht viel aus.

Romantisches Intermezzo.
Julia. Sie war groß und blond, beides keine Eigenschaften, die Teddy bei Frauen normalerweise attraktiv fand. »*Von Natur aus* blond«, sagte sie. »Ich glaube nicht, dass ich so eine schon mal kennengelernt habe«, sagte Teddy. »Jetzt schon«, erwiderte sie und lachte. Wenn sie lachte, warf sie den Kopf auf eine Weise zurück, die vulgär hätte sein können, aber tatsächlich bezaubernd war. Sie gehörte nicht zu den Frauen, die beim Lachen die Hand vor den Mund hielten, allerdings hatte sie auch schöne Zähne, cremeweiß und schimmernd. (»Gute Gene«, sagte sie. »Und einen guten Zahnarzt.«) Sie lachte viel.
Sie war mit Stella in die Schule gegangen, und Stella hatte Teddy aufgetragen, bei Julia vorbeizuschauen, wenn er in London war, was selbstlos von Stella war. »Verlieb dich nicht in sie«, warnte sie ihn (und brachte die Sache in Schwung). »Sie hat schon besseren Männern als dir das Herz gebrochen.« Allerdings kannte Stella keinen besseren Mann als Teddy.

Teddy wollte nicht sterben, ohne einmal verliebt gewesen zu sein, und da er jeden Augenblick damit rechnete zu sterben, zwang er Amor praktisch dazu, ihm eine Kriegsliebschaft zu gönnen. Er war reif dafür.

Julia arbeitete für den Auxiliary Territorial Service, in einer Werkstatt in London, und fuhr Armeelastwagen. Irgendwo hatte sie immer einen Fleck Schmiere oder Öl, und ihre Fingernägel waren schmutzig. Trotzdem schauten sich viele Männer nach ihr um. Das war ihr wie das blonde Haar naturgegeben. Sie gehörte zu den Mädchen, die immer einen guten Tisch in einem Restaurant, gute Plätze im Theater bekamen, jenen Mädchen, denen die Leute etwas gaben. Sie hatte etwas Umwerfendes, einen Glamour, der die Menschen in Bann zog. Der Teddy in Bann zog. Eine ganze Woche lang.

Sie »deichselte« Urlaubstage nach ihrem ersten gemeinsamen Abendessen. Nach ihrer ersten gemeinsamen Nacht. (»Hat keinen Sinn, lange zu fackeln, Süßer«, sagte sie und knöpfte seine Uniformjacke auf.) Sie gehörte zu den Mädchen, die Urlaub deichseln konnten. »Pa kennt alle.« Pa war »Regierungsberater«, was immer das hieß, aber er ließ seinem einzigen goldenen Kind alle Freiheiten. Sie war zweiundzwanzig, kein Kind mehr. Mama war tot. »So traurig.«

Julia hatte »jede Menge Geld« – Pa war auch Lord. Teddy war mit jeder Menge Söhnen von Lords in die Schule gegangen und ließ sich von ihrer Herkunft nicht abschrecken, aber von dem riesigen Haus in der Nähe des Regent's Park, das der »Londoner Wohnsitz« der Familie war, war er doch ein wenig beeindruckt. Sie besaßen ein »ererbtes Anwesen« in Northamptonshire und ein Haus in Irland. »Oh, und eine Wohnung in Paris, in der jetzt irgendein widerlicher Gauleiter wohnt.« Pa war ausgezogen und irgendwo in Westminster untergekommen, und Julia hatte eine Wohnung in der Petty France.

Das Londoner Haus war derzeit unbewohnt. Alles war gelassen

worden, wo es war, und mit Tüchern bedeckt. Die großen Kronleuchter hingen unter den Tüchern von den Decken wie schlecht verpackte Geschenke. Wertvolle Gemälde waren verhängt, als wäre das Haus in Trauer. Ein wildes Sortiment alter und neuerer Laken war über die Möbel drapiert worden. Unter einer bestickten Tagesdecke entdeckte Teddy ein Louis-XV-Sofa und eine wunderschöne Louis-XIV-Boulle-Kommode unter einem Bettlaken; auf einem Schreibtisch, der offenbar Marie Antoinette gehört hatte, lag eine Daunendecke. Unter einem Geschirrtuch hing ein Gainsborough. Er sorgte sich um ihre Sicherheit. »Hast du keine Angst um die Sachen?«

»Angst?« (Das Wort befand sich nicht in ihrem Vokabular, sie war kriminell unbekümmert, das war es, was ihm an ihr gefiel.)

»Dass jemand sie stiehlt oder dass sie von einer Bombe zerstört werden.«

Julia zuckte nur die Achseln und sagte: »Wir haben jede Menge davon.«

Jedes Mal, wenn er daran vorbeikam, hob er das Tuch über einem kleinen Rembrandt am Treppenaufgang an. Niemand würde ihn vermissen, dachte er. Verdienten so achtlose Menschen diese Schätze überhaupt? Würde er den Rembrandt mitnehmen, würde sich sein Leben verändern. Zum Beispiel wäre er ein Dieb. Eine andere Geschichte.

Sie hatten zwei Rubens, einen van Dyck, einen Bernini in der Eingangshalle, alle möglichen italienischen Renaissance-Schätze. Doch es war der kleine Rembrandt, den er ins Herz geschlossen hatte. Er hätte das ganze Haus ausrauben können. Unter einer Urne neben der Haustür lag ein Schlüssel. Als er Julia wegen dieses Leichtsinns schalt, lachte sie und sagte: »Ja, aber es ist eine sehr *schwere* Urne.« (Sie war schwer.)

»Was mich betrifft, kannst du ihn haben, mein Schatz«, sagte sie, als sie sah, dass er den Rembrandt betrachtete. »Es ist ein düsteres altes Ding.«

»Nein danke.« Was für eine Säule moralischer Biederkeit. Später im Leben wünschte er, er hätte das Bild mitgenommen. Niemand hätte ihm geglaubt, dass es ein echter Rembrandt war, es hätte nur für sein eigenes schuldbewusstes Vergnügen existiert und an einer Wand in der Vorstadt gehangen. Er hätte es tun sollen. Das Haus wurde von einer V-2 getroffen, der Rembrandt für immer zerstört.

»Was mich betrifft, kannst du die ganze Kunst für dich haben«, sagte Julia. »Ich bin leider sehr oberflächlich.« Teddys Erfahrung nach waren Menschen, die behaupteten, das eine zu sein, im Allgemeinen genau das Gegenteil, doch in Julias Fall stimmte es. Sie war wunderbar banausenhaft.

Sie gingen nie in die Petty France. Stattdessen blieben sie während ihres romantischen Intermezzos im Londoner Haus, und eine denkwürdige Nacht, in der sie nicht schliefen, verbrachten sie in einer Suite im Savoy, die ihr ständig zur Verfügung zu stehen schien. Im Keller des Hauses lagerten »Gallonen« Champagner, und sie tranken ihn während dieser Woche und liebten sich auf diversen unschätzbaren Antiquitäten. Teddy ging durch den Kopf, dass Julia möglicherweise ständig so lebte.

Sie hatte den vollkommenen Körper einer griechischen Göttin. Er konnte sie sich als Göttin vorstellen, kühl und gleichgültig, wie sie, ohne zu zögern, einen armen Aktaion dazu verdammte, von Hunden zerrissen zu werden. Nancy könnte nie in der grausamen Welt des Olymp leben, sie war eher eine fröhliche heidnische Elfe.

»Wer ist Nancy?«

»Meine Verlobte.«

»Oh, mein Schatz, wie süß.«

Er war etwas verstimmt über diese Antwort. Ein bisschen Eifersucht hätte der Erfahrung noch ein wenig Würze gegeben. Denn das war es, eine Erfahrung, sein Herz war nie wirklich involviert. Er spielte mit der Liebe. Das war nach Hamburg, nach Beethoven, nachdem Keith umgekommen war, nicht lange vor Nürnberg, als ihm so gut wie alles gleichgültig war, vor allem schöne oberflächliche Blondinen. Aber er wusste das Geschenk ungehemmter Wollust zu schätzen (»Schmutziger Sex«, wie Julia sich ausdrückte), und in späteren Jahren, als er zu der gewöhnlicheren, häuslicheren Art von Sex zurückgekehrt war, wusste er zumindest, wie es war, mit Leidenschaft zu ficken. Er mochte das Wort nicht, aber es war das einzige, das wirklich zu Julia passte.

Am letzten Tag seines Urlaubs ging er zu dem Londoner Haus, hob die schwere Urne an, fand jedoch keinen Schlüssel, sondern einen Zettel mit einer darauf gekritzelten Botschaft: »Schatz, es war schön, bis irgendwann, Jxx.« Es ärgerte ihn, ausgesperrt zu sein, er fühlte sich mittlerweile hier zu Hause.

Bald darauf wurde Julia an ein Heereszeugamt versetzt und gehörte zu den siebzehn Personen, die getötet wurden, als versehentlich ein Bombendepot explodierte. Da war Teddy schon im Gefangenenlager. Von dem Unfall erfuhr er erst viele Jahre später, als er in seiner eigenen Zeitung vom Tod ihres Vaters las. (»Peer, der an einem Sexskandal beteiligt war, stürzt zu Tode.«) Er stellte sich Julias perfekte weiße Gliedmaßen zerbrochen und verstreut wie die einer antiken Statue vor. Es waren alte Nachrichten, zu alt, als dass sie ihn wirklich berührt hätten – er hatte gerade von Nancys Krankheit erfahren. Er hatte auch von der Zerstörung des Londoner Hauses nichts gewusst, bis er es im selben Artikel las (»Viele unschätzbare Kunstwerke während des Kriegs verloren«). Er trauerte mehr um den kleinen Rembrandt als um Julia, an die er seit langem nicht mehr gedacht hatte.

Doch das war in der Zukunft. Jetzt kehrte er mit Keith von Jackdaws zurück und fand das Wohnzimmer von Fox Corner gefüllt mit Gästen. Sylvie hatte zum Mittagessen Leute eingeladen, die Teddy nicht kannte und für die er sich nicht interessierte.

Da waren ein salbadernder Gemeinderat und seine Frau, ein Anwalt (ein selbsternannter »altmodischer Junggeselle«), der sich offenbar als künftiger Verehrer Sylvies in Stellung bringen wollte. Eine ältere Witwe, die viel jammerte, insbesondere dass der Krieg ihr Leben so schwer gemacht hatte, und schließlich ein »Geistlicher«, wie Sylvie ihn nannte. Nicht ein gewöhnlicher Geistlicher, sondern ein Bischof – eine höhere Art Militärpfarrer. Wie Teddy erwartet hatte, war er ziemlich salbungsvoll.

Sie tranken geziert aus Sherrygläsern – auch die Männer, und Sylvie sagte zu Keith und Teddy: »Ich nehme an, euch ist Bier lieber.«

»Da würde ich nicht nein sagen, Mrs. T«, sagte Keith in seinem freundlichsten Australisch.

Sylvie schien die Besetzung einer banalen Farce versammelt zu haben. Es war die Sorte Spießbürger, für die sie normalerweise wenig Zeit hatte, und Teddy begriff nicht, warum sie beschlossen hatte, den Kreis ihrer Bekanntschaften um die Hautevolee des Ortes zu erweitern. Erst als sie begann, ausführlich auf seine Ordensbänder hinzuweisen und sich mit seinen »tapferen Taten« wichtigzutun – obwohl er ihr praktisch nichts über seine »Taten«, ob tapfer oder nicht, erzählt hatte –, ging ihm auf, dass sie mit ihm vor dieser Ansammlung von Würdenträgern angeben wollte. Er stellte fest, dass er absolut nichts zu sagen hatte, als sie ihn drängten, etwas von »seinen Heldentaten« zum Besten zu geben, und er überließ es Keith, sie mit humoristischen Berichten über ihre Erlebnisse zu unterhalten, so dass der Krieg bald wie eine Serie verrückter Eskapaden und wie eins von Augustus' Abenteuern klang.

»Dennoch«, sagte der Junggeselle auf der Suche nach etwas Barbarischerem, »ist nicht alles Spaß und Spiel. Sie haben den Jerry gewiss in Grund und Boden gebombt.«

»Ja, gut gemacht«, sagte der Gemeinderat aufgeblasen. »Eine

gute Show. Hamburg muss ein großer Erfolg für die RAF gewesen sein, nicht wahr?«

»Ja, gut gemacht, Jungs«, sagte der Bischof und hob sein Sherryglas etwas an. »Und jetzt kriegen wir auch noch den Rest.«

Alle?, fragte sich Teddy.

»Ich muss Dich warnen«, hatte Ursula an Teddy geschrieben, »dass das Schwein geschlachtet worden ist.« Teddy hatte Sylvies Schwein seit seiner Ankunft als rundes rosa Schweinchen ein paarmal getroffen. Er hatte es bewundert. Es maßte sich nicht an, etwas Großartiges zu sein, schnüffelte und wühlte in seinem zusammengezimmerten Pferch herum und war dankbar für alle Reste, die ihm zugeworfen wurden. Und jetzt war das arme Geschöpf offenbar zu Schinken und Würsten und all den anderen Produkten verarbeitet worden, die das Schicksal eines Schweins in seinem Danach waren. Und wurde vermutlich von der gaunerhaften Sylvie für Geld verscherbelt.

Es gab gebratene Schweinshaxe mit Gemüsen aus dem Garten und dazu das letzten Herbst eingemachte Apfelmus und einen Kuchen mit Baiserhaube, die die überarbeiteten Hühner geliefert hatten. Teddy dachte unwillkürlich an das lebende Schwein, als es noch im Besitz von vier stämmigen Beinen gewesen war.

»Alles aus Fox Corner«, sagte Sylvie stolz, »von dem Schwein auf dem Tisch bis zu der Marmelade und den Eiern im Kuchen.« Vielleicht warb sie mit ihrer Hauswirtschaft um den Junggesellen. Oder den Bischof. Teddy konnte sich nicht vorstellen, dass seine Mutter noch einmal heiraten würde. Sie hatte sich selbstzufrieden in der Korpulenz der mittleren Jahre eingerichtet und genoss es, nach Belieben schalten und walten zu können.

»Das ist ein Duft, der die Stimmung hebt«, sagte der Bischof und hob die feine episkopalische Nase, um den Schweinebraten zu riechen.

»Es ist sehr patent, so selbstgenügsam zu leben, meine Liebe«, sagte der Anwalt zu Sylvie, trank den letzten Tropfen Sherry aus dem winzigen Glas und schaute sich dann hoffnungsvoll nach der Karaffe um.

»Frauen an der Heimatfront sollten auch mit Orden ausgezeichnet werden«, murrte die Frau des Gemeinderats, »für unsere Klugheit, wenn schon nicht für alles, was wir erleiden müssen.« Eine Bemerkung, die weiteres Genörgel der älteren Witwe provozierte. (»Leiden! Davon kann ich ein Lied singen.«)

Teddy schwitzte und wurde unruhig. »Entschuldigen Sie mich einen Augenblick«, sagte er und stellte sein Glas Bier ab. »Alles in Ordnung, Kumpel?«, fragte Keith, als er an ihm vorbeiging.

»Ich brauche nur ein bisschen frische Luft«, sagte Teddy.

»Er geht eine rauchen«, hörte er Keith sagen, der eine Ausrede für ihn gefunden hatte.

Teddy pfiff nach dem Hund, der draußen eingehend die Hühner studierte, die hinter dem sicheren Zaun ihres Auslaufs interniert waren. Lucky, der Teddy aufs Wort gehorchte, folgte ihm auf den Weg.

Der Hund schlüpfte durch das Tor der Weide und blieb beim Anblick der Kühe verdutzt stehen. »Kühe«, sagte Teddy. »Sie tun dir nichts«, fügte er hinzu, aber der Hund begann aufgeregt zu bellen. Er war sowohl nervös als auch aufmüpfig, eine Mischung, die die normalerweise verträglichen Kühe beunruhigte, und Teddy holte den Hund zurück, bevor er für Ärger sorgen konnte.

Hamburg war tatsächlich eine »gute Show« gewesen, dachte er. Beim Anflug über die Nordsee waren die Bedingungen perfekt gewesen, und die Deutschen hatten den falschen GEE-Sender blockiert, so dass die Navigatoren verlässliche Anhaltspunkte für das Ziel über das Funknavigationssystem erhielten. *(Lass uns über was Interessanteres sprechen als die Mechanik des Bombardierens.)*

Nach dem langen Flug über das gesichtslose Dunkel der Nordsee war es eine Erleichterung, die deutsche Küste zu erreichen und die Routenmarkierungen zu sehen, die die Pathfinders abgeworfen hatten, goldene Feuerkerzen, die elegant brannten und zur Erde tropften, die Einflugschneise markierten, sie sammelten und zu dem geraden und schmalen Korridor führten, in dem der Bombenlauf stattfinden sollte. In der Besprechung war ihnen eingeschärft worden, dass der Bomberstrom eng gepackt sein musste, nicht nur, um die Bomben konzentriert abzuwerfen, sondern auch, damit »Window«, das sie zum ersten Mal benutzten, so viele von ihnen wie möglich schützen konnte. Es hatte einige Skepsis hinsichtlich des geheimnisvollen Window gegeben, und in der Besprechung hätte man meinen können, dass die Tüftler den Heiligen Gral gefunden hätten, doch letztlich hatten sich die Crews darüber gefreut wie die Schneekönige. Window war ihre neue »Geheimwaffe« – Stanniolpapierstreifen, die das deutsche Funkmesssystem vorübergehend außer Gefecht setzten.

Manche Flugzeuge waren bereits mit einem speziellen Schacht dafür ausgestattet, aber die meisten benutzten wie die *Q-Queenie* den Leuchtgeschoss-Schacht, um Window anzuwenden. Es war eine anstrengende Aufgabe, und Teddy hatte einen verärgerten Keith in den eiskalten Rumpf geschickt, wo er sich, behindert von der tragbaren Sauerstoffflasche, mit einer Taschenlampe und einer Stoppuhr neben dem Schacht ducken und alle sechzig Sekunden den Gummi von dem unhandlichen Bündel Stanniolstreifen ziehen und es aus dem Flugzeug werfen musste. Aber, oh, etwas so Schönes, diese langen silbrigen Luftschlangen, die zur Erde schwebten und den deutschen Bodenradar einschneiten, so dass ihre Kampfflugzeuge nicht zu den Bombern geleitet werden konnten. Sie sahen das Licht der Suchscheinwerfer ziellos über den Himmel schweifen, während die blauen Hauptscheinwerfer hilflos stillstanden. Die deutschen

Flugabwehrkanonen hatten kein Ziel, und als sie sich der Stadt selbst näherten, erfolgte nur ein in blinder Hoffnung hochgeschicktes Flak-Sperrfeuer, wie ein Feuerwerk an Silvester. Sie hatten ihr Ziel nahezu unbeschadet erreicht.

Und was für ein Angriff. 2300 Tonnen Bomben, mehr als 350 000 Brandbomben in einer Stunde. Ein Weltrekord. Die ersten von den Pathfinders über der Stadt abgeworfenen Markierungsgeschosse waren rote und goldene Fontänen, gefolgt von wunderschönen grünen, so dass der Eindruck eines vom schwarzen Himmel fließenden Feuerwerks entstand. Zu den bunten Lichtern kamen die hellen, kurzen Blitze der Sprengbomben und die größeren, längeren Explosionen der 4000-Pfund-Bomben, und überall war das berückende Glitzern weißer Lichter zu sehen, als Abertausende Brandbomben auf die Stadt hinunterregneten.

Die schweren Bomben sollten die Häuser beschädigen, die Dächer zerstören, so dass die Brandbomben hineinfallen und sie in Brand setzen, die Gebäude sich in lichterloh brennende Kamine verwandeln konnten. Das war es, was die Bomber taten, sie steckten in Brand, was immer sich unter ihnen auf der Erde befand. In der Stadt war es strohtrocken, die Luft war nicht feucht, perfekte Bedingungen, um Hitler (und der britischen Regierung) endlich zu zeigen, wozu das Bomberkommando in der Lage war.

Die Q-*Queenie* flog in der zweiten Welle, hinter den Pathfinders und den Lancasters, die das Ziel für sie in Licht getaucht hatten. Es war wie Weihnachten, das Glitzern und Funkeln der Brandbomben sprenkelte den Himmel. Überall glühten rote Feuer, doch bald schon wurden sie von dunklen Rauchschwaden verhüllt. Keith leitete sie hin, ins Zentrum der pyrotechnischen Vorstellung. »Links, rechts, noch ein bisschen nach rechts –«, bis Teddy ihn sagen hörte: »Bomben raus«, und sie machten sich auf den Rückflug, während weitere vier Wellen Bomber ungehindert zum Ziel flogen.

In der nächsten Nacht flogen sie nach Essen, erneut ein Großangriff, und dann blieben sie für vierundzwanzig dringend benötigte Stunden am Boden, und die Amerikaner übernahmen, zwei Angriffe auf Hamburg bei Tageslicht, einen nach dem anderen, sie schürten die Feuer mit weiteren Brandbomben und entfachten neue Brände mit hochexplosiven Sprengbomben. Teddy taten die amerikanischen Crews leid – da sie bei Tageslicht in dichter Formation flogen, bekamen sie die volle Wucht der deutschen Abwehr zu spüren. Ein paar Wochen zuvor war die *Q-Queenie* auf der USAAF-Basis in Shipdham notgelandet, und sie waren begeistert begrüßt worden. Sie trafen nur selten mit den anderen Alliierten zusammen, und so war es herzerfrischend, dass sie sich bei einem amerikanischen Geschwader wiederfanden, dessen Besatzungen »genau wie wir« waren, wie sich Tommy, ihr Geordie, ausdrückte. Nur schicker und neuer, der Glanz noch nicht so abgewetzt wie bei ihnen, aber das käme noch. Und das Essen war viel, viel besser, und als die *Q-Queenie* schließlich zu ihrem eigenen Stützpunkt zurückkehrte, war sie mit Schokolade und Zigaretten, Obst in Dosen und guten Wünschen beladen.

Das Wetter an ihrem freien Tag war gut, und die Männer ruhten sich in Liegestühlen aus oder spielten Karten. Jemand organisierte ein Kricketspiel auf einer nahen Wiese, eine rauhe, fröhliche Partie, aber viele schliefen einfach nur, erschöpft vom Krieg. Teddy und Keith machten mit ein paar WAAFs eine gemütliche Fahrradtour, Lucky lief neben ihnen her. Als er müde war, setzte ihn eine WAAF in ihren Korb am Lenker, in dem er wie eine stolze Galionsfigur saß, die Ohren vom Wind flach gedrückt. »Im Cockpit«, sagte die WAAF. Edith, ein Mädchen, das Unglück brachte und einem einfach leidtun musste. Die letzten drei Männer, mit denen sie ausgegangen war, waren nicht von ihren Einsätzen zurückgekehrt, und jetzt wollte niemand mehr etwas mit ihr zu tun haben. In einem düsteren Augenblick überlegte Teddy, ob er mit ihr schlafen sollte, nur um zu sehen, was danach mit ihm passieren würde. Vielleicht würde er es noch tun, dachte er. Sie fand ihn attraktiv, aber das taten alle WAAFs.

Sie aßen Sandwiches mit Fischpaste und tranken Wasser aus einem Bach, und es war, als würde das Dritte Reich nicht existieren und England wäre wie immer grün und friedlich.

Er blickte auf die Uhr. Drei Uhr. In Fox Corner hätten sie ohne ihn gegessen. Er hoffte es jedenfalls. Er hatte Keith lange genug ihrer unseligen Gesellschaft überlassen.

Sie gingen über die sommerlich blühende Wiese – Flachs und Rittersporn, Butterblumen, Klatschmohn, Rote Waldnelken und Margeriten – und dann am Rand eines großen Weizenfelds entlang. Der Weizen flimmerte und wiegte sich im Wind. Er hatte oft bei der Ernte auf diesen Feldern geholfen, mit den anderen Arbeitern unter der heißen Sonne Bier getrunken und Käse zu Mittag gegessen. Kaum zu glauben, dass das Leben einst so einfach gewesen war. Jetzt erschien es ihm als romantisches Vorkriegsidyll *(Ihr von der Sonne verbrannten Schnitter, des Augusts müde, kommt aus euern Furchen, und theilet unsre Lust),* doch er nahm an, dass die Landarbeiter kein Shakespearesches Idyll in der Plackerei sahen und die Ernte nur eine Station im landwirtschaftlichen Jahr, eine der unaufhörlichen mühsamen Arbeiten war.

Im Weizen blühte Klatschmohn, rote Tupfen aus Blut im Gold, und er dachte an die anderen Felder in dem anderen Krieg, dem Krieg seines Vaters, und spürte eine große Leere in sich bei dem Gedanken an Hugh. Er wünschte, sein Vater wäre in Fox Corner, würde mit einem Glas Bier im Garten oder mit einem Whisky in seinem Refugium auf seine Rückkehr warten.

Der Hund war ins Weizenfeld gelaufen, und er konnte ihn nicht mehr sehen, doch er hörte ihn aufgeregt bellen, er klang nicht

nervös und musste ein Tier aufgespürt haben, das weniger bedrohlich war als eine Kuh – ein Kaninchen oder eine Zwergmaus. Teddy pfiff, damit der Hund wusste, wo er war, und den Weg aus dem Feld fand.
»Zeit, nach Hause zu gehen«, sagte er, als der Hund endlich wieder auftauchte.

»Wir dachten schon, wir hätten dich verloren«, sagte Sylvie verärgert.
»Noch nicht«, sagte Teddy.
»Alles in Ordnung?«, fragte Keith und reichte ihm ein Glas Bier. Keith saß auf der Terrasse und schien sich wie zu Hause zu fühlen. Die Hautevolee war abgezogen.

Den letzten Abend des Urlaubs wollte er mit Ursula verbringen. Keith war mit ein paar anderen Australiern unterwegs.
Teddy schlenderte durch die Parks und bezog dann Wachposten vor Ursulas Bürogebäude und wartete, um sie zu überraschen, wenn sie von der Arbeit herauskam.
»Teddy!«
»Derselbige.«
»Und Lucky! Wie schön, ihn zu sehen.« Erneut hatte Teddy das Gefühl, hinter dem Hund an zweiter Stelle zu kommen. Lucky war außer sich vor Freude, Ursula wiederzusehen. »Du kommst zur rechten Zeit«, sagte sie, »oder vielleicht zur falschen. Was hältst du davon, mich zu den Proms zu begleiten? Ich habe zwei Karten, und die Freundin, die eigentlich mitgehen wollte, kann nicht. Danach können wir was essen.«
»Großartig«, sagte Teddy, obwohl er innerlich stöhnte bei der Vorstellung, in ein Konzert zu gehen. Ihm war überhaupt nicht danach. Die Seeluft und die vierundzwanzig Stunden mit Nancy, ganz zu schweigen von dem Mittagessen in Fox Corner hatten seine letzten Energiereserven aufgebraucht, und er wäre

lieber ins Kino gegangen und in der miefigen Dunkelheit eingeschlafen oder hätte sich an irgendeinem anspruchslosen Ort betrunken.

»Gut«, sagte Ursula.

Sie beschloss, den Hund im Büro zu lassen. »Gegen die Vorschriften«, sagte sie gut gelaunt. Auch nachts arbeiteten genügend Leute, »die ihn verwöhnen« würden. Lucky war ein pragmatischer Hund und schloss sich sofort einer Sekretärin an.

Es war ein schöner Abend, und der kurze Spaziergang zur Royal Albert Hall war angenehm. Sie waren früh dran, und die Sonne schien noch auf Kensington Gardens, wo sie sich auf eine Bank setzten und die Überreste von Ursulas Sandwiches verspeisten, die sie mittags nicht gegessen hatte, weil sie ständig nach Whitehall und wieder zurück hatte laufen müssen. »Ich trage nur Papier hin und her. Vermutlich tun das die meisten. Du natürlich nicht.«

»Gott sei Dank«, sagte Teddy und erinnerte sich an die Langeweile in der Bank.

Sollte er den Krieg zufälligerweise überleben, was um alles in der Welt sollte er dann tun? Der Gedanke an ein Danach erfüllte ihn mit Schrecken.

Seine Schwester stand auf und wischte sich die Krümel vom Rock. »Gehen wir, ich will Beethoven nicht warten lassen.«

Sie hatten gute Plätze, die Karten hatte Ursula von »jemandem« geschenkt bekommen. Sie hatte gehofft, mit Miss Wolf in das Konzert gehen zu können, aber ihre Freundin hatte absagen müssen. »Es ist wirklich traurig«, sagte Ursula, »sie hat heute erfahren, dass ihr Neffe in der Armee in Nordafrika umgekommen ist. Miss Wolf ist einfach ein *großartiger* Mensch, ein leuchtender Stern, und sie glaubt fest daran, dass die Musik die Macht hat zu heilen. Und mitten im Krieg Beethoven zu hören, noch dazu *diesen* Beethoven, hätte ihr wahnsinnig gut gefallen.«

Welchen Beethoven?, fragte sich Teddy. Er las das Programm. Die Neunte. Es spielte das BBC Symphony Orchestra, es sang der Alexandra Choir, und der Dirigent war Adrian Boult.

»Alle Menschen werden Brüder«, sagte Ursula. »Glaubst du, dass das möglich ist? Dass eines Tages alle Menschen Brüder sein werden? Die Menschen – und damit meine ich vor allem Männer – bringen sich seit Anbeginn der Zeit gegenseitig um. Seit Kain seinem Bruder Abel mit einem Stein den Kopf eingeschlagen hat oder was immer er ihm angetan hat.«

»Ich glaube, die Bibel ist da nicht sehr spezifisch«, sagte Teddy.

»Wir sind alle schrecklich instinktgeleitet«, sagte Ursula. »Letztlich sind wir Primitive, deswegen mussten wir Gott erfinden, der die Stimme unseres Gewissens ist, oder wir würden uns ständig alle gegenseitig umbringen.«

»Das ist es doch, was wir tun.«

Der Saal füllte sich rasch, Leute drängten an ihnen vorbei, so dass sie die Beine mehrmals zur Seite drehen mussten. Unten im Parkett suchten die Leute höflich nach den besten Plätzen.

»Wir haben wirklich gute Sitze«, sagte Teddy. »Welcher Mann sie dir auch gegeben hat, er muss dich sehr mögen.«

»Ja, aber es sind nicht die *besten*«, sagte Ursula und schien diese Bemerkung überaus amüsant zu finden. »Das waren riesige Luftschläge letzte Woche«, sagte sie überraschenderweise. Teddy wurde davon etwas aus dem Gleichgewicht geworfen.

»Ja.«

»Meinst du, dass Hamburg erledigt ist?«

»Ja. Nein. Ich weiß es nicht. Wahrscheinlich. Aus siebzehntausend Fuß Höhe sieht man nicht viel. Nur Feuer.« Der Chor nahm seinen Platz ein.

»Sie haben wirklich was abbekommen«, sagte Ursula.

»Sie?«

»Die Menschen. In Hamburg.« Teddy dachte an sie nicht als Menschen. Es waren Städte. Es waren Fabriken und Bahnhöfe,

Luftwaffenstützpunkte, Docks. »Hast du jemals Zweifel?«, hakte sie nach.

»Zweifel?«

»Du weißt schon, wegen der Flächenbombardements.«

»Flächenbombardements?« Er hatte den Ausdruck gehört, aber nicht lange darüber nachgedacht.

»Unterschiedslose Angriffe. Die Zivilbevölkerung als legitimes Ziel – unschuldige Menschen. Ist dir dabei nicht … mulmig?«

Er wandte sich ihr zu, erstaunt über ihre Direktheit. *(Mulmig?)* »Wir nehmen Zivilisten nicht als *Ziel!* Man kann keinen Krieg führen, in dem niemand umkommt. Wir müssen ihre Industrie, ihre Wirtschaft zerstören, wenn wir gewinnen wollen. Wenn nötig, auch ihre Häuser. Ich tue – wir tun –, was von uns verlangt wird, um unser Land, die Freiheit zu verteidigen. Wir führen Krieg gegen einen tödlichen Feind, und wir riskieren bei jedem Flug unser Leben.« Er hörte, wie er in Phrasendrescherei abrutschte, und ärgerte sich, mehr über sich selbst als über Ursula, die gewiss diejenige von allen war, die am besten verstand, was Pflichterfüllung hieß.

Und jetzt kriegen wir auch noch den Rest, hatte Sylvies Bischof gestern gesagt.

»Und wie definierst du ›unschuldig‹ überhaupt?«, fuhr er fort. »Fabrikarbeiter, die Bomben herstellen? Oder Kanonen oder Flugzeuge oder Stahl oder Kugellager oder Panzer? Die Gestapo? Hitler?« Jetzt übertrieb er definitiv. »Vergiss nicht, dass es die Deutschen waren, die diesen Krieg begonnen haben.«

»Ich glaube eher, dass wir ihn mit Versailles begonnen haben«, sagte Ursula leise.

Teddy seufzte, bereute seine cholerische Reaktion. »Manchmal«, sagte er, »denke ich, dass ich Hitler erschießen oder, noch besser, bei der Geburt umbringen würde, wenn ich nur in der Zeit zurück könnte.«

»Aber dann könntest du vermutlich noch weiter zurück«, sagte

Ursula, »und die Geschichte rückgängig machen, bis du bei Kain und Abel bist.«

»Oder dem Apfel.«

»Psst«, sagte jemand verärgert, als der Erste Geiger die Bühne betrat. Sie klatschten, erleichtert, das Gespräch nicht fortsetzen zu müssen. Ursula legte ihm die Hand auf den Arm und flüsterte: »Entschuldige. Ich glaube nach wie vor an den Krieg. Ich wollte nur wissen, wie es dir geht. Ob alles in Ordnung bei dir ist.«

»Natürlich ist es das.« Teddy war dankbar, als Boult zu großem Applaus hereinkam. Dann wurde es ganz still.

Ursula sollte ihm gratulieren, nicht Zweifel säen. Operation Gomorrha galt bei den Crews als großer Erfolg. Sie war ein Wendepunkt, sie brachte den Krieg seinem Ende näher, sie würde den Truppen helfen, den Bodenstreitkräften, die irgendwann würden landen und das Ende erkämpfen müssen. »Ein Riesenerfolg«, hatte sein Flugingenieur Geoff Smythson in sein Logbuch geschrieben. *Eine gute Show,* hatte der Anwalt gestern gesagt, dem aus Vorfreude auf das arme Schwein das Wasser im Mund zusammengelaufen war.

Die Crews hatten sich gefreut, dachte Teddy und blickte zu seiner Schwester, die jetzt völlig in die Musik vertieft war. Es freuten sich doch alle, oder?

Später, viel später, lange nach dem Krieg erfuhr er, dass es ein »Feuersturm« gewesen war. Das Wort hatte er während des Kriegs nicht gehört. Er erfuhr, dass sie vorsätzlich zu zivilen Wohngebieten geschickt worden waren. Dass Menschen in Brunnen gekocht und in Kellern gebacken wurden. Sie verbrannten bei lebendigem Leib oder erstickten, sie waren nur noch Asche oder geschmolzenes Fett. Sie klebten fest wie Fliegen auf Fliegenpapier, als sie versuchten, den geschmolzenen Teer auf den Straßen zu überqueren, in denen sie wohnten. Ein

Riesenerfolg. (»Auge um Auge«, sagte Mac bei dem Geschwadertreffen. Bis alle blind waren?, fragte sich Teddy.) Gomorrha, Armageddon. Ein alttestamentarischer Gott des Hasses und der Rache. Hatte man einmal angefangen, gab es kein Zurück mehr. Hamburg war kein Wendepunkt, es war eine Zwischenstation. Es führte zu Tokio, zu Hiroshima, und später wurde die Diskussion über Unschuld irrelevant, als man auf einem Kontinent einen Schalter umlegen und Tausende auf einem anderen umbringen konnte. Kain hatte Abel zumindest ins Gesicht schauen müssen.

Die RAF flog Dienstagnacht ein zweites Mal. Die Stadt brannte noch – ein unermessliches Inferno, als wäre ein glühender leuchtender Teppich über die Landschaft gebreitet, der allem darunter die Luft zum Atmen raubte.

Es war, als würde man über einen riesigen Vulkan fliegen, in dem sich das wüste Herz der Hölle befand und gelegentlich gewaltige Explosionen stattfanden. Die Stadt der Verwüstung. Die Grausamkeit, ihre schreckliche Schönheit, ließ Teddy nahezu wieder an Poesie denken. Eine mittelalterliche Apokalypse, dachte er.

»Navigator, komm und schau dir das an«, sagte er und überredete Sandy Worthington, hinter seinem Vorhang hervorzukommen. »So etwas wirst du nie wieder sehen.«

Keith musste sie nicht dirigieren, sie sahen die Brände aus meilenweiter Entfernung, und als sie über den kochenden, brodelnden Flammenkessel flogen, sagte Keith: »Werfen wir noch eine Schaufel Kohlen aufs Feuer, Käpt'n?«

Eine schmutzige dichte Rauchsäule reichte hinauf bis zu den Flugzeugen, und sie spürten die irrsinnige Hitze, die von unten aufstieg. Sie konnten den Rauch durch ihre Sauerstoffmasken riechen und etwas anderes, etwas noch Unangenehmeres, und als sie am Stützpunkt landeten, stellten sie fest, dass das Plexiglas der *Q-Queenie* mit einer dünnen Schicht Ruß überzogen war.

Der Rauch und der Ruß der Feuer waren Tausende Fuß in der Luft aufgestiegen. Und das andere, was Teddy nie vergessen würde, worüber er nie sprechen konnte der Geruch von Fleisch, das auf dem Scheiterhaufen brannte.

Da wusste er, dass sie eines Tages zur Rechenschaft gezogen würden.

Manchmal infiltrierte ein deutsches Kampfflugzeug den Bomberstrom auf dem Rückweg über die Nordsee, ein besonders heimtückischer Trick. Es griff einen Bomber an, der nach Hause flog oder kurz davor stand zu landen, wenn die Sicherheit greifbar war. Ein paar Wochen nach den Luftschlägen auf Hamburg, nachdem sie monatelang durchgekommen war, wurde die *Q-Queenie* schließlich auf dem Rückweg von einem Angriff auf Berlin erwischt.

Es war ein langes, hartes Ringen gewesen, von der Großen Stadt zurückzufliegen, und sie waren alle müde und froren. Sie hatten die Schokolade gegessen, den Kaffee getrunken, die Aufputschpillen genommen, und es war eine große Erleichterung, als sie endlich das rote Licht auf dem Kirchturm in dem Dorf sahen, das ihrer Basis am nächsten war. Das Licht sollte vermutlich verhindern, dass sie in den Kirchturm krachten, aber sie betrachteten es als Leuchtfeuer, das sie nach Hause geleitete. Das Rollfeld war befeuert, und sie hörten die fröhliche Stimme einer WAAF im Kontrollturm, die ihnen die Landeerlaubnis erteilte, aber kaum hatte sie gesprochen, als die Rollfeldbefeuerung erlosch, der Flugplatz in Dunkelheit versank und das Rufzeichen für Eindringling übertragen wurde.

Teddy schaltete die Lichter der *Q-Queenie* aus und zog am Steuer, um wieder Höhe zu gewinnen. Irgendwohin, nur nicht hierbleiben, denn er sah Leuchtspurgeschosse vor sich, und die Schützen schrien, dass es ein feindliches Flugzeug war, aber sie schienen nicht zu wissen, wo es war, und schossen wild in den

Himmel. Zu wenig Höhe, um zu trudeln, zu geringe Geschwindigkeit, um überhaupt irgendetwas zu machen, und er dachte, dass es vielleicht am besten wäre, einfach irgendwie zu landen auf was immer unter ihnen war.

Bevor er etwas tun konnte, hämmerten die Schüsse aus dem Kampfflugzeug auf die *Q-Queenie* ein. Das Fahrgestell musste getroffen worden sein, denn sie landeten auf einem Rad, und das Flugzeug kippte zur Seite, eine Tragfläche ragte nach oben, die andere grub sich in den Boden, sie kamen von der Landebahn ab und schlitterten über eine Wiese, bevor sie gegen einen Baum krachten, von dem sie geschworen hätten, dass er zuvor nicht da gewesen war. Der jedoch so real war, dass sie sich überschlugen und die *Q-Queenie* wie ein riesiges Insekt auf dem Rücken lag.

Teddy hörte vielfaches Stöhnen hinter sich, doch es war das Stöhnen von Personen, die hin und her geworfen worden, geprellt und angeschlagen, aber nicht tödlich verletzt waren. Er hörte viel wütendes Norwegisch. Nur Keith blieb stumm, und Sandy Worthington und der Geordie-Schütze stießen die untere – jetzt obere – Ausstiegsluke auf und halfen ihm, Keith durch die Luke zu hieven.

Als alle ausgestiegen waren, sprang die Befeuerung wieder an, und Teddy sah überrascht, dass sie sich noch auf dem Flugplatz befanden und die Feuerwehr und die Sanitäter bereits zu ihnen unterwegs waren. Abgesehen davon, dass das Flugzeug auf dem Rücken lag – oder vielleicht deswegen –, glich die Landung einem Wunder. Für diese »Heldentat« bekam er als weitere Auszeichnung eine Spange am Band seines Ordens.

Keith hatte viel Blut verloren, er war von einem Schuss getroffen worden, bevor sie landeten. Er war stumm, doch seine Augen waren halb geöffnet, und sein kleiner Finger zitterte. Keine letzten Worte. *Also dann, viel Glück.*

Sie legten ihn auf den Boden, und Teddy zog ihn auf seinen Schoß und hielt ihn fest, eine brutale *Pietà*. Keith hatte kein Glück mehr im Unglück. Es war zu Ende. Teddy wusste, dass er nur noch ein paar Augenblicke leben würde, und sah, dass es vorbei war, als der Finger zu zittern aufhörte und das Licht in den halb geöffneten Augen erlosch, und es tat ihm leid, dass ihm nichts einfiel, was er hätte sagen können, damit es Keith leichter fiel, dieses Leben aufzugeben. Aber es gab auch nichts zu sagen, oder?

Als er in seinem Quartier war, zog Teddy die blutige Uniform aus und leerte die Taschen. Zigaretten, der silberne Hase und das spät aufgenommene Foto von ihm und Nancy und dem Hund auf der Promenade am Meer. Ein noch nasser Schmierfleck oben am Rand. Keiths Blut. Es schien so wertvoll wie eine Reliquie. »Das ist Tee«, sagte er zu seiner Enkelin, als sie ihn danach fragte, nicht, weil sie sich nicht dafür interessiert hätte, sondern weil es sehr persönlich war.

Seine Gefühle zeigte er nur dem Hund, drückte das Gesicht an seinen Hals, um sich zu beruhigen. Lucky ließ es eine Weile über sich ergehen und befreite sich dann aus seinen Armen.

»Entschuldige«, sagte Teddy und riss sich zusammen.

Aber das lag noch ein paar Wochen in der Zukunft. *Jetzt*, in der Gegenwart, in der Royal Albert Hall, entfaltete Beethoven seine geheime Wirkung auf Teddy.

Teddy beschloss, die Musik einfach zu *fühlen*, und suchte nicht länger nach Worten, um sie zu beschreiben, und im vierten Satz, als Roy Henderson, der Bariton, zu singen begann *(O Freunde)*, stellten sich ihm die Haare im Nacken auf. Ursula bebte nahezu wie eine zusammengedrückte Sprungfeder vor Emotionen, ein Vogel, der jeden Augenblick vom Boden auffliegen konnte. Gegen Ende des letzten Satzes, als die Großartigkeit des Schlusschors nahezu unerträglich wurde, hatte Teddy das sonderbare

Gefühl, er müsste seine Schwester festhalten, um zu verhindern, dass sie in die Luft stieg und davonflog.

Sie verließen die Royal Albert Hall und traten in den milden Abend. Sie schwiegen eine lange Weile, während es um sie dunkel wurde.

»Numinos«, brach Ursula schließlich das Schweigen. »Es gibt einen Funken Göttliches auf der Welt – nicht Gott, mit Gott sind wir fertig, aber *etwas*. Liebe? Nicht alberne romantische Liebe, etwas Tieferes …?«

»Ich glaube, es ist etwas, für das wir kein Wort haben«, sagte Teddy. »Wir wollen immer alles benennen. Vielleicht ist das ein Fehler.«

»›Denn wie der Mensch jedes Tier nennen würde, so sollte es heißen.‹ Uns alles untertan zu machen ist ein schrecklicher Fluch.«

Danach – denn wie sich herausstellte, gab es ein Danach für Teddy – beschloss er, dass er immer versuchen würde, freundlich zu sein. Das war das Beste, was er tun konnte. Das Einzige. Und vielleicht war es Liebe.

1960

Seine kleinen Handlungen, die namenlosen, bald vergessenen, die er aus Freundlichkeit und Liebe tut

Es begann mit Kopfschmerzen, schrecklichen Kopfschmerzen während des Unterrichts. Das war, bevor sie nach York zogen und Nancy noch in der Hauptschule in Leeds unterrichtete. Es war ein elender Montag im Winter, ein rauher Ostwind wehte, und es wurde kaum hell. »Ich fühle mich ein bisschen angeschlagen«, sagte sie, als Teddy beim Frühstück bemerkte, dass sie etwas »kränklich« aussah.

Mittags ging sie ins Krankenzimmer, und die Schulschwester gab ihr zwei Aspirin, doch sie hatten überhaupt keine Wirkung, und sie musste in der ersten Stunde am Nachmittag den Unterricht abbrechen und sich ins Krankenzimmer legen. »Klingt wie Migräne«, sagte die Schwester sachkundig. »Legen Sie sich hin und ruhen Sie sich aus.« Das tat sie, auf dem unbequemen schmalen Feldbett mit seiner kratzigen roten Wolldecke, auf das sich normalerweise junge Mädchen mit Monatsschmerzen legten. Nach einer halben Stunde kämpfte sie sich in eine sitzende Haltung und erbrach sich auf die rote Decke. »O Gott, tut mir leid«, sagte sie zur Schwester.

»Definitiv Migräne«, sagte die Schwester. Sie war von der mütterlichen Sorte, und nachdem sie sauber gemacht hatte, tätschelte sie Nancy die Hand und sagte: »Ihnen geht's bald wieder blendend.«

Nachdem sie sich übergeben hatte, ging es ihr tatsächlich etwas besser, und sie konnte nach Ayswick heimfahren – vorsichtig –, bevor die Schule schloss, obwohl sich ihr Kopf anfühlte, als würde ein Schwarm Bienen darin herumschwirren.

Als Nancy zu Hause ankam, waren Viola und Ellen Crowther bereits da. Mrs. Crowther war die Frau aus dem Ort, die sie angestellt hatten, um Viola von der Grundschule abzuholen und mit ihr zu warten, bis einer von ihnen von der Arbeit zurückkam. Mrs. Crowthers eigene »Brut« war erwachsen und aus dem Haus, aber sie hatte noch ihren Mann, einen Landarbeiter, und einen uralten Schwiegervater (»der Alte«), und beide klangen nach mehr Arbeit als ein Kind, sogar als Viola. Sie sah aus wie eine Hexe, das dünne schwarze Haar zu einem Knoten zusammengefasst, ihr Gesicht aufgrund einer Gesichtslähmung in der Kindheit verzerrt. Trotz dieser Attribute wirkte sie nichtssagend, verschlissen von Arbeit und Gehorsam. »Magst du Mrs. Crowther?«, hatte Nancy Viola einmal gefragt, und Viola hatte sie verwirrt angesehen und gefragt: »Mrs. wer?«

Wenn Nancy nach Hause kam, war Mrs. Crowther normalerweise bereit zum Aufbruch, Tuch auf dem Kopf und den Gürtel des braunen Gabardinemantels festgezurrt, und stürmte aus der Tür wie ein Windhund aus der Box, bevor Nancy noch »hallo« sagen konnte. Ihr Mann (und vielleicht auch der Alte) schienen pedantischen Wert auf Pünktlichkeit zu legen, vor allem wenn es um das Abendessen ging. »Wenn ich zu spät komme, gibt's Krach«, waren für gewöhnlich Mrs. Crowthers Worte, wenn sie davonhastete.

Als sie nun früher als üblich dran war, die Bienen in ihrem Kopf noch geschäftig an der Arbeit, musste Nancy das Haus sehr leise betreten haben, da weder Viola noch Mrs. Crowther sie bemerkten. Sogar Bobby, der Hund, begrüßte sie nicht. Viola saß am großen Küchentisch und las *Bunty*, ein Schinkensandwich in einer Hand, während sie eine Haarlocke um den Finger der anderen drehte – eine erstaunlich irritierende Gewohnheit, die sie ihr nicht austreiben konnten. Mrs. Crowther schrieb mit einem stumpfen Schreinerbleistift anscheinend eine Einkaufsliste auf die Rückseite eines Umschlags, eine Tasse Tee neben ihr.

Nancy fühlte sich seltsam gerührt von diesem häuslichen Tableau. Die friedliche Gewöhnlichkeit – der gestrickte Teewärmer über der Kanne, die Art und Weise, wie Mrs. Crowther den Zucker in ihrer Tasse verrührte, ohne von der Liste aufzublicken. Das konzentrierte Stirnrunzeln Violas, während sie gewissenhaft das Sandwich aß und versunken war in das wöchentliche Abenteuer der »Vier Marys«.

Einen Augenblick stand Nancy unbemerkt auf der Schwelle und hatte plötzlich das sonderbare Gefühl, als hätte sie sich losgelöst. Sie war unsichtbar, jemand, der ein Leben beobachtete, das ohne sie stattfand. Es war, als hätte sie die Bodenhaftung verloren und würde jeden Moment einfach davonschweben und nicht mehr zurückkehren können, wohin sie gehörte. Panik stieg in ihr auf, doch in diesem Augenblick schaute Viola von ihrem Comic auf und sah sie. »Mama!«, rief sie und strahlte. Der Bann war gebrochen, und Nancy betrat die Sicherheit der Küche, wo der alte AGA Trost und Wärme verströmte.

Mrs. Crowther sagte: »Meine Güte, Sie haben mich aber erschreckt. Beinah hätte ich geglaubt, Sie sind ein Gespenst. Blass genug sind Sie«, fügte sie hinzu (als wäre sie mit Gespenstern vertraut). »Geht es Ihnen nicht gut? Hier – setzen Sie sich. Ich hole Ihnen eine Tasse Tee.«

»In der Schule hatte ich Migräne«, sagte Nancy und sank auf einen Stuhl am Tisch. Die Bienen in ihrem Kopf, hinter ihren Augen, schwirrten ruhelos. Mrs. Crowther schenkte Tee ein und verrührte drei Teelöffel Zucker darin, bevor Nancy protestieren konnte.

»Heißer süßer Tee«, sagte Mrs. Crowther. »Genau was Sie brauchen.« Es war seltsam, von jemandem bedient zu werden, der normalerweise nur ein verschwommener Gabardinefleck im Flur war. (Mrs. Crowther verfügte über unvermutete Vorräte an Smalltalk.) »Danke«, sagte Nancy, enorm dankbar für den Tee, auch wenn er viel zu süß war.

»Du bist früh zu Hause«, sagte Viola. Jede Veränderung der Routine erregte ihren Argwohn, sie mochte Spontaneität nicht. Weil sie ein Einzelkind war? Oder nur, weil sie ein Kind war?

»Ja, Schatz.« Nachdem sie den Tee getrunken und auf Mrs. Crowthers Empfehlung hin einen Butterkeks gegessen hatte (»Hilft immer«), sagte sie zu ihr: »Ich weiß, dass es viel verlangt ist, aber können Sie heute dableiben, bis mein Mann nach Hause kommt? Ich glaube, ich muss mich hinlegen.«

Sie musste eingeschlafen sein. Als sie erwachte, war es dunkel, die Schlafzimmertür stand offen, und im Flur brannte Licht. Die Bienen waren verstummt und verschwunden, hatten sich eine neue Königin gesucht. Die Uhr neben dem Bett zeigte neun an. Sie hatte einen dicken Kopf, fühlte sich aber viel besser.

»Hallo«, sagte Teddy, als sie nach unten kam. »Mrs. Crowther hat gesagt, dass du Migräne hast, deswegen habe ich dich schlafen lassen.« (Nancy fragte sich, ob es bei Mrs. Crowther zu Hause »gekracht« hatte.) »Ich habe ihr ein bisschen mehr gegeben, weil sie länger dageblieben ist. Heute Morgen habe ich noch zu dir gesagt, dass du ein bisschen kränklich aussiehst – das muss der Grund gewesen sein. Soll ich dir Kotelett zum Abendessen braten?«

Sie hatte keine Migräne mehr, nur ein bisschen häufiger als üblich Kopfweh, nichts so Erschreckendes wie an jenem Tag im

Krankenzimmer. »Wahrscheinlich ist Ihre Arbeit ziemlich anstrengend«, sagte der Augenarzt, den sie aufgesucht hatte, um feststellen zu lassen, warum sie gelegentlich eine Lichtwelle im linken Auge sah, eine kleine schimmernde Linie aus Gold, die eigentlich sehr hübsch war. »Augenmigräne«, sagte er und schaute ihr ins Auge. Dabei kam er ihr so nahe, dass sie das Pfefferminzbonbon roch, das er im Mund hatte, um (nicht sehr erfolgreich) den Zwiebelgeruch seines Mittagessens zu übertönen. »Man hat dabei nicht unbedingt Schmerzen.« Er war schon älter, onkelhaft und praktizierte seit Jahren in der kleinen Stadt. Es gab nichts, versicherte er ihr, was er nicht über die Augen wusste.

»Und manchmal, wenn ich viel auf der Tafel schreibe«, sagte Nancy, »sehe ich ein bisschen verschwommen, so wie Vaseline auf Glas, und dann kann ich nicht mehr richtig lesen und schreiben.«

»Eindeutig Augenmigräne«, sagte er.

»Vor kurzem hatte ich richtige Migräne«, sagte sie, »und jetzt habe ich öfter Kopfweh als sonst.«

»Da haben wir's«, sagte er.

»Meine Mutter hatte auch Kopfschmerzen«, sagte sie und dachte daran, wie sich ihre Mutter die Treppe hinauf in ihr verdunkeltes Schlafzimmer geschleppt hatte, an ihr trauriges klagloses Lächeln, wenn sie sagte: »Mal wieder einer meiner Köpfe.« Darüber mussten sie lachen (nicht wenn sie Schmerzen hatte, sie waren keine grausamen Töchter). »Die Hydra«, nannten sie sie liebevoll. »Aber eine nette«, sagte Millie. »Eine nette liebe Mama-Hydra.«

Später fragte sich Nancy, ob sie etwas gespürt hatte, eine Art Vorahnung, die sie dazu brachte, an diesem Abend vorzuschlagen, nach York zu ziehen, wo das Leben einfacher und bequemer wäre. Als sie den Augenarzt mit einem Rezept für eine Lesebrille (»Das liegt am Alter, kein Grund zur Sorge«) verließ, dachte sie aber als Allererstes an das Kännchen Tee und den getoasteten Teekuchen, die sie sich im Café um die Ecke leisten wollte, bevor sie sich mit dem Fahrrad auf den beschwerlichen Heimweg machte. Es war heiß, und Teddy hatte den Wagen. Er war mit einer widerwilligen Viola im Schlepptau zu einer landwirtschaftlichen Schau gefahren. Sie war fürchterlich müde, aber der Tee würde sie aufmuntern.

Das tat er, und als sie die Münzen für das Trinkgeld der Kellnerin abzählte, ging ihr der Gedanke durch den Kopf, dass das Einzige, was ihr – ihr und Teddy (und auf weniger drängende Weise sogar Viola) – widerfuhr, war, dass sie älter wurden. Ansonsten veränderte sich ihr Leben nicht. Sie traten Wasser, sie dümpelten vor sich hin. Warum sollten sie nicht etwas anderes tun, sich ein bisschen aufraffen?

»Dümpeln?«, sagte Teddy und blickte kurz bekümmert drein. Sie lagen im Bett – Kakao, Bücher aus der Bibliothek und so weiter –, was vermutlich einer guten Definition von »dümpeln« gleichkam. Nancy erinnerte sich, dass Sylvie gesagt hatte: »Die Ehe stumpft einen ab.«

»Das ist keine Beleidigung«, sagte sie, doch Teddy schien nicht überzeugt.

An einem Sonntag, nicht lange nachdem sie nach York gezogen waren, nahm Nancy den Braten aus dem Ofen, als ihr linker Arm ohne Vorwarnung nachgab und der Topf samt Inhalt auf den Boden fiel. Teddy musste den Lärm gehört haben, denn er kam eilig in die Küche und sagte: »Alles in Ordnung?«

»Ja, ja«, sagte sie und schaute betroffen auf das Gemetzel aus Lamm und Kartoffeln, ganz zu schweigen von dem Fett, das überall verspritzt war. »Hast du dich verbrannt?«, fragte Teddy besorgt. Nein, versicherte sie ihm. »Ich bin nur ein ungeschickter Tollpatsch, wirklich.«

»Ich hole einen Lappen.«
»Wahrscheinlich bin ich noch an den AGA im alten Haus gewöhnt, und ich habe – ich weiß nicht – irgendwas falsch gemacht. Ach, das arme Lamm«, fügte sie traurig hinzu, als wäre der Braten ein alter Freund von ihr. »Meinst du, wir können es retten – es aufheben und so tun, als wäre nichts passiert?« Die Lammhaxe schien über allen verfügbaren Schmutz und Staub auf dem Boden gerollt zu sein, den Nancy bislang für sauber gehalten hatte. Sie schalt sich insgeheim für ihre schlampige Haushaltsführung. »Können wir es mit heißem Wasser abwaschen? Im Krieg hätten wir es nicht weggeworfen. Wir haben noch die Karotten«, sagte sie hoffnungsvoll. »Und die Minzsoße.«
Teddy lachte und sagte: »Ich glaube, ich wärme besser eine Dose Bohnen auf und mache Rühreier dazu. Ich kann mir nicht vorstellen, dass Viola mit Karotten zufrieden sein wird.«
Es hatte noch andere kleine Vorkommnisse gegeben, Taubheit und Prickeln in dem dummen linken Arm und eine weitere schlimme Migräne, die an einem Freitagabend einsetzte und bis zum Montagmorgen anhielt. Diese veranlasste Nancy, ihren neuen Hausarzt aufzusuchen in der Hoffnung, dass er ihr starke Schmerztabletten verschreiben würde. Nach ein paar merkwürdigen Tests – in gerader Linie gehen, den Kopf in unterschiedliche Richtungen bewegen, als wollte er überprüfen, ob sie betrunken war – erklärte der Arzt, dass er sie ins Krankenhaus überweisen wollte. Er war der junge Partner eines älteren Arztes, und er wollte keine Fehler machen. »Aber kein Grund zur Beunruhigung«, sagte er. »Wahrscheinlich haben Sie recht, und es ist Migräne.« Und offenbar hatte es auch keine Eile, denn als die Terminvereinbarung mit dem Spezialisten in ihrem Briefkasten lag, dachte sie, dass das Krankenhaus sie längst vergessen hatte. Sie hatte Teddy nichts von alledem gesagt. Es schien ihr unsinnig, ihn zu beunruhigen. (Er war jemand, der sich Sorgen

machte, Nancy nicht.) Sie nahm an, dass die Untersuchungsergebnisse nicht eindeutig wären und sie wie ihre Mutter letztlich »Köpfe« hatte. Sie bezweifelte, dass sie so geduldig würde leiden können.

Es war ein perfekter Frühlingstag, als Nancy den Termin im Krankenhaus hatte, und als sie die Schule in der Pause verließ (»Bin mittags wieder da«), beschloss sie, zu Fuß zu gehen. Sie könnte einen Teil der Strecke an der Stadtmauer entlangspazieren und sich an den Osterglocken erfreuen, die gerade blühten und »in gelbem Pomp« erstrahlten – ein Ausdruck aus einem alten Artikel von Agrestis. Teddy war von den wilden Narzissen »hingerissen« gewesen, auf die er zufällig vor ein paar Jahren bei einem Spaziergang durch den Wald gestoßen war.

Teddy verfasste immer noch die Naturnotizen. Jeden Monat ein kurzer Artikel, sagte er (zu sich selbst), und er konnte leicht aufs Land hinausfahren – sie alle konnten mitkommen, ein Picknick machen und ein Fernglas mitnehmen. »Es ist nicht ganz das Gleiche, ich weiß, wie *mittendrin* zu sein – ›mitten im Nirgendwo‹«, fügte er spitz hinzu, »aber Not kennt kein Gebot. Bis der *Recorder* einen Ersatz für mich findet.« Sie fanden jemanden, ein Jahr später – eine Frau, allerdings räumte der neue Agrestis diese Geschlechtsumwandlung nie ein. Doch da war es für Teddy von keinerlei Bedeutung mehr, wenig war ihm noch wichtig, und er ließ Agrestis ohne Bedauern hinter sich.

Die Narzissen, die auf dem Abhang unter der Mauer blühten, waren wirklich schön. Im Garten des neuen Hauses wuchsen keine Osterglocken (eigentlich hatte doch jeder welche?), und Nancy beschloss, mit Teddy darüber zu sprechen. Sie mussten welche pflanzen, viele (zahllose) in einem Wordsworthschen Gestöber. Das würde ihm gefallen. Zu ihrer Überraschung gärtnerte er, studierte Samenkataloge und zeichnete Pläne und Skizzen. Nancy ließ ihm stets seinen Willen, aber er fragte sie

regelmäßig um Rat. »Was meinst du zu Gladiolen?« – »Wie wäre es mit einem kleinen Teich?« – »Erbsen oder Bohnen oder beides?«
Als sie sich bei Monkgate Bar von der Mauer abwandte und an der Ampel auf Grün wartete, senkte sich plötzlich ein schwarzer Vorhang über ihr linkes Auge. Mehr eine Jalousie als ein Vorhang. Ihr ganz persönlicher Blackout. Sie ahnte Unheil. »Mit Blindheit geschlagen« – es hatte etwas Biblisches, obwohl Monkgate nicht die Straße nach Damaskus war.
Sie setzte sich auf die nächste Bank und wartete, was weiter passieren würde. Eine religiöse Offenbarung? Unwahrscheinlich. Wäre sie vollständig blind gewesen, hätte sie um Hilfe gerufen, aber der Verlust nur eines Auges schien ihr nicht Grund genug, Fremde zu belästigen. (»Das ist lächerlich«, sagte Millie, als sie es ihr erzählte. »Ich hätte mir die Seele aus dem Leib geschrien.« Aber Nancy war nicht Millie.) Nachdem sie ungefähr zehn Minuten in stiller Kontemplation auf der Bank gesessen hatte, hob sich die Blackout-Jalousie – so rasch und geheimnisvoll, wie sie sich gesenkt hatte –, und sie konnte auch mit diesem Auge wieder sehen.
»Die Nerven oder so«, sagte sie zu dem Arzt, als sie endlich im Krankenhaus war. »War wahrscheinlich ein großes Glück, dass ich nicht mit dem Auto oder dem Fahrrad gefahren bin.« Sie war redselig vor Erleichterung, die Krise überstanden, das biblische Unheil abgewendet. »Dann wollen wir Sie mal gründlich untersuchen«, sagte der Arzt. Er war weder jung noch mütterlich noch onkelhaft und hatte sehr wenig zum Thema Migräne zu sagen.
Und dann ging alles sehr schnell, wie ein schrecklicher Expresszug, der nirgendwo anhält. Sie untersuchten und röntgten sie. Sie drückten sich vage aus, unsicher, was sie sahen, sagten sie. Sie war verheiratet, oder? Warum brachte sie zum nächsten Termin nicht ihren Mann mit? »Nicht, solange sie mir keine Diagnose

geben«, sagte sie zu Bea am Telefon. »Sie sind aus keinem guten Grund zugeknöpft.« Sie wusste, was in schlimmen Fällen passierte, sie erzählten es dem Ehepartner, den Geschwistern, sogar Freunden, allen, nur nicht dem Patienten, damit der weiterhin »ein normales Leben führen« konnte. Sie hatte in Bletchley Park eine Frau vom Königlichen Marinedienst der Frauen gekannt – Barbara Thoms –, eine bodenständige Frau, ein Rädchen im Getriebe. Den vielen Getrieben. Nancy war ein Rad, sie knackte Codes, war einer der Jungs. Normalerweise hätte sie mit einem niederen Rädchen nicht viel zu tun gehabt, aber sie wollten beide Netball spielen und hatten vergeblich versucht, in Bletchley eine Mannschaft zusammenzustellen. (Nancy hatte in Cambridge in der Universitätsmannschaft gespielt.) Am Ende des Kriegs hatte Nancy ihren eigenen Schreibtisch, sie war stellvertretende Abteilungsleiterin ihrer Truppe. Sie hatte sie alle gekannt – Turing, Tony Kendrick, Peter Twinn. Sie hatte diese verschlossene, geheime, selbstgenügsame Welt geliebt, aber auch gewusst, dass sie temporär war, dass »der normale Betrieb wieder aufgenommen würde«. Zwangsläufig.

Die arme Barbara hatte Krebs, »rasch fortschreitend, unheilbar«. Einen Frauenkrebs, zu peinlich für ihre weniger bodenständige Mutter, um Einzelheiten zu nennen. Mrs. Thoms hatte es jemandem erzählt, der mit Barbara arbeitete, und bald schon wussten es alle Mädchen in Barbaras Abteilung. Alle außer Barbara. Sie wurden von Mrs. Thoms zu Stillschweigen verpflichtet, denn das hatten die Ärzte geraten, »damit kein Schatten auf den Rest ihres Lebens fällt«, erklärte sie. Das arme Mädchen arbeitete, bis es nicht mehr konnte, dann ging es nach Hause, um in Unkenntnis zu sterben, während es noch auf Heilung hoffte.

Sie hatte Barbara nahezu vergessen, als Mrs. Thoms schrieb, dass sie tot und begraben war. »Eine stille Beerdigung. Sie wusste nie, was sie hatte, das war ein Trost.« Pah!, dachte Nancy. Sollte sie eine schreckliche Krankheit haben, die sie umbringen würde, wollte sie nicht im Dunkeln gelassen werden, sie wollte es *wissen*. Ja, sie wollte es genau umgekehrt – *sie* würde es wissen, und ihre Nächsten und Liebsten nicht. Warum sollten Teddy und Viola unter dem »Schatten« leben?

»Du musst zu jemandem in der Harley Street«, sagte Bea. »Ich habe noch ein paar Kontakte zu Ärzten.« Bea hatte nach dem Krieg einen Chirurgen geheiratet, aber die Ehe hatte nicht gehalten. (»Ich glaube nicht, dass ich für die Ehe geschaffen bin.«) »Ich werde herausfinden, wer der Beste auf dem Gebiet ist, jemand, der nicht um den Brei herumredet. Aber du solltest es Teddy erzählen, Nancy.«

»Das werde ich, versprochen.«

Bei der Geburt von Viola wäre sie fast gestorben, und danach hatte sie sich gegen Unheil »gefeit« gefühlt. Vielleicht hatte es deshalb so lange gedauert, bis sie dieser Sache auf den Grund gehen wollte. Und während der ganzen Zeit hatte diese Sache sie verfolgt. Und ausgerechnet der Kopf. Wenn es nur eine Brust, ein Arm, ein Auge gewesen wäre. Auch wenn es einen frühen Tod bedeutet hätte, so hätte sie zumindest bis zum Schluss ihre geistigen Fähigkeiten behalten. Manchmal, wenn sie zwischen ihren Pflichten als Ehefrau und Mutter feststeckte, dachte sie, wie sehr ihr Leben durch die Liebe beeinträchtigt wurde. Viola, die auf einer Welle des Zorns aus ihrem Bauch gekommen war, Teddy, der immer eine gutgelaunte Fassade trug und vorgab, nicht zu grübeln.

Als sie in das Haus gezogen waren, hatte ein schöner Fliederbusch im Vorgarten gestanden, doch Teddy hackte ihn um, als er im ersten April duftend blühte. »Aber warum?«, fragte sie ihn, doch dann sah sie seinen Blick und wusste, dass es mit dem Krieg zu tun hatte – dem großen Sündenfall – und er es ihr nicht erklären würde. Teddys Krieg war das einzige Rätsel, das sie nicht entschlüsseln würde. Aber es war 1960, um Himmels willen, dachte sie manchmal und verlor die Geduld. Sie war müde. Es schien, als würde sie viel Zeit damit verbringen, andere zu drängen und aufzumuntern – Teddy, Viola, ihre Schülerinnen. Als wäre sie wieder die Kapitänin der Netballmannschaft, die sie einst gewesen war.

Teddy war nicht der Einzige, der wertvolle Jahre geopfert hatte. Sie hatte 1936 ihr Mathematikstudium in Cambridge als eine der Besten mit ausgezeichneten Noten abgeschlossen und den Fawcett-Preis gewonnen, und im Frühjahr 1940 wurde sie von der Staatlichen Code- und Dechiffrierschule rekrutiert. Sie hatte eine brillante Karriere für den Krieg und dann wieder für Teddy und Viola aufgegeben.

»Ich fahre nach Lyme, um Gertie beim Umzug zu helfen.«

»Gut. Das ist nett von dir«, sagte Teddy.

»Wir packen nur die leichten Sachen, Geschirr und Nippes und so weiter. Nur für zwei Tage. Ich dachte, es wäre nett, ein bisschen Zeit mit ihr zu verbringen, nur wir beide.«

Einen Tag nach ihrer Rückkehr kam eine Postkarte von Gertie mit einem Veilchen-Aquarell vorn darauf – »Die Lieblingsblumen unserer Mutter, wie Du Dich sicher erinnerst«. Nein, sie hatte es vergessen, und dennoch hatte sie ihre Tochter Viola genannt. Wegen Shakespeare, nicht wegen ihrer Mutter. Wie konnte eine Tochter so etwas vergessen? Oder sich zumindest nicht bewusst daran erinnern? Was würde ihre eigene Tochter vergessen? Nancy fühlte sich plötzlich untröstlich. Sie wünschte, ihre Mutter würde noch leben. So würde sich Viola ohne Mutter fühlen. Es war unerträglich. Heiße, schmerzhafte Tränen stiegen ihr in die Augen. Sie wischte sie weg und riss sich am Riemen.

Sie las Gerties Karte zu Ende. »Ich dachte, dass ich Dir schnell schreiben muss. Teddy hat angerufen, während Du ›hier‹ warst.

Hoffentlich habe ich gut geschummelt und mich glaubwürdig als Dummkopf hingestellt. Liebes, solltest Du es ihm nicht sagen? (Ich will mich nicht einmischen.) Alles Liebe, G. PS: Habt Ihr Euch wegen des Buffets entschieden?«

»Du solltest es ihm erzählen«, sagte Millie. »Wirklich. Ich habe dich *schrecklich* gut gedeckt und behauptet, dass ich dich gerade zum Zug gebracht hätte und was für eine tolle Zeit wir gehabt hätten, aber Teddy wird es herausfinden auf die eine oder andere Weise.«

Nancy hatte sich nicht an ihren Mann, sondern an ihre Schwestern gewandt, kurze nervöse Kommunikationen in unterschiedlichen Kombinationen.

Sie konnte ihre Schwestern belasten, aber nicht Teddy. Er war nicht naiv, wahrscheinlich hatte er Verdacht geschöpft, doch sie würde es ihm erst sagen, wenn es definitiv wäre. Zuinnerst war sie immer Mathematikerin und glaubte an das Absolute. Und im ungünstigsten Fall wäre es umso besser, je kürzer er leiden müsste.

»Du musst es ihm sagen, Nancy.«

»Das werde ich, Millie, natürlich werde ich es ihm sagen.«

Sie war nicht in Dorset und im Lake District gewesen, aber sie war bei Bea in London. Sie gingen nicht in eine *Show, vielleicht in eine Ausstellung,* sondern sie saß auf der Couch in der bohemehaften Einzimmerwohnung ihrer Schwester in Chelsea, ein Glas Whisky in der Hand. Ursula, die neben Nancy saß, hatte die Flasche mitgebracht. »Ich dachte, wir brauchen was Stärkeres als Tee«, hatte sie gesagt.

»Ich habe immer Gin zu Hause«, sagte Bea. Sie war jetzt seit einer Weile von dem Chirurgen geschieden, arbeitete für die BBC und war gern Single.

Millie traf aufgeregt und außer Atem ein, weil sie die Treppen hinaufgerannt war. »Ich habe mich verlaufen«, sagte sie. »Tut mir leid.«

»Whisky oder Gin?«, sagte Bea. »Oder Tee?«

»Klingt alles gut, aber Gin, bitte. Einen großen.« Sie blickte kurz zu Nancy, sprach aber weiter mit Bea. »Ich brauche was Starkes. Es sieht schlimm aus, oder?«

»Sehr schlimm«, sagte Bea mit belegter Stimme.

»*Ganz* schlimm?« Millie sprach mit einem komischen abgehackten Akzent, entweder wollte sie keine Gefühle zeigen oder sie stellte eine Figur in einem Stück oder Film dar, die sich unter Kontrolle hatte – Celia Johnson in *Begegnung* kam einem in den Sinn. Der Ruf der Pflicht, der moralische Imperativ, das Richtige zu tun. Nancy bewunderte es, und zugleich rebellierte etwas in ihr. Lauf davon, dachte sie, vergiss die Pflicht. Sie stellte sich vor, wie sie Beas steile schmale Treppen hinunter und hinaus auf die Straße, den Fluss entlang und immer weiter rannte, bis sie das entsetzliche Ding hinter sich gelassen hatte.

Ein Glitzern in Millies Augen, ein kurzes Zittern ihrer Hand, als sie das Glas mit Gin nahm, und Nancy wusste, dass sie nicht schauspielerte.

»Ich bin hier«, sagte sie. »Du kannst mich fragen.«

»Ich glaube nicht, dass ich dich fragen will«, sagte Millie. »Ich glaube nicht, dass ich es wissen will.« Das Glitzern wurde zu einer Träne, die ihre Wange hinunterrollte, und Bea schob sie sanft zu einem Stuhl und setzte sich dann zu ihren Füßen auf den Teppich.

»Ja, es stimmt«, sagte Nancy gefasst. »Es ist bestätigt, und leider ist es, wie du gesagt hast, *ganz* schlimm. Es ist so schlimm, wie es schlimmer nicht sein kann.«

Millie stieß einen schrecklichen Schluchzer aus und hob rasch die Hand an den Mund, als könnte sie den Laut noch aufhalten, aber es war zu spät. Bea nahm ihre andere Hand, und sie hielten sich aneinander fest. Sie sahen aus, als würden sie Schiffbruch erleiden. »Kann man gar nichts machen?«, fragte Ursula. »Bestimmt –«

»Nein«, unterbrach Nancy sie. Sie wollten alle Hoffnung haben, Möglichkeiten sehen, und sie befand sich jenseits von Möglichkeiten. »Er hat gesagt, wenn man ihn in einem früheren Stadium entdeckt hätte, wäre vielleicht etwas möglich gewesen. Und er wird nicht operieren«, sagte sie und hob eine Hand, um Bea, die protestieren wollte, zum Schweigen zu bringen. »Sie können nicht operieren aufgrund seiner Lage, und jetzt ist er mit Blutgefäßen verwachsen« – »O Gott«, sagte Millie. Sie war grün um die Nase, sie war schon immer die Zimperlichste von allen gewesen – »weswegen es unmöglich ist. Eine Operation wäre bestenfalls mein Ende.«

»Wenn der Tod das Beste ist, was ist dann das Schlimmste?«, wunderte sich Ursula. Millie stöhnte beim Wort »Tod« kurz auf, als wäre es Blasphemie, es auch nur auszusprechen.

»Ich wäre wahrscheinlich sowohl körperlich als auch geistig völlig behindert –«

»Wahrscheinlich?«, sagte Bea, die sich inmitten des sturmgepeitschten Wracks noch an die Hoffnung klammerte.

»So gut wie sicher«, sagte Nancy. »Was auf eine andere Weise auch mein Ende wäre. Und wegen seiner Lage könnten sie auch nicht alles herausschneiden.« Millie sah aus, als würde sie sich gleich übergeben. »Er würde weiter wachsen. Wirklich«, sagte Nancy, vielleicht weniger freundlich als beabsichtigt, »es wäre besser, besser für *mich,* wenn ihr das akzeptieren würdet.« Zuinnerst hatte sie seit dem ersten Besuch in der Harley Street, als sie angeblich Gertie beim Umzug half, vorausgesehen, dass es so kommen würde. Der Spezialist, den Bea gefunden hatte, Dr. Morton-Fraser, war ein vernünftiger Schotte. »Er wird sehr empfohlen«, hatte Bea gesagt. »Er steht in dem Ruf, sehr penibel zu sein. Schaut unter jedem Stein nach und so weiter.« Damals hatte es noch ein wenig Hoffnung gegeben, doch als sie im nächsten Monat wiederkam *(Wordsworths Haus und so weiter)* und er ihr die Röntgenaufnahmen zeigte und sie sehen konnte, um wie viel er in dieser kurzen Zeit gewachsen war, gab es keine mehr. »Vielleicht, wenn Sie vor einem Jahr zu mir gekommen wären«, sagte er, »aber selbst damals, wer weiß …« *Rasch fortschreitend, unheilbar* – die Diagnose der armen Barbara Thoms. »Ich kann es nicht ertragen«, murmelte Millie, als Bea herumging und nachschenkte. Nancy ärgerte sich plötzlich. Sie war es, die es ertragen musste, nicht ihre Schwestern.

Sie wollte allein sein, in ihrer eigenen stillen Welt verschwinden und über den Tod nachdenken. Tod. Ja, auch sie konnte dieses grobe obszöne Wort bilden. Doch stattdessen musste sie freundlich und stark sein und sagen, dass alles gut würde (was natürlich nicht stimmte) und sie sich damit »abgefunden« hatte.

»Es wird alles gut«, sagte sie zu Millie. »Mir geht es gut. Ich habe mich damit abgefunden, und das müsst ihr auch.«

»Und Teddy?«, sagte Ursula mit brechender Stimme. »Er hat mich heute Morgen angerufen, Nancy. Er vermutet, dass du eine Affäre hast. Du musst ihn aus diesem Elend befreien.«

Nancy lachte bitter und sagte: »Und ihn in ein anderes Elend stoßen?«

»Sag es ihm so bald wie möglich, es ist nicht fair, ihn so lange im Dunkeln zu lassen.« (Ursula, dachte Nancy gereizt, immer Teddys größte Verteidigerin und Beschützerin.) »Aber vermutlich nicht Viola …«

O Gott, Viola, dachte Nancy. Verzweiflung ergriff von ihr Besitz.

»Nein, nicht Viola«, sagte Bea rasch. »Sie ist viel zu jung, um es zu verstehen.«

»Wir werden für sie da sein«, sagte Millie aufgeregt. »Wir werden uns um sie kümmern –«

»Aber zuerst musst du es Teddy sagen«, insistierte Ursula. »Du musst jetzt nach Hause fahren und es ihm sagen.«

»Ja.« Nancy seufzte. »Ja, das werde ich.«

Sie begleiteten sie alle nach King's Cross zum Zug. Bea küsste sie sanft, als wäre sie plötzlich aus hauchdünnem Glas und könnte jeden Augenblick zerbrechen. »Sei tapfer«, sagte sie. Ursula schien nicht zu befürchten, dass sie zerbrechen würde, und drückte sie fest. »Du musst Teddy helfen, damit fertigzuwerden«, sagte sie nachdrücklich. O Gott, dachte Nancy müde, ließ niemand sie schwach und hoffnungslos egoistisch sein?
Sie standen auf dem Bahnsteig und winkten, als der Zug anfuhr, alle in Tränen aufgelöst, Millie weinte hemmungslos. Man könnte meinen, dass ich in den Krieg ziehe, dachte Nancy. Die Schlacht jedoch hatte bereits stattgefunden und war verloren.

»Dümpeln?«, sagte sie.
»Ich weiß, was los ist«, sagte er. In all den Jahren hatte sie Teddy nie wirklich wütend erlebt, auf jeden Fall nicht so. Nicht mit ihr.
Sie ging in die Küche und ließ an der Spüle ein Glas Wasser einlaufen. Sie hatte diesen Augenblick im Zug geprobt (eine schreckliche Fahrt in einem Abteil voller bierseliger Raucher, die sie anzüglich anschauten), doch als es so weit war, fehlten ihr die Worte. Sie trank langsam das Wasser, um mehr Zeit zu haben.
»Ich weiß es«, sagte Teddy, seine Stimme angespannt.
Sie drehte sich zu ihm um und sagte: »Nein, Teddy, du weißt es nicht. Du weißt gar nichts.«

Anfänglich war Nancy der Tumor wie ein Raubtier, ein Eindringling erschienen, der sich durch die Fasern ihres Gehirns wand und sie verzehrte, doch jetzt, da feststand, dass es keine *Möglichkeiten* mehr gab, war er nicht länger ein Feind. Er mochte kein Freund sein (wirklich nicht), aber er war ein *Teil* von ihr. Er gehörte ihr, ihr allein, und sie wären Gefährten bis zum schrecklichen Ende.

Sie hörte sofort auf zu arbeiten. Wozu sollte sie schließlich weitermachen, ihre Kraft an andere verschwenden? Viola, daran gewöhnt, von Nancy zur Schule gebracht und wieder abgeholt zu werden, war sauer, weil sie den Weg plötzlich allein machen musste. Nancy zeigte ihr, wie sie mit dem Bus fuhr (»Aber *warum?*«), und erklärte, dass es ihr nicht sehr gutging und sie eine Weile nicht unterrichten wollte, um sich zu erholen. Es war hart für Viola, dass sie von heute auf morgen unabhängig werden musste, statt langsam von der Leine gelassen zu werden, doch jetzt waren praktische Dinge gefragt, nicht Gefühle. Das Eisen war in Nancys Seele gedrungen.

Sie kaufte Kleider für Viola, die zwei, drei Nummern zu groß waren, machte Listen und Notizen – wo ihr Klavierlehrer wohnte, die Adressen und Telefonnummern der Eltern ihrer Freundinnen, ihre Vorlieben und Abneigungen. Teddy kannte natürlich viele von Violas Vorlieben, doch er hätte sich die ganze Bandbreite nicht vorstellen können.

Paradoxerweise fühlte sie sich erstaunlich gut in den ersten Wochen nach der Bestätigung ihres Todesurteils. Als das sah sie es, obwohl um aller anderer willen Euphemismen verwendet wurden. Sie putzte Schubladen und die Küchenschränke, warf unnötige Dinge weg, reduzierte ihre eigene Garderobe. Würde sie den Winter noch überleben? Brauchte sie die Wollsachen und Unterhemden und dicken Strümpfe in den Schubladen noch? Sie nahm an, dass nach ihrem Tod ihre Schwestern kommen und ihre Kleider aussortieren würden, so, wie sie es alle nach der Beerdigung ihrer Mutter getan hatten. Es wäre eine Hilfe für sie, wenn sie jetzt schon das Gröbste erledigte. Sie sprach mit niemandem über diese makabre Beschäftigung. Es würde die anderen mehr aufregen, als es sie aufregte, denn Nancy zog beträchtliche Befriedigung aus dem Gedanken, dass sie alles ordentlich hinterließ. Sie stellte sich vor, wie Gertie sich umschauen und sagen würde: »Die gute alte Nancy, typisch für sie, dass sie alles tipptopp hinterlassen hat.« Als es so weit war, sagte Gertie natürlich nichts dergleichen, zu überwältigt von Schmerz für so überschwengliche Bemerkungen.

Teddy war verwirrt von dieser großen Energie und gab zu bedenken, dass die Diagnose vielleicht falsch gewesen war (»Befunde werden ständig verwechselt«). Oder ihr Zustand besserte sich. »Das wäre ein Wunder, Teddy«, sagte sie so sanft wie möglich. »Es gibt keine Heilung.« Hoffnung war das Schlimmste für ihn. Für sie auch. Sie wollte diese Atempause als das genießen, was sie war, nicht als das, was es nicht sein konnte.

»Aber im Krieg hast du mich für tot gehalten«, beharrte er. »Hast du etwa die Hoffnung aufgegeben?«

»Ja. Ja, das habe ich. Und du hast es selbst gesagt – ich habe geglaubt, dass du tot bist.«

»Und als ich zurückgekommen bin, war es ein Wunder«, sagte er, als hätte er die Auseinandersetzung für sich entschieden. Aber er war aus einem Gefangenenlager zurückgekehrt, nicht von den Toten. Er dachte nicht logisch dieser Tage, aber andererseits, was machte es schon? Er würde bald genug aufhören, an Wunder zu glauben.

Und als alle Schubladen geordnet und alle Listen geschrieben waren, stellte sie fest, dass sie am liebsten allein im Haus war, die Stille mit ihrer Musik füllte, manchmal Beethoven, meistens Chopin. Ihr Klavierspiel war etwas eingerostet, doch Tag für Tag wurde es ein bisschen besser, und sie sagte zu Teddy: »Zumindest mit manchen Dingen geht es aufwärts«, doch er schreckte vor ihrem Galgenhumor zurück.

Eines Nachmittags, als sie sich auf die – höllisch schwierige – Polonaise in As-Dur konzentrierte, kam Teddy früh nach Hause, was er immer häufiger tat. Sie spürte, dass er sein Herz und seinen Geist mit ihr füllen wollte, denn dort würde sie weiterleben. (Kein Leben, eine Erinnerung, eine Illusion.) Und auch in den Herzen ihrer Schwestern. Und ein bisschen was von ihr in Viola, doch das würde verblassen und vergessen werden. *Die Lieblingsblumen unserer Mutter, wie Du Dich sicher erinnerst.* »Meine Lieblingsblumen sind die Glockenblumen«, sagte sie eines Tages aus heiterem Himmel zu Viola, die gleichgültig »Ja?« sagte und weiter *Blue Peter* schaute. Doch dann würde Teddy sterben, ihre Schwestern würden sterben, Viola würde sterben, und von Nancy wäre nichts mehr übrig. So war es. Die Tragödie des Lebens war der Tod. *Sic transit gloria mundi.* »Woran denkst du?«, fragte Teddy oft, zu oft, wenn sie sich diesen (naturgemäß sinnlosen) philosophischen Betrachtungen hingab. Besser war es, ein dummes Tier wie Bobby zu sein und jeden neuen Tag unwissend zu begrüßen. »Ach, ich denke Unsinn«, sagte sie und bemühte sich, Teddy anzulächeln.

Es war nicht so, dass sie ihre Gedanken Teddy nicht mitteilen oder keine Zeit mit ihm – und natürlich mit Viola – verbringen wollte, aber sie bereitete sich darauf vor, allein in die Dunkelheit zu gehen, an einen Ort (nicht einmal das, ein Nichts), wo nichts mehr eine Bedeutung hatte – Kakao, Bücher aus der Bibliothek, Chopin. Liebe. Diese Liste, sollte sie sie erstellen, wäre endlos. Sie erstellte sie nicht. Sie hatte genug von Listen. Sie schob die morbiden philosophischen Gedanken beiseite. Und spielte stattdessen Chopin.

»Ist das die Revolutionäre?«, fragte Teddy und unterbrach ihre Konzentration, so dass sie eine falsche Note spielte, die in ihren Ohren besonders daneben klang. »Meine Mutter hat sie gespielt«, sagte er.

Sylvie war eine hervorragende Pianistin gewesen. Manchmal hatte sich Nancy nach nebenan geschlichen, um ihr zuzuhören. Wenn Sylvie schlecht gelaunt war, musste man nicht nach Fox Corner, um sie zu hören, behauptete Nancys Vater, man hörte sie schon am Ende des Wegs. Er meinte es liebevoll. (»Da spielt Mrs. Todd!«) Major Shawcross brachte Sylvie großen Respekt entgegen (»Ein wunderbares Geschöpf«).

Damals wäre Nancy nie darauf gekommen, aber vielleicht hatte auch Sylvie allein sein wollen und sich über die stille kleine Zuhörerin in der Ecke ihres Wohnzimmers geärgert. Sie schien in der Musik aufzugehen, vergaß Nancy, bis sie zu Ende gespielt hatte. Nancy konnte nicht anders, sie musste klatschen. (»Bravo, Mrs. Todd!«)

»Ach, du bist es, Nancy«, sagte Sylvie ziemlich scharf.

»Nein, nicht die Revolutionäre, die Heroische«, sagte Nancy, ihre Hände lagen ungeduldig auf den Tasten. Der geflügelte Streitwagen der Zeit, dachte sie. Sie hörte die Flügel schlagen, schwer und knarzend wie die einer behäbigen Gans. Sie spürte, wie ihre Kraft nachließ, und konnte nichts dagegen tun. »Deine Mutter war eine Könnerin«, sagte sie. »Ich bin leider nur eine unverschämte Dilettantin. Und es ist ein so schwieriges Stück.«

»Hat sich ziemlich gut angehört«, sagte Teddy. Sie wusste, dass er log. »Du hast mich an Vermeer erinnert, als ich ins Zimmer gekommen bin.«

»Vermeer? Warum?«

»Das Gemälde in der National Gallery. *Die Virginalspielerin* – oder so ähnlich.«

»Junge Frau am Virginal«, sagte Nancy.

»Ja. Dein Gedächtnis ist unfehlbar.«

»Warum Vermeer?«, fragte sie.

»So, wie du dich umgedreht und mich angeschaut hast. Dein enigmatischer Ausdruck.«

»Ich habe immer gefunden, dass das Mädchen auf dem Bild etwas von einem Frosch hat«, sagte Nancy und dachte: Ich sehe enigmatisch aus, weil ich sterbe.

»Gibt es nicht auch ein Bild von einer Frau, die vor einem Virginal steht?«, fragte er. »Oder verwechsle ich da was?«

»Nein, es gibt zwei, beide hängen in der National.«

»Die gleiche Frau?«, sagte Teddy und wirkte nachdenklich. »Das gleiche Virginal?«

Oh, geh weg, mein Lieber, dachte Nancy. Hör auf, Gespräche zu führen, auf die du später zurückblicken kannst, hör auf, *Erinnerungen* zu schaffen. Lass mich mit Chopin allein. Sie seufzte und schloss den Klavierdeckel und sagte mit falscher Fröhlichkeit: »Wie wäre es mit Tee?«

»Ich mache Tee«, sagte Teddy sofort. »Möchtest du Kuchen? Haben wir welchen?«

»Ja, ich glaube, wir haben Kuchen.«

»Ich möchte, dass du mir was versprichst.«

»Alles, was du willst«, sagte Teddy. Ein fatales Versprechen, dachte Nancy. Sie saßen am Esszimmertisch. Teddy ging die monatlichen Rechnungen durch, während Nancy Namensstreifen in Violas Schuluniform nähte. Die langen Sommerferien waren fast vorbei, das neue Schuljahr würde demnächst beginnen. Der Rhythmus von Nancys Leben war immer vom Schuljahr bestimmt gewesen, und es schien seltsam, dass ein neues anfing, dessen Ende sie nicht mehr erleben würde.

Viola B. Todd stand in der vertrauten roten Kursivschrift auf den Namensstreifen. »B« für Beresford, Teddys zweiten Familiennamen, Sylvies Name, bevor sie eine Todd geworden war. Ihr Vater war Maler gewesen – »sehr berühmt zu seiner Zeit« laut Sylvie –, doch die Familie besaß nicht eins seiner Bilder. Nancy war entzückt gewesen, als sie mit Viola in eine Kunstgalerie in York ging und das Porträt eines längst vergessenen Würdenträgers entdeckte, den Sylvies Vater am Ende des letzten Jahrhunderts gemalt hatte. Auf der winzigen Messingplakette darunter stand »Llewellyn A. Beresford 1845–1903«. Und in einer Ecke des Bildes war das gespenstische Monogramm der Buchstaben L, A und B gemalt. »Schau«, sagte Nancy zu Viola, »das hat dein Urgroßvater gemalt.« Aber die Verwandtschaft war zu entfernt, als dass sie Viola etwas bedeutet hätte.

Nancy begann, einen Namensstreifen in den Kragen einer

Schulbluse zu nähen, und stach sich nahezu sofort mit der Nadel. Sie konnte nur noch schlecht nähen. Und sie konnte keinem Strickmuster mehr folgen. Sie glaubte, dass die Bienen in ihrem Gehirn insgeheim lautlos eine Wabe bauten.
»Alles in Ordnung?«, fragte Teddy und schaute auf den perfekten kleinen Blutstropfen auf ihrem Finger. Sie nickte und leckte das Blut ab, bevor es auf die Bluse tropfte.
»Versprich mir«, fuhr sie fort und legte das Nähzeug weg, »wenn es so weit ist« – Teddy zuckte zusammen – »wenn es so weit ist, dass du mir helfen wirst.«
»Wobei helfen?« Er legte die Gasrechnung beiseite, die er kontrolliert hatte.
Er wusste es ganz genau. »Dass du mir hilfst zu gehen, wenn es anfängt, schlimm zu werden und ich mir selbst nicht helfen kann. Und es wird schlimm werden, Teddy.«
»Vielleicht nicht.«
Sie hätte schreien können vor Frustration über das Ausweichen, Wegducken, Abtauchen. Sie starb an einem Gehirntumor, es würde grausam und brutal (*ganz* schlimm) werden. Wenn sie nicht ungeheures Glück hätte, würde sie nicht einfach friedlich einschlafen. »Aber *wenn* es schlimm wird«, sagte sie geduldig, »dann will ich gehen, bevor ich zu einer sabbernden Idiotin werde.« (Ich möchte als ich selbst sterben, dachte sie.) »Einen Hund würdest du nie leiden lassen, also lass bitte auch mich nicht leiden.«
»Ich soll dich einschläfern? Wie einen Hund?«, sagte er gereizt.
»Das habe ich nicht gesagt. Und das weißt du.«
»Aber ich soll dich umbringen?«
»Nein. Du sollst mir helfen, dass ich mich umbringen kann.«
»Und inwiefern ist das etwas anderes?«
Nancy gab nicht nach. »Nur wenn es für mich zu schwierig ist, weil ich es nicht mehr kann. Morphium oder Tabletten, ich weiß nicht.« Oder drück mir einfach ein Kissen aufs Gesicht,

um Himmels willen, und bring es hinter dich, dachte sie. Aber das war natürlich unmöglich. »Ich muss es tun«, sagte sie. »Sonst wird dir der Prozess wegen Mordes gemacht.« (Das war ein barbarisches Wort, das sie ihm da zuwarf.)

»Aber das ist es doch«, sagte er. »Ich kann keinen Unterschied erkennen.«

Er hatte die Hände gefaltet und starrte darauf, als wollte er abschätzen, ob sie es tun konnten oder nicht. Nach beträchtlichem Schweigen sagte er: »Ich weiß nicht, ob ich es kann.« Er sah sie nicht an, schaute überallhin, nur nicht zu ihr, seine Miene gequält. Du hast mir ein fatales Versprechen gegeben, dachte Nancy, du hast mir alles versprochen. Und du hast auch etwas anderes versprochen, dachte sie. In guten wie in schlechten Zeiten. Und jetzt kommen die schlechten Zeiten. Die schlimmsten. Und ein gemeiner Gedanke – wie viele Menschen hatte er im Krieg getötet?

»Mach dir nichts draus«, sagte sie und legte nachsichtig die Hände auf seine, die sich jetzt fest umklammerten. »Vielleicht wird es tatsächlich nicht schlimm, wir müssen abwarten.« Er nickte dankbar, als hätte sie ihn gesegnet.

Er war ein fürchterlicher Feigling. Er hatte auf Tausende Zerstörung herabregnen lassen, auf Frauen und Kinder – Menschen, die nicht anders waren als seine Frau, sein Kind, seine Mutter, seine Schwestern. Er hatte Menschen aus zwanzigtausend Fuß Höhe getötet, aber eine Person töten, eine Person, die darum bat, sterben zu dürfen? Er hatte zugesehen, wie Keith starb, er wusste nicht, ob er das noch einmal konnte. Nicht einmal für Nancy. Er kannte sie, seitdem er drei gewesen war *(eine Sandkastenliebe),* sein ganzes Leben lang, und er sollte ihr Henker sein? Er hatte sich vorgestellt, dass sie gemeinsam ein ruhiges Alter verbringen würden. Sich selbst konnte er nicht vor sich sehen, aber Nancy, wie sie in der Taille dick wurde, ein tröstliches

Doppelkinn entwickelte und wie ihr Haar ergraute. Ein bisschen wie Mrs. Shawcross. Sie würde beim Stricken und beim Lösen des Kreuzworträtsels im *Telegraph* die Augen anstrengen müssen. Er würde Kartoffeln ausgraben, sie Unkraut jäten. Sie war keine Gärtnerin, aber sie musste sich immer beschäftigen. Sie wären gute Gefährten und würden still gemeinsam immer schwächer werden, und jetzt ging sie viel früher. Er erinnerte sich an Sylvies Missfallen über Hughs plötzlichen Tod. *Er hat sich einfach ohne ein Wort davongeschlichen.* »Wenn mitternachts sich aller Schmerz verlor«, dachte Teddy. Verdiente Nancy das etwa nicht?

Ihr wurde klar, dass sie sich selbst Trost suchen musste. Sie lag auf Violas Bett, Viola schlief in ihrer Armbeuge. Für Nancy war es unbequem, es war ein kleines Kinderbett, Viola würde bald ein größeres Bett brauchen, doch es wäre nicht Nancy, die es kaufen würde. Sie hatte Viola *Anne auf Green Gables* vorgelesen. Auch Anne musste Eisen in ihrer Seele einlagern. Wenn Viola nicht allzu müde war, las sie manchmal Nancy vor. Viola las gut, sie war ein Bücherwurm – ein Ausdruck, den sie hasste. »Wie kann es schön sein, ein Wurm zu sein?«, sagte Viola. Ich wäre gern ein Wurm, dachte Nancy, wenn das die einzige mir angebotene Existenz wäre, und musste dann über sich selbst lachen, weil es so weit mit ihr gekommen war. »Ohne Würmer könnten wir kein Gemüse anbauen und würden verhungern«, sagte Nancy.

Sie musste Teddy klarmachen, dass sie verbrannt werden wollte. In Flammen aufgehen, ein Scheiterhaufen, und in die Welt der Atome und Elemente zurückkehren. Viola sollte nicht den Rest ihrer Kindheit damit verbringen, sich ihre Mutter in der dunklen feuchten Erde begraben und von Würmern gefressen vorzustellen. Nancys Herz wurde jeden Tag schwerer. An diese Dinge zu denken (sich verpflichtet fühlen, an diese Dinge zu denken), während sie das eigene Kind in den Armen hielt, *Anne auf Green Gables* aufgeschlagen auf der Bettdecke, Violas Glas mit Milch halb ausgetrunken auf dem Nachttisch *(Kakao, Bücher aus der Bibliothek und so weiter).*

In den letzten Wochen hatten sie auch *Der geheime Garten* und *Heidi* gelesen. Kein Zufall, dass die Bücher alle von Waisen handelten. Nach *Anne* wollte Nancy (so sie noch Zeit hatten) *Betty und ihre Schwestern* lesen – kein Buch über Waisenkinder, aber über starke, einfallsreiche junge Frauen. Alle Shawcross-Schwestern hatten Louisa May Alcott geliebt. »Und auch Märchen«, sagte sie zu Winnie, die »für einen Kurzbesuch übers Wochenende« aufgetaucht war. Winnie, die Älteste der Schwestern, lebte in Kent. Sie hatte »gut geheiratet«, einen selbsternannten »Industriekapitän«, ein Titel, der ihre Schwestern amüsierte. Aber sie hatte ein großes Herz und war kompetent.

»Denk nur an alle die Heldinnen, die geistesgegenwärtig sein müssen, nur um zu überleben«, sagte Nancy. »Rotkäppchen, Aschenputtel, Schneewittchen. Die Leute haben falsche Vorstellungen von Märchen, sie glauben, es geht darum, von gutaussehenden Prinzen gerettet zu werden, während sie tatsächlich wie Handbücher für Pfadfinderinnen sind.«

»Die Schöne und das Biest«, sagte Winnie, die sich für das Thema erwärmte. Sie tranken Tee, und Winnie schnitt den Kirschkuchen auf, den sie mitgebracht hatte. Niemand erwartete mehr, dass Nancy Kuchen backte. Was nur gut war, da sie kaum mehr den Wasserkessel halten konnte. Teddy kam jeden Abend nach Hause, kochte und erledigte die Hausarbeit. Nancy hatte keinen Hunger mehr. Sie war immer müde. Sie war früher mit den Hühnern aufgestanden, doch jetzt brachte ihr Teddy jeden Morgen Tee ans Bett, und sie blieb noch stundenlang im Bett liegen, nachdem Teddy und Viola das Haus verlassen hatten.

»Du siehst gut aus«, sagte Winnie.

»Ich habe Kopfschmerzen«, sagte Nancy, als müsste sie sich

rechtfertigen. Sie hatte die Leute satt, die ihr sagten, wie gut sie aussah, als würde sie sie irgendwie hinters Licht führen. Winnie meinte es natürlich nicht so, tadelte sie sich.

»Die Gänsemagd«, sagte Winnie. »Hat sie einen Namen? Ich erinnere mich nur an den Namen des Pferdes.«

»Falada. Ein komischer Name für ein Pferd. Ich glaube nicht, dass die Gänsemagd einen Namen hat.«

»Soll ich Mutter spielen und eingießen?«, sagte Winnie. Selbst die schlichtesten Sätze konnten ein Dolch in Nancys Herzen sein.

»Bitte.« Wäre es das letzte Mal, dass sie ihre älteste Schwester sah? Bald (jetzt schon) gäbe es nur noch letzte Male. Es war dringend geboten, dass sie schnell ging und diese schrecklichen Abschiede vermied. Sie könnte sich unter einen Schnellzug werfen (aber was wäre mit dem armen Lokomotivführer?). Könnte sie ins Meer oder in einen Fluss gehen? Vermutlich würde sie instinktiv schwimmen.

»Das Mädchen mit den Brüdern, die in Schwäne verwandelt wurden«, sagte Winnie. »Wie hieß sie? Sie war sehr tapfer.«

»Das war sie. Elise. *Die wilden Schwäne.*« Was wäre mit Gift? Zu schrecklich, dachte Nancy, zu unsicher – womöglich würde sie würgen, statt es zu schlucken.

»Hänsel und Gretel«, sagte Winnie. »Aber eigentlich nur Gretel. Hänsel war nicht besonders schlau, oder?«

»Nein, er ließ sich einsperren. In den Märchen sind die Schwestern immer schlauer als die Brüder.« Sich erhängen ging angeblich schnell, war aber zutiefst erschütternd für den, der einen fand. Und das wäre vermutlich – wahrscheinlich – Teddy oder (unvorstellbar) Viola.

»Goldlöckchen«, sagte Winnie. »War sie dumm oder unternehmungslustig?«

»Dumm, glaube ich«, sagte Nancy. »Sie musste gerettet werden.« Sie würde sich selbst retten müssen. Sie musste einen Vorrat anlegen – Schlaftabletten, Schmerztabletten, alles, was sie in die

Hände bekam. Sie musste sie nehmen, solange sie noch fähig dazu war, solange sie noch die Kontrolle hatte. Allerdings war eine tödliche Dosis schwierig zu bestimmen. So etwas konnte man nicht fragen, obwohl sie jetzt einen anderen Hausarzt hatte, einen Dr. Webster, der ältere, klügere Kollege des Arztes, zu dem sie zuerst gegangen war (»ein junger Geck« nannte Dr. Webster ihn). Dankenswerterweise sprach Dr. Webster über das, was kommen würde.

Aber was, wenn sie es zu lange aufschob? War es schon zu spät?

»Gerda in *Die Schneekönigin*«, sagte sie zu Winnie. »Sie war sehr einfallsreich.«

Fourierreihen, Theoreme, Lemmata, Kurven, Parsevalsches Theorem, natürliche Zahlen – Worte summten in ihrem Kopf. Sie hatte sie alle einst verstanden, doch sie hatten ihre Bedeutung verloren. Die Bienen waren wieder da, ein endloses, höchst ärgerliches Schwirren, das sie mit dem Klavier zu übertönen versuchte. Den ganzen Tag hatte sie nichts anderes als die Heroische, die Polonaise gespielt. Sie war unglaublich anspruchsvoll, aber sie war entschlossen, sie zu meistern.

Sie spielte mit großem Elan. *Con brio*. Es klang nahezu perfekt in ihren Ohren. Wie ungewöhnlich, wie wunderbar, dass sie dieses schwierige Stück so meisterhaft spielen konnte. Es war, als wäre das und nur das ihr Lebenswerk. Sie beendete sie mit unglaublichem Schwung.

»Hallo«, sagte Teddy, der ins Zimmer kam. »Möchtest du eine Tasse Tee?« Er trug ein Tablett, Viola folgte ihm auf den Fersen. »Soll ich dir in den Sessel helfen?« Er machte ein großes Aufhebens. Er stellte das Tablett ab und führte sie zu dem Sessel am Fenster. »Da sitzt du doch gern, oder?«, sagte er. »Von hier kannst du den Vögeln im Vogelhäuschen zuschauen.« Sie wünschte, er würde sie nicht so anstarren, als versuchte er, etwas hinter ihren Augen zu sehen. Er legte ihr die Füße auf einen Schemel, stellte den Tee auf ein Tischchen neben ihr. Tee in einer Schnabeltasse. Tassen und Untertassen waren plötzlich knifflig, verwirrend geworden

»Möchtest du einen Keks, Mama?« Viola stand neben ihrem Ellbogen. »Schokolade oder Waffeln mit rosa Füllung?«

»Es ist auch noch Kuchen übrig«, sagte Teddy. »Er nimmt kein Ende. Damit hätte man die Fünftausend besser speisen können als mit Brot und Fisch.« Nancy ignorierte beide Angebote. Sie ärgerte sich ein bisschen, dass sie keiner von beiden zu ihrem grandiosen Klavierspiel beglückwünschte. *(Bravo, Mrs. Todd!)* Doch ihr Triumph mit Chopin verblasste bereits. Die Bienen machten sie schläfrig, dieses Summen. Honig sickerte in ihr Gehirn.

Die Zeit machte Sprünge. Wo war Teddy? Gerade war er doch noch da gewesen? Es war, als hätten alle eben das Zimmer verlassen. Aber es war kein Zimmer mehr da, es gab nur noch etwas, wofür sie keinen Namen hatte. Nichts. Und dann gab es nicht einmal mehr das. Und dann flogen die Bienen davon und segneten sie zum Abschied und Nancy hörte auf. Tot.

»Einen großen Whisky, den verschreibe ich Ihnen. Schenken Sie mir auch einen ein.« Ihr Hausarzt, Dr. Webster, der sich auf »sein Rentnerdasein freute, ein bisschen Golf, ein bisschen Aquarellmalen«. Er war von der altmodischen Art. Er hatte Nancy zugestimmt, als sie die Operation verweigerte, sich mit Moralpredigten zurückgehalten und war großzügig mit dem Morphium gewesen.

Ein frischer Oktobermorgen. Spinnennetze hingen zwischen den Pflanzen im Garten. Es würde ein wunderschöner Tag.

Ihr Labrador Bobby lief zwischen den Zimmern hin und her, verwirrt von der Störung der Routine. Routine war das Erste, was von einem Todesfall über den Haufen geworfen wurde.

Teddy goss den Whisky ein und reichte dem Doktor ein Glas. Dr. Webster hob das Glas, und Teddy dachte einen schrecklichen Augenblick lang, er würde »Prost« sagen, doch stattdessen sagte er: »Trinken wir auf Nancy«, und es war merkwürdig und ziemlich schrecklich, aber es war auch sinnvoll, und Teddy hob das Glas und sagte: »Auf Nancy.«

»›Von dieser Welt zur ewigen Seligkeit‹«, sagte Dr. Webster und überraschte Teddy mit der *Pilgerreise zur ewigen Seligkeit*. »Sie war eine gute Frau. So gescheit und freundlich.« Teddy trank den Whisky in einem Zug aus, er war noch nicht bereit für Grabreden. »Sie sollten die Polizei rufen«, sagte er.

»Warum um alles in der Welt sollte ich das tun?«

»Weil ich sie umgebracht habe«, sagte Teddy.

»Sie haben ihr mit einer kleinen Extradosis Morphium nachgeholfen. Wenn das ein Verbrechen ist, müsste ich lebenslänglich ins Gefängnis.«

»Ich habe sie umgebracht«, beharrte Teddy.

»Jetzt hören Sie mir mal zu. In ein paar Stunden wäre sie sowieso gestorben.« Der Hausarzt schien beunruhigt. Schließlich war er es gewesen, der während der letzten Wochen großzügig Rezepte für flüssiges Morphium gegen ihre Kopfschmerzen verschrieben hatte. »Nancy war in großer Bedrängnis«, fuhr der Doktor fort. »Sie haben das Richtige getan.« Er hatte Nancy am Abend zuvor besucht und Teddy erklärt, dass es jetzt »nicht mehr lange dauern würde«, und hinzugefügt: »Haben Sie genug Morphium?«

Genug?, dachte Teddy.

Er war in der Küche gewesen und hatte einen Hackfleischauflauf gemacht, als er aus dem Wohnzimmer die schreckliche Kakophonie hörte. Bevor er loslaufen und nachsehen konnte, stand eine weinende Viola in der Küche und sagte: »Mit Mama stimmt was nicht.«

Nancy hämmerte auf die Tasten ein, als wollte sie das Instrument zerschlagen. Ihre Hände waren nahezu zu Fäusten verkrampft, und als er danach fasste, um sie zu beruhigen, sah sie ihn mit einem seltsam schiefen Lächeln an und versuchte, etwas zu sagen. Es schien ihr wichtig, dass er sie verstand, aber es war die neben ihm stehende Viola, die das spastische Gemurmel übersetzte. »Die Heroische«, sagte sie.

Er führte sie sanft zu dem Sessel neben dem Fenster, und sie brachten ihr Tee und Kekse, doch als er ihr in die Augen schaute, wusste er, dass das Schlimmste, das sie befürchtet hatte, geschehen war. Nancy war nicht mehr Nancy.

Am Abend brachte er sie früh zu Bett, doch sie erwachte vor Mitternacht wieder, stöhnte und schrie, ob vor Schmerzen oder Not, wusste er nicht. Vermutlich beides. Die Hülle, der Schatten einer Frau, die einst seine Frau gewesen war, rief Unsinn, nicht einmal mehr Worte – sie bellte und knurrte wie ein Tier.

Er wärmte Milch auf, tat etwas Rum und mehrere Ampullen Morphium hinein. Dann setzte er Nancy auf und legte ihr ein Bettjäckchen um die dünnen Schultern. »Trink das«, sagte er übermäßig fröhlich. »Danach wird es dir viel besser gehen.«

Er sah Viola nicht, die von den unmenschlichen Lauten ihrer Mutter geweckt worden war und barfuß und verschlafen auf der Schwelle zum Schlafzimmer stand.

Doch statt in den tiefen Schlaf zu sinken, von dem Teddy gehofft hatte, dass er der Vorläufer des Todes wäre, wurde Nancy noch aufgeregter, warf sich im Bett hin und her, zerrte an der Bettdecke, ihrem Nachthemd, ihrem Haar, als wollte sie einen glühend heißen Dämon austreiben. Er tat mehr Morphium in die Milch, die noch in der Schnabeltasse war, aber ihr Arm schlug dagegen, und sie flog durchs Zimmer. Sie begann zu schreien, ein unseliger Lärm, der nicht zum Verstummen zu bringen war, ihr weit geöffneter Mund ein schwarzer Schlund, als wäre sie schließlich zu dem Dämon geworden, der ihr Gehirn fraß. In seiner Verzweiflung griff Teddy nach einem Kissen und drückte es ihr aufs Gesicht, zuerst vorsichtig und dann fester, unfähig, die Vorstellung zu ertragen, dass ihr am Ende, ganz am Ende Frieden verweigert würde, sich mitternachts nicht aller Schmerz verlöre. Er drückte fest auf das Kissen. So war es, jemanden zu töten. Im Kampf Mann gegen Mann. Bis dass der Tod uns scheidet.

Sie lag reglos da. Er nahm das Kissen von ihrem Gesicht. Sie konnte sich nicht mehr wehren, oder das Morphium hatte gewirkt, jedenfalls lag sie still da. Er fühlte ihren Puls. Nicht mehr da. Sein eigenes Herz hämmerte. Ihr Gesicht war friedlich, die Schmerzen und die tierische Not daraus verschwunden. Sie war wieder Nancy. Sie war sie selbst.

Viola tapste wortlos zurück ins Bett. »Wahre Alpträume erleben wir, wenn wir wach sind«, urteilt die Autorin von *Jeder dritte Gedanke,* ihrem letzten Roman. (»Ihr bislang bester«, *Good Housekeeping.*)

»Und was wäre mit dem kleinen Mädchen oben, wenn Sie verhaftet werden und Ihnen der Prozess gemacht wird?«, fragte Dr. Webster. Sie hatte jede Menge Tanten, bei denen sie leben könnte, dachte Teddy. Jede von ihnen würde wahrscheinlich bessere Arbeit leisten als er. »Falls dir auch etwas passiert«, hatte Nancy gesagt, »dann sollte Viola bei Gertie leben.« (»Aber natürlich wird dir nichts passieren!«)
Von allen möglichen Tanten erschien ihm Gertie als die seltsamste Wahl – Millie nahm die erste Stelle ein, was Ungeeignetheit betraf. »Warum Gertie?«, fragte er.
»Sie ist vernünftig und praktisch und geduldig«, sagte Nancy und zählte Gerties Tugenden an den Fingern ab. »Aber gleichzeitig ist sie abenteuerlustig und hat keine Angst. Sie wird Viola

beibringen, wie man unerschrocken ist.« Viola war nicht unerschrocken, das wussten sie beide, aber keiner sagte es.
Was für ein Recht hatte er, über Unerschrockenheit zu sprechen, dachte Teddy, als er sich und Dr. Webster einen zweiten Whisky einschenkte.
»Ich stelle den Totenschein aus«, sagte der Arzt. »Sie sollten einen Bestatter anrufen – oder wenn es Ihnen lieber ist, kann ich das auch tun.«
»Nein«, sagte Teddy. »Ich rufe an.«

Nachdem der Doktor gegangen war, ging Teddy hinauf in Violas Zimmer. Sie schlief fest. Er brachte es nicht über sich, sie zu wecken, um ihr die schlimmste Nachricht zu überbringen, die sie wahrscheinlich im Leben hören sollte. Er streichelte ihr über die Stirn, die etwas feucht war, und küsste sie. »Ich liebe dich«, sagte er. Es hätten seine letzten Worte zu Nancy sein sollen, aber der schreckliche Kampf hatte ihn zu sehr beansprucht, um noch etwas zu ihr zu sagen. Viola rührte sich und murmelte etwas, doch sie erwachte nicht.

2012

Liebe, Barmherzigkeit, Güte, Frieden

Die Queen fuhr langsam die Themse hinunter.

»Die Queen«, sagte Viola. »Sie ist im Fernsehen.« Sie hielt die Interpretation der Ereignisse schlicht – die Flotte auf dem Fluss, der Regen, das bewundernswerte Durchhaltevermögen der Monarchie. »Du siehst den Fernseher nicht wirklich, oder?« Sie sprach sehr laut und sehr langsam mit Teddy, als wäre er ein besonders dummes Kind. Sie saß neben seinem Bett in einem der Sessel mit der für das Seniorenheim typischen hohen Rückenlehne. Es störte sie, in diesem Sessel sitzen zu müssen. Sie waren für die Alten geschaffen, und sie hatte Angst davor, zu diesen gezählt zu werden, jetzt, da sie alt genug war für organisierte Gruppenreisen, Einladungen zum Mittagessen in Gemeindesälen, alt genug, beigefarbene Anoraks und Hosen mit Gummizug zu tragen. (Als ob sie das tun würde.) Sie war alt genug, um nach Fanning Court zu ziehen. Gott bewahre.

Teddy konnte nicht mehr in dem Stuhl sitzen. Er konnte nicht mehr aus dem Bett aufstehen, er konnte gar nichts mehr. Er näherte sich dem Ende der Dämmerung, der endgültigen Dunkelheit. Viola stellte sich vor, dass die Synapsen im Gehirn ihres Vaters aufflackerten und allmählich erloschen wie beim langsamen Tod eines Sterns. Bald wäre Teddy vollkommen ausgebrannt und würde implodieren und zu einem schwarzen Loch.

Viola hatte nur vage astrophysikalische Kenntnisse, aber ihr gefiel das Bild.
Er war etikettiert, trug um das Handgelenk ein Plastikarmband. Sunny und Bertie hatten auf der Entbindungsstation solche Armbänder getragen. Andere Leute bewahrten diese Dinge auf – die ersten Babyzähne, die ersten Schuhe, primitive Kinderzeichnungen, Schulzeugnisse – als wertvolle Relikte der Kindheit, aber Viola hatte es geschafft, im Lauf der Zeit alles wegzuwerfen. (Ja, sie bedauerte es. Okay?)
»Nicht wiederbeleben« stand auf Teddys Plastikband und wies darauf hin, dass er lange über sein Verfallsdatum hinaus geblieben war. O Gott, das Leben war schrecklich. Sie erinnerte sich an den Vorabend, was allerdings unnötig war, denn sie hatte diesen Abend noch keine einzige Sekunde lang vergessen. Sie schauderte. Sie hatte sich fürchterlich blamiert. »Gedemütigt« wäre das bessere Wort.

Sie war abends aus Harrogate in York angekommen und hoffte, Freundinnen zu treffen. Ja, sie hatte wider alle Wahrscheinlichkeit Freundinnen. Sie wollte sie anrufen und beiläufig fragen: »Können wir uns sehen? Auf einen Drink?« Und so tun, als wäre es ein spontaner Einfall, obwohl sie es tatsächlich seit ein paar Tagen geplant hatte. Sie versuchte, spontaner zu sein – was sie in früheren Jahren für Spontaneität gehalten hatte, war reine Trägheit gewesen, das war ihr jetzt klar. (»Sollen wir an den Strand fahren?« – »Ja, okay.«) Sie versuchte zudem, das Sozialleben wiederzubeleben, das sie einst gehabt hatte, das sie jedoch seit ihrem Erfolg bedauerlicherweise vernachlässigt hatte. (»Ich habe so viel Kram zu erledigen, tut mir leid.«)
Diese Freundinnen hatte sie seit langem nicht mehr gesehen – Jahre (und Jahre) –, und sie waren im Streit auseinandergegangen. Sie waren alle in der »Frauenkooperative für Vollwertkost« gewesen, was im Grunde bedeutete, dass sie hässliche Säcke voller

Spreu und Hülsen kauften, die als Müsli bezeichnet wurden, und sie untereinander aufteilten. Sie hatten nicht viel gemein gehabt abgesehen von der Steiner-Schule und der Abrüstungskampagne, was nach viel klang, es in Violas Augen aber nicht war.

Als sie in York ankam, wurde ihr klar, dass es sowohl Samstag als auch dank eines Feiertags ein verlängertes Wochenende war. York war anlässlich des Thronjubiläums festlich herausgeputzt, überall hingen rote, weiße und blaue Wimpel. Zudem wurde die Stadt am Wochenende belagert von Hirschen und Hennen, Leuten, die ihren Polterabend feierten und aus dem noch weiter nördlichen Norden gekommen waren.

Sie stieg im Cedar Court Hotel ab, das früher der Hauptsitz der North Eastern Railway gewesen war. Aus allem wurde irgendwann ein Hotel. Staub und Sand und Hotels. Sie hatte auf ein Zimmer mit Aussicht gehofft, eins, das auf die Stadtmauer hinausging, doch sie waren alle belegt. Wäre sie eine Figur in einem Forster-Roman gewesen, wäre sie jetzt der Liebe ihres Lebens begegnet (sie wäre außerdem vierzig Jahre jünger), wäre emotional hin- und hergerissen und bekäme am Ende die Aussicht. Nicht dass sie emotional hin- und hergerissen sein oder der Liebe ihres Lebens begegnen wollte (sie hatte Männer aufgegeben), aber auf die Aussicht verzichtete sie nur ungern. Das Mädchen an der Rezeption hatte aller Wahrscheinlichkeit nach noch nie von Forster gehört, vielleicht jedoch von Viola Romaine, doch Viola wollte diese Theorie nicht testen. Sie hatte das Gefühl, als wäre sie ihr ganzes Leben lang durch ein Meer der Unwissenheit gewatet, das zwar seicht, aber uferlos war. Ja, sie traf elitäre Urteile. Nein, sie hatte kein Recht dazu. Die Rezeptionistin (die weder von Forster noch von Viola Romaine gehört, aber *Fifty Shades of Grey* gelesen hatte, eine Tatsache, die Viola rasend vor Wut gemacht hätte) reichte ihr die Schlüsselkarte und sagte, dass jemand sie auf ihr Zimmer bringen würde.

»Kann ich sonst noch etwas für Sie tun, Mrs. Romaine?«

Nach der Scheidung hatte Viola Wilfs Namen behalten (und die Hälfte des Erlöses für das Haus natürlich), weil sie ihn interessanter fand als das prosaische »Todd«. »Wie buchstabiert man Romaine? Wie den Salat?«, hatte sie neulich jemand gefragt. Die Tante ihres Vaters, die Autorin dieser unendlich grässlichen Augustus-Bücher hatte unter dem Pseudonym »Fox« geschrieben – das war viel netter als ein Salat, warum hatte sie daran nicht gedacht? Viola Fox. Vielleicht konnte sie es auch als Pseudonym benutzen und eine andere Art Buch schreiben – ein ernsthaftes, das sich zwar nicht verkaufte, aber von den Kritikern gelobt wurde. (»Ein Text, der unsere epistemologischen Annahmen über die Natur von Literatur untergräbt«, *TLS*.)

Sie hatten, einen Monat nachdem sie sich kennengelernt hatten geheiratet. »Eine wahnsinnige Leidenschaft«, hatte Viola ihrer enttäuschten, aber seltsam eifersüchtigen Frauengruppe erklärt. »Leidenschaft« war ein Wort, das Viola gefiel – das Wort vielleicht mehr als die Leidenschaft selbst. Leidenschaft klang nach Verhängnis und Emily Brontë, und sie glaubte, nicht genug davon im Leben gehabt zu haben. Sie sehnte sich nach Romantik. Mit Wilf Romaine war es weder romantisch noch leidenschaftlich gewesen, sondern nur Wunschdenken.

Wilf Romaine hatte wie ein Heißsporn gewirkt, aber tatsächlich war er nur ein weiterer bombastischer Dampfplauderer gewesen. Er war polemisch, ein politischer Aktivist, Aufrüstungsgegner, Labour Party und so weiter, der sich damit brüstete, der Sohn eines Bergarbeiters zu sein. Viola befand es früh in ihrer Ehe für nötig, ihn darauf hinzuweisen, dass er selbst, nur weil er der Sohn eines Bergarbeiters war, nicht auch zu einem wurde. Stattdessen war er Dozent für Kommunikationswissenschaften (eine nutzlose Disziplin) an einem College für Erwachsenenbildung und hatte Diabetes Typ 2 und ein Alkoholproblem. Er wirkte wild und edel, doch letztlich war er so enttäuschend wie alle anderen.

»Hat er Sie geschlagen?«, fragte Gregory, ihr Therapeut. Gregory war ganz versessen auf häusliche Gewalt als Ursache und Wirkung.

»Ja«, sagte Viola, weil es unendlich interessanter klang als die feuchtkalte Wahrheit, nämlich gegenseitige Gleichgültigkeit. Je älter sie wurde, umso klarer wurde ihr, dass der Unterschied zwischen Wahrheit und Fiktion nicht wirklich wichtig war, weil irgendwann alles in dem suppigen, erinnerungslosen Durcheinander der Geschichte verschwand. Ob persönlich oder politisch spielte keine Rolle.

Ihre Kinder hatten das Haus verlassen, und sie zog nach Whitby; obwohl Sunny technisch gesprochen das Haus nicht verließ, Viola tat es. Das war, als sie Schriftstellerin wurde. Sogar Viola musste sich eingestehen, dass sie den Zustand geistiger Trägheit abschütteln, sich mit den Realitäten des Lebens auseinandersetzen musste – was natürlich auch DIE STIMME DER VERNUNFT sagen würde. Schreiben fühlte sich an wie etwas, was sie kannte, wenn auch nur von der anderen Seite – Lesen –, und sie brauchte eine Weile, bis sie begriff, dass Schreiben und Lesen zwei völlig unterschiedliche Aktivitäten waren – polare Gegensätze. Dass sie die Schreibschrift beherrschte, hieß nicht, dass sie Bücher schreiben konnte. Aber sie hielt durch, vielleicht zum ersten Mal in ihrem Leben.

Sie war in eine gute Lehre gegangen – sie hatte früh gelesen, war ein Einzelkind, Halbwaise und von Natur aus voyeuristisch veranlagt. Als Kind hatte sie sich auf Türschwellen herumgetrieben, gelauscht und beobachtet. (»Schriftsteller sind einfach Geier!«, *People's Friends,* 2009.) Sie schickte *Spatzen am Morgen* an einen Agenten, der es ablehnte, dann an noch einen und noch einen, bis schließlich eine schrieb, dass sie es »interessant« fand, und obwohl es wie eine Beleidigung klang, verkaufte sie es an einen Verlag, der einen (bescheidenen) Vertrag für zwei Bücher mit ihr abschloss, und ein knappes Jahr später war *Spatzen am Morgen* ein solides greifbares Objekt in der Welt der Phänomene und nicht mehr ein Gewirr von Ideen in Violas Kopf. (»Was kommt als Nächstes?«, sagte Bertie zu Teddy. *»Dachse zum Frühstück? Kaninchen am Abend?«*)

Ihr Vater schien von diesem Erfolg nicht so beeindruckt, wie sie gehofft hatte. Sie hatte ihm früh ein Leseexemplar geschickt, und am Tag der Veröffentlichung fuhr sie nach York, wo er sie zum Essen einlud und überraschenderweise Champagner be stellte, »um zu feiern«, aber seinem Kommentar zum Buch mangelte es an Begeisterung.

Sie wünschte, dass er überwältigt und erstaunt wäre von ihrem Talent statt des »Sehr gut«, das er ihm zubilligte, und dabei schaffte er es auch noch, dass es klang wie das Gegenteil. Außerdem begriff er (scheinbar) nicht, dass das Buch – junges Mädchen, brillant und frühreif, schwierige Beziehung zu ihrem alleinerziehenden Vater und so weiter – von *ihnen* handelte. Das musste er doch merken? Warum *sagte* er nichts dazu? Stattdessen sang er auf dem Rückweg zum Haus »And that singular anomaly, the lady novelist, I don't think she'd be missed – I'm sure she'd not be missed«, als wäre die ganze Sache amüsant. Gilbert und Sullivan, sagte er. »Ich habe ein bisschen Schlagseite.« Haben wir die nicht alle?, dachte sie.

Spatzen am Morgen waren kein großer Erfolg. »Zu sentimental«, »ziemlich aufgebauscht«. Sie hatte sich in ein Loch geschrieben, doch sie schrieb sich wieder hinaus mit ihrem zweiten Buch, *Adams Kinder,* »eine bittersüße Tragikomödie über das Leben in einer Kommune in den sechziger Jahren«. Sie hatte ihre Erfahrungen ein Jahrzehnt vorverlegt, in eine modischere Zeit, und erzählte sie aus der Perspektive eines vierjährigen Kindes. »Aber das ist doch meine Geschichte, nicht deine«, sagte Bertie ziemlich gekränkt. Es verkaufte sich ungeheuer gut (»Warum nur?«, sagte Bertie zu Teddy) und wurde mit Michael Gambon und

Greta Scacchi zu einem sehr englischen und überwiegend vergessenen Film verwurstet.
Und das war er, der Beginn ihrer glanzvollen Karriere.

Ihr Zimmer im Cedar Court war groß und ziemlich dunkel und musste einst ein Büro gewesen sein. Sie rief die Freundinnen an, mit denen sie sich treffen wollte, und stellte fest, dass ihre Telefonnummern nicht mehr gültig waren, ein Verweis darauf, wie lange sie schon keinen Kontakt mehr zu ihnen hatte. Um ehrlich zu sein (was sie öfter zu sein versuchte), war sie erleichtert. Alle die Informationen, die sie hätten austauschen müssen, um sich auf den neuesten Stand zu bringen. Und sie hatte sich seit jenen Tagen weiterentwickelt, und die anderen hätten es wahrscheinlich nicht. Wenn sie an sie dachte, dann stellte sie sich vor, dass sie noch immer dicke Pullover, lange Röcke und Clogs trugen, dass ihnen die Haare ins Gesicht hingen und sie noch immer Pferdefutter aus Säcken auftischten, aber tatsächlich war eine von ihnen Anwältin in London, und die andere war tot.
Sie legte sich aufs Bett und starrte an die Decke. Es war erst sechs Uhr, und es würde bedauerlicherweise noch ewig hell sein. Sie konnte liegen bleiben und an die Decke starren oder fernsehen und sich etwas zu essen bringen lassen. Beides keine attraktiven Optionen, und so beschloss sie, einem Samstagabend an einem verlängerten Wochenende in York zu trotzen, kein einfaches Unterfangen. Zumindest war es kein Renntag, Pferderennen zogen große Gruppen unangemessen gekleideter junger Frauen an, die man von den normalen Junggesellinnen an ihren Faszinatoren unterscheiden konnte, ein lächerlicher Kopfschmuck, so es je einen gegeben hatte. Und sie waren alle so dick! Wie schafften sie es in Toiletten oder auf Kinositze? Man konnte von ihnen zu Tode gedrückt werden, wenn man nicht aufpasste.

Es war noch früh, als sie das Hotel verließ, doch die Hennen und Hirsche waren in großer Zahl schon unterwegs und erstaunlich betrunken. Sie schauderte bei dem Gedanken, in was für einem Zustand sie später wären. Manche Junggesellen waren verkleidet – eine ganze Gruppe (sie sollte sie vermutlich einen Haufen nennen) Männer in Bananenkostümen schwärmte die Treppe zum Slug and Lettuce am Fluss hinunter. Die meisten allerdings trugen die typische Männeruniform – saubere Jeans und T-Shirts, sie rochen nach Aftershave, ihre Muskeln erschlafften bereits. Die Mädchen bildeten Rudel und trugen T-Shirts, die ihre Zugehörigkeit mit Glitzersteinen kundtaten – »Claires Hennenparty«, »Hennen in the City«, »Hier geht's nach Darlington«, Letzteres war Violas Ansicht nach eine besonders verblendete Gruppe. Rosa hieß der Tagesbefehl für die Mädchen – rosa Cowboyhüte, rosa T-Shirts, rosa Röckchen, rosa Schärpen. Es war die Sorte Mädchen, die Cupcakes für intellektuell hielten. Cupcakes waren ein weiteres Ärgernis für Viola. Es waren einfach Törtchen, Herrgott noch mal! Wozu das Theater? Um Geld zu machen natürlich.

Sie entdeckte Haarreifen mit einem wackelnden Etwas (rosa natürlich) auf den Köpfen einer Schar Mädchen (»Hannahs heiße Hennen«), die an der Ampel an der Lendal Bridge herumalberten, unsicher, wo sie als Nächstes einfallen sollten. Viola hatte diese Haarreifen seit den achtziger Jahren nicht mehr gesehen. Bertie hatte als Kind einen besessen mit kleinen silbernen Bällchen, die wie Insektenfühler auf ihrem kleinen Kopf auf und ab wippten. Und – Viola erinnerte sich plötzlich – dazu gehörten mit Pailletten besetzte silberne Flügel. Ein Nachtfalter, kein Schmetterling, sagte Bertie. Ein kleiner Stich ins Herz. Man musste sich vor den Stichen hüten – wenn es zu viele waren, schwächten sie das Gewebe des Herzens, rissen Verwerfungen, Spalten und Gräben auf, und bevor man merkte, was geschah, konnte die gesamte brüchige Konstruktion in tausend winzige Stücke zerfallen. Violas Herz wurde von Heftpflaster und Klebstoff zusammengehalten. Was das ein gutes Bild? Sie war nicht sicher.

Bertie hatte entgegen Violas Rat darauf bestanden, mit den silbernen Flügeln zu schlafen. Als sie am nächsten Morgen feststellte, dass sie irreparabel zerquetscht waren, weinte Bertie untröstlich. »Du hättest auf mich hören sollen, stimmt's?«, sagte Viola. »Ich habe dich gewarnt, dass das passieren würde.«

Säen und ernten, Viola. Säen und ernten.

Im Gefolge von Hannahs heißen Hennen befanden sich zwei ziemlich verzagt dreinblickende ältere Frauen – die Mutter der Braut und eine Tante oder zukünftige Schwiegermutter vielleicht. Ihre schlaffen Körper wirkten unvorteilhaft in den engen rosa T-Shirts, ganz zu schweigen von ihren schwabbelnden Brüsten unter den Glitzersteinen. (»Gute Miederwaren«, gesteht Viola Romaine verschwörerisch, »sind das Geheimnis von gutem Aussehen, wenn man älter wird.« *Sunday Express, Leben und Stil,* 2010. Das hatte sie nicht gesagt! Völlig falsch zitiert.)

Würde sie eines Tages auch so aussehen?, fragte sich Viola. Schließlich könnte Bertie auf ihre ganz eigene postironische Weise beschließen, eine traditionelle Hennenparty zu feiern (»Berties Babys«) und ihr Gefolge demütigen. Allerdings müsste sie zuvor einen zum Heiraten geeigneten Mann kennenlernen. Allmählich sah es so aus, als würde Viola nie die Erlösung erfahren und Großmutter werden. Sunny hätte genauso gut Mönch sein können, und Bertie schien sich überhaupt nicht mit Männern zu treffen, oder wenn doch, erzählte sie es ihrer Mutter jedenfalls nicht.

Hannahs heiße Hennen schienen zu einer unausgesprochenen Übereinkunft gekommen zu sein, und der Schwarm torkelte die Rougier Street entlang. Als sie an Viola vorbeikamen, sah sie, dass die wackelnden Haarreifen, die sie peinlich berührt anstarrte, mit kurzen kleinen Penissen bestückt waren. Plötzlich begannen die Penisse zu blinken, und die Hennen gackerten sich gegenseitig grölend an. Viola wurde rot, als sie eilig die vertraute Behaglichkeit von Bettys aufsuchte. Ein Zufluchtsort vor Dystopien, ein verlässlich sauberer, gut beleuchteter Ort.

Sie aß einen Hähnchensalat und trank zwei Gläser Wein. Sie lebte nicht mehr vegetarisch. Es war schwer, schlank zu bleiben, wenn man immer nur Hülsenfrüchte aß. Ein Mann spielte Klavier – sehr gut, nicht nur die übliche Lounge-Musik, sondern auch ein bisschen Chopin und Rachmaninow. Chopin erinnerte Viola an ihre Mutter und machte sie immer schrecklich traurig. Nach Nancys Tod hatte Viola mit dem Klavierunterricht aufgehört. Hätte sie weitergemacht, wäre sie vielleicht eine erfolgreiche Pianistin geworden. Konzertpianistin – warum nicht?

Viola ging nach unten zu den Toiletten. Dort hing das Bruchstück eines Spiegels, der während des Kriegs, als es noch »Bettys Bar« gewesen war, hinter der Bar gehangen hatte. Die RAF-Crews hatten damals ihre Namen in das Glas geritzt. Ihr Vater hatte ihr von Bettys Bar erzählt, wie er hier im Krieg getrunken hatte, aber sie hatte seinen Erinnerungen nicht wirklich zugehört. Jetzt war der Spiegel ein Relikt (neben den Toiletten). Die meisten der Männer, die ihre Namen hinterlassen hatten, waren tot. Viele von ihnen waren vermutlich im Krieg umgekommen. Sie betrachtete die nahezu unleserlichen Namen. War der ihres Vaters darunter? Sie wünschte, sie hätte ihn nach dem Krieg gefragt, als er noch *compos mentis* gewesen war. Sie hätte seine Erinnerungen als Grundlage für einen Roman benutzen können. Für einen Roman, den alle ernst genommen hätten. Kriegsromane wurden immer ernst genommen.

Als sie wieder an ihrem Tisch saß, sah sie eine Gruppe Männer in Kondomkostümen über den St. Helen's Square wanken. Sie befanden sich in einer der besterhaltenen mittelalterlichen Städte Europas und waren als Kondome verkleidet. Warum nicht Benidorm? Oder Magaluf? (»Du willst, dass sich alle besser benehmen, aber du selbst benimmst dich auch nicht besser«, sagte Bertie.)

Ein Kondommann drückte sich wie ein Insekt gegen das große Fenster von Bettys und starrte die Gäste an. Der Pianist blickte von den Tasten auf und spielte weiter fröhlich Debussy. Ein Kleintransporter fuhr auf den Platz und spie eine Ladung Leute aus, die als Zombies verkleidet waren. Die Zombies begannen die Männer zu jagen, die als Kondome verkleidet waren. Die Kondommänner schienen nicht überrascht, als würden sie *erwarten,* von Zombies gejagt zu werden. (»Sie zahlen dafür«, sagte Bertie.) Machte das Spaß?, fragte sich Viola verzweifelt. Möglicherweise, dachte sie, hatte sie den Wettlauf zum Ende der Zivilisation gewonnen. Es gab keinen Preis. Klar.

Aber das Rennen war noch nicht ganz zu Ende. Die Ziellinie war in Sicht, doch Viola musste erst noch darüberstolpern. Sie verließ Bettys und bahnte sich einen Weg zurück über die Lendal Bridge, wo die Atmosphäre jetzt definitiv ausufernder war. Irgendwie geriet sie versehentlich in die Gruppe von Amys ledigen Ladys, eine Brut, die vom Alkohol vollkommen derangiert war und von der namengebenden Amy persönlich angeführt wurde, die Tiara schief auf dem Kopf, eine Schärpe mit der Aufschrift »Die Braut« über einem billigen Bustier und ein »L«-Schild auf dem nicht unerheblichen Steiß. Was war mit den Mädchen passiert? Hatte sich Emily Dickinson deswegen unter ein Pferd geworfen? Damit Mädchen blinkende Penisse auf dem Kopf tragen und Cupcakes essen konnten? Wirklich? Jedes Mal, wenn sie einem Männchen der eigenen Spezies begegneten, hielten sie einen Finger in die Höhe und schrien: »Steck einen Ring an!«, bevor sie sich aneinander festhielten, weil sie vor Lachen zusammenbrachen. »Ich mach mir gleich in die Hose!«, kreischte eine von ihnen.

Eine Herde Hirsche verteilte sich um Viola. »Lach mal, du alte Schabracke!«, schrie einer sie an. »Vielleicht hast du Glück, wenn du nicht mehr so verkniffen schaust.« Viola stürmte weiß glühend vor Wut weiter. Die Spalten und Risse verbreiterten sich, überzogen die Oberfläche ihres Herzens. Sie war ein überspanntes Klavier, alle Saiten kurz davor, zu reißen und in einem schrecklichen Kataklysmus aus Metaphern auseinanderzustieben.

Wie konnten die Leute nur so dumm und ignorant sein? (»Warum bist du dauernd wütend?«, hatte Sunny sie vor langer Zeit gefragt. »Warum nicht?«, hatte sie ihn angefahren.) Und warum liebten ihre Kinder sie nicht? Warum liebte sie kein Mensch? Und warum langweilte sie sich und war so einsam und, sagen wir es ruhig, durch und durch unglücklich und –

Sie stürzte, stolperte über eine vorstehende Steinplatte im Straßenpflaster, landete schwerfällig, Knochen auf Stein, auf Händen und Füßen wie eine Katze aus Blei, alles in ihrem Kopf vom Schock für den Augenblick verstummt. Ihre Knie schmerzten so sehr, dass sie sich nicht bewegen wollte. Waren ihre Kniescheiben gebrochen? Ein Hirsch machte eine obszöne Bemerkung über ihre Stellung, und ein schwerer Geordie-Akzent, eine Frau, meinte, er solle sich verpissen. Viola setzte sich auf die Fersen, ihre Knie schrien vor Schmerz. Ein rosa T-Shirt tauchte auf Augenhöhe vor ihr auf. »Schlampen in York« aus Glitzerglas. Eine Frau – eigentlich ein Mädchen, jünger als ihre Raucherstimme, besorgt lächelnd – war neben Viola in die Hocke gegangen und sagte: »Alles in Ordnung, Schätzchen?«

Nicht wirklich, dachte Viola, überhaupt nicht. Sie brach in Tränen aus, hier auf den Steinen von York, ihre teure Strumpfhose von Wolford zerrissen, ihre Knie wund und blutig. Sie konnte nicht aufhören. Es war schrecklich. Tränen sprudelten aus ihrem Inneren, als hätte sie plötzlich altes Grundwasser aus Schmerz angezapft. Aber es waren nicht nur die Tränen, die sie entsetzten, sondern auch die Worte, die aus ihrem Mund kamen. Das urzeitliche Heulen, das Alpha und Omega aller menschlichen Anrufungen. Nicht ein Heulen, sondern ein Wimmern. »Ich will meine Mutter«, flüsterte sie. »Ich will meine Mutter.«

»Du kannst meine haben, Schätzchen«, sagte jemand, und alle Hennen brachen in Lachen aus, dennoch schlossen sie die Reihen und scharten sich schützend um sie, weil sie eine abgewirtschaftete Frau spürten, vielleicht vom Alkohol, vielleicht nicht. Jemand half ihr auf die Beine, jemand anders reichte ihr ein Taschentusch, eine Dritte eine Flasche Evian, die unverdünnten Wodka enthielt. Eine ältere Henne, ein Suppenhuhn mit faltigem Hals und einem Gesicht, das eingefallen zu sein schien, und in einem T-Shirt, das sie zur »Mutter der Braut« erklärte, gab Viola ein Päckchen feuchte Tücher. Sie fanden heraus, wohin sie wollte, und sie wurde von ihrem Trupp Schlampen fürsorglich zurück zum Cedar Court geleitet. Der Portier machte einen vergeblichen Versuch, sie davon abzuhalten, die Verteidigungslinien zu durchbrechen, aber sie strömten bereits über die Schwelle und ins Foyer. Viola kramte nach ihrer Schlüsselkarte, und eine Henne hob sie triumphierend in die Höhe und winkte damit der nervösen Rezeptionistin.

»Sie ist ein bisschen müde und gefühlsduselig«, erklärte eine Henne. »Die arme Alte«, sagte ein junges Mädchen, ein Stubenküken. Die arme Alte! Ich bin erst sechzig, wollte Viola protestieren, das sind die neuen vierzig. Aber sie hatte keine Kraft mehr.

Einen beunruhigenden Moment lang glaubte sie, dass die Hennen die Party in ihrem Zimmer fortsetzen wollten, doch schließlich konnte sie sie überreden, sie an der Tür zum Aufzug allein zu lassen. Die Mutter der Braut drückte ihr etwas in die Hand, ein winziges, in ein Papiertaschentuch gewickeltes Geschenk. »Valium«, sagte die Mutter, »aber nehmen Sie nur eine halbe. Sie sind hoch dosiert. Ich habe mich daran gewöhnt.« Eine noch immer weinerliche Viola bedankte sich hicksend.

In ihrem Zimmer verzichtete sie auf die übliche abendliche Routine – abschminken, Zähne putzen, Haare bürsten –, kroch erschöpft zwischen die stocksteif gestärkten Laken und spülte das ganze Valium unbekümmert mit zwei Fläschchen Wodka aus der Minibar hinunter. Sie befürchtete, von Alpträumen heimgesucht zu werden, doch stattdessen fiel sie in einen überraschend wohltuenden Schlaf. Goldener Schlummer küsste ihre Lider, silberne Falter flatterten um ihren Kopf, und sie träumte einen machtvollen Traum.

Sie erwachte früh, duschte, zog sich an, bestellte eine große Kanne Kaffee und schätzte den Schaden. Sie fühlte sich, als käme sie, wenn schon nicht aus einem Krieg, dann aber aus einem blutigen Gefecht. Was empfand sie sonst noch? Sie kontrollierte ihren gesamten Körper. Ihre Handgelenke waren leicht geprellt und ihre Knie fürchterlich steif und wund, als hätte jemand die ganze Nacht darauf herumgehämmert. Ihr Kopf fühlte sich an, als wäre er mit Wolle gestopft – das Valium der Mutter der Braut vermutlich –, doch ansonsten war sie unversehrt. Dann horchte sie in sich hinein. Vollkommen beschissen, folgerte sie.

Sie checkte aus dem Hotel aus, erleichtert, dass keiner der Angestellten da war, die Zeugen ihres demütigenden Sündenfalls letzte Nacht gewesen waren. Wie ging es den Schlampen heute Morgen?, fragte sie sich. Hoffnungslos verkatert, wahrscheinlich noch im Bett. (Tatsächlich bedienten sie sich begeistert an einem All-you-can-eat-Frühstücksbuffet in einer besseren Travelodge und bereiteten sich darauf vor, sich durch Primark zu wühlen. Sie waren aus Gateshead, sie hatten Stehvermögen.)

Viola bat den Portier, ihr ein Taxi nach Poplar Hill zu rufen. Den Tag mit ihrem Vater zu verbringen wäre die Buße für letzten Abend. Um noch weiter zu büßen, würde sie mit ihm die Übertragung des diamantenen Thronjubiläums anschauen.

Ihr Vater war eindeutig erschöpft und schlief jetzt fast die ganze Zeit wie ein alter Hund. Warum starb er nicht einfach? Wollte er hundert werden? Noch zwei Jahre? Es war nur noch vegetieren – eine Amöbe hatte mehr Leben in sich. »Der Triumph des menschlichen Geistes«, sagte die neue Pflegerin, die neu genug war, um von »positiven Ergebnissen« und »Aufbauprogrammen« zu sprechen – beschwichtigende Managementsprache ohne Bedeutung für die meisten Bewohner von Poplar Hill, die entweder starben oder dement waren oder beides. Es nannte sich »Seniorenheim«, aber von Pflege war wenig zu spüren, wenn es von einer profitorientierten Gesundheitsfirma betrieben wurde, die Personal zum Mindestlohn einstellte. Und im Übrigen waren weit und breit weder Pappeln noch Hügel zu sehen. Das war ein besonderes Ärgernis, das Viola regelmäßig ansprach, obwohl es nur ein kleinerer Kritikpunkt war und sie in den Augen der – überwiegend ausländischen – Pflegekräfte (»Wir sprechen Polnisch und Tagalog«, stand in der Broschüre von Poplar Hill) aussehen ließ wie eine weitere verrückte Frau.

»Es ist so stickig hier drin«, sagte sie zu Teddy. Er murmelte etwas, was Zustimmung hätte sein können. Die Heizung war unsäglich hoch aufgedreht, verstärkte die widerlichen Gerüche, die einen zum Würgen brachten, kaum hatte man das Gebäude betreten, und half dabei, die Millionen Keime auszubrüten, die hier zirkulieren mussten. Da waren die üblichen tierischen Gerüche nach Urin und Exkrementen und außerdem nach etwas Verfaultem und Verdorbenem, das noch so viele Desinfektionsmittel nicht übertünchen konnten. Der Duft des Alters, nahm Viola an. Wenn sie nach Poplar Hill kam, schob sie sich immer ein mit Chanel getränktes Taschentuch in den Ärmel, an dem sie gelegentlich roch wie an einem Blumensträußchen gegen die Pest.

Die Türen zu den Zimmern standen offen, so dass jeder Raum eine kleine Vignette war, die Ruine darin zur Schau gestellt wie in einem schrecklichen Zoo oder Gruselkabinett. Manche Leute lagen im Bett und rührten sich kaum, während andere stöhnten und schrien. Wieder andere saßen in Sesseln, der Kopf auf die Brust gesunken wie bei einem schlafenden Kleinkind, und irgendwo miaute eine unsichtbare Frau wie eine Katze. Ging man die Flure entlang, musste man Slalom laufen zwischen den wandelnden Verwundeten (wie Viola sie nannte), den verlorenen Seelen, die den ganzen Tag hin und her schlurften, ohne zu wissen, wer sie waren oder wohin sie gingen (nirgendwohin). Keiner von ihnen kannte den Code für das Tastenfeld an der verschlossenen Tür des Flügels (1-2-3-4 – wie schwierig war das?), und hätten sie ihn gewusst, hätten sie sich nicht daran erinnern können, und wenn sie sich daran erinnert hätten, hätte es ihnen nichts genützt, denn ihre Gehirne waren wie Spitze voller Löcher. Gelegentlich versammelten sie sich wie Zombies (langsame Zombies, sie jagten niemandem nach, bezahlt oder unbezahlt) an der Tür und starrten stumm durch das Drahtglas auf eine Welt, die ihnen jetzt verboten war. Sie waren Gefangene, saßen den Rest ihrer Lebenszeit ab. Die wandelnden Toten.

Um die unangenehme Atmosphäre des Flügels noch zu steigern, lief in jedem Zimmer so laut wie möglich ein Fernseher – *Deal or No Deal* wetteiferte mit *Escape to the Country*, und allen war es gleichgültig, was sie sahen, weil sie sowieso nichts mehr begriffen. Irgendwo drückte immer ein Bewohner lange und hartnäckig auf die Klingel und versuchte, jemandes, irgendjemandes Aufmerksamkeit zu erregen.

Es gab auch einen Gemeinschaftsraum, in dem Bewohner vor einem noch größeren, noch lauteren Fernseher abgestellt waren. Aus Gründen, die sich Viola nicht erschlossen, stand zudem ein großer Käfig mit zwei Wellensittichen in diesem Raum, auf die nie jemand achtete. Sie hatte Fanning Court nicht gemocht, den Komplex für betreutes Wohnen, zu dem sie ihren

Vater nahezu zwanzig Jahre zuvor überredet hatte, aber verglichen mit diesem Pflegeheim – oh, Entschuldigung, Seniorenheim – war es ein Garten Eden gewesen. »Ich bin nicht außerhalb, dies hier *ist* die Hölle!«, sagte sie zu ihrem Vater. »Und du steckst auch hier drin.« Sie lächelte eine Pflegeassistentin an, die an der offenen Tür vorbeiging. Wer, der noch alle Tassen im Schrank hatte, konnte Euthanasie für etwas Schlechtes halten? Harold Shipman, Arzt und Serienmörder, hatte es für sie alle verdorben.

Doch wie schlimm es in Poplar Hill auch war, es hieß, dass Viola sich nicht um ihn kümmern, nicht die Windeln wechseln, ihn mit Brei füttern oder sich etwas ausdenken musste, um ihn in den langen Stunden zwischen den Mahlzeiten zu unterhalten. Sie war schon bei ihren eigenen Kindern nicht gut mit diesem Kram gewesen, und es schien unwahrscheinlich, dass sie diese Fähigkeiten für jemanden am anderen Ende des Lebens entwickeln würde. Sie war einfach nicht dafür geschaffen, sich um andere zu kümmern.

Viola sah sich als jemanden, dessen Inneres aus einem harten Material war, als wären weiche Organe und Gewebe irgendwann in der Vergangenheit verkalkt. *Die Versteinerung der Viola Romaine.* Guter Titel für irgendwas. Ihr Leben vermutlich. Aber wer würde es schreiben? Und wie konnte sie das verhindern?

Um ehrlich zu sein (jedenfalls sich selbst gegenüber), sie mochte die Menschen nicht wirklich. (»*›L'enfer, c'est les autres.‹* Viola Romaine lacht leise, doch das ist definitiv nicht wahr, denn sie schreibt mit großer Sympathie über die *condition humaine.*« *Red*, 2011.) Zu ihrer Verteidigung (Viola dachte über sich selbst häufig in der dritten Person nach, als stünde sie vor Geschworenen), zu ihrer Verteidigung musste festgehalten werden, dass sie dieser Tage regelmäßig von Geschichten über die grausame Behandlung von Tieren zu Tränen gerührt war, was bewies, dass sie keine Soziopathin war. (Die Geschworenen vertagten das

Urteil.) Wenn man die Boulevardblätter las, was Viola tat – »Es ist wichtig, den Feind zu kennen«, hätte sie zu den Geschworenen gesagt, doch tatsächlich waren sie eine viel bessere Lektüre als die selbstgefälligen seriösen Blätter –, dann schien es, als würden die Leute überall Pferde verhungern lassen, Welpen in Wäschetrockner werfen und Kätzchen in die Mikrowelle stecken, als wären sie Snacks.

Diese Geschichten versetzten Viola in einen Zustand ungelösten Entsetzens, wie es zum Beispiel Geschichten über die grausame Behandlung von Kindern nicht taten. Das musste sie für sich behalten, es war ein Tabu, wie die Torys wählen. Nicht einmal Gregory, ihr Therapeut, wusste es. Insbesondere er nicht, denn dann hätte er einen wirklich großen Tag. *Ihr geheimes Ich: Wie man sein wahres Wesen verbirgt* von Viola Romaine.

Ihre Entschuldigung (Brauchte sie eine? Wahrscheinlich schon.) war, dass sie nach dem Tod ihrer Mutter keine Liebe mehr erlebt hatte. »Nachdem ich meine Frau verloren habe«, hätte Teddy gesagt, als hätte er Nancy versehentlich verlegt. *Leben ohne Liebe* war der Titel eines frühen Romans von Viola. »Eine ergreifende Geschichte von Kampf und Verlust« laut *Woman's Own*. Dort fand man ihre besten Seiten, in ihren Büchern. (»Fast so gut wie Jodi Picoult«, *Mumsnet*.) Ihre Leser (nahezu ausschließlich Frauen) – und sie hatte viele treue Leserinnen – hielten sie für eine sympathische – nein, wunderbare – Person. Es war beunruhigend. Sie fühlte sich deswegen schuldig, als hätte sie etwas versprochen, was sie nie würde halten können.

Seit drei Jahren fuhr sie einmal in der Woche nach Poplar Hill, und sie wäre glücklich gewesen, hätte sie nie wieder einen Fuß in diese Einrichtung setzen müssen, doch sie wollte nicht nachlässig erscheinen. Viola fand keine Genugtuung dabei, bei ihrem Vater zu sitzen. Aus dem einen oder anderen Grund war sie ihm gegenüber immer skeptisch gewesen, aber jetzt, da er ein Wrack war, eher Kind als Koloss, war er ihr völlig fremd. Der alte Seefahrer konnte sich glücklich schätzen – sein Albatros war bereits tot, bevor er ihm um den Hals gehängt wurde.

Diesmal war sie mit dem Zug aus Harrogate gekommen, weil sie unterwegs nach anderswo war. Sie machte sich im Geiste eine Notiz. *Unterwegs nach anderswo* – guter Titel. Harrogate gehörte zu den Orten, die Preise bei ›Britain in Bloom‹-Wettbewerben gewannen und wo die sowieso geringe Armut ordentlich außer Sichtweite gekehrt wurde. Viola bedauerte noch immer, dass sie es nie über Yorkshire hinaus geschafft, nie in London gelebt, nie ein intellektuelles und großstädtisches Leben geführt hatte.

Ihr kurzer Aufenthalt mit dem Versager Dominic in einer besetzten Wohnung zählte nicht. Das war in Islington gewesen, bevor es hip wurde, und sie war kaum aus dem Haus gegangen. »Postnatale Depression«, erzählte sie später, ein legitimes Leidensabzeichen, obwohl es einfach nur eine Depression gewesen war. (»Ich glaube, ich wurde depressiv geboren«, sagte sie zu *Psychologies*. »Ich denke, das hat mir zu einem besseren Verständnis der Menschen verholfen.«)

Wenn sie heute in London leben würde, würde sie zu Partys, zu Mittagessen und »Events« eingeladen. Sie verkaufte zu gut (»internationaler Bestseller«), um von der Literaten-Schickeria aufgenommen zu werden, aber es wäre immerhin angenehm, sich nicht als populistische Barbarin fühlen zu müssen, die an Türen klopfte. (»Ich komme aus dem Norden und bin stolz darauf«, *Daily Express,* Interview März 2006. Wirklich? Nein.)

Sie wäre lieber in den exklusiven Home Counties, in Fox Corner aufgewachsen, das in ihrer und aller Erinnerung jetzt ein halb mythischer Ort war. Sie war sechs gewesen, als Sylvie starb und das Haus verkauft wurde. Jackdaws, das Haus, in dem ihre Mutter ihre Kindheit verbracht hatte, folgte ein paar Jahre später, als Mrs. Shawcross vornehm senil wurde und ihre letzten Tage in Dorset bei der toleranten Gertie verbrachte. Es war die

Schuld ihres Vaters, er hatte sich nach dem Krieg hier niedergelassen. Sie hatte ihn nie nach dem Grund gefragt. Jetzt war es zu spät. Für alles.

Die Queen schipperte heroisch weiter durch Wind und Regen. »Ihr diamantenes Jubiläum«, sagte Viola zu Teddy. »Sie ist jetzt seit *sechzig* Jahren auf dem Thron. Das ist eine *lange* Zeit. Kannst du dich an ihre Krönung erinnern?« Viola war kaum ein Jahr alt gewesen, als die Queen gekrönt wurde, und hatte nie unter einem anderen Monarchen gelebt. Vermutlich würde sie miterleben, wie Charles den Thron bestieg, möglicherweise auch noch William, wenn sie alt genug wurde, aber sie würde nicht sehen, wie dieses dicke Baby als George VII. inthronisiert würde. Das Leben war endlich. Zivilisationen stiegen auf und gingen unter, und letztlich war alles Staub und Sand, auch dieses dicke königliche Baby. Ansonsten blieb nichts. Hotels vielleicht.

Viola versank in (zugegebenermaßen hemmungslosem) existenziellem Trübsinn, aus dem sie erst das Husten ihres Vaters wieder herausholte. Sie geriet in Panik und half ihm, sich aufzusetzen. In dem Krug auf seinem Tisch war kaum mehr Wasser, obwohl er immer gefüllt sein sollte. Die »Bewohner« (ein lächerlicher Ausdruck, als hätten sie sich dafür entschieden, hier zu leben) waren wahrscheinlich alle dehydriert. Ganz zu schweigen davon, dass sie verhungerten. »Drei nahrhafte Mahlzeiten am Tag« stand auf der Website von Poplar Hill. Jeden Tag wurde die Speisekarte an ein schwarzes Brett gepinnt – Hackfleisch mit Kartoffelbrei überbacken, Fisch und Bratkartoffeln, Hähnchenpfanne. Es klang wie richtiges Essen, aber alles, was Viola gesehen hatte, war hellbrauner Fraß und Wackelpudding zum Nachtisch gewesen. Ihr Vater schien nichts mehr zu essen, ein Breatharianer mangels Alternative. Viola hatte sich einst kurz (sehr kurz) wie von allen Kulten auch vom Breatharianismus angezogen gefühlt. Nur von Luft zu leben schien eine gute Möglichkeit abzunehmen. Es war natürlich absurd, und zu ihrer

Verteidigung – sie wandte sich an die Geschworenen – führte sie an, dass sie durch eine besonders »schlimme Phase« ihres Lebens gegangen war. Das war, bevor sie merkte, dass man nur weniger essen musste, um abzunehmen. (»Gertenschlank«, laut *Mail on Sunday,* »und immer noch die stolze Besitzerin von zwei wohlgeformten Beinen, obwohl sie jetzt alt genug ist, um kostenlos mit dem Bus zu fahren.« Tat sie nicht. Sie fuhr Taxi. Und Wagen mit Chauffeur. Und es wäre ihr lieber gewesen, wenn dort statt »wohlgeformt« »großartig« gestanden hätte.)

Viola goss das letzte Wasser aus dem Krug in einen Plastikbecher und verrührte das Verdickungsmittel, das jede Flüssigkeit in eine eklige Pampe verwandelte, jedoch ihren Vater am Ersticken hindern sollte. Sie hielt ihm die Tasse an die Lippen, damit er einen Schluck davon zu sich nehmen konnte.

»Finden Sie Älterwerden als solches abstoßend«, fragte Gregory, »oder nur das Ihres Vaters?« – »Beides«, sagte sie. »Und Ihr eigenes?« Ja, gut, sie hatte Angst vorm Älterwerden. (»Du *bist* alt«, sagte Bertie.) Wäre das auch ihr Schicksal, wenn sie das Endspiel erreicht hätte? Seniorentreffen zum Mittagessen und Seniorensessel und dann schließlich Seniorenpampe, verabreicht von jemandem, der Tagalog sprach? Nicht von jemandem, dem wirklich an ihr lag. Man erntet, was man sät, hatte ihr Vater immer gesagt. Bertie würde sie gewiss nicht aufnehmen. Vielleicht konnte sie bei Sunny auf Bali leben. Er war Buddhist, seine Religion verpflichtete ihn zu Mitgefühl, oder? »Es ist mehr ein mentaler Zustand als eine Religion«, sagte Bertie.

Man stelle sich vor, es gäbe ein Gesetz, dem jeder Folge zu leisten hatte. Überall freundliches Lächeln, besorgte Mienen und die Frage, ob alles in Ordnung war. Wäre es utopisch oder einfach nur ärgerlich?

Sie hatte Sunny seit zehn Jahren nicht mehr gesehen. Ein Jahrzehnt! Wie war das möglich? Was für eine Mutter ließ ein Jahrzehnt verstreichen, ohne ihr Kind zu sehen? Sie hatte es im Lauf

der Jahre ein paarmal probiert. Als sie auf Lesereise in Australien war zum Beispiel, aber er sagte, er wäre »auf dem Weg nach Thailand«. Sie könnte auf dem Rückweg einen Stopp in Thailand einlegen, schlug sie vor. Er »wollte im Norden wandern«, sie käme nicht zu ihm durch, sagte er. »Ich würde nicht behaupten, dass du es ernsthaft versucht hast«, sagte Bertie. Rechtschaffen wie ihr Großvater.
»Du hast ihn abgegeben«, sagte Bertie. Es stimmte, sie hatte ihn den widerwärtigen Villiers überlassen. »Aber zu meiner Verteidigung –« Doch die Geschworenen hörten nicht zu.

Die *Spirit of Chartwell* hatte nahe der Tower Bridge angelegt. »Die Queen hat angehalten«, informierte Viola ihren Vater. »Es regnet immer noch wie aus Eimern. Du würdest ihren Stoizismus wirklich bewundern, wenn du sie sehen könntest.«
Er murmelte etwas. Er klang, als wäre sein Mund voller Steine. Sein Augenlicht war nicht mehr gut genug, um noch fernsehen zu können, und selbst wenn er gut gesehen hätte, wäre es ihm schwergefallen, eine Verbindung zwischen einem Moment und dem nächsten herzustellen, als würde alles in dem Augenblick fragmentieren, in dem er versuchte, es festzuhalten. Bücher kamen nicht mehr in Frage. Vor der letzten Lungenentzündung, als er noch Großdruck hatte lesen können, fand sie heraus, dass er das erste Kapitel von *Die Türme von Barchester* wieder und wieder las, jedes Mal neu anfing. Vielleicht arbeitete sein Gehirn ökonomisch, bewahrte das wenige, was davon noch übrig war, für die letzten Tage. Aber die Zeit war ein künstliches Konstrukt, nicht wahr? Zenos Pfeil stolperte und torkelte auf einen fiktiven Endpunkt in der Zukunft zu. In der Realität hatte dieser Pfeil kein Ziel, sie befanden sich auf keiner Reise, und es gab keinen endgültigen Bestimmungsort, wo alles plötzlich transzendental Sinn ergäbe und alle Geheimnisse gelüftet würden. Sie waren nur verlorene Seelen, wanderten durch die Hallen,

sammelten sich lautlos vor dem Ausgang. Kein Gelobtes Land, kein wiedergefundenes Paradies. »Es ist alles so *sinnlos*«, sagte sie zu ihrem Vater, doch er schien eingedöst zu sein. Viola seufzte und stellte die unberührte Pampe auf den Tisch.

»Und jetzt fahren Boote und Schiffe an ihr vorbei. Ganz unterschiedliche. Ziemlich langweilige.« Violas Handy klingelte. »Bertie« stand auf dem Display. Viola überlegte, ob sie eher nicht annehmen sollte. Nahm den Anruf an.

»Siehst du die Schiffsparade auf der Themse mit Opa Ted?«, fragte Bertie.

»Ja, ich sitze in seinem Zimmer.«

»Es ist Quatsch, oder? Und die arme Queen, sie ist fast so alt wie Opa Ted und muss das alles über sich ergehen lassen.«

»Hier regnet es nicht, aber die Queen wird sich bei diesem Wetter den Tod holen«, sagte Viola. Als junge Erwachsene hatte sie ständig von Sozialismus und Republikanismus palavert, aber in letzter Zeit hatte sie eine seltsame Zuneigung zur königlichen Familie entwickelt. Und bei den letzten Wahlen hatte sie die Torys gewählt, auch wenn Folter nötig gewesen wäre, um das aus ihr herauszubringen. »Zu meiner Verteidigung, es war eine taktische Wahlentscheidung«, erklärte sie den Geschworenen. Sie waren nicht überzeugt. UKIP war noch völlig inakzeptabel, aber sag niemals nie. Soweit Viola es beurteilen konnte, wurden die Menschen im Alter nicht milder, sie zersetzten sich nur.

»Wie auch immer«, sagte Bertie und gab damit zu verstehen, dass sie nichts mehr zu ihrer Mutter zu sagen hatte, »kannst du mir Opa Ted geben?«

»Er wird dich nicht verstehen.«

»Gib ihn mir trotzdem.«

Wenn Viola noch einmal neu anfangen könnte – es gibt keine zweite Chance, das Leben ist keine Probe, bla, bla, bla –, ja, aber wenn sie *könnte,* wenn sie die Reise, die nicht wirklich eine Reise war, noch einmal machen könnte, was würde sie dann tun? Sie würde lernen, wie man liebt. *Lieben lernen,* eine schmerzhafte, aber letztlich erlösende Reise, die zu Wärme und Mitgefühl führt, und dabei lernt die Autorin, Einsamkeit und Verzweiflung zu überwinden. Die Schritte, die sie unternimmt, um die Beziehung zu ihren Kindern zu heilen, sind besonders bereichernd. (Die Hälfte der Geschworenen ist mittlerweile eingeschlafen.) Sie hatte es versucht, wirklich. Sie hatte an sich *gearbeitet.* Jahrelang Therapie und Neuanfänge, allerdings nichts, was wirklich Anstrengung von ihr gefordert hätte. Sie wollte, dass jemand anders die Veränderung in ihr bewirkte. Es war eine Schande, dass es keine Spritze gab, die sofort alles berichtigte. (»Versuch es mit Heroin«, sagte Bertie.) Sie hatte sich noch nicht der Kirche zugewandt, aber jetzt, da sie (taktisch!) konservativ gewählt hatte, käme wahrscheinlich als Nächstes die Anglikanische Kirche. Doch es schien völlig gleichgültig, wie oft sie neu angefangen hatte, Viola fand sich stets an derselben Stelle wieder, und gleichgültig, wie sehr sie sich bemühte, die früheste Ausgabe ihrer selbst schien spätere Versionen immer wieder zu übertrumpfen. Wozu also die Mühe?

»Sinnlos«, sagte sie noch einmal, als sie versuchte, das Fenster weiter aufzumachen, doch es war mit einem Schloss gesichert, das verhinderte, dass man es mehr als ein paar Zentimeter öffnen konnte. Als wollten die Verantwortlichen so etwas wie Elfen am Hinausfallen hindern, nicht normal große, wenn auch etwas geschrumpfte alte Menschen. Das Zimmer befand sich im ersten Stock und ging hinaus auf riesige Müllcontainer, in die weiß Gott was für unappetitlicher Abfall geworfen wurde.

Ihrem Vater musste die frische Luft fehlen, er war so für Aktivitäten unter freiem Himmel gewesen. Er liebte die Natur. Sie empfand plötzlich einen Funken Sympathie für ihn und trat ihn augenblicklich aus.

Während ihrer Kindheit waren sie fast jedes Wochenende hinaus aufs Land gefahren und meilenweit gegangen, und er hatte sie mit Informationen über Blumen, Tiere und Bäume bombardiert. O Gott, wie sie diese Wanderungen gehasst hatte. Jahrelang schrieb er Artikel für irgendeine obskure landwirtschaftliche Zeitschrift. Hätte sie ihm zugehört, hätte sie natürlich nützlichen Kram lernen können, aber sie hörte aus Prinzip nicht zu, weil er nichts, gar nichts sagen konnte, was wiedergutmachen würde, dass er ihre Mutter verloren hatte. *Ich will meine Mutter.* Das verzweifelte Schluchzen eines Kindes in der Nacht. (»Ach, um Himmels willen, komm endlich drüber weg«, sagte Bertie. Unnötig schroff nach Violas Ansicht.)

»Sie haben früher in Zusammenhang mit Ihrem Vater das Wort ›misstrauisch‹ benutzt«, sagte Gregory. Er war selbstverständlich eine weitere Inkarnation DER STIMME DER VERNUNFT, eine Stimme, die sie ihr Leben lang verfolgt hatte.

»Misstrauisch?«, ermunterte er sie.

»Das habe ich gesagt?«

»Ja.«

Sie vermutete, dass er auf der Suche war nach Missbrauch oder etwas ähnlich Traumatischem oder Dramatischem. Doch es war der vorausschauend fürsorgliche Charakter ihres Vaters, der sie veranlasste, Distanz zu ihm zu halten. Sein Stoizismus (ja, dieses zu häufig gebrauchte Wort), seine gutgelaunte Genügsamkeit – die Bienen, die Hühner, das selbst gezogene Gemüse. Lästige Arbeiten mussten getan werden (»Ich spüle, wenn du abtrocknest«). Reste mussten gegessen werden (»Also, da haben wir noch ein bisschen Schinken und ein paar Kartoffeln im Kühlschrank, warum läufst du nicht raus und schaust nach, ob unsere gefiederten Freundinnen Eier gelegt haben?«). Und seine hartnäckige Geduld mit ihr, als wäre sie ein störrischer Hund. (»Komm schon, Viola, wenn du deine Hausaufgaben machst, suchen wir nachher nach einem Leckerbissen für dich.«)

»Klingt vernünftig, Viola.«
»Sie sollten eigentlich auf meiner Seite sein.« (Vernünftig! Was für ein grässliches Wort.)
»Ja?«, sagte Gregory milde.
Gab es niemanden, der mit ihren Leidensgeschichten sympathisierte? Nicht einmal der Mann, dem sie für ebendiese Aufgabe ein Vermögen zahlte? »Und nachdem meine Mutter gestorben war, hat er mir die Haare geschnitten.«
»Er selbst?«
»Nein, er ist mit mir zum Friseur gegangen.« Nancy war mit ihr immer zu Swallow and Barry in Stonegate gegangen und anschließend zu Bettys, wo sie mit Sahne gefüllte Meringues gegessen hatten. Gestern Abend hatte sie in Bettys eine Meringue bestellt. Sie war sehr gut, aber es war nicht die Meringue *perdu* ihrer Kindheit.
Unten in Swallow and Barry war ein kleiner Ladentisch, wo sie edelsteinbesetzte Schildpattkämme und Spangen verkauften und es nach einem wunderbaren Erwachsenen-Parfum duftete, und oben sagte der Friseur immer, wie schön ihr langes Haar war, und dann schnitt er die Enden gerade ab, damit es »noch schöner« war. Es war ein luxuriöser und schwelgerischer Ort, wo die Leute ihr sagten, dass sie hübsch war und alle Nancy liebten, aber nach ihrem Tod sagte ihr Vater, dass er ihr nicht jeden Morgen Zöpfe flechten konnte und sie einen »praktischeren« Haarschnitt brauchte, und ging mit ihr in einen schrecklichen Salon in der Nähe ihres Hauses. Er war fliederfarben gestrichen, die Sorte Friseursalon, die heutzutage »Schnittstelle« oder »Haareszeiten« heißen würde, damals jedoch »Jennifer's«, und sie erinnerte sich deutlich, dass es kalt darin war und die Farbe abblätterte.
Sie verpassten ihr einen fürchterlichen kurzen Schnitt, der ihr nicht stand und mit dem sie wie ein blöder Pudding aussah, ihr abgeschnittenes Haar lag auf dem gerissenen Linoleum in

Jennifer's. Keine Meringues in Bettys, nur Zitronenwasser und Schokokekse zu Hause. Sie hatte geweint und geweint und –

»Konnten Sie sich nicht selbst frisieren?«

»Wie bitte?«

»Konnten Sie sich nicht selbst Zöpfe flechten?«

»Ich war neun Jahre alt. Nein. Nicht richtig.« Nancy hatte ihr Haar jeden Morgen und jeden Abend sorgfältig gebürstet. Es war ein wunderschöner Umgang miteinander gewesen.

Bertie hatte als Kind lange Haare gehabt. Eigentlich durch Zufall, da Viola nie mit ihr zu einem Friseur gegangen war. Viola erinnerte sich, wie sie morgens herumhetzte, um die Kinder pünktlich in die Schule zu schicken, eine entsetzlich chaotische Stunde. Bertie war langsam, und Sunny war unerträglich. (»Warum stehst du nicht ein bisschen früher auf?«, schlug ihr Vater vor. Genau, als ob sie nicht sowieso schon zu wenig Schlaf bekam.) Bertie hasste das rituelle Tauziehen mit der kleinen Bürste, die der Aufgabe nicht wirklich gewachsen war. Sie wand sich und schrie, wenn die Bürste stecken blieb, so dass sie normalerweise mit nach allen Seiten abstehenden Haaren in die Schule ging. Es war eine Steiner-Schule, alle Kinder sahen mehr oder weniger unfrisiert aus, deswegen war es nicht so wichtig.

Viola zuckte zusammen, weil sie sich unerwarteterweise an etwas erinnerte – sie schrie Bertie an: »Na, dann kämm dich doch selbst, wenn du nicht stillhalten kannst!«, bevor sie die Bürste durchs Zimmer schleuderte. Wie alt war Bertie damals? Sechs? Sieben?

Oh, Viola.

Diese Erinnerung aus heiterem Himmel war ein weiterer kleiner Stich in Violas Herz, das bereits durch die Ausschweifungen des Vorabends schwer verletzt war. (»War ich wirklich so eine schreckliche Mutter?«, fragte sie Bertie. »Was heißt war?«, sagte Bertie. Säen und ernten.) Noch ein Stich. Der Riss in Violas versteinertem Herzen hatte sich zu einer Spalte geweitet. Stich für Stich. Natürlich stimmte es nicht, dass die Leute sie nicht liebten (obwohl es sich so *anfühlte*), sie lebte nicht ohne Liebe, sie vertrieb die, die sie liebten. Sie war nicht dumm, das wusste sie.

Was war der nächste Schritt?, fragte DIE STIMME DER VERNUNFT. War es vielleicht –

»Ach, sei verdammt noch mal still«, sagte Viola müde.

Als Bertie bei Violas Vater wohnte (»Ich habe bei ihm gelebt, nicht nur gewohnt«), ging er mit ihr, getreu dem Präzedenzfall, zum Friseur, und sie kam mit einem altmodischen Bob zurück, der mit einem Haarreif aus Plastik an Ort und Stelle gehalten wurde. Sie liebte die Frisur, behauptete sie, aber Viola vermutete, dass sie das nur sagte, um sie zu ärgern. »Sie kann sich jetzt selbst frisieren«, sagte ihr Vater. Selbständigkeit war natürlich seine Obsession, ebenso wie er davon besessen war, dass die Leute für sich selbst *verantwortlich* waren.

Er begann zu schnarchen.

»Ich bin immer noch an dem Wort ›misstrauisch‹ interessiert.«

Viola seufzte. »Vielleicht war es das falsche Wort.«

Alle mochten ihren Vater. Er war ein guter Mensch. Er war freundlich. Sie hatte gesehen, wie er ihre Mutter umgebracht hatte.

»Wollen Sie darüber sprechen, Viola?«

Der dürftige Korso näherte sich allmählich seinem Ende, und zwei Pfleger kamen herein und sagten: »Zeit fürs Bett, Ted«, als wäre es ein Kinderreim.

»Er liegt schon im Bett«, sagte Viola, und die Pfleger lachten, als hätte sie einen Witz gemacht. Beide waren Filipinos (»Wir sprechen Tagalog«) und lachten, gleichgültig, was man sagte. Waren die Philippinen wirklich so ein Ort des Glücks, oder waren die Pfleger einfach nur glücklich, dass sie nicht mehr dort waren? Oder verstanden sie nicht, was sie sagte? Es war erst sechs – sogar seine Schlafenszeit war die eines kleinen Jungen. Einer von beiden hielt eine Erwachsenenwindel in der Hand, und sie warteten wortlos, bis sie das Zimmer verlassen hatte. (»Die Würde unserer Bewohner zu wahren liegt uns besonders am Herzen.«)

Sobald ihr Vater gesäubert und schlafbereit war, ging Viola wieder hinein, um sich zu verabschieden. »Nächste Woche werde ich nicht kommen«, sagte sie, obwohl es sinnlos schien, mit ihm über irgendetwas zu sprechen, was die Zukunft betraf, oder überhaupt mit ihm zu sprechen. »Ich fahre nicht nach Hause«, fügte sie hinzu. »Ich fliege zu einem Literaturfestival nach Singapur.«

Er sagte etwas, es hätte »Sunny« sein können.

»Ja, es wird heiß sein«, sagte sie, obwohl sie wusste, dass er das nicht gemeint hatte. Sonne, Sohn, Sunny. Es war ein Katzensprung von Singapur nach Bali, sagte Bertie. Wenn sie schon so weit flog, warum wollte Viola dann nicht »ihren einzigen Sohn« besuchen? (Und Bertie nannte *sie* »passiv-aggressiv«!) Es waren immerhin vier Stunden Flug, aber es lag nicht an der Zeit oder der Distanz, außer man betrachtete sie als metaphorisch. Was Viola tat.

»Gut, ich gehe jetzt«, sagte Viola und blickte erleichtert auf ihre Uhr. »Ich habe ein Taxi bestellt, das mich abholt.« Sie küsste Teddy leicht auf die Stirn, die bevorstehende Flucht machte sie nahezu liebevoll. Er fühlte sich kühl und trocken an, war schon halb einbalsamiert und mumifiziert. Seine Hand zuckte, das war das einzige Zeichen, das er ihr gab.

Unten vor dem Haupteingang trat eine alte Frau, eine der lebenden Toten, auf der Stelle und schaute hinaus auf etwas, was ein hübscher Garten für die »Bewohner« hätte sein können, wenn es nicht der Personalparkplatz gewesen wäre. Viola erkannte sie als Agnes. Sie war noch im Besitz ihrer geistigen Fähigkeiten gewesen, als ihr Vater in Poplar Hill eingezogen war, und hatte oft in seinem Zimmer gesessen und sich mit ihm unterhalten. Jetzt starrte sie so tot wie ein Fisch und sprach fließend Kauderwelsch.

»Hallo«, sagte Viola freundlich. Erfahrung hatte sie gelehrt, dass es schwierig war, sich mit jemandem zu unterhalten, dessen Blick an einem vorbeiging, als wäre man selbst das Gespenst und nicht sie, aber sie gab nicht nach. »Würden Sie mir bitte aus dem Weg gehen?«, sagte sie. »Ich würde gern gehen, und Sie verstellen den Weg.« Agnes sagte etwas, doch sie klang wie Bertie, wenn sie im Schlaf geredet hatte. »Sie dürfen nicht hinaus«, sagte Viola und versuchte, sie ein wenig beiseitezuschieben, aber Agnes wich nicht von der Stelle und blieb reglos stehen wie eine Kuh oder ein Pferd. Viola seufzte und sagte: »Auf Ihre Verantwortung«, und tippte die magische Nummer (»4-3-2-1«) auf dem Tastenfeld ein. Agnes schlüpfte rasch hinaus, ihr Tempo beeindruckend, und war schon die halbe Einfahrt entlanggegangen, als Viola in ihr Taxi stieg. Man musste ihren Fluchtinstinkt bewundern.

Die neue Pflegerin lief schwerfällig aus dem Gebäude und fragte Viola: »Sie haben nicht zufälligerweise Agnes gesehen?« Viola zuckte die Achseln und sagte: »Nein, tut mir leid.«

Sie fuhr mit dem letzten Zug nach London und verpasste am nächsten Tag die Meldung in *The Press*. Sie war versteckt zwischen Fotos von den Straßenpartys und Berichten über das Thronjubiläum, und so las Viola nicht, dass »eine achtzigjährige Bewohnerin eines Seniorenheims, die an Alzheimer erkrankt ist, vermisst wird. Sie wurde von einem Motorradfahrer gesehen, wie sie auf dem asphaltierten Rand der A 64 entlangging. Die Polizei versucht, sie mit Aufnahmen von Überwachungskameras ausfindig zu machen. Die Frau, deren Name nicht bekannt ist, ist Bewohnerin des Seniorenheims Poplar Hill. Ein Sprecher der Einrichtung sagte, dass untersucht wird, wie es der

Frau möglich war, die geschlossene Abteilung zu verlassen, und lehnte jeden weiteren Kommentar ab.«

Aber da war Viola schon in Singapur gelandet. Auch eine Flüchtige.

Sie fuhr mit dem Taxi von King's Cross zum Mandarin Oriental in Knightsbridge. Sie hatte Bertie vorgeschlagen, sich mit ihr zu treffen, wenn sie in der Stadt war. »Zum Abendessen? Im Restaurant von Heston Blumenthal im Mandarin? Ich lade dich ein!«

»Ich kann nicht, tut mir leid«, sagte Bertie. »Habe keine Zeit.«

»Keine Zeit für deine Mutter?«, sagte Viola leichthin. (Säen und ernten.) Die Schrecknisse des Samstagabends fielen ihr wieder ein. Gregory sagte, dass »Verlassen und Verlassenwerden eins ihrer Themen« war. (»Wie zum Beispiel, dass du uns verlassen hast?«, sagte Bertie.) Ihr war übel.

Hätte Viola drei Wünsche frei, was würde sie sich wünschen? Noch einmal ihre Kinder als Babys. Noch einmal ihre Kinder als Babys. Noch einmal ihre Kinder als Babys.

Irgendwo hoch über dem Indischen Ozean erinnerte sie sich an den machtvollen Traum von zwei Nächten zuvor. Sie war in einem Bahnhof, nicht in einem modernen Bahnhof, es fühlte sich an wie in der Vergangenheit, dunkel und rußig. Sunny war bei ihr, fünf oder sechs Jahre alt, er trug den komischen kleinen roten Dufflecoat, den er tatsächlich gehabt hatte, und einen gestreiften Schal um den Hals. (Ja, sie hatte ihn schlecht angezogen, sie gab es zu, okay?) Im Bahnhof herrschte Hochbetrieb, die Leute rannten zum Zug, um nach Hause zu fahren. Sie wurden von einer Sperre und einem Fahrkartenkontrolleur in einem Häuschen aufgehalten. Eine Treppe führte hinunter zum Bahnsteig und zum Zug, beides außer Sichtweite. Es war Violas und Sunnys Aufgabe, den Leuten dabei zu helfen, den Zug zu erwischen, indem sie sie wie Schäferhunde vorantrieben und ihnen aufmunternd etwas zuriefen. Und dann wurden die Leute immer weniger, bis keiner mehr da war. Sie hörten, wie sich die letzte Tür des Zuges schloss und der Schaffner in seine Pfeife blies, und Sunny drehte sich zu ihr, übers ganze Gesicht strahlend, und sagte: »Wir haben's geschafft, Mama! Alle haben den Zug erwischt.« Viola hatte keinen blassen Schimmer, was der Traum bedeutete.

»Alles in Ordnung, Mrs. Romaine?«, fragte sie die hübsche asiatische Stewardess. In der ersten Klasse waren alle unglaublich freundlich. Viola nahm an, dass man genau dafür bezahlte. Tränen liefen ihr übers Gesicht. »Ein trauriger Film«, sagte sie und deutete auf den ausgeschalteten Bildschirm. »Könnte ich bitte eine Tasse Tee haben?«

Sie ging durch die Passkontrolle, holte ihren Koffer und steuerte auf den Ausgang zu. Die automatischen Türen zur Ankunftshalle öffneten sich lautlos. Auf der anderen Seite der Barriere stand ein Chauffeur und hielt ein Schild hoch, auf dem ihr Name stand. Er würde sie in ein sehr angenehmes Hotel bringen, und morgen oder übermorgen – sie schien ihren Terminplan verloren zu haben – hätte sie eine »Lernen Sie die Autorin kennen«-Veranstaltung und würde ein paar Seiten aus ihrem neuen Buch *Jeder dritte Gedanke* lesen, das nächsten Monat erscheinen sollte. Sie meinte sich zu erinnern, dass sie auch noch an zwei Podiumsdiskussionen teilnehmen musste. »Die Rolle des Schriftstellers in der zeitgenössischen Welt.« – »Unterhaltung versus Literatur – eine falsche Unterscheidung?« Irgend so etwas. Es war immer irgend so etwas. Literaturfestivals, Buchhandlungen, Interviews, Online-Chats, man füllte die Leerräume anderer Leute. Aber sie füllten auch die eigenen Leerräume. Sie näherte sich dem Fahrer. Er hätte keine Ahnung, wer sie war, außer sie gab sich zu erkennen. Sie wich ihm aus und ging weiter, als wäre das von Anfang an ihre Absicht gewesen, fuhr mit der Rolltreppe in die Abflughalle, ging zu den Schaltern von Singapore Airlines und kaufte ein Ticket nach Denpasar.

Sie stellte sich Sunnys Miene vor. (»Überraschung!«) Sie würden es schaffen, dass alle in den Zug stiegen. So oder so.

30. März 1944

Der letzte Einsatz

Der Absturz

Er hatte gerade nach dem Hund gepfiffen, als er auf der Wiese westlich des Bauernhofs zwei Hasen entdeckte. Märzhasen, die aufeinander einschlugen wie zwei Boxer mit nackten Fäusten, infiziert von der Frühlingsverrücktheit. Er sah einen dritten Hasen, dann einen vierten. Als Junge hatte er einmal auf der Wiese bei Fox Corner sieben gezählt. Die Wiese gab es nicht mehr, hatte Pamela berichtet, umgepflügt war sie und mit Winterweizen bestanden, um in Kriegszeiten hungrige Mäuler zu füttern. Flachs, Rittersporn, Butterblumen, Klatschmohn, Rote Waldnelken, Margeriten, alle unwiederbringlich verschwunden.

Die Hasen mochten von der neuen Jahreszeit überzeugt sein, doch für Teddy fühlte es sich noch nicht wirklich nach Frühling an. Blasse Wolken jagten über einen verwaschenen Himmel. Sie wurden von einem scharfen Ostwind getrieben, der von der Nordsee über die flache Landschaft blies und Erde von den nackten Furchen aufwirbelte. Es war ein Wetter, das auf die Stimmung drückte, doch Teddys hob sich wieder etwas beim Anblick der kämpfenden Hasen und den hohen Flötentönen einer Amsel, die von irgendwo auf seinen Pfiff antwortete.

Auch der Hund hatte ihn gehört – Lucky hörte ihn immer pfeifen – und raste auf ihn zu, ohne den Boxkampf der Hasen auf der Wiese zu beachten. Der Hund streunte viel herum dieser Tage, fühlte sich wohl auf dem Land und offenbar auch im

Quartier der Frauen. Als er bei ihm ankam, setzte er sich prompt und schaute ihm ins Gesicht in Erwartung weiterer Befehle.

»Gehen wir«, sagte Teddy. »Wir fliegen heute Nacht einen Einsatz. Ich vielmehr«, fügte er hinzu. »Nicht du.« Einmal war genug.

Als er wieder schaute, waren die Hasen verschwunden.

Die Befehle waren heute Morgen vom Hauptquartier des Bomberkommandos in High Wycombe gekommen, doch nur eine Handvoll Leute auf dem Stützpunkt – darunter Teddy – erfuhr sofort, um welches Angriffsziel es sich handelte.

Als Staffelkommandant durfte er nicht allzu oft fliegen, oder »wir würden jede Woche einen Staffelkommandanten verlieren«, wie sich der CO ausdrückte. Alle Vorkriegsvorstellungen von Hierarchie in der RAF waren seit langem überholt. Man konnte mit dreiundzwanzig Staffelkommandant sein, tot mit vierundzwanzig.

Es war seine dritte Einsatzrunde. Er war nicht verpflichtet gewesen, sich dafür zu melden, er hätte wieder ausbilden können, er hätte einen Schreibtischjob verlangen können. Es war »Wahnsinn«, schrieb Sylvie. Er neigte dazu, ihr recht zu geben. Er hatte jetzt über siebzig Angriffe geflogen und galt bei vielen in der Staffel als unberührbar.

So entstanden dieser Tage Mythen, dachte Teddy, indem man einfach länger am Leben blieb als alle anderen. Vielleicht war das jetzt seine Rolle, der Talisman zu sein, der Zauber. Um so vielen wie möglich Sicherheit zu geben. Vielleicht war er tatsächlich unsterblich. Er testete diese Theorie, indem er sich trotz der Proteste von weiter oben so oft wie möglich einen Gefechtsbefehl geben ließ.

Er war wieder bei dem ersten Geschwader, bei dem er gedient hatte, aber jetzt waren sie nicht mehr wie zu Beginn des Kriegs auf einer anständigen, gemauerten RAF-Vorkriegsbasis untergebracht, sondern hausten auf einem hastig errichteten Stützpunkt in Wellblech und Lehm. Nachdem sie abgezogen wären (denn sie würden abziehen – selbst der Hundertjährige Krieg war irgendwann zu Ende gewesen), würde es nur ein paar Jahre dauern, bis überall wieder Felder wären. Braun und grün und golden.

Wenn er einen Einsatz flog, dann mit der *F-Fox*. Es war ein gutes, solides Flugzeug, das wider alle Wahrscheinlichkeit eine Crew sicher durch eine ganze Runde getragen hatte, aber vor allem mochte er den Namen und seine Assoziationen mit zu Hause. Ursula berichtete, dass Sylvie, die einst die Füchse in Fox Corner geliebt hatte, Gift für sie ausgelegt hatte, nachdem sie einmal besonders erfolgreich ins Hühnerhaus eingebrochen waren.

»Im nächsten Leben könnte sie ein Fuchs werden«, schrieb Ursula, »und dann wird es ihr sehr leidtun.« Laut seiner Schwester mochte Sylvie »die Vorstellung der Reinkarnation«, konnte aber nicht wirklich daran glauben. Das war das Problem mit dem Glauben, dachte Teddy, seinem Wesen nach war er unmöglich. Er glaubte an nichts mehr. An Bäume vielleicht. Bäume und Felsen und Wasser. Das Aufgehen der Sonne und das Laufen des Wilds.

Er trauerte um die Füchse, er hätte sie in der Ordnung der Dinge über die Hühner gestellt. Über viele Menschen.

Er hatte Weihnachten in Fox Corner vermieden und behauptet, dass er auf dem Stützpunkt bleiben musste, was nur eine halbe Lüge gewesen war, und er hatte seine potenziell füchsische Mutter seit vielen Monaten nicht mehr gesehen – seit dem ärgerlichen Mittagessen nach Hamburg. Ihm wurde klar, dass er Sylvie nicht mehr mochte. »Das passiert«, sagte Ursula.

F-Fox' Bodenmannschaft sprach stets düstere Drohungen aus gegen alle, die das Flugzeug ausleihen durften – »bringt den Flieger des Staffelkommandanten bloß sicher zurück, sonst« –, doch tatsächlich betrachtete die Bodenmannschaft das Flugzeug als ihr Eigentum und warnte auch Teddy auf mehr oder weniger dieselbe Weise.

Manchmal nahm Teddy einen der schäbigeren alten Flieger, um seine Theorie der Unsterblichkeit weiter zu überprüfen. Seine Bodencrew war unglücklich, wenn er mit neuen, nicht erprobten oder klapprigen Maschinen flog. Gelegentlich flog er als Pilot mit einer unerfahrenen Besatzung, doch normalerweise setzte er sich in diesen Fällen auf den Copilotensitz und war als beruhigender zweiter Pilot mit dabei. Er brachte kein Pech – ganz im Gegenteil. »Wenn der Staffelkommandant mitfliegt, kann uns nichts passieren«, hörte er sie sagen. Er dachte an Keith, den sein Glück letztlich doch verlassen hatte.

Er machte sich auf den Weg zur *F-Fox* und seiner Bodenmannschaft.

Es war der erste Einsatz der Crew, mit der Teddy fliegen sollte. Sie waren an diesem Morgen frisch von der Ausbildung in Rufforth gekommen. Ihnen war ein eigenes Flugzeug zugewiesen worden, doch die Bodenmannschaft hatte es nach den Tests in der Luft für untauglich erklärt, und Teddy hatte ihnen die *F-Fox* und sich selbst angeboten. Bei dieser Aussicht waren sie so gut gelaunt und aufgeregt wie junge Hunde.

Ein Betankungsfahrzeug füllte bereits die Tanks in den Tragflächen der *F-Fox*. Die Bodencrew wusste anhand der Treibstoffmenge ungefähr, wohin sie fliegen würden, doch sie sprachen nie mit der Flugzeugbesatzung über das Ziel. Sie hielten sich bedeckt. Vielleicht glaubten sie, dass es Unglück brachte. Manche von ihnen würden die Nacht über wach bleiben, normalerweise scharten sie sich neben dem zu kleinen Ofen in ihrer kargen Hütte auf dem Flugfeld, andere dösten unruhig auf einem Feldbett oder saßen auf einer umgedrehten Werkzeugkiste und warteten ängstlich auf *F-Fox'* Rückkehr. Auf Teddy.

Eine Draisine mit Bomben näherte sich dem Flugzeug, ein Miniaturzug, und die Waffenmeister begannen, die Bomben mit einer Winde in die Bombenkammer zu hieven. Jemand hatte mit Kreide »Die ist für Ernie, Adolf« auf eine Bombe geschrieben, und Teddy fragte sich, wer Ernie gewesen war, doch er erkundigte sich nicht, und niemand sagte etwas. Einer von der Bodenmannschaft, ein fröhlicher Liverpooler, stand ganz oben auf einer Leiter und polierte das Plexiglas am Heckturm mit einer »Blackout« – einer der großen zweckdienlichen Unterhosen, die die WAAFs trugen. Er hatte herausgefunden – vielleicht besser, sich nicht vorzustellen, wie –, dass es das beste Material für diese lebenswichtige Arbeit war. Eine Schütze konnte einen kleinen Schmutzfleck auf dem Plexiglas mit einem deutschen Kampfflugzeug verwechseln, mit den MGs wild in den Himmel ballern und damit dem Feind ihre Position verraten. Der Mann sah Teddy und sagte: »Alles okay, Käpt'n?«

Teddy bejahte leichthin. Gelassene Zuversicht war die beste Haltung für einen Kapitän, um alle anderen im eigenen optimistischen Schlepptau mit sich zu ziehen. Und er wollte sich möglichst an die Namen aller erinnern. Und freundlich sein. Denn warum nicht?

Er hatte einen Schwur getan, in den langen dunklen Nächten im Flugzeug insgeheim der Welt versprochen, dass er im großartigen Danach, sollte er tatsächlich überleben, immer versuchen würde, freundlich zu sein, ein gutes, ruhiges Leben zu leben. Wie Candide einen Garten zu kultivieren. Friedlich. Das wäre seine Buße. Auch wenn er nur eine Feder in die Waagschale legen könnte, wäre es eine Art Wiedergutmachung dafür, dass er verschont worden war. Am Ende, wenn die Rechnung aufgestellt würde, brauchte er diese Feder vielleicht.

Er wusste, dass er nur herumstand und nichts Nützliches tat. Diese mentale und körperliche Ruhelosigkeit überkam ihn immer öfter. Manchmal driftete er weg, nicht so sehr in Gedanken versunken als in gar keine Gedanken, und ohne dass er es gemerkt hatte, stand er jetzt plötzlich vor dem Taubenschlag. Die Brieftauben wurden in einem Schuppen hinter der Nissenhütte gehalten, in der die Crews schliefen, und von einem Koch verpflegt, der ein Taubenliebhaber war und seine Tauben zu Hause in Dewsbury vermisste.

Teddy nahm den Hund nicht mit in den Schuppen. Er bellte immer die Vögel an, so dass sie nervös herumflatterten, obwohl sie im Allgemeinen von Natur aus ruhige, ja heldenhafte Geschöpfe waren. Theoretisch konnten die Tauben an Bord eines Flugzeugs genutzt werden, um Botschaften zu überbringen, und im Fall einer Notwasserung oder eines Absprungs mit dem Fallschirm sollte man seine Position aufschreiben, sie in eine kleine Kapsel stecken, so dass der Vogel die wertvolle Information nach Hause bringen konnte. Teddy jedoch erschien es höchst unwahrscheinlich, dass man aufgrund dieses inkohärenten Gekritzels auf feindlichem Territorium gefunden wurde. Zum einen musste man wissen, wo genau man war, zum anderen müsste der Vogel ungeheure Schwierigkeiten überwinden, um es zurück nach England zu schaffen. (Er fragte sich, ob das Mädchen vom Luftfahrtministerium dafür Zahlen hatte.) Die Deutschen hielten Falken an der französischen Küste nur zu dem Zweck, die armen Tauben herunterzuholen.

Und natürlich müsste man daran denken, eine Taube aus dem Korb zu holen, der unten im Rumpf verstaut war, und sie in einen Behälter zu stopfen, der nicht viel größer als eine Thermosflasche war (als solches schon ein kniffliges Unterfangen). Aus einem flugunfähigen Bomber auszusteigen war – im besten Fall – ein wahnsinniges Gedrängel auf Leben und Tod: die Fallschirme umschnallen, die Klappen von den Ausstiegsluken abwerfen, den Verwundeten hinaushelfen, während das Flugzeug brannte oder sich in einem unkontrollierbaren Sturzflug befand. Den armen Tauben galt nicht der erste Gedanke in diesen letzten verzweifelten Sekunden. Er fragte sich, wie viele zurückgelassen worden waren, hilflos gefangen in ihren Körben, um zu verbrennen oder zu ertrinken oder einfach zu einer kleinen Wolke aus Federn zerfetzt zu werden, wenn das Flugzeug explodierte. Alle wussten, dass der Staffelkommandant ohne Tauben flog.

Das leise Gurren und der erdige Ammoniakgeruch in dem düsteren Schuppen beruhigten Teddy. Er nahm einen der fügsamen Vögel von der Stange und streichelte ihn sanft. Die Taube ließ sich die Aufmerksamkeiten widerspruchlos gefallen. Als er sie zurücksetzte, schaute sie ihn unverwandt an, und er fragte sich, was sie dachte. Nicht viel vermutlich. Als er wieder nach draußen ging in das helle Tageslicht, beschnüffelte ihn der Hund argwöhnisch nach Anzeichen von Untreue.

Es war Mittagessenszeit, und er ging in die Messe. Er hatte kaum Appetit dieser Tage, aber er zwang sich pflichtbewusst zum Essen. Zum Nachtisch gab es besonders schwer verdauliches gedämpftes Hefegebäck mit Pflaumen, das als »Plum Duff« auf der Tafel stand und ihm anschließend schwer im Magen lag. Er erinnerte sich voll Wehmut an einen *far breton,* den bretonischen Backpflaumenkuchen, den er unter der heißen französischen Sonne gegessen hatte. Die Franzosen konnten sogar aus Backpflaumen etwas Köstliches zaubern. Er war einmal in Elvington notgelandet, wo die französischen Truppen stationiert waren und auch die Köche Franzosen waren. Sie machten aus ihren Rationen etwas wesentlich Schmackhafteres als das RAF-Kantinenpersonal. Und zudem tranken sie zum Essen ein Glas Rotwein, zwar aus Algerien, aber nichtsdestotrotz Wein. Einen »Plum Duff« hätten sie nicht toleriert.

Die Mannschaften verbrachten den Nachmittag geruhsam – schrieben Briefe, spielten Darts, hörten in der Messe Radio, immer die Kriegsberichterstattung der BBC. Manche schliefen.

Viele hatten letzte Nacht einen Einsatz geflogen und waren erst nach Tagesanbruch ins Bett gefallen.

Dann erfuhren die Piloten und Navigatoren das Angriffsziel in einer Vorbesprechung, während gleichzeitig eine spezielle Einweisung für die Funker und Bombenschützen stattfand. Teddy rechnete eigentlich damit, dass der Einsatz abgeblasen würde – der Mond nahm zu, und die Nächte waren klar, aber sie wurden jetzt kürzer, und es wäre bald unmöglich, Angriffe weit nach Deutschland hinein zu fliegen. Er nahm an, dass es Harris' letzte Angriffe in der Schlacht um Berlin sein würden. Die lange zermürbende Serie der Winterangriffe mit ihrem hohen Tribut an Verlusten war fast vorbei. Sie hatten achtundsiebzig Flugzeuge letzten Monat bei Leipzig verloren, dreiundsiebzig bei Berlin letzte Woche. Seit Dezember fast tausend Männer. Jeder davon jung. *Flowers of the Forest* wurde bei der Beerdigung des kanadischen Navigators gespielt, den Teddy und Mac auf ihrer ersten Runde kennengelernt hatten. Walter. Walt. Sein Spitzname war Disney. Teddy glaubte nicht, dass er jemals seinen richtigen Namen gewusst hatte. Es schien so lange her, aber das war es nicht.

Der CO hatte sie gebeten, Disneys Leiche nach Stonefall zu begleiten und als Sargträger zu fungieren. In Leeds wurde ein schottischer Dudelsackspieler aufgetrieben, der an seinem Grab spielte. Disney war bei einem Angriff auf Bremen von Flakschüssen getötet worden. Der Flugingenieur, der als Navigator einsprang, hatte sie nach den Sternen navigiert, da Disneys Karten und Tabellen so blutgetränkt waren, dass sie nicht mehr zu gebrauchen waren.

Sie verbrannten ausgebrannte Städte, bombardierten ausgebombte Städte. Es war eine gute Idee gewesen. Sie in der Luft besiegen und der Welt das Grauen des Bodenkriegs ersparen, den Horror von Ypern, Passendale, der Somme. Aber es klappte nicht. Wenn sie am Boden lagen, standen sie wieder auf, der

Stoff von Alpträumen, eine endlose Ernte von Drachenzähnen, die auf den Ebenen des Ares sprossen. Und so warfen sie die Vögel weiterhin gegen die Mauer. Und die Mauer stand noch immer.

Ein Vizemarschall der RAF besuchte das Geschwader. Er trug jede Menge Orden und Bänder – »Rührei«. »Will mich mal bei den Männern blicken lassen«, sagte er. Teddy erinnerte sich nicht, ihn je zuvor gesehen zu haben.

Er dachte an Nancy. Am Morgen hatte er einen Brief von ihr bekommen – wie üblich viele Worte, die wie üblich nichts besagten, doch am Ende erwähnte sie ihre Verlobung und dass sie »verstehen würde, wenn sich seine Gefühle geändert hätten«. (»Du schreibst mir so selten, mein Schatz.«) Hieß das nicht in Wahrheit, dass sich *ihre* Gefühle verändert hatten? Sein CO sagte: »Ted? Bereit?«, und riss ihn aus seinen Grübeleien. Sie machten sich auf den Weg zur Besprechung, der Vizemarschall schritt mit Autorität voran. Er war in Begleitung einer ziemlich schicken WAAF-Fahrerin, die Teddy überraschte, als sie ihm zuzwinkerte.

Die Besatzungen waren bereits versammelt und an der Tür von der RAF-Polizei auf einer Liste abgehakt worden. Sobald alle da waren, wurden die Türen verschlossen und die Fenster verdunkelt. Die Fahrerin des Vizemarschalls durfte sich draußen die Füße vertreten. Vor einem Angriff wurde Sicherheit großgeschrieben. Niemand durfte den Stützpunkt verlassen oder telefonieren. Das Angriffsziel geheim zu halten war lebenswichtig, auch wenn oft im Scherz behauptet wurde, dass man nur in Bettys Bar gehen musste, wenn man das genaue Ziel erfahren wollte.

Die Realität war, dass die Deutschen sie auf die eine oder andere Weise verfolgten, sobald sie gestartet waren. Sie hörten ihre Funksprüche ab, blockierten ihren Bodenradar, verfolgten den Luftradar und fingen sie in ihrem eigenen Radarnetz, das sich die europäische Küste entlangzog. Sie suchten die direkte Konfrontation.

Als sie den Besprechungsraum – eine Nissenhütte – betraten, klapperten laut die Stühle, weil die ungefähr einhundertzwanzig Männer aufstanden und salutierten. In der Hütte war es wie immer verraucht und muffig. Weiteres Klappern und Scharren, als sich die Männer wieder setzten. Die Landkarte an der Wand war mit einem Blackout-Vorhang bedeckt, und der CO zog ihn stets mit theatralischem Schwung auf, als gehörte das zu einem Zaubertrick, bevor er die mittlerweile altehrwürdigen Worte sprach: »Gentlemen, Ihr Ziel heute Nacht ist …«

Nürnberg? Trotz der Anwesenheit des Rühreis murrten die erfahrenen Crews unzufrieden, ein paar »O Gott«, »Verdammt« und ein australisches »Da legst dich nieder« waren zu hören. Es war ein langer Flug tief ins Land des Feindes, fast dreimal so weit wie bis zur Ruhr. Der rote Strich für die Flugroute erstreckte sich nahezu gerade zum Ziel, ohne das übliche Zickzack.

Die Offizierin vom Geheimdienst, eine WAAF mit strenger Miene, nahm ihre Aufgabe sehr ernst, stand auf und instruierte sie über die Bedeutung des Ziels. Seit sieben langen Monaten war Nürnberg von der RAF nicht mehr bombardiert worden, und es war weitgehend unzerstört, obwohl sich dort eine große SS-Kaserne und die »berühmte« MAN-Waffenfabrik befanden, und jetzt, da die Siemens-Fabrik in Berlin bombardiert worden war, hatten sie die Produktion von Suchschweinwerfern, Dieselmotoren »und so weiter« in den Nürnberger Werken erhöht.

Die Stadt hatte symbolische Bedeutung, Hitler hielt dort seine Reichsparteitage ab, es befand sich im Herzen Deutschlands, fuhr die Frau vom Geheimdienst fort. Die Moral des Feindes würde schwer getroffen. Das Ziel waren die Rangierbahnhöfe, doch auch der mittelalterliche Stadtkern, die »Altstadt« – ein

schlechter Versuch einer deutschen Aussprache – sollte getroffen werden. Sie hatten eine große Ladung an Brandbomben dabei, und die alten Holzhäuser würden lichterloh brennen.
Dürer war in der Altstadt geboren. Teddy war mit zwei Drucken von Dürer aufgewachsen, die im Frühstückszimmer von Fox Corner hingen – ein Hase und zwei rote Eichhörnchen. Die Geheimdienstoffizierin erwähnte Dürer nicht, sie interessierte sich vor allem für die Flak- und Suchscheinwerferstellungen, die auf der Landkarte mit grünem und rotem Zelluloid markiert waren. Auch die Besatzungen betrachteten sie sehr genau, und während sie auf die lange, gerade rote Linie schauten, wurden sie immer unruhiger.
Aber es war der Mond, der sie wirklich beunruhigte, der auch Teddy nervös machte. Es war ein ungewöhnlich heller Halbmond, und er würde in der langen dunklen Nacht auf sie hinunterscheinen wie eine helle Münze. Ihr Missmut wurde noch größer, als sie erfuhren, dass sie durch das »Kölner Loch« fliegen sollten. Es war »unwahrscheinlich«, dass es zu dieser Jahreszeit stark verteidigt würde, hieß es. Wirklich?, dachte Teddy. Die Flugroute führte sie nahe an den Verteidigungsanlagen an der Ruhr und Frankfurt, an Stützpunkten für Nachtjäger und den Funkfeuern Ida und Otto vorbei, um die die deutschen Flugzeuge kreisten und warteten wie Falken auf Tauben.
Der Meteorologe ergriff das Wort und nannte Details zu Windgeschwindigkeiten, Wolkenlage und dem Wetter, das sie höchstwahrscheinlich erwarten würde. Er erklärte, dass für den Hin- und Rückflug die »Möglichkeit« einer ziemlich guten Wolkendecke bestünde, die sie vor den Nachtjägern verbergen »könnte«. Das Wort »Möglichkeit« ließ sie nervös auf ihren Stühlen hin und her rutschen. Das Wort »könnte« machte es noch schlimmer. »Ziemlich« war auch nicht sehr vielversprechend. Über dem Ziel wäre der Himmel klar, sagte er, obwohl die ersten Pathfinder Kumuluswolken in achttausend Fuß Höhe berichtet

hatten, eine Information, die nicht an die Crews weitergegeben wurde. Sie brauchten es genau umgekehrt – Wolken auf dem Flug, die sie vor den Nachtjägern verbargen, und ein vom Mond erhelltes Ziel.

Der CO hatte Teddy anvertraut, er sei »sicher«, dass der Einsatz abgeblasen würde. Teddy begriff nicht, warum er überhaupt in Betracht gezogen wurde. Churchill gefiel das Angriffsziel. Harris gefiel es. Teddy gefiel es nicht. Er nahm nicht an, dass Churchill und Harris sich für seine Meinung interessierten.

Weitere Spezialisten gaben sachdienliche Erklärungen ab. Mit den Navigatoren wurden die Flugroute und die Umkehrpunkte besprochen. Den Funkern wurden die Frequenzen für die Nacht eingetrichtert. Die Bombenschützen erhielten Detailinformationen über die Bombenlast und das Verhältnis von Spreng- und Brandbomben, die Zeitpunkte und die Phasen der Angriffe, die Farbe der Zielmarkungen, auf die sie ihre Bomben abwerfen sollten. Allen wurden die Farben des Einsatzes eingebleut. Sie alle wussten von Crews, die von den eigenen Streitkräften abgeschossen worden waren, weil sie die falschen Farben abgeworfen hatten.

Dann war Teddy an der Reihe. Eine ununterbrochene Strecke von zweihundertfünfundsechzig Meilen über gut verteidigtes feindliches Territorium in hellem Mondschein ohne Wolkendecke. Um die Moral zu heben, versuchte er (der ruhige, zuversichtliche Staffelkommandant), diese trostlosen Fakten etwas weniger düster erscheinen zu lassen – er betonte noch einmal die Bedeutung der Stadt für die Industrieproduktion und als Verkehrsknotenpunkt, den Schlag gegen die Moral des Feindes und so weiter. Aufgrund der langen Route würden die Nachtjäger mehrere Ziele in Betracht ziehen und vom Kölner Loch abgelenkt. Die gerade Routenführung würde sie täuschen, und in Ermangelung eines Zickzackkurses würden sie selbst Treibstoff sparen und könnten eine größere Bombenlast laden. Und das hieß wiederum, dass sie nicht so müde würden und schneller am Ziel wären, und je schneller sie dort wären, umso schneller wären sie auch wieder zurück. Und keinesfalls Lücken im Bomberstrom entstehen lassen. Nie.

Er setzte sich wieder. Sie vertrauten ihm, er sah es ihren hageren Gesichtern an. Jetzt gab es kein Zurück mehr, und deswegen war es am besten, wenn sie in guter geistiger Verfassung aufbrachen. Es gab nichts Schlimmeres, als mit dem Gefühl, dass die Chancen schlecht standen, in einen Einsatz zu gehen. Er dachte an Duisburg, den letzten Einsatz seiner ersten Runde, wie nervös seine Besatzung gewesen war, überzeugt, dass sie nicht zurückkehren würden. Für zwei Männer hatte es zugetroffen. George und Vic. Von *J-Jigs* ursprünglicher Mannschaft waren nur noch er selbst und Mac übrig. Mac hatte ihm einen Brief geschrieben und mitgeteilt, dass er geheiratet, Flitterwochen in Niagara gemacht hatte und »ein Baby unterwegs war«. Für Mac war der Krieg vorbei.

Kenny hatte Fliegerschützen ausgebildet und in einem nahezu analphabetischen Gekritzel an Teddy geschrieben. »Ich – ein Ausbilder! Wer hätte das gedacht?« Ein paar Wochen später flog er in einem Flugzeug mit, das auf dem Rückweg von einem Übungsflug über Land eine Bruchlandung machte. Drei Crewmitglieder überlebten. Kenny war nicht dabei. Eine seiner zahlreichen Schwestern schrieb Teddy: »Der kleine Kenny ist jetzt ein Engel«, in einer fast genauso unleserlichen Handschrift wie Kenny. Wenn es nur so wäre, dachte Teddy, wenn nur die Reihen von Spensers hell leuchtenden Engelsscharen von den Toten des Bomberkommandos aufgefüllt würden. Aber so war es nicht. Die Toten waren tot. Und sie waren Legion.

Kenny hätte seine schmutzige schwarze Katze behalten sollen, statt sie Vic Bennetts Baby zu schenken. Ein Brief hatte irgendwann den Weg zu ihm gefunden, nicht von Lil, sondern von Mrs. Bennett, der widerwillig stolzen frischgebackenen Großmutter. »Ein Mädchen, nicht besonders hübsch, aber gut genug.« Eine Margaret, kein Edward, und Teddy war erleichtert, dass er keinen Namensvetter hatte. *Margarete, tun dir leid / Bäume ohne Blätterkleid?*

Der CO sprach ein paar aufmunternde Worte, der Vizemarschall machte ein paar wackere Bemerkungen, wie es zu jemandem passte, der so viel Rührei trug, und als sie hinausgingen, drückte ihnen ein Sanitäter Aufputschpillen in die Hand. Und damit hatte es sich.

Es gab das traditionelle Abendessen, kein besonderes Festmahl an diesem Abend – Würstchen und gummiartige Eier. Keinen Speck. Teddy dachte an Sylvies Schwein, an den Geruch des Bratens.

Sie waren jetzt von der Außenwelt abgeschlossen, eine schlimme Zeit, wenn die eigenen Gedanken alles andere überschatteten. Teddy spielte im Offizierskasino Domino mit einem Hauptmann. Es war geistlos genug, um sie beide zufriedenzustellen, doch es war eine Erleichterung, als es Zeit war, in den Mannschaftsraum zu gehen und sich umzuziehen.

Dicke lange Unterhosen und Unterhemd aus Wolle, Kniestrümpfe, Rollkragenpullover, Kampfanzug, mit Lammfell gefütterte Fliegerstiefel, drei Schichten Handschuhe – Seide, Chamoisleder, Wolle. Die Hälfte der Kleidung war nicht Bestandteil der Uniform. Insgesamt sahen sie verwegen und piratenhaft aus und watschelten, als trügen sie Windeln. Dann kam noch mehr – die Schwimmwesten, die Gurte für den Fallschirm –, bis es wirklich schwierig war, überhaupt noch zu gehen.

Sie kontrollierten, ob eine Pfeife an ihrem Kragen hing, eine Hundemarke um ihren Hals. Dann sammelten sie bei den WAAFs die Thermosflaschen mit Kaffee, Sandwiches, Bonbons, Kaugummis, Schokolade ein. Sie bekamen ihre »Überlebensausrüstung« – seidene Landkarten, gedruckt auf Schals oder

Taschentücher, für die Länder, die sie überflogen, Geld in entsprechenden Währungen, in Stiften und Knöpfen versteckte Kompasse, Seiten mit wichtigen Sätzen in unterschiedlichen Sprachen. Teddy hatte sich einen Zettel von einem langen Angriff auf Chemnitz aufgehoben, als befürchtet wurde, dass sie, sollte etwas passieren, von Russen aufgegriffen würden, die nicht wüssten, wer sie waren, und sie erschießen würden, bevor sie es herausgefunden hatten. Darauf stand (offenbar): »Ich bin Engländer.«

Sie nahmen ihre Fallschirme, und eine hübsche WAAF gab Teddy einen seidenen Schal und sagte schüchtern: »Nehmen Sie den für mich mit, Sir? Dann kann ich behaupten, dass er über Deutschland geflogen ist und den Feind bombardiert hat.« Er roch süßlich. »Aprilveilchen«, sagte sie. Wie ein Edelmann, der in einer Rittergeschichte einen Gunstbeweis von einem Fräulein entgegennimmt, dachte er und stopfte ihn in die Tasche. Er sah ihn nie wieder, irgendwann musste er herausgefallen sein. Die Zeit der Rittersagen war längst vorbei.

Sie holten alles aus ihren Taschen, womit man sie hätte identifizieren können. Für Teddy war es ein symbolischer Akt – man war nicht mehr ein Individuum, sondern wurde Flieger, anonym, austauschbar. Engländer. Und Aussies und Kiwis und Frankokanadier. Inder, Westinder, Südafrikaner, Polen, Franzosen, Tschechen, Rhodesier, Norweger. Die Yanks. Die ganze westliche Zivilisation gegen Deutschland. Man fragte sich, wie es mit dem Land von Beethoven und Bach so weit hatte kommen können und wie die Deutschen darüber denken würden, sollte es für sie ein Danach geben. *Alle Menschen werden Brüder.* Ursulas Frage: »Hältst du das für möglich? Eines Tages?« Nein. Er hielt es nicht für möglich. Nicht wirklich.

Eine WAAF stand an der Tür und rief die Besatzungen der *F-Fox* und *L-London* auf, und sie stiegen alle in den Stadtrundfahrtbus,

den sie fuhr. Auch die Transportmittel schienen manchmal so zufällig wie manche ihrer Kleidungsstücke.
Lucky war in den Armen einer besonders attraktiven WAAF zurückgeblieben, einer Funkerin namens Stella. Er mochte Stella, dachte, dass sich zwischen ihnen etwas ergeben könnte. Letzte Woche war Teddy mit ihr zum Tanzen ins Kasino eines benachbarten RAF-Stützpunkts gegangen. Ein Küsschen auf die Wange und »Danke, Sir, das war wirklich ein großes Vergnügen« bei der Rückkehr. Mehr nicht. Am Tag zuvor hatte sich auf ihrer eigenen Basis ein grauenvoller Unfall ereignet, eine WAAF war von einem durch die Luft fliegenden Propellerblatt enthauptet worden. Teddy schreckte auch jetzt noch vor der Erinnerung zurück. Alle – vor allem natürlich die WAAFs – waren danach niedergeschlagen gewesen. Stella war ein guter Kumpel, sie mochte Hunde und Pferde. Manchmal führten die Schrecken des Kriegs zu Sex, manchmal nicht. Es war schwierig, den Grund für den einen oder den anderen Ausgang herauszufinden. Er bedauerte jetzt, mit Stella nicht ins Bett gegangen zu sein, und fragte sich, ob es ihr auch so erging. Er hatte eine kurze – sehr kurze – Affäre mit Stellas Freundin Julia gehabt. Mit viel Sex. Sehr gutem Sex. Eine geheime Erinnerung.
Sie blieben vor der *F-Fox* auf dem Flugfeld stehen und stiegen aus dem Bus. Sogar zu diesem Zeitpunkt noch rechnete Teddy mit dem roten Licht, das den Einsatz abblies. Aber es sollte offensichtlich nicht sein, deswegen machte er weiter, kontrollierte das Flugzeug mit dem neuen Piloten, dem Ingenieur und dem Bodenpersonal. Der Ingenieur hieß Roy, erinnerte sich Teddy. Der Schütze im Rückenturm war ein Kanadier namens Joe, der im Heckstand hieß Charlie. Er sah aus wie zwölf. Das Plexiglas im Heckstand wurde ein letztes Mal mit den Blackouts poliert.
Teddy bot allen Zigaretten an. Nur der Bombenschütze rauchte nicht. »Clifford«, sagte er zu Teddy, als er sah, dass Teddy Mühe

hatte, sich zu erinnern. »Clifford«, murmelte Teddy. Die Bodenleute rauchten ausnahmslos wie die Schlote. Teddy wünschte, er könnte sie einmal bei einem Einsatz mitnehmen, einem sicheren Einsatz, von dem sie garantiert zurückkämen. Es war eine Schande, dass sie nie miterlebten, was »ihr« Flugzeug durchmachte, nie den Ausblick aus den polierten Plexiglasscheiben sahen. Nach Kriegsende flog die RAF »Küchentouren« mit dem Bodenpersonal über Deutschland, damit sie die Verwüstung sehen konnten, die herbeizuführen sie mitgeholfen hatten. Ursula schaffte es, bei einem dieser Flüge dabei zu sein. Teddy hatte keine Ahnung, wie sie das bewerkstelligt hatte, aber er war nicht überrascht. Im Krieg hatte seine Schwester gelernt, die Regeln des großen Spiels der Bürokratie zu beherrschen. Es war schrecklich, berichtete sie, ein vollkommen in Trümmern liegendes Land zu sehen.

Teddys neue Crewmitglieder pinkelten an den Reifen der *F-Fox* und blickten dann etwas betreten drein, als sie merkten, dass Teddy an diesem maskulinen Ritual nicht teilnahm. Er war ihr Sadhu, dachte Teddy, ihr Guru. Er hätte ihnen befehlen können, auf das Dach des Kontrollturms zu steigen und sich geordnet herunterzustürzen, und sie hätten es getan. Er seufzte, fummelte an der Riesenmenge Kleidung herum und pinkelte ebenfalls an das Rad, unnötigerweise. Die Neulinge grinsten sich verstohlen erleichtert an.

Dann verabschiedete sich die Bodenmannschaft auf ihre gewohnt sachliche, optimistische Weise und schüttelte allen die Hand. »Also dann, viel Glück. Wir sehen uns morgen früh.«

Teddy stand während des Starts neben dem Piloten. Der Pilot hieß Fraser und war aus Edinburgh, wo er an der St. Andrews studierte. Ein anderer Typ Schotte als Kenny Nielson. Mit ihm flog kein unerfahrener Pilot, sondern der Staffelkommandant. Teddy erinnerte sich an die Besatzung der *W-William*. *Das Flug-*

zeug startete um 16.20 Uhr und ist nicht zurückgekehrt. Es wurde als vermisst gemeldet.

Die Bristol-Hercules-Motoren heulten auf, als sich die Propeller langsam und ruckartig in Bewegung setzten, bevor sie in dem vertrauten Stakkato rundliefen. »Gute Motoren«, sagte Teddy zu Fraser, als sie die Tests durchführten. Fraser interessierte sich zwangsläufig für die *Mechanik des Bombardierens.*

Äußerer und innerer Motor auf der Backbordseite, gefolgt vom inneren und äußeren Motor auf der Steuerbordseite. Nachdem alle Tests erledigt waren – Magnetzünder, Öldruck und so weiter –, bat Fraser im Kontrollturm um die Erlaubnis, zur Startbahn zu rollen. Er schaute zu Teddy, als brauchte er seine Zustimmung mehr als die des Kontrollturms, und Teddy hielt den Daumen hoch. Die Bremsklötze wurden entfernt, und sie rollten los, um sich in die Prozession auf dem Umgrenzungsweg einzureihen, die Motoren klopften und brummten, eine Vibration, die durch die Muskeln bis in die Knochen drang und sich in Herz und Lunge einrichtete. Es hatte etwas Großartiges, dachte Teddy.

Sie waren an fünfter Stelle, und sie schwangen auf die Startbahn, die Motoren auf Hochtouren, und warteten, ein Windhund in der Box, bereit, zu rennen, sobald die Aldislampe auf Grün schaltete. Teddy rechnete noch immer mit dem roten Licht vom Kontrollturm, das den Einsatz absagte. Es kam nicht. Manchmal waren sie sogar noch aus der Luft zurückgeholt worden. Nicht dieses Mal.

Die übliche Gesellschaft hatte sich neben der Startbahn eingefunden. WAAFs, Küchen- und Bodenpersonal. Der CO war da, auch der Vizemarschall, der jedem vorbeirollenden Flugzeug salutierte. Die, die sterben werden, salutieren nicht, dachte Teddy. Stattdessen hielt er den Daumen hoch für Stella, die Lucky auf dem Arm hatte und eine Pfote hob und damit winkte. Besser als der Salut des Rühreis, dachte Teddy. Er lachte, und Fraser schaute ihn beunruhigt an. Der Start war eine ernste Sache, vor allem wenn es der erste Einsatz war und der Staffelkommandant dabei war. Und dieser Staffelkommandant sich etwas exzentrisch verhielt.

Das grüne Licht leuchtete auf, und sie beschleunigten auf der Startbahn wie ein übergewichtiger Vogel, um die einhundertfünf Meilen pro Stunde zu erreichen, die nötig waren, um zwölf Tonnen Blech, Treibstoff und Bomben vom Boden zu heben. Teddy half mit dem Handgas und fühlte sich wie immer erleichtert, als Fraser das Steuerhorn anzog und sich die *F-Fox* in die Luft erhob. Ohne es zu merken, berührte Teddy den kleinen silbernen Hasen in seiner Brusttasche.

Sie donnerten auf den Bauernhof zu, und Teddy hielt Ausschau nach der Tochter, konnte sie aber nicht entdecken. Er schauderte. Sie war immer da. Er sah die flachen Felder in der Dämmerung, die nackte braune Erde, den dunkler werdenden Horizont. Das Bauernhaus. Den Hof. Sie drehten ein und begannen zu kreisen, sich zu sammeln, bevor sie zur Küste flogen, und als die Tragfläche der *F-Fox* nach Backbord kippte, sah er sie. Sie schaute zu ihnen hinauf, winkte blind, winkte ihnen allen. Sie waren in Sicherheit. Er winkte ebenfalls, obwohl er wusste, dass sie ihn nicht sehen konnte.

Die Geschwader im Norden mussten eine Stunde früher starten als die auf den südlicheren Stützpunkten und nach Süden zum Sammelpunkt fliegen. Das gab ihnen eine relativ sichere Zeitspanne, um ihre Routineaufgaben zu erledigen. Kaum waren sie in der Luft, blieben ihnen keine müßigen Momente mehr für die düstere Introspektion, die sie auf dem Boden in Beschlag nehmen konnte. Der Flugingenieur war damit beschäftigt, die Motoren zu synchronisieren, den Treibstoffvorrat zu berechnen, die Tanks zu wechseln. Die Freund-Feind-Erkennung wurde eingeschaltet, um sich den RAF-Flugzeugen als Freund zu erkennen zu geben. Der Funker brachte die Funkantenne in Position, und der Navigator bestimmte ihre aktuellen Positionen, verglich die tatsächlichen Winde mit den Vorhersagen. Kaum waren sie über der Nordsee, begann der Bombenschütze, die Window-Stanniolstreifen abzuwerfen. Sie flogen noch immer mit eingeschalteten Navigationslichtern, und Teddy sah die roten und grünen Lichter an den Tragflächenspitzen anderer Flugzeuge blinken.

Sie flogen über die Nordsee und stiegen dabei immer höher. Die Wellen wurden vom Mond erhellt, und die Flügel der *F-Fox* funkelten wie poliertes Silber. Genauso gut hätte sie ein Suchscheinwerfer einfangen können. Die Schützen überprüften ihre Brownings in kurzen Salven über dem Meer. Die Bomben wurden scharf gemacht, die Navigationslichter ausgeschaltet. In fünftausend Fuß Höhe setzten sie die Sauerstoffmasken auf, und Teddy hörte das vertraute keuchende Atmen über die Sprechanlage.

Rückenwind trieb sie über Belgien. Die Sicht war so gut, dass sie viele andere Flugzeuge im Bomberstrom sehen konnten. Der Einsatz kam einem Angriff bei Tageslicht so nahe, wie es Teddy nie zuvor erlebt hatte. Sein Leben fand nachts statt. Der wachsame Mond wurde von Seen und Flüssen reflektiert, die sie überflogen, und begleitete sie Meile um hell erleuchtete Meile. *Auf seinem Gesicht keine Spur von Befangenheit und Zurückhaltung.* Hugh hatte seine Grammophonplatten von Gilbert und Sullivan geliebt. In der Gemeindehalle hatten sie eine Laienaufführung von *Der Mikado* veranstaltet, und alle waren überrascht gewesen, als ihr Vater die Rolle des Ko-Ko, des Oberhofhenkers, übernahm. Er hatte die völlige Veränderung seines Charakters genossen, als er auf der Bühne anzüglich grinste, herumsprang und sang. »Ganz Jekyll und Hyde«, sagte Sylvie. Mrs. Shawcross hatte die Katisha gespielt. Eine weitere thespische Offenbarung.

Sie erreichten den ersten Abdrehpunkt bei Charleroi, und bald darauf begann das Gemetzel.

Überall waren Nachtjäger, sie waren wie zornige Wespen, deren Nest aufgestört worden war. Es war ein Schock, so früh auf sie zu treffen und auf so viele. Nicht ein aufgestörtes Nest, sondern ein Schwarm, der auf sie gewartet zu haben schien.

»Ich sehe auf der Backbordbugseite ein Flugzeug, das brennend abstürzt«, meldete der Schütze im Rückenturm.

»Protokollieren, Navigator«, sagte Fraser.

»Okay, Käpt'n.«

Dann der Schütze im Heckstand: »Eins stürzt steuerbord ab.«

»Protokollieren, Navigator.«

Teddy, der neben Fraser stand, sah überall getroffene Flugzeuge. Überall am Himmel die blendend weißen Sterne der Explosionen.

»Sind das Vogelscheuchen, Sir?«, fragte der Bombenschütze. Fraser war »Käpt'n«, und ihn nannte die Crew »Sir«, damit es keine Verwechslungen gab. Sie alle hatten das Gerücht gehört, dass die Deutschen »Vogelscheuchen« benutzten – Flugabwehrgranaten, die explodierende Bomber simulierten –, doch Teddy war es immer unwahrscheinlich erschienen. Er sah, wie manche der blendend weißen Sterne die schmutzigen, öligen roten Flammen spuckten, die ihm nur allzu vertraut waren. Seine unerfahrene Besatzung hatte bis jetzt keinen Bomberabschuss miterlebt. Feuertaufe, dachte er.

Manche schwebten zur Erde wie riesige Blätter, andere sackten einfach nach unten. Eine Halifax flog backbord an ihnen vorbei, ihre vier Motoren hatten Feuer gefangen und zogen Streifen aus brennendem Treibstoff hinter sich her, aber sie war zu weit entfernt, um erkennen zu können, ob die Mannschaft noch an Bord war. Plötzlich kollabierten ihre Tragflächen wie die Seiten eines Klapptisches, und sie stürzte vom Himmel wie ein toter Vogel.

»Keine Vogelscheuchen, Flugzeuge«, sagte er und hörte entsetztes Keuchen über die Sprechanlage. Vielleicht hätte er ihnen die

Illusion lassen sollen. Auf allen Seiten stürzten brennende Flugzeuge ab oder explodierten, oft schienen die Besatzungen nicht einmal gemerkt zu haben, dass sie getroffen worden waren. Der Schütze im Rückenturm zählte weiter, und der Navigator protokollierte es, bis Teddy einschritt und sagte: »Das reicht«, weil er ihrem Atem anhörte, dass sie in Panik gerieten.

Auf der Backbordseite flog ein Flugzeug an ihnen vorbei, das vom Bug bis zum Heck brannte, es flog gerade und ruhig, aber auf dem Rücken. Teddy sah eine Lancaster in weißen Flammen explodieren und auf eine Halifax darunter fallen. Sie stürzten zusammen ab und überschlugen sich dabei immer wieder, gigantische Feuerräder. Teddy sah einen Pathfinder, der in Spiralen abstürzte, seine roten und grünen Markierungsleuchtgeschosse explodierten, als er aufschlug. Nie zuvor hatte er so ein Blutbad miterlebt. Normalerweise stürzten Flugzeuge in der Ferne ab, aufflackernde und erlöschende Sterne. Die Crews verschwanden einfach, sie waren am nächsten Morgen beim Frühstück einfach nicht mehr da, man dachte nicht lange darüber nach, *wie* sie verschwunden waren. Das Grauen und Entsetzen dieser letzten Momente blieb im Verborgenen. Jetzt waren sie unentrinnbar.

Der Pathfinder war Teddy ein Rätsel, er sollte vor dem Verband fliegen. Entweder hatte er sich an der falschen Stelle befunden, oder sie taten es. Er wies den Navigator an, Windrichtung und -stärke zu kontrollieren. Teddy schien, dass sie von der roten Linie nach Norden abgetrieben waren. Er spürte die Verwirrung in der Antwort des Navigators. Er wünschte, er hätte Macs Erfahrung. Unter sich sah er auf dem Boden brennende Flugzeugwracks auf einer Länge von fünfzig oder sechzig Meilen.

Dann, als weiteren Beweis für den Vogelscheuchenmythos, entdeckten sie auf der Steuerbordseite eine Lancaster, erhellt vom grausamen Mond, der sich von unten ein deutscher Nachtjäger näherte, unsichtbar für den nichtsahnenden Heckschützen. Der

Jäger hatte ein nach oben zielendes Geschütz, das erste, das Teddy je gesehen hatte. Natürlich – deswegen stürzten plötzlich so viele Flugzeuge ab. Das Geschütz schien direkt auf die verletzlichen Rümpfe der Bomber zu zielen, doch wenn es die Tragflächen traf, in denen sich die Treibstofftanks befanden, hatten die Bomber keine Chance.

Sie sahen hilflos zu, wie der Jäger das Feuer eröffnete, bevor er rasch von seinem Opfer abdrehte. Die Tragflächen der Lancaster explodierten in weißen Feuerfontänen, und die *F-Fox* geriet heftig ins Taumeln.

Bevor sie sich erholen konnten, wurden sie von Geschützfeuer getroffen, das den windigen Rumpf aus Aluminium aufriss und durchlöcherte, und ohne Vorwarnung kippten sie in einen vertikalen Sturzflug. Teddy glaubte, dass Fraser versuchte, dem Jäger auszuweichen, doch als er zu ihm blickte, sah er zu seinem Entsetzen, dass er über dem Steuer zusammengesackt war. Er schien nicht verletzt, er hätte eingeschlafen sein können, so, wie er dasaß. Teddy rief über die Sprechanlage um Hilfe – es war nahezu unmöglich, mit Fraser in dieser Position an die Steuerelemente zu gelangen –, er musste seinen reglosen Körper zurückziehen und gleichzeitig nach dem Steuer greifen, während die Fliehkraft wie eine Tonne Beton auf seinem Kopf lastete.

Der Funker und der Ingenieur kämpften sich nach vorn und bemühten sich um den reglosen Fraser. Der Pilotensitz war erhöht, und mit der ganzen Ausrüstung passte man gerade hinein. Jemanden aus dieser Position herauszuholen war eine nahezu unmögliche Aufgabe, insbesondere da Teddy sich von der Seite darüberneigte, und irgendwann glaubte er, er müsste sich auf den armen Fraser setzen. Schließlich schafften sie es, den Piloten wegzuziehen, und Teddy setzte sich. Nirgendwo war Blut, und dafür war er dankbar.

Sie stürzten mit dreihundert Meilen in der Stunde auf die Erde zu, die *F-Fox* stand jetzt nahezu auf dem Kopf. Teddy schrie den

Ingenieur an, und sie hängten sich beide mit aller Kraft ans Steuerhorn. Teddy hatte Angst, dass die Tragflächen einfach abreißen würden, aber nach ein paar Sekunden, die wie eine Ewigkeit erschienen, reichte schließlich ihre gemeinsame Kraft aus, um die Höhenruder zu bewegen und die Flugzeugnase nach oben zu ziehen, und er stabilisierte das Flugzeug und gewann erneut langsam und schwerfällig an Höhe.

Über die Sprechanlage wurde geflucht, und Teddy kontrollierte die Besatzung und erklärte kurz angebunden, dass »der Pilot getroffen ist. Ich übernehme. Navigator, bitte neuen Kurs zum Ziel berechnen.« Nur die Götter wussten, wo sie waren, und vielleicht nicht einmal sie.

Der Funker und der Ingenieur hatten Fraser zur Liege gebracht. »Er atmet noch, Käpt'n«, meldete der Funker. Er war nicht länger »Sir«, sondern der Käpt'n. Der Kapitän.

Verzweifeltes Gemurmel des Bombenschützen machte Teddy auf etwas aufmerksam, was er noch nie zuvor gesehen hatte. Dampfstreifen. Unterhalb von 25 000 Fuß waren sie normalerweise nie zu sehen, und jetzt waren sie überall, die Bomber zogen sie hinter sich her. Die Kondensstreifen waren helle Banner, die sie, falls überhaupt noch möglich, als Ziele noch besser markierten als der Mond.

Der Bomberstrom fiel seit geraumer Zeit auseinander. Die erfahreneren Piloten hatten erkannt, dass er nicht mehr der sicherste, sondern mittlerweile der gefährlichste Ort war. Während er höher stieg, manövrierte Teddy das Flugzeug an den Rand des Verbands. *Immer im engen Bomberstrom fliegen. Immer.* Sein letzter Befehl an die Staffel. Er hoffte, dass sie dieser Anweisung nicht blind folgten. Teddy versuchte, so viel Höhe wie möglich zu gewinnen. Die *F-Fox* schaffte es nicht so hoch wie die Lancasters, doch in der dünnen Luft und mit den guten Motoren kam er dem ziemlich nahe. Trotzdem wurden sie entdeckt.

»Es kommt einer auf uns zu, Käpt'n.«
»Okay, Navigator.«
»Neunhundert Fuß. Achthundert.« Der Navigator nannte die Entfernung des leuchtenden Echozeichens auf seinem Radarschirm. »Siebenhundert, sechshundert.«
»Seht ihr schon was, Schützen?«
»Nein, Käpt'n«, antworteten beide.
»Fünfhundert, vierhundert.«
»Hab ihn, Käpt'n«, vom Rückenturm. »Backbord oberes Viertel. Trudeln backbord. Los, los, los.«
»Volldampf, Ingenieur.«
»Einhundert, Käpt'n.«
»Alle festhalten«, sagte Teddy, als er die Steuerelemente nach vorn rammte, so dass sich das Flugzeug drehte und die Tragfläche nach Backbord wegkippte. Die Fliehkraft drückte ihn in den Sitz. Sie stürzten in Spiralen nach unten, bis er das Flugzeug nach Steuerbord drehte, die Querruder anzog und sie wieder zu steigen begannen. Er versuchte, Wolken zu finden, um sich zu verstecken, doch der Schütze im Rückenturm rief: »Steuerbord oberes Viertel, trudeln nach Steuerbord, los, los, los!«
Manchmal reichten schon die Turbulenzen, die durch das Trudeln entstanden, um ein Kampfflugzeug zu vertreiben, aber nicht dieses. Kaum stiegen sie wieder, schrie der Heckschütze: »Feindliches Flugzeug backbord hinter uns, nach Backbord abtauchen!«
Die Brownings der Schützen ratterten, und im Flugzeug stank es nach Kordit. Der Himmel um die *F-Fox* war voller Kugeln und Leuchtspuren vom MG-Feuer. Teddy warf das Flugzeug in der Luft herum, tauchte nach Steuerbord ab, drehte es dann nach Backbord, stieg wieder höher und versuchte, den Nachtjäger abzuschütteln. Er fühlte sich allein aufgrund der physischen Anstrengung erschöpft, die es kostete, das Flugzeug unter Kontrolle zu halten. »Not kennt kein Gebot«, hörte er seine

Mutter sagen. Die Schützen hatten keine Munition mehr, doch dann meldete der Turmschütze: »Feindliches Flugzeug backbord weg, Käpt'n.« Und dann: »Auch feindliches Flugzeug steuerbord nicht mehr da, Käpt'n.« Sie suchten sich eine andere arme Sau, dachte Teddy und sagte: »Gut gemacht, Schützen.«

Schließlich verließ sie das Glück. Sie kamen nie bis zum Ziel. Teddy wusste auch nicht, ob sie es jemals gefunden hätten. Viele fanden es nicht, erfuhr er später.

Es ging sehr schnell. In einer Minute waren sie in der dunklen Leere des Himmels, vom Bomberstrom war jetzt nichts mehr zu sehen, und in der nächsten wurden sie von einem Suchscheinwerfer eingefangen und von Flak beschossen – laute, hohl klingende Knaller, als würde mit einem Vorschlaghammer auf den Rumpf gedonnert. Sie mussten über der Verteidigungslinie der Ruhr sein. Benommen und geblendet vom Scheinwerferlicht konnte Teddy nichts anderes tun, als wieder zu trudeln. Er spürte, wie die arme *F-Fox* Widerstand leistete, er hatte sie bereits über ihre Grenzen hinaus strapaziert, und er rechnete damit, dass sie jeden Augenblick auseinanderbrach. Er vermutete zudem, dass auch er über sein Limit hinaus strapaziert war, doch plötzlich waren sie aus dem schrecklichen Lichtschein heraus und wieder im willkommenen Dunkel.

Die Tragfläche auf der Backbordseite brannte, und sie verloren rasch an Höhe. Teddy wusste instinktiv, dass es dieses Mal keine sanfte Landung geben würde, keine Notwasserung, keine WAAF, die sie auf einen ihrer Stützpunkte dirigierte. Die *F-Fox* war todgeweiht. Er gab den Befehl, das Flugzeug zu verlassen.

Der Navigator trat die Notluke auf, und er und der Funker schnallten dem verletzten Piloten den Fallschirm um und warfen ihn hinaus. Dann sprang der Funker ab, gefolgt vom Navigator. Der Turmschütze kam herunter und sprang ab. Der Heckschütze meldete, dass sein Stand zerschossen war und sich nicht mehr öffnen ließ. Der Bombenschütze kämpfte sich gegen die Schwerkraft nach hinten, um nachzusehen, ob er dem Heckschützen helfen konnte.

Flammen loderten in den Rumpf. Teddy hatte den Sturzflug zwar beendet, dennoch verloren sie an Höhe. Er rechnete damit, dass die *F-Fox* jeden Moment explodieren würde. Kein Wort vom Heck- und vom Bombenschützen. Clifford und Charlie, plötzlich fielen ihm ihre Namen ein.

Er kämpfte jetzt gegen die *F-Fox*, versuchte, sie gerade und ruhig zu halten. Clifford kam zurück und sagte, er wäre wegen des Feuers nicht bis zum Heckschützen durchgekommen, und Teddy wies ihn an zu springen. Er verschwand durch die Luke.

Danach war alles verschwommen, hinter ihm befand sich eine Flammenwand, er spürte, dass sie seinen Sitz zu versengen begann. Die Sprechanlage funktionierte nicht mehr, aber er rang weiter mit der *F-Fox*, um dem Heckschützen eine letzte Chance zu geben, sich zu befreien. Der Kapitän ging immer als Letzter von Bord.

Und dann, als er glaubte, sich mit dem Tod abgefunden zu haben – ihn anzunehmen –, schaltete sich der Überlebensinstinkt ein, und der Rachen des Todes wurde noch einmal aufgezwungen. Er zog die beiden Schläuche für den Sauerstoff und die Sprechanlage ab, sprang vom Sitz auf und wurde mehr oder weniger durch die Luke aus dem Bauch der *F-Fox* gesaugt.

Die Stille des nächtlichen Himmels war atemberaubend nach dem Lärm im Flugzeug. Er war allein, schwebte durch die Dunkelheit, die große friedliche Dunkelheit. Der Mond schien wohlwollend auf ihn. Unter sich sah er das silberne Band eines Flusses, Deutschland lag da wie eine Landkarte im Mondlicht, kam immer näher, während er darauf zutrieb wie eine fedrige Löwenzahnblüte.

Über ihm setzte die wilde Gestalt der *F-Fox* ihren Weg nach unten fort. Teddy fragte sich, ob der Heckschütze noch darin war. Er hätte ihn nicht verlassen sollen. Das Flugzeug traf früher auf der Erde auf als er, und Teddy sah, wie es in einem glitzernden Sternenausbruch aus Licht explodierte. Er würde leben. Es würde doch ein Danach geben. Er dankte dem Gott, wer immer es war, der eingeschritten war und ihn gerettet hatte.

2012

Gut ist uns nicht gut genug

»… Geofencing … wir sollten das wollen, weil … das neue Normal … Kunden-Agentur-Beziehung oder auf der anderen Seite … wie auch Nahfeld-Kommunikation …«

Der Mann, der sprach, hatte einen Abschluss in Jargon und einen Doktortitel in Nonsens. Seine Worte schwebten durch die Luft, Sprache ohne Bedeutung, saugten den Sauerstoff auf, so dass Bertie sich etwas hypoxisch fühlte. Der Mann, der sprach, der Nonsensmann, wie sie ihn insgeheim nannte, hieß Angus und war von »schottischer Abstammung« – daher der Name –, allerdings klang sein Akzent nach bestem englischen Internat, »Harrow«. Bertie wusste diese Dinge, weil sie sich auf eine Verabredung mit ihm eingelassen hatte, eine Verabredung, die von dem wohlbekannten Kuppeldienst Match.com organisiert worden war. Weswegen sie jetzt ganz hinten im Raum fläzte und versuchte, sich unsichtbar zu machen.

Er war ihr nahezu sofort unsympathisch gewesen bei dem Abendessen im Nopi, dessen Rechnung er sich mit ihr teilte, womit er bereits eine ihrer ersten Voraussetzungen für einen Verehrer nicht erfüllte, nämlich sich wie ein Gentleman zu verhalten. Sie wollte, dass man ihr die Tür aufhielt, sie zum Essen einlud, Blumen. Billet-doux (schmeichelnde Worte erinnerten sie an Tauben – schnäbeln und gurren). Sie wollte, dass man ihr den Hof machte. Galanterie. Was für ein schönes Wort. Keine

Chance. Sie schnaubte leise, und der Mann neben ihr in dem »Wirtschaftsseminar« warf ihr einen nervösen Blick zu.

»Bertie?«, hatte der Nonsensmann beim Abendessen gesagt. »Was für ein Name ist das denn?«

»Ein sehr guter.« Und nach einem längeren, lästigen Schweigen: »Roberta, nach meiner Großmutter.« Roberta war Berties zweiter Vorname, Moon würde sie Angus nicht geben.

Dummerweise war sie mit ihm nach Hause gegangen (ein klassischer Fehler) in seine Wohnung in Battersea, überall glänzende Glasoberflächen, als wäre das alles in der Zukunft entworfen worden, und dann hatten sie ziemlich unangenehmen betrunkenen Sex, der natürlich zu Selbstekel und einem verstohlenen Abgang in der Morgendämmerung geführt hatte, zu einer beschämten Meile entlang der Themse, um *die Schmerzen zu lindern.* Sie war überrascht gewesen, wie viele Menschen schon unterwegs waren *am Ufer der silbern dahinströmenden Themse,* doch Spensers Nymphen, die Töchter der Flut, glänzten durch Abwesenheit, außer sie wären eine Universitätsmannschaft keuchender Frauen, die auf dem braunen Wasser ruderten, als würden sie von einem Flussungeheuer verfolgt. Welche Frau stand um sechs Uhr morgens auf, um zu rudern?, fragte sich Bertie. Eine bessere Frau, als sie es war, vermutlich.

Spenser übergab an Wordsworth, der an der Westminster Bridge auf sie wartete, wo London an einem frühen Morgen Ende Mai in der klaren Luft wirklich glänzte und glitzerte, wenn auch nur für eine kurze Weile.

Sie staunte, um es milde auszudrücken, als sie auf den Fluss hinunterschaute und ein vergoldetes Boot mit Schwanenhals sah, das auf sie zuruderte. Als es leise unter der Brücke hindurchglitt, fragte sich Bertie, ob sie vielleicht in die Tudorzeit zurückgereist war. »Die *Gloriana*«, sagte eine Stimme. Sie hatte den Mann nicht bemerkt, der neben ihr stehen geblieben war. »Das Boot der Queen«, fuhr er fort, »für die Flotille. Sie üben.« Natürlich,

dachte sie. Die Schiffsparade auf dem Fluss. London war *en fête* für das diamantene Thronjubiläum. So viele schöne Wörter, dachte Bertie – »vergoldet«, »Jubiläum«, »Flotille«, »diamanten«, »Parade«, »*Gloriana*«. Es war nahezu unerträglich.
»Einen Augenblick lang habe ich geglaubt, ich wäre in der Zeit zurückgereist«, sagte sie.
»Möchten Sie das?«, fragte er und klang wie jemand, der sie einlud, eine Zeitmaschine zu betreten, die er praktischerweise um die Ecke geparkt hatte.
»Na ja …«, sagte sie.

»… transaktionale, angebotsbasierte Beziehungen und Kommodifizierung …«
Bertie arbeitete in einer Werbeagentur und war jetzt aus Gründen, die sie bereits vergessen hatte, in Belgravia, wo Angus einen »Hackathon« (ja, wirklich) moderierte.
Angus' Vater war Anwalt, seine Mutter Krankenhausberaterin, und die Familie – ein Bruder und zwei Schwestern – lebte in Primrose Hill, wo Angus eine »ziemlich normale Kindheit« verbracht hatte. Bertie hatte ihm sofort misstraut. Niemand hatte eine normale Kindheit.
Er arbeitete im Marketing, war »ein Innovator«, was Bertie nicht als richtigen Beruf betrachtete. »Ich arbeite für die Bibliothek«, sagte sie, denn das würgte jedes Gespräch ab.
»Auf der Website«, wunderte er sich, »steht, dass du in der ›Gemeindeerziehung‹ tätig bist.«
»Das ist das Gleiche«, sagte sie. »Mehr oder weniger.« Sie konnte sich nie erinnern, wie ihre erfundene Geschichte lautete, sie wäre eine miserable Spionin gewesen. »Gemeindebibliothek«, fügte sie hinzu. Sein Blick umwölkte sich pflichtgemäß nach dieser Information, und er wandte seine Aufmerksamkeit dem zweimal gebackenen Stubenküken auf seinem Teller zu. Einmal hätte doch bestimmt genügt für das arme Ding?

»… Bluejacking … Straßenblockaden …«

Angus trug im Augenblick ein schwarzes T-Shirt mit einem Bild von Nipper darauf, dem Hund von His Master's Voice. Unter Nipper – und sie wünschte wirklich, sie würde das nicht wissen – war Angus' Brust gewaxt. Nipper selbst lag unter dem Gebäude von Lloyd's in Kingston-upon-Thames. Bertie hoffte, dass sie nicht unter einem Gebäude begraben enden würde. Oder noch schlimmer, exhumiert und ausgestellt wie alle diese armen ägyptischen Mumien oder die Leute aus Pompeji, unsterblich in ihrem hilflosen Todeskampf. Opa Ted wollte im Wald beerdigt werden. (»Unter einer Eiche, wenn möglich.«) »Er kriegt, was wir arrangieren«, sagte Viola. »Er wird es ja nicht erfahren, oder?« (Aber wenn doch?) Der Kampf um seine Leiche hatte bereits begonnen, obwohl er noch gar nicht tot war. Bertie liebte ihren Großvater. Ihr Großvater liebte sie. Es war ein einfaches Arrangement.

»… Spitzenausdrucksfähigkeiten …«

Was um alles in der Welt tat sie mit ihrem Leben? Konnte sie einfach aufstehen und gehen?

»… heiße Verlinkung …«

Viola war die Letzte, der sie von den Männern erzählen würde, mit denen sie ausging. Bertie war siebenunddreißig – »Du wirst nicht jünger«, erinnerte sie Viola ständig auf diese oberflächliche Schulmädchen-Weise, die sie manchmal an den Tag legte. »Spring einfach ins kalte Wasser! Du willst doch Kinder.« Berties Freundinnen, die verheiratet waren und Kinder hatten – *alle* ihre Freundinnen; Bertie hatte den Eindruck, als wäre sie während der letzten fünf Jahre jedes Wochenende entweder auf einer Hochzeit oder bei einer Taufe gewesen –, schienen die Leibeigenen ihrer Kinder zu sein, jedes Kind eine Version des Messias. Keins dieser Kinder wirkte besonders attraktiv auf Bertie, und sie sorgte sich, dass sie das Kind nicht mögen würde, sollte sie eins haben. Viola fiel ihr dabei ein. Sie hatte ihre Kinder nicht geliebt, jedenfalls hatte es sich nicht so angefühlt, und sie mochte sie definitiv nicht (allerdings schien sie niemanden zu mögen). »Das hat mit Mögen nichts zu tun«, hatte Opa Ted gesagt, als er noch in der Lage war, Ratschläge zu geben. »In deine eigenen wirst du vernarrt sein.« Bertie war nicht sicher, ob sie in irgendjemanden vernarrt sein wollte, insbesondere nicht in jemanden, der klein und hilflos war.

»Deine Großmutter war vernarrt in Viola«, sagte ihr Großvater. Das bewies nur, dass alles möglich war.

Vor langer Zeit, bevor er zu seiner Hedschra aufgebrochen war, hatte Sunny ein Mädchen geschwängert. Viola war entsetzt gewesen, und als das Mädchen abtrieb, war sie ebenfalls entsetzt. »Manchen kann man's einfach nicht recht machen«, sagte Sunny.

Viola schickte Bertie Links zu Spenderwebsites: Spermasupermärkte, in denen man einfach ein Genpaket aus dem Regal nehmen – Skandinavier, 71 Kilo, eins fünfundachtzig, blondes Haar, blaugrüne Augen, Lehrer – und in den »Warenkorb« legen konnte. »Dänen sind offenbar die Besten«, riet Viola.

Selbstredend hatte Viola panische Angst davor, dass ihre Gene aussterben würden, hätte sie keine Enkelkinder, und nichts von ihr übrig bliebe. Sie würde aufhören zu existieren. Puff! Viola war jetzt sechzig und wartete immer darauf, dass die Leute sagten: »Nicht möglich!« Was sie nicht taten. »Jetzt glaubst du es vielleicht noch nicht«, sagte Viola zu ihr, »aber wenn du fünfzig bist und feststellen musst, dass es zu spät ist, wirst du *am Boden zerstört sein.*« Warum musste ihre Mutter immer so melodramatisch sein? Weil ihr niemand zuhörte, wenn sie es nicht war?

Selbstverständlich war niemand überraschter als Bertie selbst, als sie zwei Jahre später Zwillinge bekam (und, ja, vernarrt in sie war), nachdem sie einen vollkommen normalen Mann geheiratet hatte, einen Arzt (ja, den Mann auf der Westminster Bridge), und nun ja … glücklich war. Aber das war nicht jetzt. Jetzt pumpte Angus evangelikale Inbrunst in die Luft, als wäre er bei einer Gebetsstunde, und ermahnte sie, die »Sellsumers« nicht außer Acht zu lassen. Bertie versuchte, sich abzulenken, indem sie überlegte, was sich auf Nonsensmann reimte (Schwamm, Katamaran, Ballermann, Rinderwahn), doch letztlich musste sie etwas aus dem Sammelsurium an Schönheiten ziehen, das sie dieser Tage ständig mit sich herumtragen musste, um sich vor dem bösen materialistischen Universum zu schützen. (War Werbung der richtige Beruf für sie?)

Wo die Biene saugt, saug ich

Sie könnte einfach gehen. Um zwei Uhr hatte sie ein Meeting, und sie würde ewig brauchen, um durch ganz London zu fahren. Die Kreativleute wollten einem Kunden Ideen für eine neue Zahnpasta präsentieren. Gab es nicht schon genug Zahnpasta auf der Welt? Benötigten die Menschen wirklich eine so große Auswahl, dass sie zu keiner Entscheidung mehr fähig waren? Als brauchte die Welt noch mehr von irgendwas. Ja, es war offiziell – sie hatte den falschen Beruf. Wäre Bertie eine Göttin (ihre Lieblingsphantasie), würde sie nur knappe Dinge herstellen – Bienen, Tiger, Haselmäuse –, keine Flipflops und Handyhüllen und Zahnpasta. Nein, nicht diesen Weg einschlagen, die Schöpfungsphantasie war so unermesslich, dass sie sich für immer darin verlieren könnte.

»… monetarisieren … Materialismus …«

der Frost, geheimes Amt verrichtend, kein Wind hilft ihm dabei

»… Always-on-Konsumenten …«

Ich glaub, ich weiß nicht, wes Wald dies sei

»… zeitversetzt ereignisbezogen …«

Der Bäume schönster – überreich, erblüht am Kirschbaum Zweig an Zweig

»… ergebnisspezifische Medienexplosion …«

wie Eisvögel Feuer fangen, Libellen Flammen ziehn

»Markenrelevanter Inhalt … Reaktivieren der Konsumentenwahrnehmung von …«

Auf Wenlock Edge peitscht Sturm die Wipfel
»… indem man das tut, kommt man zu ›gut ist uns nicht gut genug‹ …«
Ein gewisses schräges Licht
»… eine automatische Interaktionserkennung im Chi-Quadrat …«
Was?
Du lieber Gott. Wann hatten sich Sprache und Bedeutung scheiden lassen und beschlossen, getrennte Wege zu gehen? Berties Sammelsurium an Schönheiten für den Tag war nahezu aufgebraucht, und es war noch nicht einmal Mittag.
O wie voll Disteln ist diese Werktagswelt.
»Oh, tut mir leid«, sagte sie, als der nervöse Mann neben ihr zusammenzuckte. »Habe ich laut gesprochen?«
»Ja.«
Sie stand abrupt auf und sagte flüsternd zu ihm: »Entschuldigung, ich muss gehen. Mir ist gerade eingefallen, dass ich mein wahres Selbst in der U-Bahn vergessen habe. Es wird sich wundern, was passiert ist. Ohne mich ist es verloren.«
Angus sah sie an und runzelte die Stirn, als versuchte er, sich daran zu erinnern, wer sie war. Sie winkte ihm kurz zu, wackelte mit den Fingern auf eine Weise, von der sie hoffte, dass sie ironisch wirkte, doch es schien ihn nur noch mehr zu verwirren.

In der U-Bahn – in der Piccadilly Line, obwohl das wahrscheinlich nicht relevant war – fanden sich keine Anzeichen von ihrem wahren Selbst, aber eine Ausgabe der *Daily Mail,* die jemand dagelassen hatte. Sie war aufgeschlagen auf einer Seite, deren brüllende Überschrift lautete: »Könnte das Universum HEUTE kollabieren? Physiker behaupten, dass das Risiko ›größer ist als je zuvor und es vielleicht schon begonnen hat‹.« (Wie um alles in der Welt konnte man das wissen?) Es war ein komischer Gebrauch von Großbuchstaben. Bertie hätte »kollabieren«

betont. So sprach Viola (»Du wirst AM BODEN ZERSTÖRT SEIN«).
Sie suchte am Boden ihres Sammelsuriums nach einem Krümel, fand jedoch nicht einmal ein bisschen Sandthymian.

»Siehst du die Schiffsparade auf der Themse mit Opa Ted?«, fragte Bertie.
»Ja, ich sitze in seinem Zimmer.«
»Es ist Quatsch, oder? Und die arme Queen, sie ist fast so alt wie Opa Ted und muss das alles über sich ergehen lassen.«
»Die Queen wird sich bei diesem Wetter den Tod holen«, sagte Viola.
War es so?, fragte sich Bertie. Musste man sich den Tod holen wie ein weggelaufenes Pferd, und manche Menschen wie Opa Ted brauchten eine lange Zeit, um ihn einzufangen, aber andere bekamen die Zügel sofort zu fassen? Wie die Großmutter, die sie nie gekannt hatte – die flinkfüßige Nancy, die dem Tod auf den Rücken sprang, eine kühne Reiterin und so schnell, dass sie alle überrascht gewesen sein mussten. Vielleicht sogar der Tod selbst.
»Wie auch immer«, sagte Bertie, »kannst du mir Opa Ted geben?«
»Er wird dich nicht verstehen.«
»Gib ihn mir trotzdem. Hallo, Opa Ted. Hier ist Bertie.«
An diesem Tag hatte die Queen natürlich auf das vergoldete Boot verzichtet und eine prosaischere Barkasse vorgezogen, die *Gloriana* war zu klein für die gesamte Entourage – die Sicherheitsleute und Hofdamen und Lakaien –, die erforderlich war, wenn sich eine Königin auf den Fluss begab. Bertie hatte vorgehabt, sich zu den Menschenmassen an den Ufern der Themse zu stellen – Teil von etwas Größerem als sie selbst zu sein, von etwas, an das sie sich in der Zukunft erinnern würde, so, wie sich alle erinnerten, wo sie zur Jahrtausendwende um Mitternacht

gewesen waren. (Betrunken im Soho House, was sie jetzt natürlich bedauerte.) Es regnete jedoch unablässig an diesem Tag, und Bertie sah das bewundernswerte Durchhaltevermögen der Monarchie im Fernsehen, dem Medium, in dem sie auch Dianas Beerdigung, den Einsturz des World Trade Centers und die letzte königliche Hochzeit verfolgt hatte. Eines Tages, dachte sie, würde sie tatsächlich irgendwo *dabei sein,* wenn etwas passierte, und es nicht aus zweiter Hand durch eine Linse miterleben. Auch wenn es ein schreckliches Spektakel sein sollte – eine Bombe, ein Tsunami, ein Krieg –, so würde sie zumindest die Größe des Grauens am eigenen Leib erfahren.

Opa Teds Bruder Jimmy, der schon tot war, bevor Bertie ihn kennenlernen konnte, war als einer der Ersten in Bergen-Belsen gewesen, und nach dem Krieg war er als Texter zu einer der ersten Werbeagenturen in der Madison Avenue gegangen. Ein Leben mit solchen Polaritäten machte sie neidisch. Heutzutage studierte man einfach Medienwissenschaften.

Und natürlich Opa Ted, dessen Geist und Körper jeden Tag ein bisschen mehr bröckelten wie eine großartige vernachlässigte Ruine, war einst Bomberpilot gewesen und jede Nacht dem Tod in den Rachen geflogen. »›Der Rachen des Todes‹ – ist das ein schreckliches Klischee?«, fragte sie ihn auf ihrer Abschiedstour, eine elegische Reise zu seinen alten Lieblingsorten, nun schon über zehn Jahre her. (»Warum stirbt er nicht?«, klagte Viola. »Wie lange *dauert* es, sich zu verabschieden?«) Bertie hatte Einblicke in das Leben ihres Großvaters und in die Geschichte gewonnen, was sie einerseits befriedigte, andererseits ihre existenziellen Nerven klirren ließ und verwirrte. »Versprich mir, dass du das Beste aus deinem Leben machst«, hatte er zu Bertie gesagt. Hatte sie? Wohl kaum.

Sie drehte den hirnverbrannten BBC-Kommentar leise und sagte: »Wie geht es dir, Opa Ted?« Sie stellte sich vor, wie er in diesem schauderhaften Pflegeheim im Bett lag und den unwillkommenen Rest seines Lebens lebte. Bertie wünschte, sie könnte ihn retten, ihn sich schnappen und forttragen, aber er war jetzt zu krank und zerbrechlich. In Fanning Court war ihr Großvater fast zwanzig Jahre gewesen, dann stürzte er und brach sich das Bein, was eine Lungenentzündung nach sich zog, die zu einem ruhigen Tod hätte führen sollen (»Der Freund der alten Leute«, sagte Viola sehnsüchtig), doch er überlebte. (»Er ist unsterblich«, sagte Viola.) Er war weniger als zuvor, nahezu hilflos, und wurde in die zweifelhafte Obhut des Pflegeheims entlassen, wo er, wie Bertie vermutete, sterben würde. »Jedes Mal, wenn ich ihn sehe, denke ich, es ist das letzte Mal«, sagte Viola hoffnungsvoll.

Er verdiente einen besseren Ort als Poplar Hill, um sein Leben zu verlassen. »Und wo sind diese mythischen Pappeln und der mythische Hügel?«, schimpfte Viola immer, als wären die Probleme des Heims rein semantischer Natur.

Viola war wütend, weil das Pflegeheim so viel kostete. Die Wohnung in Fanning Court war verkauft worden, aber das Pflegeheim »schluckte« das ganze Geld.

»Aber du hast doch genug Geld«, sagte Bertie.

»Darum geht es nicht. Ihm sollte genug an mir liegen, um mir etwas zu hinterlassen.« (»Darum GEHT es nicht. Ihm sollte genug an mir LIEGEN, um mir ETWAS zu hinterlassen.«) »Ein Vermächtnis. Bis er stirbt, ist nichts mehr übrig.«

»Von ihm jedenfalls«, sagte Bertie. »Und du willst nicht wirklich so ekelhaft sein«, fügte sie hinzu.

»Doch, das will ich«, sagte Viola.

»Schaust du die Schiffsparade im Fernsehen an, Opa Ted? Die Jubiläumsfeiern?« (O Gott, sie intonierte wie ihre Mutter.) »Sunny lässt dich lieb grüßen«, sagte sie, und ihr Großvater schien zu kichern (oder zu würgen). Er hatte Sunny immer besser verstanden als alle anderen. Opa Ted mochte langsam sein Leben aushauchen, aber er war noch spürbar, was ihre Mutter offenbar nicht begriff. Sunny ließ nicht wirklich grüßen, aber er würde es tun, wüsste er, dass sie mit ihrem Großvater sprach. Sunny liebte seinen Großvater. Sein Großvater liebte Sunny. Es war ein höchst kompliziertes Arrangement.

»Ich fliege morgen nach Singapur.« Plötzlich kamen statt des Schweigens ihres Großvaters die schrillen Töne ihrer Mutter über die Leitung, und Bertie wich vom Telefonhörer zurück.

»Singapur?«

»Ein Literaturfestival.«

Viola klang immer peinlich selbstzufrieden, wenn sie die glanzvolleren Aspekte des Schriftstellerlebens erwähnte. »Ein Treffen mit einem Filmproduzenten in London«, »Mittagessen mit meinem Verleger in The Ivy«, »Die Hauptbühne in Cheltenham«. Jetzt klang sie seltsam niedergeschlagen.

»Heute Abend bin ich in London«, sagte sie. »Ich könnte dich zum Dinner einladen. Im ›Dinner‹.«

»Tut mir leid, ich habe keine Zeit.« Es stimmte, aber Bertie hätte es auch gesagt, wenn es nicht der Wahrheit entsprochen hätte. Ihre Mutter klang enttäuscht, was interessant war, denn über dreißig Jahre lang war es umgekehrt gewesen.

»Wirst du Sunny besuchen?«, fragte sie.

»Sunny?«

»Deinen einzigen Sohn.«

»Singapur ist nicht Bali, das sind zwei völlig unterschiedliche Länder«, sagte Viola, aber sie klang unsicher. Geographie war nie ihre Stärke gewesen.

»Es ist nur ein Katzensprung. Du bist schon fast dort, wenn du in Singapur bist. Du hast doch sonst nichts vor. Und das solltest du wirklich«, fügte Bertie hinzu, »und zwar schnell, du weißt es vielleicht nicht, aber das Universum hat angefangen zu kollabieren. Die Zeichen sind überall zu sehen. Ich muss jetzt auflegen.«

»Musst du nicht.«
»Stimmt, aber ich tu's trotzdem. Grüße Opa Ted von mir.«
Die Queen war an der Tower Bridge angelangt. Bertie schaltete den Fernseher aus und schaute sich nach den Zeichen für das kollabierende Universum um.

In der Küche befand sich ein alter AGA, der Hitze verströmte. Sie fand ihn einem großen freundlichen Tier nicht unähnlich. Neben dem AGA stand ein kleiner Sessel, bedeckt mit einer gehäkelten Decke, und auf der Decke schlief eine große Tabby-Katze. Auf dem steinernen Boden lagen handgehäkelte Teppiche. In einer walisischen Anrichte stand weißes und blaues Geschirr und auf dem großen gescheuerten Holztisch ein kleiner Porzellankrug mit Wicken und Ringelblumen aus dem Garten. Bertie trocknete vor der alten Belfast-Spüle geduldig Töpfe und legte sie auf die hölzerne Ablage.
Durch das Küchenfenster sah sie den Garten. Der Garten war ein kleines Eden, die roten Blüten der Stangenbohnen, die runden Häufchen der Erdbeerpflanzen und die miteinander verwobenen Reihen der Erbsen. Ein Apfelbaum neben …
Eine Sirene unterbrach diesen genüsslichen Tagtraum. Bertie befand sich auf dem Rückweg von einem Mittagessen mit einer Produktionsfirma im Wolseley. Am Piccadilly spürte sie eine gewisse Aufregung in der Atmosphäre. Oder Bedrohung, schwer zu sagen. Überall Polizei und Militär, und Menschen, die die Gehwege nicht verlassen durften. Eine Motorradeskorte signalisierte Wichtigkeit. Ein großes Auto mit Mitgliedern der königlichen Familie fuhr vorbei. »Die Bomber-Gedenkstätte«, sagte jemand, als sie fragte. Natürlich, die Queen enthüllte heute, auf halber Strecke zwischen den Jubiläumsfeierlichkeiten und den Olympischen Spielen, die Bomber-Gedenkstätte, ein patriotischer Londoner Sommer in Rot, Weiß und Blau.
Später sah sie im Fernsehen (denn es war wieder ein Spektakel

aus zweiter Hand) die Zeremonie in den Nachrichten, die alten, zerbrechlichen Männer, die sich bemühten, die Tränen zurückzuhalten, und sie konnte ihre eigenen Tränen nicht unterdrücken, denn jeder Einzelne von ihnen erinnerte sie an ihren Großvater und die geheimnisvolle Vergangenheit.

Bertie wartete geduldig auf dem Gehweg. Das Bomberkommando hatte siebzig Jahre gewartet, da konnte sie auch ein paar Minuten warten. Eine Formation Tornado-Kampfjets donnerte aufregend laut über sie hinweg, gefolgt von einer einsamen Lancaster, die den Inhalt ihrer Bombenkammer auf London abwarf. Mohnblumen erblühten in roten Flecken vor dem blauweißen Sommerhimmel.

Bertie kehrte von der Arbeit nach Hause zurück, als Viola anrief.

»Wir werden einbestellt«, sagte sie unheilvoll.

»Einbestellt?«

»Gebeten zu kommen. Vom Pflegeheim«, sagte Viola. Sie klang aufgeregt. Sie liebte jedes Drama, solange es keine Bedrohung für sie darstellte.

»Opa Ted?«, sagte Bertie, plötzlich hellwach. »Was ist passiert?«

»Also …«, sagte Viola, als wollte sie eine aufregende Geschichte erzählen, obwohl tatsächlich nichts weiter passiert war, als dass Teddy gestern Abend eingeschlafen war und heute Morgen nicht geweckt werden konnte. »Sie haben gesagt, wir sollen so schnell wie möglich kommen, aber ich kriege keinen Flug vor morgen früh. Ich werde erst morgen am späten Abend in York sein.«

»Ich fahre sofort hin«, sagte Bertie.

Nicht sie wurden einbestellt, dachte Bertie, sondern ihr Großvater. Die Engel hatten ihn endlich gerufen.

»Sie haben sich Zeit gelassen«, sagte Viola.

2012

Der letzte Flug

Dharma

Eine Hindu-Legende besagt, dass es eine Zeit gab, als alle Menschen Götter waren, doch sie missbrauchten ihre Göttlichkeit. Brahma, der Gott der Schöpfung, entschied, dass die Menschen ihr Recht auf Göttlichkeit verwirkt hatten, und nahm sie ihnen weg. Er wollte sie irgendwo verstecken, wo sie sie nicht finden konnten, und berief einen Rat aller Götter ein. Manche schlugen vor, sie tief in der Erde zu vergraben, andere meinten, man sollte sie im Ozean versenken, wieder andere wollten sie auf dem höchsten aller Berge ablegen, aber Brahma sagte, dass die Menschen einfallsreich seien und tief in der Erde graben, die tiefsten Ozeane abfischen und auf jeden Berg klettern würden, um sie zu finden.

Die Götter wollten schon aufgeben, als Brahma sagte: ›Ich weiß, wo wir die Göttlichkeit der Menschen verstecken werden, wir verstecken sie in ihnen. Sie werden die ganze Welt absuchen, aber nie in sich selbst nachschauen und finden, was in ihnen steckt.‹«

Viola hörte nicht wirklich zu. Sunny beendete den Yoga-Unterricht gern mit einer »kleinen Predigt«. Weise Worte der Erleuchteten von überall auf der Welt – Hinduismus, Sufismus, Buddhismus, sogar Christentum. Die Balinesen selbst, hatte sie gelernt, waren Hindus. Viola war fälschlicherweise der Ansicht gewesen, sie wären Buddhisten. »Wir sind alle der Buddha«, sagte Sunny. »Geschrieben klingt es salbadernd«, schrieb Viola in einer E-Mail an Bertie, »aber tatsächlich ist es irgendwie erhebend. Er wäre ein guter Pfarrer geworden.« Wer war diese neue fügsame Version ihrer Mutter?, fragte sich Bertie.

Sunny unterrichtete an einem Ort namens Bright Way in Ubud. Zu Beginn hatte Viola den Unterricht gemieden. Sie wohnte in einem sündhaft teuren Wellnesshotel in einer halben Stunde Entfernung, wo sie ihre eigenen Yogalehrer hatten – und wo der private individuelle Unterricht im sogenannten »Yoga-Bale« stattfand, einem schönen luftigen Pavillon aus poliertem Teakholz, errichtet zwischen Bäumen, in denen die Vögel auf exotische Weise trällerten und krächzten und Insekten summten und klapperten wie aufgezogenes mechanisches Spielzeug.

Im Gegensatz dazu fand der Unterricht im Bright Way in einem riesigen Raum im ersten Stock statt, wo es heiß und stickig war, obwohl alle Fenster weit offen standen, um jedes Lüftchen einzulassen. Alles war sehr einfach oder das Ergebnis einer »schlichten Ästhetik«, je nach Standpunkt – Violas oder der Website von Bright Way.

Trotz seiner Größe war der Raum immer übervoll, vor allem mit Frauen – athletische junge Australierinnen und Amerikanerinnen mittleren Alters. Letztere schienen laut Bertie überwiegend »ihre Eat-Pray-Love-Scheiße« abziehen zu wollen.

Sunny hatte Jahre zuvor eine Yogalehrer-Ausbildung in Indien absolviert und unterrichtete derzeit auf Bali. Er war offenbar ein »international angesehener Lehrer« und reiste häufig nach Amerika und Australien, um Retreats zu veranstalten, die stets ausgebucht waren. Viola schien, dass sich alle auf dem Rückzug befanden.

Überall im Internet stieß man auf Sunny, wenn man wusste, wo man suchen musste – nach wem man suchen musste. Auch wenn Sun (oder sogar Sunny) ein passender Name zu sein schien für jemanden, der tat, was er tat, kannte ihn alle Welt als

»Ed«. »Sun Edward Todd«, sagte er zu Viola, »so heiße ich.« Und das war nur ein kleiner Teil seiner Verwandlung. Der Körper eines Tänzers, der geschorene Kopf, die orientalischen Tätowierungen, die Anflüge von australischem Akzent, all das war eine große Überraschung für sie. Ein Wechselbalg. Und die Frauen liebten ihn! Sie waren wie Groupies, vor allem die Eat-Pray-Love-Typen. Viola hatte Sunny seit fast zehn Jahren nicht mehr gesehen, und in der Zwischenzeit war er zu einem vollständigen Menschen geworden. (»Die beiden Dinge stehen vielleicht miteinander in Beziehung«, sagte Bertie.)

»Ich danke euch. *Namaste*«, sagte Sunny und verneigte sich mit vor der Brust erhobenen Händen. Die Damen murmelten ebenfalls Danke und *Namaste*. (Sie nahmen es so ernst!) Sunny sprang mit beunruhigender Anmut aus dem Lotussitz auf. Viola kämpfte sich auf die Beine, nicht aus dem Lotussitz, sondern aus einem unbequemen Schneidersitz, der sie an Schulversammlungen erinnerte.

Sunny lebte in einem Dorf nahe bei ihrem unerhört teuren Hotel, doch er schien nicht die Absicht zu haben, Viola zu sich einzuladen, und so entschied sie widerwillig, dass die einzige Möglichkeit, Zeit mit ihm zu verbringen, darin bestand, in seinen Unterricht zu gehen. Und dabei die geistlose Verehrung seiner »Schülerinnen« zu ertragen – die ihm gleichgültig zu sein schien –, ganz zu schweigen von den unangenehmen körperlichen Herausforderungen des Unterrichts. Sie hatte natürlich früher schon Yoga gemacht – wer hatte das nicht? –, aber normalerweise in zugigen Kirchen- oder Gemeindesälen, wo sie sich vorsichtig gestreckt und dann hingelegt hatten, um sich an einem Ort zu »visualisieren«, wo sie sich »sicher und im Frieden mit sich« fühlten. Das war immer eine große Herausforderung für Viola gewesen, und während andere (Frauen, immer Frauen) irgendwo an einem tropischen Strand oder in einem Liegestuhl in ihrem Garten lagen, rannte Violas Phantasie nervös herum auf der Suche nach etwas – irgendetwas –, was sie als friedlich und sicher empfinden würde.

Nachdem Sunny seine Hindu-Predigt beendet hatte und sich alle gegenseitig zu Tode namasteed hatten, wandte sich ihr die Amerikanerin zu, die auf der Matte neben ihr lag (»Shirlee mit zwei ›e‹«), und sagte: »Ed ist ein wunderbarer Lehrer, nicht wahr?« Der Junge, dem nichts beizubringen war, dachte Viola. »Ich bin seine Mutter«, sagte sie. Wie lange hatte Viola diese Worte schon nicht mehr gesagt? Wahrscheinlich nicht mehr, seitdem Sunny in der Schule gewesen war.

- Oh. -

Eine plötzliche schreckliche Erinnerung an die Notaufnahme des St.-James's-Krankenhauses in Leeds. Sunny hatte gerade mit dem College angefangen, und als das Krankenhaus anrief, hatte sie gedacht, dass es Drogen sein mussten, doch er war offenbar auf der Straße aufgegriffen worden, weil ihm Blut vom Arm tropfte nach einem stümperhaften Versuch, sich die Pulsadern aufzuschneiden. »Ich bin seine Mutter!«, hatte sie den behandelnden Arzt angeschrien, als er ihr sagte, dass es »für den Augenblick« besser wäre, Sunny nicht zu besuchen.

»Warum?«, hatte sie ihn gefragt, als sie schließlich zu ihm durfte. Warum hatte er es getan? Das übliche stumme Schulterzucken. »Weiß nicht.« Auf Nachfrage: »Weil mein Leben scheiße ist?«

Hatte er die Narbe noch? War sie unter dem komplizierten Drachen versteckt, der sich an seinem Arm hinaufwand?

Shirlee mit zwei »e« lachte und sagte: »Ich kann mir nicht vorstellen, dass er eine Mutter hat.«

»Jeder hat eine Mutter.«

»Gott nicht«, sagte Shirlee.

»Auch Gott«, sagte Viola. Vielleicht war das der Punkt, wo alles angefangen hatte schiefzugehen.

Jemand, der sie beobachtet hätte, wäre nie auf den Gedanken gekommen, dass sie Mutter und Sohn waren. Sunny nannte sie

»Viola«, und sie nannte ihn gar nichts. Im Unterricht behandelte er sie genauso wie alle anderen, mit distanziertem Interesse. (»Hast du Arthritis in den Knien?« Nein, hatte sie nicht, vielen Dank.)

»Überrascht?«, sagte sie, als sie ihn endlich aufgespürt hatte.
»Ja«, sagte er. Sie hatten sich argwöhnisch umarmt, als könnte einer von ihnen ein Messer in der Hand halten.
Nur Bertie und Sunny wussten, wo sie war. Sie hatte sich nicht die Mühe gemacht, dem Personal von Poplar Hill mitzuteilen, dass sie sich auf einem anderen Kontinent befand als ihr hinfälliger Vater. Sie war am anderen Ende der Telefonleitung, wenn sie sie brauchten.
Sie war aus ihrem Leben getreten. Hätte sie gewusst, wie einfach es war, hätte sie es schon vor langer Zeit getan. Ihrer Agentin hatte sie eine E-Mail geschickt und darum gebeten, allen Leuten zu erzählen, dass sie sich einer Operation unterziehen musste (es stimmte, ihr Geist wurde entfernt), und sich für sie zu entschuldigen. Sie wollte nicht, dass die Leute glaubten, sie hätte sich abgesetzt und wäre verschwunden wie Agatha Christie. Das Letzte, was sie wollte, war, dass man nach ihr suchte. Nein, das stimmte nicht – das Letzte, was sie wollte, war, dass man sie fand.

Das unglaublich teure Hotel, in dem Viola wohnte, war ein umgewandeltes altes Anwesen am oberen Ende einer Schlucht, von wo man einen wunderschönen Blick entlang eines Flusses hatte. Es gab Wachmänner und persönliche Butler, und nichts bereitete Schwierigkeiten. Sie hatte eine ganze Villa – die größte, die teuerste – ganz für sich allein. Sie war viel zu groß, ganze Familien hätten darin unterkommen können, aber sie mochte die Einsamkeit. Morgens, wenn sie aufstand, machte sie sich einen Kaffee in der High-End-Espressomaschine im Wohnbereich (es war doch bestimmt überall der Wohnbereich?) und trank ihn, während sie zusah, wie vom Tal der Dunst aufstieg, und den Vögeln zuhörte, die im Wald nacheinander riefen. Dann brachte ihr jemand etwas Köstliches zum Frühstück, und sie ging ins Spa und ließ sich massieren, oder sie stieg die alten Steinstufen zum »heiligen Fluss« hinunter. Sie wusste nicht, warum er heilig war. Sunny behauptete, dass alle Flüsse heilig waren. Offenbar war alles heilig.

»Sogar Hundekacke?«

»Ja, sogar Hundekacke.«

Sie stellte eine Liste von Dingen zusammen, die vielleicht nicht heilig waren. Hiroshima, von Dschihadisten verübte Massaker, Kätzchen in der Mikrowelle. Das sind Taten, keine Dinge, sagte Sunny. Aber wurden Taten nicht von Menschen verübt, und waren Menschen nicht heilig? Oder nur Bäume und Flüsse?

Nachmittags schlief sie (beunruhigend lange) und ließ sich anschließend im Hotelwagen nach Ubud fahren, um an Sunnys Kurs teilzunehmen. Er reservierte nicht einmal eine Matte für sie, und wenn sie zu spät kam, musste sie sich in das winzige Büro setzen und die Bücher aus der kleinen »Bibliothek« (eher ein Regal) lesen. Unnötig zu erwähnen, dass alle Bücher einen spirituellen Einschlag hatten. An dem Regal klebte ein handgeschriebener Zettel, auf dem stand: »Bitte, liebe Freunde, hinterlasst die Bücher in dem Zustand, in dem ihr sie vorgefunden habt«, was lächerlich war, weil man kein Buch in dem Zustand hinterlassen konnte, in dem man es vorgefunden hatte, weil es sich jedes Mal veränderte, wenn jemand es las.

Der Unterricht dauerte zwei Stunden (ein Gutteil war als Strafe gedacht), und dann fuhr sie der Chauffeur ins Hotel zurück, und sie schaute der Affenfamilie zu, die jeden Abend aus dem Wald kam, um auf den alten Mauern um ihre Villa zu spielen. Sie aß natürlich auch zu Abend. Der »Eat«-Teil war einfach. Das Beten und Lieben war schwieriger.

Ein- oder zweimal nahm sie an Sunnys Meditationsunterricht am frühen Morgen teil, der nicht so überlaufen, allerdings noch schwieriger war.

»Denk nicht, Viola«, sagte Sunny.

Wie konnte man nicht denken?

»Denk auch nicht nicht.«

»Ich denke, also bin ich«, sagte Viola und klammerte sich hartnäckig an ein überholtes kartesianisches Weltbild.

Wenn sie aufhörte zu denken, hörte sie womöglich auch auf zu existieren.

»Lass einfach los«, sagte Sunny.

Loslassen? Was? Sie hatte zunächst nichts, woran sie sich hätte festhalten können.

Und dann! Der fließende Fluss, die zwitschernden Vögel, die mechanischen Insekten, die schnatternden Affen, alle erledigten schließlich ihren Job, und ihr Kopf hörte auf zu arbeiten, und es war die allerunglaublichste Erleichterung.

Im Wagen unterwegs zu Sunnys Unterricht überraschte sie ihr Telefon, indem es klingelte. Es war das Pflegeheim.

Das Ende war nah. Sie hatte darauf gewartet, dass ihr Vater starb, damit ihr Leben anfangen konnte, doch wie wir ihr alle hätten sagen können, funktioniert es so nicht. Aber das wusste sie selbst. Wirklich.

»Der Buddha fragte einen Shramana: ›Wie lange ist ein Menschenleben?‹ Der Shramana antwortete: ›Ein paar Tage lang.‹ Der Buddha sagte: ›Du hast den Weg noch nicht verstanden.‹ Er fragte einen anderen Shramana: ›Wie lange ist ein Menschenleben?‹ Die Antwort lautete: ›So lange wie ein Essen.‹ Der Buddha sagte: ›Du hast den Weg noch nicht verstanden.‹ Er fragte noch einen Shramana: ›Wie lange ist ein Menschenleben?‹ Er erwiderte: ›So lange wie ein Atemzug.‹ Der Buddha sagte: ›Ausgezeichnet. Du hast den Weg verstanden.‹«

Die Worte strömten über Viola. Sie hatte keine Ahnung, was sie bedeuteten. Sie hatte wie üblich an Sunnys Unterricht teilgenommen. Sie sah keinen Grund, es nicht zu tun, da sie sowieso erst morgen früh nach Hause zurückfliegen konnte. Sie wartete, bis Sunny alle mit einem *Namaste* verabschiedet hatte, die Eat-Pray-Love-Brigade tat so, als würde er sie segnen, bevor sie widerwillig in die Hitze und Feuchtigkeit des frühen Abends von dannen zog. Viola blieb.

»Viola?«, sagte Sunny und lächelte sie beflissen an, als wäre sie invalide. »Das Pflegeheim hat angerufen«, sagte sie. »Mein Vater liegt im Sterben.«

»Opa Ted?« Sunny runzelte die Stirn und biss sich auf die Lippe, und einen Augenblick lang sah sie den Schatten des jüngeren Sunny. »Fliegst du zurück?«

»Ja. Aber natürlich wird Bertie lange vor mir dort sein. Kommst du auch?«

»Nein«, sagte Sunny.

Es gab viele Dinge, die Viola an diesem Punkt hätte sagen können. Sie hatte an alle gedacht, während sie den Wald, den heiligen Fluss, die Vögel betrachtete. »Tut mir leid« stand an erster Stelle, doch stattdessen erzählte sie ihm den Traum.

»Und dann hast du dich zu mir umgedreht und gestrahlt und gesagt: ›Wir haben's geschafft, Mama! Alle haben den Zug erwischt.‹«

»Ich glaube nicht, dass es um den Zug ging.«

»Nein«, pflichtete Viola ihm bei. »Es ging darum, wie ich mich gefühlt habe, als du mit mir gesprochen hast.«

»Wie?«

»Überwältigt von Liebe. Zu dir.«

Oh, Viola. Endlich.

Bertie hatte *The Last Chronicle of Barset* mitgebracht und saß neben Teddys Bett und las ihm vor. Sie wusste, dass es eins seiner Lieblingsbücher war, und nahm an, dass es ziemlich gleichgültig war, ob er die Worte verstand oder nicht, doch vielleicht beruhigte es ihn, den vertrauten Rhythmus von Trollopes Prosa zu hören.

Er gab einen leisen Laut von sich, es war nicht Sprache und klang, als wäre er verwirrt. Sie legte das Buch auf seine Bettdecke und nahm seine zerbrechliche krallenartige Hand. »Ich bin's, Bertie Moon, Opa«, sagte sie. Das Fleisch seiner Hände war wie geschmolzener Talg, und die Adern waren dicke blaue Seile. Die andere Hand hielt er im rechten Winkel nach oben und winkte damit, als bäte er darum, gehen zu dürfen. Was ihm vermutlich gewährt wurde.

Einst war er ein Baby gewesen, dachte sie. Neu und vollkommen lag es in den Armen seiner Mutter. Der geheimnisvollen Sylvie. Jetzt war er eine federleichte Hülse, bereit, sich davonwehen zu lassen. Seine Augen waren halb geöffnet, milchig, wie die eines alten Hundes, und sein Mund war spitz geworden im extremen Alter und öffnete und schloss sich wie bei einem Fisch an Land. Bertie spürte ein beständiges Zittern in ihm, einen elektrischen Strom, ein leises Summen des Lebens. Oder des Todes vielleicht. Energie sammelte sich um ihn, die Luft war geladen davon.

Teddy rang mit der *F-Fox,* damit sie gerade und gleichmäßig flog. Sie wollte aufgeben. Der Bombenschütze – Clifford – stellte sich neben ihn und sagte, dass er es wegen des Feuers nicht bis zum Heckschützen geschafft hatte. Teddy wusste nichts über ihn, außer dass er vor Angst wahnsinnig wurde, und Teddy dachte, dass es mutig von ihm gewesen war, zu versuchen, dem Heckschützen – Charlie – zu helfen, über den er auch nichts wusste. Das Einzige, woran Teddy in diesem Augenblick denken konnte, war, dass diese Jungs gerettet werden mussten. Er befahl Clifford, abzuspringen, aber er hatte seinen Fallschirm verloren, und Teddy sagte: »Nimm meinen. Nimm ihn und spring!«, und Clifford zögerte, aber dann gehorchte er seinem Kapitän, nahm den Fallschirm und verschwand durch die Luke.

Er war der heilige Georg, und England war seine Cleolinda, doch der Drache überwältigte ihn, verbrannte ihn mit seinem glühend heißen Atem. Hinter ihm war eine Flammenwand. Er spürte, wie sie seinen Sitz versengte. Die Sprechanlage funktionierte nicht mehr, und er wusste nicht, ob sich der Heckschütze hatte befreien können oder nicht, und deswegen rang er weiter mit der *F-Fox*.

Im Zimmer brannte nur eine dämmrige Lampe. Es war fast Mitternacht, und das Pflegeheim lag in tiefem Schlaf, gestört nur von einem gelegentlichen Entsetzensschrei, der klang, als würde ein kleines Tier angegriffen.

Ihr Großvater starb an Altersschwäche, dachte Bertie. Verbraucht. Nicht an Krebs oder einem Herzinfarkt, bei einem Unfall oder einer Katastrophe. Altersschwäche schien ein hartes Sterben zu sein. Zwischen den keuchenden Atemzügen waren jetzt lange Pausen. Manchmal schien er in Panik zu geraten und etwas zu sagen, und Bertie drückte seine Hand und streichelte seine Wange und erzählte ihm murmelnd etwas von den Glockenblumen im Wald, die sie nie gesehen hatte, und den Menschen, die sie nie gekannt hatte und die auf ihn warten würden. Hugh und Sylvie, Nancy und Ursula. Von den Hunden, den langen sonnigen Tagen. War er dahin unterwegs? Zu den langen sonnigen Tagen von Fox Corner? Oder in die ewige Dunkelheit? Oder ins Nichts, denn selbst die Dunkelheit hatte Eigenschaften, während nichts wirklich nichts war. Warteten Spensers leuchtende Engelsscharen auf ihn, um ihn zu begrüßen? Sollten bald alle Geheimnisse gelüftet werden? Das waren Fragen, die

nie jemand beantwortet hatte und nie jemand beantworten würde.
Sie fütterte ihn mit Bissen aus ihrem Sammelsurium, denn außer Worten gab es jetzt nichts mehr. Vielleicht konnte er damit den Fährmann bezahlen. *Viel bin ich in den Reichen des Goldes gereist. Geladen ist die Welt mit Gottes Herrlichkeit. Fünf Faden tief dein Vater liegt. Kleines Lamm, wer hat dich erschaffen? Keinen Schmerz wird dir bereiten, über tote Blätter schreiten. Was gut ist in eines guten Menschen Leben, seine kleinen Handlungen, die namenlosen, bald vergessenen, die er aus Freundlichkeit und Liebe tut. Weiter und weiter fort alle Vögel von Oxfordshire und Gloucestershire.*
Die Luft kräuselte sich und schimmerte. Die Zeit verengte sich zu einer Nadelspitze. Gleich sollte es geschehen. *Denn brütend hegt der Heilige Geist die hingebeugte Welt mit warmer Brust und mit ah! lichten Schwingen.*

Augenblicke verflogen, dachte Teddy. Eine Handvoll Herzschläge. Das war das Leben. Ein Herzschlag, gefolgt von einem Herzschlag. Ein Atemzug, gefolgt von einem Atemzug. Ein Augenblick, gefolgt von einem anderen Augenblick, und dann kam der letzte Augenblick. Das Leben war so zerbrechlich wie der Herzschlag eines Vogels, so flüchtig wie die Glockenblumen im Wald. Es war gleichgültig, das wurde ihm klar, es machte ihm nichts aus, er ging, wohin Millionen vor ihm gegangen waren und wohin ihm Millionen nachfolgen würden. Sein Schicksal war das aller Menschen.
Und jetzt. Dieser Augenblick. Dieser Augenblick war unendlich. Er war Teil der Unendlichkeit. Der Baum und der Felsen und das Wasser. Das Aufgehen der Sonne und das Laufen des Wilds. *Jetzt.*

Die Trompeten kündigen das Ende der Feierlichkeiten an. Das haltlose Gewebe beginnt sich aufzulösen. Der Stoff, aus dem die

Träume sind, beginnt zu reißen, und die Mauern eines wolkenverhangenen Turmes erbeben. Kleine Staubwolken beginnen zu rieseln. Vögel fliegen auf und davon.

Sunny sitzt auf der Terrasse seines gemieteten Zimmers und meditiert in der Dunkelheit vor der Morgendämmerung. Er wird bald ausziehen. Seine australische Freundin, ebenfalls Yogalehrerin, ist im sechsten Monat schwanger und bereits nach Sydney zurückgekehrt. Sunny wird in ein paar Wochen zu ihr ziehen. Am Morgen wird er Viola zum Flughafen bringen, und bevor er sich von ihr verabschiedet, wird er ihr dieses Geschenk des Mitwissens geben. Sein anderes Geschenk wird der kleine silberne Hase sein, den er die vielen Jahre aufbewahrt hat. Wider alle Wahrscheinlichkeit. »Er soll dir Glück bringen. Dich beschützen.« Seine australische Freundin ist der Buddha. Sie trägt den Buddha in sich.
Er atmet plötzlich laut ein, als hätte er geschlafen und wäre aufgewacht.

Ein beunruhigender Riss öffnet sich in dem großartigen Palast. Die erste Mauer bebt und bricht zusammen. Die zweite Mauer knickt ein und bricht zusammen, Steine stürzen auf den Boden.

Viola trinkt ihren Kaffee, wartet darauf, dass der Morgen dämmert, wartet darauf, dass der Dunst vom Fluss aufsteigt und die Vögel anfangen zu rufen. Sie denkt an ihre Mutter. Sie denkt an ihre Kinder. Sie denkt an ihren Vater. Sie wird überwältigt vom Schmerz der Liebe. Die Vögel stimmen ihren morgendlichen Chor an. Etwas geschieht. Etwas verändert sich. Einen Moment lang steigt Panik in ihr auf. *Hab keine Angst,* denkt sie. Und sie hat keine Angst.

Die dritte Mauer stürzt mit einem lauten Getöse ein, eine Wolke Staub und Schutt steigt auf.

Bertie hält die Hand ihres Großvaters, sie will, dass er ihre Liebe spürt, denn ist das nicht das Letzte, was jeder fühlen möchte? Sie neigt sich zu ihm und küsst seine eingefallene Wange. Etwas Gewaltiges geschieht, etwas Katastrophales. Und sie wird Zeuge davon sein. Die Zeit beginnt zu kippen. *Jetzt,* denkt sie.

Die vierte Mauer des ehrwürdigen Tempels fällt so leise wie Federn.

Er konnte nicht länger gegen die *F-Fox* kämpfen. Das Flugzeug war tödlich getroffen, ein aus der Luft geschossener Vogel. *Ah! lichte Schwingen.* Er hörte die Worte ganz klar, als hätte sie jemand im Cockpit gesprochen. Er hatte es bis zur Küste geschafft. Unter ihm glitzerte der Mond auf der Nordsee wie tausend Diamanten. Er war mit diesem Augenblick, mit diesem Jetzt versöhnt. Der Lärm im Flugzeug war verstummt, die Hitze der Flammen war verschwunden. Es herrschte eine wunderbare überirdische Stille. Er dachte an den Wald und die Glockenblumen, die Eule und den Fuchs, die Hornby-Eisenbahn, die über den Boden seines Zimmers tuckerte, und den Geruch des Kuchens, der im Ofen buk. Die Lerche, die auf der Melodie ihres Lieds aufstieg.
Die *F-Fox* stürzte mit Teddy darin ab, eine Explosion von Licht im Dunkeln, ein heller Stern, ein Hochgefühl, bis das Feuer endlich von den Wellen gelöscht war. Es war vorbei. Teddy sank auf den lautlosen Meeresboden und legte sich zu den angelaufenen Schätzen, die dort verborgen lagen, vierzig Faden tief. Er war für immer verloren, nur ein kleiner silberner Hase leistete ihm in der Dunkelheit Gesellschaft.

Und mit lautem Donner bricht die fünfte Mauer zusammen, und das Haus der Fiktion stürzt ein und nimmt Viola und Sunny und Bertie mit sich. Sie lösen sich in Luft auf und sind fort. Puff!

Die Bücher, die Viola geschrieben hat, verschwinden wie durch einen Zaubertrick aus den Regalen. Dominic Villiers heiratet ein Mädchen, das Twinsets und Perlen trägt und säuft sich zu Tode. Nancy heiratet 1950 einen Rechtsanwalt und bringt zwei Söhne zur Welt. Während einer Routineuntersuchung wird ihr Gehirntumor entdeckt und erfolgreich entfernt. Sie ist weniger scharfsinnig, weniger intelligent, aber immer noch Nancy.

Ein Mann, ein Arzt, der auf der Westminster Bridge steht, wendet sich von dem Jubiläumsschiff ab, der *Gloriana,* die unter der Brücke durchgefahren ist. Einen Moment lang glaubt er, dass jemand neben ihm steht, aber da ist niemand, nur ein Luftzug ist zu spüren. Er meint, gerade etwas verloren zu haben, weiß jedoch nicht, was. Eine australische Yogalehrerin auf Bali sorgt sich, dass sie nie die Liebe finden, nie ein Kind haben wird. Eine alte Frau namens Agnes stirbt im Pflegeheim Poplar Hill und träumt dabei von Flucht. Sylvie nimmt am 8. Mai 1945 eine Überdosis Schlaftabletten, weil sie sich keine Zukunft ohne Teddy vorstellen kann. Ihren besten Jungen.

Überall auf der Welt verändern sich Leben durch die Abwesenheit der Toten, doch drei Mitglieder von Teddys letzter Crew – Clifford, der Bombenschütze, Fraser, der verwundete Pilot, und Charlie, der Heckschütze, können aus der *F-Fox* abspringen und erleben den Rest des Kriegs in einem Gefangenenlager. Nach ihrer Rückkehr heiraten sie und bekommen Kinder, Fraktale der Zukunft.

Fünfundfünfzigtausendfünfhundertdreiundsiebzig Tote des Bomberkommandos. Sieben Millionen tote Deutsche, darunter die fünfhunderttausend, die bei den Bomberangriffen der Alliierten ums Leben kamen. Insgesamt sechzig Millionen Tote im Zweiten Weltkrieg, darunter elf Millionen im Holocaust Ermordete. Sechzehn Millionen im Ersten Weltkrieg, über vier Millionen in Vietnam, vierzig Millionen bei den Eroberungsfeldzügen der Mongolen, dreieinhalb Millionen im Hundertjährigen Krieg, sieben Millionen beim Fall Roms, vier Millionen in den Napoleonischen Kriegen, zwanzig Millionen im Taiping-Aufstand. Und so weiter und so weiter und so weiter bis zurück in den Garten Eden, wo Kain Abel tötete.

Alle Vögel, die nie geboren wurden, alle Lieder, die nie gesungen wurden und deswegen nur in der Phantasie existieren können.

Und dies ist Teddys.

1947

Töchter aus Elysium

Der Weißdorn neben dem Weg begann gerade zu blühen, und Ursula sagte: »Oh, schau nur, der Weißdorn blüht. Das hätte Teddy gefallen.«

»Hör auf«, sagte Nancy, der Tränen in die Augen schossen. »Ich kann einfach nicht glauben, dass er für immer von dieser Welt verschwunden ist.« Sie gingen Arm in Arm, Lucky rannte vor und zurück, aufgeregt, in der frischen, warmen Luft zu sein. »Ich wünschte, es gäbe ein Grab, zu dem man gehen könnte«, sagte Nancy.

»Ich bin froh, dass es keins gibt«, sagte Ursula. »So können wir uns vorstellen, dass er so frei ist wie die Luft.«

»Ich kann mir nur vorstellen, dass er auf dem Boden der Nordsee liegt, kalt und einsam.«

»Sein Gebein ward zu Korallen«, sagte Ursula.

Ein weinerliches »Oh« von Nancy.

»Zu Perlen seine Augenballen.«

»Hör auf, bitte, hör auf.«

»Entschuldige. Sollen wir über die Wiese gehen?«

»Schau!«, rief Nancy, ließ Ursulas Arm los und deutete gen Himmel. »Da. Eine Lerche – eine Feldlerche. Hör nur«, fügte sie aufgeregt flüsternd hinzu, als könnte sie den Vogel stören.

»Wunderschön«, murmelte Ursula.

Gefesselt von der Lerche, sahen sie zu, wie sie höher stieg, wei-

ter und weiter fortflog, bis sie nur noch ein Punkt am blauen Himmel war und dann nur noch die Erinnerung an den Punkt. Nancy seufzte. »Manchmal frage ich mich«, sagte sie, »ob es so etwas wie Reinkarnation gibt. Ich weiß, es ist absurd, aber wäre es nicht wunderbar, wenn Teddy als etwas anderes zurückkäme – als diese Feldlerche zum Beispiel. Ich meine, wir *wissen* es nicht, oder? Es hätte Teddy sein *können,* der uns grüßt, der uns sagt, dass alles in Ordnung ist. Dass er auf irgendeine Weise noch *da ist*. Glaubst *du* an Reinkarnation?«
»Nein«, sagte Ursula. »Ich glaube, dass wir nur ein Leben haben, und ich glaube, dass Teddy seins auf perfekte Weise gelebt hat.«

Und wenn alles andere verschwunden ist, bleibt immer noch die KUNST. Sogar Augustus.

Die Abenteuer des Augustus

– Die schlimmen Folgen –

Ist das nicht Augustus?«, flüsterte Miss Slee Mr. Swift ins Ohr. Es war ein ziemlich lautes Flüstern, und die Leute auf den benachbarten Plätzen schauten sich interessiert um.

Mr. Swifts Miene blieb ungerührt, allerdings konnte er einen leichten Schauder angesichts des Spektakels vor ihm nicht ganz unterdrücken.

Miss Slee neigte sich auf ihrem Sitz noch weiter vor, um Mrs. Swifts Aufmerksamkeit zu erregen. »Das *ist* doch Augustus, oder?«, hakte sie noch lauter flüsternd nach. »Ihr *Sohn*«, fügte sie hinzu. Das war definitiv kein Flüstern mehr. Mehr ein Schreien. Mrs. Swifts Miene blieb undeutbar. Der Rest des Publikums war ebenso fasziniert wie Augustus' Eltern von der Szene, die sich vor ihnen auf der Bühne des Gemeindesaals abspielte.

»England durch die Zeiten« war bei der Armada angelangt, und Elizabeth I. hielt den Truppen in Tilbury ihre aufrüttelnde Ansprache. Gloriana hatte Boudiccas Streitwagen übernommen – eine sehr behelfsmäßige Angelegenheit – und schwang einen Dreizack, den sie sich von Britannia ausgeliehen hatte. Diese beiden edlen Sinnbilder der Weiblichkeit (gespielt von Augustus' Schwester Phyllis und Lady Lamington von der Hall) hatten ihr Besitztum nicht freiwillig herausgerückt, standen rechts und links auf der Bühne und starrten Gloriana böse an.

Die restlichen Schauspieler spielten mutig weiter, obwohl die

Hälfte der Kulissen zusammengebrochen war und mehrere Hunde ziellos über die Bühne wanderten.

Der Pfarrer, der auf der anderen Seite von Mrs. Swift saß, sagte zu ihr: »Ich habe gedacht, dass Mrs. Brewster die Rolle von Königin Elizabeth übernimmt. Wer *ist* das da auf der Bühne?«, rätselte er.

Glorianas rote Perücke war seitlich verrutscht, und da sie kein richtiges Kostüm hatte, hatte sie sich in den Umhang eines römischen Centurios gehüllt. Wiederum ein Artikel, den der besagte Centurio nicht freiwillig abgetreten hatte. Ihre erstaunlich schmutzigen Knie waren unter dem Umhang zu sehen, und in ihrer Tasche steckte doch tatsächlich eine Steinschleuder.

»Ihr haltet euch recht ordentlich, ihr Haufen«, schrie diese zerzauste Gloriana auf nicht gerade königliche Weise. »Bringt alle diese Spaniels um und so.« *»Spanier«,* zischte Mrs. Garrett von der Seite der Bühne. Gloriana hielt Britannias Dreizack hoch und rief: »Und jetzt los, jetzt geht's dem Rest an den Kragen!« Eine marodierende Horde Kinder stürmte die Bühne, brüllte und schrie und quietschte in manchen Fällen. Die Hunde begannen bei ihrem Anblick aufgeregt zu bellen. Ein paar – nein, viele – dieser Kinder hatten zuvor guten Charakter bewiesen, schienen jetzt jedoch in Glorianas hypnotisierenden Bann geraten zu sein. Wie offenbar auch viele Mitglieder des Publikums, die sie mit offenen Mündern entsetzt anstarrten.

»Sollen die Kinder die Spanier darstellen?«, fragte der Pfarrer Mrs. Swift. »›Angreifende Horden‹«, sagte er, nachdem er den Programmzettel konsultiert hatte.

»Ich glaube, ich weiß nicht mehr, wer wer sein soll«, sagte Mrs. Swift, abgelenkt von dem hässlichen Anblick der roten Perücke, die ihrem Sohn jetzt ins Gesicht rutschte.

»Sind das dieselben Kinder«, fragte sich der Pfarrer laut, »die auch die Sachsen und Wikinger und Normannen waren?

Schwer zu sagen, weil sie jetzt alle voller grüner Farbe sind. Was glauben Sie, soll das bedeuten? Englands schönes grünes Land?«

»Das bezweifle ich«, sagte Mrs. Swift und stieß einen leisen beunruhigten Schrei aus, als Boudiccas Streitwagen, der von Anfang an nicht sehr robust gewesen war, zusammenbrach und Gloriana nicht sehr glorreich auf die Bühne fiel und dabei den Rest der Kulissen mitriss. Ein kleiner West Highland Terrier rannte auf die Bühne, schnappte sich mit exzellentem Zeitgefühl die rote Perücke und rannte damit wieder davon, begleitet von lautem Kreischen hinter der Bühne.

»Das *ist* Augustus«, sagte Miss Slee.

»Ich habe diesen Jungen noch nie im Leben gesehen«, sagte Mr. Swift bestimmt.

»Ich auch nicht«, sagte Mrs. Swift.

»Im Nachhinein«, sagte Mr. Swift bedrückt, »war klar, dass es in einer Katastrophe enden musste.«

»Und es hat so gut angefangen«, sagte Mrs. Swift.

»Das tut es immer«, sagte Mr. Swift.

Das ganze Dorf hatte sich in einem Zustand höchster Aufregung befunden. Mr. Robinson, der die örtliche historische Gesellschaft leitete, hatte entdeckt, dass das Dorf viel älter war, als alle geglaubt hatten. Den Beweis lieferten die Überreste einer römischen Villa, die in einem Feld am Rand des Dorfes ausgegraben worden waren. »Beweis für eine frühe Besetzung durch unsere römischen Eroberer«, sagte Mr. Robinson.

»Eine Viller«, berichtete Augustus seiner kleinen Bande von Freunden. Seine Kohorten – Norman, George und Roderick – hatten vor kurzem beschlossen, sich einen Namen zu geben. Sie hatten die Piraten, die Gesetzlosen und die Räuber in Betracht gezogen und verworfen, und nach langer (endloser, hätten manche gesagt) Diskussion und einer oder zwei kleinen

Rangeleien hatten sie sich schließlich auf Apachen geeinigt, da der Name ihre tapfere Furchtlosigkeit zum Ausdruck brachte. (»Oder blutrünstige Mordlust«, sagte Mr. Swift.)

»Römische Kastanien«, erklärte Augustus weiter. Interessiertes Gemurmel seitens der Apachen. Jeden Herbst wurde der Pausenhof ihrer Schule zum Schlachtfeld des alljährlichen Kastanienkriegs, eine besonders wilde Form der Kriegsführung, die unweigerlich mit ein paar Verwundeten im Krankenzimmer der Schule endete.

Mr. Robinson war von Mr. und Mrs. Swift zum Abendessen eingeladen worden, zusammen mit dem Pfarrer, der zur freundlichen, immer etwas verwirrten Sorte Pfarrer gehörte, die in dieser Gegend weit verbreitet war, und Miss Slee, einer unverblümten, ziemlich männlichen alten Jungfer, deren Hobby am Wochenende darin bestand, »herumzustreunen«. (»Herumstreunen?«, sagte Augustus verächtlich zu seinen Eltern. »Wie kann das ein *Hobby* sein? Ihr sagt immer zu mir, ›Hör auf herumzustreunen, Augustus‹, und *dann*« – er zupfte am imaginären Revers einer imaginären Anwaltsrobe – »und dann sagt ihr: ›Warum suchst du dir nicht ein vernünftiges Hobby, Augustus?‹«)

Zudem nippten am Sherry der Swifts Mr. und Mrs. Brewster, die neu im Dorf waren, und Colonel Stewart, der Gott und der Welt unsympathisch war und insbesondere kleine Jungen nicht mochte. »Eine *Soirée*«, rief Mrs. Brewster, als sie eingeladen wurde. »Wie reizend.« Mrs. Brewster war eine auffällige Gestalt. Sie war groß, hatte den Kopf voller beeindruckender roter Locken und ein ziemlich theatralisches Auftreten. Sie war offenbar ganz versessen auf Laienschauspiel.

»Nicht nur die Römer«, sagte Mr. Brewster und blickte ängstlich zur fast leeren Karaffe mit Sherry. »Angeln, Sachsen, Wikinger, Normannen, eine Horde nach der anderen hat uns angegriffen.« Die Brewsters waren »neues Geld« laut Miss Carlton, einer mausgesichtigen älteren Jungfer, die zu Mr. Brewster schaute, als er zur Karaffe blickte. Sie war Antialkoholikerin, was sie ziemlich gereizt zu machen schien. Sie hatte Augustus und seinen kleinen Stamm mit einer winzigen Portion Zitroneneis dazu verführt, das Gelöbnis zu unterschreiben, dass sie nie Alkohol trinken würden. »Faire Sache«, sagten die Apachen. Mrs. Garrett, die direkte Nachbarin der Swifts, »beschloss den Reigen« der *Soirée*.

»Bislang«, fuhr Mr. Robinson fort, »haben wir uns nur bis zum Domesday zurückverfolgen können.«

»Der Tag des Jüngsten Gerichts«, murmelte Augustus anerkennend vor sich hin. »Der Tag des Untergangs.« Er liebte Wörter, die in sich das Versprechen auf nahezu unendliches Chaos zu enthalten schienen. Die Köchin erwischte ihn beim Lauschen, schlug ihn unsanft mit einem Suppenlöffel – ihre bevorzugte Waffe – auf den Kopf und verscheuchte ihn. »Der Junge *lauert* überall«, hörte er, wie sie sich bei Mavis, dem Hausmädchen, beschwerte. »Er ist ein richtiger kleiner Spion.« Augustus freute sich über dieses Kompliment. Selbstverständlich würde er Spion werden, wenn er erwachsen wäre. Ebenso Pilot, Lokomotivführer, Forscher und »Sammler von Dingen«.

»Was für Dinge?«, hatte Mrs. Swift am Morgen beim Frühstück gefragt und die Frage sofort bereut, weil Augustus begeistert eine Liste aufzählte, die Mäuseskelette, goldene Viertelpennys, Mollusken, Schnüre, Diamanten und Glasaugen beinhaltete.

»Ich habe noch nie von goldenen Viertelpennys gehört«, sagte Mr. Swift.

»Deswegen will ich sie sammeln. Sie werden 'ne Riesensumme wert sein.«

»Und wenn es sie nicht gibt?«, sagte Mr. Swift.

»Dann werden sie noch mehr wert sein.«

»Hast du ihn als Baby auf den Kopf fallen lassen?«, fragte Mr. Swift Augustus' Mutter. Mrs. Swift murmelte etwas, das sich wie »Ich wünschte, ich hätte« anhörte, und fügte laut hinzu: »Hör auf, mit dem Marmeladenglas *herumzuspielen,* Augustus.«

»Geh weg«, sagte die Köchin zu ihm. Sie war noch in Rage wegen der *charlotte russe,* die sie wie immer, wenn sie Gäste erwarteten, als »Dessert« vorgesehen hatte. Wenn sie keine Gäste hatten, gab es schlichten »Nachtisch«. Augustus sagte, es wäre nicht *seine* Schuld, dass er alle Löffelbiskuits gegessen hatte. Er hatte nur eins nehmen wollen, und dann, als er wieder hinschaute, waren plötzlich alle irgendwie weg! Wie war das passiert? (Wie passierte das so oft?) Zum Kummer der Köchin war die *charlotte russe* auf eine banalere Mousse zurückgestuft worden. »Was werden sie von uns denken?«, murrte sie.

»Sie werden denken, dass sie großes Glück haben«, sagte Augustus in der verständlichen falschen Annahme, dass »Mousse« ein »Moose«, ein Elch war, und das klang nach einem aufregenderen Gericht, als gewöhnlich auf den Esstisch der Swifts kam. Ja, ein Elch war die Art Beute, die Apachen mit Pfeil und Bogen jagen und dann auf einem Stock über dem Lagerfeuer braten würden. (Augustus' Pfeil und Bogen waren aufgrund eines unglückseligen Vorfalls vor kurzem konfisziert worden.)

»In diesem Land gibt es keine Elche«, sagte Mr. Swift.

»Woher willst du das wissen«, sagte Augustus, »wenn du noch nie einen gesehen hast?«

»Du hast das Zeug zu einem guten Empiriker«, sagte sein Vater zu ihm nach einer besonders anspruchsvollen Diskussion über einen Kricketball und eine Gewächshausscheibe. (»Aber wenn du nicht *gesehen* hast, wer den Ball geworfen hat, woher willst du dann *wissen,* dass ich es war?« – »Weil du es immer bist«, erwiderte Mr. Swift müde.)

Mrs. Garrett klatschte plötzlich in die Hände und sagte: »Ein Historienspiel!« (Augustus horchte wieder an der Tür, ein Suppenlöffel hatte keine abschreckende Wirkung auf einen Apachen.) »Wir sollten ein Historienspiel aufführen, um die Geschichte des Dorfes zu feiern.«

Die versammelte Gesellschaft stimmte wortgewaltig zu. »Es wird die ganze Geschichte Britanniens vom Standpunkt eines typischen englischen Dorfes darstellen«, begeisterte sich Mrs. Garrett.

»Ich habe mehrmals in Theaterproduktionen eine Königin gespielt«, sagte Mrs. Brewster.

Mrs. Swift murmelte etwas Unhörbares.

»Aber keiner dieser schrecklichen Jungen darf mitspielen«, sagte Colonel Stewart.

»Ach, du meine Güte, nein«, sagte Miss Carlton. »Oh, entschuldigen Sie«, wandte sie sich hastig an Mr. Swift, »einer davon ist Ihrer, nicht wahr?«

»Nun ...«, sagte Mr. Swift zögerlich, »wir haben ihn vor der Vordertür gefunden.« Augustus runzelte die Stirn angesichts dieses väterlichen Verrats. Alle brachten murmelnd ihr Mitgefühl zum Ausdruck, und Mrs. Swift sagte erfreut: »Natürlich nicht. Er lag vor der Hintertür.« Auf diese Bemerkung hin wurde viel gelacht. Augustus' Stirnrunzeln wurde tiefer. War er wirklich vor einer Tür gefunden worden? Vorder- oder Hintertür schien ihm unwichtig. Er war ein verlassenes Waisenkind. Diese Vorstellung gefiel ihm ausnehmend gut. Vielleicht waren seine wahren Eltern unermesslich reich und suchten nach ihm, seit sie ihn aus Versehen vor Mr. und Mrs. Swifts Tür zurückgelassen hatten.

»Ach, ich bin sicher, dass wir für die Kinder etwas finden werden, was sie tun können«, sagte Mrs. Garrett. Mrs. Garrett war eine etwas beunruhigende Gestalt in Augustus' Welt. Bis vor kurzem war sie nur die ziemlich stämmige und freundliche Witwe gewesen, die im Nachbarhaus wohnte. Sie mochte Kinder (ein ungewöhnlicher Zug bei einem Erwachsenen) und besaß ein sehr schönes Gewächshaus voller Pfirsiche und Trauben, das die Apachen zum Ärger ihres Gärtners ständig zu plündern versuchten. Sie war auch großzügig mit Süßigkeiten und Kuchen, ebenfalls ein ungewöhnlicher Zug bei einem Erwachsenen. Doch bedauerlicherweise war sie auch die Anführerin der örtlichen Afor-Arod-Gruppe. Gemäß Mrs. Garrett waren das angelsächsische Wörter, die »wild« und »mutig« bedeuteten, Eigenschaften, die keins der Mitglieder besaß. Wenn man sich eine Pfadfindergruppe vorstellen konnte, die nur aus den Ausgestoßenen und Zurückgewiesenen einer Jungengesellschaft bestand, dann wäre das die Afor Arod: die Superbraven, die Dicken, die Kriecher, die Streber – und Mädchen.

Sie waren, laut Mrs. Garrett, die eine unerschütterliche Pazifistin war, eine friedliebende Alternative zu den »eher militaristischen« Pfadfindern. »Zusammenarbeit und Harmonie«, sagte sie. Augustus' Mutter hielt das für eine »gute Idee« für ihren Sohn, da es sich hierbei um Fähigkeiten handelte, die ihm »besonders fehlten«. »Stimmt nicht!«, protestierte er. »Schau dir die Apachen an.«

»Eben«, sagte Mrs. Swift und zerrte ihn zu einem Afor-Arod-Treffen.

Das war unfair, dachte er voll Bitterkeit, als er zusah, wie eine Gruppe Kinder im Kreis tanzte. Tanzen! Niemand hatte etwas von Tanzen gesagt.

»Oh, ein neuer Freund für uns!«, sagte Mrs. Garrett, als hätte sie ihn nie zuvor gesehen, obwohl ihr Augustus nahezu täglich über den Weg lief.

Und dann traf Augustus seine Nemesis. Er entdeckte in einer Ecke des Zimmers ein kleines Mädchen, ein kleines Mädchen mit den lockigsten Locken und den süßesten Grübchen. »Madge – hallo.« Sie nähte irgendwas. »Kreuzstich – ein Abzeichen. Soll ich dir auch eins machen, Augustus?« Augustus nickte stumm und sah noch idiotischer aus als üblich.

Und jetzt lebte er in ständiger Angst, dass ihn die anderen Apachen bei einer von Afor Arods grässlichen Freizeitaktivitäten – beim oben erwähnten Tanzen, beim Nähen, Singen oder Gedichteschreiben – erwischen würden. Bei einer lehrreichen Naturwanderung – die nicht etwa beinhaltete, Vogelnester zu plündern oder mit Steinschleudern auf alles Mögliche zu schießen, es durfte keinesfalls *Schaden* angerichtet werden.
Die Sache war abscheulich, aber er war hilflos vernarrt in Madge. (»Oh, danke, dass du mir die Wolle aufwickelst, Augustus.«)

»Ein Historienspiel«, berichtete er den Apachen. »Angreifende Horden«, fügte er hinzu. Er verschob ein Birnenbonbon von einer Backe in die andere, eine Bewegung, die im Allgemeinen auf tiefes Nachdenken hinwies. »Ich hab da eine Idee«, sagte er beiläufig. »Wenn wir –«

»Ach, hör auf«, sagte Teddy zu Ursula.
»Er hat überhaupt keine Ähnlichkeit mit dir«, sagte seine Schwester und lachte.
»Das weiß ich«, sagte Teddy. »Aber bitte hör jetzt auf zu lesen.«

Nachwort

Als ich beschloss, einen Roman zu schreiben, der während des Zweiten Weltkriegs spielen sollte, glaubte ich tatsächlich, dass ich den gesamten Konflikt irgendwie in halb so vielen Seiten wie *Krieg und Frieden* abhandeln könnte. Als mir klar wurde, dass das eine zu beängstigende Herausforderung – sowohl für den Leser als auch für die Autorin – darstellte, entschied ich mich für die zwei Aspekte des Kriegs, die mich am meisten interessierten und zu denen es das meiste Material gab – den Blitzkrieg in London und die strategische Bombardierung Deutschlands. *Die Unvollendete* handelt von Ursula Todd und ihrem Leben während des Blitz und *Glorreiche Zeiten* (ich sehe den Roman lieber als »Gefährten« denn als Nachfolger) von Ursulas Bruder Teddy und seinem Leben als Halifax-Pilot beim Bomberkommando. In beiden Büchern geht es nicht ausschließlich um den Krieg, in beiden dauert es eine lange Zeit, bis es zum Ausbruch der Feindseligkeiten kommt, und eine ebenso lange Zeitspanne ist den Folgen gewidmet. Nichtsdestotrotz sind es Ursulas und Teddys individuelle und gemeinsame Kriegserfahrungen, die ihr Leben prägen.

Im ersten Roman erlebte Ursula viele Versionen ihres Lebens, was mir eine gewisse Freiheit für Teddys Leben gab; viele Einzelheiten seines Lebens sind anders in diesem zweiten Buch. Ich betrachte *Glorreiche Zeiten* als ein weiteres Leben von Ursula, ein ungeschriebenes Leben. Das klingt nach schriftstellerischer Trickserei, was es vielleicht auch ist, aber andererseits ist ein bisschen Trickserei nichts Schlechtes.

Teddy ist Pilot einer Halifax, und demzufolge ist er in Yorkshire stationiert, wo sich die meisten Halifax-Luftstützpunkte befanden. (Die Lancaster erstrahlt stets in Glanz und Ruhm. Ich verweise an dieser Stelle lieber auf Teddys Nörgelei statt auf meine eigene.) Teddys Halifax gehört zur 4. Gruppe des Bomberkommandos, eine von zwei Gruppen, die in Yorkshire stationiert waren (die andere war die 6. Gruppe – die RCAF, die Royal Canadian Air Force). Ich lege mich im Buch diesbezüglich nie fest und habe Teddy auch nicht einem spezifischen Stützpunkt oder einem bestimmten Geschwader zugeordnet, um mir etwas auktorialen Spielraum zu lassen. Ich stellte ihn mir jedoch als Mitglied der 76. Staffel vor und benutzte ihre Einsatzakten (in den National Archives), als sie sowohl in Linton-on-Ouse als auch in Holme-on-Spalding-Moor stationiert war.

Ich habe viele anschauliche Berichte aus erster Hand über die Erfahrungen von Flugzeugbesatzungen gelesen, denen ich sehr viel verdanke; Geschichten und Schilderungen, die auf persönlicher Erfahrung beruhen, sowie offizielle Berichte. Die Geschichten der Männer, die im Bomberkommando dienten, sind alle außergewöhnlich und dokumentieren nicht nur die wertvolle Tugend des Stoizismus, sondern auch Heldenmut und Entschlossenheit (und Bescheidenheit), Eigenschaften, die uns heutzutage nahezu fremd erscheinen, aber natürlich wurden wir auch nicht geprüft wie sie. Das Durchschnittsalter dieser Männer (Jungen eigentlich), die sich alle freiwillig gemeldet hatten, war zweiundzwanzig. Sie kämpften unter den schlimmsten Bedingungen, die man sich vorstellen kann, und weniger als die Hälfte von ihnen überlebte. (Von den Flugzeugbesatzungen, die schon zu Beginn des Kriegs flogen, erlebten nur zehn Prozent auch noch sein Ende.) So viele geopferte Leben berühren einen zwangsläufig, und das war es, was mich zuallererst veranlasste, diesen Roman zu schreiben.

Alles, was während der Kriegskapitel in *Glorreiche Zeiten* geschieht, basiert auf tatsächlichen Ereignissen, auf die ich während meiner Recherchen gestoßen bin (auch die entsetzlichsten, auch die haarsträubendsten Begebenheiten), allerdings habe ich sie fast immer etwas verändert. Manchmal fällt es schwer, daran zu denken, dass man einen Roman und nicht ein Geschichtsbuch schreibt, weil man sich nur zu leicht in den feineren (und nicht so feinen) technischen Einzelheiten verliert, doch die Anforderungen eines Romans sollten stets das Feld behaupten gegenüber den eigenen eigentümlichen Obsessionen. Der Bristol-Hercules-Motor wurde zu meiner Obsession, aber auch die reichte ich an Teddy weiter.

Ich gebe unumwunden zu, dass ich überall Anleihen gemacht habe, insbesondere bei einer erschütternden Erinnerung an eine Notwasserung in Geoffrey Jones' Memoiren *Raider,* als im Januar 1944 die (namentlich nicht genannte) Crew der Halifax II JD165 *(S-Sugar)* von der 102. (Ceylon) Staffel, stationiert in Pocklington, nach einem Angriff auf Berlin drei Tage auf der Nordsee trieb. Von Keith Lowes *Inferno* habe ich viel darüber gelernt, was es heißt, in ein Gewitter zu fliegen. Bei manchen Dingen habe ich geschummelt, zum Beispiel beim Zeitpunkt der Einführung der verflixten Bristol-Motoren, und meistens habe ich die kontinuierliche Entwicklung technischer Neuerungen und Navigationshilfen ignoriert, damit der Leser nicht dauernd über ungeschickte Verweise auf zum Beispiel HS2, Fishpond oder Monica stolpert. Manchmal habe ich Dinge nicht erklärt – aus dem gleichen Grund, aber auch weil ich sie bisweilen selbst nicht verstanden habe (am besten ist es, ehrlich zu sein).

Das Entscheidende ist, dass es ein Roman ist. Ich persönlich glaube, dass alle Romane nicht nur Fiktion sind, sondern auch von Fiktion handeln. (Nicht auf eine so postmodern selbstreferenzielle Art, wie es klingt.) Ich kann es nicht mehr hören, wenn behauptet wird, ein neuer Roman sei »experimentell« oder »erfindet die Form neu«, als hätten Laurence Sterne, Gertrude Stein oder James Joyce nie ein Wort geschrieben. Jedes Mal, wenn ein Autor die erste Zeile eines Romans schreibt, lässt er sich auf ein Experiment ein. Ein Abenteuer. Ich glaube an die fruchtbare strukturelle (und inhaltliche) Wechselwirkung von Plot, Charakteren, Narrativ, Thema, Bildern und allen anderen Zutaten, die in den Topf geworfen werden, aber ich glaube nicht, dass mich das notwendigerweise zu einer Traditionalistin macht (als stünden wir nicht alle in einer Tradition, der Tradition des Verfassens eines Romans).

Alle fragen immer, »wovon« ein Roman handelt. Wenn man mich fragt, worum es in *Glorreiche Zeiten* geht, dann würde ich antworten, dass es von Literatur handelt (und wie wir uns vorstellen müssen, was wir nicht wissen können) und dem Sündenfall. Wie Sie wahrscheinlich bemerkt haben, finden sich darin viele Bezüge zu Utopia, zum Garten Eden, zu einer arkadischen Vergangenheit, *Das verlorene Paradies* und *Die Pilgerreise,* sogar das Buch, das Viola an einer Stelle Teddy an den Kopf wirft, ist Enid Blytons *The Land of Far-Beyond,* das seinerseits auf der *Pilgerreise* beruht. Viel davon war nur eine halb bewusste Entscheidung, als gäbe es im schreibenden Gehirn einen Teil, der weiß, was er tut, und einen anderen Teil, der beklagenswert unwissend ist. Erst jetzt sehe ich, wie vieles im Text aufsteigt und abstürzt. Alle und alles steigen auf im Flug oder stürzen zur Erde. (Und die Vögel! Schar um Schar!)

Bildersprache ist für mich von unermesslicher Bedeutung in einem Text, keine komplexe Bildersprache, die auf und nieder hüpft und verlangt, dass man ihr die Hand schüttelt, sondern ein subtileres Netz, das ständig weitergewebt wird, manchmal enigmatisch, und alles zusammenführt. Der »rote Faden« des Bluts, der die Todds verbindet, ist ein Echo der roten Linie des langen Flugs nach Nürnberg, ist ein Echo der dünnen roten Strippen in Teddys Wohnung in Fanning Court – ein Muster, das mir erst beim letzten Durchlesen des Manuskripts aufgefallen ist und mir jetzt vollkommen sinnvoll erscheint. (Fragen Sie mich bloß nicht, warum so viele Gänse vorkommen. Ich habe keine Ahnung.)

Und dann ist da natürlich der große, seltsame Einfall, der sich im Herzen des Buchs versteckt und mit Fiktion und Phantasie zu tun hat und erst am Ende offengelegt wird, aber auf gewisse Weise die einzige *raison d'être* des Romans ist. Ich glaube, dass man nur so hartnäckig erfinden kann, wenn einem wirklich etwas an dem liegt, worüber man schreibt, sonst befindet man sich in einem zweidimensionalen Raum, in dem der Text keine Schnittstelle mehr zwischen dem eigenen Selbst und der großen Welt ist. Falls das eine Ablehnung des Modernismus oder Postmodernismus oder von was auch immer auf den Postmodernismus folgte, sein sollte, dann ist es eben so. Jede Kategorie, die einschränkt, sollte verworfen werden. (»Einschränkung« und »Beschränkung« sind Wörter, die in diesem Buch häufig auftauchen – und auch ihr Gegenteil, »Freiheit« –, was mir auch erst aufgefallen ist, nachdem es fertiggestellt war. Ich dachte daran, sie zu streichen, und entschied mich dagegen. Ihre Verwendung hat einen Grund.)

Der Krieg ist selbstverständlich der größte Sündenfall des Menschen, vor allem wenn wir eine moralische Notwendigkeit empfinden, ihn zu führen, und uns in einem ethischen Dilemma befinden. Am Mut der Männer in den Halifaxes und Stirlings und Lancasters besteht keinerlei Zweifel, aber der Bombenkrieg war allemal eine brutale Angelegenheit, eine brutale Methode mit einer schonungslosen Waffe, gehandicapt vom Wetter und dem Mangel an Technologie (trotz gewaltiger Fortschritte, die ein Krieg immer mit sich bringt). Die große Kluft zwischen den behaupteten Resultaten der Bombardierungen und den tatsächlichen Erfolgen wurde damals nie wirklich gesehen, und vermutlich erst recht nicht von den Männern, die die Bomber flogen.

Die Begründung des Schritts weg von der präzisen Bombardierung legitimer Ziele (nahezu unmöglich bei Nacht und mit minderer Technologie) hin zu den Flächenbombardements der zivilen Bevölkerung lautete, dass das Töten der Arbeiter in den Fabriken und das Zerstören ihrer Lebenswelt auch eine Form ökonomischer Kriegsführung war. Es war eine Strategie, die mit den besten Vorsätzen begann – die Zermürbung in den Schützengräben des Ersten Weltkriegs zu vermeiden – und selbst zu einem Zermürbungskrieg wurde, der ständig eskalierte, ein stets geöffneter Schlund, der nie genug bekam – Menschen, Technologie, Rohmaterial. All das wäre möglicherweise fruchtbarer anders verwendet worden, insbesondere während der letzten – für Europa nahezu apokalyptischen – Monate, als Harris' Obsession, das sterbende Deutschland zu pulverisieren und auszulöschen, mehr einer biblischen Bestrafung ähnelte als einer militärischen Strategie (ich gehöre dennoch nicht zu den Kritikern von Harris). Späte Einsicht ist in der Tat etwas Wunderbares, aber mitten im Kampfgeschehen leider nicht zu haben.

Seit Kriegsende beschäftigt uns die Frage nach der moralischen Angemessenheit der strategischen Bombardierungen (angestoßen vielleicht von Churchills diplomatischem Zurückrudern von der Verantwortung für diese Politik) und ob unser Krieg gegen die Barbarei letztlich nicht selbst barbarisch geworden ist, als wir die Menschen angriffen – die Alten, die Frauen, die Kinder –, die die Zivilisation eigentlich schützen soll. Letztlich ist Krieg immer barbarisch. Für alle. Die Unschuldigen und die Schuldigen.

Dies ist ein Roman, keine Polemik (und ich bin keine Historikerin), und demgemäß habe ich es den Figuren und dem Text überlassen, die Zweifel und Ambiguitäten auszusprechen.

Eine letzte Bemerkung: Bestimmt werden viele Leser erkannt haben, dass Augustus sehr viel William Brown aus dem berühmten *Just William* verdankt. Augustus ist ein schlecht gezeichneter Schatten von William, der für mich einer der großartigsten fiktionalen Charaktere überhaupt ist. Richmal Crompton, ich ziehe den Hut vor dir.

Dank

Lt Col M Keech BEM R Signals
Staffelkommandant Stephen Beddoes RAF
Suzanne Keyte, Archivarin, Royal Albert Hall
Anne Thomson, Archivarin, Newnham College, Cambridge
Ian Reed, Direktor des Yorkshire Air Museum, der meine (wahrscheinlich nervigen) Fragen so voll und ganz beantwortete.

Das Yorkshire Air Museum (www.yorkshireairmuseum.org) in Elvington auf einem der vielen ehemaligen Luftstützpunkte ist ein wunderbarer Ort für jeden, der sich für die Halifax oder den Krieg im Allgemeinen interessiert. Das Museum hat großartige Arbeit geleistet und die arme alte »Halibag« wieder zum Leben erweckt, und ich danke Phil Kemp für die unglaublich informative Führung durch das Innere der *Friday 13th* – leider nicht das originale Flugzeug, das wie alle Halifaxes, die den Krieg überlebt hatten, als Schrott verkauft wurde.

Dank auch
natürlich an meinen Agenten, Peter Straus, und meine Lektorin Marianne Velmans und alle bei Transworld, insbesondere Larry Finlay, Alison Barrow und Martin Meyers. Dank auch an Reagan Arthur bei Little Brown, Kim Witherspoon bei Inkwell Management, Kristin Cochrane bei Doubleday Canada und Camilla Ferrier bei der Marsh Agency.

Unnötig zu erwähnen, dass alle Fehler, ob beabsichtigt oder nicht, auf meine Kappe gehen.

Man lebt nur einmal. Wirklich?

KATE ATKINSON

Die Unvollendete

ROMAN

Ursula Todd kann ihr Leben wieder und wieder leben und so die Fehler, die sie macht, korrigieren. Sie glaubt, dass sie auf diese Weise das Schicksal für sich und ihre Familie zum Besseren wenden kann. Doch was ist ein perfektes Leben?

»Wahrhaft brillant.
Denken Sie an Niffeneggers *Die Frau des Zeitreisenden* oder an *Zwei an einem Tag* von Nicholls.«
The Times